KB187478

아쿠타가와 류노스케 전집

芥川龍之介 全集

조사옥 편

본권번역자
김명주
김정숙
신기동
최정아 외

第3巻 担当

하태후
손순옥
김난희
윤상현
김효순
송현순
조성미
김정숙
최정아
임훈식
신영언
윤 일
신기동
김정희
김명주
임명수
조경숙
이민희
조사옥

* 작품의 배열과 분류는 편년체(編年体)를 따랐고, 소설 · 평론 · 기행문 · 인물기(人物記) · 시가 · 번역 · 미발표원고(未定稿) 등으로 나누어 수록했다. 이는 일본 지쿠마쇼보(筑摩書房)에서 간행한 전집 분류를 참조하였다.
* 일본어 가나의 한글 표기는 교육부 · 외래어 표기법에 준했고, 장음은 단음으로 표기하였다.

서재 「我鬼窟」에서의 龍之介 (1920년)

머리말

『아쿠타가와 류노스케 전집(芥川龍之介全集)』 제3권을 번역 출판할 수 있게 된 것을, 독자 여러분들과 담당 번역자 모두와 함께 축하하며 기뻐하고 싶습니다.

아쿠타가와 류노스케(芥川龍之介全集)는 1고 시절에, 뒤에 오사카시립(大阪市立) 대학의 학장이된 친구 쓰네토 교(恒藤恭)에게서 영문으로 된 신약 성서를 받아 및 줄을 그으며 열심히 읽은 흔적이 남아 있습니다. 교회에 다닌 적도 있다고 합니다. 가족의 반대로 사랑하는 여성과의 결혼을 포기하지 않을수 없었던 아쿠타가와는 「이기적이지 않은 사랑」을 추구하게 되었고, 이는 일생을 통하여 그의 문학의 테마(theme)가 되어 갔습니다. 마지막에는 예수 그리스도에게 주목하여 「서방의 사람」 「속 서방의 사람」을 썼습니다. 아쿠타가와에게 있어서 그리스도는 이기적이지 않은 사랑, 즉 아가페(agape)의 사랑으로 가난한 사람들과 함께 괴로워하고 함께 동행하는 분이었습니다.

『아쿠타가와 류노스케(芥川龍之介) 전집』 제3권에는 1919년에 씌어

진 「기리시토호로상인전」(4월)과 「줄리아노・기치스케」(9월), 1920년의 「흑의성모」(5월), 「남경의 그리스도」(7월)가 포함되어 있습니다. 아쿠타가와는 1916년 11월에 발표한 「담배와 악마」을 비롯해서 기리시탄모노(切支丹もの)를 써 가지만, 그중에서도 아쿠타가와의 「신성한 우인(新生なる愚人)」 계열 작품으로서 주목받고 있는 것이 「기리시토호로상인전」, 「줄리아노・기치스케」, 「남경의 그리스도」 등입니다.

「기리시토호로상인전」의 레프로부스는 시리아(Syria)의 거인으로, 세상에서 가장 강한 사람에게 따라가서 일하고 싶은 일념으로 그런 사람을 찾다가, 3년간 강을 건네 주며 기다린다면 예수 그리스도를 만날 수 있다는 말을 은자(隱者)에게서 듣고, 유사하(流沙河)강을 건네 주는 사람이 됩니다.

여행자를 어깨에 태워서 유사하강을 건네 주는 일을 시작한지 3년째 되는 어느 폭풍우가 몰아치던 날, 청아한 10살 정도의 백의를 입은 소년이 나타나 강을 건네 달라고 부탁합니다. 그 소년을 어깨에 태우자 대리석처럼 무거워져서, 레프로부스는 죽는 것마저 각오하게 되었습니다. 겨우 강을 건넌 뒤에 이유를 묻자, 「그도 그를 것이 당신은 오늘 밤에야 말로, 세상의 고통을 몸에 짊어 진 예수 그리스도를 짊어졌기 때문이네」 하고 소년은 대답했습니다. 그 백의를 입은 소년의 무게에 대해 씀으로써, 함께 괴로워하는 그리스도의 고통의 무게를 아쿠타가와는 그리고 있습니다.

아쿠타가와에게 있어서 예수 그리스도는 함께 괴로워해 주는 분이었습니다. 아버지가 있는 곳에 돌아간다고 하는 그 부활한 예수 그리스도를 따라 간 것인지, 그 날 밤부터 레푸로부스 즉 기리시토호로의 모습은 보이지 않게 되었고, 수양버들 나무로 만든 지팡이에 「아름다운 빨간 장미 꽃」이 피어 있었습니다. 부활한 예수 그리스도와의 만남은, 뒤에 「속 서방의 사람」의 「가난한 사람들」이라는 장에서, 실망한 엠마오의 여행자들과 함께 걷는 그리스도로서 나타납니다.

「줄리아노・기치스케」의 기치스케는 머슴이면서 주인집 외동딸을 사모하여 사람들에게 바보 취급을 받게 되자 집을 나갑니다. 3년 후에 그는 돌아오지만, 잘 모르는 홍모인에게 종문신을 전수 받고 세례를 받아 줄리아노・기치스케를 세례명으로 하사 받은 기리시탄(카톨릭교인)이 되었습니다.

그 홍모인은 바다 위를 걸어 모습을 감추었지만, 예수 그리스도로 보이는 홍모인에게 전수 받은 가르침은, 종문신 예수 그리스도가 마리아(Maria)를 사랑하여 기치스케와 같은 괴로움을 안고 고민하다가 상사병으로 죽었다고 하는 기묘한 이야기입니다. 기치스케는 기리시탄이라는 이유로 십지가형을 받아 처형되었습니다. 그 때 굉장한 우뢰가 형장에 쏟아졌습니다. 그런데 기치스케의 시체를 십지가에서 내렸을 때, 형언할 수 없는 아름다운 향기가 떠돌고 있었다고 하는 것입니다.

아쿠타가와는 여기에서 무엇을 이야기하고자 하는 것일까요? 그가 말한 「광신자의 심리에 대한 흥미」을 가지고 「기독교를 경시하기 위해서」 쓰고 있는 것일까요? 기치스케에게는 같은 괴로움으로 고민하여 상사병으로 죽은 종문신이 필요했습니다. 그리고 기치스케는 자신이 믿고 있는 대로 그런 「예수 그리스도님」에 의해 구제되었습니다. 우인(愚人)을 바보 취급하거나 「기독교를 경시」하여 우습게 그리면서도, 이단이라고 재단되어 마땅한 신앙을 가지고 있는 우인인 줄리아노・기치스케와도 함께 동행해 주는 그리스도를 그리고 싶었던 게지요. 아쿠타가와는 기치스케의 일생을 「일본의 순교자중에서 내가 가

장 사랑하는 신성한 우인의 일생」이라고 이야기하고 있습니다.

「남경의 그리스도」에도 금화라고 하는 신성한 우인이 그려져 있습니다. 금화는 어려운 가계를 돕기 위해 밤마다 손님을 받다가 악성 성병을 앓는 몸이 됩니다. 금화는 벽에 걸린 십자가 앞에 무릎을 꿇고 수난 받는 그리스도상을 우러러 보면서, 굶어 죽는 한이 있더라도 손님과 한 침대에서 자지 않도록 그리스도에게 지켜 달라고 기도하고 있었습니다. 어느 날 혼혈아로 보이는 손님이 와서 금화는 그를 받아들이지 않을 거라고 거절했지만, 십자가에서 떨어진 수난 받는 그리스도의 얼굴이 그 혼혈아와 닮은 것을 보고, 하룻밤을 함께 보내버립니다. 금화는 꿈 속에서 천국에 가 예수 그리스도를 만납니다. 다음날 아침 눈을 뜬 금화는 성병이 나은 것을 알고, 「부활하신 주님과 이야기를 나눈 아름다운 막달라 마리아」처럼 열심히 기도를 드렸습니다,

인간에게는 각자가 가지고 있는 믿음이 있습니다. 예수 그리스도를 사랑하고 있는 사람들에게는 그리스도가 반드시 응답해 준다는 것을 아쿠타가와는 그리고 있다고 봅니다. 「남경의 그리스도」, 다시 말해서 금화의 그리스도라고 할 수 있겠지요. 「남경의 그리스도」는 1921년 아쿠타가와가 오사카 마이니치(大阪每日)신문사의 특파원으로서 중국에 가기 전에 쓴 작품입니다.

「흑의성모」에서는 손자인 모사쿠가 홍역에 걸렸을 때 그의 할머니가 흑의를 입은 성모인 「마리아관음」에게, 자신이 살아 있는 동안은 손자의 목숨을 살려달라고 기도하였더니, 할머니가 먼저 죽고 바로 뒤이어 모사쿠도 죽게 되었습니다. 흑의성모의 뒷면에는 「자신의 기도, 신이 정한 뜻을 바꿀 수 있다고 바라지 말라」하고 씌어져 있었습니다. 이는 신의 뜻을 구하기보다 육친의 정을 우선하여 기도해 버리

는 할머니의 신앙을 그리고 있습니다. 그러나 여기에서 주목하고 싶은 것은 「마리아관음」을 집안에 숨겨 두고 몰래 신앙을 지키고 있는, 숨은 기리시탄(카톨릭교인)들의 신앙의 지키는 방법과 마리아관음입니다. 혹독한 박해의 시대에 숨어서 예배하는 「숨은 기리시탄」, 그들에게는 아쿠타가와가 구해 마지않았던 「이기적이기 않은 사랑」이 있었습니다. 실제로 아쿠타가와는 마리아관음을 하나 가지고 있었다고 합니다.

이상에서 든 네 작품은 우직한 신앙과 아가페의 사랑에 대해 그리고 있습니다. 아쿠타가와는 순교하는 기리시탄들의 배후에 있는 그리스도의 「아가페의 사랑」에 주목하여, 절필인 「서방의 사람」 「속 서방의 사람」에서는 「나의 그리스도」라고 고백하게 됩니다.

2011년 10월 7일에서 10일까지, 중국의 북경 일본학 연구 센터에서, 제6회 「국제 아쿠타가와 류노스케 학회」가 성대히 거행되었습니다. 각국 연구자들의 발표 중에서 눈길을 끈 것은 중국의 아쿠타가와 연구자들이 점차 늘어 가고 있다는 것입니다. 아쿠타가와는 1921년에 오사카마이니치(大阪每日)신문사의 특파원으로 중국에 갔습니다. 그런데다 아쿠타가와가 중국의 소설이나 한시, 회화를 좋아했기 때문에, 중국의 연구자들에게는 아쿠타가와 연구의 소재가 풍부한 것도 하나의 이유이기도하겠지요. 거대한 나라라서 연구자들이 대학에 취직할 수 있는 가능성도 아직 많이 열려 있기도 하여, 그들의 연구 열기가 강하게 전해져 왔습니다. 이에 비하면, 최근 한국에서는 새로운 아쿠타가와 연구자가 그다지 늘고 있는 것 같지 않아서 좀 섭섭하기도 합니다.

매년 열리는 학회를 통해, 아쿠타가와 류노스케 연구자들이 한자리에 모여서 발표하고 토론하는 장을 가질 수 있는 것은 큰 은혜입니다. 많은 것을 배울 수 있었고, 아침부터 저녁까지 아쿠타가와와 북경, 중국을 화제로 삼았던 것도 인상적이었습니다. 역시 연구자는 자신이 연구하는 작가를 좋아하지 않으면, 계속해서 연구하기가 어렵겠다고 느껴졌습니다.

학회가 끝나고 나서, 여느 때와 같이 문학 산보를 하였습니다. 아쿠타가와는 북경을 아주 좋아했습니다. 북경은 중국의 문화가 보존되어 있는 도시이고, 그가 지금까지 꿈꾸고 있었던 중국의 소설, 시가, 회화의 세계가 살아 숨 쉬고 있는 곳이라고 생각했던 것이지요. 상해는 그다지 마음에 들지 않았던 것 같습니다. 그러나 귀국해서 요코미쓰 리이치(横光利一)에게 상해에 가보라고 권하고 있는 것을 보면, 격동하는 세계정세를 읽어낼 수 있는 흥미 있는 도시로서 인식했던 것 같습니다.

아쿠타가와가 걸은 길을 따라 그가 너무나 좋아했던 수련이 아름답게 피어 있는 연못을 돌아보고, 전통적인 건물이 즐비하게 줄지어 있는 길을 걸었습니다. 마지막에는 곽말약(郭沫若)이라고 하는 중국 근대 문호의 기념관을 방문하였습니다. 1963년에서 1978년 사망할 때까지 살고 있었다는 전통적인 중국의 저택으로, 정원에는 그가 좋아하던 나무와 꽃이 많이 심겨져 있었습니다. 아쿠타가와와 같은 해에 태어나, 내년으로 탄생 120주년을 맞이한다고 합니다. 곽말약은 규슈(九州) 제국대학에서 의학을 공부하고 귀국하여 시나 희곡의 집필 활동에 힘썼는데, 일본의 조선 침략 정책을 비판했다고 하는 이야기를 듣고 감사의 마음이 밀려 왔습니다. 그의 딸이 지금 기념관의 관장을 맡고 있었는데, 관장의 조카인 일본의 국학원대학교수, 임 총(林叢)씨가 할아버지 곽말약의 시집을 일본어로 번역 출판한 것을 학회 측에서 기념관에 증정했습니다. 그녀와는 22년전에 같은 지도 교수 밑에서 일본문학을 배운 인연도 있어서, 개인적으로 그리운 생각도 들었습니다.

올해는 특히 젊은 연구자들이 많이 아쿠타가와학회에 가입하고 발표도 하여, 왕성하고 활기가 넘치는 학회가 되었습니다. 내년에는 한국에서도 아쿠타가와 연구자들과 아쿠타가와의 문학을 사랑하는 젊은이들이 많이 참가해 주실 것을 꿈꾸고 있습니다. 학회가 횟수를 거듭함에 따라 연구도 깊이를 더해 가고, 아쿠타가와 연구의 동향도 눈에 보입니다. 연구자끼리의 교류도 활발해져서, 인생을 함께 걸어가는 동반자가 되어 가고 있습니다. 한국에서도 『아쿠타가와 류노스케(芥川龍之介) 전집』 8권이 모두 완성되어져서, 독자들이 아쿠타가와의 문학에 친숙해지고 그 중에서 동호회도 만들어져, 애독자와 우수한 연구자들이 많이 배출되기를 기대하고 기원합니다.

2011년 11월 1일 조사옥

목 차

아쿠타가와 류노스케 전집

芥川龍之介 全集

III

기리시토호로상인전(きりしとほろ上人伝)

하태후

❖ 소서 ❖

이것은 내가 이미 미타문학 지상에 게재했던 '봉교인의 죽음'과 같이, 내가 소장하고 있는 기리시탄판 '레겐다 오레아'의 한 장에다 다소의 윤색을 가한 것이다. 단지 '봉교인의 죽음'은 우리나라 천주교인들의 일화였지만, '기리시토호로상인전'은 예부터 널리 유럽 천주교국가에 유포되어 있는 성인 행장기의 일종인데, 나의 '레겐다 오레아'의 소개로, 이것저것이 어우러져 처음으로 전모를 생생하게 떠올릴 수 있을지 모르겠다.

전설 중 대부분은 해학에 가까운 시대착오나 장소착오가 속출하지만, 나는 원문의 시대상을 손상시키지 않으려고, 일부러 무엇 하나 첨삭하지 않기로 했다. 견문이 넓은 여러분에게 나의 상식의 유무를 의심받지 않는다면 다행한 일이다.

❖ 1. 산살이 ❖

먼 옛날 일이다. '시리아' 나라 산 속에 '레푸로보스'라 하는 산사나이가 있었다. 그때 '레푸로보스' 정도로 몸집이 큰 남자는 주님이 태양을 비추시는 천하가 넓다고 하더라도 전혀 한사람도 없었다고 한다. 우선 키는 구 미터 정도나 될까. 포도넝쿨처럼 보이는 머리카락 속에는 귀여운 박새가 몇 마리인가 깃들이고 있었다. 더욱이 손발은 깊은 산의 회나무로 착각할만하고 발소리는 일곱 계곡에 메아리칠 정도였다. 그러니 그 날 식량을 구하는데 사슴 곰 따위를 찌부러뜨리는 것은 손가락 하나 비틀기였다. 또는 때때로 바닷가에 내려가 조개를 잡으려고 할 때에도 철각채 같은 수염을 늘어뜨린 아래턱을 철썩 모래에 붙이고 한참 물을 마시면, 도미도 가다랑어도 지느러미를 흔들며 후련하게 입으로 흘러들어 왔다. 그래서 앞 바다를 지나가는 배마저 때 아닌 밀물 썰물에 표류해 뱃사공이 당황하여 부산떠는 일도 있었다고 전한다.

그러나 '레푸로보스'는 원래 마음씨가 부드러운 사람이라서 나무꾼은 물론 왕래하는 행인에게 해를 입힌 일은 없었다. 오히려 자르지 못하는 나무는 밀어 넘어뜨려 주고, 사냥꾼이 쫓다가 놓친 짐승은 잡아주고, 행인이 지고 괴로워하는 짐은 어깨에 메어주고, 무언가 친절을 베풀었기에 원근 마을에서도 이 산사나이를 미워하는 사람은 한 사람도 없었다. 그 중에서도 어느 한 마을에 양치기 목동이 행방불명이 되었을 때, 밤중에 그 목동 부모가 집 천장 창문을 밀어 여는 사람이 있어 놀라 위를 보니, 도롱이만 한 '레푸로보스' 손바닥에 깊이 잠든 목동이 얹혀, 별이 총총한 하늘에서 유유히 내려온 일도 있었다고 한다.

어쩐지 산사나이답지 않은 기특한 배려가 아닌가.

그래서 나무꾼들도 '레푸로보스'를 만나면 떡이나 술을 대접하고 격없이 이야기하려고 한 일도 자주 있었다. 그러던 중 어느 날의 일이다. 나무꾼이 나무를 베려고 회나무 산에 깊이 들어갔는데, 이 산사나이가 느릿느릿 조릿대 속에서 나타났기에 대접할 마음으로 낙엽을 태워서 술병 하나를 데워 주었다. 이 물 한 방울 같은 술병의 술조차 '레푸로보스'는 매우 기쁜 기색을 하고, 머릿속에 집을 지은 박새에게도 나무꾼들이 먹다 남은 밥을 주면서, 크게 책상다리를 하고 말하기를,

"나도 인간으로 태어났더라면 훌륭한 공명 공훈을 많이 세워 나중에는 다이묘라도 되었을 것인데."라고 하자 나무꾼들도 몹시 흥겨워하며,

"당연한 일이지. 자네 정도 힘이 있으면 성 두세 개 쳐들어가 부수는 건 한 손으로도 할 수도 있을 거야."라고 했다. 그때 '레푸로보스'가 약간 걱정하는 모습으로 이야기하기를,

"하지만 하나 곤란한 게 있어. 내가 요즘 산살이만 하고 있으니까, 어느 영주의 무사가 되어 싸움을 해야 할지 전혀 분별할 수가 없어. 요즘 천하무쌍의 강자라 할 수 있는 사람은 어느 나라 연주일까. 누구라도 괜찮으니 나는 그 분의 말 앞에 급히 달려가 충절을 바쳐야지." 하고 물었더니,

"그런데 우리들은 지금 천하에 '안치오키야' 임금만큼 무용이 넘치는 대장도 없다고 생각해."라고 답했다. 산사나이는 이걸 듣고는 이만저만 아니게 기뻐하며,

"그럼 빨리 나서자."고 하고 동산과 같은 몸을 일으키자 이상한 것은 머릿속에 집을 지은 박새가 일시 소란스러운 날개 소리를 남기고

하늘에 망을 친 나뭇가지로 새끼도 남기지 않고 날아가 버렸다. 새들이 비스듬하게 가지를 늘어뜨린 노송나무 뒤쪽으로 올라가니 그 나무는 박새가 열매 맺은 것 같았다고 한다. '레푸로보스'는 이 박새의 행동을 의심스러운 눈으로 보고 있다가, 이윽고 초심으로 돌아간 얼굴로 발밑에 모였던 나무꾼에게 공손하게 이별을 하고 다시 조릿대를 밟으며 원래 온대로 느릿느릿 산 속으로 혼자 사라져 버렸다.

그래서 '레푸로보스'가 영주가 되고자 소망한 일은 금방 원근 산마을에도 알려졌는데, 한참 지나서 이 같은 소문이 바람을 타고 전해졌다. 그건 국경 근처 호수에서 어부들이 진흙에 빠져들어 간 큰 배를 끌어내고 있던 참에 이상한 산사나이가 어디에선가 나타나 그 배 돛대를 꽉 잡고 어려움 없이 해안에 끌어 당겨, 모두가 놀라는 동안에 재빨리 모습을 숨겼다는 소문이다. 그래서 '레푸로보스'를 보아 알 정도의 나무꾼들은 모두 이 정 깊은 산사나이가 드디어 '시리아' 나라 안에서 사라졌음을 깨닫고는 서쪽 하늘에 병풍을 둘러친 것 같은 산봉우리를 바라볼 때마다 한없는 미련을 아쉬워하며 스스로 한숨을 쉬었다고 한다. 더욱이 저 양치는 목동들은 저녁 해가 산그늘에 지려고 할 때는 꼭 동구 밖 한 그루 삼나무에 높이 올라가 밑에 둔 양 무리도 잊어버린 채, "'레푸로보스' 그리워, 산을 넘어서 어디 갔니?" 하고 슬픈 소리로 불러댔다. 그런데 그 후 '레푸로보스'가 어떤 행운을 만났는지, 그 다음을 알고자 하는 분은 우선 아래를 읽어보시라.

❖ 2. 갑자기 영주가 된 일 ❖

그때 '레푸로보스'는 어려움 없이 '안치오키아' 성에 갔는데, 시골의 산마을과는 달리 이 '안치오키아'의 서울은 그때 천하에 둘도 없는 번

화한 곳이라서 산사나이가 마을 가운데 이르자마자 구경나온 남녀가 엄청나게 몰려들어 끝내는 통행도 할 수 없었다. 그래서 '레푸로보스'도 완전히 가고자 하는 방향을 잃고 인파에 시달리며 어떤 영주의 골목길 네거리에 선 채 움직이지 못하고 말았는데, 때마침 거기에 다가온 사람은 임금님의 가마를 둘러싼 무사들의 행렬이었다. 구경꾼들은 쫓겨서 산사나이를 혼자 남긴 채 금세 사방으로 멀어져 버렸다. 그래서 '레푸로보스'는 큰 코끼리 발로 착각할 만한 거센 손을 대지에 붙이고 가마 앞에 머리를 숙이며,

"저는 '레푸로보스'라 하는 산 사나이입니다만, 지금 '안치오키야' 임금님은 천하무적의 대장이라고 듣고, 받들어 모시고자 하여 멀리서부터 이곳까지 올라 왔사옵니다."고 말씀드렸다. 이 보다 먼저 임금님 일행도 '레푸로보스'의 모습에 간이 서늘해 선봉부대는 이미 창과 칼을 뽑으려는 기색이었다. 이 기특한 말을 듣고 사심 없을 것이라고 생각해 즉각 행렬을 멈추고 호위대장이 그 뜻을 여차여차 임금님께 말씀 올렸다. 임금님은 이 말을 들으시고,

"그 정도 큰 남자라면 틀림없이 무술도 다른 사람보다 뛰어날 것이다. 불러 부하로 쓰자."고 분부하시니, 각별히 의논하여, 즉각 일행 속에 더해졌다. '레푸로보스'의 기쁨은 말할 것도 없었다. 그래서 임금님 행렬 뒤에서 서른 명 장사도 멜 수 없을 긴 궤 열 개의 감독이 되어 그리 멀지 않은 궁궐 문까지 뻐기면서 수행했다. 사실 이때 '레푸로보스'가 산 같은 긴 궤를 어깨에 메고, 행렬하는 사람과 말을 눈 아래 깔아보면서 큰손을 흔들어 돌리는 이상한 몸짓이야말로 볼만한 것이었다.

그런데 그때부터 '레푸로보스'는 옻 문양의 마 옷감으로 옷을 해 입고 칼집에 긴 칼을 차고 아침저녁 '안치오키야' 임금님 궁궐을 수호하

는 관리의 몸이 되었는데, 다행히 여기에 공훈을 세울 수 있는 시절이 도래한 것은, 드디어 이웃나라 대군이 이 서울을 공격하고자 일시에 밀어닥친 것이다. 원래 이 이웃나라 대장은 사자왕도 맨손으로 쳐 죽인다는 아무도 당할 수 없는 장사라서 '안치오키야'의 임금님도 쉬운 상대는 아니었다. 그런데 이번 선봉은 지금 온 '레푸로보스'에게 명령이 내려졌고, 임금님은 스스로 본진에 가마를 진군시켜 호령을 내리게 되었다. 이 분부를 받은 '레푸로보스'가 기쁜 나머지 발을 밟는지 밟지 않았는지 정신이 없는 것은 조금도 무리가 아니다.

이윽고 아군도 전열을 갖추자 임금님은 '레푸로보스'를 앞세워 북소리도 용감하게 국경 들판으로 군대를 보냈다. "옳다!"고 생각한 적의 군사들은 원래부터 바라던 곳에서 싸움하게 되어 어찌 한시라도 주저할 것인가. 들판을 덮은 깃발이 갑자기 물결치더니 일시에 '와' 하고 소리 지르며 당장이라도 담판할 기색으로 보였다. 이때 '안치오키야' 사람 중에서 한사람 유유히 나온 이는 다름 아닌 '레푸로보스'였다. 산사나이의 이날 출전은 물소 투구에 남만철 갑옷을 입고 길이가 칠 척이나 되는 긴 칼을 손잡이에 바싹 잡고 흡사 성의 천수각에 혼이 깃든 것처럼 대지가 좁다며 흔들고 나왔다. 이때 '레푸로보스'는 양군 한가운데를 가로 막아서서 긴 칼을 머리 위에 들고 멀리 적을 부르면서 뇌성 같은 소리로 외치기를,

"멀지 않은 사람은 소리라도 들어라. 가까우면 다가와 눈으로 보아라. 나는 '안치오키야' 임금님 진중에, 이런 사람 있다고 알려진 '레푸로보스'라 하는 장사다. 황공하게도 오늘 선봉대장이 되어 여기 군대를 이끌고 나왔으니 내로라하는 사람은 가까이 다가와서 승부를 내자."고 하였다. 이 무사다운 위엄은 옛날 '페리시테'의 호걸에 '고리아

테'가 있었는데, 비늘을 꿰맨 큰 갑옷에 구리창을 손에 들고 백만 대군을 질타한 데도 뒤지지 않아, 과연 이웃나라 정병들도 잠깐 동안은 소리를 죽이고 나와 싸우려는 자가 없었다. 그래서 적의 대장도 이 산사나이를 치지 않고는 안 된다고 생각했을 것이다. 아름다운 갑옷에 삼척 칼을 빼어들고 용마에 거품을 물리며, 그것도 큰 소리로 자기 이름을 대면서 쏜살같이 '레푸로보스'에게 달려들었다. 하지만 이쪽은 긴 칼을 꺼내서 두세 번 응대하다가 곧 무기를 휙 던져 버리고, 긴 팔을 뻗치자마자 재빨리 적군 대장을 안장에서 떼어내어 저 멀리 하늘에 돌멩이처럼 던져 날려 버렸다. 그 적군 대장이 빙글빙글 허공을 날면서 아군 진중에 '꽈당'하고 떨어져 여기 저기 흩어지자, '안치오키야'의 군사는 함성을 울리며 임금님의 가마를 가운데 둘러싸고 눈사태가 난 것처럼 공격해 들어간 것은 간발의 차이도 없이 거의 동시에 일어난 일이다. 그래서 이웃나라의 군대는 잠시도 버티지 못하고 도망치려고 무기와 말을 내던져 버리고 사분오열로 사라지고 말았다. 정말 '안치오키야' 임금님의 그 날 대승은 아군의 손에 든 투구 수만도 일 년의 날수보다 많았다고 한다.

그래서 임금님의 기쁨은 이만 저만이 아니었고 경사스러운 개선가 속에 군사를 돌렸는데, 이윽고 '레푸로보스'에게는 영주의 위를 주시고 게다가 모든 신하에게도 일일이 승리의 연회를 베푸시고 정중하게 훈공을 위로하셨다. 그 승리의 연회를 베풀어주신 밤의 일이라고 생각된다. 당시 나라마다 풍습에 맞춰 그 날 밤도 유명한 비파법사가 큰 촛불 밑에서 가락을 켜는데, 오늘날이나 옛날 싸움의 참상을 손으로 잡을 듯이 읊었다. 이때 '레푸로보스'는 전부터 바라던 큰 소원을 성취한지라 군침을 흘릴 정도로 웃으면서 여념이 없이 포도주를 주고받

고 있던 참에, 문득 취한 눈에도 들어온 것은 비단 만막을 친 정면 어좌에 계시는 임금님의 이상한 행동이었다. 왜냐하면 법사가 부르는 노래 중에 악마라고 하는 말이 있으면 임금님은 황급히 손을 들어 십자 성호를 그었다. 그 행동이 무엄하고 장엄하게 보여 '레푸로보스'는 동석한 병사에게,

"어째서 임금님은 저처럼 십자를 긋는가?"하고 갑작스레 물었다. 그런데 그 병사 대답이,

"대개 악마라고 하는 것은 하늘 아래 인간도 손바닥에 올려놓고 노는 장사 같은 놈이지요. 그래서 임금님도 악마의 장애를 쫓아 버리려고 계속 십자를 그어 몸을 지키고 계시는 것입니다."라고 했다. '레푸로보스'는 대답을 듣고, 수상쩍게 다시 묻기를,

"하지만 지금 '안치오키야' 임금님은 천하에 비할 데 없는 제일 강한 장수라고 들었네. 그러니 악마도 임금님의 몸에는 손가락조차 하나 댈 수 없지 않나." 하자 병사는 고개를 흔들며,

"아니, 아니, 임금님도 악마 같은 위세는 없지요."라고 대답했다. 산사나이는 이 대답을 듣자마자 크게 분개하여 말하기를,

"내가 임금님 부하가 된 것은 천하무쌍의 강자는 임금님이라고 들은 까닭이야. 그런데 그 임금님조차 악마에게는 허리를 굽힌다고 하면 나는 지금부터 물러나서 악마의 신하가 되겠다."고 외치면서 바로 포도주 잔을 던지고 일어서려고 하는데, 같이 앉아 있던 병사들은 '레푸로보스'가 아무래도 이번에는 공명을 샘낸다고 생각하고 있다가,

"어, 산사나이가 모반을 한다."하고 이구동성으로 욕을 퍼붓고 떠들고는 갑자기 사방팔방에서 잡아 묶으려고 일어섰다. '레푸로보스'도 평소 같으면 이 병사들에게 붙잡힐 리가 없다. 하지만 그 날 밤은 포

도주에 취해 전후도 분간할 수 없는 몸이 되어 잠시 동안 많은 병사를 상대로 붙들었다 떨어졌다 하며 씨름하다가 드디어 발이 미끄러져 생각지도 않게 '쿵' 쓰러졌는데, "옳지 잘됐다."고 병사들은 더욱 더 포개어져서 분해 떨고 있는 '레푸로보스'를 뒷짐결박하였다. 임금님도 일의 꼴을 시종 남기지 않고 보시고서,

"은혜를 원수로 갚는 얄미운 놈. 빨리 흙 감옥에 던져 넣어라."고 크게 화를 내셨다. 슬프도다. '레푸로보스'는 그 밤에 보기에도 누추한 땅 밑 감옥에 감금되는 몸이 되었다. 그런데 이 '안치오키야'의 감옥에 갇힌 '레푸로보스'가 그 후 어떤 행운을 만났는지, 다음을 알고자 하는 분은 우선 아래를 읽어보시라.

❖ 3. 악마 왕래의 일 ❖

그러던 중에 '레푸로보스'는 아직 새끼줄도 풀리지 않았고, 흙 감옥 어두운 밑바닥에 던져져 가끔 갓난아기 같이 '앙 앙' 소리를 내어 크게 우는 수밖에 없었다. 그때 어디에선지 모르게 주홍 법의를 입은 학자가 갑자기 모습을 나타내며 부드럽게 묻기를,

"어찌된 일인가? '레푸로보스'. 자네는 어째서 이 같은 곳에 있지?" 라고 묻자 산사나이는 그때야 폭포 같은 눈물을 흘리면서,

"나는 임금님을 거역하여 악마를 섬기려다가 이같이 감옥에 온 것이지. 앙 앙 앙." 하고 울어댔다. 학자는 이것을 듣고 다시 부드럽게 묻기를,

"그러면 자네는 지금도 악마를 섬길 뜻이 있는가?" 하고 물으니, '레푸로보스'는 고개를 끄덕이면서,

"지금이라도 섬기겠소."라고 했다. 학자는 이 대답을 크게 기뻐하여

흙 감옥이 울려 퍼질 정도 껄껄 웃으면서 흥겨워하다가 이윽고 세 번 부드럽게 묻기를,

"자네 소망이 기특하니 지금부터 바로 감옥살이를 면할 수 있을 거야."라고 하며 몸에 걸쳤던 주홍 법의를 '레푸로보스' 위에 덮었는데, 이상하게 전신의 포박은 전부 사르르 끊어져 버렸다. 산사나이의 놀라움은 말할 것도 없었다. 그래서 주저주저하며 몸을 일으켜 학자의 얼굴을 보면서 정중히 예를 올려 말하기를,

"제 포승줄을 풀어주신 은혜는 영원히 잊지 않을 것입니다. 하지만 이 흙 감옥은 어떻게 몰래 빠져나가지요?"라고 했다. 학자는 이때 또 헛웃음을 웃고,

"그 같은 것이 무엇이 어렵겠는가?"라고 말을 다 하기도 전에 당장 주홍 법의 소매를 열어 '레푸로보스'를 겨드랑이에 끼우자, 순식간에 발밑이 어두워지고 미친 듯한 바람이 불기 시작하더니 두 사람은 언젠가 하늘을 밟고 감옥을 뒤로하고 훌훌 '안치오키아'의 서울 밤하늘에 불꽃을 날리며 올랐다. 정말로 그때 학자의 모습은 때마침 지려고 하는 달을 등에 업고, 마치 이상한 큰 박쥐가 검은 구름 날개를 한일자로 비행하는 것같이 보였다고 한다.

그러니 '레푸로보스'는 점점 간이 콩알만 해져서 학자와 함께 공중에 쏜 화살과 같이 나르기는 하였지만 부들부들 떠는 소리로 묻기를,

"도대체 당신은 누구요?. 당신 같이 신통한 박사는 세상에 또 없다고 생각하오."라고 하자, 학자는 갑자기 어쩐지 기분 나쁜 웃음을 웃으면서 일부러 아무렇지 않은 소리로 답하기를,

"무엇을 감추겠는가. 우리들은 천하 인간을 손바닥에 올려놓고 조종하는 장사지."라고 하자, '레푸로보스'는 처음으로 학자의 본성이 악

마라는 말에 수긍이 갔다. 그러니까 악마는 이렇게 문답을 하는 사이에도 요령성이 흐르는 것같이 하늘을 달렸는데, '안치오키야' 서울의 등불도 지금은 먼 어둠 밑바닥에 가라앉아 버리고, 이윽고 발밑에 떠오른 것은 소문에 듣던 '에지쓰토'의 사막이었다. 몇 백리인지도 모르는 모래벌판이 새벽 달빛 속에 밤눈에도 분명히 보였다. 이때 학자는 손톱이 긴 손가락을 펴서 하계를 가리키며 말하기를,

"저기 초가집에는 영험이 있는 은자가 살고 있다고 들었다. 우선 저 지붕위에 내리자." 하고 '레푸로보스'를 겨드랑이에 끼운 채 어떤 모래산 기슭에 있는 황폐한 집 용마루에 팔랑팔랑 하늘에서 내렸다.

이쪽은 그 황폐한 집에서 불도를 닦고 있는 은자인 늙은이다. 마침 밤이 세는 줄도 모르고 초롱 밑 희미한 불빛 아래서 경을 읽고 있다가 갑자기 이루 말할 수 없는 향기로운 바람이 불어오고 눈이라도 뿌리듯이 꽃잎이 분분히 나부끼기 시작하더니, 어디서인지 모르게 창녀 한 사람이 대보갑 비녀를 원광과 같이 꽂고 지옥 그림을 수놓은 예복 치맛자락을 길게 끌고 천녀와 같은 교태를 떨며 꿈 같이 눈앞에 나타났다. 노인은 마치 '에지쓰토'의 사막이 잠시 동안에 무로간자키 유곽으로 변했다는 생각이 들었다. 너무나 이상하여 정신을 잃고 잠시 동안은 홀딱 반한 모양으로 창녀의 모습을 쳐다보고 있는데, 상대는 드디어 꽃보라를 몸에 쓰고 씽긋 미소 지으며 묻기를,

"저는 '안치오키야' 서울에 있는 미인이지요. 오늘은 스님의 심심함을 위로하고자 멀고 먼 여기까지 왔습니다."고 한다. 이 목소리가 아름답기는 극락에 산다고 듣던 가릉빈가에도 뒤지지 않는다. 그러니 정말 영험 있는 은자도 무심코 그 손에 놀아날 뻔했는데, 생각하면 이 한밤중에 몇 백리인지도 모르는 '안치오키야' 서울에서 미인이 올 까

닭도 없다. 그래서 또 다시 악마의 나쁜 계략일 거라고 알아차리고 바싹 경에 눈을 붙이면서 전념하여 다라니를 읽고 있는데, 창녀는 반드시 은자인 노인을 넘어뜨리려고 마음을 먹었다. 난향 사향을 피운 비단 옷자락을 흔들거리며 보들보들하게 정말 원망스러운 듯이 한탄하기를,

"아무리 노는 몸이라 하지만 천리 산하도 마다 않고 이 사막까지 왔는데 알고 보니 재미도 없는 분이시구나."하고 말했다. 이 모습이 절묘하게 아름답기는 떨어지는 벚꽃 색깔조차 무색하다고 생각했던지, 은자 노인은 전신에 땀을 흘리며 악마를 쫓는 주문을 읽고 또 읽고, 전혀 그 악마 이야기에 귀 기울이려는 기색조차 없었다. 그러니 창녀도 이렇게 해서는 안 되겠다고 애가 탔던지 계속 지옥 그림 치맛자락을 나부끼며 옆으로 은자의 무릎에 매달리면서,

"왜 그렇게 홍이 나지 않지요?"라고 '흑흑' 울면서 하소연하였다. 이를 보자마자 은자 노인은 전갈에 물린 듯이 펄쩍 뛰며 재빨리도 몸에 걸고 있던 십자가를 번쩍이고 천둥소리 같이 욕을 퍼붓기를,

"이놈, 주님 '에스・기리시토'의 종에게 무례하게 굴지 마라."고 하며 탁하고 창녀의 얼굴을 쳤다. 얻어맞은 창녀는 낙화 속에 나긋나긋 뒹굴었는데 갑자기 그 모습이 보이지 않았고, 단지 한 무더기 검은 구름이 솟아오르는가 했더니 이상한 불꽃 비가 돌멩이처럼 날며,

"아, 아야. 또 십자가에 맞았구나!"하고 신음하는 소리가 점점 집 용마루에 올라와서는 사라졌다. 원래부터 은자는 그럴 거라고 마음에 생각하고 있던 대로 그 사이에도 비밀 진언을 끊임없이 소리 높여 읽고 있었는데, 순식간에 검은 구름도 엷어지고 벚꽃도 떨어지지 않아 황폐한 집 속에는 또 전과 같이 등잔불만 남았다.

하지만 은자는 악마의 유혹이 더 있을 거라고 생각하고 밤새도록 경의 힘에 매달려 눈꺼풀도 깜빡이지 않고 밤을 새우다가, 이윽고 새벽녘이라고 알아차렸을 때, 누군가 사립문을 두드리는 사람이 있어 십자가를 한 손에 들고 일어나 나가보니, 이것은 또 무엇인가. 초가집 앞에 웅크리고 공손하게 절을 하고 있는 사람은, 하늘에서 내려왔는가 땅에서 솟았는가, 동산만한 큰 남자이다. 이 남자가 일찍 붉게 물든 하늘을 새까맣게 어깨로 가리고 은자 앞에 머리를 숙이며 쭈뼛쭈뼛 말하기를,

"저는 '레푸로보스'라고 하는 '시리아' 나라의 산사나이입니다. 요즘 갑자기 악마의 부하가 되어 먼 이 '에지쓰토' 사막까지 왔지만, 악마도 주님 '에스 · 기리시토'의 위광에는 당할 수 없어서 저 혼자 남기고 어딘지 모르게 행방을 감추었습니다. 저는 지금 천하에 비할 수 없는 장사를 찾아서 그 분을 섬기려는 뜻이 있으니 불민합니다만, 제발 주 '에스 · 기리시토'의 부하 수에 넣어 주십시오."라고 했다. 은자 노인은 이것을 듣고 황폐한 집구석에 잠시 멈춰서면서 갑자기 눈썹을 찡그리고 대답하기를,

"글쎄 도리 없는 일이 되었구먼. 대개 악마의 부하가 된 이는 고목에 장미가 필 때까지 주님 '에스 · 기리시토'를 만나 뵙고 모실 수는 없지."라고 하자, '레푸로보스'는 또 정중하게 고개를 숙여,

"설령 몇 천 년이 지난다고 해도 저는 초일념을 관철하려 결심했습니다. 그러니 우선 주 '에스 · 기리시토'의 뜻에 맞는 일을 조목조목 가르쳐 주십시오."라고 하였다. 그래서 은자 노인과 산사나이 사이에는 이 같은 문답을 진지하게 주고받았다고 한다.

"그대는 경의 문구를 납득하는가?"

"일언반구도 알지 못합니다."

"그렇다면 단식은 가능한가?"

"무슨 말입니까. 저는 세상에 널리 알려진 대식가입니다. 좀처럼 단식은 할 수 없습니다."

"곤란한데. 밤새도록 자지 않는 일은 어떨까?"

"무슨 말입니까? 저는 세상에 널리 알려진 잠꾸러기입니다. 자지 않고는 좀처럼 견딜 수 없습니다."

이 대답에는 과연 은자 노인도 거의 말을 이을 기회조차 없었던지 이윽고 손바닥을 탁 치고서 '아뿔싸' 하는 얼굴로 말하기를,

"여기서 남쪽으로 가기를 십리 정도 하면 류사하라는 큰 강이 있다. 이 강은 물도 많고 흐름도 화살 같아서 요즘에는 사람과 말이 건너기에 곤란하다고 들었다. 하지만 자네 정도 큰 사나이는 쉽게 강을 건널 수 있을 거야. 그러니 그대는 지금부터 이 강 나루터지기가 되어 왕래하는 모든 사람을 건네주게. 그대가 사람들에게 착실하면 천주도 역시 그대에게 자비로우실 게 틀림없네."라고 하니 사나이는 크게 용기를 내어,

"어쨌든 그 류사하의 나루터지기가 되겠습니다."라고 했다. 그래서 은자 노인도 '레푸로보스'의 기특한 뜻을 의외로 기뻐하여,

"그렇다면 지금 세례를 주겠노라."고 하고 몸소 물병을 껴안고 굼실굼실 초가집 용마루에 기어올라, 겨우 산사나이 머리 위에 그 물병의 물을 쏟아 부었다. 그런데 이상한 것은 득도의 의식이 끝나지도 않았는데 때마침 떠오른 태양이 반짝반짝 빛나고 있는 한가운데로 무언가 구름이 꼈는가 했는데 갑자기 그것이 셀 수도 없는 박새 무리가 되어 하늘에 솟은 '레푸로보스'의 떨기와 같은 머리 위에 여기저기 날아 내

렸다. 이 이상함을 본 은자 노인은 엉겁결에 성수를 부으려는 방향조차 잊어버리고 황홀하게 아침 해를 바라보고 있다가, 이윽고 공손하게 천상을 향해 엎드려 예배하고, 집 용마루에서 '레푸로보스'를 손짓해 불러,

"거룩하게 세례를 받는 이상에는 향후 '레푸로보스'를 고쳐서 '기리시토호로'라고 칭하라. 생각건대 천주도 그대의 신심을 가상히 여기셨으니, 만에 하나 근행에 게으르지 않으면 필히 머지않아 '에스 · 기리시토'의 존체를 뵈올 수 있을 걸세."라고 했다. 그래서 '기리시토호로'라 이름을 고친 '레푸로보스'가 그 후 어떤 행운을 만났는지, 그 다음을 알고자 하는 분들을 우선 아래를 읽어보시라.

❖ 4. 왕생의 일 ❖

그래서 '기리시토호로'는 은자 노인에게 이별을 고하고 류사하의 언저리에 갔는데, 정말로 탁류가 샘솟듯이 하여 강변 푸른 갈대를 쓸며 지나가고, 천리 파도가 뒤집히는 모습은 배조차 쉽게 지날 수 없었다. 하지만 산 사나이는 키가 무릇 구 미터가 넘을 정도라서 강 한가운데를 지날 때도 물은 겨우 배꼽 근처를 소용돌이치면서 흐를 뿐이다. 그래서 '기리스토호로'는 이쪽 강변에 작지만 암자를 짓고 때때로 건너기에 곤란하게 보이는 여행자가 눈에 들어오면 곧 그 근처로 걸어가서 "나는 이 류사하의 나루터지기요."라고 했다. 원래 보통 여행자는 산사나이의 무서운 모습을 보면 무슨 천마파순인가 하고 처음에는 간이 서늘해서 도망치지만, 이윽고 그 마음씨 부드러움을 잘 알고 "그렇다면 신세를 집시다."고 쭈뼛쭈뼛 '기리시토호로'의 등에 타는 것이 보통이다. 그런데 '기리시토호로'는 여행자를 어깨에 들어 올리곤

언제나 물가의 버들을 뿌리 채 뽑은 튼튼한 지팡이를 짚으면서 소용돌이치는 물길도 상관치 않고 '쏴쏴' 물을 가르며 거침없이 저쪽 강변까지 건넜다. 더욱이 저 박새는 그 사이에는 모두가 양화가 흩날리듯이 끊임없이 '기리시토호로'의 머리를 둘러싸고 기쁘게 서로 지저귀었다고 한다. 정말 '기리시토호로'의 신심 두터움에는 무심한 작은 새도 기쁜 마음을 참을 수 없었으리라.

이 같이 한 '기리시토호로'는 비바람도 마다 않고 삼년간 나루터지기를 하고 있었는데, 나루터를 찾는 사람은 많아도 주 '에스 · 기리시토'다운 모습은 한 번도 만나지 못했다. 그런데 삼 년째 어느 밤의 일이다. 마침 거센 바람이 불고 번개조차 엉클어져 울려 퍼져 산사나이는 박새와 암자를 지키며 지나간 일들을 꿈과 같이 생각하고 있는데, 갑자기 차축 같은 비를 맞으며 애처로운 소리가 메아리치기를,

"어째서 나루터지기는 나오지 않지요. 강 한번 건네주세요." 하고 들려왔다. 그래서 '기리시토호로'는 몸을 일으켜 밖을 보니 깜깜한데 흔들리고 있는 것은 무엇인가. 강 언저리에는 나이가 아직 열 살도 안 되는, 겉모양이 말쑥한 흰옷을 입은 동자가 하늘을 찢는 듯한 번개 속에 머리를 드리우고 혼자서 웅크리고 서 있는 것이 아닌가. 산 사나이는 희한한 생각이 들어 바위에도 뒤지지 않을 만큼 몸을 구부리며 위로하듯이 묻기를,

"너는 왜 이 같이 깊은 밤에 혼자서 걷는고?"라고 물었더니, 동자는 슬픈 눈을 들어 "우리 아버지께 가려고요." 하고 곱디고운 목소리로 대답했다. 처음부터 '기리시토호로'는 이 답을 듣고서 의심이 조금도 풀리지 않았지만, 어쩐지 건너기를 서두르는 모습이 불쌍하고 다정하게 느껴져,

"그럼 건네주지."라고 양손에 아이를 껴안고 평소와 같이 어깨에 올려, 굵은 막대기를 집고 강변 푸른 갈대를 가르면서 바람이 미친 듯이 부는 밤의 강 속으로 간도 크게 철썩 몸을 적셨다. 하지만 바람은 검은 구름을 감듯이 돌려 넘기고, 숨도 쉬기 어렵게 불어 울려 퍼졌다. 비도 강 수면을 쏘는 듯하여 밑바닥이라도 뚫을 듯이 쏟아 부었다. 마침 어둠을 뚫는 번개 빛에 비쳐 파도는 일면에 솟아오를 듯 뒤집히고 공중에 솟아오른 물안개로 마치 무수한 천사들이 눈의 날개를 펄럭이며 나는 듯하였다. 그래서 천하의 '기리시토호로'도 오늘밤은 몹시 건너기 어려워 굵은 지팡이에 꼭 매달리면서 주춧돌이 썩은 탑같이 몇 번이고 흔들흔들 움직이지 못하고 서 있었는데, 비바람보다도 더욱이 어려웠던 것은 괘씸하게 어깨의 동자가 점차로 무거워지는 것이다. 처음에는 그것도 어느 정도 참을 수 없지는 않다고 생각했는데, 강 한가운데 다다르자 흰옷 동자 무게는 점점 늘어, 그때는 마치 큰 반석을 지고 있는가 의심했다. 그런데 나중에는 '기리시토호로'도 심한 무게에 눌려 결국은 이 류사하에서 목숨을 잃을 것이라 각오했는데, 문득 귀에 들어온 것은 전에 들어 익숙한 박새 소리였다. 글쎄 이 깜깜한 밤에 어째서 작은 새들이 나를까 하고 의심하면서 머리를 쳐들어 하늘을 보니, 이상하게 동자 얼굴을 둘러 초승달만한 금빛이 찬란하고 동그랗게 빛나고 있는데 박새는 모두 폭풍도 아랑곳하지 않고 이 금빛 주위에 분분히 미친 듯 춤추고 있었다. 이것을 본 산사나이는 작은 새조차 이렇게 씩씩한데 자신은 인간으로 태어나 어찌 삼년의 근행을 하룻밤에 버릴 수 있겠는가고 생각했다. 포도넝쿨로 혼돈할 머리카락을 '윙윙' 하늘에 흩날리며 밀려와서는 뒤엎어지는 거센 파도에 가슴까지 적시며 굵은 지팡이를 부러지라고 꼭 잡고 필사로 강변으로 발

걸음을 재촉했다.

이것이 아마 한 시간 너머 온갖 고통 속에서 계속되었다. '기리시토호로'는 드디어 저쪽 강변에 싸워 지친 사자왕의 모습으로 헐떡이면서 오르자 버드나무 지팡이를 모래에 꽂고 어깨의 동자를 안아 내리고 숨을 내쉬면서 말하기를,

"거참 동자인 너의 무게는 바다와 산의 무게를 모르는 것 같구나." 고 했더니 아이는 싱긋 웃으면서 머리 위의 금빛을 바람 속에 한층 더 찬연히 빛내고 산사나이의 얼굴을 올려다보며 정말 그리운 듯이 대답하기를,

"그렇기도 할 테지. 자네는 이 밤이야말로 세계의 고통을 짊어진 '에스・기리시토'를 등에 업은 거야."라고 방울을 흔드는 듯한 목소리로 말했다…….

그 밤 이 쪽 류사하의 언저리에는 저 나루터지기 산사나이의 무서운 모습이 보이지 않게 되었다. 오직 후에 남은 것은 저쪽 강변 모래에 꽂힌 튼튼하고 굵은 지팡이로, 여기에는 말라빠진 줄기 주위에 이상하게 곱고 붉은 장미꽃이 향기롭게 피어 있었다고 한다. 그러니 마태의 경에도 기록되어 있는 것처럼 '심령이 가난한 자는 복이 있나니 천국이 저희 것임이요'

(1919. 4. 15)

밀감(蜜柑)

손순옥

어느 구름 낀 겨울날 해질 무렵이었다. 나는 요코스카(横須賀)발 상행선 이등객차의 구석에 앉아서 멍하게 발차 호각소리를 기다리고 있었다. 이미 전등이 켜진 객차 안에는 드물게도 나 이외에 승객이 한 사람도 없었다. 밖을 잠깐 살펴보니, 어둑어둑한 플랫폼에도, 오늘은 묘하게 배웅하는 사람의 모습조차 왕래가 끊겨, 오로지 우리 안에 갇힌 강아지 한 마리가 이따금 슬프게 짖어대고 있었다. 이런 것들은 그 당시의 나의 기분과 이상하리만큼 어울리는 광경들이었다. 내 머릿속에는 말할 수 없는 피로와 권태가, 마치 눈구름 때문에 흐린 하늘같은 어둠침침한 그림자를 드리우고 있었다. 나는 외투 주머니에 두 손을 꾹 찔러 넣은 채, 거기에 들어 있는 석간(夕刊)을 꺼내서 읽어보려는 기력도 없었다.

이윽고 발차 호각이 울렸다. 나는 약간의 느긋함을 느끼면서 뒤의

창틀에 머리를 기대고, 눈앞의 정류장이 질질 뒤로 물러나기 시작하는 것을 까닭도 없이 대기하고 있었다. 그런데 그보다 먼저 요란한 히요리게다[1] 소리가 개찰구 쪽에서 나는가 싶더니, 잠시 후에 차장이 뭔가 야단치는 소리와 함께, 내가 타고 있는 이등실의 문이 드르륵 열리더니, 열 서너 살의 계집애 하나가 황급히 안으로 들어옴과 동시에 기차가 한차례 덜컹 묵직하게 흔들리더니 서서히 움직이기 시작했다. 하나씩 시야를 차단하며 지나가는 플랫폼의 기둥, 방치되어 있는 운수차(運水車), 그리고 차안의 누군가에게 고맙다는 인사를 하는 빨간 모자의 짐꾼들 — 그런 모든 것들은, 창가에 불어대는 매연 속에, 미련을 못 떨친 듯 뒤로 쓰러져 갔다. 나는 겨우 마음이 편해져 담배에 불을 붙이면서, 그때서야 나른한 눈꺼풀을 뜨고는, 앞좌석에 자리 잡고 앉아 있었던 계집애의 얼굴을 힐끗 보았다.

계집애는 윤기 없는 머리카락을 뒤로 잡아당겨 두 갈래로 묶고, 눈물을 옆으로 훔쳐 닦은 흔적이 있는 튼 자국투성이의 양 볼이 기분 나쁠 정도로 빨갛게 달아오른, 그야말로 시골촌뜨기 계집애였다. 게다가 때 낀 연두 빛 털목도리가 아래로 축 늘어진 무릎위에는 큰 짐 보따리가 있었다. 또 그 보따리를 안은, 살짝 동상에 걸린 손안에는 빨간 삼등기차표가 소중하게 꽉 쥐어져 있었다. 나는 이 계집아이의 볼품없는 얼굴이 싫었다. 그리고 그녀의 복장이 불결한 것도 역시 불쾌했다. 결정적으로 그 이등칸과 삼등칸을 분간조차 못하는 우둔한 마음에 더 짜증났다. 그래서 담배에 불을 붙인 나는, 조금은 이 아이의 존재를 잊어 싶어, 이번에는 주머니의 석간신문을 산만하게 무릎위에 펼쳐놓

1) 날씨가 좋은 날에 신는 굽이 낮은 일본 나막신

고 보았다. 그 순간 석간신문의 지면에 부어지고 있던 외광(外光)이, 돌연 전등 빛으로 바뀌어, 인쇄가 나쁜 어느 칸인가의 활자가 의외일 만큼 선명하게 눈앞에 떠올라 왔다. 말할 것도 없이 기차는 지금, 요코스카선이 지나야하는 많은 터널 중 그 첫 번째 터널로 들어가고 있었던 것이다.

하지만 그 전등 빛에 비춰진 석간신문의 지면을 훑어봐도, 여전히 나의 우울을 놀리는 듯 세상은 너무나도 평범한 사건만으로 가득 차 있을 뿐이었다. 강화문제(講和問題), 신랑신부, 독직사건(涜職事件), 사망광고 — 터널에 들어간 한 순간, 나는 기차가 달리고 있는 방향이 거꾸로 된 것 같은 착각을 느끼면서, 그런 삭막한 기사(記事)에서 기사로 거의 기계적으로 훑어보았다. 그러는 사이에도 물론 그 계집아이가, 마치 비속(卑俗)한 현실을 그대로 사람에게 옮겨놓은 듯한 표정으로, 내 앞에 앉아있다는 것을 줄곧 의식하지 않을 수 없었다. 이 터널 안의 기차와, 이 촌뜨기 계집아이와, 그리고 또 이 평범한 기사들로 메워져 있는 석간신문과, — 이것이 상징이 아니고 무엇일까. 이해할 수 없는, 질 낮은, 지루한 인생의 상징이 아니고 그 무엇이겠는가. 나는 모든 게 시시해져서, 읽기 시작한 석간신문을 내팽개치고는, 다시 창틀에 머리를 기댄 후 죽은 듯이 눈을 감고 꾸벅꾸벅 졸기 시작했다.

그러고서 몇 분인가 지난 뒤였다. 갑자기 뭔가 덮치는 기분이 들어 엉겁결에 주위를 둘러보니, 어느 사이엔가 그 계집애가 자리를 맞은편에서 내 옆으로 옮겨서는, 자꾸 창문을 열려고 하고 있다. 그렇지만 무거운 유리창은 좀처럼 생각대로 올라가지 않는 것 같았다. 살이 잔

뚝 튼 그 볼은 더욱 더 빨개지고, 중간 중간 코를 훌쩍거리는 소리가, 숨이 차 헐떡이는 작은 소리와 함께 다급하게 귀에 들려온다. 이것은 물론 나에게도, 어느 정도 동정을 유발하기에 충분했다. 하지만 기차가 이제 막 터널 입구에 다다르려고 하고 있다는 것은, 어둠이 내리는 속에 마른 풀만이 빛나는 양쪽의 산허리가, 아주 가까이 창가로 다가온 것으로도 금방 알 수 있는 일이었다. 그럼에도 불구하고 이 아이는 일부러 닫혀 있는 창문을 열려고 한다. — 그 이유를 이해할 수 없었다. 아니, 그것이 나에게는, 단순히 여자애의 변덕이라고밖에 생각할 수 없었다. 그래서 나는 마음속에 여전히 고약한 감정을 지니면서, 저 동상 걸린 손이 유리창을 들어 올리려고 악전고투하는 모습을, 마치 그것이 영원히 성공하지 않기를 비는 냉혹한 눈으로 바라보고 있었다. 그러자 얼마 안 있어 굉장한 소리를 울리며, 기차가 터널에 밀려들어감과 동시에, 여자애가 열려고 했던 유리창은, 결국 쾅 하고 밑으로 떨어졌다. 그리고 그 사각형의 구멍 안에서, 그을음을 녹인 거무죽죽한 공기가 갑자기 숨 막히는 연기가 되어 기차 안에 몽실몽실 들어와 자욱이 퍼지기 시작했다. 원래 목이 좋지 않았던 나는, 손수건을 얼굴에 댈 틈도 없이, 이 연기를 얼굴 전체에 뒤집어 쓴 탓에, 거의 숨도 쉴 수 없을 만큼 계속 콜록거릴 수밖에 없었다. 그러나 이 아이는 나에게 신경 쓰는 기색도 없이, 창에서 밖으로 목을 내밀고는 어둠속 부는 바람에 묶은 머리의 귀밑머리를 나부끼면서, 꼼짝 않고 기차가 나아가는 방향을 주시하고 있었다. 그 모습을 매연과 전등 빛이 범벅된 속에서 바라봤을 때, 벌써 창밖은 금세 밝아지기 시작해, 거기서 흙냄새랑 마른풀 냄새랑 물 냄새가 싸하게 흘러들어오지 않았더라면, 겨우 기침을 멈춘 나는, 이 본적 없는 계집애를 무조건 야단쳤거나, 아

니면 원래대로 창문을 닫게 만들었을 것이다.

그러나 그 시각, 기차는 이미 터널을 가볍게 빠져나와, 마른풀의 산과 산 사이에 끼어 있는, 어느 가난한 마을 변두리의 건널목을 지나고 있었다. 건널목 부근에는 하나같이 볼품없는 초가지붕과 기와지붕이 비좁고 답답하게 들어서 있었고, 건널목지기가 흔들어 댈 한 폭의 희끄무레한 깃발이 그저 맥없이 땅거미내리는 저녁을 펄럭이고 있었다. 겨우 터널을 다 빠져나왔다고 생각한 바로 그때 그 쓸쓸한 건널목 차단기 저 편에, 나는 볼이 빨간 사내아이 셋이 한곳에 밀치듯이 나란히 서 있는 것을 보았다. 그 아이들은 모두, 이 잔뜩 흐린 하늘에 눌려 움츠러진 듯 하나같이 키가 작았다. 또한 이 변두리 마을의 음산한 풍물과 같은 색의 옷을 입고 있었다. 이 꼬마들은 기차가 지나가는 것을 올려다보면서, 일제히 손을 드는가 싶더니 애처로운 목을 높이 뒤로 젖혀, 뭐라 알 수 없는 함성을 열심히 외쳐댔다. 바로 그 순간이었다. 창문에서 몸을 반쯤 내밀고 있던 여자애가, 그 얼은 손을 불쑥 내밀어 힘차게 좌우로 흔들어댔다고 여겼는데, 갑자기 가슴을 일렁이게 하는 따뜻한 태양 빛으로 물든 밀감이 대여섯 개, 기차를 배웅하던 아이들 머리 위로 후드득 하늘에서 떨어져 내렸다. 나는 나도 모르게 숨을 삼켰다. 한 순간에 모든 것을 알 수 있었다. 계집아이, 아마도 이제부터 남의 집 고용살이하러 가는 이 여자애는, 그 품안에 간직하고 있던 몇 개의 밀감을 창문에서 던져, 일부러 멀리 건널목까지 배웅 나온 동생들의 수고에 보답했던 것이다.

어둑어둑해진 마을 변두리의 건널목과, 작은 새처럼 목소리 높여 외치던 세 명의 아이들과, 그리고 그 위에 흩어 떨어지던 선명한 밀감의 색깔과 — 모든 것은 기차가 지나던 창 밖에서, 눈 깜짝할 새도 없이 스쳐갔다. 그렇지만 내 마음에는 애달프도록 선명하게 이 광경이 깊이 새겨졌다. 그리고 어떤 정체를 알 수 없는 밝은 기분이 솟아오르는 것을 의식했다. 나는 꼿꼿이 머리를 들고, 마치 딴 사람을 보듯이 그 여자애를 주시했다. 계집애는 어느새 내 앞 좌석으로 돌아와, 여전히 살갗이 튼 뺨을 연녹색의 털목도리에 파묻으면서, 큰 짐 보따리를 껴안은 손에 삼등기차표를 꼬옥 쥐고 있었다.……

나는 이때 처음으로, 말할 수 없는 피로와 권태를, 그리고 또 이해할 수 없는, 저속하고도 지루한 인생을 잠깐 잊을 수 있었던 것이다.

늪지(沼地)

김난희

어느 비 오는 날 오후였다. 나는 어느 그림전람회장의 한 방에서, 작은 유화를 한 점 발견했다. 발견이라는 단어는 좀 과장된 것 같지만 실제로 그렇게 말해도 무방할 정도로 이 그림만 특별히 채광이 나쁜 한쪽구석에, 그것도 빈약한 액자에 끼워져서 잊혀진 듯이 걸려 있었다. 그림은 아마도 「늪지」라는 제목이었으며 화가는 들어본 적이 없는 이름이었다. 그림 자체도 탁한 물과 젖은 흙 그 위에 무성하게 우거진 초목을 그린 것이어서 보통 사람들이 볼 때는 문자 그대로 일고(一顧)의 여지도 없는 작품이었다.

이상한 것은 이 화가가 울창한 초목을 그리는데 녹색 붓질은 한번도 가하지 않은 것이다. 억새와 백양목, 무화과를 칠한 색은 모두 흐린 황색이다. 마치 젖은 벽토(壁土)와 같은 숨 막히는 황색이다. 이 화가한테는 초목의 색이 실제로 그렇게 보였던 것일까. 그렇지 않으면 달리 기호가 있어서 고의적으로 이런 과장을 보탠 것일까. 나는 이 그

림 앞에 서서 그림에서 받는 느낌을 음미함과 동시에 이 같은 의문이 들지 않을 수 없었다.

그러나 그 그림 속에는 무서운 힘이 잠재해 있는 것을, 보면 볼수록 점점 더 알 수 있었다. 특히 전경(前景)에 그려진 흙은 그것을 밟을 때의 발의 감촉까지 실감나게 정확하게 묘사되어 있었다. 밟으면 푹 하는 소리를 내며 복사뼈가 잠길 듯한 매끄러운 진흙의 느낌이었다. 나는 이 자그마한 유화작품에서 예리하게 자연을 포착하려는 치열한 예술가의 모습을 발견했다. 실제로 같은 전람회장에 걸린 크고 작은 여러 그림 중 그 한 점에 대항할 수 있을 만큼 힘찬 그림은 아무데서도 찾아볼 수 없었다.

"매우 감동하고 계시는군요."

이런 말과 함께 누가 어깨를 두드리자 나는 마치 뭔가를 마음속에서 걸러낸 것 같은 생각이 들어 갑자기 뒤를 돌아다보았다.

"이 그림은 어떻습니까?"

상대방은 아무렇지도 않게 말을 하면서 이제야 막 면도한 턱으로, 늪지 그림을 가리켰다. 유행하는 갈색 양복을 입은 체격이 좋은, 소식통이라고 자처하는 신문사의 미술기자였다. 나는 이 기자한테서 전에도 한두 번 불쾌한 인상을 받았으므로 마지못해서 대답을 했다.

"걸작입니다."

"걸작이라고요? 이거 재미있군요."

기자는 포복절도하며 웃었다. 이 소리에 놀랐는지 근처에서 그림을 보던 두세 명이 모두 이 쪽을 보았다. 나는 더욱 불쾌해졌다.

"거 참, 재미있네요. 원래 이 그림은, 회원의 그림이 아닙니다. 당사자가 입버릇처럼 이 전람회에 내고 싶다고 말해서 유족이 심사위원에

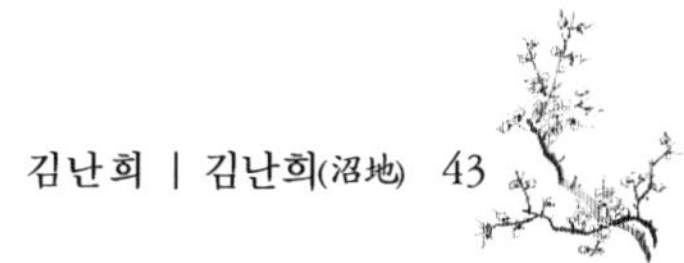

게 부탁해서 겨우 이 구석에 걸리게 되었습니다."

"유족? 그럼 이 그림을 그린 사람은 죽었단 말입니까?」

"죽었습니다. 원래 살았을 때부터 죽은 거나 마찬가지였지요."

나의 호기심은 어느 새 나의 불쾌감보다도 더 강해졌다.

"어째서요?"

"이 화가는 훨씬 전부터 정신이 이상했습니다."

"이 그림을 그릴 때도 그랬습니까?"

"물론입니다. 미치지 않았다면 누가 이런 그림을 그린단 말입니까? 그런데 당신은 걸작이라고 감탄하고 계시니까 그것이 참 재미있군요."

기자는 다시 의기양양하게 소리 높여 웃었다. 그는 내가 나의 무지를 부끄러워 할 것으로 예측하고 있었을 것이다. 아니면 한걸음 나아가 감상에 있어서 그가 우월하다는 것을 나한테 각인시키려고 생각했는지도 모른다. 그러나 그의 기대는 둘 다 헛수고가 되었다. 그의 이야기를 들음과 동시에 거의 엄숙에 가까운 감정이 나의 온정신에 파동을 일으켰기 때문이다. 나는 쓸쓸하게 다시 이 늪지를 그린 그림을 응시했다. 그리고 다시금 이 작은 캔버스 안에서 가공스런 초조와 불안에 시달린 처절한 예술가의 모습을 발견했다.

"잘은 몰라도 그림이 뜻대로 그려지지 않아서 정신이상이 된 모양인데 그 점만은 사려면 사줄만하지요."

기자는 쾌활한 표정으로 거의 기쁨에 가까운 미소를 지었다. 이것이 무명의 예술가 — 우리들 중 한 사람이 그 생명을 희생한 끝에 겨우 세상에서 얻어낸 보수였다. 나는 전신에 야릇한 전율을 느끼고 세 번째 이 우울한 유화를 들여다보았다.

거기에는 어두침침한 하늘과 물 사이로 젖은 황토색을 띤 억새, 백

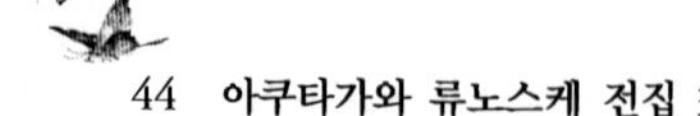

양목, 무화과가 자연 그 자체를 보는 듯한 처절한 기세로 살아있었다.

"걸작입니다."

나는 기자의 얼굴을 정면으로 응시하면서 기세등등하게 반복했다.

(1919년 4월)

용(竜)

윤상현

❖ 1 ❖

우지(宇治, 현재 교토 남부에 있는 시)의 다이나곤(大納言, 중앙 최고행정기관의 차관) 다카쿠니(隆国)는 "아이구 백일몽에서 깨어 보니 오늘 또한 더욱 덥구나. 저 마쓰가에(松ヶ枝) 등나무에 핀 꽃마저 한들한들 흔들릴 만큼 바람 한 점 불지 않는군. 언제나 시원스럽게 들리는 샘물 소리도 웬일인지 기름매미의 우는 소리에 뒤덮혀 도리어 숨막힐 듯이 덥기만 하구나. 어디, 동자들에게 부채질이라도 받아볼까?"

"뭐라구, 길가에 행인들이 모였있다구? 그럼 그 쪽으로 가볼까? 동자들도 커다란 부채를 잊지말고 뒤따라 오거라"

"자~, 여기에 계시는 모두 제가 다카쿠니라 하오. 이렇게 윗옷을 벗은 무례를 용서하시게나"

"그건 그렇고 오늘 여러분에게 조금 부탁할 것이 있어 우지 정자에 발걸음을 한 것이네. 부탁이라는 것은 다름 아니라 최근 이곳에 부임하여 나도 여러분처럼 책 한권 쓰려고 결심했는데 말일세. 곰곰이 혼

자 생각해 보니 공교롭게 내가 이거다 하고 글을 쓸 만큼 이야기를 알지 못하지 않겠는가. 그렇다고 해서 부질없는 취향을 돋우려고 애쓰는 것도 나 같은 게으른 자에게는 무엇보다도 귀찮기 그지없는 짓이지. 그런고로 오늘부터 길가에 계시는 여러분들에게 옛날이야기를 하나씩 들어, 그것을 책으로 엮어볼 생각이라네. 그러면 궁궐 주위만 어슬렁거리는 나같은 사람에게는 의외로 세상에 알려지지 않는 진기한 이야기가 배를 타고 건너와 수레에 쌓일 정도 사방에서 모여올 것이 틀림없을 것이네. 어떻소 여러분. 송구스럽지만 저의 소원을 들어줄 수 없겠소.

뭐, 들어주신다고? 이렇게 감사할 데가 있나. 그러면 즉시 여러분의 이야기를 차근차근 하나씩 들려주시게.

여기 동자들아. 좌중에 바람이 들도록 커다란 부채를 부쳐라. 그러면 조금은 시원해 질 것이다. 주물공도 도자기공도 불편해 하지 말게. 두 사람 모두 이야기가 끝날 때까지 책상 곁에 있게나. 초밥파는 아낙네도 날이 저물면 물통은 저 가장자리 구석에 두게. 스님도 목에 맨 금구(종과 북)를 벗으면 어떠한가. 거기 있는 무사도 노숙자도 멍석을 깔았는가.

모두들 되었는가? 준비가 다 되었으면, 우선 제일 연장자인 도자기공 노인부터 무엇이든 이야기해 주게나"

❖ 2 ❖

노인이 "이런 세상에나, 공손한 인사와 함께 비천한 제가 말씀드릴 이야기를 일일이 책으로 써주신다고 말씀하시니 그것만으로도 제가

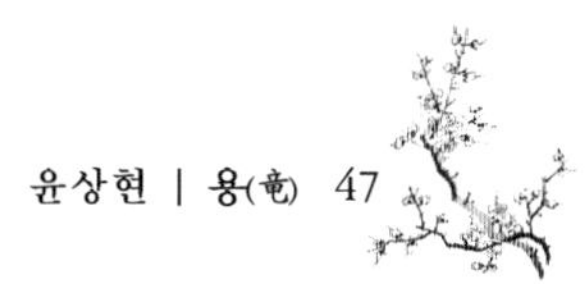

몸 둘 바를 모르겠습니다. 그렇다고 사양한다면 오히려 도리에 어긋나기에, 용서를 무릅쓰고 하찮은 옛날이야기를 말씀 드리겠습니다. 아무쪼록 지루하더라도 잠시 동안 들어주십시오.

제가 아직 젊었을 때 일입니다. 나라(奈良)의 관청 관리인 에인(恵印)이라 불리우는 터무니없을 만큼 큰 코를 가진 스님이 한 분 계셨습니다. 그런데 그 큰 코끝이 마치 벌에 쏘인 것처럼 일 년 열 두 달 내내 신기할 정도로 새빨갰습니다. 그래서 나라 마을 사람들은 이러한 에인의 모습을 보고 별명 짓기를 코 장군 — 라고 하는 것은 원래 큰 코를 가진 관리를 부른 것입니다만, 그렇다하더라도 코가 너무 길어 얼마 안 있어 누구라 할 것 없이 코 상사(上司)란 말이 퍼졌습니다. 그리고 그의 긴 코로 말미암아 마침내는 코 상사, 코 상사라는 노래로까지 지어져 불리게 되었습니다. 실제 저도 당시 나라에 있는 고후쿠사(興福寺) 사찰 내에서 몇 번 뵌 적이 있습니다만, 과연 코 장군이라고 욕먹을만한, 세상에서도 보기 드문 텐구(天狗, 하늘을 날아다니는 상상 속의 괴물) 코를 가지고 있었습니다. 그러던 어느 날 밤, 이 코 장군이라고 불리우는 아니, 코 상사인 큰 코를 가진 에인 스님이 제자도 없이 홀로 살며시 사루자와 연못(猿沢の池) 부근에 가, 우네메(采女) 버드나무 앞 강둑에 '3월 3일에 이 연못에서 용이 승천할 것이다'라고 큰 글씨로 적인 팻말 하나를 누구라도 볼 수 있게끔 높이 세웠습니다. 물론 에인이 이렇게 팻말을 세웠지만 속으로는 정말로 사루자와 연못에 용이 살고 있는지 어떤지 알고 있을 리가 없었습니다. 하물며 그 용이 3월 3일에 승천한다는 것은 순전히 멋대로 지어낸 허풍이었던 것이었습니다. 아니, 솔직히 말한다면 하늘에 올라가지 않는다고 말하는 편이 그런 대로 정확할 것입니다. 그럼 어째서 이런 누구도 믿지 않을 바보같

은 짓을 하였는가 하면 에인은 평소 나라에 사는 스님이나 마을사람들이 자신의 코에 해괴한 별명을 붙여 놀리는 것을 못마땅하게 생각하던 터에, 이번에야말로 이 코 상사가 모든 사람들을 감쪽같이 속인 뒤에 실컷 비웃어 주려는 속셈으로 장난을 지질렀던 것입니다. 나으리께서 들으신다면 필시 가소롭기 짝이 없게 생각하시겠지만, 아무튼 옛날이야기이므로 그 당시에는 이러한 못된 장난을 하는 자가 어디에서나 쉽게 찾아 볼 수 있었습니다.

그런데 다음 날, 제일 먼저 이 팻말을 발견한 사람은 매일같이 고후쿠사의 여래상에 기도하러 온 노파로, 노파가 염주를 쥔 손에 대나무 지팡이를 부지런히 짚으면서 이른 아침 탓인지 아직 안개 자욱이 낀 연못 주위에 막 들어서니, 어제까지만 해도 없었던 팻말이 우네메 버드나무 아래 서 있는 것을 보았습니다. "그거 참, 법회 팻말이 이상한 곳에 다 서 있구나"하고 미심쩍게 생각하였습니다만, 노파는 글을 읽을 수 없었기 때문에 그냥 지나치려고 하자, 때마침 맞은편에서 편삼을 입은 스님 한 분이 다가오는 것을 보고, 이 팻말에 적힌 내용을 물어보니 글쎄 '3월 3일에 이 연못에서 용이 승천할 것이다'라고 — 누구라도 이 말을 듣고서 놀라지 않은 사람은 없을 것입니다. 이 노파 또한 어안이 벙벙하며 자신도 모르게 굽어진 허리를 쭉 펴고 "이 연못에 용 같은데 다 있습니까?"라고 멍하니 스님의 얼굴을 올려다보며 묻자, 스님은 오히려 침착한 표정으로 "옛날 중국 당나라 시대에 살았던 어느 학자는 눈썹 위에 혹이 하나 생겼는데, 평소 가려워서 참을 수 없었다네. 그런데 어느 날 온천지가 별안간 흐려지면서 번개와 비가 억수같이 퍼붓고 있는 것을 보고 있자니, 갑자기 그 혹이 툭하는 소리와 함께 갈라지면서, 한마리 검은 용이 나와 구름을 휘감고 곧바

로 승천하였다는 이야기도 있네. 혹 속에서조차 용이 사는데, 하물며 이 정도 크기의 연못 속에서는 아직 용이 되지 못한 이무기나 독사가 서로 몇 마리 뒤엉켜 있는지 알 수가 없지"라고 설법하는 것이 아니겠습니까? 여하간 노파는 집을 떠나 스님이 된 사람이 거짓말을 할 리 없다고 늘상 믿어 왔기 때문에, 스님의 말씀을 듣고 매우 놀라워 "과연 그렇게 말씀하시니 어쩐지 저 주변의 물 빛깔이 괴이하게 보입니다 그려"라고 말하며, 아직 3월 3일도 되지 않았는데도 스님을 홀로 남긴 채, 가빠르게 염불을 외우더니 대나무 지팡이를 짚고 허겁지겁 도망가 버렸습니다. 나중에 스님은 노파가 사라진 뒤 주위에 아무도 없는 것을 확인하자, 배를 움켜쥐고 크게 웃는 것이었습니다. — 그렇습니다. 실은 이 스님이야말로 팻말을 세운 장본인인 에인으로, 별명이 코 장군인 그가 어젯밤에 세운 방(榜)을 누가 와 읽고 있지는 않나 하는 음흉한 마음으로 연못 주위를 어슬렁거리며 지켜보고 있었던 것입니다. 그리고 노파가 떠나고 얼마 안 있어 이른 아침 길을 나선 여행자가 다가오더니, 무시노타레기누(虫の垂衣, 옛날 여자가 외출할 때 방갓 주위에 드리워 얼굴을 가리던 천)를 쓴 여인이 동행한 하인에게 짐을 맡긴 채 혼자 이치메 삿갓(市女笠, 상류 사회의 여자용 사초 삿갓) 아래로 팻말을 읽고 있었습니다. 이것을 본 에인은 터져 나오는 웃음을 가까스로 참으며 자신도 팻말 앞에 서 자못 심각하게 읽는 척 하며, 자신의 크고 빨간 코를 이상한 듯 킁킁거리더니 느릿느릿 고후쿠사 쪽으로 되돌아 갔습니다.

고후쿠사 남쪽 문 앞에 당도한 에인이 뜻밖에 만난 사람은 같은 승방에 살고 있던 에몬(恵門) 스님이었습니다. 에몬은 에인을 만나자, 평소부터 외고집인 그는 짙고 보기 흉한 눈썹을 지그시 찌푸리며 "스님

께서 보기 드물게 일찍 일어나셨습니다 그려. 아마도 해가 서쪽에서 뜰지도 모르겠습니다"라고 말하기에, 에인은 이거 잘되겠구나 싶어 코를 힘껏 히쭉거리며 "정말이지 해가 서쪽에서 뜰지도 모르겠습니다. 듣자하니 저 사루자와 연못에서 3월 3일에 용이 하늘로 승천한다고 하지 않습니까?"라고 의기양양한 얼굴로 대답하였습니다. 이것은 듣던 에몬은 의심스러운 듯 힐끗 에인의 얼굴을 노려보았습니다만, 이내 코웃음치며 "스님께서 좋은 꿈을 꾸셨나 봅니다. 아니, 용이 승천하는 꿈은 길조라고 들은 적이 있습니다"라고 말하며 벗겨진 머리를 으쓱거린 채 지나가려고 하였습니다. 그 순간 에몬은 에인이 혼잣말로 "그것 참, 남의 말을 귀기울이지 않는 자는 도저히 구제할 도리가 없구나"라고 중얼거렸던 목소리를 들었던 것일까요? 삼으로 만든 나막신 끈을 고쳐 매고 밉살스럽게 뒤돌아보더니, 마치 법론이라도 시비거는 듯한 기세로 "그렇다면 용이 승천한다는 확실한 증거라도 있습니까?"라고 추궁하였습니다. 에인은 일부러 느긋한 표정으로 이미 아침 햇살이 내리쬐기 시작한 연못 쪽을 가리키며 "빈승의 말이 의심스러우면 저 우네메 버드나무 앞에 있는 방(榜)을 읽어 보시는 것이 좋을 것 같습니다"라고 중생에게 설법이라도 하듯 대답하였습니다. 이렇게 말하니 과연 외고집인 에몬도 조금은 기세가 꺾였던지, 눈부신 듯 한번 눈을 깜박거리고 "아하, 그런 게시판이 세워졌습니까?"라고 건성하게 말을 내뱉으면서 재차 터벅터벅 걷기 시작하였습니다. 그러나 이번에는 벗겨진 머리를 갸우뚱하고 뭔가 골몰히 생각하며 걷는 듯 하였습니다. 그 뒷모습을 지켜보던 코 상사의 만족스런 표정은 대강 짐작하실 수 있을 겁니다. 에인은 왠지. 빨간 코 속이 근질거리는 것 같은 기분에, 짐짓 점잔을 빼면서 남쪽 문 돌계단으로 올라가는

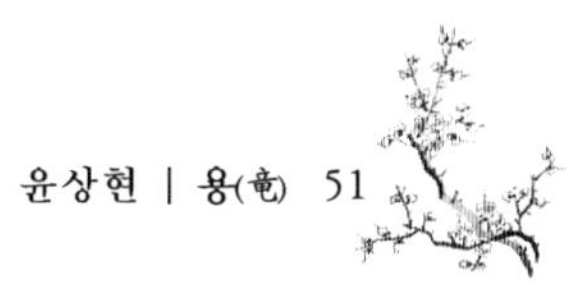

도중 그만 재채기와 함께 웃음이 터져 나오고 말았습니다.

그날 아침만 해도 '3월 3일에 이 연못에서 용이 승천할 것이다'고 적힌 팻말은 이렇게 사람들 사이로 소문이 돌기 시작하더니, 하루 이틀 지나자 나라의 어느 마을에 가더라도 이 사루자와 연못에 용이 있다는 소문이 안 퍼진 곳이 없었습니다. 물론 이 중에는 "저 팻말도 누군가의 못된 장난일 거야"라고 말하는 자도 있었습니다만, 공교롭게도 교토(京都)에서는 신센엔(神泉苑, 천황의 유람용 정원)에 있던 용이 승천하였다는 소문도 있었기 때문에, 모든 사람들은 그러한 장난조차 내심으로 반신반의는 물론이거니와 어쩌면 그런 큰일이 또다시 생길지도 모른다는 분위기에 휩싸여 있었습니다. 그러던 차에 뜻밖에 불가사의한 일이 발생한 것은 가스가(春日)에 있는 신사(神社)를 모시는 어느 네기(禰宜, 신사에서 일을 맡아 종사하는 사람)의 외동딸로, 만 아홉 살이 된 어린 아이가 용이 승천할 날을 열흘 앞두고, 어느 날 밤 어머니의 무릎을 베개로 삼아 깜빡 잠이 들었을 때 하늘에서 한 마리 검은 용이 구름처럼 내려와 "나는 마침내 3월 3일에 승천하게 되었지만, 결코 너희 마을 사람들에게 폐를 끼칠 생각은 없다. 그러니 아무쪼록 안심하고 있거라"라고 사람처럼 말을 하였던 것입니다. 딸은 잠에서 깨어나자마자 이러저러한 꿈 이야기를 어머니에게 말했는데, 결국 이것이 사루자와 연못의 용이 꿈에서까지 나타났다는 소문으로 금세 마을 전체에 퍼지고 말았습니다. 이렇게 되자 소문은 실제보다도 터무니없이 과장되어, "이보게, 저기 사는 어린 아이도 용에 씌어 노래를 불렀다는군" "이보게, 여기에 있는 무녀에게도 용이 나타나 신탁을 했다고 하잖아"라고, 마치 사루자와 연못에 있는 용이 지금이라도 당장 수면 위로 고개를 내밀 듯한 난리법석이었습니다. 아니, 머리까지 내밀지

않았다 하더라도, 그 중에는 용의 정체를 두 눈으로 똑똑히 봤다는 사내마저 나왔습니다. 이 사내는 매일 강에서 고기를 낚아 시장에 팔러 나오는 노인으로, 그 날도 아직 어둑어둑한 시간 사루자와 연못에 와 우네메 버드나무 가지가 늘어진 사이로 팻말이 있는 강둑 아래 끝없이 넓게 흐르는 이른 새벽 강물을 쳐다보니, 다른 곳과는 달리 그 곳 강물 근처만이 희미하게 밝게 보였다는 것입니다. 아무래도 용에 관한 소문이 떠들썩하던 때라 “그렇다면 용신이 납시었나”하며 기쁨도 무서움도 없이 단지 추위에 몸을 떨며 생선이 들어있는 짐을 그곳에 둔 채, 살금살금 다가가 우네메 버드나무 가지를 붙잡고 마치 문틈을 통해 엿보기라도 한 듯 연못을 바라보았습니다. 그러자 그 아련한 수면 아래로 검은 빛 쇠사슬을 두른 것 같은 뭔가 알 수 없는 괴상한 물체가 가만히 뒤얽혀 있더니, 갑자기 인기척에 놀란 탓에 미끄러지듯 또아리를 풀며 연못 수면 위로 물줄기를 일으키더니 순식간에 어디론가 사라져 버렸다고 합니다. 그것을 바라본 노인은 한동안 온몸에 땀을 흘린 채 움직일 수 없었습니다. 그리고 잠시 후 짐을 둔 곳에 가봤더니, 어느새 시장에 내다 팔 잉어와 붕어 20여 마리가 없어진 것을 알았습니다. 사람들은 “몸집이 큰 늙은 수달한테 당한 거야”라고 비웃는 자도 있었습니다. 하지만 그 중에는 “용신이 지키는 그 연못에 수달이 살 리가 없으니까, 그것은 필시 용신이 민물고기의 생명을 불쌍히 여겨 자기가 있는 연못 속으로 불러 들이신게 틀림없어”라고 말하는 자도 의외로 많았습니다.

한편 코 장군 에인 스님은 ‘3월 3일에 이 연못에서 용이 승천할 것이다’고 적힌 팻말이 의외로 큰 반응을 보임에 따라 내심으로 큰 코를 벌름거리면서 히쭉히쭉 웃고 있었습니다. 하지만 얼마 안 있어 용이 승천하는 3월 3일도 4, 5일로 다가오자, 놀랍게도 셋츠(摂津) 지방의 사쿠라이(桜井)에 사시는 비구니 아주머니가 용이 승천하는 모습을 꼭 구경하고 싶다는 마음에 먼 길을 마다 않고 올라오신 것이 아니겠습니까? 이쯤되자 에인도 당황하며 아주머니를 어르고 달래는 등 여러 온갖 수단을 다 써서 사쿠라이로 돌려보내려고 하였습니다만, 아주머니는 "나도 이미 나이를 먹을 만큼 먹었네. 용신의 모습을 그저 한번 만이라도 뵙기만 한다면 죽어도 여한이 없네"라고 막무가내로 눌러앉아 조카가 하는 말은 일체 듣지 않았습니다. 그렇다고 해서 저 팻말은 제가 장난으로 세웠다고 이제와 고백할 수도 없는 노릇이기에 에인도 마침내 포기하고 3월 3일까지는 아주머니의 시중은 물론 그 날 함께 용신이 하늘에 올라가는 것을 보러 간다는 약속까지 하게 되었습니다. 이처럼 먼 데 사시는 아주머니마저 용에 관한 소문을 전해 들었으니, 야마토(大和) 지방은 말할 필요도 없고, 셋츠 지방, 이즈미(和泉) 지방, 가와치(河内) 지방을 비롯하여 어쩌면 하리마(播磨) 지방, 야마시로(山城) 지방, 오우미(近江) 지방, 단바(丹波) 지방 주변 일대까지 소문이 퍼져 있었을 것입니다. 결국 나라에 사는 사람들을 속이려는 마음에 시작한 장난이 뜻밖에 전국 사방팔방 몇 만명이나 되는 사람을 속이는 결과가 되어 버렸던 것입니다. 에인은 문뜩 이런 생각이 들자, 우습다기 보다는 웬지 모를 무서운 마음이 앞서 하루종일 비구니 아주머니를 구경시킬 겸 함께 간 나라에 있는 여러 절들을 둘러보는 동안에도, 게비이시(検非違使, 헤이안 시대의 감찰 기구로, 현재의 검찰, 재판, 경찰 업무를 겸한 직책)의 눈을 피해 몸을 숨기는 죄인처럼 꺼림직한 기분이 들었습니다. 하지만 이따금 왕래하는 사람들 사이에서 최근 팻말에 향과 꽃을 바친다는 소문을 듣게 되자, 역시 기분이 나쁜 한편으로는

훌륭한 공이라도 쌓은 것처럼 기쁜 마음도 들었습니다.

그러는 동안 점차 날은 지나가고, 마침내 용이 승천하는 3월 3일이 다가오고 말았습니다. 에인은 약속한 것도 있고, 이제와 달리 빠져나갈 방법도 없었기 때문에 하는 수 없이 비구니 아주머니와 함께 사루자와 연못이 한 눈에 내려다보이는 고후쿠사 남쪽 문 돌계단 위로 올라갔습니다. 때마침 그 날은 하늘도 쾌청하게 활짝 개어 있었고, 문에 매달린 풍경(風磬)을 울릴 정도의 미풍마저 불 기미가 없었습니다. 그런데도 날이 날인만큼 오늘이 오기를 학수고대했던 구경꾼들은 나라 마을은 물론이고, 가와치, 이즈미, 셋츠, 하리마, 야마시로, 오우미, 단바 각 지방에서도 몰려 왔습니다. 돌계단 위에 서서 바라보고 있잖니, 눈에 들어오는 좌우 모든 일대가 인산인해로 가득 차 있었으며, 그것이 마침내 어렴풋한 안개로 자욱한 니죠(二条) 큰 거리 끝에서 끝까지를 온통 에보시(烏帽子, 옛날 관리나 무사가 쓰던 건(巾)의 일종) 물결로 술렁이게 했습니다. 그리고 그 사이로 여기저기에는 파란 색실이나 빨간 색실, 혹은 백단향으로 만든 차양 등으로 멋있게 꾸민 귀인용 수레가 느릿느릿 주위의 인파를 제치고 있었고, 그 지붕에 박은 금과 은으로 된 장식이 마침 화창한 봄볕을 받아 눈부시게 반짝이고 있었습니다. 그 외에도 양산을 든 사람, 차양을 하늘 높이 친 사람 또는 수많은 관람용 의자를 길에다 늘어놓는 사람 — 마치 눈앞에 펼쳐진 연못 일대는 때 아닌 가모(加茂, 5월 15일에 열리는 축제로, 헤이안시대 이후 국가적인 행사로 발생하여 소수 왕족 풍족의 전통이 그대로 남아있음) 축제라도 열린 것 같은 풍경이었습니다. 이것을 본 에인 스님은 단지 팻말을 세운 것뿐인데, 이 정도로 커다란 소동이 일어날 거라고는 꿈에도 생각하지 못했습니다. 에인은 아연해진 얼굴로 아주머니 쪽으로 뒤돌아보니, 비구니 아주머니는 "어머 세상에, 엄청난 인파가 몰려 왔구나"라고 어이없다는 듯 말할 뿐, 오늘따라 에인이 큰 코를 킁킁거릴 만큼 기력이 없는 것을 보고, 그대로 남쪽 문 기둥 밑동에 힘없이 쭈그리고 앉았습니다.

하지만 애초부터 비구니 아주머니는 에인의 그러한 본심을 알 리가 없었기 때문에, 머리에 맨 자신의 두건조차 흘러내릴 만큼 목을 길게 뻗어 사방을 둘러보며 "과연 용신이 사시는 연못 풍경은 특별하구나"라든가, "이 정도로 인파가 모였다면 반드시 용신도 모습을 나타내실 것"이라는 말 이외에도 에인을 붙잡고 이런저런 말들을 하였습니다. 에인도 가만히 기둥 밑동에 앉아 있을 수만 없어 마지못해 일어나 보니, 과연 모미에보시(揉烏帽子, 옛날에 투구 밑에 쓴 부드러운 두건)나 사무라이에보시(侍烏帽子, 무사들이 평소에 사용한 두건)를 쓴 사람들로 인산인해를 이루는 것이 보였습니다. 그런데 그 인파 속에 에몬스님 또한 여전히 벗겨진 머리를 한층 더 꼿꼿이 세우며 한 눈 팔지 않고 연못 쪽을 바라보고 있지 않겠습니까? 에인은 갑자기 지금까지 한심스럽던 마음도 잊어버리고 저 스님마저 속아 왔다는 생각에 혼자 낄낄거리며 "스님"하고 한번 부른 뒤 "스님도 용이 승천하는 것을 보러 오셨습니까?"라고 놀리듯 묻자, 에몬은 천천히 되돌아보는 동시에 평소와 달리 진지한 얼굴로 "그렇소이다. 스님도 저처럼 꽤 오래 기다리신 것 같습니다"라고 징그러운 눈썹도 꿈쩍이지 않고 대답하였습니다. 에인은 내가 좀 심했나? — 라는 생각이 들자, 좀 전의 들뜬 목소리도 자연히 사라지고, 또다시 불안한 얼굴로 망연히 수많은 사람들 맞은편에 있는 사루자와 연못을 내려다보았습니다. 그러나 연못은 이미 따사로운 햇살로 녹아버린 투명한 수면 위로 강둑을 에워싼 벚나무나 버드나무

를 선명하게 비춘 채, 시간이 지나도 용이 승천할 기색이 보이지 않았습니다. 게다가 연못 주위로 사방 몇 리가 발디딜 틈도 없이 구경하려는 사람들로 꽉 찬 탓인지, 오늘따라 연못 크기가 평소보다 한층 더 작아 보여, 과연 여기에 용이 있다고 하는 것 자체가 애초부터 터무니없는 거짓말과도 같은 기분이 들었습니다.

그러나 한 시간, 두 시간, 시간이 흐르는 것도 잊은 듯, 구경꾼들은 마른 침을 삼키며, 끈기 있게 용이 승천하는 모습을 기다리고 있었습니다. 문 아래 있는 많은 인파는 점점 더 커져 갔으며, 잠시 기다리는 와중에도 귀인용 수레는 여기저기서 서로 수레 축을 밀치락달치락할 만큼 많아 졌습니다. 그것을 본 에인의 어처구니없는 마음은 연못에 발을 들인 순간은 물론 이러한 광경 속에서도 쉽게 추측하실 수 있을 겁니다. 하지만 에인은 이러한 광경을 보면서 어떻게 된 일인지 정말로 용이 승천할 것 같은 — 그것도 이제 처음으로 용이 승천할 것 같은 기분이 들기 시작하였습니다. 사실 에인은 애당초 저 방(榜)을 쓴 장본인인지라 자신의 이런 어이없는 기분에 놀라지 않을 수 없습니다만, 눈 아래로 밀고 당기는 에보시 물결을 보고 있으니 어쩐지 큰일이 일어날 것 같은 기분이 들어 견딜 수 없었습니다. 이것은 수많은 구경꾼들 마음이 어느샌가 코 장군에게도 옮겨 온 것일까요? 그렇지 않으면 저 팻말을 세운 것만으로 이러한 소동이 시작되었다고 생각하자, 어쩐지 양심의 가책을 받아 자신도 모르게 정말로 용이 올라갔으면 좋겠다고 마음속으로 염원한 것일까요? 그 동안의 사정은 어찌되었건 저 방(榜)에 문구를 쓴 사람이 다름 아닌 자신이라는 것을 잘 알고 있으면서도 그래도 에인은 점차 어처구니없는 기분이 사라지고, 자신도 비구니 아주머니와 같이 싫증내지 않고 연못 수면을 바라보기 시작했습니다. 만일 정말 그러한 생각이 안 생겼더라면 승천하지도 않을 용을 기다리며 아무리 마지못해 말하였다 하더라도 남쪽 문 아래에서 반나절이나서 있을 리가 없을 것입니다.

하지만 사루자와 연못은 여전히 잔물결도 일지 않고 봄 햇살을 비추고 있을 뿐이었습니다. 하늘도 역시 쾌청하게 활짝 개어 있었고 주먹만한 크기의 구름 그림자조차 떠다닐 기미도 없었습니다. 그러나 구경꾼들은 변함없이 양산 아래에서도, 차양 아래에서도, 혹은 관람용 의자 난간 뒤에서도 족족들이 모이고 모여들어 아침에서 오후로, 오후에서 저녁으로 햇빛이 옮겨지는 것도 잊은 듯이 용신의 모습을 나타내는 것을 이제나 저제나 기다리고 있었습니다.

그러자 에인이 이곳 연못에 오고 나서, 한나절이 지날 무렵이었습니다. 마치 향 연기와 같은 한줄기 구름이 하늘 한 가운데로 길게 뻗어 있다고 생각이 들자마자, 순식간에 커다랗게 변하여 지금까지 쾌청하게 활짝 개어 있던 하늘이 느닷없이 어두컴컴하게 변했습니다. 그 때 일진의 광풍이 휙하고 사루자와 연못으로 불어오더니 거울처럼 보였던 맑은 수면에 무수한 파도를 그려내기 시작하였습니다. 과연 각오는 하고 있었지만 당황해 어쩔 줄 모르는 구경꾼들은 "저기야. 저기야"하고 말할 겨를도 없이, 하늘이 기울어져 새 하얀 빗줄기를 쏴아하고 퍼붓기 시작하는 것이 아니겠습니까? 뿐만 아니라 천둥도 갑자기 무섭게 울려 퍼지더니, 쉴새없이 번개가 베틀 북처럼 뒤섞여 번쩍거렸습니다. 그것이 일단 구불구불하게 뻗은 한 줄기 구름을 둘로 확 찢어 버리고, 그 남은 기세로 연못에 있던 물을 기둥처럼 감아올리는 것 같았습니다. 하지만 에인의 눈에는 그 순간, 그 물안개와 구름 사이로 금빛 발톱을 번쩍이며 쏜살같이 하늘로 올라가는 30척이나 되는

흑룡이 희미하게 보였습니다. 그러나 그것은 눈 깜짝할 사이의 일로, 용이 승천한 뒤에는 단지 비바람 속에 연못을 에워싼 벚꽃들이 어두컴컴한 하늘 위로 날아오르는 것만이 보였습니다. — 당황한 구경꾼들이 우왕좌왕 허둥대는 모습은 마치 번개빛 아래에서 심하게 일렁이던 물결처럼 이제 와서 특별히 장황하게 말씀 드릴 것까지 없을 것입니다.

어느덧 큰 비도 멎고 파랗게 개인 하늘이 구름 사이로 보이기 시작하자, 에인은 코가 큰 사실도 잊은 듯한 표정으로 두리번두리번 주위를 둘러보았습니다. 도대체 지금 본 용의 모습은 잘못 본 것은 아닐까? — 그러한 생각이 들자, 자신이 방(榜)을 쓴 장본인인 만큼 아무래도 용이 승천하는 따위의 일은 없었던 듯한 기분이 들었습니다. 하지만 이렇게 말해도 본 것은 확실히 본 것이므로, 생각하면 생각할수록 더욱 더 의심스러워 견딜 수 없었습니다. 그래서 옆 기둥 아래에 죽은 듯이 앉아 있던 아주머니를 일으켜 세워, 당황한 모습도 숨기지 않고 "용을 보셨습니까?" 하고 겁먹은 듯 물어봤습니다. 그러자 비구니 아주머니도 한숨을 쉬며 잠시 동안 아무 말도 할 수 없었는지, 다만 몇 번이나 두려운 듯이 고개만 끄덕일 뿐이었습니다. 그리고 얼마 안 있어 재차 떨리는 목소리로 "보구말구, 암 보구말구, 금빛 발톱을 번쩍인, 온 몸 전체가 새까만 용신아니던가"라고 대답하였습니다. 그러고 보면 용을 본 것은 딱히 코상사 에인의 눈만이 아니었습니다. 아니, 나중에 세상에 퍼진 소문을 들어보면, 그 날 그 곳에 있었던 남녀노소 모두가 구름 속에 흑룡이 하늘로 승천한 모습을 보았다고 말하는 것이었습니다.

그 날이 있은 후, 에인은 어떤 일을 계기로 실은 저 팻말은 자신의

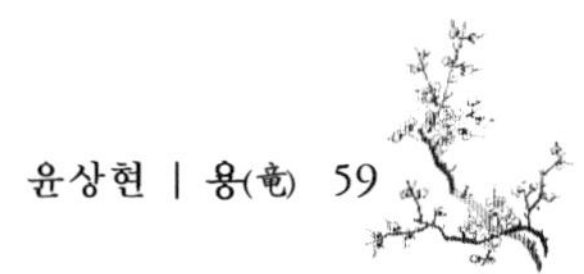

장난이었다고 자백하였습니다. 그러나 에몬을 비롯해 동료 스님들은 한 사람도 그 자백을 정말이라고 생각하지 않았다고 합니다. 여기에서 도대체 저 팻말의 장난은 맞았던 것일까요? 아니면 틀린 것일까요? 코 장군인, 코 상사인, 큰 코를 가진 관리인 에인 스님에게 물어보아도 아마도 그 대답만은 하지 못할 것이 틀림없습니다……"

❖ 3 ❖

우지 다이나곤 다카쿠니는 "과연 그것은 기괴한 이야기구나. 옛날에는 저 사루자와 연못에도 용이 살고 있었던 것 같네. 아니, 옛날에도 살고 있었는지 어떠하였는지 모르겠군. 아니야, 옛날에는 살고 있었던 것이 틀림없네. 옛날에는 하늘 아래 인간 모두가 진심으로 물 속 깊숙이 용이 살았다고 생각했었지. 그렇다면 용도 자연히 하늘과 땅 사이를 날며 신과 같이 때때로는 불가사의한 모습을 나타냈을거야. 그건 그렇고 내가 쓸데없는 말을 늘어놓기 보다는 저 분들의 이야기를 들도록 하지. 다음은 행각 스님 차례일세"

"아니, 저 분의 이야기는 이케노오(池の尾)의 젠치나이구(禅智内供)라는 코가 긴 스님인가? 이것 또한 코 장군에 이어 한층 더 재미있을 것 같군. 그러면 어서 이야기해 주시게나 — "

(1919년 4월)

의혹(疑惑)

김효순

지금은 벌써 10여년 정도 전의 일이 되었지만, 어느 해 봄 나는 실천윤리학 강의 의뢰를 받고 약 1주일 정도 기후현(岐阜県) 오가키마치(大垣町)에 체재하게 되었다. 원래 지방유지들의 성가신 친절에 진절머리가 나 있던 나는 초청해 준 어느 교육가 단체에 미리 거절 편지를 보내 송영이나 연회, 혹은 명소 안내, 기타 여러 가지 강연에 따르는 일체의 쓸데없는 시간 때우기 계획을 거절한다는 뜻을 전해 두었다. 그러자 다행히 그 지역에 내가 좀 별난 사람이라는 평판이 나 있었는지, 마침내 내가 그곳에 가자 그 단체의 회장인 오가키마치의 촌장 주선으로 만사 내 희망대로 조처가 되어 있었다. 그 뿐만 아니라 숙소도 보통 여관이 아니라 한가하고 조용한, 그 지방 재산가 N씨의 별장을 수배해 두었다. 내가 이제부터 하려는 이야기는 그 별장에 체재를 하던 중 우연히 들은 비참한 사건의 전말이다.

그 별장은 고로쿠성(巨鹿城)에서 가까운 구루와마치(廓町)에 위치하고

있어서, 속세의 번잡스러움과는 가장 멀리 떨어져 있었다. 특히 내가 기거하고 있던 쇼인즈쿠리(書院造り)[1]의 다다미 8첩짜리 방은 채광이 좋지 않은 점이 조금 아쉽기는 하지만, 장지문이나 미닫이 문에 적당히 손때가 묻은 아주 차분한 방이었다. 내 시중을 들어주는 별장지기 부부는 특별한 볼일이 없는 한, 항상 부엌에 가있었기 때문에 이 침침한 8첩짜리 방은 거의 늘 한적하고 인기척이 없었다. 그 곳은 화강암 조추바치(手水鉢)[2] 위에 가지를 뻗치고 있는 목련나무에서 가끔씩 하얀 꽃이 떨어지는 소리조차 또렷하게 들릴 정도로 조용했다. 매일 오전에만 강연을 하러 나가는 나는 오후 이후에는 그 방에서 아주 태평하게 지낼 수 있었다. 하지만 또한 동시에 참고서와 갈아입을 옷을 넣은 가방 말고는 아무 것도 없는 내 자신이 종종 왠지 모르게 쓸쓸하게 여겨졌다.

물론 오후에는 이따금씩 방문객이 찾아와서 기분전환이 되었기 때문에 그렇게까지 외롭지는 않았다. 하지만 대나무통으로 만든 고풍스런 램프에 이윽고 불이 켜지면, 순식간에 인간의 숨결이 느껴지는 세계는 그 희미한 불빛이 비치는 내 주위로 한정되어 버린다. 게다가 내게는 그 주위조차 결코 편안하게 느껴지지 않았다. 내 뒤에 있는 도코노마(床の間)[3]에는 꽃도 꽂혀있지 않은 청동 화병이 하나 위엄 있고 듬직하게 자리를 잡고 있었다. 그리고 그 위에는 이상한 양류관음(楊柳觀音)[4] 족자가 시커멓게 때가 묻은 비단 표구 속에서 몽롱하게 검은

1) 모모야마(桃山) 시대에 완성된 주택 건축의 양식. 선종(禅宗)의 서원 양식이 관원·무사의 주택에 채택된 것으로 현재의 일본식 주택은 거의 이 양식임. 다다미방을 기본으로 하여, 현관, 도코노마, 책장, 책상, 장지문, 덧문 등을 갖추고 있다.

2) 손 씻는 물을 떠 놓는 그릇.

3) 건축에서 객실인 다다미방의 정면에 바닥을 높여 만들어 놓은 곳.

4) 『불교』에서 병고를 없애며 중생의 소원을 잘 들어준다는 관음.

빛을 띠고 있었다. 나는 가끔씩 책을 읽다 눈을 들어 그 낡은 불화(仏画)를 돌아다보면, 항상 피우지도 않는 향냄새가 나는 것 같은 느낌이 들었다. 그 정도로 방 안에는 절 같은 한적한 분위기가 감돌았다. 그래서 나는 자주 일찍 잠자리에 들었다. 하지만 잠자리에 들어도 쉽게 잠이 들지는 않았다. 비를 막기 위한 덧문 밖에서는 밤새들이 지저귀는 소리가 원근을 가리지 않고 나를 놀라게 했다. 그 새소리에 나는 이 집 지붕의 천주각(天主閣)을 마음에 그리곤 했다. 낮에 보면 천주각은 항상 울창한 소나무 숲 사이에 흰 벽을 3층으로 겹쳐놓고, 당당하게 뒤로 젖혀져 있는 지붕 위의 하늘에 무수한 까마귀를 뿌려놓고 있었다. — 어느 새 나는 꾸벅꾸벅 선잠을 자는 동안 마음 속으로는 아직 물 속에 있는 것처럼 으스스한 추위를 느꼈다.

그러던 어느 날 밤의 일—그것은 예정된 강연일수가 거의 다 끝나갈 무렵이었다. 나는 평소처럼 램프 앞에 책상다리를 하고 앉아서 느긋하게 독서삼매경에 빠져 있었는데, 갑자기 옆방과 공간을 나누고 있는 미닫이문이 불쾌할 정도로 조용히 열렸다. 문이 열린 것을 알았을 때 무의식적으로 별장지기라고 예견하고 있던 나는 마침 방금 전 써 둔 엽서를 부쳐달라고 부탁하려고 무심결에 그쪽으로 눈길을 돌렸다. 그러자 그 어슴프레한 미닫이문 쪽에 내가 전혀 모르는 마흔 정도 되는 남자 한 명이 반듯하게 앉아 있었다. 솔직히 말하면, 그 순간 나는 경악 — 이라기 보다는 오히려 일종의 미신적 공포에 가까운 감정에 위협을 받았다. 또한 실제로 그 남자는 그 정도로 충격을 받을 만큼, 희미한 램프 불빛 속에서 유령 같이 이상한 모습을 하고 있었다. 하지만 그는 나와 얼굴을 마주치자 옛날 식으로 두 팔을 높이 올리고 아주 공손하게 머리를 숙이면서 생각보다 젊은 목소리로 거의 기계적

으로 다음과 같은 인사말을 늘어놓았다.

"한 밤중에, 더구나 바쁘실 텐데 폐를 끼치러 와서 죄송스런 마음을 어떻게 표해야 할지 모르겠습니다만, 좀 진지하게 선생님께 여쭙고 싶은 말씀이 있어서 실례를 무릅쓰고 찾아뵌 것이옵니다."

그제서야 처음 받은 충격에서 벗어난 나는 그 남자가 이렇게 떠들어내고 있는 동안에 처음으로 침착하게 상대를 관찰했다. 그의 이마는 넓고 볼은 옴팍 패였으며, 나이에 어울리지 않게 눈이 살아있는 품격 있는 반백(半白)의 인물이었다. 게다가 가문(家紋)이 들어가지는 않았지만 보기 싫지 않을 정도로 격식을 차린 하오리하카마(羽織袴)[5] 차림이었고, 무릎 아래 쯤에 부채까지 제대로 갖추고 있었다. 단 그 짧은 순간에도 내 신경에 거슬린 것은 그의 왼쪽 손가락이 하나 없다는 것이었다. 나는 그 사실을 알고는 나도 모르게 그 손에서 눈길을 돌리지 않을 수 없었다.

"무슨 일이신지요?"

나는 읽다만 책을 덮으며 퉁명스러운 말투로 그렇게 물었다. 말할 것도 없이 내게는 그의 갑작스런 방문이 의외였음과 동시에 짜증나는 일이었다. 또한 동시에 별장지기가 이 손님이 왔다는 사실에 대해 미리 한 마디도 하지 않은 것도 이상했다. 그러나 그 남자는 나의 냉담한 어투에도 굴하지 않고, 다시 한 번 이마를 다다미 바닥에 대고 여전히 낭독이라도 하는 듯한 어조로,

"말씀이 늦었습니다만, 저는 나카무라 겐도(中村玄道)라 하옵니다. 선생님의 강연을 들으러 매일 다니고 있습니다만, 물론 많은 사람들 가운데 섞여 있으므로 기억이 없으시겠지요. 부디 이것도 연이라 생각

5) 하오리는 일본옷 위에 입는 짧은 겉옷. 하카마는 겉에 입는 아래옷.

하시고 앞으로도 계속 무슨 일이든지 잘 지도해 주시기를 바라옵니다.” 나는 그제서야 겨우 이 남자가 나를 찾아온 뜻을 이해할 수 있을 것 같았다. 하지만 한 밤중에 독서의 청흥(清興)을 깬 것이 불쾌함에는 여전히 변함이 없었다.

“그렇다면 — 제 강연에 뭔가 질의사항이라도 있다는 말씀이신지요?”

이렇게 물은 나는 내심 살짝, ‘질의라면 내일 강연장에서 하시죠’라는 정도의 적당한 핑계거리를 준비하고 있었다. 그러나 상대는 역시 얼굴 근육하나 움직이지 않고, 가만히 하카마의 무릎 위로 시선을 떨구며,

“아니, 질의는 아니옵니다. 그것은 아닙니다만, 실은 제 일신의 처신이 선과 악 어느쪽인지 선생님의 고견을 듣고 싶어서입니다. 무슨 말씀인고 하면, 바로 지금으로부터 약 적어도 20년 정도 전에 저는 뜻하지 않은 어떤 일을 겪게 되었고 그 결과 저로서도 제 자신을 통 알 수 없게 되었다는 것입니다. 그래서 선생님 같은 윤리학계 대가의 말씀을 들으면 자연히 분별이 될 것이라 생각하여 오늘밤 굳이 이렇게 불쑥 찾아뵌 것입니다. 어떠신지요. 재미는 없지만 제 신상 이야기를 한 번 들어주실 수는 없으신지요?”

나는 대답하기를 주저했다. 과연 전공으로 치자면 윤리학자임에는 틀림없지만, 유감스럽게도 그렇다고 해서 또 나는 그 전공지식을 활용하여 바로 당면 현실문제에 대해 기민하게 해결책을 제시할 수 있을 만큼 융통성 있는 두뇌의 소유자라고 착각하며 자부심을 느낄 수 있는 사람은 아니었다. 그러자 그는 내가 망설이는 것을 재빨리 눈치챘는지 지금까지 하카마 무릎 위에 떨구었던 시선을 들어 반쯤 탄원하듯이 주저주저 내 안색을 살피며, 아까보다 좀 더 자연스런 목소리

로 공손하게 다음과 같이 말을 이었다.

“아니요, 그것도 물론 굳이 선생님께서 시시비비를 가려주셔야 한다는 것은 아닙니다. 단지 제가 이 나이가 되도록 평생 고통스러웠던 문제이기 때문에 하다 못 해 그 간의 고통만이라도 선생님 같은 분께 말씀을 드려 다소간이라도 제 자신의 응어리를 풀어보고 싶은 것입니다.”

그 말을 듣고 보니, 나는 형식적으로라도 이 낯선 남자의 이야기를 듣지 않겠다고 할 수는 없었다. 하지만 동시에 또한 불길한 예감과 일종의 막연한 책임감이 무겁게 내 마음을 엄습하는 느낌도 들었다. 나는 오로지 그와 같은 불안한 느낌을 떨쳐버리고 싶은 마음 하나에 짐짓 가벼운 태도를 보이며, 희미한 램프 맞은편으로 상대를 가까이 부르며,

“그러면 어쨌든 말씀이나 들어봅시다. 물론 그 이야기를 듣는다고 해서, 특별히 참고가 될 만한 의견을 낼 수 있을지 없을지는 모르겠지만 말입니다.”

“아니요, 그저 들어주시기만 한다면, 그것만으로도 이미 저로서는 너무나 만족스러울 정도입니다.”

나카무라 겐도라 이름을 댄 인물은 손가락이 하나 없는 손에 다다미에 놓여 있던 부채를 집어 올리더니 가끔씩 살짝 눈을 들어 나보다는 오히려 도코노마의 양류관음을 훔쳐보며, 역시 억양이 없는 침울한 어조로, 떠듬떠듬 다음과 같은 이야기를 하기 시작했다.

❖ ❖

때는 마침 1891년의 일입니다. 아시는 바와 같이 1891년이라고 하면 노비(濃尾) 대지진[6]이 있었던 해로, 그 이후 이곳 오가키(大垣)도 모

습이 완전히 바뀌었습니다만, 그 무렵 마을에는 초등학교가 딱 두 개 있었는데 하나는 번(藩)의 영주가 지으신 것, 또 하나는 촌장이 지은 것, 그렇게 나뉘어 있었습니다. 저는 번의 영주가 지으신 K초등학교에 봉직하고 있었습니다만, 2, 3년 전에 현의 사범학교를 수석으로 졸업하기도 했고 그 후에 또 계속해서 교장의 신임도 상당히 두터워서 연배에 비해서는 고액의 월급인 15엔을 받고 있었습니다. 다만 지금은 15엔이라는 월급을 받는 것으로는 이슬같이 덧없는 목숨을 연명하기도 힘들겠지만, 뭐 20년이나 전의 일이므로 충분치는 못 해도 생활에 불편함은 없었기 때문에 어느 쪽인가 하면 동료들 사이에서도 저는 선망의 대상이 되었을 정도였습니다.

가족이라고는 천지간에 아내 하나 뿐으로, 그것도 아직 결혼한 지 겨우 2년 정도 밖에 되지 않았을 무렵이었습니다. 아내는 교장의 먼 친척뻘 되는 사람으로 어렸을 때 부모를 여의고 나에게 시집을 오기까지 교장부부가 딸처럼 쭉 보살펴 준 여자입니다. 이름은 사요(小夜)라고 하며 제 입으로 말씀드리기는 좀 뭐합니다만, 매우 순순하고 부끄럼을 잘 타는 — 대신 또 천성이 너무 말이 없어서 어딘가 그늘이 있는 것 같고 외로워 보였습니다. 하지만 저로서는 성격이 비슷해서 잘 맞는 부부로, 설령 이렇다 할 만한 눈에 띄는 화려한 즐거움은 없어도, 우선은 하루하루를 평온하게 지낼 수 있었습니다.

그런데 그 대지진으로 — 잊을 래야 잊을 수 없는 10월 28일, 아마 오전 7시 무렵이었을 것입니다. 제가 우물가에서 이쑤시개로 이를 쑤시고 있고, 아내는 부엌에서 솥의 밥을 푸고 있는데 — 그 위로 집이 무너져 내렸습니다. 그것은 불과 1, 2분 사이의 일로 마치 거센 바람

---

6) 1891년 10월 28일 오전 6시 37분, 기후현(岐阜県) 미노(美濃) 지방, 아이치현(愛知県) 오바리(尾張) 지방에서 일어난 대지진.

이 부는 듯이 땅이 울리는 끔찍한 소리가 덮치는가 싶더니, 순식간에 집이 삐걱삐걱 기울었고 그 후에는 그저 기왓장이 날아가는 것이 보였을 뿐입니다. 저는 억 하고 소리를 지를 새도 없이 바로 떨어져 내린 차양에 깔려 한동안은 정신이 혼미한 상태에서 어디서 시작되는지 알 수도 없이 몰려오는 대진동의 파동에 흔들리고 있었습니다. 간신히 그 차양 밑에서 흙먼지 속으로 기어 나와 보니, 눈앞에 있는 것은 저희 집 지붕이었습니다. 그리고 기왓장 사이에 나있던 풀이 그대로 땅바닥에 널부러져 있었습니다.

그 때 내 심정은 놀랐다고 해야 할까요, 당황스러웠다고 해야 할까요. 마치 넋을 잃은 것처럼 그 자리에 털썩 주저앉아서 마치 폭풍이 몰아치는 바다처럼 좌우로 지붕이 떨어져 나간 집들 위로 눈길을 보내며, 땅이 울리는 소리, 동량이 떨어지는 소리, 수목이 꺾이는 소리, 벽이 무너지는 소리, 그리고 몇 천 명이나 되는 사람들이 도망을 치느라 갈팡질팡하는 소리, 물건이 부숴지는 소리 등 무슨 소리인지 분간을 할 수 없는 울림이 소란스럽게 뒤엉키고 있는 것을 멍하니 듣고 있었습니다. 하지만 그것은 정말이지 순식간의 일로, 이윽고 저쪽 차양 아래에서 무엇인가 움직이고 있는 것을 발견하고는 나는 서둘러 벌떡 일어서서 악몽에서 깨어나기라도 한 듯이 의미를 알 수 없는 괴성을 지르며 갑자기 그쪽으로 달려갔습니다. 차양 아래에서는 아내 사요가 하반신을 동량에 눌린 채 고통스러워하고 있었던 것입니다.

저는 아내의 손을 잡아당겼습니다, 아내의 어깨를 누르며 일으키려 했습니다. 하지만 짓누르고 있는 동량은 벌레 한 마리 기어나올 만큼도 움직이지 않습니다. 저는 어찌할 바를 몰라 차양의 나무판을 한 장 한 장 뜯어냈습니다. 뜯어내면서 몇 번이나 아내에게, 정신차리라고 울부짖었습니다. 아내를? 아니 어쩌면 제 자신을 격려하고 있었는지 모릅니다. 사야는 '괴로워요'라고 했습니다. '어떻게 좀 해주세요'라는 말도 했습니다. 하지만 제가 격려를 할 것까지도 없이, 사람이 완전히 바뀌어서 안간힘을 쓰며 필사적으로 동량을 들어올리려 하고 있었기 때문에 저는 그 때 아내의 두 손이 손톱도 보이지 않을 정도로 피범벅이 되어 떨며 동량을 더듬고 있던 모습이 지금도 여전히 생생하게 고통스런 기억으로 남아 있습니다.

그것은 아주 오래 동안에 일어난 일이었습니다. — 얼마 안 있어 정신을 차리고 보니 어디선가 검은 연기가 뭉게뭉게 일어나며 한 번 무너진 지붕을 건너와 내 얼굴로 확 몰려왔습니다. 라고 생각한 순간 그 연기 너머로 무언가 폭발하는 소리가 요란스럽게 나며 금가루 같은 불똥이 사방팔방으로 공중에 흩어지며 날아올랐습니다. 저는 미친 듯이 아내에게 달겨들었습니다. 그리고 다시 한 번 정신없이 아내의 몸을 동량 아래에서 끌어내려 했습니다. 하지만 역시 아내의 하반신을 눈꼽 만큼도 움직이게 할 수 없었습니다. 저는 또 몰려온 연기를 뒤집어쓰며 차양에 한 쪽 무릎을 대고 아내에게 잡아먹을 듯이 말했습니다. 무슨 말을 했느냐고 물으실지도 모르겠습니다. 아니, 반드시 물어보시겠죠. 그러나 저도 무슨 말을 했는지, 통 기억이 나지 않습니다. 다만 저는 그 때 아내가 피투성이가 된 손으로 내 팔을 잡으며 '여보'라고 한 마디 한 것 밖에 기억이 나지 않습니다. 저는 아내의 얼굴을 바라보았습니다. 모든 표정을 잃은 눈만 하릴없이 크게 뜨고 있는, 음산한 얼굴이었습니다. 그러자 이번에는 연기만이 아니라 불똥을 뿜어내는 일진의 불길이 눈앞이 아찔할 정도로 저를 엄습했습니다. 저는 이제 글렀다라고 생각했습니다. 아내는 산 채로 불에 타 죽을 것이라

고 생각했습니다. 산 채로? 저는 피투성이가 된 아내의 손을 잡은 채, 또 뭐라고 울부짖었습니다. 그러자 아내도 역시 거듭, '여보'라는 말만 했습니다. 저는 그 때 그 '여보'라는 말 속에 무수한 의미, 무수한 감정을 느꼈습니다. 산 채로? 산 채로? 저는 무슨 말인지 세 번을 외쳤습니다. 그것은 '죽어'라고 한 기억이 나기도 합니다. '나도 죽을 거야'라고 한 기억도 납니다. 하지만 뭐라고 했는지 알기도 전에 저는 닥치는 대로 떨어지는 기와를 집어들어 아내의 머리를 연달아 내리쳤습니다.

그리고 나서 그 뒤에 어떤 일이 일어났는지는 선생님 추측에 맡기는 수밖에 없습니다. 저는 혼자서 살아남았습니다. 온 마을을 거의 다 태워버린 불과 연기에 쫓기며 산더미처럼 길을 막고 있던 집들의 지붕 사이를 빠져나가 간신히 위험한 목숨 하나를 건진 것입니다. 다행인지 불행인지 저는 아무것도 알 수가 없었습니다. 단지 그날 밤 여전히 어두운 하늘에 타오르는 불빛을 바라보며, 역시 일격에 찌부러진 학교 밖 가건물에서 한 두 명의 동료와 함께 이재민에게 공급된 주먹밥을 손에 들었을 때 한 없이 눈물이 흘러내린 것을 지금도 여전히 도저히 잊을 수 없습니다.

나카무라 겐도는 한 동안 말을 끊고 다다미 위로 겁에 질린 눈을 떨구었다. 갑자기 이런 이야기를 듣게 된 나도 마침내 방 안의 휑하고 을씨년스러운 기분이 옷깃에까지 스며들 것 같은 기분이 들어 '그렇군'하며 말장구를 칠 기운조차 없었다.

방 안에서는 램프가 기름을 빨아올리는 소리가 날 뿐이었다. 그리고 책상 위에 올려 놓은 나의 회중시계가 시간을 잘게 다지는 소리가 났다. 그러자 또 그 가운데, 도코노마의 양류관음이 몸을 움직이나 싶을 정도로 희미한 한숨 소리가 났다.

나는 겁에 질린 눈을 들어 초연히 앉아있는 상대의 모습을 지켜보았다. 한숨을 쉰 것은 그였을까? 아니면 내 자신이었을까. — 하지만 그런 의문이 해소되기 전에 나카무라 겐도는 역시 낮은 목소리로 천천히 이야기를 계속했다.

❖ ❖

말할 것도 없이 저는 아내의 마지막 순간을 슬퍼했습니다. 그 뿐만 아니라 때로는 교장을 비롯해 동료들에게서 따뜻한 동정의 말을 듣고서는 체면 불구하고 염치없이 눈물을 흘린 일조차 있습니다. 하지만 묘하게도 제가 그 지진 통에 아내를 죽였다는 말만은 입밖에 낼 수가 없었습니다.

"산 채로 불에 타느니 차라리 라고 생각하고 제 손으로 죽였습니다" — 이 정도 말을 입밖에 낸다고 해서 제가 감옥에 가는 것도 아닐 것입니다. 아니, 오히려 그 때문에 세상 사람들은 저를 더 동정해 줄 것입니다. 그런데 그게 어찌된 일인지 말을 하려고 하면 금세 목구멍에 달라붙어 한 마디도 할 수 없게 혀가 움직여지지 않는 것입니다.

당시 저는 그 원인이 순전히 저의 겁많은 성격 때문이라고 생각했습니다. 하지만 실은 단순히 겁이 많다기 보다는 더 깊은 곳에 잠재된 원인이 있었습니다. 그러나 그 원인을, 제게 재혼 이야기가 들어와서 마침내 다시 한 번 새로운 삶을 시작하기 직전까지는 제 자신도 알지 못 했습니다. 그리고 그 사실을 알았을 때 저는 두 번 다시 남들과 같은 생활을 할 자격이 없는 가엾은 정신적 패배자가 되는 수밖에 없었

습니다.

제게 재혼 이야기를 꺼낸 것은 사요의 부모에 해당하는 교장으로, 그것은 순전히 저를 위해 마음을 써준 결과라는 것도 저는 잘 알고 있었습니다. 또한 실제로 그 무렵에는 이미 그 대지진이 있고나서 그럭저럭 1년 남짓 경과한 시점으로, 교장이 그 문제를 꺼내기 전에도 은근히 그런 비슷한 제안을 하며 제 속마음을 떠본 것이 한 두 번이 아니었습니다. 그런데 교장선생님의 이야기를 들어보니 뜻밖에도 그 혼담 상대가 지금 선생님이 계시는 이 N집안의 둘째 딸로 당시 제가 학교 밖에서 가끔씩 출장 교습을 해준 초등학교 4학년인 장남의 누나였던 것이 아니겠습니까? 물론 저는 일단 사양을 했습니다. 첫째 교원인 저와 자산가인 N집안은 신분상으로 격에 맞지 않았고, 가정교사라는 관계상 결혼까지는 뭔가 일이 있을 것이라 생각했고, 엄한 말을 듣게 되는 것도 재미없을 것이라 생각했기 때문입니다. 또한 동시에 제가 마음이 내키지 않은 이유의 이면에는 산 사람은 어떻게든 살게 마련이라 잊혀지는 법으로 이전만큼 슬픈 기억이 남아있는 것은 아니지만, 제 자신이 쳐죽인 사요의 마지막 모습이 혜성의 꼬리처럼 희미하게 내 마음을 휘감고 있었음에 틀림없습니다. 하지만 교장은 제 심정을 십분 헤아린 후 저 정도 연배 되는 사람이 앞으로 혼자 살아가는 것은 곤란하다는 것, 게다가 이번 혼담은 상대방이 절대적으로 원한다는 것, 교장 자신이 먼저 나서서 중매를 선 이상 나쁜 소문이 날 일이 없다는 것, 그 외 평소 제가 희망하고 있던 도쿄(東京) 유학도 결혼만 하면 크게 편의를 봐 줄 것이라는 것 — 등등 그런 여러 가지 이유를 내세우며 끈기있게 저를 설득했습니다. 그런 말을 듣고 보니 저도 무조건 거절만 할 수는 없었습니다. 게다가 상대 처녀는 소문난 미인이었고, 또 부끄럽습니다만 N가의 자산에도 눈이 어두워졌기 때문에 교장의 권유가 거듭됨에 따라 어느새 "숙고해 보겠습니다"가 "조금 더 있다 해라도 바뀌고 나면요"라는 식으로 점점 뜻을 굽히기 시작했습니다. 그렇게 해서 그 해가 바뀐 1893년 초여름에는 마침내 가을이 되면 식을 올리자고 하는 지경까지 되었습니다.

그러자 그 이야기가 마무리가 될 무렵부터 이상하게 저는 마음이 울적해졌고, 제가 생각해도 이상할 정도로 무엇을 해도 예전처럼 힘이 나지 않게 되었습니다. 예를 들면 학교에 가서도 교원실 책상에 기대어 멍하니 뭔가 생각에 잠겨 수업 시작을 알리는 종소리도 놓치는 일이 종종 있었습니다. 그렇다고 해서 뭔가 걱정거리가 있냐 하면 그것은 제 자신도 확실히 분간을 할 수가 없었습니다. 다만, 머리 속의 톱니바퀴가 어딘가 딱 들어맞지 않는 것 같은 — 그리고 그 톱니바퀴가 딱 들어맞지 않는 이면에는 제 자각을 초월한 비밀이 또아리를 틀고 있는 것 같은 불쾌한 느낌이 도사리고 있는 것이었습니다.

그것이 대략 두 달 정도 계속되고 나서의 일이었던 것 같습니다. 마침 여름휴가 중으로, 어느 날 저녁 산보를 하는 김에 혼간지 별원(本願寺別院) 뒤편에 있는 책방 앞에서 가게 안을 들여다보니, 그 무렵 평판이 자자했던 『풍속화보(風俗画報)』라는 잡지 대 여섯 권이 『야창귀담(夜窓鬼談)』이나 『월경만화(月耕漫画)』등과 함께 석판쇄(石版刷) 표지를 늘어놓고 있었습니다. 그래서 가게 앞에 멈춰 서서 무심결에 그 『풍속화보』 한 권을 손에 들고 보니, 표지에 집이 쓰러지고 불이 나기 시작하는 그림이 있고 거기에 두 줄로 「1891년 11월 30일 발행, 10월 28일 지진 기문(記聞)」이라고 크게 인쇄되어 있는 것이었습니다. 그것을 본 순간 저는 갑자기 가슴이 미어져 내렸습니다. 내 귓가에는 누군가 기쁜

듯이 비웃으며 '그거야, 그거'라고 속삭이는 기분이 들었습니다. 저는 아직 불을 켜지 않은 어슴프레한 가게 앞에서 황급히 표지를 넘겨보았습니다. 그러자 제일 앞에 한 집안의 어린 아이와 어른이 무너져 내린 동량에 짓눌려 참사를 당한 그림이 나와 있었습니다. 그리고 땅이 두 개로 갈라져서 발을 헛디딘 여자 아이들을 삼키고 있는 그림이 나와 있었습니다. 그리고 — 일일이 헤아릴 수는 없습니다만, 그 때 그 「풍속화보」는 2년전 대지진의 광경을 다시 내 눈앞에 펼쳐 보여준 것이었습니다. 나라가와(長良川) 강 철도 몰락도, 오와리(おわり) 방적회사 파괴도, 제3사단 병사시체 발굴도, 아이치(愛知) 병원 부상자 구호도 — 그런 처참한 그림들은 잇달아 그 저주스러운 당시의 기억 속으로 저를 끌어들였습니다. 제 눈에는 눈물이 고였습니다. 몸도 떨리기 시작했습니다. 고통이랄 수도 환희랄 수도 없는 감정이 가차 없이 제 정신을 뒤흔들어 버렸습니다. 그렇게 해서 마지막 그림 한 장이 제 눈앞에 펼쳐진 순간 — 저는 지금도 그 경악스런 순간을 마음 속에 생생히 기억하고 있습니다. 그것은 무너져내린 동량에 허리가 깔린 한 여자가 고통에 몸부림치는 무참한 그림이었습니다. 가로놓인 그 동량 건너에서는 검은 연기가 뭉게뭉게 피어오르고 빨간 불똥이 사방으로 날아오르는 것이 아니겠습니까? 그것이 제 처가 아니고 누구겠습니까? 아내의 최후의 모습이 아니고 무엇이겠습니까? 저는 하마터면 손에서 「풍속화보」를 떨어뜨릴 뻔 했습니다. 하마터면 소리를 지를 뻔했습니다. 게다가 그 순간 저를 더 한층 공포에 떨게 한 것은 갑자기 주위가 확 밝아지면서 화재를 연상케 하는 연기가 제 코에 확 밀려든 것입니다. 저는 억지로 마음을 가라앉히면서 「풍속화보」를 내려놓고 가게 앞을 여기 저기 두리번거렸습니다. 마침 견습점원이 가게 앞에

걸어놓은 램프에 불을 붙이고 저녁 어둠이 깔린 길에 아직 연기가 나고 있는 성냥개비를 버리려는 참이었던 것입니다.

그 이후 저는 전보다 더 음울한 인간이 되어버렸습니다. 그 때까지 저를 위협한 것은 그저 무엇인지 모르는 불안한 심정이었습니다만, 그 후부터는 어떤 의혹이 제 머릿속에 또아리를 틀고 들어앉아 밤낮을 가리지 않고 저를 들들 볶는 것이었습니다. 무슨 말인가 하면, 그 대지진이 났을 때 제가 아내를 죽인 것은 과연 어쩔 수 없었던 것일까?—다시 한 번 노골적으로 말하자면 제가 처를 죽인 것은 처음부터 죽이고 싶은 마음이 있어서 죽인 것은 아닐까? 대지진은 단지 나를 위해 기회를 준 것은 아니었을까? — 그런 의혹이었습니다. 물론 저는 그 의혹 앞에서 몇 번이나 과감하게 '아니야, 아냐'라고 대답했는지 모릅니다. 하지만 책방 앞에서 내 귀에 '그거야, 그거'라고 속삭인 무언가는 또 그 때마다 비웃으며 '그럼 너는 왜 아내를 죽인 사실을 입 밖에 내지 못 하는 거지?'라고 추궁하는 것이었습니다. 저는 그 사실에 생각이 미치면 늘 움찔했습니다. 아아, 저는 왜 아내를 죽였으면 죽였다고 털어놓지 못 한 것일까요? 왜 오늘까지 몰래 그렇게까지 엄청난 경험을 숨기고 있던 것일까요?

게다가 그 순간 제 기억에 선명하게 되살아 난 것은 당시의 제가 아내 사요를 내심 미워했다고 하는, 끔찍한 사실입니다. 이것은 부끄럽지만 말씀을 드려야만 좀 납득이 되실 것입니다. 아내는 불행하게도 육체적으로 결함이 있는 여자였습니다. (이하 12줄 생략)………그래서 저는 그 때까지는 어렴풋하지만 제 도덕감정이 어쩌면 이긴 것이라고 믿고 있었던 것입니다. 하지만 그 대지진 같은 흉변이 일어나고 일체의 사회적 속박이 지상에서 모습을 감추었을 때 어떻게, 그와 함

께 제 도덕감정도 균열을 일으키지 않았다고 할 수 있을까요? 어떻게 제 이기심도 그 모습을 드러내지 않았다고 할 수 있을까요? 저는 여기에 이르러 역시 아내를 죽인 것은 죽이기 위해 죽인 것이 아니었을까 하는 의혹을 인정하지 않을 수 없었습니다. 결국 제가 우울해 진 것은 오히려 자연스러웠다고 할 수 있었던 것입니다.

그러나 저는 아직 '그런 경우에 아내를 죽이지 않았다 해도 아내는 분명히 불에 타죽었을 것이다. 그렇다면 아내를 죽인 것을 특별히 내 죄악이라고 할 수는 없을 것이다'라는 한 가닥 희망이 있었습니다. 그런데 어느 날 이미 계절이 한여름에서 늦여름으로 옮겨가고 새로운 학기가 시작될 무렵이었습니다. 저희 교원 일동이 교원실 테이블을 둘러싸고 차를 마시며 가벼운 잡담을 나누고 있다가, 무슨 계기에서인지 화제가 다시 2년 전의 그 대지진으로 옮겨간 일이 있었습니다. 저는 그 때도 혼자 입을 꾹 다물고 동료들의 이야기를 아무 생각 없이 흘려듣고 있었습니다. 혼간지 별원의 지붕이 떨어져 나간 이야기, 후나마치(船町)의 둑방이 무너진 이야기, 다와라마치(俵町)의 길바닥이 갈라진 이야기 — 라는 식으로 이야기에서 이야기로 이어졌습니다. 그러다 어느 교원 이야기가, 나카마치(中町)인가 어딘가에 있는 빈고야(備後屋)라는 술집 마누라가 일단 동량에 깔려서 꼼짝도 하지 못 하고 있었는데 얼마 안 있어 불이 나서 다행히 동량도 타서 무너졌기 때문에 간신히 목숨을 건졌다고 하는 것이었습니다. 저는 그 이야기를 들었을 때 갑자기 눈 앞이 캄캄해지며 그대로 한 동안 숨이 막힐 지경이었습니다. 아마 실제로 그 동안 실신한 거나 마찬가지 상태였을 겁니다. 겨우 정신을 차리고 보니 동료들은 갑자기 제 안색이 바뀌며 의자 째로 넘어질 뻔하자 놀래서 모두 제 주위에 모여들어 물을 먹이고 약을 먹이는 등 야단법석이 났습니다. 하지만 저는 그 동료에게 고맙다는 말을 할 여유도 없을 만큼 머리 속은 그 공포스런 의혹의 덩어리로 가득 차 있었습니다. 나는 역시 아내를 죽이기 위해 죽인 것은 아니었을까? 설령 동량에 깔려 있더라도 만약의 경우 목숨을 건지게 될 것을 두려워 해서 쳐죽인 것은 아니였을까? 만약 그대로 놔두었더라면 지금 빈고야의 마누라 이야기처럼 제 아내도 어떤 기회에 구사일생으로 살아났을 지도 모른다. 그런데 그것을 나는 무참하게 기왓장으로 내려쳐 죽여버렸다. — 그런 생각을 하는 저의 괴로움은 선생님께서 미루어 짐작하시는 수밖에 없습니다. 저는 그렇게 괴로운 가운데 하다못해 N가와의 혼담만이라도 거절해서 어느 정도 제 일신을 정화시키려고 결심한 것입니다.

그런데 마침내 이야기가 다음 단계로 넘어갈 단계가 되자 모처럼 한 제 결심은 미련하게도 다시 흔들리기 시작했습니다. 어쨌든 조만간 결혼식을 올리기 직전이 되어서야 갑자기 파혼하겠다고 하는 것이므로, 그 대지진 때 제가 아내를 살해한 전말은 물론이고 그 때까지의 괴로운 제 심정도 모두 털어놓아야 할 것입니다. 그것이 소심한 저로서는 막상 닥치고 보니 아무리 스스로를 채찍질해 봐도 단행할 용기가 나지 않았던 것입니다. 저는 몇 번이고 칠칠치 못한 제 자신을 다그쳤습니다. 하지만 그저 다그치기만 할 뿐, 무엇하나 이렇다 할 조치를 취하기도 전에 늦여름은 또 찬바람이 부는 늦가을로 바뀌어 마침내 소위 화촉을 밝히게 될 날이 코 앞에 닥치게 된 것이 아니겠습니까?

저는 이제 그 무렵에는 어지간해서는 그 누구하고도 말을 하지 않을 정도로 푹 가라앉아 있었습니다. 결혼을 연기하는 것이 어떻겠냐고 주의를 주는 동료도 한 두 명이 아니었습니다. 교장은 의사에게 진

찰을 받아보라는 충고를 세 번이나 했습니다. 하지만 당시의 저로서는 이미 그런 친절한 말을 생각해서 겉으로라도 건강을 고려하겠다고 하는 말을 할 기력조차 없었습니다. 또한 동시에 그 동료들의 걱정을 이용하여 이제 와서 병을 구실로 결혼을 연기하는 것도 한심한 고식적 수단으로밖에 여겨지지 않았습니다. 게다가 N가의 주인은 제 기분이 우울한 원인을 독신생활의 영향이라고 착각을 하고 있었나 봅니다. 하루라도 빨리 결혼을 하라고 자꾸 주장을 해서 날은 다르지만 2년 전 그 대지진이 있었던 날 마침내 저는 N가의 본가에서 결혼식을 올리게 되었습니다. 연일 마음 고생을 하며 초조해 하던 제가 새신랑이 입는 가문(家紋)이 들어간 정장을 입고 위엄있는 금병풍으로 둘러싸인 대청으로 안내되었을 때, 저는 그 날의 제 자신을 얼마나 수치스럽게 생각했겠습니까? 저는 마치 남 몰래 큰 죄악을 저지르고 있는 악한 같은 느낌이 들었습니다. 아니 그런 것 같은 느낌이 아닙니다. 실제로 저는 살인의 죄악을 숨기고 N가의 딸과 자산을 일시에 훔치려고 기도한 극악무도한 도둑인 것입니다. 저는 낯이 뜨거워 졌습니다. 가슴이 답답해 졌습니다. 될 수 있으면 그 자리에서 제가 아내를 죽인 일련의 과정을 하나하나 빠짐없이 고백하고 싶은—그런 생각이 마치 회오리바람처럼 격렬하게 제 머리 속을 휘몰아치기 시작했습니다. 그러자 그 때 제가 자리하고 있는 맞은편 다다미에 마치 꿈을 꾸기라도 하는 듯이 흰 깃털 같은 버선 두 짝이 나타났습니다. 이어 아련히 물결치는 하늘에 소나무와 학이 날고 있는 옷자락이 보였습니다. 그리고 비단 허리띠, 지갑에 달린 은사슬, 하얀 옷깃 등이 차례차례 나타나고, 대모갑 비녀가 무겁게 빛나고 있는 틀어 올린 머리가 눈에 들어왔을 때 저는 거의 숨이 막힐 듯 절대절명의 공포에 압도당해 저도 모

르게 두 손으로 다다미를 짚고 '저는 살인자입니다. 극악무도한 죄인입니다'라고 필사적으로 소리를 지르고 말았습니다. ………

❖ ❖

나카무라 겐도는 위와 같이 이야기를 끝내고는 잠시 내 얼굴을 가만히 바라보고 있다가, 마침내 입가에 억지 미소를 지으며 말을 이었다.

"그 후의 일은 말씀드릴 것도 없을 것입니다. 하지만 단 한 가지 말씀드리고 싶은 것은 그 날을 끝으로 저는 미치광이로 불리우며 불쌍한 여생을 보내야만 하게 된 것입니다. 과연 제가 미치광이인지 어떤지 그런 것은 일체 선생님의 판단에 맡기겠습니다. 그러나 설령 미치광이라 하더라도 저를 미치광이로 만든 것은 역시 우리 인간의 마음속에 잠재된 괴물 때문 아닐까요? 그 괴물이 있는 한, 오늘날 저를 미치광이라고 비웃는 무리들조차, 내일은 또 저처럼 미치광이가 되지 말라는 법은 없습니다. — 저는 그렇게 생각합니다만, 어떠신지요?"

램프는 여전히 나와 이 음침한 손님 사이에서 을씨년스러운 불길을 날름거리고 있었다. 나는 양류관음을 뒤로 한 채, 상대의 손가락 하나조차 분간할 기력도 없이 묵묵히 앉아 있을 수밖에 없었다.

(1919년 6월)

노상(路上)

송현순

❖ 1 ❖

정오를 알리는 공포(空砲)가 울리자 때를 맞춰 거의 사람 그림자가 보이지 않게 된 대학 도서관은 채 30분도 지나기 전에 벌써 그 어떤 책상을 보아도 열람인으로 가득 차고 말았다.

책상에 앉아 있는 사람들은 대학생으로 그 중에는 두세 명 하카마(袴)나 하오리(羽織) 또는 양복을 입은 중년들도 섞여 있는 것 같다. 그 모습들이 넓은 공간을 질서정연하게 채우고 있는 가운데, 맞은편 벽에 끼워 넣은 시계 밑으로 거무스름한 서고 입구가 보였다. 그리고 그 입구 양쪽에는 올려다보아야 할 정도의 큰 책장이 있었다. 책장은 여러 단 낡은 책들을 꽂아놓아 마치 학문의 수비(守備)라도 하고 있는 요새 같은 느낌을 전해주었다.

그러나 그 정도의 사람들이 있음에도 불구하고 도서관 안은 쥐죽은 듯 조용하다. 아니 쥐죽은 듯 조용하다기보다 오히려 그 만큼의 사람

이 있어서 비로소 느낄 수 있는 일종의 침묵이 지배하고 있었다. 책장을 넘기는 소리, 펜을 종이 위로 굴리는 소리, 그리고 드물게 기침을 하는 소리 그런 소리들조차 이 침묵에 압도되어 공기의 파동이 아직 천정에까지 전달되기도 전에 도중에 사라져 버릴 것 같은 기분이 들었다.

준스케(俊助)는 이런 도서관 창가에 앉아 아까부터 조그만 활자 위로 열심히 눈길을 쏟고 있었다. 그는 피부색이 가무잡잡하고 체격이 다부진 청년이었다. 하지만 제복칼라에 있는 L자로 그가 문과 대학생인 것은 물어볼 것도 없이 분명했다.

그의 머리 위에는 높은 창문이 있었다. 그 창밖의 우거진 메밀 잣밤나무 이파리 사이로 희미하게 하늘이 보였다. 하늘은 끊임없이 구름 뒤에 가려져 초봄의 화창한 햇빛도 좀처럼 비추지 않았다 그리고 또 대개는 바람으로 흔들리고 있는 메밀 잣 밤나무 이파리가 몽롱한 그림자를 책 위로 떨어뜨리기도 전에 사라져 버렸다. 그 책 위에는 색연필로 그은 빨간 선이 여러 줄 그어져 있었다. 그리고 그것이 시간의 흐름과 함께 점점 다음 장에서 다음 장으로 옮겨 갔다.

12시 반, 1시, 1시 20분 서고 위 시계 바늘은 쉼 없이 정확하게 움직였다. 그러자 이럭저럭 2시가 되었을 즈음, 도서관 문 가까이 목록상자가 진열되어 있는 곳으로 두터운 면직 하카마에 검은 목면으로 가문(家紋)을 짜 넣은 옷을 걸친, 키가 작고 사각모자를 쓴 자가 한 명 따분한 듯 양손을 품에 넣고서 훌쩍 안으로 들어왔다. 이 자는 그 품속에서 아무렇게나 삐져나온 노트 서명으로 보아 역시 문과대학 학생 오이 아츠오(大井篤夫)라는 남자 같았다.

그는 그곳에 우뚝 서서 한참동안 주변 책상을 쏘아보듯 물색하고 있었다. 이윽고 건너편 창으로 새어 들어오는 큰 폭의 엷은 햇빛 속에서 열심히 책을 넘기고 있는 준스케의 모습이 눈에 들어오자 재빨리 그 의자 뒤로 다가가 "이봐"라고 작은 소리로 말을 걸었다. 준스케는 놀란 얼굴을 들어 상대방 쪽으로 돌아보았으나 금세 가무잡잡한 뺨에 미소를 띠우고 "야아"라고 간단한 인사를 했다. 그러자 오이도 사각모자를 쓴 채 잠시 턱으로 이 인사에 답하며 묘하게 우쭐거리는 오만한 태도로,

"오늘 아침 이쿠분당(郁文堂)에서 노무라(野村) 씨를 만났는데 자네에게 말을 전해달라고 부탁하더군. 별 지장이 없다면 3시까지 하치노키(鉢の木)[1] 2층으로 와 달라고 하던데."

❖ 2 ❖

"그래? 아무튼 고마워."

준스케는 이렇게 말하며 조그만 금시계를 꺼내 보았다. 그러자 오이는 품속에서 손을 꺼내 면도자국이 파란 턱을 쓰다듬으며 힐끗 그 시계를 보았다.

"멋진 것을 가지고 있군. 게다가 여자 것 아냐?"

"이거? 이건 어머니 유품이야."

준스케는 조금 얼굴을 찡그리며 대수롭지 않게 시계를 주머니 속에 집어넣더니 천천히 다부진 몸을 일으켜 책상 위에 어지럽게 놓여진 색연필이며 칼을 정리하기 시작했다. 그 사이 오이는 준스케가 읽던 책을 들어 올려 적당히 이곳저곳 펼쳐보며,

---

1) 도쿄 대학 정문 앞에 있던 프랑스 요리점.

"흠, Marius the Epicurean[2])이로군."하고 냉소하는 듯한 말을 했다. 이윽고 선하품을 한번 억지로 참더니,

"준스케 디 에피큐리언[3])의 근황은 어때?'

"글쎄, 좀처럼 진전이 없어서 난감해하고 있어"

"그렇게 겸손 떨지 말라고, 여자용 금시계를 늘어뜨리고 있는 것만으로도 나보다 훨씬나은 거니까."

오이는 책을 내던지고 다시 양손을 품속에 집어넣으며 다리를 흔들기 시작했는데, 그 사이 준스케가 외투에 팔을 집어넣자 갑자기 생각난 듯한 태도로 진지하게 물었다.

"이봐, 자네는 『성』(城) 동인의 음악회 티켓을 강매 당했나?"

『성』이라는 것은 45명의 문과대학 학생이 '예술을 위한 예술'을 표방하면서 그즈음 발행하기 시작한 동인잡지 이름이다. 그 동인들이 주최하는 음악회가 곧 즈키지(筑地) 정양헌(精養軒)에서 개최된다는 것은 법문과 게시판에 붙어있는 광고로 준스케도 진즉부터 알고 있었다.

"아니, 다행히도 아직 강매당하지 않았어."

준스케는 솔직하게 이렇게 대답하며 책을 외투 옆구리 끼워 넣고 낡은 사각모자를 쓰면서 오이와 함께 자리에서 일어났다. 그러자 오이도 걸으며 응큼하게 눈을 움직였다.

"그래? 나는 이미 자네 같은 사람은 강매 당했다고 생각했지. 자, 그럼 이 기회에 꼭 한 장 사주게나. 나는 물론 『성』동인은 아니지만 그 패거리 후지사와(藤沢)로부터 팔아달라고 위탁받아 실은 매우 난처

2) 영국의 비평가 월터 페이터(Walter Horatio Pater;1839-1894)의 장편소설이자 철학소설로 '쾌락주의자 마리우스'를 말함.

3) 월터 페이터의 소설명을 풍자하여 '쾌락주의자 준스케'라고 한 것을 의미함. 대학시절 아쿠타가와는 자신을 "동양적인 에피큐리언"이라고 한 적이 있다.

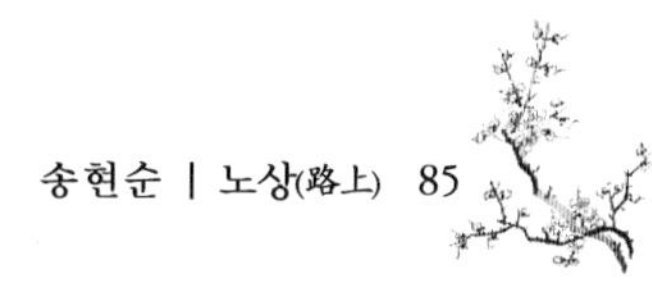

한 상황이야."

허를 찔린 준스케는 뭐라고 대답하기 전에 쓴웃음을 지을 수밖에 없었다. 그러나 오이는 검은 목면의 가문(家紋)이 새겨진 옷 속에서 『성』 동인 마크가 찍힌, 세련된 티켓을 두 장 꺼내더니 그것을 마치 화투처럼 펼쳐 보였다.

"1등이 3엔이고, 2등이 2엔이야. 어이, 어느 쪽으로 할 거야? 1등이야, 2등이야?"

"어느 쪽도 딱 질색이라구."

"안 돼, 안 되지. 금시계 체면을 봐서라도 한 장 살 의무가 있지."

두 사람은 이런 실랑이를 하며 열람인으로 꽉 차있는 책상사이를 빠져나와 마침내 비바람에 노출되어 있는 현관으로 나왔다. 그러자 마침 그곳으로 새빨간 터키모자를 쓴, 비쩍 마른 학생이 금색 단추가 달려있는 제복에 짧은 외투를 걸치고 기세 좋게 들어왔다. 남자가 들어오는 순간 오이와 얼굴이 마주치자 여자 같은 부드러운 소리로 더구나 역시 부자연스러울 만큼 은근하게,

"안녕, 오이 씨!"라고 말을 걸었다.

❖ 3 ❖

"야아, 잘 있었어."

오이는 신발장 앞에 멈춰서더니 여전히 굵직한 소리로 말을 했다. 그러나 그 사이에도 준스케를 놓치지 않으려고 생각했는지 면도자국이 파란 턱으로 거만하게 터키모자를 가리키며,

"자네는 아직 이 선생을 모르고 있던가? 불문과의 후지사와 사도시

(藤沢慧) 군. 『성』 동인의 대장 뻘로, 얼마 전 보들레르 시초(詩抄)라는 번역서를 낸 사람이야. – 이쪽은 영문과의 야스다 준스케(安田俊助) 군." 이렇게 손도 사용하지 않고 두 사람을 소개해버렸다.

그래서 준스케도 어쩔 수 없이 애매한 미소를 지으며 사각모자를 벗고 묵례(黙礼)했다. 그러나 후지사와는 준스케의 어색한 태도와는 정 반대인 너무도 싹싹한 태도로,

"소문은 진즉부터 오이 씨로부터 이것저것 들었습니다. 역시 창작 활동을 하신다고요. 재미있는 작품이 만들어지면 『성』 쪽에서 받을 테니까 언제든 사양하지 마시고."

준스케는 다시 미소 지은 채, '아니오'든, '뭘'이든 적당히 대답을 할 수밖에 없었다. 그러자 지금까지 빈정대는 눈으로 두 사람을 비교하던 오이가 조금 전의 티켓을 터키모자에게 보이며 뽐내듯 허풍을 떨었다.

"지금 열심히 『성』 동인에 대한 충성을 다하고 있던 참이다"

"아아, 그래?"

후지사와는 기분 나쁠 정도로 애교 있는 눈으로 잠시 준스케와 표를 번갈아 바라보다가 곧 그 눈을 오이에게 돌리고서는,

"자, 그럼 1등석 티켓을 한 장 드리게나. 실례입니다만 티켓 걱정은 하지 않아도 되니 들으러 와 주시지 않겠습니까?"

준스케는 당혹스런 얼굴을 하고서 몇 번이나 정중하게 사양하려고 했다. 그러나 후지사와는 여전히 붙임성 있게 웃으며 "불편하시더라도 아무쪼록"을 반복하며 쉽게 내민 티켓을 집어넣지 않았다. 뿐만 아니라 그 웃음 뒤로는 만일 거절당할 경우 느낄 것 같은 불쾌감조차 노골적으로 내 보였다.

"자, 그럼 받아두겠습니다."

준스케는 결국 고집을 꺾고 어색하게 그 티켓을 받으며 무뚝뚝한 소리로 인사를 했다.

"아무쪼록 그날 밤은 시미즈 쇼이치(清水昌一) 씨의 독창도 있을 예정이니 꼭 오이 씨와 함께라도 와주십시오. — 자네는 시미즈 씨를 알고 있는지 몰라?"

후지사와는 그래도 만족스러운 듯 마르고 길쭉한 양손을 비비며 상냥하게 오이에게 물었다. 그러나 무슨 이유인지 아까부터 묘한 얼굴로 두 사람의 문답을 듣고 있던 오이는 자못 농담이 아니라는 듯 코에서 큰 숨을 내쉬며 다시 원래대로 양손을 품속에 집어넣었다.

"물론 모르지. 음악가와 개는 옛날부터 나에겐 금물이야."

"그래, 그래. 자네는 개를 아주 싫어했지. 괴테도 개를 싫어했다고 하니까, 천재는 모두 개를 싫어하는지도 모르지."

터키모자는 준스케에게 찬성을 구할 생각인지 일부러 큰소리로 웃어 보였다. 그러나 준스케는 고개를 숙인 채 마치 그 날카로운 웃음소리가 들리지 않는 시늉을 하고 있었다. 그리고 이윽고 그 낡은 사각모자 차양에 손을 얹더니 두 사람의 얼굴을 번갈아 바라보며,

"자, 그럼 나는 실례 하겠네. 언제 또."라고 어색한 인사를 하고서 총총히 돌계단을 내려갔다.

❖ 4 ❖

두 사람과 헤어진 준스케는 문득 지금의 하숙집으로 옮긴 것을 아직 대학 사무실에 알리지 않은 것이 떠올랐다. 그래서 다시 조금 전의

금시계를 꺼내보았다. 약속한 3시까지는 이럭저럭 30분정도 시간이 남아 있었다. 그는 잠깐 사무실에 들르기로 하고 양손을 외투주머니에 넣으며 법문과대학인 낡은 빨간 기와건물 쪽으로 느릿한 보조로 걷기 시작했다.

그러자 갑자기 머리 위에서 우르릉우르릉 봄의 천둥소리가 들렸다. 올려다보니 하늘은 어느새 잿물 통을 휘저어 놓은 듯한 빛깔이 되어 있었다. 거기에서 눅눅한 남쪽바람이 폭이 넓은 자갈길로 미지근하게 불어왔다. 준스케는 “비가 오려나?”라고 중얼거리며, 그래도 전혀 서두르는 기색 없이 책을 옆구리에 낀 채 느긋한 걸음으로 계속 걸어갔다.

하지만 그렇게 웅얼거리는 사이에 다시 한 번 희미하게 천둥소리가 나더니 뚝 — 하고 차가운 빗방울이 뺨으로 떨어졌다. 계속해서 또 한 방울, 이번에는 뺨에 닿을 것까지도 없이 아슬아슬하게 사각모자 챙을 스치면서 실보다도 가는 빛을 떨어뜨렸다. 그리고 점점 빨간 기와 색깔이 차가워져 갔다. 정문 앞에서부터 죽 줄지어 서있는 은행나무 아래까지 오자, 벌써 큰 은행나무 가지가 온통 흐려 보일만큼 부슬부슬 비가 내리기 시작했다.

그 비속을 걸어가는 준스케의 마음은 차분히 가라앉아 있었다. 그는 후지사와의 목소리를 생각해냈다. 오이의 얼굴도 떠올렸다. 그리고 또 그들로 대표되는 세상이란 것도 떠올렸다. 그의 눈에 비친 일반 세상은 끊임없이 실행하는 것이 특색이었다. 혹은 실행하기에 앞서 완전히 믿고 덤벼드는 것이 특색이었다. 그러나 그는 타고난 성격과 오늘날까지 받은 교육으로 단련된 결과, 벌써 오래전에 중요한 믿는 기능을 상실했다. 실행할 용기는 더욱 솟아나지는 않았다. 따라서 그는 세상과 어깨를 나란히 하고 어지럽게 돌아가는 생활이라는 회오리 속으로 용감하게 뛰어들 수가 없었다. 그저 수수방관하는 — 그 이상으로 나설 수가 없었다. 그러므로 그는 그 한도 내에서 넓은 세상으로부터 떨어져 나온 고독을 여지없이 맛보아야 했다. 그는 오이와 교제하면서도 여전히 '준스케 디 에피큐리언'으로 놀림을 받는 것은 이 때문이었다. 하물며 터키모자 후지사와 등은 ……

그의 생각이 여기까지 표류해 왔을 때 준스케는 무심코 고개를 들었다.

그러자 그의 눈앞에는 제8번 교실의 고색창연한 현관이 안개처럼 내리는 비속에서 회반죽이 벗겨진 벽을 적시고 있었다. 그리고 그 현관의 돌계단 위에는 생각지도 못했던 젊은 여자가 혼자 우두커니 서 있었다.

빗발의 강약은 그만두고 여자는 비 그치기를 기다리고 있는 듯 조용히 어두컴컴한 하늘을 올려다보고 있었다. 이마에 흐트러진 머리카락 밑으로는 윤기 있는 커다란 아름다운 눈동자가 물끄러미 먼 곳을 바라보고 있는 것 같았다. 그것은 하얗다 — 기보다도 오히려 창백한 얼굴색에 어울리는 쌍거풀 눈이었다. 옷은 — 검은 색 비단에 수선화 같은 꽃을 드문드문 수놓은 숄이 단아한 어깨에서 가슴으로 자연스럽게 걸쳐져 있는 것 외에 그 무엇도 준스케 눈에는 비치지 않았다.

여자는 준스케가 고개를 든 것과 전후해서 먼 허공에서 그에게로 황홀히 그 아름다운 눈을 옮겼다. 그게 그의 눈과 마주쳤을 때 여자의 시선은 잠시 멈춘 것인지 움직이는 것인지 분간할 수 없게 표류하고 있었다. 그 순간 여자의 긴 속눈썹 뒤로 그의 경험을 초월한, 정체를 알 수 없는 일종의 감정이 흔들리고 있는 것 같은 기분이 들었다. 그러나 그렇게 생각할 틈도 없이 여자는 다시 눈을 올려 저쪽 강당 지붕

에 내리는 빗줄기를 바라보았다. 준스케는 외투 속 어깨를 치켜 올리고 마치 여자의 존재를 안중에 두지 않는 사람처럼 냉연히 그 앞을 지나쳤다. 세 번이나 머리 위의 구름을 흔들리게 한 초봄의 천둥소리를 들으면서.

❖ 5 ❖

비에 젖은 준스케가 '하치노키'의 2층으로 가보니 노무라는 벌써 커피 잔을 앞에 놓고 창밖으로 허전한 시선을 떨어뜨리고 있었다. 준스케는 외투와 모자를 종업원에게 건네고서 바로 기세 좋게 노무라가 앉아있는 테이블 앞으로 가 "기다리게 했나?"라고 하며 털썩 나무의자에 앉았다.

"응, 좀 기다리긴 했지."

둔중한 느낌을 일으킬 만큼 통통하게 살찐 노무라는 그 굵은 손가락 끝으로 잠시 오시마(大島)[4]의 칼라를 고치면서 가는 철 테 안경너머로 느긋하게 준스케 얼굴을 바라보았다.

"뭐로 할까? 커피, 홍차?"

"뭐든 좋아. — 지금 천둥이 쳤지"

"그래 친 것 같은 생각이 들기도 하는데"

"여전히 자네는 태평스럽군. 또 인식의 근거는 어디에 있는가 하는 문제를 수고스럽게 생각하고 있었겠지"

준스케는 금색종이를 두른 담배에 불을 붙이더니 가볍게 이렇게 말하며 테이블 위에 놓여있는 노란 수선화 화분에 눈길을 주었다. 그러

4) 가고시마(鹿児島) 현 안미오시마(奄美大島)에서 나는 고급 일본옷감 명주로, 붓으로 살짝 스친 것 같은 무늬가 있음.

자 그 바람에 아까 학교 안에서 본 여자의 눈이 순간 웬일인지 생생하게 그의 기억에 떠올랐다.

"설마? — 난 개와 놀고 있었다구."

노무라는 아이처럼 웃으며 조금 의자를 옮겨 발밑에 누워 있는 검은 개를 테이블 보 뒤에서 끌어냈다. 개는 털이 긴 귀를 흔들며 하품을 크게 한번 하더니 그대로 다시 벌렁 드러누워 볼일이 있다는 듯 준스케의 구두 냄새를 맡기 시작했다. 준스케는 금색종이의 담배연기를 코로 뿜어내며 별 생각 없이 개의 머리를 쓰다듬어 주었다.

"저번에 구리하라(栗原) 네 집에 있던 녀석을 얻어왔어."

노무라는 급사가 가져온 커피를 준스케 쪽으로 밀면서 다시 통통한 손가락 끝을 옷 칼라 쪽으로 잠시 대더니,

"거긴 요즘 집 안 식구 모두가 톨스토이에 빠져 있어서 이 녀석한테도 그 대단한 피엘이라는 이름이 붙어있어. 나는 이 녀석보다도 안드레이라는 이름의 개 쪽이 욕심났는데, 나 자신 피엘이라서, 뭐 어쨌든 피엘 쪽을 데려가라고 해서 결국 이 녀석을 받아오고 말았지."

그러자 준스케는 커피 잔을 입술에 대며 짓궂은 웃음으로 놀리듯이 노무라를 한번 힐끗 보았다.

"마아! 피엘으로 만족해 두라구. 그 대신 피엘이라면 나중에 경사스럽게 나타샤와도 결혼 할 수 있다고 하잖아."

노무라도 여기에는 당황했는지 한참동안은 얼굴을 붉혔는데 그래도 목소리만큼은 느긋한 태도로,

"난 피엘이 아니야. 그렇다고 해서 물론 안드레이도 아니지만 — "

"아니지만, 어쨌든 하츠코(初子) 여사가 나타샤인 것은 인정하겠지?"

"글쎄, 마아 말괄량이인 점만큼은 어느 정도 인정하지만 — "

"내친 김에 전부 다 인정해버리지. — 그러고 보면 요즘 히츠코 여사는 '전쟁과 평화'에 필적할만한 장편소설을 쓰고 있다잖아. 어때? 이제 곧 완성할 것 같은가?"

준스케는 겨우 날카로운 비유를 참고 짧아진 금색종이 담배를 재떨이 속에 집어넣으며 다소 놀리듯 이렇게 물었다.

❖ 6 ❖

"실은 그 장편소설 건으로 오늘은 자네에게 와달라고 한 건데."

노무라는 철 테 안경을 벗더니 꼼꼼하게 손수건으로 흐릿한 안경알을 닦았다.

"하츠코 씨는 뭐라든가 새로운 '여자의 일생'을 쓸 생각이라고 해. 마아, 톨스토이 풍의 '여자의 일생'이란 거겠지. 그리하여 그 여주인공이란 게 여러 가지 기구한 운명에 우롱당한 결과로 — "

"그리고?"

준스케는 코를 노란 수선화 화분에 갖다 대며 별 관심이 없는 것 같은 소리로 이렇게 말했다. 그러나 노무라는 가느다란 안경다리를 귀 뒤로 걸치고는 여전히 침착한 태도로,

"마지막에 어딘가 정신병원에서 죽게 된다고 해. 그래서 그 정신병자의 생활을 묘사하고 싶은데, 공교롭게도 하츠코 씨도 아직 그런 곳에 가본 적이 없어. 그래서 이 기회에 누군가의 소개를 받아 어디든 좋으니까 정신병원을 구경하고 싶다고 해. — "

준스케는 다시 금색종이를 두른 담배에 불을 붙이며 거의 빈정대는 표정의 눈으로 다시 한 번 '그리고?'라는 신호를 했다.

"그래서 자네가 좀 닛타(新田) 씨를 소개해줬으면 하는데 — 닛타 씨가 맞지, 그 유물주의자 의학사는?"

"그래, — 그렇다면 어쨌든 편지를 보내서 그쪽 사정을 알아보지. 아마도 어렵지는 않을 거라 생각하는데."

"그래? 그렇게만 해준다면 내 쪽은 너무 고맙지. 물론 하츠코 씨도 아주 기뻐할 거야."

노무라는 만족스러운 듯 눈을 가늘게 뜨고 계속해서 두세 번 오시마의 칼라를 매만졌다.

"요즘은 완전히 그 '여자의 일생'에 빠져 가지고 말야. 함께 사는 친척 여자를 붙잡고도 항상 그이야기만 하는 것 같더군."

준스케는 말없이 담배 연기를 뿜어내며 창밖 거리로 눈길을 돌렸다.

아직도 안개비가 내리고 있는 거리에는 줄지어 서있는 가느다란 은행나무가 싹을 조금 내밀고 있었고, 거북이 등껍질을 닮은 박쥐우산이 몇 개나 그 밑을 움직이면서 간다. 그게 또 왠지 그의 기억에 순간 조금 전 만난 여자의 눈을 떠올리게 했다. ……

"자네는 『성』 동인에서 개최하는 음악회에는 안 가나?"

잠시 침묵이 흐른 후에 노무라는 문득 생각난 듯 이렇게 물었다.

그러자 동시에 준스케는 그의 마음이 얼마동안 거의 백지처럼 적막했음을 깨달았다. 그는 잠시 얼굴을 찡그리며 식어버린 커피를 마셨다. 그리고 바로 이전 같은 기운을 회복하여,

"난 가려고 해. 자네는?"

"난 오늘 아침 이쿠분당(郁文堂)에서 오이 군에게 자네한테 말 좀 전해달라고 부탁했더니, 글쎄 사달라고 해서 결국 일등석 티켓을 4장이나 강매당하고 말았어."

"4장이라니 또 너무 힘쓴 거 아니야?"

"뭘, 어차피 3장은 구리하라(栗原)가 팔아 줄 테니까. — 이봐 피엘!"

지금까지 준스케 발밑에 누워 있던 검은 개가 이때 갑자기 몸을 일으키더니 계단 입구를 쏘아보며 무시무시한 소리로 짖기 시작했다. 개의 모습에 놀란 노무라와 준스케는 노란 수선화 화분을 사이에 두고 마주보며 동시에 그쪽으로 몸을 돌렸다. 그러자 마침 그곳에는 터키모자를 쓴 후지사와가 검고 부드러운 중절모자를 쓴 대학생과 함께 비에 젖은 외투를 종업원에게 건네주고 있었다.

❖ 7 ❖

일주일 후, 준스케는 즈키지(築地)의 정양헌(精養軒)에서 개최되는 『성』 동인 음악회에 갔다. 음악회는 준비가 안됐다는 이유로 이럭저럭 오후 6시가 다가오는데도 쉽게 열릴 기색이 없었다. 연주장 다음 방에는 벌써 청중들이 많이 몰려들어 전등불도 흐려질 만큼 계속 담배연기를 뿜어 올리고 있었다.

그중에는 대학의 서양인 교수도 한두 명 와 있는 것 같았다. 준스케는 큰 고무나무 화분이 놓여있는 방 한쪽 구석에 우두커니 서서 특별히 개최를 애타게 기다리는 것도 아닌, 그저 멍하니 주변의 이야기 소리에 귀를 기울이고 있었다.

그러자 어딘가에서 오이 아츠오가 신기하게도 오늘은 제복 입은 모습으로 변함없이 오만하게 그의 옆으로 걸어왔다. 두 사람은 잠깐 고개를 숙여 인사를 교환했다.

"노무라는 아직 안 온 거야?"

준스케가 이렇게 묻자 오이는 가슴 위로 양손을 모으고 몸을 뒤로 젖혀 주변을 둘러보았다.

"아직 안 온 것 같군, — 안 와서 다행이야. 난 후지사와에게 끌려온 거라서 벌써 이럭저럭 1시간정도 기다리고 있는 걸."

준스케는 비아냥거리듯 웃었다.

"자네가 이렇게 또 제복 같은 걸 입고 오면야 어차피 제대로 되는 일은 없지."

"이것 말야? 이건 후지사와 제복이야. 그가 말하길 '제발 내 제복을 빌려주게나, 그럼 나는 그것을 구실로 아버지 턱시도를 빌릴 테니까.' — 그래서 어쩔 수 없이 이걸 내가 입고, 듣고 싶지도 않은 음악회 같은 델 온 거야."

오이는 주변을 신경 쓰지 않고 이런 말을 지껄이며 다시 한 번 방안을 빙 둘러보았다. 그리고 여기에 있는 건 누구, 저기에 있는 건 누구 하면서 세상에 이름이 알려진 작가나 화가를 하나하나 준스케에게 알려주었다. 뿐만 아니라 그것을 기회로 명사들의 스캔들을 재미있게 이야기해 주었다.

"저 문양이 들어있는 옷을 입은 녀석으로 말할 것 같으면 어느 변호사의 아내를 속여서 그 내막을 쓴 소설을 남편인 변호사에게 바칠 만큼 엄청 배짱이 있는 인간이라구. 그 옆에 있는 보헤미안 넥타이 말인데, 이사람 역시 시보다도 하녀에게 손을 대는 게 본직으로 말이지."

준스케는 이런 추한 내막에 흥미를 갖기에는 말하자면 너무도 냉담한 인간이었다. 더구나 그때는 그 예술가들의 체면도 고려해주고 싶은 기분도 있었다. 그래서 그는 오이가 일단락 지은 것을 좋은 기회로 음악회 티켓과 교환하여 받아 든 프로그램을 펼치며 화제를 오늘 밤

연주되는 음악 쪽으로 가져갔다. 그러나 오이는 이 방면에는 완전히 무감각인 듯, 화분에 심은 고무 이파리를 손톱으로 마구 잡아 뜯으며 "어쨌든 그 시미즈 쇼이치라는 남자는 후지사와의 이야기에 의하면 독창가라기보다 오히려 훌륭한 색마더군"하고 다시 이야기를 사회생활의 어두운 쪽으로 되돌리고 말았다.

그런데 다행히도 그때 개회를 알리는 벨 소리가 울리면서 연주장과의 경계로 있는 문이 마침내 양쪽으로 열렸다. 그리고 기다림에 지친 청중들이 마치 밀물에 빨려들 듯 줄줄이 그 문 쪽으로 흘러가기 시작했다. 준스케도 오이와 함께 이 행렬을 따라 연주장 쪽으로 밀려들어 갔는데, 별 생각 없이 중간에 잠깐 뒤를 돌아보고 자기도 모르게 마음속으로 '앗' 비명소리를 내지르고 말았다.

❖ 8 ❖

준스케는 연주장 의자에 앉은 다음에도 아직 완전히 조금 전의 충격에서 회복되지 않았음을 의식했다. 그의 마음은 평소와 다르게 이상한 동요를 느끼고 있었다. 그것은 환희도 아니고 고통도 아닌 분별하기 어려운 성질의 것이었다. 그는 이 마음의 동요에 몸을 맡기고 싶은 욕망도 있었다. 동시에 또 그래서는 안 된다는 생각도 꿈틀거리고 있었다. 그래서 그는 적어도 더 이상의 동요가 마음에 일지 않도록 될 수 있는 대로 눈길을 연단에서 떼지 않으려고 노력 했다.

금색병풍을 둘러친 연단에는 우선 남자용 플록을 입은 신사가 나와 이마로 내려온 머리칼을 쓸어 올리며 어루만지듯 부드럽게 슈만의 노래를 불렀다. 그것은 'Ich kann's nicht fassen, nicht glauben'[5]으로 시작하는 샤밋소[6]의 노래였다. 준스케는 혀짤배기소리의 노랫가락 속에서 뭔가 무시무시한 건전하지 못한 향기가 발산해오는 것을 느낄 수밖에 없었다. 그리고 이 향기가 그의 심란한 마음을 한층 더 초조하게 하는 것 같은 생각이 들어 견딜 수 없었다. 그래서 겨우 독창이 끝나 요란한 박수소리가 일었을 때 조금 안심한 눈빛으로 마치 구원을 구하듯 옆자리의 오이를 돌아보았다. 그런데 오이는 프로그램이 인쇄된 종이를 둥글게 말아 그것을 망원경처럼 눈에 대고 연단 위에서 머리를 숙이고 있는 슈만의 독창가를 엿보고 있었다.

"역시나, 시미즈라는 남자는 멋지게 색마에 어울릴 만한 얼굴상을 갖추고 있구만." 이라고 중얼거리는 소리로 말했다.

준스케는 비로소 그 중년 신사가 시미즈 쇼이치라는 남자라는 것을 알았다. 그래서 다시 연단 쪽으로 눈길을 돌렸는데 이번에는 거기에 무늬 모양의 기모노를 입은 젊은 아가씨가 열렬한 박수갈채를 받으며 바이올린을 안고 조용히 올라오고 있었다. 젊은 아가씨는 인형처럼 귀여웠지만 유감스럽게도 바이올린 연주는 단지 틀리지만 않고 대충 한차례 연주하고 간다는 정도에 불과했다. 하지만 준스케는 다행히도 시미즈 쇼이치의 슈만만큼 달콤한 자극에 위협받지 않고서, 어쨌든 기분 좋게 차이코프스키의 신비스런 세계에 안주할 수 있다는 것이 기뻤다. 그러나 오이는 역시 따분한 듯 머리를 의자 등에 기대며 가끔 짜증을 부리곤 했는데 갑자기 생각났다는 태도로,

"이봐, 노무라 군이 와 있는 걸 알고 있나?"

"알고 있어."

---

5) '나는 잡을 수도 믿을 수도 없다'는 의미의 독일어.

6) A. Chamisso(1781-1838) 프랑스 낭만주의 작가. 독일로 망명하여 독일어로 창작하였다. 사실적이면서도 밝은 서정 시인이기도 하다.

준스케는 조그만 소리로 이렇게 대답하면서도 역시 눈은 금색병풍 앞의 젊은 아가씨에서 다른 쪽으로 움직이지 않았다. 그러자 오이는 상대방의 대답이 양에 차지 않았는지 묘하게 악의 있는 미소를 띠우며,

"게다가 멋진 미인을 두 명 데리고 왔어." 라고 강조하듯이 덧붙였다.

준스케는 아무 대답도 하지 않았다. 그리고 지금까지 보다 더욱 열심히 연단 위에서 흘러나오는 바이올린의 조용한 음색에 귀를 기울였다.……

그리고 피아노 독주와 혼성 합창이 끝나고 30분의 휴식시간이 되었을 때, 준스케는 오이를 신경 쓰지 않고 다부진 몸을 의자에서 일으켜 그 고무나무화분이 있는 연주장 다음 방으로 노무라 일행을 찾으러 갔다. 그러나 뒤에 남은 오이 쪽은 아직도 오만하게 팔짱을 낀 채, 푹 머리를 앞으로 숙이고 연주가 끝났는지도 모르는지 너무도 기분 좋게 조그만 소리로 코를 골고 있었다.

❖ 9 ❖

다음 방에 와보니 과연 노무라가 구리하라 아가씨와 나란히 커다란 난로 앞에 서 있었다. 혈색이 선명한, 눈이나 눈썹에도 생기가 넘쳐흐르는, 나이보다는 몸집이 작은 하츠코는 준스케를 보자 멀리서 보조개를 지으며 가볍게 조금 허리를 굽혔다. 노무라도 넓은 금색단추가 달린 가슴을 준스케 쪽으로 돌리며 도수 높은 근시 안경 뒤로 평소처럼 사람 좋은 미소를 만면에 띠우며 호탕하게 "야아"하고 고개를 끄덕여 보였다. 준스케는 난로 위의 거울을 등지고, 오색 무늬의 허리띠를 맨 하츠코와 큼직한 몸을 제복으로 감싼 노무라가 서로 마주보고 서

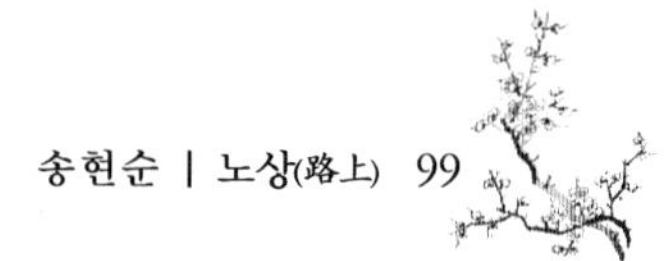

있는 것을 바라보았을 때 순간 그들의 행복을 질투하는 것 같은 기분도 들었다.

"오늘 밤은 그만 늦고 말았지. 어쨌든 우리 쪽은 화장하는 데 시간이 걸리니까 말이야."

준스케와 두세 마디 잡담을 주고받은 후 노무라는 대리석으로 장식한 난로 '맨틀 피스'(mantel-piece)에 손을 얹으며 농담 같은 말투로 이렇게 말했다.

"어머나, 언제 우리가 시간 걸리게 했어요? 노무라 씨야 말로 늦게 오셨지 않나요?"

하츠코는 일부러 짙은 눈썹을 찡그리며 애교부리 듯 노무라의 얼굴을 올려다보았다. 그리고 곧바로 다시 그 시선을 준스케 쪽으로 던지며,

"일전에는 제가 이상한 걸 부탁하여 — 불편하지 않으셨나요?"

"아뇨, 괜찮습니다."

준스케는 조금 하츠코에게 고개를 숙이며, 그 뒤로는 역시 노무라에게만 말을 거는 태도로,

"어제 닛타(新田)한테서 답장이 왔는데 월, 수, 금요일이라면 언제라도 안내한다고 해. 그러니 그중 적당한 날에 참관하고 오게나."

"그래? 그거 참 고맙군. — 그렇다면 하츠코 씨는 언제 가보겠습니까?"

"언제라도 좋아요. 어차피 전 할일 없는 몸인 걸요. 노무라 씨 좋은 시간으로 정해도 좋아요."

"내가 정하다니요? — 자, 그럼 저도 수행하라는 말씀이십니까? 그건 좀 –"

노무라는 짧게 깎은 머리에 커다란 손을 대고 질렸다는 기색을 보였다.

그러자 하츠코는 눈으로 웃으며 목소리만큼은 토라진 태도로,

"하지만 저요, 그 닛타 씨라는 분은 만난 적이 없잖아요. 그러니 우리들만 갈 순 없지요."

"뭘요, 야스다 명함을 받아가지고 가면 그쪽에서 알아서 잘 안내해 줄 겁니다."

둘이서 이런 문답을 주고받고 있으니 갑자기 그곳으로 효성(曉星) 학교 제복을 입은 10살 정도의 소년이 혼잡한 사람 속을 빠져나오듯 기세 좋게 모습을 드러냈다. 그리고 그 소년이 준스케의 얼굴을 보자 갑자기 직립부동의 자세를 취하며 애교 있는 거수경례를 해보였다. 이쪽 세 사람은 자기도 모르게 웃음을 터뜨렸다. 그중에서 제일 큰소리를 내어 웃은 사람은 노무라였다.

"와아, 오늘밤에는 다미오(民雄) 군도 와 있었군?"

준스케는 양손으로 소년의 어깨를 누르며 놀리듯이 그 얼굴을 들여다 보았다.

"아아, 모두 함께 자동차를 타고 왔어요. 야스다 씨는?"

"난 전차로 왔지."

"구두쇠구나, 전차라니. 갈 때 자동차에 태워줄까요?"

"아, 그래 태워줘."

이 사이에도 준스케는 소년의 얼굴을 보며, 더구나 누군가가 다미오의 뒤를 쫓아 그들 가까이로 걸어오는 것을 느끼지 않을 수 없었다.

❖ 10 ❖

준스케는 눈을 들었다. 그러자 하츠코 옆에 역시 같은 또래의 젊은 여자가 감색에 쪽빛 세로줄무늬의 기모노, 더욱 가나를 자잘하게 흘려 쓴 허리띠를 두르고 품위 있는 세련된 모습으로 서 있었다. 그녀는 하츠코보다 체격이 컸다. 동시에 이목구비는 아름다운 쌍꺼풀까지도 훨씬 하츠코보다 쓸쓸해 보였다. 더구나 그 쌍꺼풀 밑에 있는 눈은 거의 우울하다고 형용할 수밖에 없는 촉촉한 빛까지 띠고 있었다. 조금 전 연주장으로 들어오려는 순간, 우연히 뒤를 돌아본 준스케의 마음을 요동치게 한 것은 사실 이 생각에 잠긴 듯한 윤기 흐르는 눈빛이었다. 그는 그 눈동자의 주인공과 가까이서 마주본 지금, 조금 전 느꼈던 마음의 동요를 다시 느낄 수밖에 없었다.

"다츠코(辰子) 씨, 당신은 아직 야스다 씨를 모르시죠? — 다츠코 씨라고 해요 교토에 있는 여학교를 졸업하신 분. 요즘 겨우 도쿄 말을 할 수 있게 되었어요."

하츠코는 익숙한 말투로 그녀를 준스케에게 소개했다. 다츠코는 창백한 얼굴 밑으로 조금 혈색을 돋게 하며 얌전하게 뒤로 묶은 머리를 숙였다. 준스케도 다미오 어깨에서 손을 떼고서 정중하게 초대면의 인사를 했다. 다행히 그의 거무스름한 얼굴이 평소와 다르게 열이 나고 있는 것을 아무도 알아차리지 못한 것 같았다.

그러자 노무라도 옆에서 오늘밤은 더욱 유쾌한 듯 말참견을 했다.

"다츠코 씨는 하츠코 씨 사촌동생으로 말이지. 이번에 미술학교에 들어가기 때문에 이쪽으로 나오게 된 거야. 그런데 날마다 하츠코 씨가 그 소설 이야기만 들려주는 거라서 너무 몸이 지친 거겠지. 아무래도 요즘은 좀 건강이 좋지 않아."

"어머나, 너무해요."

하츠코와 다츠코는 동시에 이렇게 말했다. 그러나 다츠코 소리는

하츠코의 그것에 눌려 거의 들리지 않을 만큼 낮은 소리였다. 준스케는 이 처음 듣는 다츠코 소리 속에 상냥한 분위기와는 다른 다소 강한 것이 잠재되어 있는 것 같은 기분이 들었다. 그것이 그에게는 듬직한 기분을 불러 일으켰다.

"그림이라고 하면 — 역시 서양화를 하시는 겁니까?"

상대방 목소리에 용기를 얻은 준스케는 아직 하츠코와 노무라가 서로 웃고 있는 사이에 이렇게 다츠코에게 질문을 던졌다. 다츠코는 잠시 눈길을 허리띠를 고정시키는 비취 쪽으로 내려뜨리고서 "네"하고 생각했던 것보다도 분명하게 대답을 했다.

"그림이 아주 훌륭해. 하츠코 씨 소설에 대치하기에 충분할 정도야. — 그러니 다츠코 씨, 내가 좋은 걸 알려드리지요. 앞으로 하츠코 씨가 소설이야기를 하면 당신도 열심히 그림이야기를 하는 겁니다. 그렇게라도 하지 않으면 몸이 견뎌내지 못합니다."

준스케는 그저 미소로 노무라에게 대답하면서 다시 한 번 다츠코에게 말을 걸어 보았다.

"몸이 실지로 좋지 않습니까?"

"네에, 심장이 조금. — 심한 건 아니구요."

그러자 아까부터 심심한 표정을 하고서 일동의 얼굴을 바라보고 있던 다미오가 밑에서 쭉 손을 잡아당기며,

"다츠오 누나는 있잖아요. 저기 사다리 모양의 계단을 올라가도 숨이 찬대요. 나는 두 계단씩 한 번에 뛰어 올라갈 수 있다고요."

준스케는 다츠코 씨와 얼굴을 마주보고 마침내 거리낌 없이 미소를 교환했다.

❖ 11 ❖

다츠코는 창백한 볼에 한쪽 보조개를 지은 채, 조용히 다미오로부터 하츠코에게로 눈길을 옮기며 말했다.

"다미오 군은 물론 강하지요. 아까도 저 계단 난간에 올라타 미끄러져 내려오려고 하잖아요. 나 깜짝 놀라서 떨어져 죽으면 어떻게 하느냐고 했더니 — 글쎄, 다미오 군 그때, 나 아직 죽은 적이 없기 때문에 어떻게 할 지 알 수 없어 라고 했지요? 나, 웃음이 나서 — "

"과연, 이건 너무 철학적이야."

노무라는 또 누구보다도 큰 소리로 웃어댔다.

"마아, 건방지기 짝이 없군. — 그래서 누나가 항상 말하지? 다미오 군은 바보라고."

방안의 불기운에 달아올라 더욱 혈색이 선명해진 하츠코가 잠시 쏘아보는 시늉을 하며 이렇게 동생을 나무라자 다미오는 아직도 준스케의 손을 잡은 채,

"으응, 난 바보가 아니야."

"그럼 영리하니?"

"이번에는 준스케까지 말참견을 했다."

"으응, 영리하지도 않아."

"자, 그럼 뭐야?"

다미오는 이렇게 말한 노무라의 얼굴을 올려다보며 거의 해학에 가까운 진지함을 미간 사이에 드러내며,

"중간쯤"이라고 잘라 말했다.

네 사람은 소리를 맞춰 실소했다.

"중간쯤이라니 잘됐다. 어른도 그렇게만 생각하고 있으면 틀림없이 평생 행복하게 살 수 있을 거야. 이건 특히 하츠코 씨 같은 분은 가슴에 새겨두고 항상 생각해야 할 것인지도 모릅니다. 다츠코 씨 쪽은 괜찮은데 — "

그 웃음소리가 조용해졌을 때 노무라는 넓은 가슴 위로 팔짱을 끼고 두 명의 젊은 여자를 번갈아 보았다.

"무슨 말이든 하세요. 오늘밤은 노무라 씨가 나만 괴롭히네요."

"자 그럼, 나는 어때?"

준스케는 농담처럼 노무라의 비난을 정면으로 받는 입장에 섰다.

"자네도 안 돼, 자네는 중간쯤으로 자부할 수 없는 남자지. — 아니, 자네만이 아니야. 근대인이라는 자는 모두 중간쯤으로 만족 할 수 없는 족속들이지. 그래서 당연한 결과로 이기적이 되지. 이기적이 된다는 건 타인만 불행하게 하는 게 아니야. 자기 자신까지도 불행하게 하는 거지. 그러니 조심하지 않으면 안 돼."

"그럼 자넨 중간파인가?"

"물론이지. 그렇지 않다면야 도저히 이렇게 태연할 수는 없지."

준스케는 동정하는 눈초리로 힐끗 노무라의 얼굴을 보았다.

"근데 말야, 이기적이 된다는 건 자기 자신만 불행하게 하는 게 아니야. 타인까지도 불행하게 하는 거야. 그렇지? 그렇다면 아무리 중간파라도 세상 사람들이 이기적이라면 역시 불안하지 않겠는가? 그러므로 자네처럼 태연하게 있기 위해서는 중간파 이상으로 이기적이 아닌 세상을 — 그렇지 않다고 해도 우선 이기적이 아닌 자네 주변을 믿어야만 한다는 게 되지."

"그야, 뭐 믿고 있다구. 하지만 자네는 믿고 있어도 — 잠깐만, 자네

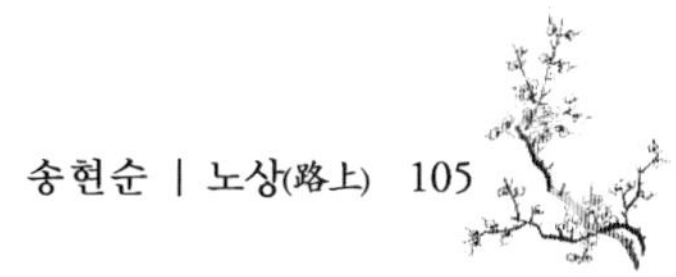

는 전혀 인간을 믿지 않는 건가?"

준스케는 역시 엷은 미소를 지은 채, 믿고 있다고도 믿고 있지 않다고도 대답하지 않았다. 하츠코와 다츠코의 눈빛이 신기한 듯 그에게 쏟아지고 있는 것을 의식하면서.

❖ 12 ❖

음악회가 끝난 후 준스케는 결국 오이와 후지사와에 이끌려 『성』 동인 다과회에 참석하지 않으면 안 되게 되었다. 그는 물론 내키지 않았다. 그러나 후지사와 이외의 동인에게는 다소의 호기심이 없는 것도 아니었다. 더구나 음악회 티켓을 받은 의리상, 무턱대고 거절해 버리는 것도 미안하다는 생각이 있었다. 그래서 그는 할 수 없이 오이와 후지사와 뒤를 따라 조금 전의 건넛방 옆에 있는 작은 방으로 들어갔다.

들어가 보니 방안에는 벌써 네다섯 명의 대학생이 플록을 입은 시미즈 쇼이치와 함께 조그만 테이블을 빙 둘러싸고 앉아 있었다. 후지사와는 그 친구들을 하나하나 준스케에게 소개했다. 그 중에서는 곤도(近藤)라는 독문과 학생과 하나부사(花房)라는 불문과 학생이 무엇보다 준스케의 시선을 끈 인물이었다. 곤도는 오이보다도 더 키가 작은, 큼직한 코안경을 걸친 청년으로 『성』 동인 중에서는 제일 회화통(絵画通)이라는 평판을 받고 있었다.

이 자는 언젠가 『제국문학』[7]에 당당하게 문부성 미술 전람회 비평을 썼기 때문에 자연히 이름만큼은 준스케의 기억에도 남아 있었다. 또 한 사람 하나부사는 일주일 전 '하치노키'에 후지사와와 함께 온

7) 도쿄제국대학 문과 학생 및 졸업생을 중심으로 만들어진 <문학학예잡지>로 1895(메이지28)년 발간되어 1920(다이쇼9)년 1월에 종간되었다.

검은 중절모를 쓴 자로, 영어, 불어, 독어, 이탈리아어 등 4개 국어 외에도 그리스어와 라틴어에도 일가견이 있다는, 비범한 어학통으로 알려져 있었다. 그리고 이 자 역시 Hanabusa라고 서명이 되어 있는 영어, 불어, 독어, 이탈리아어, 그리스어, 라틴어의 서적이 때때로 혼고(本鄕) 거리의 고서점에 진열되어 있기 때문에 진즉부터 이름만큼만 준스케도 알고 있는 청년이었다. 이 두 사람과 비교하면 다른 <성> 동인은 의외로 특색이 없었다. 그러나 말쑥한 복장의 가슴에 조화로 된 빨간 장미를 달고 있는 것을 보면 그 어느 쪽도 같은 뜻을 가진 멤버인 것 같았다.

준스케는 곧도 옆자리에 앉으며 이런 하이컬러 무리에 섞여있는 오이 아츠오의 야만스런 모습이 우스꽝스럽게 느껴졌다.

"덕분에 오늘밤은 성황이었습니다."

턱시도를 입은 후지사와가 여자처럼 부드러운 소리로 먼저 솔로이스트 시미즈에게 인사를 했다.

"뭘요, 아무래도 요즘은 목이 좋지 않아서 — 그것보다 『성』의 매상은 어떤가요? 이제 수지가 맞을 만큼은 팔리지요."

"아뇨, 거기까지 가준다면야 더 바랄게 없겠습니다만 — 어차피 우리들이 쓴 것이 팔릴 리는 없지요. 어쨌든 인도주의와 자연주의 외에 예술은 없는 것처럼 생각하는 세상이니까요."

"그런가요? 하지만 언제까지고 그렇다면 안 되지요. 머지않아 당신의 '보들레르 시초'가 날개 돋친 듯 팔릴 때가 올지도 몰라요."

시미즈는 속이 훤히 보이는 입발림 말을 하며 종업원이 가지고 온 홍차를 받아들더니 옆에 앉아 있는 하나부사 쪽을 향해,

"일전에 나온 당신 소설은 굉장히 재미있게 보았지요. 그건 어디서

재료를 취한 겁니까?"

"그것 말입니까? 그건 게스타 로마노룸(Gesta Romanorum)[8]입니다."

"하아, 게스타 로마노룸입니까?"

시미즈는 의아스런 얼굴표정으로 이렇게 적당한 대답을 하자 아까부터 작두콩깍지 모양의 담뱃대로 타는 냄새의 살담배를 피우고 있던 오이가 테이블 위로 턱을 괴고서,

"뭐야? 그 게스타 로마노룸이라는 건?" 이라고 서슴없이 질문을 던졌다.

❖ 13 ❖

"중세 전설을 모은 책으로 14, 5세기에 생긴 것인데, 여하튼 원문이 지독한 라틴어라서 — "

"자네도 읽을 수 없는 거야?"

"마아, 겨우 이럭저럭 참고로 하는 번역서도 여러 가지 있으니까. — 어쨌든 초서[9]나 세익스피어도 거기에서 재료를 택했다고 합니다. 그러니 게스타 로마노룸 역시 그렇게 무시할 수는 없어요."

"자 그렇다면, 자네는 적어도 재료만큼은 초서나 세익스피어와 어깨를 나란히 하고 있는 거로군."

준스케는 이런 문답을 들으며 이상한 것을 하나 발견했다.

그것은 하나부사의 목소리나 태도가 이상할 정도로 후지사와와 너무 닮아있다는 것이었다. 만일 이혼병(離魂病)[10]이란 게 있다고 한다면

8) 라틴어로 쓰여진 '로마인 행장기(行狀記)'

9) 제프리 초서(G. Chaucer;1343-1400) 중세 영국의 최대 시인. 대표작으로 '켄터베리 이야기'가 있다.

하나후사는 실로 후지사와의 이혼체(離魂体)로 보아야 할 인간이었다.

그러나 어느 쪽이 진짜이고, 어느 쪽이 허상인지, 그 방면의 위태로운 점에서는 아직 준스케로서는 확실하게 구분할 수는 없었다.

그래서 하나부사가 이야기하는 동안에도 가끔씩 가슴에 달고 있는 빨간 장미에 신경 쓰고 있는 후지사와를 훔쳐볼 수밖에 없었다.

그러자 이번에는 그 후지사와가 가장자리에 자수가 놓여진 손수건으로 홍차를 마신 입가를 닦으며 다시 옆자리 독창가 쪽을 바라보며,

"이 4월에는 『성』도 특별호를 내니까 그 전후에는 곤도 씨를 한번 힘들게 해서 전람회를 열려고 합니다."

"그것도 묘안이군요. 그런데 전람회라고 하면 뭡니까? 역시 여러분들의 작품만을 — "

"에에, 곤도 씨의 목판화와 하나부사 씨나 저의 유화 — 그리고 서양화 사진판을 진열할까 생각하고 있습니다. 다만 그렇게 되면 또 경시청이 나체화는 철회하라고 시끄럽게 떠들 것 같아서요."

"내 목판화는 괜찮은데, 당신이나 하나부사 군의 유화는 위험하지. 특히 자네의 '우타마로[11]의 황혼'으로 말할 것 같으면 — 당신은 그것을 보신 적이 있습니까?"

이렇게 말하고서 코안경의 곤도는 마도로스 파이프의 연기를 내뿜으며 곁눈으로 힐끗 준스케 쪽을 보았다. 그러자 준스케가 아직 대답하기도 전에 후지사와가 테이블 맞은 편에서 끼어들어,

"그야 아직 안보셨지요. 어차피 근간 보여 드리려고는 생각하고 있습니다만 — 야스다 씨는 '에혼우타 마쿠라'(絵本歌枕)라는 것을 본 적이 있습니까? 없나요? 제 '우타마로의 황혼'은 그 중 하나를 장식적으

---

10) 육체에서 혼이 분리되어 한 인간이 완전히 두 인간으로 분리된다고 여겨지던 병.
11) 喜多川歌麿(1753-1806) 에도시대 중, 후기 우키요에(浮世絵) 화가.

로 그린 것입니다. 방법은 — 그러니까, 곤도 씨, 그건 뭐라고 해야 좋을까요? 모리스 도니[12]도 아니고, 그렇다고 해서 — "

곤도는 코안경 너머의 눈을 감고 잠시 생각에 잠겨 있었는데, 이윽고 신중하게 말을 하려고 하자 다시 오이가 옆에서 작두콩깍지 모양의 담뱃대를 입에 문채,

"말하자면 이봐, 춘화(春画) 같은 것이겠지?"라고 난폭한 주석을 내리고 말았다.

그러나 후지사와는 의외로 불쾌하게는 생각하지 않았는지 평소처럼 섬뜩할 만큼 부드러운 미소를 띠우며,

"에에, 그렇게 말하는 게 제일 빠를지도 모르겠네요."라고 태연하게 오이의 말에 찬성했다.

❖ 14 ❖

"과연 그거 재미있겠군. — 그런데 어떻습니까? 춘화라는 건 역시 서양 쪽이 발달해 있습니까?"

시미즈가 이렇게 질문한 것을 좋은 기회로 곤도는 여전히 마도로스 파이프의 재를 털면서, 대학에서 강독이라도 하는 것 같은 소리로 천천히 서양의 이런 그림에 대한 강석을 하기 시작했다.

"보통 춘화라고 합니다만, 뭐 대충 세 종류로 구별하는 것이 맞기 때문에 첫째는 XXXX를 그린 것이고, 두 번째는 그 전후만을 그린 것, 세 번째는 단순히 XXXX를 그린 것 — "

준스케는 물론 이런 화제에 일종의 의분을 일으킬 만큼 도덕가는

12) Maurice Denis(1870-1943) 프랑스 화가. 기독교 미술의 혁신을 시도하여 교회 장식화도 그렸다.

분명 아니었다. 그러나 그에게는 곤도의 미적 위선이라고 불러야 할 것이 — 자신의 야비하고 외설스러운 홍미에다 예술적이라고 하는 금박을 발라대는 것이 불쾌했던 것도 역시 사실이었다. 그러므로 곤도가 득의양양하게 마치 예술의 극치가 외설스런 그림에 있는 듯한 저속한 말을 내뱉자 준스케는 도리 상 금박종이를 두른 담배연기 뒤로 얼굴을 찡그리지 않을 수 없었다. 그러나 곤도는 그런 것은 전혀 알아차리지 못했는지, 위로는 고대 그리스 도화(陶画)에서 아래로는 근대 프랑스 석판화까지 모든 이런 그림의 형식을 하나하나 자세히 설명하였다.

"그래서 재미있는 일로는 말이죠. 그 진지한 램브란트나 듀라까지도 이런 그림을 그리고 있어요. 더구나 램브란트 같은 사람은 그 램브란트 광선이 환하게 한곳에 집중되어 있으니 아는 척 뽐내고 있는 게 아닙니까? 즉 그런 천재도 역시 이 방면으로 손을 내밀 정도의 세속적인 마음이 충분히 있었기에 — 마아, 그 점은 우리들과 엇비슷했겠지요."

마침내 준스케는 듣기 거북해졌다. 그러자 지금까지 테이블 위에 턱을 괴고 반쯤 눈을 감고 있던 오이가 히죽 빈정대는 미소를 흘리더니 하품을 억지로 참는 듯한 소리로 말했다.

"이봐, 자네, 내친 김에 램브란트나 듀라도 우리들과 마찬가지로 방귀를 뀌었다는 고증을 발표해 보면 어때?"

곤도는 큼직한 코안경 뒤에서 험악한 시선을 오이에게 날렸는데 오이는 아주 태연한 얼굴로 작두콩 담뱃대를 빼끔빼끔 피우며,

"혹은 내친 김에 한 발 더 나가, 마찬가지로 방귀를 뀌니까 자네도 그들과 차이가 없는 천재라고 큰소리치는 것도 센스 있는 일이라구."

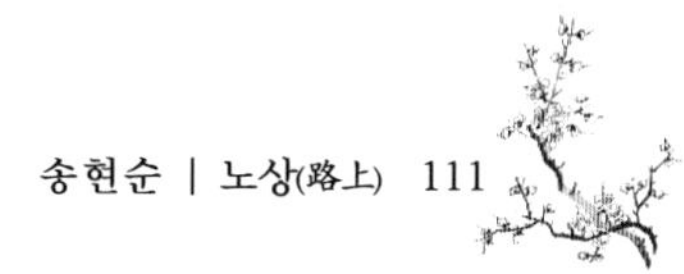

"오이 군, 그만두게나."

"오이 씨, 이제 됐지 않습니까?"

차마 볼 수 없다는 태도로 하나부사와 후지사와가 동시에 부드러운 소리로 말했다.

그러자 오이는 교활한 눈빛으로 새파래진 곤도의 얼굴을 빤히 바라보면서,

"이거 그만 실례를 했군, 난 전혀 자네를 화나게 할 생각으로 말한 건 아닌데 — 아니, 오히려 자네 지식의 해박한 것에는 진즉부터 경복해마지 않을 정도야. 그러니 뭐, 화는 내지 말아주게나."

곤도는 참을성 있게 입을 다물고 테이블 위에 있는 홍차 잔에 물끄러미 눈을 고정시키고 있다가 오이가 이렇게 말하자 갑자기 의자에서 일어서더니 어안이 벙벙한 동료들을 뒤로 한 채 성큼성큼 방을 나가고 말았다. 일동은 서로 얼굴을 마주본 채, 한참동안 서먹한 침묵을 지켜야만 했다. 그러나 이윽고 준스케는 시치미를 떼고 있는 오이 쪽으로 조금 턱으로 신호를 하고서 미소를 담은 조용한 소리로,

"나는 먼저 실례할 테니까. — "

이것이 그날 밤 그의 입에서 나온 처음이자 그리고 또 마지막 말이었다.

❖ 15 ❖

그런데 그 후 또 일주일도 지나지 않는 사이에 준스케는 우에노(上野) 행 전차 안에서 우연히 다츠코와 얼굴을 마주쳤다.

그것은 초봄의 도쿄에서는 드물지 않은 먼지바람이 부는 오후였다.

준스케는 대학에서 긴자(銀座) 야타야(八汰屋)에 액자를 주문하러 갔다가 돌아오는 길로, 오하리 초(尾張町) 교차점에서 전차에 탔는데 빈틈없이 양쪽자리를 메운 승객 속에 다츠코의 쓸쓸한 얼굴이 보였다. 그가 전차 입구에 섰을 때 그녀는 역시 검정 비단 숄을 걸치고 무릎위에 펼친 부인잡지에 얌전히 눈을 내려뜨리고 있었다. 그러나 그 사이 문득 눈을 들어 근처 손잡이에 매달려 있는 그의 모습을 보자 바로 한쪽 보조개를 볼에 지으며 앉은 채 정중하게 묵례의 고개를 숙였다.

준스케는 답례인사를 하기에 앞서 붐비는 승객을 헤집고 다츠코 앞에 있는 손잡이를 잡으며,

"일전 날 밤은 — " 하고 평범하게 인사를 했다.

"저야말로 — "

그 뿐 두 사람은 입을 다물었다. 전차 창문으로 밖을 보니 가끔씩 바람이 스칠 때마다 거리가 온통 잿빛이 된다. 그런가 하면 또 긴자 거리의 상점들이 쭉 늘어선 모습이 그 잿빛 속에서 떠올라 무너지듯 뒤로 흘러간다. 준스케는 그런 배경 앞에서 단정하게 앉아있는 다츠코의 모습을 한참동안 내려다보고 있었다. 마침내 그 침묵이 슬슬 고통이 되었기 때문에 이번에는 될 수 있는 대로 가벼운 말투로,

"오늘은? — 집에 가시는 길입니까?"라고 다시 물어보았다.

"잠깐 오빠한테 — 고향집에 있는 오빠가 와서요."

"학교는? 방학입니까?"

"아직 아니에요. 다음 달 5일부터래요."

준스케는 점차 두 사람 사이의 어색함이 얼음처럼 녹아오는 것을 느꼈다.

그러자 기이한 옷차림으로 악기를 연주하며 선전하고 다니는 사람

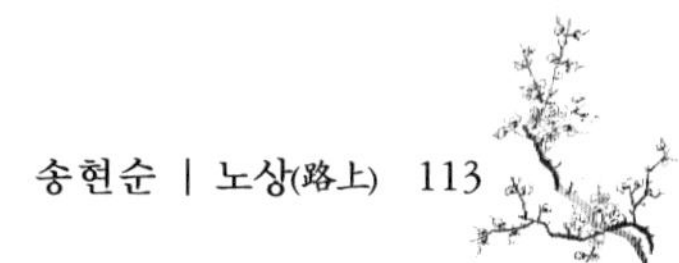

의 진홍색 깃발이 나팔이나 북소리를 바람에 날리며 눈 깜짝할 사이에 전차의 창문을 가로 막았다.

다츠코는 조금 어깨를 내려뜨리고 살짝 창밖을 뒤돌아보았다. 그때 그녀의 작은 귓볼이 비스듬히 들어오는 햇빛을 받아 조금 빨갛게 보였다. 준스케는 그것을 아름답다고 생각했다.

"저번 날은 바로 집으로 가셨나요?"

다츠코는 준스케의 얼굴로 눈길을 돌리더니 친근한 소리로 이렇게 말했다.

"예, 한 시간정도 있다가 갔습니다."

"집은 역시 혼고?"

"그렇습니다. 모리카와(森川) 초."

준스케는 제복 주머니를 뒤져 명함을 다츠코 손에 건네주었다. 건네줄 때 상대방 손을 보니 사파이어를 넣은 반지가 세련되게 그 새끼 손가락을 감싸고 있었다.

준스케는 그것도 역시 아름답다고 생각했다.

"대학 정문 앞 골목입니다. 언제 놀러 오십시오."

"감사합니다. 언제 하츠코 씨 하고라도."

다츠코는 명함을 허리띠 사이에 끼워 넣으며 거의 들리지 않을 것 같은 소리로 대답했다.

두 사람은 다시 입을 다물고서 전차소리인지 바람소리인지 분간 할 수 없는 거리의 풍경 소리에 귀를 기울였다. 하지만 준스케는 이 두 번째 침묵을 아까처럼 고통스럽게 느끼지는 않았다. 오히려 그는 이 침묵 속에서 어떤 평온한 행복의 존재까지도 분명하게 의식하고 있었다.

❖ 16 ❖

준스케의 하숙집은 혼고 모리카와 초라도 비교적 한적한 1구획에 있었다. 그것도 교바시(京橋) 부근의 주점 별채를 어느 연줄로 2층만을 빌렸기 때문에 다다미나 문 등도 다른 하숙집에 비하면 훨씬 조촐했다. 그는 그 방에 커다란 책상과 안락의자 등을 들여놓아 언뜻 본 느낌으로는 다소 비좁았지만 그래도 지내기 그리 나쁘지 않을 만큼 서양풍의 서재를 만들었다. 그러나 서재를 장식할 만한 색상에 있어서는 단지 책장을 채우고 있는 양서의 행렬이 있을 뿐으로 벽에 걸려있는 액자 속에도 대개는 흔해빠진 서양명화의 사진판이 들어 있을 뿐이었다.

여기에 항상 불만이었던 그는 대신 자주 화분을 사와서는 방 중앙에 자리잡고 있는 쪽매 테이블 위에 올려놓았다. 실지로 오늘도 이 테이블 위에는 등나무 바구니에 넣은 앵초 화분이 몇 개나 가느다란 줄기를 뻗은 끝으로 여러 송이 무리지어 연 빨간 꽃을 피우고 있었다. ……

스다(須田) 초의 환승역에서 다츠코와 헤어진 준스케는 1시간 후, 이 하숙집 2층에서 창가 책상 앞에 놓아둔 바퀴달린 의자에 앉아서 망연히 금색종이를 두른 담배를 물고 있었다. 그의 앞에는 읽다 만 책이 상아로 된 봉투 자르는 칼을 끼운 채 아까부터 활짝 펼쳐져 있었다. 그러나 지금의 그에게는 그 페이지에 담겨있는 사상을 곱씹어볼 만큼의 끈기가 없었다. 그의 머릿속에는 다츠코의 모습이 담배연기가 얽히듯 언제까지고 아름답게 달라붙어 있었다. 그에게는 그 머릿속의 환상이 조금 전 전차 안에서 맛본 행복의 여운처럼 보였다. 그리고 동시에 또 다가 올 더욱 커다란 행복의 예고처럼도 보였다.

그런데 책상위에 있는 재떨이에 두 세 개비의 피다만 담배가 쌓였을 때 힘든 듯이 계단을 올라오는 소리가 났다. 누군가 맹장지 문이 있는 저쪽에 멈춰 선 느낌이 들었다. 그리고 귀에 익은 묵직한 소리가 들렸다.

"이봐, 있나?"

"들어오게나."

준스케가 이렇게 대답 할 틈도 기다리지 않고 드르륵 그곳의 맹장지 문이 열리자 앵초 화분을 놓아둔 쪽매 테이블 건너편에는 벌써 뚱뚱한 노무라의 모습이 어깨를 흔들며 느릿느릿 들어오고 있었다.

"조용하군, 현관에서 몇 번이나 불러도 하녀 한 사람 나오지 않아. 결국 말없이 올라와 버렸지."

처음으로 이 하숙집에 온 노무라는 구석구석 방안을 둘러 보고나서 준스케가 가리키는 안락의자에 털썩 커다란 엉덩이를 내려놓았다.

"아마 또 하녀가 심부름이라도 간 거겠지. 주인 노인은 귀머거리라서 좀처럼 실례한다는 정도로는 통하지 않아. — 자네는 학교에서 오는 길인가?"

준스케는 테이블 위로 서양찻잔을 내놓으며 힐끗 노무라의 제복 입은 모습에 눈길을 주었다.

"아니, 오늘은 좀 고향에 다녀오려고 해 — 모레가 마침 아버지 3주기라서."

"그거 힘들겠군. 자네 고향이라면 가는 것만으로도 대단한 길이잖아."

"뭘, 그 방면은 익숙해져서 아무렇지도 않은데, 어쨌든 시골의 기제(忌祭)라는 건? — "

노무라는 미리 질렸다는 것을 피로하듯이 근시안경 위의 눈썹을 찡

그려보였는데 바로 다시 기분을 바꾸어,

“그런데 말야, 나는 자네에게 한 가지 부탁하고 싶은 게 있어서 들렀는데 — ”

❖ 17 ❖

“뭔데 그래? 정색을 다하고.”

준스케는 홍차 잔을 노무라 앞에 놓고서 자기도 테이블 앞에 있는 의자에 자리를 잡으며 상대방 얼굴에 눈길을 주었다.

“정색 같은 건 하지 않았어.”

노무라는 오히려 미안한 듯 조금 자란 머리를 매만졌다.

“실은, 그 정신병원에 가는 것에 대해서인데 – 어떨까? 자네가 내 대신에 하츠코 씨를 데리고 가서 보여주지 않겠나? 나는 오늘 가면 아무래도 이런저런 일로 일주일 정도는 도저히 돌아올 수 없을 것 같으니.”

“그건 곤란하지. 일주일정도 걸린다고 해도 돌아와서 자네가 데리고 가면 되잖은가?”

“그런데 하츠코 씨는 하루라도 빨리 보고 싶다고 해.”

노무라는 실지로 난처한 얼굴을 하고서 한참동안 벽에 걸려있는 사진판에 차례차례 눈길을 보내고 있었는데 이윽고 그의 눈이 레오나르도의 레다13)에 이르자,

“아니, 저건 여보게, 다츠코 씨를 닮았잖아?”라고 뜻밖의 방면으로 화제를 옮겼다.

13) 그리스 신화에 나오는 아이톨리아의 왕 테스티오스와 에우리테미스 사이에 태어난 딸이며 스파르타 왕 틴다레오스의 아내.

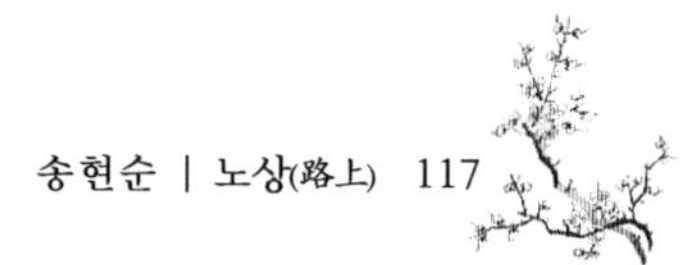

"그래? 나는 그렇게 생각하지 않는데."

준스케는 이렇게 대답하면서도 분명히 거짓말을 하고 있다는 자각이 있었다. 그것은 물론 그에게 껄끄러운 자각임에는 틀림없었다. 그러나 동시에 또 작은 모험을 하고 있는 것 같은 유쾌함이 잠재되어 있던 것도 사실이었다.

"닮았어, 닮았어. 조금 더 다츠코 씨가 살이 쪘더라면 저거와 똑같아."

노무라는 근시안경 밑에서 잠시 레다를 올려다 본 후에, 이번에는 그 눈을 앵초 화분으로 옮겨 커다란 한숨을 내쉬더니,

"어때? 오랜 호의를 봐서 한번 안내역을 맡아주지 않을 텐가? 나는 벌써 자네가 가 줄 것으로 생각하고 그 취지를 하츠코 씨에게 편지로 통지해 버렸는데."

준스케 혀끝에는 '그건 자네 멋대로가 아닌가?' 라는 말이 있었다.

그러나 그 말이 아직 입 밖으로 나오기 전에 그의 머릿속에는 순간 눈을 내려뜬 다츠코의 모습이 선명하게 떠올랐다. 그러자 거의 그것이 상대방에게 통했는지 노무라도 안락의자에 올려놓은 팔꿈치를 두드리며,

"하츠코 씨 혼자라면 그야 자네가 사양하는 것도 무리는 아닌데, 다츠코 씨도 아마 — 아냐, 틀림없이 함께 간다고 했으니까, 그런 걱정은 필요 없는데."

준스케는 홍차 잔을 손바닥에 올려놓은 채 한참동안 생각했다. 가고 안가고의 문제를 생각하는지, 일단 거절한 의뢰를 다시 받아들이기 위해 그럴듯한 구실을 생각하고 있는지 — 그것도 그에게는 확실하지 않았다.

"그야 가도 되는데."

그는 너무 이기적인 자신을 부끄러워하며 이렇게 말한 후 뒤쫓듯이 말을 덧붙이지 않을 수 없었다.

"그렇게 하면 오랜만에 닛타(新田)와도 만날 수 있으니까."

"야아, 이제 겨우 안심했다."

노무라는 마치 한숨 놓은 듯 가슴 부근의 단추를 두세 개 풀더니 비로소 홍차 잔을 입으로 가져갔다.

❖ 18 ❖

"날짜는?"

준스케의 눈은 아직도 노무라보다도 자칫 손바닥 위의 홍차 잔에 머물기 십상이었다.

"다음 주 수요일 — 오후로 되어 있는데 자네 사정이 좋지 않으면 월요일이나 금요일로 바꿔도 좋아."

"뭘, 수요일이라면 마침 나도 강의가 없는 날이야. 그래서 — 음, 그렇다면 구리하라 씨에게는 내 쪽에서 가야 하나?"

노무라는 상대방 미간에 있는 결정하기 어려운 표정을 놓치지 않았다.

"아니, 그쪽에서 이리 오기로 하지. 우선 그게 가는 길 순서니까,"

준스케는 말없이 고개를 끄덕인 채 한동안 등한시했던 이집트 담배에 불을 붙였다. 그리고 비로소 느긋하게 의자 등에 머리를 기대며 전혀 다른 방면으로 일부러 화제를 돌렸다.

"자네는 벌써 졸업논문 쓰기 시작했나?"

"책만큼은 조금씩 읽고 있는데 — 언제쯤에나 생각이 정리될지 나도 예상할 수 없어. 특히 요즘처럼 번거로운 일이 많아서는 — "

이렇게 운을 뗀 노무라의 눈에는 다시 비난받지는 않을까 하는 걱정이 있었다. 그러나 준스케는 의외로 진지한 태도로 되물었다.

"일이 많다 — 는 건?"

"자네한테는 아직 말하지 않았던가? 우리 어머니가 지금 시골에 계시는데 내가 대학을 졸업하면 이쪽으로 나와서 함께 지내자고 해서 말야. 그럴려면 고향에 있는 논밭이든 뭐든 정리해야 하니까 이번에는 뭐 아버지 기일을 겸해서 그 일까지 하러 갈 생각이야. 아무래도 이런 문제는 철학사 한 권 읽는 것처럼 간단하게 처리할 수 없으니까 곤란하지."

"그야 그렇겠지. 특히 자네 같은 성격의 사람에게는 — "

준스케는 같은 도쿄의 고등학교에서 책상을 나란히 했던 관계로 무슨 일이 있을 때마다 노무라 일가(一家)의 내막 있는 사적인 이야기 등을 들을 기회가 많았다.

노무라 집안이라고 하면 시코쿠(四国) 남부에서는 유명한 전통 가문의 하나라는 것, 그의 아버지가 정당에 관계되는 일을 한 후 다소는 가산이 기울기는 했지만 그래도 역시 근방에서는 굴지의 부자임에는 틀림없다는 것, 하츠코 아버지인 구리하라는 그의 어머니의 이복동생으로, 정치가로서 지금의 위치에 오르기까지 상당히 노무라 아버지의 신세를 졌다는 것, 아버지 사후 어딘가에서 첩 자식이라고 칭하는 여자가 나와, 한때는 번거로운 소송재판에까지 간 일이 있다는 것 - 그런 여러 가지 소식을 잘 알고 있는 준스케는 지금 다시 노무라의 귀향을 필요로 하는 배후에도 얼마나 복잡한 문제가 얽혀 있을지 대략 상상할 수 있을 것 같았다.

"우선 당분간은 슐라이에르마허[14)]의 소란은 없을 것 같군."

"슐라이에르마허?"

"내 졸업논문이야."

노무라는 내키지 않은 듯 말을 하더니 그만 푹 짧게 깎은 머리를 숙여 자기 손발을 바라보았다. 그러나 이윽고 힘을 회복한 듯 가슴부근의 금색 단추를 다시 채우고,

"이제 슬슬 나가야겠어. - 자 그럼 정신병원에 가는 것은 아무쪼록 잘 배려해 주게나."

❖ 19 ❖

노무라가 말리는 것도 듣지 않고 준스케는 모자에 외투를 걸치고 그와 함께 모리카와 초 하숙집을 나왔다. 다행히도 이미 바람이 잠잠해져 거리에는 봄날의 차가운 석양이 어스레하게 아스팔트 위로 흐르고 있었다.

둘은 전차로 중앙 정거장으로 갔다. 노무라가 들고 있던 가방을 짐꾼에게 건네주고 벌써 전등이 켜져 있는 2등 대합실로 가보니 벽 위의 시계바늘이 아직 발차 시간과는 상당히 먼 곳을 가리키고 있었다. 준스케는 선 채 잠시 턱을 그 바늘 쪽으로 치켜 올려보였다.

"어때, 저녁 먹고 가면?"

"글쎄, 그것도 나쁘지는 않지."

노무라는 제복 주머니에서 시계를 꺼내 벽 위의 것과 비교해 보았다.

"자 그럼, 자네는 저쪽에서 기다리게나. 난 먼저 기차표를 사올 테니까."

---

14) Schleiermacher(1768-1834) 독일 신학자, 철학자

준스케는 혼자서 대합실 쪽 식당으로 갔다. 식당은 거의 만원이었다. 그래도 그가 입구에 서서 머뭇거리자 눈치 빠른 종업원 하나가 바로 가까운 테이블에 빈자리가 있음을 알려주었다. 그러나 그 테이블에는 이미 실업가인 듯한 부부가 서로 마주앉아 포크를 움직이고 있었다. 그는 서양식을 사양하고 싶었는데 달리 앉을 곳이 없었기 때문에 어쩔 수 없이 거기에 나란히 앉기로 했다. 우선 무엇보다 상대방인 부부는 그다지 불편한 기색도 없이 작은 꽃병에 꽂힌 벚꽃을 사이에 두고 오사카 사투리로 계속 이야기를 하고 있었다.

종업원이 주문을 받고 가자 얼마 안 있어 노무라가 석간 신문을 두세 장 움켜쥐고 서두르듯 들어왔다. 그는 준스케의 부르는 소리에 겨우 상대방 있는 곳을 알아차렸는데 이건 옆자리 부부에는 신경도 쓰지 않고 아무렇게나 의자를 잡아당기며,

"지금 표를 사다가 오이 군과 많이 닮은 사람을 보았어. 설마 센세(先生, 타인을 놀릴 때 부르는 호칭)는 아니겠지."

"오이도 정차장에 오지 말란 법은 없다구."

"아니, 아무래도 여자를 동반한 것 같아서."

그때 스프가 나왔다. 두 사람은 그것으로 오이에 대한 이야기를 그만두고, 아라시 야마(嵐山)의 벚꽃은 아직 빠르겠지, 세토우치(瀬戸内)의 기선은 재미있을 거야 등등 봄기운이 느껴지는 여행이야기로 화제를 바꾸고 말았다. 그러자 노무라가 접시가 바뀌는 것을 기다리며 갑자기 생각난 듯한 태도로,

"지금 하츠코 씨에게 예(例)의 건을 전화로 그렇게 말해 두었어."

"그럼, 오늘은 아무도 전송하러 안 오는 거야?"

"올 리가 있어, 왜?"

왜라는 질문을 받자 준스케도 대답에 궁해질 수밖에 없었다.

"구리하라에게는 오늘 아침 편지를 보낼 때까지 고향에 간다고도 말하지 않아서 — 그 보낸 편지도 전화로 물으니 조금 전에야 막 도착했다고 해."

노무라는 마치 배웅하러 나오지 않은 하츠코를 위해 열심히 변론하는 듯한 말투였다.

"그래? 어쩐지 오늘 다츠코 씨를 만났는데, 그래서 그런 이야기는 듣지 못했구나."

"다츠코 씨를 만났어? 언제?"

"오후 조금 지나 전차 안에서."

준스케는 이렇게 대답하며 조금 전 하숙집에서 다츠코의 이야기가 나왔음에도 불구하고 왜 지금까지 입 다물고 있었을까 생각했다. 그러나 그것은 그 자신에게도 우연인지 고의인지 판단이 서지 않았다.

❖ 20 ❖

플랫폼 위에는 언제나처럼 전송하는 사람들의 그림자가 모여 있었다. 그리고 그것이 끊임없이 꿈틀거리고 있었고, 전등이 켜진 열차에도 창문이 하나씩 밝게 나 있었다. 노무라도 그 창문으로 고개를 내밀고 밖에 서 있는 준스케와 두세 마디 들떠있는 말을 주고받았다. 두 사람은 주변 군중들의 기분에 영향 받아 출발을 몹시 기다리는 듯한, 또 그렇지 않은 듯한 일종의 어수선함을 느낄 수밖에 없었다. 특히 준스케는 이야기가 중도에 끊기면 거의 적의가 있는 눈빛으로 좌우 사람들을 바라보며 초조한 듯 게타 바닥을 툭툭 치며 소리 나게 했다.

그 사이 겨우 출발을 알리는 벨소리가 울렸다.

"그럼, 다녀오게나."

준스케는 모자 차양에 손을 얹었다.

"잘 있어, 그 건은 아무쪼록 잘 부탁하겠습니다."라고 노무라는 평소와 다르게 격식 차린 어조로 인사를 했다.

기차는 곧 움직이기 시작했다. 준스케는 언제까지고 플랫 홈에 서서 점점 멀어져가는 노무라를 전송할 만큼 감상벽에 사로잡혀 있지는 않았다. 그러므로 다시 한 번 모자 차양에 손을 얹고서 미련 없이 주변 사람들 그림자 속에 섞여 입구계단 쪽으로 걷기 시작했다.

그런데 그때 문득 그의 앞을 지나가는 기차 창문이 눈에 들어왔다. 뜻밖에도 거기에는 오이 아츠마가 망토 속의 팔꿈치를 창가에 대며 손수건을 흔들고 있는 모습이 보였다. 준스케는 자기도 모르게 걸음을 멈췄다. 그리고 동시에 아까 오이를 보았다는 노무라의 말을 떠 올렸다. 하지만 오이는 준스케의 모습을 알아차리지 못 했는지 순식간에 기차 창문과 함께 멀어져가며 손수건을 계속 흔들고 있었다. 준스케는 여우에 홀린 것 같은 기분이 들어 망연히 그 멀어져 가는 모습을 바라볼 수밖에 없었다.

그런데 이 충격에서 회복되었을 때, 준스케의 마음은 무엇보다도 그 흔드는 손수건에 응해야 할 상대방을 물색하기에 바빴다. 그는 외투 속 어깨를 올리며 전후좌우로 쏟아져 나오는 전송인 속으로 시선을 날렸다. 물론 그의 머릿속에는 여자를 동반한 것 같았다는 노무라의 말이 남아 있었다. 그러나 그 동행인 것 같은 여자의 모습은 아무리 찾아보아도 발견되지 않았다. 발견되지 않았다기보다 그 동행 같은 여자가 계속해서 사람 속에서 어슬렁거리고 있었다. 그리하여 어

느 것이 진짜 상대방인지 더욱 판단이 서지 않았다. 그는 결국 물색을 단념해야만 했다.

중앙 정차장 밖으로 나와 마루노우치(丸の內)의 별빛이 달빛처럼 밝은 넓은 밤하늘을 올려다보았을 때조차 준스케는 여전히 조금 전의 이상한 기분에서 완전히 자유롭지는 못했다. 그에게는 오이가 그 기차에 우연히 타고 있었다는 것보다 기차 창문으로 손수건을 흔들고 있었다는 것이 우스울 만큼 모순된 느낌을 전해주었다. 그 악랄한 인간으로 자타가 공인하는 오이 아츠오가 어째서 그런 연극 같은 흉내를 냈을까? 어쩌면 악랄한 것은 임시방편의 속임수로, 실은 의외로 솔직한 감상주의자가 그의 정체인지도 모른다. — 준스케는 여러 가지 억측사이에서 헤매면서 신개지 같은 넓은 도로로 호리바다(濠側)까지 가서 전차를 탔다.

그런데 다음날 문과대학의 공통과목인 철학개론 교실에서 어제 밤 분명 7시 급행열차에 탔던 오이와 또 뜻밖에도 얼굴을 마주쳤다.

❖ 21 ❖

그날 준스케는 평소보다 출석이 조금 늦어졌기 때문에 강단을 둘러싼 청강석 중에서도 제일 뒷자리에 앉아야 했다. 그런데 그곳에 앉아서 보니 대각선 저쪽으로 낮게 되어있는 두세 줄 앞자리에 눈에 익은 검은 목면의 문양이 태연히 턱을 괴고 있었다. 준스케는 '아니 저건?'이라고 생각했다. 그리고 어제 밤 중앙정차장에서 보았던 것은 '오이 아츠오가 아니었나'라고도 생각했다. 그러나 바로 '아니, 역시 틀림없이 오이였어'라고 다시 생각했다. 그러자 그가 손수건을 흔들던 것을 보았을 때보다도 더욱 여우에게 홀린 것 같은 기분이 되었다.

그 사이 오이는 뭔가를 하다가 휙 이쪽으로 고개를 돌렸다. 얼굴을 보니 평소처럼 오만불손한 표정이었다. 준스케는 당연한 이 표정을 오히려 신기하게 느끼며 '야아'하는 인사를 눈으로 보냈다. 그러자 오이도 검정 목면 문양의 어깨너머로 간단히 턱 인사를 했다. 그러나 그뿐 다시 몸을 돌려 옆에 있는 제복차림의 학생과 뭔가 이야기를 시작한 듯 했다. 준스케는 갑자기 어제 밤 있었던 일을 확인해보고 싶은 생각이 강하게 들었다. 그러나 그 때문에 일부러 자리를 옮기는 것이 귀찮기도 했고 바보 같기도 했다. 그래서 만년필에 잉크를 넣으며 약간 허리를 엉거주춤하고 있자니, 철학개론을 담당하는 유명한 L 교수가 검은 가방을 옆구리에 끼고서 천천히 교실 안으로 들어오고 말았다.

L교수는 철학자라기보다 오히려 실업가 같은 풍채를 하고 있었다. 그것이 그날처럼 유행하는 다갈색 양복을 입고, 금반지를 낀 손을 움직이며 가방 속에 있는 초고를 꺼내거나 하면 더욱 강단보다는 사무실 책상 뒤에 세워보고 싶은 기분이 들었다. 그러나 강의는 교수의 풍채와는 관계없이 그 복잡한 칸트 철학의 카데고리 의론으로 시작되었다. 준스케는 전공인 영문학 강의보다도 오히려 철학이나 미학강의에 충실한 학생이었기 때문에 대충 2시간 정도 열심히 만년필을 움직이며 능숙하게 노트를 작성해 갔다. 그래도 중간 중간 얼굴을 들어 여전히 턱을 괸 채, 좀처럼 펜을 사용하지 않는 것 같은 오이의 뒷모습을 보며 이따금 어제 밤 이후의 이상한 기분이 칸트와 그 사이에 안개처럼 흘러 들어오는 것을 느끼지 않을 수 없었다.

그래서 마침내 강의가 끝나고 책상을 메우고 있던 학생들이 줄줄이 강의실 밖으로 나가자 그는 입구 돌계단 위에 발을 멈추고 뒤에 나오는 오이와 합류했다. 오이는 여전히 노트가 삐져나온 품속으로 무심하게 양손을 찔러 넣고 있었는데, 준스케의 얼굴을 보자마자 싱글싱글 웃으며,

"왜 그래? 저번 날 밤에 만난 미인들은 건재한가?"라고 반대로 악담을 퍼부었다.

두 사람 주변으로는 많은 학생들이 좁은 입구에서 양측 돌계단으로 끊임없이 흘러나왔다. 준스케는 쓴 웃음을 흘리며 오이의 말에는 대답하지 않고 성큼 그 돌계단 하나를 내려갔다. 그리고 벌써 어린 잎이 돋고 있는 느티나무 길 밑으로 나오자 비로소 오이 쪽을 뒤돌아보며 "자네는 눈치 채지 못했지? 어제 밤 도쿄 역에서 만난 것을"하고 넌지시 속을 떠보는 한마디를 던져보았다.

❖ 22 ❖

"헤에, 도쿄 역에서?"

오이는 당황했다기보다도 오히려 어떻게 해야 할지 결단에 망설이는 듯한 눈빛으로 뻔뻔하게 힐끗 준스케의 얼굴을 엿보았다. 그러나 그 눈이 준스케의 차가운 시선에 닿자 갑자기 주눅이 든 태도로,

"그래? 난 전혀 알아차리지 못했군."이라고 실토했다.

"더구나 미인이 전송하러 와 있지 않았나?"

기세를 탄 준스케는 다시 한 번 위태로운 그물을 던졌다. 그러나 오이는 의외로 태연히 엷은 웃음을 입술에 띠며,

"미인이라? — 그건 내 — 마아, 됐어."라고 의미심장한 대답에 자기 본마음을 숨겨 버렸다.

"도대체 어디 간 거야?"

"그건 내 — "라는 대답에 질린 준스케가 이번에는 완전히 기교를 버리고 정면으로 오이를 추궁했다.

"고후즈(国府津)까지 갔어."

"그리고?"

"그리고 바로 돌아왔지."

"어째서?"

"어째서라니? — 어떻든 그럴만한 사정이 있어서."

이때 정향나무 꽃향기가 달콤하게 두 사람의 코를 자극했다. 두 사람 모두 거의 동시에 얼굴을 들었다. 어느새 두 사람은 딧킨손 동상[15] 앞으로 막 접어들고 있었다. 정향나무는 동상을 둘러싼 잔디밭 위에서 화창하게 맑은 햇빛을 받으며 무리지어 엷은 보랏빛 꽃을 피우고 있었다.

"그러니까, 그 그럴만한 사정이 도대체 뭐냐고 묻고 있는 거잖아."

그러자 오이는 유쾌한 듯 큰소리로 웃기 시작했다.

"쓸데없는 걸 걱정하는 남자로군. 그럴만한 사정이라고 하면 결국 그럴만한 사정 아닌가?"

그러나 준스케도 이번에는 쉽게 넘어가지 않았다.

"아무리 그럴만한 사정 있어서 그냥 고후즈까지 갔을 뿐이라면, 뭐 그렇게 손수건까지 흔들지 않아도 될 것 같은데?"

그러자 과연 오이의 얼굴에도 순간 당황하는 기색이 역력했다. 그러나 말투만큼은 여전히 오만하게,

"그것 역시 그럴만한 사정이 있어서 흔들었지."

---

15) 도쿄대 구내에 있던 외국인 교수의 동상으로, 현재 실물이나 기록은 남아있지 않다.

준스케는 상대방의 허점이 찔린 거짓말을 붙잡고 더욱 강도를 더해 놀리는 듯 추궁하려고 했다. 그런데 오이는 벌써 형세가 불리해졌다는 것을 알아차렸는지 줄지어 서있는 은행나무 밑으로 나오자,

"자네는 어디로 가나? 집에 가나? 자, 그럼 실례하겠네, 난 도서관에 들렀다 갈 테니까." 라고 교묘하게 준스케를 떼어 놓고 서둘러 저쪽으로 가버렸다.

준스케는 그 뒷모습을 바라보며 자기도 모르게 쓴 웃음을 흘렸다. 그러나 더 이상 뒤쫓아 가서까지 실토시키려는 흥미도 없었기 때문에 정문을 빠져 나오자 바로 전차 길을 사이에 둔 이쿠분당(郁文堂)으로 들어갔다. 그런데 그곳으로 들어가자 어두컴컴한 가게 안에 서서 헌책을 찾고 있던 남자 하나가 조용히 준스케 쪽으로 몸을 돌리며 상냥하게 말을 걸었다.

"야스다(安田) 씨, 오래간만입니다."

❖ 23 ❖

해질 무렵처럼 항상 어두운 서점 안의 희미한 불빛도 빨간 터키모자의 후지사와를 알아보기에는 충분했다. 준스케는 답례인사로 모자를 벗으며 퀘퀘한 헌책 냄새와 상대방의 요란한 옷차림 사이에 이상한 대조를 느끼지 않을 수 없었다.

후지사와는 대영백과전서(大英百科全書)가 꽂혀있는 책장에 가느다란 한쪽 손을 얹으며 차분하다고 밖에 형용할 수 없는 미소를 얼굴에 띠고 있었다.

"오이 씨하고는 매일 만나십니까?"

"에에, 지금도 방금 함께 수업을 듣고 오던 길입니다."

"난 그날 밤 이후로 한 번도 만나지 못했는데 — "

준스케는 곤도와 오이 사이의 갈등이 같은 『성』(城) 동인이라는 관계상 후지사와도 소용돌이 속에 휩싸인 것이라고 생각했다. 그러나 후지사와는 그렇게 생각되어지는 것을 피하고 싶은지, 마침내 상냥한 소리로,

"내 쪽에서 두세 번 하숙집으로 가보았습니다만, 공교롭게도 항상 외출중이어서 — 어쨌든 오이 씨는 아시는 것처럼 유명한 돈 주앙(Don Juan)이라서 시간이 없을지도 모르지만 말입니다."

대학에 들어오고 나서 처음 오이를 알게 된 준스케는 오늘날까지 그 검은 목면의 문양에 그런 여자의 요염함이 뒤엉켜 있으리라고는 꿈에도 상상하지 못했다. 그래서 자기도 모르게 깜짝 놀란 소리로,

"네에? 그런 사람이 도락자입니까?"

"글쎄요, 도락잔지 뭔지 — 어쨌든 여자는 잘 정복하는 사람이지요. 그런 점에 있어선 고등학교 시절부터 훨씬 우리들의 선배였습니다."

그 순간 준스케의 머릿속에는 어젯밤 기차 창문으로 열심히 손수건을 흔들던 오이의 모습이 선명하게 떠올랐다. 동시에 역시 후지사와가 뭔가 오이에게 감정을 품고 있어 적당히 비방의 독설을 휘두르고 있는 것은 아닌가 생각했다. 그런데 바로 후지사와는 조금 고개를 갸우뚱하고서 애교있는 미소를 보내며,

"어떻든 최근에는 어딘가 레스토랑 여종업원과 아주 사이가 가까워졌다고 합니다. 역시 부러워서 견딜 수 없을 지경입니다만."

준스케는 후지사와가 이런 이야기를 오히려 오이의 명예를 위해 변호하고 있다는 것을 알아차렸다. 그것과 함께 머릿속의 오이의 모습

은 마침내 그 흔들고 있던 손수건에서 진하게 젊은 여성의 냄새를 발산해야만 했다.

"그건 열렬하군요."

"열렬하고말고요. 그러니 나 같은 걸 만날 틈이 없는 것도 그렇게 무리는 아니지요. 게다가 내가 찾아가는 용건이라는 게 그 정양헌(精養軒)의 음악회 티켓 대금을 받으러 가는 거니까요."

후지사와는 이렇게 말하며 근처 카운터에 있는 종이 표지의 헌책을 집어 들었다. 그리고 군데군데 적당히 뒤적여보더니 바로 준스케 쪽으로 표지를 보이며 말했다.

"이것도 하나부사 씨가 팔았군요."

준스케는 저절로 미소가 입술에 번지는 것을 의식했다.

"산스크리트(Sanskrit) 책이군요."

"에에, 마하바라타(Mahabharata)인 것 같습니다."

❖ 24 ❖

"야스다 씨 손님이에요."

이런 하녀의 소리가 들렸을 때 벌써 제복으로 갈아입고 있던 준스케는 대충 알았다는 대답을 해 놓고서 일부러 명랑하게 사다리계단을 소리내며 내려갔다. 내려 가보니 현관 미닫이문 안에는 머리를 가운데서 양쪽으로 나눠 늘어뜨리고, 손잡이가 긴 보랏빛 파라솔을 든 하츠코가 평소보다는 한층 발랄하게 햇빛을 등지고 서 있었다.

준스케는 문턱 위에 선채, 눈부신 듯한 느낌에 압도되어,

"하츠코 씨 혼자입니까?"하고 물어보았다.

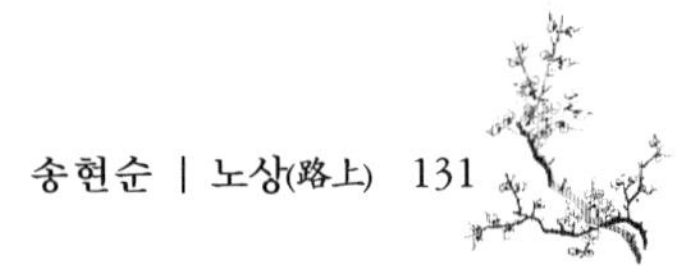

"아니오, 다츠코 씨도"

하츠코는 몸을 비스듬히 하고서 미닫이 문 바깥을 내다보았다.

미닫이문 바깥에는 1미터도 안 되는 화강암 디딤돌이 있었고, 또 그 디딤돌 바로 바깥에는 마침 고색창연한 쪽문이 있었다. 하츠코의 시선을 좇아간 준스케는 그 쪽문을 활짝 열어젖힌 맞은편에 본 기억이 있는 감색과 남색의 세로줄무늬의 기모노가 햇빛을 소맷자락에 받으며 서 있는 것을 발견했다.

"잠깐 올라와 차라도 마시지 않겠습니까?"

"고맙습니다만 — "

하츠코는 생긋 웃으며 다시 한 번 눈길을 미닫이 문 바깥으로 돌렸다.

"그렇습니까? 자, 그럼 바로 가지요."

"항상 폐만 끼치는군요."

"뭘요, 어차피 오늘은 놀고 있는 몸입니다."

준스케는 재빠르게 구두끈을 동여매고 외투를 팔에 걸친 채 아무렇게나 모자를 한손에 들고서 하츠코의 뒤를 따라 쪽문을 넘었다.

하츠코의 것과 똑같은 보랏빛 파라솔을 들고 밖에서 기다리고 있던 다츠코는 준스케를 보자 부드러운 손을 무릎에 모으고 정중하게 묵례(黙礼)의 머리를 숙였다. 준스케는 거의 냉담하게 답례인사를 했다. 인사를 하면서 그 냉담한 것이 어쩌면 다츠코에게 불쾌한 인상을 주지는 않을까 신경이 쓰였다. 동시에 또 하츠코의 눈에는 그래도 아직 그의 마음과는 다르게 친절하게 보이는 것은 아닌가 하고도 생각했다. 그러나 하츠코는 두 사람의 인사에는 신경 쓰지 않고 비스듬하게 보랏빛 파라솔을 펼치며 물었다.

"전차는요? 정문 앞에서 타는가요?"

"에에, 저쪽이 가깝겠지요."

세 사람은 좁은 거리를 걷기 시작했다.

"다츠코 씨는 말이죠. 막무가내로 오늘은 가지 않겠다는 거예요."

준스케는 '그렇습니까?' 라는 표정으로 옆에서 걷고 있는 다츠코를 바라보았다.

다츠코의 얼굴에는 엷게 분을 바른 위로 보랏빛 파라솔의 반영이 어슴푸레 그림자를 떨어뜨리고 있었다.

"그렇잖아요. 나, 정신이상자들이 있는 곳에 가는 건 기분이 오싹한 걸요."

"나는 아무렇지도 않아."

하츠코는 빙글 파라솔을 돌리며 말했다.

"가끔씩 미쳐보고 싶다는 생각을 할 때도 있어."

"어머나, 짓궂은 분이야. 어째서?"

"그럼 이렇게 사는 것보다 좀 더 여러 가지 색다른 일이 있을 것 같은 생각이 들어. 다츠코는 그렇게 생각하지 않아?"

"나? 난 색다른 일 같은 건 없어도 좋아. 이것으로도 충분해."

❖ 25 ❖

닛타는 먼저 손님 세 사람을 병원 응접실로 안내했다. 그곳은 이런 종류의 건물로는 신기하게 커튼, 융단, 피아노 유화 등으로 어색함 없이 잘 장식되어 있었다. 더구나 그 피아노 위에는 계절에는 아직 이른 장미꽃이 소박하게 적당한 크기의 청동항아리에 꽂혀 있었다. 닛타는 세 사람에게 의자를 권하더니 준스케의 질문에 이것은 병원 온실에서

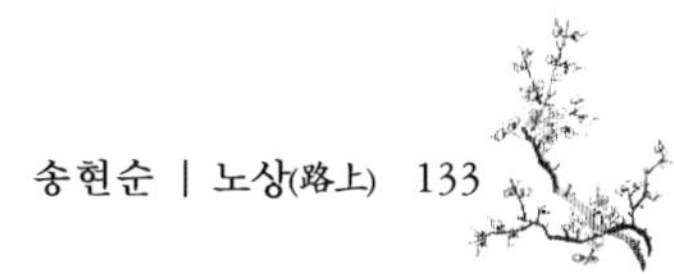

키운 장미라고 대답했다.

그리고 나서 하츠코와 다츠코 쪽으로 몸을 돌려 미리 준스케가 부탁해놓은 대로 정신병학에 관한 일반적인 지식이라고 해야 할 것들을 시원시원한 말투로 설명했다. 그는 준스케의 선배로 같은 고등학교에서 공부하던 시절부터 분야가 다른 문학에 흥미를 가지고 있던 남자였다. 그래서 그 설명 속에도 여러 종류의 정신병자의 실례로서 니체, 모파상, 보들레르 같은 이름이 여러 차례 인용되었다.

하츠코는 열심히 그 설명을 듣고 있었다. 다츠코도 – 이자는 시종 눈을 아래로 내려뜨고 있었지만 역시 흥미만큼은 상당히 느끼고 있는 것 같았다. 준스케는 마음속으로 두 사람의 관심을 끌고 있는 설명자 닛타가 부러웠다. 그러나 두 사람에 대한 닛타의 태도는 거의 사무적이라고 할 만큼 아주 냉정한 것이었다. 동시에 또 얼룩무늬의 양복에 수수한 넥타이를 한 그의 복장도 세기말 예술가의 이름을 열거하는 것이 이상할 만큼 소박했다.

"왠지, 저 있잖아요, 이야기를 듣고 있는 사이에 저도 정신이상이 된 것 같은 기분이 드네요."

설명이 일단락되었을 때 하츠코는 새삼스럽게 진지한 얼굴로 한숨을 쉬듯이 이렇게 말했다.

"아니, 실지로 엄밀한 의미에서는 보통 제 정신이라는 사람과 정신병 환자와의 경계선이 의외로 확실하지 않습니다. 하물며 저런 천재로 불리는 사람의 경우에는 우선 정신병자들과 전혀 차이가 없다고 해도 상관없습니다. 그 차이가 없는 점을 지적한 게 아시는 것처럼 롬브로조16)의 공적입니다."

16) C. Lombroso(1836-1909) 이탈리아 정신병 학자, 법학자. 천재와 정신병자의 유사점은 언급한 '천재론'이라는 저서가 있다.

“난 차이가 있는 점도 지적 해주었으면 했습니다.”

이렇게 옆에서 준스케가 농담처럼 이의를 제기하자 닛타는 냉정한 눈을 이쪽으로 돌리더니,

“있다면 물론 지적했겠지. 그러나 없기 때문에 어쩔 수 없어.”

“그래도 천재는 천재지만, 정신병자는 역시 정신병자겠지?”

“그런 차이라면 과대망상자와 피해망상자 사이에도 있지.”

“그것과 이것을 하나로 하는 건 너무 하다구.”

“아냐, 하나로 해야 돼. 역시 천재는 유능하지. 광인은 유능하지 않은 건 분명해. 그러나 그 차이는 인간이 그들의 소행에 부여한 가치에 대한 차별이지. 자연스럽게 존재하는 차별이 아니야.”

닛타의 지론을 알고 있는 준스케는 두 명의 여자와 미소를 교환하며 그것으로 입을 다물고 말았다. 그러자 닛타도 역시 너무 제정신인 그 자신을 비웃듯 살짝 미소를 머금은 입술을 찡그려보였다. 그리고 곧바로 진지한 표정으로 돌아오더니 세 사람 얼굴을 번갈아 바라보며,

“자, 그럼 대충 한 바퀴 안내하지요.”하고 가볍게 의자에서 일어섰다.

❖ 26 ❖

세 사람이 처음 안내된 병실에는 머리를 묶은 젊은 아가씨가 열심히 오르간을 연주하고 있었다. 오르간 앞에는 철로 된 미닫이창이 있었고, 그 창문으로 들어오는 햇빛이 시원하게 젊은 아가씨의 갸름한 얼굴을 비추고 있었다. 준스케는 이 병실 입구에 서서 창밖을 막고 있는 흰 동백꽃을 바라보았을 때 어쩐지 서양의 수녀원에라도 온 것 같은 기분이 들었다.

"이 사람은 나가노(長野)의 어느 자산가 따님입니다만, 아무튼 혼담이 성립되지 않아서 발광했다고 합니다."

"불쌍해요."

다츠코는 가는 소리로 속삭이듯 이렇게 말했다. 그러나 하츠코는 동정이라기보다도 오히려 호기심으로 가득 찬 눈을 반짝거리며 물끄러미 젊은 아가씨의 옆얼굴을 바라보고 있었다.

"오르간만큼은 잊어버리지 않았나 보군."

"오르간뿐만이 아니지. 이 환자는 그림도 그려, 재봉도 하고. 특히 붓글씨는 뛰어나네."

닛타는 준스케에게 이렇게 말하고 나서 세 사람을 입구에 남겨두고 조용히 오르간 옆으로 다가갔다. 그러나 아가씨는 전혀 그것을 알아차리지 못한 듯 여전히 건반에 손가락을 매끄럽게 놀리고 있었다.

"안녕하십니까? 기분은 어떠세요?"

닛타는 두세 번 반복해서 질문을 던졌지만 젊은 아가씨는 역시 창밖의 하얀 동백꽃과 마주한 채 뒤돌아 볼 기색조차 보이지 않았다. 뿐만 아니라 닛타가 가볍게 어깨에 손을 얹자 무서운 기세로 뿌리쳤다. 그래도 손가락만큼은 정확하게 이 병실의 공기에 어울리는 우울한 곡을 멈추지 않고 계속 연주했다.

세 사람은 일종의 오싹함을 느끼며 말없이 방 밖으로 나왔다.

"오늘은 기분이 좋지 않은 것 같습니다. 저래도 마음이 내키면 의외로 애교있는 여자인데요."

닛타는 젊은 아가씨의 병실 문을 닫으며 조금 실망한 듯한 소리로 말했지만 이번에는 그 바로 앞방 문을 열고서 '보세요.'라고 세 사람의 손님을 손짓으로 불렀다.

들어가 보니 그곳은 욕실처럼 바닥을 시멘트로 한 방이었다. 그 방 한가운데에는 항아리를 묻은 것 같은 구멍이 세 개 있었고, 또 그 구멍 위에는 수도꼭지를 세 개 갖춘 마개가 있었다. 더구나 그 구멍 하나에는 머리를 빡빡 깎은 젊은 남자가 카키색 봉지에서 목만 내밀고 막대기를 세운 것처럼 들어가 있었다.

"여긴 환자의 머리를 식히는 곳인데 말이죠. 단지 그냥이라면 날뛸 염려가 있기 때문에 저런 식으로 주머니에 넣어 둡니다."

과연 그 남자가 들어있는 구멍에서는 수돗물이 가느다란 폭포가 되어 끊임없이 빡빡 깎은 머리 위로 흘러 떨어지고 있었다. 그러나 그 남자의 새파란 얼굴에는 그저 허공을 응시하고 있는 흐릿한 눈이 있을 뿐으로 그 어떤 표정도 감돌고 있지는 않았다. 준스케는 섬뜩함을 너머 불쾌한 마음에 사로 잡혔다.

"이건 잔혹하군. 감옥 간수나 정신병원 의사는 되는 게 아냐."

"자네 같은 이상가가 옛날에는 인체해부를 인권에 위배된다고 하면서 공격했지."

"저렇게 있어도 고통스럽지는 않을까요?"

"물론이죠. 괴로운 것도 괴롭지 않은 것도 없어요."

하츠코는 눈썹하나 움직이지 않고 냉정하게 구멍 속의 남자를 내려다보고 있었다. 다츠코는 — 문득 정신을 차린 준스케가 하츠코에게서 눈길을 돌렸을 때 벌써 그 방안에는 다츠코의 모습은 보이지 않았다.

❖ 27 ❖

준스케는 마침 불쾌해지던 때라서 하츠코와 닛타를 뒤에 남겨두고 어스레해진 복도로 물러나왔다. 그러자 그곳에는 다츠코가 어찌해야 좋을지 난감한 듯 하얀 벽을 등지고 우두커니 서 있었다.

"왜 그래요? 기분이 좋지 않습니까?"

다츠코는 윤기 흐르는 아름다운 눈을 들어 호소하듯 준스케의 얼굴을 바라보았다.

"아니오, 불쌍해서요."

준스케는 자신도 모르게 미소 지었다.

"전 불쾌합니다."

"불쌍하다고는 생각하지 않으시구요?"

"불쌍한지 어떤지는 모르겠는데 — 어떻든 저런 사람이 저렇게 하고 있는 걸 보고 싶지 않습니다."

"저 사람들에 대해선 생각하지 않나요?"

"그보다도 먼저 자신에 대한 것을 생각합니다."

다츠코의 창백한 빰에는 보일 듯 말 듯 미소의 그림자가 비쳤다.

"박정한 분이군요."

"박정한지도 모르겠습니다. 그 대신 내가 관계하고 있는 일이라면 – "

"친절한가요?"

그 때 닛타와 하츠코가 나왔다.

"이번에는 — 음, 저쪽 병실로 가보겠습니까?"

닛타는 다츠코와 준스케의 존재를 완전히 잊어버린 듯 서슴없이 두 사람 앞을 지나 저쪽 복도 막다른 곳에 있는 문 쪽으로 걸어갔다. 그러나 하츠코는 다츠코의 얼굴을 보더니 약간 진한 눈썹을 찡그리며,

"왜 그래? 얼굴색이 좋지 않아."

"응, 조금 두통이 있어."

다츠코는 작은 소리로 이렇게 대답하며 잠시 손바닥을 이마에 댔는데, 곧 평소와 같은 명쾌한 소리로,

"가죠, 아무 것도 아냐."

세 사람은 모두 서로 다른 것을 생각하며 앞서거니 뒤서거니 어두침침한 복도를 따라 걷기 시작했다.

이윽고 복도 막다른 곳까지 오자 닛타는 그 방문을 열고서 뒤에 있는 세 사람을 돌아보며 '보십시오'라는 손짓을 했다. 그곳은 유도 도장을 연상시키는 넓은 다다미로 된 병실이었다. 그리고 그 다다미 위에는 무려 20명 가까운 여자 환자가 똑같이 줄무늬 모양의 옷을 입고 어수선하게 양떼들처럼 움직이고 있었다.

준스케는 높은 천장 창문으로 들어오는 햇빛 아래에서 이들 광인의 한 무리를 둘러보았을 때, 다시 조금 전에 느꼈던 불쾌함이 강하게 되살아오는 것을 의식했다.

"모두 사이좋게 지내고 있네요."

하츠코는 가축을 보는 듯한 눈초리로 옆에 서 있는 다츠코에게 속삭였다. 그러나 다츠코는 조용히 고개를 끄덕였을 뿐, 입으로 소리를 내서는 뭐라고도 대답하지 않았다.

"어떻습니까? 안으로 들어가 보겠습니까?"

닛타는 비웃는 듯한 웃음으로 세 사람을 바라보았다.

"난 딱 질색이오."

"저도 됐어요."

다츠코는 이렇게 말하고서 새삼스럽게 한숨을 내쉬었다.

"당신은?"

하츠코는 생생한 핏기를 뺨에 가득 띄우며 애교 부리듯 물끄러미 닛타의 얼굴을 보았다.

"전 보여주세요."

❖ 28 ❖

준스케와 다츠코는 조금 전의 응접실로 되돌아왔다. 돌아와서 보니 조금 전에는 비치지 않았던 햇빛이 비스듬히 창문 유리를 통해 피아노 다리에 떨어지고 있었다. 그리고 그 햇빛에 달궈진 때문인지 항아리에 꽂은 장미꽃도 조금 전 보다는 더 짓눌린 것 같은 단 냄새를 풍기고 있었다. 마지막으로 그 젊은 아가씨가 연주하는 오르간이 마치 이 정신병원이라는 건물이 내쉬는 한숨처럼 이따금씩 복도 저쪽에서 들려왔다.

"저 아가씨는 아직도 연주하고 계시군요."

다츠코는 피아노 앞에 선채 멍하니 눈길을 먼 곳으로 향했다. 준스케는 담배에 불을 붙이며 피아노를 마주한 긴 의자에 털썩 하고 지친 몸을 앉혔다.

"실연한 정도로 정신이상이 될까?"라고 혼잣말처럼 중얼거렸다. 그러자 다츠코는 조용히 눈을 준스케 얼굴로 돌리며,

"정신이상이 되지 않을 거라 생각해요?"

"글쎄요, — 저는 미칠 것 같지는 않습니다. 그보다 당신은 어때요?"

"저요? 저는 어떻게 될까요?"

다츠코는 특별히 누구에게 묻는 것도 아니고 혼자 이렇게 말했다. 그러나 갑자기 창백한 얼굴에 혈색이 돌더니 눈을 흰 양말 위로 떨어뜨리며 작은 소리로 말했다.

"모르겠어요."

준스케는 금박종이를 두른 담배를 물고서 한참 동안은 그저 말없이 다츠코의 모습을 바라보았다. 이윽고 일부러 가벼운 말투로,

"걱정 마십시오. 당신 같은 분은 실연 같은 건 안할 테니까, 그 대신 — "

다츠코는 다시 조용히 눈을 들어 준스케의 미간을 바라보았다.

"그 대신?"

"실연시킬지도 모르겠습니다."

준스케는 농담처럼 한 말이 의외로 진지한 빛을 띠고 있다는 것을 깨달았다. 동시에 진지한 만큼 그만큼 불쾌한 것도 부끄럽게 생각했다.

"그런 일을"

다츠코는 바로 눈을 내려뜨렸는데 이윽고 준스케 쪽으로 등을 돌리더니 살짝 피아노 뚜껑을 열어 마치 두 사람을 둘러싼 장미 향기의 침묵을 내쫓기라도 하듯 두세 번 건반을 두드렸다. 그것은 치는 손가락에 힘이 없는지 그 어느 것도 소리라고는 생각되지 않을 만큼 희미한 소리를 낸 것에 지나지 않았다. 그러나 준스케는 그 소리를 듣자마자 평소 그가 경멸하는 감상주의가 그 자신까지 그만 붙잡으려고 했던 것을 의식했다. 이 의식은 물론 그에게 있어서 위험한 의식임에는 틀림없었다. 하지만 그의 마음에는 그 위험을 피했다는 만족스러운 것은 더욱 없었다.

잠시 후 하츠코가 닛타와 함께 응접실에 모습을 드러냈을 때 준스케는 평소보다도 쾌활하게 말을 걸었다.

"어땠습니까? 하츠코 씨, 모델이 될 만한 환자를 발견했습니까?"

"에에, 덕분에."

하츠코는 닛타와 준스케에게 똑같이 애교를 부리며,

“정말로 저 도움이 되었어요. 다츠코 씨도 오셨더라면 좋았을 걸, 그야 불쌍한 사람도 있었지요. 언제나 배속에 아이가 있다고 생각한대요. 혼자 구석 쪽에 앉아 자장가만 부르고 있어요.”

❖ 29 ❖

하츠코가 다츠코와 이야기를 하고 있는 사이에 닛타는 잠시 준스케 어깨를 두드리더니,

“이봐, 자네한테 하나 보여줄 게 있어.”라고 했다. 그리고 여자들 쪽으로 몸을 돌리며,

“당신들은 여기서 잠시 쉬고 계십시오. 곧 차라도 내올 테니까요.”

준스케는 닛타가 말하는 대로 얌전히 그 뒤를 따라갔다. 밝은 응접실에서 어두침침한 복도로 나오자 이번에는 아까와는 반대방향에 있는 넓은 다다미 병실로 데려갔다. 여기에도 저쪽과 마찬가지로 쥐색 줄무늬 옷을 입은 남자 환자가 스무 명 가까이나 우글거리고 있었다. 더구나 그 한가운데에는 머리를 가운데로 가르마를 탄 젊은 남자가 입을 벌리고서 침을 흘리며 양손을 날개처럼 움직이면서 괴이한 춤을 추고 있었다. 닛타는 준스케를 끌고 서슴없이 그 무리 속으로 들어갔다. 그리고 마침내 무릎을 감싸고 앉아있던 노인 하나를 붙잡고서는 그럴듯하게 물었다.

“어떤가요? 무슨 변고는 없나요?”

“있습지요, 어떻든 이번 달 말까지는 다시 반다이 산(磐梯山)이 폭발한다고 하니 — 어젯밤도 그걸 상담하기 위해 신령님들이 우에노(上野)에 모이신 것 같았습니다요.”

노인은 눈곱 투성이의 눈을 부릅뜨고 속삭이듯 이렇게 말했다. 그러나 닛타는 그 대답에는 신경 쓰는 기색도 없이 준스케 쪽으로 몸을 돌리며,

"어때?" 하고 비웃는 듯한 소리로 물었다.

준스케는 웃음을 흘릴 뿐, 그 '어때?'에는 아무 대답도 하지 않았다. 그러자 닛타는 또 한 사람 니켈 안경을 쓴, 성깔이 사나워 보이는 남자 앞으로 가서,

"드디어 강화조약의 조인도 끝난 것 같군, 자네도 지금부터는 한가해지겠지."

그러나 그 남자는 침울한 눈을 들어 닛타의 얼굴을 쏘아보면서,

"전혀 한가해지지 않아요. 크레만조(G. Clemenceau)[17]는 아무리 사정해도 내 사직을 허락해 주지 않으니까요."

닛타는 준스케와 얼굴을 마주보았는데 거기에 감돌고 있는 미소를 보더니 다시 말없이 병실 구석으로 발걸음을 옮겨 아까부터 물끄러미 두 사람을 바라보고 있던 품위 있는 반백의 남자에게 말을 걸었다.

"어떻습니까? 아직도 부인은 돌아오지 않습니까?"

"그게 말입니다. 아내 쪽에서는 돌아오고 싶어 하는데 – "

그 환자는 이렇게 말을 하다가 갑자기 의심스러운 눈초리를 준스케에게 향하더니, 기분 나쁠 만큼 진지한 태도로,

"선생님, 당신은 대단한 분을 데리고 오셨습니다. 이 사람은 그 소문 자자한 호색한입니다. 내 아내를 낚아 챈 – "

"그래? 그럼 빨리 내 쪽에서 경찰에 넘겨줘야겠군."

닛타는 아무렇게나 장단을 맞추고는 다시 한 번 준스케 쪽으로 몸

---

17) G. Clemenceau(1841-1929) 프랑스 정치가.

을 돌려,

"이보게, 이 사람들이 죽은 다음 뇌수를 꺼내보면 말이지. 연 빨강 주름이 겹쳐진 위로 마치 달걀 흰자 같은 게 아주 조금 걸려있는 거야."

"그래?"

준스케는 여전히 미소를 멈추지 않았다.

"결국 반다이 산 폭발이나 크레만도에게 제출한 사직서, 여자를 농락하는 대학생도 모두 그 흰자 같은 것에서 나오는 거야. 우리들 사상이나 감정 역시 — 뭐, 다른 것은 미루어 짐작해서 알아야겠지."

닛타는 전후좌우로 꿈틀거리고 있는 쥐색 줄무늬 옷의 남자들을 둘러보며 특별히 누구라고는 할 수 없지만 싸움을 거는 시늉을 해보였다.

❖ 30 ❖

하츠코와 다츠코를 태운 우에노 행 전차는 반쯤 봄날 석양을 받으며 조용히 정류장에서 움직이기 시작했다. 준스케는 잠시 사각모자를 벗고 창 안의 손잡이를 잡고 있는 두 여자에게 인사를 했다.

두 사람 모두 미소를 짓고 있었다. 그러나 특히 다츠코의 눈은 미소 속에도 우울한 빛을 띠고서 조용히 그의 얼굴에 집중하고 있는 것 같았다. 순간 그의 마음에는 그 빛바랜 낡은 교실 현관에서 비 그치기를 기다리고 있던 여자의 모습이 번개처럼 번뜩였다. 그러자 전차는 벌써 속력을 내서 창 안의 두 사람의 모습도 순식간에 그의 시야에서 멀어지고 말았다.

그 뒷모습을 바라보고 있던 준스케는 아직도 일종의 흥분이 마음에서 불타고 있음을 느꼈다. 그는 이대로 혼고 행 전차에 올라타 삭막한

하숙집 2층으로 돌아가는 것이 견딜 수 없었다. 그래서 그는 석양 속을 혼고와는 정반대 방향으로 적당히 어슬렁 어슬렁 걷기 시작했다. 번화한 거리는 저녁이 다가옴에 따라 한층 사람통행이 많았다. 뿐만 아니라 쇼윈도 안이나 아스팔트 위에도, 혹은 늘어선 나무 가지에도 가는 곳마다 봄다운 공기가 움직이고 있었다. 그것은 현재의 그의 기분을 즉석에서 내던진 것 같은 외계(外界)였다. 그러므로 거리를 걷고 있는 그의 마음에는 석양빛을 받으며 더구나 석양빛으로 물들지 않은 머리 위 하늘같은 미묘한 기쁨이 흐르고 있었다. ……

그 하늘이 완전히 어두워졌을 즈음, 그는 그 거리의 어느 카페에서 식후의 사과를 깎고 있었다. 그의 앞에는 작은 유리꽃병에 조화인 백합꽃이 꽂혀있었다. 그의 뒤에서는 자동 피아노가 계속해서 카르멘을 울리고 있었다. 그의 좌우에는 몇몇 그룹의 손님이 하얀 대리석 테이블을 둘러싼 채, 예쁘게 화장한 여종업원과 열심히 이야기도 하고 웃기도 하였다. 그는 이런 주변 속에 앉아서 정신병원의 응접실을 점령하고 있던 나른한 오후의 침묵을 생각했다. 온실에서 피운 장미, 창문으로 들어오는 햇빛, 희미한 피아노 소리, 눈을 아래로 내려뜬 다츠코의 모습, 포트와인(port wine)으로 따뜻해진 마음에는 그런 유쾌한 것들이 번갈아 가면서 떠오르기도 하고 사라지기도 하였다. 그러나 이윽고 여종업원 하나가 홍차를 가져온 것을 알아차리고는 아무 일 없었다는 듯 눈을 사과에서 옮기자 마침 입구 유리문이 열린 곳에서, 더구나 그 입구에서는 검은 망토를 걸친 오이 아츠오가 등불이 많은 바깥쪽에서 천천히 들어오고 있었다.

"이봐?"

준스케는 자기도 모르게 말을 걸었다. 그러자 오이는 놀란 시선을

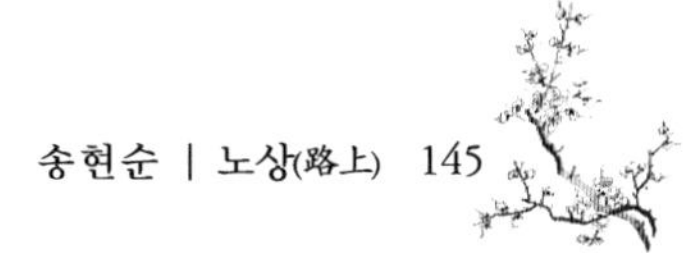

들어 담배연기 자욱한 카페 안을 둘러보았다. 그리고 바로 준스케 얼굴을 발견하더니,

"야아, 묘한 곳에 와 있군."이라고 하면서 그의 테이블 맞은편으로 다가와 망토도 벗지 않고 앉았다.

"자네야말로 묘한 곳이 단골이지 않나?"

준스케는 이렇게 놀리며 오이에게 겉치레 인사를 하고 있는 여종업원을 힐끗 한번 보았다.

"난 보헤미안이야. 자네 같은 에피큐리언이 아냐. 도처에 있는 카페, 바, 내지는 각설하고 싸구려 술집에 이르기까지 모두 내 단골이지."

오이는 벌써 어딘가에서 한잔 하고 왔는지 빨갛게 달아오른 얼굴로 이런 쓸데없는 기염을 토했다.

❖ 31 ❖

"다만 단골이라고 해도 외상값이 밀린 곳에는 가지 않지만 말이야."

오이는 갑자기 소리를 죽여 빈정대는 표정을 지었는데 이윽고 카운터 쪽으로 상반신을 비틀어 돌리더니,

"이봐, 위스키 한잔"하고 거만스러운 소리로 명령했다.

"자 그럼, 여기저기 못가는 곳이 많겠군."

"놀리지 마. 이래봬도 — 적어도 이집에는 와 있지 않나?"

이때 여종업원 중에서도 제일 키가 작은, 그리고 제일 아이 같은 종업원이 위스키 잔을 서양쟁반에 올려 소중하게 두 사람이 있는 곳으로 가져왔다. 그것은 살집이 좋은 이중 턱에다 눈이 크고 분을 바른 밑으로 누런색 피부가 엿보이는 건강해 보이는 아가씨였다. 준스케는

그 여종업원이 살짝 오이의 얼굴에 친근감이 있는 눈길을 보내며 넘쳐흐를 것 같은 위스키 잔을 테이블 위로 옮겼을 때, 2, 3일 전 이쿠분당에서 그 터키모자를 쓴 후지사와가 들려준, 최근의 오이의 정사(情事)를 떠올리지 않을 수 없었다. 그러자 역시나 오이도 주저 없이 그 여종업원 쪽으로 빨개진 얼굴을 돌리더니,

"그렇게 시치미 뗀 얼굴 하지 말라구. 내가 온 게 기쁘다면 주저 없이 기쁜 얼굴을 하는 게 좋아. 이건 내 친구로 야스다라고 하는 귀족님이야. 우선 귀족님이라고 해도 작위 같은 건 있을 리 없지. 그저 나보다 조금 돈이 있다는 정도야. — 내 미래의 아내 오후지 씨, 이 집에선 제일 미인이지, 만약 다음에 말야, 또 자네가 온다면 이 사람한테 특별히 팁을 많이 주고 가라고."

준스케는 담배에 불을 붙이며 웃을 수밖에 없었다. 그러나 아가씨는 이런 종류의 여자에게는 드문, 순수한 수치심에 얼굴을 붉히며 마치 동생에게라도 대하듯이 잠시 오이를 쏘아보더니 그대로 화려한 기모노의 소매 자락을 날리며 서둘러 카운터 쪽으로 도망가버렸다. 오이는 그 뒷모습을 바라보며 일부러 인듯 큰 소리로 웃어댔다. 그러나 바로 테이블 위의 위스키를 쭉 들이키고서,

"어때, 미인이지?" 하고 농담처럼 준스케의 찬성을 구했다.

"응, 순진한 것 같은 좋은 여자군."

"아냐, 아냐, 내가 말하는 건 오후지의 — 오후지 씨의 육체적인 아름다움을 말하는 거야. 순진한 것 같다는 정신적인 아름다움이 아니라구. 그런 건 오이 아츠오에게 있어도 없어도 똑같은 거야."

준스케는 못 들은 척 담배 연기만 코에서 내뿜고 있었다. 그러자 오이는 테이블 너머로 손을 내밀어 준스케의 대모갑으로 된 담배지갑에

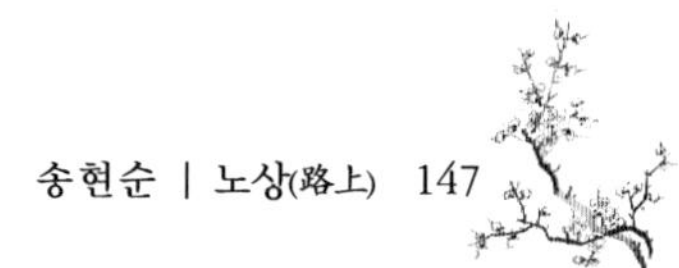

서 금색종이를 두른 담배 한 개비를 빼내며 묘한 곳으로 공격의 불길을 당기기 시작했다.

"자네 같은 도시 사람은 저런 종류의 아름다움에 맹목적이라서 안 돼."

"그야 자네만큼 형안은 아니지만"

"농담 아니라구, 자네만큼 형안이 아니라니, 그건 내 쪽에서 말하고 싶을 정도야, 후지사와 같은 놈은 나를 마치 돈 주앙 취급을 하는데, 요즘 들어서는 자네한테 완전히 자리를 빼앗긴 꼴이야. 어떤가? 얼마 전의 두 미인은?"

준스케는 다 그만두고서라도 이 화제만큼은 피하고 싶었다. 그래서 그는 오이의 이야기가 전혀 귀에 들어오지 않는 듯 다시 화제를 오후지 씨라는 여종업원 쪽으로 가지고 갔다.

❖ 32 ❖

"몇 살이야, 저 오후지 씨라는 아가씨는?"

"금년 18세, 1902년생이지."

오이는 다시 새로 주문한 위스키를 들이키며 의자 위로 책상다리를 하고 앉았다.

"나이 운세로 보면 그리 순진하지도 않은 것 같은데 - 뭐 그런 건 아무래도 좋아. 순진하든 순진하지 않든. 어차피 여자에 대한 거니까 따분한 사람에겐 차이가 없겠지."

"너무 여자를 경멸 하는군."

"그럼, 자넨 존경하는가?"

준스케는 이번에도 웃음 속에 숨길 수밖에 없었다. 그러자 오이는

세 번째 잔의 위스키를 앞에 두고서 담배 연기를 상대방 쪽으로 불며,

"여자라는 건 따분하지. 위로는 자동차를 타고 있는 것부터 아래로는 사창가에 둥지를 틀고 있는 것까지 몽땅 합쳐 보았자, 뭐 기껏해야 열 종류 정도 밖에 안 되니까. 거짓말이라고 생각하면 2년이든 3년이든 완전히 홍청홍청 도락을 해보면 좋을 거야. 바로 여자의 종류가 다 해서 재미없게 되고 말 테니까."

"자 그럼, 자네도 재미없는 쪽인가?"

"재미없는 쪽인가? 농담이겠지. — 아니 핀잔이라도 괜찮아. 재미없다고 말하는 내가 역시 이렇게 여자만 쫓아다니고 있어, 그게 자네에게는 어리석어 보이겠지. 하지만 말일세, 재미없다고 하는 것도 사실이지. 동시에 또 재미있다고 하는 것도 사실이거든."

오이는 네 번째 잔의 위스키를 주문했을 때부터 점점 평상시의 오만한 태도가 없어졌다. 취기어린 눈 속에도 눈물을 머금은 듯한 빛이 더해져 왔다. 물론 준스케는 이런 상대방의 변화를 호기심에 가득 찬 눈으로 바라보고 있었다. 그러나 오이는 준스케의 생각 따위에는 더욱 관심 없는 태도로 다섯 잔, 여섯 잔 계속해서 위스키를 재촉하며 더욱 열성적인 태도로 되어갔다.

"재미있다는 건 말이지, 여자라도 쫓아다니지 않으면 그거야말로 시시해서 견딜 수 없기 때문이야. 그러나 쫓아다녀 본다 해도 이것 역시 재미있는 건 하나도 없어. 자, 그럼 어떻게 하면 좋냐고 — 그것을 알고 있을 정도라면 나도 이렇게 서글픈 생각 같은 건 하지 않아도 되겠지. 나도 항상 내 자신에게 그렇게 말하고 있어. 자, 그럼 어떻게 하면 좋냐고."

준스케는 어찌해야 좋을지 난감해져 농담처럼 상대방을 감싸주려

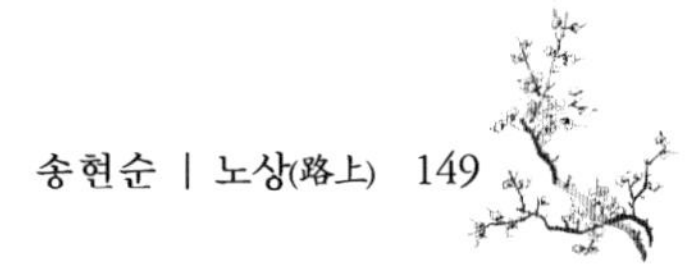

고 했다.

“반하는 거지. 그렇게 하면 조금은 재미있겠지.”

그러나 오이는 도리어 진지한 표정을 눈에도 눈썹에도 띠며 대리석 테이블을 주먹으로 한번 뚝 치더니,

“그런데 말이지. 반할 때까지는 아직 따분해도 참을 수 있는데 완전히 반해버리면 이제 만사 끝이야. 정복하는 흥미는 없어져 버려. 호기심도 그 이상은 작동하지 않아. 뒤에 남는 건 그저 무시무시한 따분함 중의 따분함이야. 더구나 여자라는 건 어느 정도까지 관계가 발전하면 반드시 남자한테 반해버리니까 처치가 곤란하지.”

준스케는 자기도 모르게 오이의 열심인 것에 빨려 들고 말았다.

“그럼 어떻게 하면 좋은가?”

“그러니까, 그러니까 어떻게 하면 좋냐고 나도 묻고 있는 거야.”

오이는 이렇게 말하며 살기를 띤 눈썹을 찡그리고서 일곱, 여덟 번째 잔의 위스키를 맛이 없는 표정으로 꿀꺽 하고 다 마셔버렸다.

❖ 33 ❖

준스케는 잠시 말없이 오이의 손가락에 들려 있는 금색종이 담배가 부들부들 떨리는 것을 바라보고 있었다. 그러자 오이는 그 금박종이 담배를 재떨이 속에 집어던지고서 갑자기 테이블 너머로 준스케의 손을 잡더니,

“이봐.”하고 절박한 소리로 불렀다.

준스케는 대답을 하는 대신에 놀란 눈을 들어 잠시 오이의 얼굴을 바라보았다.

“보라구, 자넨 아직 기억하고 있겠지? 내가 그 7시 급행열차 창문으로 배웅 나온 여자에게 손수건 흔들던 것을.”

“물론 기억하고 있지.”

“그럼 들어주게나. 난 그 여자와 얼마 전까지 동거하고 있었어.”

준스케는 호기심이 움직임과 동시에 이제 적당히 알코올성의 감상주의는 사절하고도 싶었다. 뿐만 아니라 주변 테이블을 둘러싸고 있는 패거리들이 아까부터 이쪽으로 수상쩍은 시선을 보내고 있는 것도 불쾌했다. 그래서 그는 오이의 이야기에는 애매한 대답을 하며 카운터 옆에 서있는 오후지에게 ‘오라’는 손짓을 해 보였다. 그러나 오후지가 그 곳을 움직이기도 전에 처음에 그의 식사 시중을 들었던 여자가 서둘러 테이블 앞으로 왔다.

“계산해주게, 이 분 것도 함께야.”

그러자 오이는 준스케의 손을 놓으며, 여전히 눈에 눈물을 머금은 채 찬찬히 그의 얼굴을 바라보았다.

“이봐, 보라구. 언제 계산해 달라고 했어? 난 그저 들어달라고 했다구. 들어만 주면 돼. 들어주지 않으려면 — 그래 들어주지 않으려면 냉큼 돌아가면 되잖은가?”

준스케는 계산을 마치자 새로 불을 붙인 담배를 입에 물며 위로하는 듯한 미소를 오이에게 보이며,

“들을게. 듣는데 이봐. 우리처럼 오래 앉아 있으면 이 집도 곤란할 거야. 그러니 일단 밖으로 나간 다음 듣기로 해야 하지 않겠어.”

오이는 겨우 말을 들었다. 하지만 일단 테이블에서 일어서고 보니 입으로 잘 지껄이는 것과는 반대로 발걸음이 매우 휘청거렸다.

“괜찮나? 이봐 위험해.”

"농담 하지 마. 기껏 위스키 10잔인가, 15잔 — "

준스케는 오이 손을 잡지는 않았지만 잡는 시늉을 하며 옆에서 함께 입구 유리문 쪽으로 걷기 시작했다. 그러자 그곳에는 벌써 오후지가 활짝 유리문을 열며 걱정스러운 눈을 크게 뜨고 두 사람이 나오는 것을 기다리고 있었다. 그녀는 그 곳 천정에 매달려 있는 지나초롱불 밑에서 조금 전보다 더 아이처럼 서 있었다. 그래서 그만큼 준스케에게는 더욱 아름답게 보였다. 그러나 오이는 전혀 오후지의 존재를 알아차리지 못 했는지, 큼직한 준스케의 손에 등을 안기며 한마디 말도 하지 않고 그 앞을 지나쳤다.

"감사합니다."

오이의 뒤를 따라 밖으로 나온 준스케에게는 이런 오후지의 인사 속에 그의 오이에 대한 배려에 대해서 고마워하고 있다는 생각이 들었다. 그는 오후지 쪽을 돌아보며 그 감사에 대답해야 할 미소를 보내는 것을 주저하지 않았다.

오후지는 그들이 밖으로 나가고 난 후에도 한참 동안 밝은 유리문 앞에 우두커니 서서 흰 에프론을 걸친 가슴에 양손을 모은 채 점점 멀어져 가는 두 사람의 뒷모습을 안타까운 듯 물끄러미 지켜보고 있었다.

❖ 34 ❖

오이는 사각모자 차양 밑으로 플라타너스를 비추고 있는 가로등 불빛을 받자마자 준스케 팔에 매달리듯 하면서 집요하게 조금 전 이야기를 계속하기 시작했다.

"그럼, 들어주게나. 곤혹스럽겠지만 들어달라고."

준스케도 이번에는 약속한 체면도 있고 하여 그 순간을 적당히 속일 수도 없었다.

"그 여자는 간호부로 말야. 내가 작년 봄 편도선을 앓았을 때 – 마아 그런 건 아무래도 좋아, 어쨌든 나하고 그 여자는 작년 봄부터 같이 지내는 관계야. 그런데 여보게, 어째서 헤어지게 되었다고 생각해? 단순히 그 여자가 나에게 반했기 때문이야. 아니 반했기 때문이라기보다는 우연한 기회에 반했다는 것을 나에게 보이고 말았기 때문이지."

준스케는 끊임없이 오이의 발밑을 신경 쓰며 가로등 밑을 지나갈 때 마다 길어지기도 하고 짧아지기도 하는 그들의 그림자를 아스팔트 위로 밟으며 갔다. 그리고 자칫 산만해지기 쉬운 신경을 상대방 이야기에 집중시키기에 바빴다.

"그렇다고 해서 뭐 대단한 사연이 있었던 것은 전혀 아니야. 단지 그 여자가 나한테 온 편지 때문에 질투를 일으켰을 뿐이야. 그러나 그때 나는 그 여자의 마음속까지 전부 본 것 같은 기분이 들어 그만 싫증이 나버린 거지. 그러자 그 여자는 질투를 했다는, 그것만 나쁘다고 생각했기 때문에 — 아니, 이것도 여담이었어. 내가 자네에게 하고 싶은 말은 그 나한테 온 편지라는 것인데."

오이는 이렇게 말하고서 술 냄새 고약한 숨을 내쉬며 준스케의 얼굴을 들여다보았다.

"그 편지를 보낸 사람은 여자이름이기는 했지만, 실은 나 자신이었어. 놀랐지? 나 역시 스스로 놀라고 있으니 자네가 놀라는 건 조금도 이상하지 않아. 그럼 왜 내가 그런 편지를 썼는가? 그 여자가 질투를 하는지 어떤지 그게 알고 싶었기 때문이야."

과연 이때는 준스케도 뭔지 정체를 알 수 없는 것에 부딪친 것 같

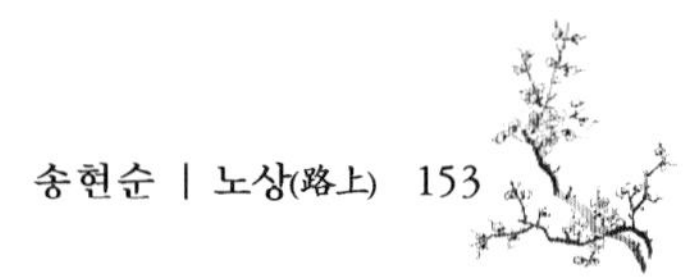

은 기분이 들었다.

"묘한 남자로군."

"묘하지. 그 여자가 나한테 반해있다는 것을 알면 그 여자가 싫어진다는 건 나도 잘 알고 있지. 그리고 그 여자가 싫어진 날에는 더욱 세상이 따분해진다는 것도 잘 알고 있지. 더구나 나는 그 때 99퍼센트까지는 그 여자가 질투를 할 거라는 것을 알고 있었다구. 그러면서도 편지를 쓴 거지. 쓰지 않고서는 견딜 수 없었어."

"묘한 남자로군."

준스케는 눈이 어지러운 인파 속에서 발걸음이 위험한 오이를 감싸며 다시 한 번 이렇게 중얼거렸다.

"그래서 내 경우는 이런 거야. — 여자에게 싫증을 내기 위해서 여자에게 반한다. 더 따분해 지고 싶어서 따분한 일을 한다. 그러면서도 나는 마음속으로 전혀 여자에게 싫증을 내고 싶지는 않아. 전혀 따분하게 있고 싶지는 않다구. 그러니 여보게 비참하지 않은가? 비참하지? 이보다 더 비참한 건 없을 거야."

오이는 마침내 취기가 돌았는지 목소리까지 감동에 견딜 수 없는 듯 눈물을 머금고 있었다.

❖ 35 ❖

그 사이에 두 사람은 혼고 행 전차를 타야만 하는, 어느 번화한 사거리에 왔다. 그 곳에는 수많은 가로등이 어두운 하늘을 밝히는 밑으로 전차, 자동차, 인력거의 행렬이 끊임없이 사방에서 밀려오고 있었다. 준스케는 거나하게 취한 오이를 데리고 이 사거리에서 저쪽으로

건너가기 위해서는 그런 주변의 번잡함과 위태로운 상대방의 걸음걸이를 동시에 신경써야만 했다.

그런데 겨우 맞은편으로 건너가자 오이는 준스케의 걱정에는 상관없이 바로 그 거리에 있는 비어 홀(beer hall)의 간판을 발견하고,

"이봐, 자네 여기서 한 잔 더 하고 가자고."라고 하며 적갈색을 띤 입구의 휘장을 아무렇게나 저치고 들어가려고 했다.

"그만 둬. 그 정도 기분이 좋다면 이제 그만 둘 때도 됐을 텐데?"

"마아, 그런 말 하지 말고 술 한 잔 같이 하자구. 이번에는 내가 한 턱 낼 테니까."

준스케는 더 이상 오이의 술상대가 되어 그의 특색 있는 연애담을 경청하기에는 너무도 포트와인(port wine)의 취기가 깨어 있었다. 그래서 지금까지 누르고 있던 망토의 등 부분을 놓으며,

"자 그럼 자네 혼자서 마시고 가라구. 나는 아무리 한 턱 낸다 해도 딱 질색이야."

"그래? 그렇다면 할 수 없군. 난 아직 자네에 들려주고 싶은 게 남아있는데 — "

오이는 적갈색 휘장에 손을 걸친 채 비틀거리는 발걸음을 멈추고, 잠시 생각에 잠겨 있다가 이윽고 준스케의 코끝으로 술 냄새 풍기는 얼굴을 가져오더니,

"자네는 내가 어째서 그날 밤 고후즈 같은 곳으로 갔는지 모르겠지? 그건 말이야 싫증 난 여자와 헤어지기 위한 방법이었어."

준스케는 외투 주머니에 양손을 집어넣고 질린 표정을 지으며 오이와 눈을 마주쳤다.

"헤에, 어째서?"

"어째서라니? — 우선 내가 꼭 고향으로 돌아가야만 하는 이유를 쓰고서 말이지. 그리고 여자와 울며 헤어지는 비극적인 장면이 잘 마무리 된 다음, 결국 그날 밤 기차창문으로 손수건을 흔든다는 것이 대단원이었지. 어쨌든 배우가 배우라서 그 여자는 지금도 내가 고향에 가있다고 생각하고 있을 거야. 가끔 고향의 내 앞으로 된 그 여자의 편지가 이쪽 하숙으로 전송되어 오니까."

오이는 이렇게 말하고서 스스로 비웃듯이 웃으며 커다란 손바닥을 준스케의 어깨에 올려놓았다.

"나 역시 그런 거짓 가면이 영원히 벗겨지지 않으리라고는 생각하지 않아. 그러나 벗겨질 때까지는 그 가면을 소중하게 쓰고 싶어. 이 마음이 자네에게는 통하지 않겠지. 통하지 않으면 — 뭐 할 수 없지만. 즉 나는 싫증 난 여자와 헤어질 때도 될 수 있는 한 그 쪽을 괴롭히고 싶지 않아. 될 수 있는 한 — 아무리 거짓말을 해서라도 말이지. 그렇다고 뭐 그렇게까지 좋은 사람이 되고 싶은 건 아니야. 상대방을 위해서, 여자를 위해서, 그리고 해야 할 일종의 의무가 존재하는 것 같은 기분이 들어. 자네는 모순이라고 생각하겠지. 모순도 이런 모순이 없다고 생각하겠지. 그렇지만 난 그런 인간이야. 그것만큼은 부디 알고 있게나. — 그럼, 잘 가게. 나의 친애하는 야스다 준스케."

오이는 묘한 손짓으로 준스케의 어깨를 뚝 치더니 그 손으로 다갈색 휘장을 들어 올리고 비틀비틀 맥주 홀 안으로 들어가고 말았다.

"묘한 남자로군."

준스케는 경멸인지 동정인지 알 수 없는 일종의 감정에 휩싸여 세 번씩이나 이렇게 중얼거리며 클럽 화장품의 광고 전등이 어지럽게 명멸하는 거리에서 조용히 빨간 정류장 기둥 쪽으로 걷기 시작했다.

❖ 36 ❖

하숙집으로 돌아온 준스케는 제복을 일본 옷으로 갈아입고 우선 파란 갓을 씌운 탁상 스탠드 빛 아래의 외출 중에 도착한 우편물에 눈길을 주었다. 그 중 하나는 노무라의 편지이고 또 하나는 봉투에 '좋은 평가를 기대한다'는 도장이 찍힌 이번 달 호의 잡지 『성』이었다.

준스케는 노무라의 편지를 펼쳤을 때 그 반절지를 채우고 있는 것은 아마도 친부 3주기에 관계된 복잡한 집안일일 것이라는 막연한 예상을 가지고 있었다. 그러나 아무리 읽어가도 그런 실질적 방면의 소식은 거의 한마디도 쓰여 있지 않았다. 그 대신 고향의 자연이며 생활의 서술이 곳곳에 아름다운 영탄적 문자로 나열되어 있었다. 이소야마(磯山)의 새싹 위로는 벌써 여름 같은 해운이 무리 지어 하늘에 떠돌고 있다는 것. 그 구름 밑에서 말리고 있는 산호채취의 비단실 망이 눈부시게 햇빛에 빛나고 있다는 것. 자기도 언제 숙부님의 배라도 타고 나가 심해의 밑바닥에서 산호 가지를 끌어올리고 싶다는 것 – 그 모든 것이 철학자라기보다는 오히려 시인에게 어울리는 열정의 표현이라고 해야 할 성질의 것이었다.

준스케에게는 이 현란한 문구 속에 현재의 노무라의 마음이 더욱 방불되어 있는 것처럼 느껴졌다. 그것은 하츠코에 대한 순수한 사랑이 두루 비치고 있는 마음이었다. 거기에는 부드러운 기쁨이 있었다. 혹은 희미한 탄식이 있었다. 혹은 또 자칫 흐르려고 하는 눈물이 있었다. 그러므로 그 마음을 통과하는 한, 노무라의 눈에 비친 자연이나 생활은 그 어떤 것도 그 자신의 사랑에서 나오는 눈부신 행복감에 무지개 같은 광채를 띠고 있었다. 봄나물도 바다도 산호채취도 그 모든 의미에 있어서는 지상의 실재를 초월한 일종의 하늘의 계시일 수밖에 없었다. 따라서 그의 장문의 편지도 그의 소박한 사랑의 행복에 동정할 수 있는 자만이 비로소 의미를 풀 수 있는 묵시록 같은 것이었다.

준스케는 미소와 함께 노무라의 편지를 집어넣고 이번에는 잡지 『성』의 봉투를 뜯었다. 표지에는 비아즈리(Beardsley)[18]의 탄호이저[19]의 그림이 인쇄되어 있었고 그 위에 I'art pour I'art[20]라고, 자잘한 붉은색 문자로 써 넣은 이름이 있었다. 목차를 보니 후지사와의 '다갈색 장미'라는 서정시적인 희곡을 필두로 곤도의 롭스[21]론, 하나부사의 아나크레온(Anacreon)[22]의 번역 등 여러 표제가 나열되어 있었다. 준스케는 아무 느낌이 없는 눈으로 잠시 그 표제들을 둘러보다가 문득 '권태' — 오이 아츠오라는 한 줄의 문자가 눈에 띄었다. 갑자기 준스케에게는 조금 전의 오이의 모습이 선명하게 기억에 떠올랐기 때문에 재빨리 그 소설이 실려 있는 권말 페이지를 펼쳐보았다.

그러자 그것은 3인칭으로는 쓰여 있으나 실은 오늘 밤 들은 오이의 고백을 그대로 활자로 옮겨 놓은 것 같은 소설이었다.

준스케는 불과 10분 사이에 어려움 없이 '권태'를 다 읽자 다시 노무라의 편지를 펼쳐보고 그 달필인 문장 위로 새삼스럽게 의아한 눈길을 떨어뜨렸다. 이 편지 속에 뒤섞여 있는 노무라의 사랑과 그 소설 속에

---

18) A. V. Beardsley(1872-1898) 영국 화가. 환상적인 곡선에 의한 흑백화의 신형식을 창시하였음.

19) Tannhauser 13세기경의 독일의 음유시인. 그를 취급한 전설, 민요, 예술작품이 적지 않다.

20) 불어로 '예술을 위한 예술'이라는 의미.

21) F. Rops(1833-1898) 벨기에 화가. 처음에는 만화를 주로 그렸으나 후에는 에로틱한 남녀애정을 주로 그렸다.

22) Anacreon(B.C563-B.C478) 고대 그리스의 서정시인. 사모스의 참주(僭主) 폴리크라테스의 아들의 음악교사를 하였고 후에 아테네의 히파르커스의 부름을 받아 만년까지 그를 섬겼다.

다 털어놓은 오이의 사랑과 — 하츠코 한 사람에게서 천국을 보고 있는 노무라와 많은 여자에게서 지옥을 보고 있는 오이와 — 그들 사이에 있는 큰 간격은 도대체 어디에서 생긴 걸까? 아니 그보다도 두 사람의 사랑은 어느 쪽이 진정한 사랑일까? 노무라의 사랑이 환상인가? 오이의 사랑이 이기적인가? 아니면 둘 다 각각의 의미에서 역시 위선이 없는 사랑인 것일까? 그리고 다츠코에 대한 그 자신의 사랑은?

준스케는 파란 갓을 씌운 탁상 전등불 아래서 노무라의 편지와 오이의 소설을 펼쳐놓은 채 한참 동안은 팔짱을 끼고서 말없이 책상 앞에 앉아있었다.

* 이상으로 '노상'의 전편을 마치기로 한다.
후편은 훗날을 기약하기로 한다.

(1919년 7월)

주리아노 기치스케(じゅりあの・吉助)

하태후

❖ 1 ❖

주리아노 기치스케는 히젠국 소노키군 우라가미촌 태생이었다. 일찍 부모와 헤어져 유소년 때부터 그 지방의 오토나 사부로지라고 하는 사람의 하인이 되었다. 하지만 천성이 우둔한 그는 시종 친구들의 놀림감이 되고, 소나 말과 같이 천한 일을 하지 않으면 안 되었다.

이 기치스케가 열여덟 아홉 살 때, 사부로지의 친 외동딸인 가네라는 여자를 사모했다. 가네는 물론 이 하인의 연모 따위에는 신경도 쓰지 않았다. 뿐만 아니라 나쁜 친구들은 재빨리 이를 눈치 채고 드디어 그를 조롱했다. 기치스케는 우둔하지만 괴로움에 견딜 수 없어, 어느 날 밤 몰래 오랫동안 살아온 사부로지의 집을 도망쳐 행방을 감추었다.

그로부터 삼년간 기치스케의 소식은 묘연하여 아무도 아는 이가 없었다.

하지만 그 후 그는 거지같은 모습이 되어 다시 우라카미촌으로 돌아왔다. 그리하여 원래대로 사부로지를 모시게 되었다. 이후 그는 친구들의 경멸도 괘념치 않고 단지 충실하고 부지런히 일했다. 특히 딸인 가네에 대해서는 기르는 개보다도 더욱 충실했다. 딸은 이때 이미 남편을 맞이하여 누구나 부러워하는 부부사이였다.

이리하여 십이 년의 세월이 아무 일 없이 흘러가 버렸다. 하지만 그 사이 친구들은 기치스케의 거동에 무언가 의심스러운 점이 있음을 알아차렸다. 그래서 그들은 호기심에 내몰려 주의 깊게 그를 감시하기 시작했다. 그런데 기치스케가 아침저녁 한 번씩 이마에 십자를 긋고 기도드리는 것을 발견했다. 그들은 곧 이 사실을 사부로지에게 일러바쳤다. 사부로지도 뒷일이 두렵다 생각해 즉시 그를 우라카미의 관헌에 넘겼다.

그는 포졸에게 둘러싸여 나가사키 감옥에 보내졌을 때도 조금도 기가 죽은 기색을 보이지 않았다. 아니 전설에 의하면 우둔한 기치스케의 얼굴이 이때는 마치 하늘빛이라도 받았다 할 정도로 이상한 위엄에 충만해 있었다고 한다.

❖ 2 ❖

포도대장 앞에 끌려나온 기치스케는 솔직히 기리시탄 종문을 받드는 자라고 자백했다. 그리고 그와 포도대장 사이에는 이 같은 문답이 오갔다.

포도대장 “너의 종문신은 무엇이라고 하는가?”

기치스케 “베렌국의 왕자님, 에스 기리시토님과 또 이웃 나라의 공

주님, 마리아님입니다."

포도대장 "그들은 어떠한 모습을 하고 있는가?"

가치스케 "저가 꿈에 본 에스 기리시토님은 자색의 긴소매 옷을 입으신 아름다운 젊은이 모습입니다. 또 산타 마리아님은 금실 은실 수를 놓은 예복 입으신 모습을 보았습니다."

포도대장 "그들이 종문신이 된 것은 어떤 까닭인가?"

기치스케 "에스 기리시토님, 산타 마리아님을 사랑하셔서 상사병으로 죽게 되어, 우리와 같은 고통에 괴로워하는 사람을 구원해 주신다고 생각되어 종문신으로 모신 것뿐입니다."

포도대장 "너는 어디서 누구로부터 그 같은 가르침을 전수 받았는가?"

기치스케 "저는 삼 년 동안 여러 곳을 헤매었던 일이 있습니다. 이때 어떤 해변에서 낯 모르는 홍모인에게 전수를 받았습니다."

포도대장 "전수하는 데는 어떤 의식을 행했는가?"

기치스케 "성수를 받고 나서 주리아노라고 하는 이름을 받았습니다."

포도대장 "그리고 그 홍모인은 그 후 어디로 갔는가?"

기치스케 "그러니까 희한한 일입니다. 그때 미친 듯 날뛰는 파도를 밟고 어딘가 모습을 숨겼습니다."

포도대장 "지금에 와서 헛소리를 하면 가만 두지 않겠다."

기치스케 "왜 거짓말을 하겠습니까. 전부 틀림없는 진실입니다."

포도대장은 기치스케가 말한 내용을 이상하게 여겼다. 그것은 지금까지 심문했던 어떤 기리시탄 신도들이 하는 이야기와는 전혀 다른 것이었다. 포도대장이 몇 번이고 거듭해서 물어도 막무가내로 기치스케는 그가 말한 것을 뒤집지 않았다.

❖ 3 ❖

주리아노 기치스케는 곧 천하의 법대로 책형에 처해지게 되었다.

그 날 그는 온 마을에 끌려 다닌데다가 산토 몬타니의 밑 형장에서 무참히도 나무 기둥에 매달렸다.

나무 기둥은 주위의 대 울타리 위에 한층 더 높게 십자를 그리고 있었다. 그는 하늘을 우러르면서 몇 번이고 드높이 기도를 하고 겁내는 기색도 없이 간수의 창을 맞았다. 그 기도 소리와 함께 그의 머리 위 하늘에서는 일단의 기름 구름이 솟아 나왔고, 이윽고 처참한 큰 번개비가 억수로 형장에 내리 부었다. 다시 하늘이 밝았을 때 기둥 위의 주리아노 기치스케는 이미 숨이 끊어져 있었다. 하지만 대 울타리 밖에 있던 사람들은 지금도 그의 기도 소리가 온 하늘에 떠있는 듯한 느낌이 들었다.

그것은 "베렌국의 왕자님, 지금은 어디에 계시옵니까? 찬양 드리옵니다!"라고 하는 짧고 소박한 기도였다.

그의 시체를 기둥에서 끌어내렸을 때, 간수는 모두 그것이 미묘한 향내를 내고 있음에 놀랐다. 들여다보니 기치스케의 입안에서는 한 떨기 백합꽃이 이상하게도 싱싱하게 피어 있었다.

이것이 나가사키저문집, 공교유사, 경포파촉담 등에서 가끔 보이는 주리아노 기치스케의 일생이다. 그리고 또 일본의 순교자 중 내가 가장 사랑하는 신성한 우인의 일생이다.

(1919. 8)

요파(妖婆)

조성미

당신은 제가 말씀드리는 일을 믿지 않으실 지도 모릅니다. 아니, 필경 거짓이라고 여기실 겁니다. 옛날이라면 몰라도 이제부터 제가 말씀드리는 일은 다이쇼(大正)[1] 태평성대(太平聖代)에 있었던 일입니다. 게다가 고향과도 같이 정든 이 도쿄(東京)에서 있었던 일입니다. 밖으로 나가면 전철과 자동차가 달리고 있고, 안으로 들어가면 끊임없이 전화벨이 울리고 있고, 신문을 보면 동맹 파업이나 부인운동에 대한 보도가 나오는 오늘날, 이런 대도시의 한구석에서 포[2]나 호프만[3]소

1) 大正天皇 시대의 연호. (1912년 - 1926년)

2) 에드거 앨런 포(Edgar Allan Poe, 1809년 1월 19일 ~ 1849년 10월 7일)는 미국의 시인이자, 단편 소설가, 편집자이자 비평가이며, 미국 낭만주의 문학을 대표하는 인물의 하나이다. 그는 괴기소설과 시로 유명하며, 미국에서 단편 소설 개척자이자, 고딕소설, 추리소설, 범죄소설의 선구자 인물이다.

3) 에른스트 호프만 (Ernst Theodor Amadeus Hoffmann, 1776.1.24~1822.6.25)은 독일 후기의 낭만파 소설가. 음악에 대한 재질도 뛰어났다. 기지·풍자를 많이 담은 작품을 써서, 발자크·보들레르·포·도스토옙스키·바그너 등에게 많은 영향을 주었

설에나 나올 법한 께름칙한 사건이 생겼다는 것은 아무리 제가 사실이라고 말씀드린들 당연히 믿지 못하실 것입니다. 하지만 도쿄 거리 불빛이 수백만이나 된다한들 일몰과 함께 땅거미가 지는 밤을 모조리 태워 버리고 낮으로 되돌릴 수는 없겠지요. 마치 그와 마찬가지로 무선전신이나 비행기가 아무리 자연을 정복했다고 해도 그 자연 깊은 곳에 잠재되어 있는 신비로운 세계의 지도까지도 정복했다고 말할 처지는 아닐 것입니다. 그렇다면 어째서 이런 문명의 빛이 비춰진 도쿄에도 평소에는 꿈속에만 마구 날뛰는 정령들의 비밀스런 힘이 때와 상황에 따라서는 아우에르바흐의 지하 술집과 같이 불가사의하지 않을 수도 있습니다. 때와 상황은 말할 것도 없고 굳이 말씀드리자면 당신이 주의하기에 따라 놀랄만한 초자연적인 현상은 마치 밤에 피는 꽃처럼 언제나 우리 주위에도 출몰하여 왔다가 사라지곤 하는 것입니다.

가령 이슥한 겨울밤에 긴자(銀座)거리를 걸으시다가 보면 필경 아스팔트위에 떨어져 있는 휴지가 대개 스무 개 정도 한 곳에 모여 빙글빙글 바람에 소용돌이를 일으키고 있는 것이 눈에 띄는 일이겠지요. 그것 뿐 이라면 더 이상 드릴 말씀은 없지만 시험 삼아 그 휴지가 소용돌이를 일으키는 곳을 세어 보세요. 틀림없이 신바시(新橋)에서 교바시(京橋)까지 그 사이에 왼쪽에 세 군데, 오른 쪽에 한 군데 있고 게다가 휴지가 모조리 네거리에 가까운 곳에 있는데 이것도 어쩌면 기류와 관계있다고 말씀드리지 않을 수 없습니다. 그러나 좀 더 주의해서 보시면 소용돌이를 일으키는 휴지 가운데 분명히 빨간색 휴지가 하나 있고, 활동사진 광고라든가 색종이 조각이라든가 또 성냥 상표라든가 사물이 여러 가지로 바뀌어도 빨간색이 보이는 것은 언제나 변하지

다. 주요 저서로 《칼로풍(風)의 환상편(幻想篇)》(1814~1815)

않습니다. 그것이 마치 다른 휴지를 지휘하듯이 한바탕 바람이 분다고 생각했는데 제일 먼저 휙하고 날아 올라갑니다. 그러자 희미한 모래먼지 속에서 속삭이는 듯한 목소리가 나면서 바로 거기에 하얗게 흩어져 있던 휴지가 순식간에 아스팔트 위 하늘로 사라져 버리는데 그저 사라져 버린 것만은 아닙니다. 한꺼번에 휙 원을 그리고 흘러가듯이 날아오르는 것입니다. 바람이 불 때도 그와 마찬가지로 이제까지 제가 본 바로는 붉은 색종이가 앞에 멈췄습니다. 이렇게 되면 아무리 당신이라도 의구심이 생기지 않을 수 없을 것입니다. 저도 물론 의심스럽습니다. 현재 두 세 번은 거리에 멈추어 서서 근처 쇼 윈도우에서 빛이 쫙 비치는 속으로 끊임없이 나뒹구는 휴지를 가만히 비춰 본 일도 있었습니다. 실제로 그 때는 그런 식으로 봤는데 평상시에는 인간의 눈에 보이지 않는 사물도 어둠을 타는 박쥐만큼은 희미하게나마 아련하게 보일 듯한 느낌이 들었기 때문입니다.

그러나 도쿄 시내에서 이상한 것은 긴자거리에 떨어져 있는 휴지만이 아닙니다. 밤늦게 올라타는 시내 전철에서도 이따금 평범한 사고를 뛰어넘는 기묘한 사건에 부딪칩니다. 그 가운데에서도 이상한 것은 인기척이 없는 시내를 가는 빨간색 전차나 파랑색 전차가 올라타는 사람도 없는 정류장에 반드시 정차하는 일입니다. 이것도 앞에서 말한 휴지와 마찬가지로 의심스럽다고 여기시면 오늘 밤이라도 시험해 보세요. 같은 시내전차라도 도자카센(動坂線)과 스가모센(巣鴨線) 전차가 많다고 하는데, 바로 4~5일 전날 밤에도 제가 탄 빨간색 전차가 역시 타고내리는 사람이 없는 정류장에 떡하니 멈춰버린 것이 그 도자카센의 단고자카시타(団子坂下)입니다. 게다가 차장이 벨이 달린 밧줄에 손을 대면서 절반은 인도 쪽으로 몸을 내밀고 평상시처럼 “타세요?"하고 말하는 게 아니겠습니까? 저는 차장 바로 가까이에 있었기 때문에 금방 창밖을 내다보았습니다. 그러자 밖은 옅은 구름이 낀 달빛이 몽롱하게 떠돌고 있을 뿐이고 정류장 기둥 아래는 물론 양쪽 거리의 집이 모두 문을 닫은 한밤중의 넓은 거리에도 더욱이 사람 그림자는 보이지 않았습니다. 기묘하다고 생각하는 순간 차장이 벨의 밧줄을 잡아당겼기 때문에 전차는 그대로 움직이기 시작했는데, 그래도 계속 창밖을 내다보니까 정류장이 멀어짐에 따라 이번에는 왠지 제 눈에도 그 달빛 속에 점점 작아져가는 사람의 모습이 있는 것만 같았습니다. 이는 말할 것도 없이 제 신경이 혼미한 탓일 지도 모르지만 그 앞을 서둘러 가는 빨간색 전차의 차장이 어째서 타는 사람도 없는 정류장에 전차를 세운 걸까요? 게다가 이런 일을 당한 것은 아무래도 저뿐 아니라 제가 아는 사람들 사이에도 3~4명은 있을 거라는 군요. 그러고 보니까 설마 전차의 차장이 그 때마다 잠이 덜 깨어 전차를 세웠다고 할 수는 없을 것입니다. 현재 제가 아는 사람 중 하나는 차장을 붙잡고 "아무도 없지 않습니까?"라고 다그치자, 차장도 의아한 얼굴을 하고 "많은 분들이 계신 줄로만 알았는데요."하고 대답한 일이 있다고 합니다.

그밖에 더 열거하자면 포병공창(砲兵工廠)[4]굴뚝 연기가 바람 방향을 거슬러 피어오른다든지, 아무도 종을 치는 이 없는 니콜라이 성당 종소리가 한밤중에 갑자기 울리기 시작한다든지, 같은 번호의 전차 두 대가 앞뒤로 저녁 무렵 니혼바시(日本橋)를 지나간다든지, 사람이라곤 아무도 없는 국기관(国技館)[5] 안에서 매일 밤 갈채소리가 들린다든지 소위 "자연의 밤의 일면"은 마치 나방이 날아다니듯 이 번화한 도쿄

4) 무기탄약 제조공장
5) 東京에 있는 상설 옥내 씨름 흥행장.

거리에도 끊임없이 모습을 드러내고 있는 것입니다. 그러니까 이제부터 제가 말씀드리고자 하는 이야기도 실은 당신이 상상하시는 만큼 현실 세계와 동떨어진 철두철미하게 있을 수 없는 일은 아닙니다. 아니 도쿄 밤의 비밀을 대충 알게 된 현재라면 전혀 문제될 것 없이 당신도 제 이야기를 무시할 수 없을 것입니다. 만약 또 마지막까지 들으신 다음에도 역시 쓰루야난보쿠(鶴屋南北)[6]이래 쇼츄비(焼酎火)[7] 냄새가 나는 것 같다면 그것은 사건 그 자체에 거짓이 있기 때문이라기보다는 오히려 제가 말씀드리는 방법이 포나 호프만과 같은 수준에 오를 만큼 숙달되지 않은 탓이라고 생각합니다. 왜냐하면 1~2년 전 이 사건의 당사자가 어느 여름밤에 저와 마주앉아 이러저러하게 이상한 일을 당한 적이 있다고 자세히 이야기해주었을 때를 저는 지금도 잊을 수 없을 만큼 일종의 요기(妖気)와 같이 음산하게 우리들 주위에 자욱이 깔려 있는 느낌이 들었기 때문입니다.

그 당사자인 남자는 평상시 저의 집에 드나드는 니혼바시 근처 서점의 젊은 주인으로 평상시라면 용건만 끝나면 서둘러 집으로 돌아가는데 마침 그날 밤은 저녁부터 쏴하고 한차례 비가 내렸기 때문에 처음에는 비가 그치기를 기다릴 심산으로 평소와 다르게 느긋하게 앉았습니다. 흰 피부에 좁은 눈썹과 앙상하게 마른 젊은 주인은 백중맞이[8] 때 켜는 제등에 불이 켜진 희미한 불빛의 툇마루 끝에 정좌하고

6) 가부키(歌舞伎) 각본작자. 3世까지는 배우(俳優), 4世(1755~1829) 에도인(江戸人) 오난보쿠(大南北)라고 한다. 本名은 伊之助 또는 勝次郎. 別号는 姥尉輔. 에도시대의 서민상을 소재로 한 작품을 많이 썼고, 뛰어난 무대 구성과 사실적 작풍의 걸작을 남겼다. 대표작 「お染久松色読販」「東海道四谷怪談」등. 5世(1796~1852) 4世의 손자로 孫太郎南北, 小南北라고도 한다.

7) 가부키(歌舞伎) 소도구의 하나로 헝겊에 소주(현재는 알코올)를 적셔서 새, 나비 등을 조종하기 위한 대나무 장대 끝에 매달아 태우는 불. 푸른 불꽃을 내어 가부키에서 도깨비불이나 유령이 나오는 장면 등에 사용한다.

이러니저러니 밤 8시가 지날 때까지 잡다한 세상 이야기를 하고 갔습니다. 그 세상 돌아가는 이야기 속에 말참견하면서 "꼭 한번 선생님께 들려드리고 싶은 얘기가 있는데요."하고 매우 근심스런 표정으로 천천히 말문을 열기 시작한 것이 바로 두말할 것 없는 이 글의 요파 이야기였던 것입니다. 저는 지금도 그 젊은 주인이 웃옷 어깨에 먹물로 염색한 여름용 겉옷차림으로 수박 접시를 앞에 놓고 마치 남이 들을까 조심스럽게 작은 목소리로 소곤소곤 이야기했던 모습이 확실히 기억에 남아있습니다. 그러고 보니까 또 한 가지는 그 머리 위를 백중맞이 때 켜는 제등이 풍성한 몸통의 국화모양을 어슴푸레 드러낸 저편으로 비가 갠 뒤의 하늘전체에 떼구름이 온통 검게 흩어진 것 또한 묘하게 가슴에 사무쳐 잊을 수가 없었습니다.

그런데 중요한 이야기라는 것은 그 신조(新蔵)라는 젊은 주인이 (달리 지장이 있으면 안 되니까 임시로 이렇게 부르겠습니다) 스물세 살 되는 여름에 있었던 일로 당시 혼조(本所) 히토쓰메(一つ目)근처에 살았던 신 내린 노파한테 걱정거리가 좀 있어서 신탁을 구하러 갔다고 하는데 그것이 무릇 발단이 된 것입니다. 확실히는 모르나 6월 초순 어느 날 신조는 그 근방에 포목점을 하는 상업학교 시절 친구를 불러내어 함께 요베에(与兵衛) 스시(鮨)집에 갔었다고 하는데, 거기에서 술 한 잔 하는 가운데 그 걱정거리를 털어놓고 이야기하니까 그 친구인 다이(泰)라는 자가 갑자기 진지한 얼굴을 하고 "그럼 오시마(お島)노파를 만나보게."하고 적극적으로 권하기 시작했습니다. 그래서 자세히 물어보니까 이 신 내린 노파는 2, 3년 전에 아사쿠사(浅草)부근에서 지금 있는 곳으로 이사를 와서 점도 보고 가지(加持)[9]도 하는데, 족제비를 사용하여 요

8) 우란분재(盂蘭盆祭)-7월 15일에 조상의 영혼을 제사지내는 불교 행사.

9) 밀교(密教)에서, 부처의 자비가 사람의 마음에 전해져, 사람이 그 자비를 깨닫는

술을 부리는가 여길 정도로 효험이 있다는 것입니다. "자네도 알고 있겠지? 바로 요전 우오마사(魚政)의 마나님이 투신자살했는데 그 시체가 아무리 해도 떠오르지 않았는데 오시마노파한테 부적을 받아 그것을 이치노하시(一の橋)10)에서 강으로 던져 넣자 그날 바로 강 위로 뜨지 않았겠나. 게다가 부적을 던져 넣은 이치노하시 다리기둥 있는 곳에서 말이야. 마침 해질녘 밀물이었는데 다행히 거기에 있던 석재 운반선(石船) 뱃사공이 발견했어. 손님이다, 익사체다 소란을 떨며 재빨리 다릿목 파출소에 신고했겠지. 내가 우연히 지나갔을 때는 이미 순경이 와있었는데 모여 있는 사람들 뒤에서 들여다보니까 막 건져 올린 마나님의 시신을 거친 거적을 씌워 눕혀놓아져 있었는데 그 거적 아래로 삐져나온 물에 불은 발바닥에 무엇이 있었다고 생각하나 자네는? 그 부적이 떡하니 비스듬하게 달라붙어있었어. 나는 정말로 오싹했다네."라고 말하는 친구 이야기를 들었을 때는 신조도 또한 등골이 서늘해져 석조(夕潮)11) 색깔이나 교각모양 그리고 그 아래에 감돌고 있는 마나님의 모습이 한꺼번에 눈앞에 떠오르는 듯한 기분이 들었다고 합니다. 하지만 어쨌든 한잔 적당히 마셔 거나한 기분으로 "그거 재미있구먼. 꼭 한번 보지."하고 무릎으로 바싹 다가갔습니다. "그럼 내가 안내하지. 요전에 금전 운을 보러간 이래 지금은 그 노파와도 꽤 친해졌으니까.." "아무쪼록 부탁하네."이런 식으로 이쑤시개를 문 채 요베에(与兵衛)를 나오자 밀짚모자로 장마가 끝나고 날이 갠 석양을 피해 여름외투 차림의 어깨를 나란히 하고 어슬렁거리며 그 신이 내린

일. 주문을 외며 신불에게 가호를 빌어 재앙을 면함

10) 本所一つ目 다리. 스미다가와(隅田川)로부터 옆으로 흐르는 다테카와(竪川)。隅田川에서 세어 제일 처음에 있기 때문에 이치노하시, 히토tM메노하시라고도 불린다.

11) 저녁에 밀려오는 조수

노파 집으로 갔다고 합니다.

여기에서 그 신조의 걱정거리라는 것을 이야기하자면, 집에 부리고 있던 식모 가운데 오토시(お敏)라는 여자가 신조와는 일 년 넘게 서로 사모하는 사이였는데 어떻게 된 영문인지 작년 말 숙모 병문안을 하러 간 채 소식이 끊겨버린 것입니다. 놀란 것은 신조뿐만 아니라 오토시를 총애하고 있었던 신조의 어머니도 걱정되어 보증인을 비롯한 연줄에 연줄을 동원하여 온갖 수를 다 써서 찾았지만 아무리해도 행방을 알 수 없었습니다. 간호사가 된 것을 봤다, 첩이 되었다는 소문이 있다는 등 소문은 무성해도 막상 끝까지 파고들어 밝혀낸 바에 의하면 도무지 어떻게 되었는지 알 수 없었습니다. 신조는 처음에는 걱정하다가 나중에는 화를 내기도 하더니 요즘에는 그저 멍하니 침울해 있기만 했는데 그런 기운 없는 모습이 어렴풋이나마 두 사람의 관계를 눈치 챈 어머니한테는 새로운 걱정거리가 되었겠지요. 연극을 보게 하거나 온천 휴양을 권하는 등 혹은 상인친목회에도 아버지를 대신해 참석시키는 식으로 애를 써서 억지로라도 신조의 침울한 기분을 북돋아주고자 했습니다. 그래서 그날도 어머니가 혼조부근의 소매점을 돌아보게 하는 것을 구실로 실은 기분 전환 차 놀다오라고 말만 하지 않았을 뿐 지갑 속에는 용돈으로 지폐까지 넣어주었으니까 마침 히가시료코쿠(東両国)에 소꿉친구가 있는 것을 기회로 그 다이를 불러내어 오랜만에 근처 요베에 스시 집으로 한잔 하러 간 것입니다. 이런 상황이었으니까 오시마노파 한테 간다고 해도 신조가 거나하게 취한 의중에는 어딘가 심각한 문제가 있었겠지요. 히토쓰메노하시 옆을 왼쪽으로 꺾어 인적이 드문 다테카와(竪川)강기슭 두 번째 다리 쪽으로 가면 미장이가게와 잡화점 사이에 끼어 대나무 격자창이 붙은 그을음

투성이의 격자문구조 한 채가 있는데 그것이 그 신 내린 노파의 집이라고 들었을 때 마치 오토시와 자기의 운명이 이 괴상한 오시마노파의 말 하나로 정해질 것 같은 께름칙한 기분이 앞서서 아까 마신 술기운 따위는 완전히 깨어 버렸다고 합니다. 또 실제로 그 오시마노파 집을 보는 것만으로도 우울해지는 듯한 차양이 낮은 단층가옥으로, 요즘 날씨에 퇴색되어 빗물이 떨어진 돌이끼에도 버섯 같은 것이 자랄 것만 같을 정도로 묘하게 눅눅하고 음침했습니다. 게다가 근처 잡화점과 경계에 있는 한 아름드리 잎이 무성한 버드나무가 창문도 다 가릴 정도로 가지를 늘어뜨리고 있어서 기와까지도 어두운 그림자를 드리우며, 장지문 하나를 사이에 둔 맞은편에는 자못 심상치 않은 비밀이 숨겨져 있는 듯한 음삼한 기운이 있었다고 합니다.

하지만 다이는 전혀 개의치 않고 그 대나무격자 창 앞에 멈춰 서자, 신조 쪽을 돌아보고 "그럼 슬슬 마귀할멈을 만나러 나갈까? 허나 놀라면 안 되네."하며 새삼스레 으름장을 놓는 것입니다. 물론 신조는 코웃음을 치며 "어린애도 아니고 누가 할멈 따위를 무서워하겠나."하고 의연하게 대답했지만 다이는 오히려 그 대답에 짓궂은 눈빛을 보내면서 "뭐야. 할멈을 보고 놀라지는 않겠지만 여기에는 자네 따위가 생각할 수도 없는 미인이 한 사람 있으니까. 그래서 충고하는 거야." 이렇게 말하는 동안에 벌써 격자에 손을 대고 "계세요?"하고 기세 좋게 소리를 질렀습니다. 그러자 곧바로 "네."하고 우물거리는 소리로 대답을 하고 살그머니 미닫이를 열면서 입구 문턱에 무릎을 붙인 사람은 얌전한 17, 8세 아가씨입니다. 과연 이 정도라면 다이가 "놀라지 말라."고 말했던 것도 더더욱 이상할 것은 없습니다. 흰 피부에 곧은 콧날, 아름다운 이마와 갸름한 얼굴에서도 특히 눈이 초롱초롱하고

아름다웠습니다. 하지만 어딘가 그 얼굴 생김새도 애처로울 정도로 여위어 보여, 패랭이꽃을 흩뿌린 모슬린 띠조차 화려하고 푸른 줄무늬 홑옷의 가슴을 조이는 듯한 느낌이 들었다고 합니다. 다이는 아가씨의 얼굴을 보자 밀짚모자를 벗으면서 "어머니는?"하고 물었습니다. 그러자 아가씨는 천진스런 얼굴을 하고 "공교롭게도 밖에 나가시고 집에 안 계시는 데요."하고 마치 자신이 나쁜 짓이라도 한 것처럼 얼굴을 붉히며 대답했는데, 문득 시원한 눈을 격자문 밖을 향하자 갑자기 안색이 바뀌며 "어머나!"하고 가냘프게 외치면서 소스라치지 않겠습니까. 다이는 장소가 장소인 만큼 틀림없이 괴한이라도 나타났나하고 생각하여 당황해서 뒤를 돌아보니까 지금까지 석양 속에 서있던 신조의 모습이 보이지 않았습니다. 그런데 다시 또 놀랄 틈도 없이 다이의 소매에 매달린 것은 그 신 내린 노파의 딸로 숨을 헐떡이며 죽을 힘을 다한 목소리로 말하는 것을 들으니, "여보세요. 지금 일행 분께 부디 그렇게 말씀드려주세요. 두 번 다시 이 근처에 지나가시면 안 됩니다. 그렇지 않으면 그 분의 생명이 위험해질 수도 있으니까요."하고 이렇게 더듬더듬 말했다고 합니다. 다이는 뭐가 뭔지 마치 연기에 싸인 몸으로 한동안은 그저 놀라 어처구니가 없었지만 어쨌든 전갈이라고 부탁받은 처지니까 "좋습니다. 잘 알겠습니다."하고 말한 채 어지간히 당황했겠지요. 밀짚모자도 늘어뜨린 채로 갑자기 밖으로 뛰쳐나오자 신조의 뒤를 쫓아 50미터정도를 달리기 시작했습니다.

그 50미터정도 떨어진 바로 쓸쓸한 이시카와 기슭 앞에서 위쪽만 석양에 물들고 전신주 외에 아무것도 없는 거기에 신조는 멍하니 여름 외투 소매를 모으고 발밑을 바라보면서 서성거리고 있었습니다. 하지만 간신히 달려온 다이가 아직 두근거리는 상태로 "농담이 아니야. 놀라지 말라고 말한 내가 얼마나 너한테 놀랐는지 몰라. 도대체 너는 저 미인을…"하고 말을 걸자 신조는 이미 히토쓰메노하시 쪽으로 불안정한 발걸음으로 걸어가면서 "알다마다. 저 사람이 오토시야." 하고 상기된 목소리로 대답했다고 합니다. 다이는 연거푸 깜짝 놀라고 또 놀랐습니다. 여하튼 이제부터 그 행방을 알아보려고 하는 바로 그녀가 다른 사람도 아닌 오시마노파의 딸이라고 하는 상황이기 때문입니다. 그렇지만 다이도 그 딸한테 부탁받은 심상치 않은 전갈을 놓고 놀라고만 있을 수 없었을 겁니다. 그래서 밀짚모자를 쓰자마자 두 번 다시 이 근처에는 근접하지 말라는 오토시의 말투 그대로 전해 주었습니다. 신조는 그 말을 조용히 듣고 있었지만 이윽고 눈썹을 찡그리며 미심쩍은 표정으로 "오지 말라는 것은 이해하겠는데, 오면 목숨이 위태롭다는 것은 이상하지 않은가? 이상하다기보다 오히려 황당하지."하며 화가 난 것처럼 말했습니다. 하지만 다이도 단지 전갈을 듣기만 했을 뿐이지 어떻게 된 이유도 캐묻지 않고 오시마노파의 집을 뛰쳐나왔기 때문에 아무리 상대를 위로하고 싶어도 적당히 얼버무리는 외는 달리 위로할 방법이 없었습니다. 그러자 신조는 더욱 더 딴사람처럼 입을 다물고 재빨리 걸음을 재촉했다고 합니다. 그러는 가운데 또 요베에 스시 집 간판이 나와 있는 아래로 오자 갑자기 다이 쪽을 뒤돌아보고 "오토시를 만나길 잘했어."하고 안타까운 듯한 말을 넌지시 비쳤습니다. 그 때 다이는 아무렇지도 않게 "그러면 한 번 더 만나러 가야겠네"하고 조롱하듯이 말한 것이 나중에 생각하니까 신조의 마음에 불타고 있는 불꽃같은 그리움에 기름을 뿌리는 일이 되었던 것입니다. 머지않아 다이와 헤어지자 곧바로 신조가 잡아서 가져다 준 것은 에코인(回向院)[12]앞의 투계용 닭으로 주변이 어두워지는 것을

기다리면서 술도 두 세병 비웠습니다. 그렇게 날이 완전히 저무는 것과 동시에 다시 거기를 뛰쳐나와 술내가 나는 숨을 내쉬면서 여름 외투 소매를 걷어 올리고 쳐들어간 곳은 오토시의 거처인－그 신 내린 노파의 집이었습니다.

별 하나 보이지 않는 어두운 밤에 기분 나쁘게 땅에서는 김이 나는 데다가 가끔 섬뜩하니 바람이 부는 장마철에 흔히 있는 날씨였습니다. 신조는 역시 분을 억누르지 못하고 오토시의 본심을 듣기 전에는 그냥 돌아가지 않을 각오였기 때문에 먹물을 풀어놓은 것 같은 하늘에 버드나무가 우뚝 치솟고 그 아래에 대나무 격자창이 등불을 밝힌 왠지 음침한 집의 모습에도 개의치 않고 갑자기 격자문을 드르르 열고는 좁은 봉당에 떡하니 서서 "계세요?"하고 한번 고함쳤다고 합니다. 그 소리를 듣는 것만으로도 누구일지 정도는 곧 알아챘기 때문일까요? 그 상냥하면서도 우물거리는 목소리의 대답도 그 때는 떨리는 듯 했지만 이윽고 조용히 미닫이가 열리고 문지방너머 손을 땅에 짚고 몹시 초췌한 오토시가 옆방에서 비치는 전등 빛을 받아 금방이라도 울듯이 풀이 죽은 모습으로 나타났습니다. 하지만 신조는 원래부터 술도 마신데다가 밀짚모자를 뒤로 젖혀 쓴 채로 매정하게 오토시를 내려다보면서 "어머니는 계십니까? 우선 점 좀 볼일이 있어서 왔습니다만. 점 좀 봐 주세요 어떤가요? 대리인!"하고 냉정히 딱 잘라 말하는 그 심정은 얼마나 괴로웠을까요? 오토시 역시 손을 땅에 짚은 채로 꺼져 들어갈 듯이 어깨를 축 늘어뜨리고 "네."하고 말한 채 얼마 동안 눈물을 삼킨 것 같았는데, 한 번 더 신조가 울그락 붉그락 술기운을 토해내며 "대리인!"하고 말하려고 하는데 맹장지를 사이에 둔 옆

12) 東京都墨田区両国에 있는 浄土宗 절로 1657년 횡사자를 매장한 무연고 무덤을 처음으로 시작함.

방에서 마치 두꺼비가 중얼거리듯 "누구신가요? 거기 계신 분. 사양하지 마시고 이쪽으로 오시죠."하고 기운 없고 얼빠진 듯한 오시마노파의 목소리가 들렸습니다. 거기 있는 사람도 기가 막힌 것이 오토시를 숨긴 장본인인 우선 이 작자를 호되게 꾸짖을 기세였기 때문에 신조가 획 하고 흥분한 양 여름 외투를 벗어 던지자 무심코 제지하려는 오토시의 손에 밀짚모자를 건네고 나서 의기양양하게 옆방으로 다가갔습니다. 하지만 안쓰러운 사람은 뒤에 남은 오토시로 그 방과 경계가 되어 있는 맹장지 쪽에 딱 붙어 몸을 의지한 채로 여름 외투와 밀짚모자를 어쩌지도 못하고 눈물 어린 시원한 눈에 가만히 천정을 바라보면서 가냘픈 양손을 가슴에 끼고 자꾸 무엇인가 기원하는 일에 집중하고 있는 것처럼 보였다고 합니다.

그런데 옆방으로 간 신조는 거리낌 없이 방석을 무릎에 깔고 용기 내어 주위를 둘러보니까 방은 상상하고 있던 대로 천정이나 기둥도 그을음 때문에 노르께한 검정색에 초라한 8조(畳) 다다미방이었지만 정면으로 나지막한 6자(1m 80cm) 마루가 있고 바사라(婆娑羅)[13] 대신(大神)이라고 쓴 족자 앞에 거울이 하나, 술병이 한 쌍, 그리고 적청황(赤青黄)색 종이에 새긴 작은 신전에 올리는 종이다발 34개가 경건하게 꾸며져 있었습니다. 그 왼쪽 툇마루 밖은 곧바로 다테카와 강의 흐름 때문인지 꼭 닫은 미닫이에 울리며 희미한 물소리가 들렸습니다. 그

13) 바사라(婆娑羅)는 일본 무로마치(室町)시대 사회풍조나 문화적 유행을 나타낸 말로 실제로 당시 유행어로 사용되었다. 婆娑羅 등 몇 가지 한자 표기가 있고, 梵語(산스크리트語)로 「vajra = 金剛石(다이어몬드)」을 뜻하는데 의미의 전와(転訛)는 불분명하다. 신분 질서를 무시, 절이나 천황시대의 권위를 경시하여 반발하고, 세련되고 화려한 복장이나 대담한 행동을 즐기는 미의식으로 이후 전국시대 하극상 풍조의 싹이 되었다.

런데 정작 상대라고 본즉슨, 마루 앞을 오른쪽으로 떼어 내서 과자상자, 사이다, 설탕봉투, 계란상자 등 선물로 들어온 물건들이 죽 줄지어 놓여있는 장롱 아래에 몸집이 크고 짧은 머리에 낮은 코, 큰 입, 얼굴이 푸르뎅뎅하게 부은 노파가 검은 바탕옷의 목을 드러내고 속눈썹이 적은 눈을 감고 축축해 보이는 손을 깍지 끼고 물귀신같이 멍청히 다다미에 바짝 앉아 있었습니다. 조금 전 이 노파의 말하는 소리가 두꺼비가 중얼거리는 것 같았다고 말했는데, 이런 모양새로 앉아 있는 것을 보니까 두꺼비 중에서도 심상치 않은 괴물 두꺼비가 인간의 모습으로 가장하여 독기를 토할 듯한 기색이었기 때문에 이에 신조도 머리 위의 전등마저 빛이 희미해질 것만 같은 무시무시한 기분이 들었다고 합니다.

하지만 물론 그 정도 일은 충분히 각오한 바이기 때문에 "그러면 한 가지 점 좀 봐 주십시오. 혼담입니다만."하고 단호히 말했지만 그 말이 들리지 않는 것인지 오시마노파는 어렵사리 눈을 가늘게 뜨고 한 손을 귀에 대면서 "무슨, 혼담?"하고 되묻고는 역시 똑같이 희미한 소리로 "자네, 여자를 갖고 싶은가?"하고 아예 처음부터 비웃었다고 합니다. 신조는 바작바작 울화가 치미는 것을 참으면서 "갖고 싶으니까 자세히 봐주셨으면 합니다. 그렇지 않으면 누가 이런…"하고 분수에 맞지 않게 화끈하고 괄괄하게 말하고는 자기도 이에 지지 않고 비웃었습니다. 그러나 노파는 태연자약하게 마치 박쥐의 날개와 같이 귀에 댄 한 손을 움직이면서 "화내지 말게나. 입이 거친 것은 내 버릇이니까."하고 거의 비웃듯이 신조의 말을 가로막았지만 겨우 태도를 바꾸어 "띠는?"하고 의미심장하게 물었다고 합니다. "남자는 23세 닭띠입니다." "여자는?" "17세 토끼띠에요." "생일은…" "됐어. 띠만으로도 알 수 있으니까."노파는 이렇게 말하면서 두세 번 무릎 위의 손가락을 꺾고 별이라도 세는 듯 하더니, 이윽고 살가죽이 축 늘어진 눈꺼풀을 들고 눈을 번뜩이며 신조를 쳐다보고는 "인연이 아니야. 절대 아니야. 아주 상극이야."하며 호들갑스럽게 우선 겁을 주고는 또 혼자 중얼거리듯이 "이 인연을 맺으면 자네나 여자도 반드시 한 사람은 일찍 죽을 거야."하고 딱 잘라 말했습니다. 아니나 다를까 목숨이 위태로워진다고 말한 것이 이 노파의 사주임을 간파한 신조는 발끈하여 도저히 참을 수 없었습니다. 서서히 무릎의 방향을 바꾸고 아직 술내가 나는 아래턱을 치켜 올리고 "상극 따위 문제없어요. 남자가 한 번 마음을 준 이상 목숨을 바치는 것쯤은 누워서 떡먹기입니다. 화재, 검난(칼로 살상당하는 재난), 수해, 역경이 있으니까 오히려 자부심도 생긴다는 걸 알아주세요!"하며 위압적인 자세로 단언했습니다. 그러자 노파는 다시 눈을 가늘게 뜨고 두꺼운 입술을 우물우물 움직이면서 "그렇지만 남자를 잃은 여자는 어떨까. 여자를 잃은 남자는 울고불고 악을 쓸 거야."하고 조소하는 듯한 목소리로 말했습니다. 당신, 오토시의 몸에 손가락 하나라도 대기만 해봐라 하는 분기탱천한 기세로 신조는 노파를 노려보면서 "여자한테는 남자가 떡 버티고 있습니다."하고 정면에서 호되게 꾸짖자 상대는 변함없이 손을 깍지 낀 채로 기분 나쁘게 윤기가 흐르는 뺨을 히죽거리고 "그럼 남자한테는?"하고 시치미 떼고 되물었습니다. 그 때 자기도 모르게 오싹 했다고 신조는 나중에 이야기했는데 이것은 과연 그 노파가 결투장을 낸 것과 같은 셈이기 때문에 기분이 나빴을 것입니다. 게다가 그렇게 되묻고 나서 노파는 신조의 겁먹은 기색을 보자 검은 바탕옷의 목을 드러내고 "아무리 자네가 보살핀다고 해도 인간 힘으로는 한계가 있어. 발버둥 칠 생각

일랑 그만두게."하고 간사스런 소리를 냈는데 갑자기 한 번 더 큰 눈을 원망스럽게 뜨고 "바로 그 증거는 불 보듯 뻔하다. 너에게는 그 한숨소리가 들리지 않는가?"하며 이번에는 양손을 귀에 대면서 아주 중대사 인 양 속삭였다고 합니다. 신조는 자기도 모르게 긴장해서 가만히 귀를 기울였는데 맹장지 한 겹 너머 숨어 있는 오토시의 기척을 제외하고는 무엇 하나 들리지 않았습니다. 그러자 노파는 더욱 더 눈을 흘끔거리며 "들리지 않는가? 자네와 같이 젊은 사람이 거기 있는 이시가시(石河岸) 돌 위에서 한숨 쉬는 소리가 들리지 않는가?"하고 점차 뒤쪽 장롱에 비친 그림자도 커진 듯이 느껴질 만큼 무릎으로 다가왔습니다. 이윽고 그 노파의 고약한 냄새가 신조의 코를 스쳤다고 생각하기 무섭게 미닫이도, 맹장지도, 술병도, 거울도, 장롱도, 방석도 모두 음침한 요기 속에 마치 지금까지와는 싹 달라진 수상한 모양새를 드러내고 "그 젊은 것도 자네처럼 연정에 눈이 뒤집혔어. 이 노파가 모시는 바사라 대신(婆娑羅大神)의 뜻을 거역했어. 그러니까 곧바로 천벌을 받아서 눈 깜짝할 사이에 목숨을 잃게 될 거야. 자네한테는 좋은 본보기지. 들어 보게나."라고 말하는 소리가 무수한 파리의 날개소리처럼 사방에서 신조의 귀를 덮쳐 왔습니다. 그 바람에 미닫이 밖의 다테카와로 아무도 모르게 투신자살한 매우 요란한 물소리가 땅거미를 깨고 들렸다고 합니다. 이에 몹시 놀라 겁을 잔뜩 먹은 신조는 더 이상 5분도 그 자리에 있지 못하고 일방적으로 내뱉는 말도 대충 건성으로 하고, 울고 있는 오토시조차 잊은 듯 비틀거리며 오시마노파의 집을 뛰쳐나왔습니다.

그런데 니혼바시의 집으로 돌아와서 다음 날 아침에 일어나자마자 신문을 보니까, 과연 어젯밤 다테카와에 투신자살이 있었습니다. 그것

도 가메자와(亀沢) 마을의 나무통 가게 아들로 원인은 실연이고 뛰어든 장소는 이치노하시(一の橋)와 니노하시(二の橋) 사이에 있는 이시카와 기슭이라고 나와 있었습니다. 그것이 신경을 건드린 탓일까요? 신조는 갑자기 열이 나고 그리고 사흘간 쭉 자리에 누워 있었습니다. 하지만 잠을 자도 마음에 걸리는 것은 말할 것도 없이 오토시의 일로 물론 이제 와서 보면 달리 상대가 변심할 이유 없이 돌연 시간을 냈던 것도 두 번 다시 이 근처에 오지 말라고 말했던 것도 모두 오시마노파의 계략이 틀림없기 때문에 새삼스럽게 오토시를 의심한 것이 부끄럽고 또 한편으로는 이런 자신에게 아무런 원한도 없는 오시마노파가 왜 그런 계략을 꾸민 것인지 이상해서 견딜 수 없었다고 합니다. 그로 인해 애매한 사람 하나를 투신시켜 본 듯한 마귀할멈과 함께 있다니 당장이라도 오토시가 벌거벗은 채로 바사라 대신이 모셔져 있는 다다미방 낡은 기둥에 빙빙 묶여서 소나무 잎을 태운 연기에 그을림을 당할 지도 모릅니다. 그렇게 생각하자 더 이상 신조는 안심하고 자고 있을 수만은 없다는 생각이 들어서 나흘째에는 자리에서 일어나자마자 어쨌든 다이한테 조언을 구하러 나가려고 하는데, 마침 다이로부터 전화가 걸려왔지 않았겠습니까? 게다가 그 전화가 다름 아닌 오토시와 관련된 용건으로 듣자니까 어젯밤 늦게 다이 집에 오토시가 왔었는데 꼭 한번 서방님을 만나 뵙고 자세한 사정 이야기를 하고 싶은데 이전에 일했던 가게에 전화도 당장 걸 수 없기 때문에 다이에게 전갈을 부탁하고 싶다고 하는 용건이었다고 합니다. 만나고 싶은 것은 이쪽도 같은 생각이기 때문에 신조는 거의 송화기에 매달릴 기세로 "어디서 만난다고 말할까?"하고 열을 내며 묻자 입심 좋은 다이는 "그것이 말일세."하고 천천히 말문을 열고 "어쨌든 그토록 내성적인 여자가 두세

번 만났을 뿐인 나한테로 찾아오려고 한 걸로 보아 오래 생각다 못해 결정한 거겠지. 그렇게 생각하니까 나도 완전히 감동하고 말았어. 곧 바로 약속을 하려고도 생각했지만 노파한테는 목욕하러 간다고 말하고 나온다고 하는 걸로 보아 강 건너는 조금 너무 멀고 그렇다고 달리 마땅한 장소도 없어서 그러면 우리 집 2층을 내주겠다고 했더니 너무 송구스럽다며 아무래도 받아들이지 않았어. 과연 어려워하는 것도 무리가 아니다싶어서 그러면 어디엔가 당신이 마땅한 장소라도 있느냐고 물으니까, 갑자기 얼굴을 붉히며 작은 목소리로 내일 저녁 근처 이시카와 기슭까지 서방님께서 와 주실 수 없느냐고 물었어. 노천의 밀회는 죄가 아니라 괜찮아."하며 웃음을 억지로 참는 모습이었습니다. 하지만 애초부터 신조는 웃을 상황이 아니라서 "그러면 이시카와 기슭으로 정해졌군."하며 안타까운 듯이 다짐해 묻자, 어쩔 수 없어서 그렇게 정해두었고 시간은 6시에서 7시 사이이고 용무가 끝나면 자기 집에도 들러 달라는 회신이었습니다. 신조는 고맙다는 인사와 함께 수락 의사를 표하고는 조속히 전화를 끊었지만 이제부터 일몰까지가 몹시 기다려졌습니다. 주판알을 튕기며 장부를 대조하여 계산을 확인하는 일을 돕고 츄겐(中元)14) 선물을 지시하는 그런 가운데에도 애가 타는 듯한 얼굴을 하고 카운터 격자 위에 있는 시계 바늘만 신경 쓰고 있었습니다.

그러한 괴로운 생각을 하고 겨우 가게를 빠져 나온 것은 아직 석양이 내리쬐는 5시 조금 전이었는데 그 때 일어난 이상한 일은, 나이 어린 점원 하나가 가지런히 해 놓은 왜나막신을 아무렇게나 신고, 신간 서적 입간판이 아직 덜 마른 페인트 냄새를 풍기고 있는 뒤에서 아스

14) 1월 15일을 상원(上元), 10월 15일을 하원(下元), 7월 15일을 중원(中元)으로 반년 생존의 무사함을 축하함. 中元 시기에 하는 선물

팔트 거리로 갑자기 한 걸음 내디디자 신조가 쓰고 있던 밀짚모자 차양을 스치듯 나비 두 마리가 날아갔습니다. 호랑나비라고 할까요? 검은 날개 위에 기분 나쁘게 푸른 광택이 나는 나비입니다. 물론 그 때는 특별히 신경도 쓰지 않고 두 마리 모두 높은 석양 하늘로 팔랑거리며 눈에서 멀어지는 것을 살짝 머리 위로 바라보면서 때마침 우연히 지나간 우에노(上野)행 전철에 뛰어 올라 타버렸는데, 스다초(須田町)에서 갈아타고 고쿠기칸마에(国伎館前)에서 내리고 보니까 또 팔랑팔랑하며 밀짚모자에 달라붙는 것은 역시 두 마리 검은 호랑나비였습니다. 하지만 설마 니혼바시에서 여기까지 나비가 뒤를 밟아 올 거라고는 생각하지 않았기 때문에 이때도 역시 개의치 않고 약속 시간까지는 아직 여유도 있고 해서 거기에서 히토쓰메(一つ目) 쪽으로 돌아가는 도중 간판에 야부(藪)라는 아담한 소바(메밀국수) 가게를 발견하고 준비할 겸해서 들어갔다고 합니다. 무엇보다 오늘은 삼가는 마음으로 술은 한 방울도 입에 대지 않고 이상하게 답답한 가슴을 간신히 냉국수 한 그릇 먹어치우고 도로의 햇살이 사라질 무렵 마치 남의 눈을 피하는 도망자처럼 몰래 가게 커튼을 젖히고 밖으로 나왔습니다. 그러자 밖으로 나온 곳을 바싹 뒤따르듯이 휙 다가와 어렵쇼 하는 찰나에 코끝에 한일자로 춤추며 날아오른 것은 이번에도 검은 벨벳 날개 위에 푸른 가루를 뿌려 놓은 것 같은 한 쌍의 호랑나비입니다. 그 때는 기분 탓인지 이마로 날개 짓하는 나비 모양이 싸늘하게 맑은 저녁 공기를 까마귀 정도의 크기로 오려냈다고 생각했지만 오싹해져 무심코 걸음을 멈추자 그대로 쏙 작아져 서로 뒤얽혀 순식간에 하늘색으로 섞여 버렸습니다. 거듭된 이상한 나비 행동에 신조도 역시 겁먹어 으스스한 이시카와 기슭에 가서 서있으면 투신자살하고 싶어지지 않을까 하

는 전철을 밟는 기분조차 들었다고 합니다. 하지만 그런 만큼 또 걱정인 것은 오늘 밤 만나러 오는 오토시의 신상문제이기 때문에 신조는 곧바로 마음을 고쳐먹고 이미 황혼의 사람 그림자가 박쥐처럼 드문드문 눈에 띄는 에코인(回向院) 앞길을 곁눈질도 하지 않고 곧장 약속 장소로 달려갔습니다. 그런데 달려가는데 한 번 더 화강암으로 된 사자 모양의 고마이누(狛犬)15) 한 쌍이 줄지어 있는 강기슭의 하늘로부터 살짝 와서 푸른빛이 도는 날개가 서로 뒤얽히는가 싶더니 이윽고 나비는 두 마리 모두 바람에 떠밀려 아직 희미한 불빛이 남아 있는 전신주 아래로 사라졌다고 합니다.

그래서 그 이시카와 기슭 앞을 서성이며 오토시가 오는 것을 기다리고 있는 동안도 신조는 걱정이 되어 안절부절못했습니다. 밀짚모자를 다시 고쳐 쓰거나 소매에 숨긴 시계를 보거나 고작 한 시간을 조금 전 가게 카운터 격자 뒤에 있었을 때보다 더 초조함으로 시달렸습니다. 하지만 아무리 기다려도 오토시의 모습이 보이지 않아서 자기도 모르게 이시카와 기슭 앞을 벗어나면서 오시마노파의 집 쪽으로 50미터 정도 걸어오자 오른 쪽에 한 목욕탕이 있고 크게 복숭아 열매를 그린 위에 만병통치 복숭아 잎 탕이라고 중국풍으로 보이는 페인트칠 간판이 나와 있었습니다. 오토시가 목욕하러 가는 것을 핑계로 집을 나온다고 한 것이 이 목욕탕이 아닐까 생각한 바로 그때 여탕 커튼을 들치고 땅거미가 진 도로로 나온 것은 다름 아닌 오토시였습니다. 옷차림은 이전과 변함없이 패랭이꽃 모양의 띠에 감색 홑옷이었지만 오늘 밤은 막 목욕을 하고 나온 만큼 혈색도 아름답고 좌우로 갈라 틀어 올린 머리도 아직 젖어있다고 여길 만큼 반들반들 빗질자국을 보이고

15) 신사(神社) 앞에 마주보게 놓은, 한 쌍의 사자 비슷한 짐승의 상으로 마귀를 쫓기 위한 것.

있었습니다. 오토시는 젖은 수건과 비누 상자를 살짝 가슴에 안듯이 하고 무엇이 두려운 지 도로 좌우를 불안한 눈길로 둘러보았습니다. 곧바로 신조의 모습을 찾아냈겠지요. 여전히 걱정스런 눈으로 미소 짓더니 느닷없이 바싹 남자 옆으로 다가서며 "오래 기다리셨지요？" 하며 염려하듯이 말했습니다."뭐, 얼마 되지 않았어요. 그보다 용케 나와 주었군요."신조는 이렇게 말하면서 오토시와 함께 전에 왔던 이시카와 기슭 쪽으로 천천히 걷기 시작했습니다. 오토시는 안정되지 않은 모양으로 안절부절 뒤를 자꾸 돌아보았기 때문에 "왜 그래요? 마치 추격자한테라도 쫓기는 모양새 아닌가요?"하며 일부러 놀리듯이 말을 걸자 오토시는 갑자기 얼굴을 붉히고 "아네요. 힘들게 와주셨는데 인사도 못 드려서요. 정말로 잘 오셨어요."하면서도 불안한 듯 대답하는 것입니다. 그래서 신조도 걱정이 되어 그 이시카와 기슭까지 오는 동안에 여러 가지 자세하게 물었지만 오토시는 그저 괴로운 듯한 미소를 흘리고 "이러고 있는데 발각되어 보세요. 저뿐만 아니라 당신까지 어떤 무서운 일을 당할지 모르지 않겠어요?"하는 정도의 대답밖에 하지 않았습니다. 그러는 중에 벌써 두 사람은 약속했던 이시카와 기슭 앞에 당도했는데, 오토시는 희미한 불빛에 납죽 엎드려 있는 한 쌍의 사자석상을 쳐다보고는 휴우 하고 안심한 듯 한숨을 쉬면서 그 아래를 완만하게 강 쪽으로 내려가 여러 개의 네부카와이시(根府川石)[16]가 배에서 들어 올린 채로 놓여 있는 곳까지 와서 겨우 멈춰 섰다고 합니다. 조심조심 그 뒤에서 이시카와 기슭 안으로 들어간 신조는 전에 본 한 쌍의 사자석상이 그늘이 져서 도로를 지나가는 사람의 눈에 띄지 않는 것을 다행으로 여기며 저녁 습기를 머금은 네부카와

16) 가나가와현(神奈川県) 오다와라시(小田原市) 네부카와(根府川)에서 나는 板状節理가 있는 輝石安山岩. 판석, 비석 등에 사용한다.

이시 위에 아무렇게나 걸터앉으면서 "내 목숨을 위협하는 무서운 일을 당한다니 도대체 어떻게 된다는 거요?"하며 다시 조금 전에 한 말을 물었습니다. 그러자 오토시는 잠시 검푸른 돌담이 잠겨있는 다테가와 강물을 바라보며 조용히 무엇인가 입속으로 기원하는 듯 했는데 이윽고 그 눈을 신조에 돌리고는 비로소 기쁜 듯이 미소 지으며 "이제 여기까지 오면 괜찮아요."하고 속삭이듯이 말하는 게 아닙니까. 신조는 여우에게 홀린 듯한 얼굴을 하고 말없이 오토시의 얼굴을 뒤돌아보았습니다. 그리고 오토시도 신조 옆에 걸터앉아 띄엄띄엄 소곤소곤 이야기하기 시작하는 것을 들으니까 과연 두 사람은 때와 상황에 따라서는 목숨 따위는 쉽게 빼앗길 수 있는 무서운 적을 앞에 두고 있는 것이었습니다.

원래 그 오시마노파는 세간에서는 어머니로 생각하지만 실은 먼 친척인 숙모로, 오토시의 부모님이 살아 있던 동안은 왕래조차하지 않았다고 합니다. 확실히는 모르나 대대로 목수였던 오토시의 부친의 말에 의하면 "그 노파는 인간이 아니야. 아무렴. 거짓말이라고 생각하면 옆구리를 봐라. 물고기 비늘이 돋아있지 않은가?"라며 길에서 오시마노파를 만나더라도 곧바로 부시[17]를 치거나 소금을 뿌릴 정도였습니다. 하지만 그런 부친이 세상을 떠나고 머지않아 오토시에게는 소꿉친구이며 어머니한테는 조카에 해당하는 어느 병든 고아의 딸이 오시마노파의 양녀가 되었기 때문에 자연히 오토시의 집안과 그 노파의 집안 사이도 친척 비슷한 왕래가 시작되었습니다. 그러나 그것마저 그저 1, 2년이고 오토시는 어머니가 돌아가시자, 돌봐줄 형제도 없었기 때문에 백일이 채 지나지 않아 니혼바시에 있는 신조 집에 고용살

---

17) 날짐승이 앉지 못하게 하려고 전각(殿閣)의 처마 밑을 싸서 치는 철망.

이를 하게 되었기 때문에 더 이상 오시마노파와도 왕래가 끊어져 버렸습니다. 그런 그 노파 집에 어째서 또 오토시가 가게 되었는가는 다음에 이야기하기로 하겠습니다.

그런데 오시마노파의 태생으로 말할 것 같으면, 돌아가신 부친한테도 들어봤는지 어떤지 오토시는 잘 모르지만 단지 옛날부터 공수[18] 하는 무당 일을 했었다는 것만큼은 어머니인가 다른 누군가로부터 들었습니다. 하지만 오토시가 알기로는 이제 먼저 말한 바사라 대신이라는 이상한 신(神)의 힘을 빌어서 가지나 점을 쳤다고 합니다. 이 바사라 대신이라는 것도 오시마노파처럼 어느 태생인지 알 수 없는 신으로 텐구(天狗)[19]라든가 여우라는 여러 가지 풍문도 있었지만 오토시한테는 향토 수호신인 텐만궁(天滿宮)[20]의 신주(神主) 등은 반드시 무엇인가 바다신이 틀림없다고 말하고 있었습니다. 그 때문인지 오시마노파는 매일 저녁 2시 시계가 울리면 뒤곁 툇마루에서 사다리를 따라 다테가와 물속에 몸을 담그고 머리까지 푹 물에 담근 채로 30분 넘게 들어가고 있는데, 그것도 요즘의 날씨정도면 그다지 힘들지 않겠지만 추운 날씨에도 역시 속치마바람으로 부슬부슬 퍼붓는 진눈깨비 속을 마치 사람 얼굴을 한 수달처럼 첨벙첨벙 물로 들어간다고 하는 게 아니겠습니까. 한번은 오토시가 걱정되어 전등을 한 손에 들고 덧문을 열면서 살그머니 강 속을 들여다보니까, 맞은편 기슭 곳간 지붕에 하얗게 눈이 남아 있을 뿐, 그런 만큼 더 시커먼 물 위에 노파의 자른

---

18) 죽은 사람의 혼령을 불러 혼령의 말을 전함

19) 하늘을 자유로이 날고 깊은 산에 살며 신통력이 있다는, 얼굴이 붉고 코가 큰 상상의 괴물.

20) 天滿宮: 天滿天神(菅原道真)을 제신(祭神)으로 하는 神社의 宮号. 政治的으로 인정을 받지 못한 道真의 분노를 가라앉히기 위해 神格化하여 받들어 모시게 된 영혼신앙의 대표적 사례이다. 北野天滿宮·大宰府天滿宮 등 전국 각지에 있다.

머리카락만 물 위에 둥지처럼 떠돌고 있었다고 합니다. 그 대신 이 노파가 하는 일은 가지도 점도 효험이 있으면 다행이겠지만, 이 노파에게 돈을 써서 부모나 남편, 형제 등을 저주하여 죽인 일도 여럿 있었습니다. 실제로 이전에 이 이시카와 기슭에서 투신한 남자도 같은 야나기바시(柳橋)의 기생에게 연정을 품은 어느 쌀 도매상 주인의 부탁으로 그 노파가 아주 쉽게 목숨을 잃게 했다고 합니다. 하지만 어떤 비밀스런 이유가 있는지 혼자 거기서 저주받아 살해당한 이 이시카와 기슭으로 말할 것 같으면, 그 대단한 노파의 저주로도 그 주위에 있는 인간에게는 해를 가할 수가 없었습니다. 뿐만 아니라 이시카와 기슭에서 하는 일은 천리안과 같은 노파의 눈에도 보이지 않는 듯해서 오토시는 신조를 일부러 이 이시카와 기슭으로 불러왔다고 합니다.

그렇다면 어떤 이유로 오시마노파가 그토록 오토시와 신조의 사랑을 방해하는가 하면, 올 봄 무렵부터 주식시세 동향이 어떨지 궁금해서 점을 보러 온 주식매매업자가 오토시의 미모에 눈 독 들여 큰돈을 미끼로 그 노파를 꾄 결과, 첩으로 줄 약속을 했다고 합니다. 하지만 그런 정도라면 여하튼 돈으로 매듭지어질 일이지만, 여기에 하나 더 이상하고 잘못된 점은 오토시를 보내면 그 노파가 가지도 점도 칠 수 없게 된다는 것이었습니다. 이는 오시마노파가 정작 일을 착수하게 되면 우선 그 바사라 대신을 오토시의 몸을 빌어서 신이 내리고, 신 내린 오토시의 입으로 하나하나 지시에 따른다고 합니다. 이것은 유달리 그렇게까지 하지 않아도 그 노파 자신에게 신이 내리게 되면 좋을 듯 하지만 그러한 꿈이라고도 현실이라고도 할 수 없는 황홀경에 빠진 사람은 그 동안에야말로 모르는 세상 소식과도 인간이 통하지만 정신이 든 후 그 사이에 벌어진 일은 완전히 잊어버리기 때문에 어쩔 수 없이 오토시에게 신을 내리고 그 말을 듣는 것이라는 것이었습니다. 이러한 사정이 있는 이상 그 노파가 오토시를 떼어놓지 않는 것도 지당하다고 할 수밖에 없을 것입니다. 그런데 주식매매업자는 또 그것을 구실로 오토시를 첩으로 하는 이상은 반드시 오시마노파도 함께 따라올 것이 분명하기 때문에 주식시세를 점치게 하고 운수만 좋으면 천하를 휘둘러 사리사욕을 채우려는 속셈인 것 같았습니다.

하지만 오토시 자신으로 보면, 그런 비몽사몽 상태에서 하는 일이나마 오시마노파가 나쁜 짓을 하는 것은 완전히 자신의 지시대로 하니까 양심이 없으면 모를까 이런 수단으로 이용되는 것은 하늘이 무서운 짓임에 틀림없습니다. 그러고 보면 앞에서 이야기한 오시마노파의 양녀도 떠맡겨졌다는 이유로 이 역할에 이용된 것으로 그렇지 않아도 허약한데다 더욱 더 병약해졌는데, 결국 끝내 양심의 가책을 받아 그 노파가 자고 있는 틈에 목을 매고 죽었다고 합니다. 오토시가 신조의 집에서 휴가를 얻은 것도 이 양녀가 죽었을 때로, 안타깝게도 그 신불(新仏)이 소꿉친구인 오토시 앞으로 보낸 한 통의 편지가 있던 것을 다행으로 여겨 일찌감치 그 노파는 후임으로 오토시를 들어앉히려고 했던 것이지요. 감쪽같이 그것을 빌미로 휴가를 얻게 해서 지금 있는 집으로 유인하고는 죽이는 한이 있어도 주인집으로는 돌려보내지 않겠다고 무서운 얼굴로 으름장을 놓았다고 합니다. 하지만 물론 신조와 굳은 약속이 되어 있던 오토시는 그날 밤에도 도망갈 심산이었지만, 노파도 주의를 기울이고 있었겠지요. 이따금 입구의 격자문을 엿보아도 반드시 밖에 커다란 뱀 한 마리가 몸을 도사리고 있어서 도저히 한 걸음도 내디딜 용기가 생기지 않았다고 합니다. 그리고 그 후에도 여러 번 틈을 노려 도망가려고만 하면 역시 비슷한 불가사의가

있어 도저히 뜻을 이룰 수 없었습니다. 그래서 요즘은 어쩔 수 없이 어찌 되었든 숙명이라고 여기고 어쩔 수 없이 오시마노파가 시키는 대로 하게 되었습니다.

그런데 요전에 신조가 온 이래, 두 사람의 관계가 알려지고 보니 평소 무자비한 그 노파가 오토시를 꾸짖는 정도로 넘어갈 상황이 아니었습니다. 치거나 꼬집을 뿐만 아니라 깊은 밤이 되길 기다려 요상한 술수를 써서 양팔을 하늘 위쪽으로 묶어 매달거나 정강이 주위에 뱀을 휘감게 하거나 듣는 것만으로도 소름이 끼치는 무서운 형벌을 가하는 것이었습니다. 하지만 그것보다 한층 더 괴로운 것은 그렇게 체벌하는 틈틈이 그 노파가 히죽거리고 비웃으며 이래도 단념하지 않으면 신조를 죽여서라도 오토시는 남의 손에 넘기지 않겠다고 너무나도 밉살스럽게 협박하는 일이었습니다. 이렇게 되면 오토시도 절체절명의 막다른 길이기 때문에 지금까지는 어떤 일이라도 숙명이라고 각오하고 있었지만 만일 신조의 신상에 돌이킬 수 없는 일이라도 생기면 큰일이라고 생각하여 결국 남자에게 자초지종을 털어 놓을 마음이 생겼던 것입니다. 하지만 그것도 신조가 자세한 사정을 물은 후에, 그렇게 무서운 일을 하는 여자였나 하고 미워도 하고 멸시도 한 모양이니까 겨우 다이 집으로 달려가기까지에는 얼마나 갈등을 했는지 모를 지경이었다고 합니다.

오토시는 이렇게 이야기를 마치자 다시 여느 때처럼 창백해진 얼굴을 들고 가만히 신조의 눈을 응시하면서 "그렇게 불쌍한 처지니까 아무리 괴롭고 슬퍼도 아무것도 없었던 옛날을 생각해서 그냥 이대로…"하고 말을 꺼냈지만 더 이상 참을 수 없다는 듯이 남자의 무릎에 매달리고는 소맷자락을 물며 울기 시작했습니다. 어찌할 바를 몰라 신조는 얼마동안 그저 오토시의 등을 쓰다듬으면서 꾸짖기도 하고 격려하기도 했지만 막상 그 오시마노파의 주의를 딴 데로 돌려서 어떻게 하면 무사히 두 사람이 사랑을 이룰 수가 있을까 생각하면, 유감스럽게도 승산은 도저히 없다고 할 수밖에 없었습니다. 하지만 물론 오토시를 위해서라도 약한 모습을 보일만한 상황이 아니기 때문에 억지로 활기찬 목소리를 내면서 “뭐, 그렇게 걱정하지 말아요. 시간이 흐르면 어떻게든 깨닫게 될 테니까.”하고 임시방편으로 위로를 하자, 오토시는 겨우 눈물을 거두고 신조의 무릎에서 떨어졌지만 아직도 울먹이는 소리로 “그야 시간이 흐르면 어떻게든 안 될 일도 없겠지만 모레 밤에 할머니가 또 신을 내릴 거라고 해서요. 만약 그 때 제가 뜻밖의 말이라도 하게 되면…”하고 속마음을 그대로 말하는 것이었습니다. 이 말에 신조도 다시 가슴이 철렁하여 애써 용기 낸 기운조차 완전히 사기가 뚝 떨어지지 않을 수 없었습니다. 모레라고 말할 것 같으면 오늘 내일 사이에 어떻게든 묘책을 강구하지 않으면 자신은 물론이고 오토시까지 돌이킬 수 없는 불행의 나락으로 떨어질 것입니다. 하지만 단 이틀 사이에 어떻게 그 요상한 노파를 잡아 꼼짝 못하게 할 수가 있을까요? 설령 경찰에게 고소한들 저승세계에서 행해지는 범죄에는 법률의 힘도 미치지 않습니다. 그렇다고 해서 사회의 여론도 오시마노파의 악행 따위는 물론 대수롭지 않게 여겨 불문에 붙여 버리겠지요. 그렇게 생각하자 신조는 새삼스럽게 팔짱을 끼고 망연자실할 수밖에 없었습니다. 그러한 괴로운 침묵이 얼마동안 계속 된 후에 오토시는 눈물 젖은 눈을 들고는 희미하게 별이 빛나고 있는 저녁 하늘을 바라보면서 “차라리 죽어 버리고 싶어.”하며 가냘픈 목소리로 중얼거렸는데, 이윽고 뭔가에 놀란 것처럼 흠칫흠칫 주위를 둘러보고 “너

무 늦어지면 또 우리 집 할머니한테 야단맞으니까 저는 이제 돌아갈게요."하고 완전히 기가 빠진 사람처럼 말하는 것이었습니다. 과연 그러고 보니까 여기에 온 지 30분은 족히 지났을 것입니다. 땅거미는 조수 내음과 함께 두 사람 주위에 자욱이 깔려 있고 맞은편 강기슭의 산도, 그 아래에 이어져 있는 점선(배)도 창망한 일색(一色)에 가려져 보이지 않고 다만 타테가와의 강물만이 마치 큰물고기의 뱃살처럼 하얗게 꾸불꾸불 빛나고 있었습니다. 신조는 오토시의 어깨를 안고 부드럽게 입맞춤하고 나서 "여하튼 내일 저녁에 다시 여기로 와 주오. 나도 그때까지는 어떻게든 지혜를 짜 볼 작정이니까."하고 열심히 격려해 주었습니다. 오토시는 뺨에 흐르는 눈물 자국을 젖은 수건으로 살짝 닦으면서 아무런 말없이 슬픈 듯이 끄덕였습니다. 막상 풀이 죽어 네후카와이시(根府川石)에서 일어서서 그것도 완전히 의기소침해진 신조와 함께 한 쌍의 사자석상 아래 한적한 도로로 나오려고 하자, 갑자기 또 눈물이 복받쳐 올라왔던 것일까요. 밤눈으로 보기에도 아름다운 목덜미를 보이며 안타까운 듯이 고개를 숙이면서 "아, 차라리 죽어 버리고 싶어."하며 다시 한 번 힘없이 이렇게 말했습니다. 그러자 바로 그 순간입니다. 조금 전 두 마리의 검은 나비가 사라진, 앞에서 말한 전신주 아래에 커다란 인간의 눈 하나가 희미하게 떠오르지 않겠습니까? 그것도 속눈썹이 없고 푸르스름한 막이 쳐진 듯 눈동자 색이 탁하고, 크기는 그럭저럭 3척(90cm)이나 되는 눈은 어디를 보고 있는지 알 수 없었습니다. 처음에는 물거품처럼 갑자기 튀어나와 땅 위를 조금 벗어난 곳으로 떠돌듯이 멍하니 머물렀지만 금방 그 탁하고 엷은 검정색 눈동자가 비스듬히 눈초리 쪽으로 모였다고 합니다. 게다가 이상한 일은 그 큰 눈이 도로를 흐르는 어둠에 스며들어 몽롱한 것과는 상관없이 뭐라 말할 수 없는 악의가 번뜩이고 있는 것처럼 보였습니다. 신조는 자기도 모르게 주먹을 쥐고 오토시의 몸을 감싸면서 필사적으로 이 환상을 응시했다고 합니다. 실제로 그 때는 전신의 모공 하나하나에 모조리 바람을 불어 넣었다고 생각할 만큼 오싹하고 등골이 서늘해지면서 숨마저 막힐 듯한 기분이었다고 할까요? 아무리 소리를 지르려고 해도 혀가 움직이지 않았다고 합니다. 하지만 다행히 그 눈도 얼마동안은 극도의 증오심을 눈동자에 집중시켜 역시 이쪽을 뒤돌아보는 것 같더니만 순식간에 형태가 희미해지고 마지막에 조개껍질과 같은 눈꺼풀이 떨어지자 이제 거기에는 전신주만 있을 뿐 아무런 이상한 모습은 보이지 않았습니다. 단지 그 호랑나비와 같은 것이 팔랑팔랑 날아오르는 것처럼 보였다고 하는데 그것은 어쩌면 지면을 스치듯 날아가는 박쥐였을 지도 모릅니다. 그 후에 신조와 오토시는 마치 악몽에서 깨어난 것처럼 넋을 잃고 아연실색하여 얼굴을 마주보았지만 금새 서로의 굳은 각오의 눈빛을 읽자 자신들도 모르게 손을 굳게 마주잡고 부들부들 떨었다고 합니다.

그리고 30여분 지난 후에 신조는 여전히 경직된 눈빛으로 통풍이 잘되는 뒤쪽 다다미방에서 주인인 다이를 상대로 오늘 밤 일어난 여러 가지 이상한 일을 작은 목소리로 소곤소곤 이야기하고 있었습니다. 두 마리의 검은 나비에 관한 일, 오시마노파의 비밀, 커다란 눈의 환상에 관한 이런 모든 것이 현대를 사는 청년에게는 황당무계로 밖에 생각되지 않지만 진작부터 그 노파의 이상한 주술의 힘을 익히 알고 있는 다이는 한층 더 의심을 품는 기색도 없이 아이스크림을 후루룩 빨아 먹으면서 마른 침을 삼키고 이야기를 들어 주었습니다. "그 커다란 눈이 사라져 버리자 오토시는 창백한 얼굴을 하고 '어떻게 하

지요. 여기서 당신과 만난 일이 벌써 할머니에게 탄로나버렸어요.'하고 말했지만 나는 '이렇게 된 이상 그 노파와 우리 사이에는 전쟁이 시작된 거나 마찬가지니까 탄로 나든지 말든지 무슨 상관이 있어.'하고 잘난 체 했는데. 곤란한 일은 지금도 이야기한 대로 나는 내일 또 그 이시카와 기슭에서 오토시와 만날 약속이 되어 있어. 그런데 오늘 밤 만난 것을 그 노파가 알게 되면 아마 내일은 오토시를 내보내지 않을 거야. 그러니까 설령 그 노파의 수하에서 오토시를 구해 낼 묘안이 있어도 게다가 그 명안이 오늘 내일 사이에 떠오른다고 해도 내일 밤 오토시를 만날 수 없으면 모든 계획이 물거품이 될 거야. 그런 생각이 드니까 나는 이제 신한테도 부처님한테도 버림을 받은 것 같은 심정이야. 오토시와 헤어져 여기로 올 때까지도 마치 발이 땅에 전혀 닿지 않은 듯한 기분이었어." 신조는 이렇게 자세한 사정을 다 이야기하자, 생각난 듯이 부채를 부치면서 걱정스러운 듯이 다이의 얼굴을 바라보았습니다. 하지만 다이는 의외로 놀라지 않고 얼마동안은 그저 처마 끝에 쳐 있는 발이 바람에 움직이는 것을 보고 있었는데, 겨우 신조에게 눈을 돌리고는 그것도 약간 눈살을 찌푸리며 "결국 자네가 목적을 이루려면 삼중의 난관이 있는 셈이군. 제일 처음 자네는 오시마노파 수하에서 안전하게 오토시를 구해내야만 하네. 두 번째로 그것도 모레까지는 반드시 실행할 필요가 있어. 그리고 나서 그 실행상의 협의를 하기 위해서 내일 중에 오토시를 만나고 싶은 것이 제3의 난관일 거야. 헌데 이 제 3 의 난관은 제 1, 제 2의 난관만 극복할 수 있으면 어떻게든 될 거야."하고 자신 있는 듯한 어조로 말하는 것입니다. 신조는 아직 내키지 않는 얼굴을 한 채 "어째서?"하고 의아스러운 듯이 물었습니다. 그러자 다이는 밉살스러울 정도로 침착한 얼굴로 "뭐, 이유가 있을 턱이 있나? 자네가 만날 수 없으면…"하고 말을 꺼냈지만 갑자기 주위를 둘러보면서 "가만있자, 이것은 여차할 때까지 덮어 두자. 아무래도 조금 전부터의 이야기 말인데, 그 할멈이 자네 주위에 엄중하게 그물을 치고 있는 것 같으니까 멍청한 짓은 하지 않는 것이 좋을 것 같네. 실은 제 1, 제 2의 난관도 극복하지 못할 것도 없지만. 그저, 모든 걸 나에게 맡겨두고 말이야. 그것보다 오늘 밤은 맥주라도 마시고 실컷 담력을 키우게나."하고 마지막에는 아주 마음 편한 듯한 웃음으로 얼버무리는 게 아닙니까? 신조는 물론 그것이 안타깝기도 하고 화가 나기도 했지만 막상 그 맥주를 마시고 보니, 역시 다이의 경계심이 지당했다고 여길 만한 일이 일어났습니다. 그것은 두 사람 사이에 근심스런 잡담이 시작되고 나서 문득 다이가 정신을 차리고 보니까, 작은 접시의 훈제연어와 함께 신조의 밥상에 놓여 있는 컵이 이미 거품이 사라진 흑맥주를 찰랑찰랑 가득 채운 채로 입도 대지 않고 놓여 있었습니다. 그래서 다이가 물이 떨어지는 맥주병 밑동을 잡고 "자, 좀 기분 좋게 잔을 비우지 않겠나?"하고 신조를 재촉했을 때의 일이었습니다. 아무렇지도 않게 그 컵을 잡은 신조가 벌컥 하고 한숨에 마시려고 하자, 직경 6cm 정도의 원을 그린 힐끗하고 빛나는 흑맥주 표면에 천정의 전등과 뒤쪽 갈대발을 친 장지가 비친 곳에 한순간 낯선 인간의 얼굴이 비쳤습니다. 아니, 더 자세하게 말하자면 단지 낯선 얼굴이라고 할 뿐, 인간인지 뭔지도 확실히는 모릅니다. 이쪽 사고방식의 하나로는 새나 짐승이라고도 내지는 뱀이나 개구리라고도 생각할래야 생각할 수도 없었습니다. 그것도 얼굴이라기보다는 오히려 그 일부분으로 특히 눈으로부터 코언저리가 마치 신조의 어깨 너머로 살그머니 컵 안을 들여다 본 것처럼 전등 빛을 가리고 또렷이 그림자를 드리웠습니다. 이렇게 말하면 시간이 꽤 흐른 일 같지만 전에도 말한 대로 그저 한순간에 뭐라고 확실히 알 수 없는 물체의 눈이 직경 6cm의 흑맥주 원 안에서, 힐끗 신조의 눈을 엿보는가 싶더니 금방 사라져 버렸습니다. 신조는 마시려고 한 컵을 아래에 놓고 두리번두리번 앞뒤를 둘러보았습니다. 하지만 전등도 여전히 밝았고 처마 끝에 매달린 발[21]도 변함없이 바람에 돌고 있고 이 시원한 뒤쪽 다다미방에는 도무지 요괴냄새를 띤 어떤 물체도 눈에 띄지 않았습니다. "왜 그래. 벌레라도 들어간 거 아냐?" 이렇게 묻는 다이에게 신조는 어쩔 수 없이 이마의 땀을 닦고 "뭐지? 이상한 얼굴이 이 맥주에 비쳤어."하고 부끄러운 듯이 대답했습니다. 이 말을 듣자 다이는 "이상한 얼굴이 비쳤어?"하고 메아리처럼 되풀이하면서 신조의 잔을 들여다보았는데, 두말할 것도 없이 지금은 그렇게 말하는 다이 얼굴 외에 다른 얼굴 같은 것은 아무것도 비치지 않았습니다. "자네가 예민해진 탓이 아닐까? 설마 그 노파도 내가 있는 곳까지는 손을 뻗치지 못할 거야." "하지만 자네는 지금도 스스로 그렇게 말하지 않았나. 내 몸 주변에는 빈틈없이 그 노파가 그물을 치고 있기 때문이라고." "정말 그랬었지? 하지만 설마, 설마 그 맥주잔에 그 노파가 혀를 넣고 한 모금 마셨기로서니 별일 없을 거야. 그렇다면 상관없으니까 잔을 비워버리게." 이런 식으로 다이는 여러 가지로 침울한 신조의 기분을 북돋아주려고 했지만, 신조는 더욱 더 움츠리기만 할 뿐 결국 그 잔도 채 비우기 전에 이미 돌아갈 준비를 하기 시작했습니다. 그래서 다이도 어쩔 수 없이 아무쪼록 용기를 잃지 않도록 재삼 부드럽게 말을 하고 나서 전철로는 안심이 안 된다고 하며 차까지 불러 주었다고 합니다.

21) 여름에 시원해보이도록 처마에 매단 고사리 뿌리줄기를 엮은 것

그날 밤은 잠을 자도 이상한 꿈만 꾸고 여러 번 가위 눌렸는데, 그런데도 간신히 아침이 되자 신조는 조속히 다이 집에 어젯밤 고마웠다는 인사를 할 겸 전화를 걸었습니다. 그러자 전화를 받은 사람은 다이의 가게 지배인으로 "주인님은 오늘 아침 조금 이르게 어딘가로 외출하셨습니다."라는 응답이었습니다. 신조는 어쩌면 오시마노파한테라도 간 것이 아닐까 생각했지만 터놓고 그렇게 물을 수도 없고 또 물어본들 다른 사람이 알고 있을 리도 없기 때문에 다이가 돌아오는 대로 알려 달라고 지배인한테 잘 부탁해 두고, 우선 전화를 끊어 버렸습니다. 그런데 그럭저럭 정오가까이 되자 이번에는 다이한테서 전화가 걸려와 아니나 다를까 오늘 아침 오시마노파 집으로 풍수를 보러 갔다고 합니다. "다행히 오토시를 만났기 때문에 내 계획만큼은 편지로 써서 살그머니 오토시 손에 쥐어주고 왔어. 답장은 내일이 되어봐야 알겠지만 어쨌든 비상 상황이니까 오토시도 선뜻 받아들일 것 같아." 이런 다이의 말을 듣고 있자니, 그야말로 만사가 좋게 풀릴 것 같은 생각이 드니까 신조는 더욱더 그 계획이라는 것이 알고 싶어져서 "도대체 무엇을 어떻게 할 심산이야?"하고 물으니까 다이는 역시 어젯밤처럼 전화상으로도 히죽히죽 웃고 있는 모양새로 "뭐, 이제 2, 3일 더 기다려주게. 그 노파가 상대라면 전화도 방심해서는 안 되니까. 그럼 언제 다시 내 쪽에서 전화를 걸기로 하지. 잘 지내게."하는 형편입니다. 전화를 끊은 신조는 평소대로 카운터 격자 뒤에 앉았는데, 그러니까 요 이틀 사이로 자신과 오토시의 운명이 결정되는 것이라고 생각하자 초조하기도 하고 안타깝기도 하고 그렇다고 해서 더더욱 기쁘다고 할 수 없는 다만 이상하게 두근거리는 마음으로 장부도 주판도 일이 손에 잡히지 않았습니다. 그래서 그 날은 아직 열이 내리지 않은

것을 구실로 정오부터 2층 거실에서 자고 있었는데, 그 사이에도 끊임없이 신경이 쓰인 것은 누군가가 자신의 일거일동을 가만히 응시하고 있는 듯한 기분이 드는 것이 잠을 잘 때나 깨어 있거나 상관없이 집요하게 항상 따라다니고 있었다고 합니다. 실제로 정오가 넘은 3시 무렵에는 확실히 2층의 사다리 식 계단 어귀에 누군가 웅크리고 있는 것이 있어, 그 시선이 갈대발을 친 문 너머로 이쪽을 향해 있는 것 같아서 곧바로 일어나 거기까지 나가 보았지만 단지 닦아 놓은 복도 위에 어렴풋이 창밖 하늘이 비치고 있을 뿐 아무것도 사람 따위는 보이지 않았습니다.

이런 상태로 그 다음날이 되자, 더욱더 신조는 안절부절 제정신이 아니고, 다이의 전화가 걸려오기를 이제나 저제나 하고 기다리고 있었는데, 간신히 어제와 같은 시각이 되어 약속대로 걸려온 전화기로 불려갔습니다. 그러나 받아 보니 다이는 어제 보다 더 쾌활한 목소리로 "여보게. 드디어 오토시한테서 답장이 왔어. 모두 내 계획대로 실행하게 되었어. 뭐라고 어떻게 편지를 받았냐고? 다시 일을 꾸며 내가 그 노파 집으로 몸소 현장으로 행차했지. 그러자 어제 편지로 부탁해 두었기 때문에 대리인으로 나온 오토시가 곧바로 내 손에 편지를 숨겼어. 귀여운 답장이지. 히라가나로 '알겠습니다.'라고 적혀있었어."하고 자랑스럽게 지껄여 대는 것입니다. 그런데 오늘은 이상하게도 이런 말 도중에 다이의 목소리뿐만 아니라 또 한사람인 누군가의 목소리가 들렸습니다. 무엇보다 그 목소리란 것도 무슨 말인지 전혀 알 수 없지만 어쨌든 기세 좋은 다이의 목소리와는 정반대로 코 막힌 소리에 기운 없고, 신음하는 듯한, 답답한 목소리가 마치 음지와 양지처럼 다이가 떠들어 대는 틈을 누비며 수화기 바닥으로 흘러드는 것이었습니다. 처음에는 신조도 혼선일 거라는 정도의 생각으로 별로 신경도 쓰지 않았기 때문에 "그래서, 그래서."하고 재촉해대고 그리운 오토시의 소식을 정신없이 듣고 있었습니다. 하지만 그러는 중에 다이도 이 이상한 목소리가 들렸는지 "왠지 떠들썩한데. 자네 쪽이야?"하고 물어서 "아니 내 쪽이 아닐세. 혼선인가 봐."하고 대답하자, 다이는 조금 혀를 차 듯하고는 "그러면 한 번 전화를 끊고 또 다시 걸게."라고 말하면서 한 번은커녕 두, 세 번이나 교환수에게 잔소리를 하고는 끈기있게 다시 연결했지만 역시 두꺼비가 중얼거리듯 투덜대는 목소리가 들리는 것이었습니다. 다이도 나중에는 고집을 꺾고 "어쩔 수 없구나. 어디엔가 고장이 난 건가? 하지만 그것보다 아주 중요한 본론인데 드디어 오토시가 알았다고 했으니까 뭐, 만사 계획대로 성공할 테니까 안심하고 좋은 소식을 기다리고 있게나."하고 다시 방금 전 이야기를 계속하기 시작했습니다. 하지만 신조는 역시 다이의 계획이라는 것이 궁금해서 다시 어제와 같이 "도대체 무엇을 어떻게 할 심산이야?"하고 묻자, 다이는 늘 하던 대로 시치미를 떼고서 "하루 더 참고 견뎌주게. 내일 이맘때까지는 반드시 자네한테도 알릴 수 있을 테니까. 뭐, 그렇게 서두르지 말고 마음 든든하게 먹고 기다리고 있게. 행운은 누워서 기다리라고 하잖아."하며 농담을 섞어 대답했습니다. 그러자 그 소리가 채 끝나기도 전에 또 하나의 희미해진 소리가 갑자기 귓가로 와서 "발버둥 칠 생각은 말아라."하고 떡하니 비웃지 않겠습니까? 다이와 신조는 무심코 동시에 두 사람 모두 "뭐야, 지금 목소리는?"하고 서로 물었지만 더 이상 수화기 안은 고요한 채 그 중얼거리는 콧소리마저 전혀 들리지 않게 되어 버렸습니다. "이거 안 되겠어. 여보게! 지금 목소리는 그 노파야. 재수 없으면 모처럼의 계획도… 뭐, 모든 것

이 내일이면 결정날 일이야. 그러면 이만 끊겠네."이렇게 말하면서 전화를 끊은 다이의 목소리엔 분명히 당황한 기색이 느껴졌습니다. 또 실제로 오시마노파가 두 사람 사이의 전화마저 감시하게 되었다고 하면 당연히 다이와 오토시가 비밀 편지를 주고받고 한 일도 주목하고 있을 게 뻔하기 때문에 다이가 당황하는 것도 지당합니다. 하물며 신조의 입장이 되고 보면 어떻게 할 심산인지 모른다고 해도 어쨌든 더할 나위 없이 소중한 다이의 계획이 그 노파에게 의표를 찔린 이상 그야말로 모든 일이 다 틀려버렸다고 할 수밖에 없었습니다. 그러니까 신조는 통화중인 전화기를 벗어나자 마치 상심한 사람처럼 멍하니 2층 거실로 가서 해가 질 때까지 창밖의 푸른 하늘만 바라보고 있었습니다. 그 하늘도 기분 탓인지 가끔 그 꺼림칙한 호랑나비 몇 십 마리가 무리를 이루어 기분 나쁜 사라사(更紗)[22]모양을 만들어 낸 일이 있다고 하지만 신조는 이제 몸도 마음도 완전히 지쳐 버렸기 때문에 그 불가사의를 불가사이로 느끼는 것조차 할 수 없었다고 합니다.

그날 밤도 또 신조는 악몽만 계속 꾸고 변변히 잠조차 잘 수 없었는데, 그래도 날이 새자 어느 정도 마음에 의욕이 생겨서 모래를 씹기보다 더 입맛이 없는 조식을 끝내자 조속히 다이에게 전화를 걸었습니다. "너무 이르지 않은가. 나 같은 늦잠꾸러기한테 이맘때 전화를 거는 것은 심한데." 다이는 정말로 아직 졸린 듯한 목소리로 이렇게 불평을 해댔지만 신조는 거기에는 대답도 하지 않고 "나는 말야. 어제 전화할 때 있었던 일 때문에 도저히 넋 놓고 집에 있을 수 없으니까 지금 곧바로 자네한테 갈게. 아니, 전화로 자네 이야기를 들은 정도로는 도저히 마음이 놓이질 않네. 괜찮겠어? 곧바로 갈게."하고 응석받

22) 인물, 화조, 기하학적 무늬를 색색으로 날염한 면직물.

이 아이처럼 우겼다고 합니다. 이렇게 완전히 흥분한 어조를 듣자, 다이도 달리 어쩔 수 없었는지 "그러면 오게. 기다리고 있을 테니까."하고 솔직하게 대답해 주었기 때문에 신조는 전화를 끊자마자 걱정하는 어머니에게도 애매한 얼굴을 보일 뿐 어디에 간다고도 할 것 없이 갑자기 가게를 뛰쳐나왔습니다. 나와 보니, 하늘은 잔뜩 흐리고 동쪽 구름 사이에 적동색 빛이 감돌고 있는 묘하게 무더운 날씨였지만 애초부터 그런 일은 신경 쓸 여유도 없이 곧바로 전철에 뛰어 올라타 자리가 비어있는 것을 다행히 여기고 한가운데 좌석에 걸터앉았다고 합니다. 그러자 일시 회복 한 듯이 보인 피로가, 얄궂게 아직 남아 있었는지 신조는 새삼스럽게 기분이 가라앉고 마치 딱딱한 밀짚모자가 점차 계속해서 머리를 압박한다고 여길 만큼 심한 두통까지 났습니다. 그래서 기분전환을 하고 싶은 일념으로 지금까지 나막신의 발가락 끝만 보고 있던 눈을 근처로 올려보니까 이 전철에도 또한 불가사의가 있었습니다. 그것은 천정 양쪽에 얌전하게 줄지어 있는 손잡이가 전철이 움직일 때마다 모두 진동자처럼 흔들리고 있었는데, 신조 앞의 손잡이만은 가만히 한 곳에 계속 움직이지 않고 있었습니다. 그것도 처음에는 이상하다고 여기는 정도로 심각하게 마음에 두지 않았는데, 그 안에 다시 누군가가 응시하고 있고 듯한 께름칙한 마음이 저절로 강해지기 시작했기 때문에 이런 손잡이 아래에 앉아 있으면 안 되겠다 싶어서 저쪽 구석에 있는 빈자리로 일부러 옮겼습니다. 옮기고 문득 위를 보자, 지금까지 흔들리고 있던 손잡이가 갑자기 가져다 만들어 붙인 것처럼 움직이지 않고 그 대신 조금 전의 손잡이가 자유로워진 것을 아주 기뻐하듯 힘차게 흔들거리기 시작하지 않겠습니까? 신조는 매번 겪는 일이면서 이때도 역시 두통마저 잊을 만큼 뭐라고 말

할 수 없는 공포를 느끼며 무심코 구조를 요청하듯이 다른 승객들의 얼굴을 둘러보았습니다. 비스듬히 신조와 마주본, 어딘가의 마나님 같은 할머니 한 분이 코트의 목을 내밀고 금테 안경너머로 힐끗 신조 쪽을 뒤돌아보았습니다. 물론 그 할머니는 신 내린 노파 따위와 아무런 연고도 없는 인물이었음에 틀림없지만 그 시선을 받는 것과 동시에 신조는 금방 오시마노파의 푸르뎅뎅한 얼굴이 생각나서 애간장이 탔습니다. 황급히 표를 차장에게 건네주고는 미수에 그친 소매치기보다 빨리 전철을 뛰어 내려 버렸습니다. 하지만 어쨌든 굉장한 속력으로 달리고 있던 전철이기 때문에 다리가 땅에 닿았다고 생각하자 밀짚모자가 날아가고, 나막신 끈이 끊어져 땅에 엎어진 쪽 앞으로 넘어져 무릎이 까지는 소동이 생겼습니다. 아니, 조금만 더 늦게 일어났더라면 모래 먼지를 일으키며 달려 온, 어느 화물 자동차에 치어버렸겠지요. 진흙투성이가 된 신조는 가솔린 연기를 얼굴에 내뿜고 옆으로 세차게 지나친, 그 노란 색으로 칠한 자동차 뒤에 상표 같은 검은 나비 모양을 바라보았을 때 완전히 구사일생을 한 것이 신의 조화와 같은 생각이 들었다고 합니다. 그것이 구라카케바시(倉掛橋) 정류장에 약100미터 바로 앞이었지만 운수 좋게 우연히 지나가는 인력거가 한 대 있었기 때문에 여하튼 그 인력거에 오르자, 여전히 경직된 표정으로 히가시료코쿠(東両国)로 서둘러 가게 했습니다. 하지만 그 도중에도 심장이 두근거리고 무릎 상처는 욱신욱신 아프고 게다가 지금의 소동이 있던 후이기 때문에 언제 몇 시에 이 인력거도 뒤집힐 지도 모른다는 불길한 불안감도 있고 해서 제정신이 아니었다고 합니다. 특히 인력거가 료고쿠바시(両国橋)에 접어들었을 때 고쿠기칸(国技館) 하늘에 희미한 은색 테두리를 한 검은 구름이 서로 겹쳐 넓은 오오카와(大川)의 수면에 부전나비와 같은 돛배 모습이 모여 있는 것을 바라보자, 신조는 드디어 자신과 오토시의 생사의 갈림길이 가까워진 듯한 비장한 감격에 겨워 무심코 눈물마저 어렸습니다. 그러니까 인력거가 다리를 건너고 다이 집 문 앞에 겨우 인력거를 내렸을 때에는 기쁜 지 슬픈 지 스스로도 알 수 없을 만큼 그저 공연히 가슴이 미어져서 의아한 얼굴을 하고 있는 인력거꾼 손에 터무니없이 많은 차비를 건네주는 시간도 아까워 허둥지둥 인력거 앞의 커튼을 빠져 나갔습니다.

다이는 신조의 얼굴을 보자 손도 내밀지 않고 예전에 왔었던 뒤쪽 다다미방으로 안내했는데, 얼마 안 있어 그 손과 다리의 흉터라든가 옷의 실밥이 터지고 풀린 여름용 겉옷을 알아챘는지 "어떻게 된 거야? 그 모양새는?"하고 기가 막힌 듯이 물었습니다. "전철에서 떨어졌는데, 구라카케바시(鞍掛橋) 쪽에서 잘못 뛰어내렸어." "촌뜨기도 아니고 눈치가 없기로서니 정도가 있지. 하지만 어째서 또 그런 곳에서 뛰어 내렸을까." 그래서 신조는 전차 안에서 생긴 불가사의를 하나하나 다이에게 이야기해 들려주었습니다. 그러자 다이는 열심히 그 자초지종을 듣고 나서 평소와 다르게 눈살을 찌푸리고 "형세가 결국 나쁘군. 나는 오토시가 실패한 게 아닐까 생각하는데."하고 혼잣말처럼 말하는 것이었습니다. 신조는 오토시의 이름을 듣자, 갑자기 또 심장이 몹시 두근거리는 듯한 느낌이 들어서 "실패한 게 아닐까 라니? 자네는 도대체 오토시에게 무엇을 시키려고 했나?"하고 힐문하듯이 물었습니다. 그러나 다이는 그 질문에는 대답하지 않고 "이렇게 된 것도 내 잘못일지도 모르겠네. 내가 오토시에게 편지를 건네준 일 따위를 전화로 자네에게 말하지 않았으면 그 노파도 내 계획을 눈치 채지 못했을 텐데."하고 그야말로 당혹스러운 듯 한숨마저 내쉬는 것입니다. 신조

는 결국 견딜 수 없어서 "지금 와서도 아직까지 자네의 계획을 안 알려 주는 것은 너무 잔혹하지 않은가? 그 덕분에 나는 이중의 괴로움을 겪고 있네."하고 떨린 목소리로 원망해대자 다이는 "아니."하고 자제하는 손짓을 하고 "그렇게 생각하는 게 당연해. 지당하다는 것은 나도 잘 알고 있지만, 그 노파를 상대로 하고 있는 이상 이것도 어쩔 수 없는 일이라고 생각해 주게나. 실제로 지금도 말한 대로 나는 오토시에게 편지를 건네준 일도 자네에게 털어놓지 않고 입 다물고 있었더라면 좀 더 만사가 좋게 풀렸을지도 모른다고 생각해. 어쨌든 자네의 일거일동은 모두 오시마노파가 환히 꿰뚫어보고 있으니까. 아니, 어쩌면 요전 전화할 때 생긴 일 이후에 나도 상당히 그 노파에게 감시를 당하고 있지만, 지금 현재까지는 어쨌든 나한테는 자네만큼 이상한 사건도 일어나지 않았으니까. 실제 내 계획이 실패했는지 어떤지 그것을 분명히 알 때까지는 아무리 자네한테 원망을 들어도 모두 내 가슴 하나에 담아두고 싶네."하고 타이르기도 하고 위로도 해 주었습니다. 하지만 신조는 그런 말을 듣고 난 후에는 다이가 하는 말을 납득할 수 있어도 오토시의 안부를 걱정하는 마음에는 변함이 없었기 때문에 계속 험한 표정을 미간에 남긴 채로 "자네, 그렇다 치더라도 오토시 신상에 잘못되는 일은 없겠지?"하고 들이대듯이 다짐하자, 다이도 역시 걱정스러운 눈빛을 하고 "글쎄."하고 말한 채, 잠시 깊은 생각에 잠기는가 싶더니만, 이윽고 잠깐 옆방 벽시계를 들여다보면서 "나도 그것이 신경이 쓰여 견딜 수 없네. 그럼 그 노파의 집에는 가지 않더라도 근처까지 정찰하러 가 볼까?"하고 결심한 듯이 말하는 것입니다. 신조도 실은 맘 편히 이렇게 버티고 앉아 있는 것이 몹시 초조했던 터라 물론 싫다고 말할 리는 없었습니다. 그래서 곧바로 얘기가 일단락되고 5분도 채 지나지 않은 사이에 두 사람은 여름용 겉옷차림의 어깨를 나란히 하고 서둘러 다이의 집을 나왔습니다.

그런데 다이의 집을 나와 아직 50미터도 채 가기 전에 동동거리며 달려오는 기척이 있어 두 사람 모두 동시에 뒤돌아보니까 별로 수상한 것은 아니고, 다이의 가게 점원 하나가 지우산을 한 개 어깨에 메고 급히 서둘러 주인 뒤를 좇아 왔던 것입니다. "우산인가?" "네, 지배인님이 비가 내릴 것 같으니까 가지고 가시라고 하셨어요." "그렇다면 손님 것도 가지고 왔으면 좋았을 텐데." 다이가 쓴웃음을 지으면서 그 지우산을 받자, 점원은 겸연쩍은 듯이 머리를 긁고 나서 어색하게 인사를 하고 힘차게 가게 쪽으로 달려가 버렸습니다. 그러고 보니까 과연 머리 위에는 조금 전보다 검은 소나기구름이 온통 뭉게뭉게 가물거리고 드문드문 새어나오는 하늘의 빛도 마치 연마한 강철과 같은 기분 나쁜 한기를 띠고 있는 것입니다. 신조는 다이와 함께 걸으면서 이 날씨를 바라보니, 또다시 꺼림칙한 예감에 휩싸이기 시작했기 때문에 자연히 다이와의 대화도 활기를 띠지 못하고 무작정 발걸음만 재촉했습니다. 그러다보니까 다이는 시종 걸음이 뒤쳐져 종종걸음으로 좇아와서는 아주 부산스럽게 땀을 닦고 있었는데, 그러다 결국 포기한 것일까요. 신조를 앞세운 채로 자신은 뒤에서 우산을 들고 가끔 친구의 뒷모습을 측은하게 바라보면서 어슬렁어슬렁 걸어갔습니다. 그러자 두 사람이 이치노하시 옆을 왼쪽으로 꺾어 오토시와 신조가 해질 무렵에 큰 눈의 환상을 본, 그 이시카와 기슭 앞까지 왔을 때 뒤에서 인력거 한 대가 오더니 다이 옆을 지나쳐갔는데, 그 인력거안 손님의 모습을 보고 다이는 갑자기 눈살을 찌푸리며 "이봐. 이봐."하고 매우 소란스럽게 신조를 불러 세우는 게 아닙니까? 그래서 신조도 어

쩔 수 없이 걸음을 멈추고 마지못해 다이를 뒤돌아보면서 귀찮은 듯이 "뭐야."하고 대답하자, 다이는 빠른 걸음으로 따라와서"자네 지금 인력거를 타고 지나간 사람 얼굴을 보았나?"하고 묘한 것을 묻는 것이었습니다. "보았어. 야윈 얼굴에 검은 색안경을 쓴 남자 말인가?" 신조는 의아스러운 듯이 이렇게 말하면서 다시 빨리 걷기 시작했는데, 다이는 한층 더 기세를 꺾지 않고 전보다도 한층 엄숙하게 "여보게, 저자는 말이야. 우리 집 단골손님인데 가기소(鍵惣)라고 하는 투기꾼이야. 어쩌면 오토시를 첩으로 삼고 싶다고 말한 자가 저 남자가 아닐까 생각하는데 어떤가? 아니, 특별히 왜라고 할 것도 없지만 문득 그런 생각이 들기 시작했네."하고 뜻밖의 말을 꺼냈습니다. 하지만 신조는 역시 침울한 상태로 "기분 탓일 거야."하고 내뱉은 채로 먼저 모모하유(桃葉湯) 간판조차 쳐다보지 않고 걸어가는 것이었습니다. 그러자 다이는 우산으로 두 사람이 가는 쪽을 가리키면서 "꼭 기분 탓만이 아니야. 보게. 저 인력거가 오시마노파의 집 앞에 떡하니 서있지 않나?"하고 자신 있게 신조의 얼굴을 뒤돌아보았습니다. 보니까 실제로 방금 본 인력거는 비가 오길 기다리는 버드나무가 주위를 어둡게 줄기를 늘어뜨린 아래에 금문(金紋)[23]이 붙은 뒷부분을 이쪽으로 향하고 인력거꾼은 세우기 전에 걸터앉아 있는 듯 유유히 인력거 채를 내리고 있는 것입니다. 이것을 본 신조는 비로소 우울한 얼굴표정 밑바닥에 희미한 열정을 내보이면서도 아직 마음이 내키지 않는 처음 상태로 "하지만, 여보게. 그 노파에게 점을 보러 오는 투기꾼도 가기소 외에도 또 있을 것 아닌가."하고 귀찮은 듯이 대답했는데, 그러는 가운

---

23) 금칠(金漆) 등으로 그린 가문(家紋). 옛날 영주(大名) 행차 때 하인이 메고 가던 함(외출할 때 갈아입을 의복 등을 넣어 막대기를 꿰어서 하인에게 지우던) 에 그렸다.

데 이미 오시마노파의 집과 서로 이웃한 미장이가게까지 막 왔기 때문이겠지요. 다이는 더 이상 자기의견도 주장하지 않고 세심하게 주위에 신경 쓰면서 마치 신조의 몸을 감싸듯이 여름용 겉옷차림의 어깨를 서로 스치며 천천히 오시마노파의 집 앞을 지나쳤습니다. 지나치면서 두 사람이 곁눈질로 상태를 살피자, 다만 평상시와 다른 것은 앞서 가기소가 타고 온 인력거 뿐, 이는 먼 곳에서 바라본 것보다도 훨씬 가까운 곳인 정확히 미장이가게의 저수지 어귀 앞에 굵은 고무바퀴 자국을 뚜렷하게 남기고, 버트 담배꽁초를 귀에 꽂은 인력거꾼이 점잔 빼고 신문을 읽고 있었습니다. 하지만 그 외에 대나무 격자창도, 그을린 입구의 격자문도, 내지는 아직 갈대 문으로도 바뀌지 않은 격자문 속의 낡고 더러워진 미닫이 색깔도 모든 것이 평상시와 다르지 않을 뿐만 아니라, 집안도 역시 평소와 같이 음삼하고 고요함이 어려 있는 것처럼 여겨졌습니다. 하물며 만일의 경우를 생각하고 온 오토시의 모습인 듯한 그 품위 있는 푸른색 줄무늬 옷소매가 번쩍이는 것조차 눈에 띄지 않았습니다. 그러니까 두 사람은 오시마노파 집 앞을 근처의 잡화점으로 빠져 나가자, 지금까지 긴장했던 마음이 풀린 그 외에도 모처럼의 기대가 빗나갔다는 낙담까지 짊어지지 않을 수 없었습니다.

그런데 그 잡화점 앞으로 오자, 재생지, 거북이모양의 수세미, 발세분(髮洗粉)[24]등을 늘어놓은 데에다 모기향이라고 쓴 빨강 제등이 한가득 내려놓은 그 점포 앞에서 서성거리며 잡화점 여주인과 이야기하고 있는 사람은 틀림없는 오토시가 아닙니까? 두 사람은 무심코 얼굴을 마주치자 거의 한 치의 주저함도 없이 여름용 겉옷자락을 휘날리면서

24) 머리감는 가루

성큼성큼 잡화점으로 들어갔습니다. 그 기색을 알아채고 두 사람 쪽을 뒤돌아 본 오토시는 순식간에 창백한 뺨이 약간 발그레해졌지만 역시 잡화점 여주인도 신경 쓰지 않으면 안 되었던 것일까요? 처마 끝에 늘어져 있는 버드나무 줄기를 어깨에 걸친 채 억지로 뛰는 가슴을 억제하듯이 "어머나!"하고 가냘프게 놀란 소리로 말했다고 합니다. 그러자 다이는 아주 침착하게 잠깐 밀짚모자의 차양에 손을 대면서 "어머님은 계십니까?"하고 아무렇지도 않게 말을 걸었습니다."네, 계세요." "그런데, 당신은 어떻게?" "손님의 일로 반지(붓글씨 종이)를 사러…" 이렇게 말하는 오토시의 말이 끝나기 전에 버드나무에 가로막힌 점포 앞이 한층 어둑어둑해졌다고 생각하자마자 모기향 빨강 제등의 몸통을 스치듯 빠르게 지나며 반짝하고 한줄기 빗줄기가 차갑게 비스듬히 빛났습니다. 그와 동시에 버드나무 잎도 떨릴 정도로 우르릉쾅 하고 천둥이 쳤다고 합니다. 다이는 이것을 기회삼아 한 걸음 점포 밖으로 되돌아가면서 "그러면 좀 어머님께 그렇게 말해 주세요. 제가 또 점을 보고 싶은 일이 있어 왔다고요. 지금도 문 앞에서 누차 불렀는데 전혀 기척이 없어서 어떻게 된 것인가 했더니, 아주 귀하신 대리인이 여기서 수다로 헛된 시간을 보내고 있었군요."하고 오토시와 잡화점 여주인을 번갈아 보며 수완 좋고 쾌활하게 웃어 보였습니다. 물론 아무것도 모르는 잡화점 여주인은 이렇게 말하는 다이의 교묘한 연극을 알아챌 리 없기 때문에 "그러면 오토시, 빨리 가세요."하고 부산스럽게 재촉하자, 내리기 시작한 비에 당황하여 모기향 빨강 제등을 서둘러 말아 싸서 일어섰다고 합니다. 그래서 오토시도 "그러면 아주머니, 나중에 또 올게요."하며 인사를 남기고 다이와 신조를 양옆에 두고서 잡화점을 나왔는데, 처음부터 세 사람 모두 오시마노파의 집 앞에는 발걸음도 하지 않고, 이제 뚝뚝 떨어지는 소낙비에 우산을 받고 히토쓰메 쪽으로 걸음을 재촉했습니다. 실제 그 몇 분인가의 사이는 당사자들은 말할 것도 없이 평상시 활달한 다이조차 드디어 운명의 주사위를 던져 짝수냐 홀수냐를 결정할 때가 온 것 같은 생각이 들었을 것입니다. 그 이시카와 기슭 앞으로 올 때까지는 세 사람 모두 약속이나 한 듯이 눈을 내리깔고 금방 억수같이 쏟아진 비도 의식하지 않는 듯 말없이 계속 걸어갔습니다.

그러는 가운데 한 쌍의 사자석상이 마주보고 있는 곳까지 오자, 겨우 다이가 얼굴을 들고 "여기가 제일 안전하다고 하니까, 비가 그치길 기다릴 겸해서 이 안에서 쉬어 가지."하고 두 사람 쪽을 뒤돌아보았습니다. 그래서 모두 한 우산 아래에 비를 피하면서 쌓아 올린 돌과 돌 사이를 벗어나 평상시 석수장이가 채석을 하는 곳인 이시카와 기슭의 구석에 덮여 있는 거적지붕 아래로 들어갔습니다. 그 때는 비도 더욱 더 거세지고, 다테가와를 사이에 둔 맞은편 강기슭도 보이지 않을 정도로 하얗고 세차게 떨어지고 있었기 때문에 이 한 장의 거적지붕 정도로는 도저히 비를 맞지 않고 견딜 수 없었습니다. 뿐만 아니라 안개와 같은 빗물도 습기 찬 흙냄새와 함께 자욱이 밖에서 휘몰아 쳐 왔습니다. 그래서 세 사람은 거적지붕 아래에 들어가 아직도 한 개의 우산을 의지하고 막 칠이 벗겨지기 시작한 채로 있는 문기둥 같은 화강암 바위 한쪽에 걸터앉았습니다. 그러자 곧바로 말문을 연 것은 신조입니다. "오토시, 나는 더 이상 당신을 못 만날 줄 알았어." 이렇게 말하는 동안에도 빗속을 비스듬히 창백한 번개가 치고 구름을 찢듯이 천둥이 쳤기 때문에 오토시는 자기도 모르게 머리를 무릎 위로 숙이고 얼마동안은 가만히 미동도 하지 않았는데, 이윽고 완전히 아연실색한

얼굴을 들고는 비몽사몽인 시선으로 넋을 잃고 밖의 빗줄기를 향하고 "저도 이미 각오는 되어 있었습니다."하고 기분 나쁠 정도로 조용히 말했습니다. '정사'라는 온당하지 못한 문자가 마치 낙인된 것처럼 신조의 뇌리에 아로새긴 것은 실로 이 오토시의 말을 들은 순간이었다고 합니다. 하지만 두 사람 사이에 자리 잡고 우산으로 가리고 있던 다이는 좌우로 당혹스런 눈길로 살피면서 그런데도 소리만은 활기차게 "이봐. 정신 차리지 않으면 안 되는 거야. 오토시도 용기를 내요. 흔히 이럴 때 죽음의 신이 달라붙고 싶어 하는 것이니까요. 그건 그렇고 지금 와 있는 손님은 가기소라는 투기꾼이지요? 예, 나도 조금 알고 있습니다. 당신을 첩으로 삼고 싶다고 말한 사람이 그 남자가 아닙니까?"하고 재빨리 실질적인 화제로 이야기를 옮겨 버렸습니다. 그러자 오토시도 갑자기 꿈에서 깨어난 것처럼 시원한 눈을 다이의 얼굴에 주목하면서 "예, 그 사람입니다."하고 억울한 듯이 대답했다고 합니다. "그것 보게. 역시 내가 예상했던 대로가 아닌가?" 이렇게 말하고 다이는 자신 있게 신조 쪽을 뒤돌아보았는데, 곧바로 다시 진지한 상태가 되어 위로하듯이 오토시쪽을 향하면서 "이렇게 비가 내리면 아무리 가기소라도 아직 20분이나 30분은 댁에 있겠지요. 그 사이에 한 가지 나의 계획이 어떻게 되었는지 알아듣게 이야기해 주세요. 만약 모든 일이 끝났다고 한다면 남자로서 일단 부딪히고 보자 식으로 내가 지금 댁에 가서 직접 가기소에게 말을 걸어볼 테니까."하고 신조의 귀에도 믿음직스러울 만큼 남자답게 딱 잘라 말했습니다. 그러는 사이에도 천둥은 점점 더 심해져 낮인데도 엄청난 번개가 거의 끊임없이 폭포와 같은 비를 퍼붓고 있었지만 오토시는 이미 그 슬픔조차 잊을 정도로 결연한 자세가 되어 있었습니다. 얼굴도 아름답다기보다는 오히려 무시무시한 기색을 띠고 있었지만 여전히 선명한 입술을 떨면서 “그것이 모두 발각이 나서 이제 모두 다 소용이 없어요.”하고 가늘게 숨넘어가는 목소리로 대답했습니다. 그리고 오토시가 이 폭풍우속 거적지붕아래에서 안타깝게 숨을 헐떡거리면서 띄엄띄엄 말하는 이야기를 듣자니, 신조가 모르는 다이의 계획이라는 것은 겨우 어제 하룻밤 사이에 이렇게 까다롭고 복잡한 계획을 만들고 보기 좋게 실패해 버린 것입니다. 다이는 처음에 신조로부터 오시마노파가 오토시한테 신을 내리고 신불에게 신탁을 구한다는 것을 들었을 때에 순간 가슴에 떠오른 것은 그 때 오토시가 신이 내린 흉내를 내고 그 노파를 한 방 먹이는 것이 제일 지름길이라고 하는 계략이었습니다. 그래서 전에도 말한 대로 집의 풍수를 보는 것을 핑계 삼아 오시마노파 집에 갔을 때에 살그머니 그 취지를 쓴 편지를 오토시에게 건네고 왔습니다. 오토시도 이 계획을 실행하는 것은 상당히 위험한 다리를 건너는 것 같다고는 생각했지만 어쨌든 우선 그 외에 눈앞의 재난을 벗어날 묘안도 떠오르지 않기 때문에 다음 날 아침 큰맘 먹고 “알겠습니다.”하는 대답을 다이에게 해주었습니다. 그런데 그날 밤 12시에 전처럼 그 노파가 다테가와 강물에 잠긴 다음에 드디어 바사라 신을 빌기 시작하자, 완전히 인간의 재주로는 어쩔 수 없는 장해가 있다는 것을 알았습니다. 하지만 그 자세한 사정을 말씀드리는 데는 요즘 세상에 있을 거라고 생각되지 않는 그 노파의 이상한 수법의 자초자정을 이야기해 두지 않으면 안 될 것입니다. 오시마노파는 막상 신이 내리게 되면 당치 않게도 오토시를 속치마바람으로 만들어 양손을 뒤로 묶어 올린 후, 머리카락마저 바짝 잡아당겨 풀고, 전등을 끈 그 방 한가운데에 북쪽을 향해 앉힌다고 합니다. 그리고 자신도 벌거벗은 채로 왼

손에는 양초불을 켜서 들고, 오른 손에는 거울을 잡고, 오토시 앞을 가로막으면서 입속으로 비밀 주문을 빌고, 거울을 상대로 들이대며 오로지 기도에만 열중하는데, 이것만으로도 보통 여자라면 정신을 잃을 게 틀림없지만 그러는 중에 계속해서 주문 외는 소리가 높아지면 그 노파는 거울을 방패로 하면서 조금 씩 조금 씩 한발 한발 밀어 붙여서 마지막에는 그 거울 기세에 눌리는지 양손이 말을 듣지 않는 오토시의 몸이 뒤로 벌렁하고 다다미에 나자빠질 때까지 손을 풀지 않고 꾸짖는다는 것입니다. 게다가 이렇게 자빠진 위에서 그 노파는 마치 시체의 고기를 먹는 파충류같이 기어 다가가면서 오토시의 가슴 위로 올라타고 양초 빛이 드리워진 기분 나쁜 거울 속을 아래에서 정면으로 하염없이 들여다본다고 하지 않겠습니까? 그리고 머지않아 그 바사라 대신이 마치 오래된 늪 밑바닥으로부터 피어오르는 산천의 독기처럼 소리도 없이 어둠 속으로 숨어들어와 살그머니 여자의 몸에 옮겨 붙는다는 것입니다. 오토시가 점차 눈동자가 움직이지 않고 손발이 실룩실룩 경련이 일어나면, 이제 그 노파가 소나기처럼 마구 다그치는 물음에 따라 한숨도 돌리지 않고 비밀스런 답변을 계속 떠들어댄다는 것입니다. 그러니까 그날 밤도 오시마노파는 이런 순서를 달리하지 않고 신을 내리려고 했지만, 오토시는 다이와의 약속을 지켜 겉보기로는 제정신을 잃었다고 보이면서 내심은 한층 더 빈틈없이 기회만 있으면 그럴듯하게 두 사람의 사랑을 방해하지 말라고 거짓 신 내림을 할 심산으로 있었습니다. 물론 그 때 그 노파가 꼬치꼬치 묻는 질문 따위는 신의 뜻에 맞지 않는 척 가장하고 한마디도 대답하지 않기로 정한 것입니다. 그런데 늘 하던 대로 양초 빛을 받아 작으면서 반짝반짝 빛나는 거울 면을 응시하고 있으니까, 아무리 마음을 확고히 가지려고 생각해도 자연히 마음이 황홀해져서 어느덧 정신을 잃을 것 같은 위험에 위협받기 시작했습니다. 그렇다고 해서 그 노파는 주문을 외울 틈도 실수 없이 가만히 이쪽의 안색을 정신을 집중시켜 살피고 있으니까 틈을 타서 거울에서 눈을 뗄 수도 없었습니다. 그러는 가운데 거울은 오토시의 시선을 빨아 당기듯이 더욱 더 요상한 빛을 발하고 한 치씩, 일 분씩, 숙명보다도 기분 나쁘게 점점 이쪽으로 다가왔습니다. 게다가 그 푸르뎅뎅한 노파가 끊임없이 중얼거리는 주문의 소리도 마치 눈에 보이지 않는 거미줄처럼 사방에서 오토시의 마음을 붙잡아서 어느덧 꿈인지 현실인지도 모르는 경지로 억지로 끌어들이려고 하는 것이었습니다. 그것이 어느 정도 시간이 걸렸는지, 오토시 자신도 나중에 가서 생각해도 아련한 기억조차 남아 있지 않았습니다. 하지만 여하튼 자신에게는 하루 밤 내내라고도 여겨질 만큼 아주 기나긴 시간이 계속 된 후에 결국 오토시는 고심한 보람도 없이 그 노파 비법의 올가미에 걸려버린 것일까요. 어스레한 양초 불이 반짝이는 가운데 크고 작은 여러 가지 검은 나비가 무수히 원을 그리며 휙 천정으로 날아오르는가 싶더니, 그대로 눈앞의 거울이 안보이고 평소대로 죽은 사람처럼 잠에 빠져버렸습니다.

오토시는 천둥소리와 빗소리 속에 눈에도 입술에도 목숨을 걸다시피 힘껏 노력하는 기색이 역력했는데 이렇게 자초지종을 모두 말했습니다. 아까부터 열심히 귀를 기울이고 있던 다이와 신조는 이 때 사전에 약속이나 한 것처럼 한숨을 쉬며 이따금 시선을 교환할 수 있었지만, 진작부터 계획의 실패는 각오하고 있었어도 하나하나 그 자세한 사정을 들어 보니, 이번이야말로 모든 것이 물거품으로 돌아갔다고 하는 새삼 절망의 위력을 뼈아프게 느꼈기 때문일까요. 얼마동안 두

사람 모두 벙어리처럼 입을 다문 채, 하늘을 뒤엎으며 내리는 빗소리를 망연히 그저 듣고 있었습니다. 하지만 그러는 중에 다이는 용기를 불러일으킨 듯이 지금까지 완전히 흥분하고 있던 그 반동인지, 순식간에 울적해지기 시작한 오토시를 향해 "그 동안의 일은 그 어느 것 하나도 전혀 기억나지 않습니까?"하고 격려하듯이 물었다고 합니다. 그러자 오토시는 눈을 내리깔고 "예, 아무것도…"하고 대답했는데, 곧바로 또 애원하는 듯한 시선을 조심조심 다이의 얼굴로 향해 "겨우 제정신이 났을 때에는 벌써 날이 밝아 있었어요."하고 분한 듯이 덧붙여 말하고는 갑자기 소매를 얼굴에 대고 소리죽여 흐느껴 울었습니다. 그렇게 말하는 동안에도 밖의 날씨는 아직 맑은 하늘도 안보일 뿐만 아니라 금방 천둥이라도 칠 듯이 소리가 크고 우렁차게 머리 위를 울려 퍼지고 그때마다 눈동자를 태울 듯한 번개가 끊임없이 거적지붕 아래로도 번뜩거렸습니다. 그러자 지금까지 꼼짝도 하지 않았던 신조가 무슨 생각을 했는지 갑자기 벌떡 일어나 험상궂은 안색을 한 채로 몹시 거칠고 사나워진 빗속과 번개 속으로 뛰어나가려는 게 아니겠습니까? 게다가 그 손에는 어느새 인가, 석수장이가 두고 간 것 같은 끌(정)을 들고 있는 게 아닙니까? 이것을 본 다이는 우산을 내던지기 무섭게 갑자기 뒤에서 쫓아가서 매달려 껴안듯이 신조의 어깨를 가로막았습니다. "자네, 정신 나갔나?" 자기도 모르게 이렇게 다이는 고함을 치면서 억지로 만류하려고 하니까 신조는 딴 사람처럼 상기된 목소리로 "놓아주게. 이제 이렇게 된 마당에 내가 죽든지, 그 노파를 죽일 수밖에는 없네."하고 정신없이 소리치는 것입니다. "바보 같은 짓일랑 하지 말게. 우선 오늘은 가기소도 마침 그곳에 온다고 하잖아. 그러니까 내가 그쪽에 가서…" "가기소가 어떤 놈이야. 오토시를 첩으로 삼으려고 하는 녀석이 자네의 부탁 따위를 들을 리가 있나? 그것보다 나를 그냥 놓아주게나. 친구의 의리로 놓아 달래도 그러네." "자네는 오토시의 일을 잊었나? 자네가 그렇게 무모한 짓을 하면 그 사람은 어떻게 할 텐가?" 두 사람이 이렇게 밀치락달치락 몸싸움을 벌이는 동안에, 신조는 부드러운 두 팔이 후들후들 떨리면서도 힘차게 목덜미에 올려놓은 것을 느꼈습니다. 그리고 한없이 슬픈 빛이 가득하고 눈물 그렁그렁한 시원한 눈이 가만히 그의 얼굴에 쏟아지는 것을 바라보았습니다. 마지막으로 엄청난 빗소리를 꿰뚫고 거의 들리지 않을 정도로 희미한 목소리가 "함께 죽게 해 주세요."하고 속삭이는 것을 들었습니다. 그와 동시에 근처로 낙뢰가 있었는지 하늘이 무너질 듯한 청천 벽력같은 소리와 함께 보라색 불꽃이 눈앞에 흩어지자, 신조는 연인과 친구에게 안긴 채로 의식을 잃어 버렸습니다.

그리고 며칠인가 지난 후의 일입니다. 신조는 겨우 긴 악몽과 같은 혼수상태에서 깨어나 보니, 자신은 니혼바시에 있는 집 2층에서 얼음주머니를 머리에 대고 조용히 누워 있었습니다. 머리맡에는 약병과 체온계와 함께 작은 나팔꽃 화분이 있고, 사랑스러운 짙은 푸른색 꽃이 피어 있으니까 아마 아직 아침나절이겠지요. 비, 천둥소리, 오시마노파, 오토시… 그런 기억을 멍하니 더듬으면서 신조가 문득 옆을 바라보니까, 뜻밖에 갈대발을 친 장지 쪽에는 틀어 올린 머리가 흐트러지고 아직도 뺨이 창백한 오토시가 걱정스러운 듯 앉아 있었습니다. 아니, 앉아 있다 뿐인가 신조가 제정신으로 돌아온 것을 보자, 금방 살포시 얼굴을 붉히며 "서방님, 정신이 드셨어요?"하고 조신하게 말을 걸지 않겠습니까. "오토시!" 신조는 여전히 꿈을 꾸고 있는 듯한 기분으로 이렇게 연인의 이름을 중얼거렸는데, 그 때 다시 베갯머리에서

"아! 이제 겨우 안심했네. 어, 그대로 있게. 그대로. 가능한 한 안정을 취해야만 하네."하고 이것 역시 생각지도 못한 다이의 목소리가 들렸습니다. "자네도 있었는가?" "나도 있고. 자네의 어머님도 여기에 와 계시네. 의사 선생님은 조금 전에 집으로 돌아가셨다네." 이런 대화를 나누면서 신조는 눈을 오토시한테서 돌려 마치 먼 곳의 사물이라도 보듯이 넋을 잃고 반대편을 바라보니, 과연 다이와 어머니가 안심한 듯은 얼굴을 마주보며 베갯머리 가까이 앉아 있었습니다. 하지만 겨우 제정신으로 돌아온 신조로서는 그 무서운 폭풍우 뒤 어떻게 니혼바시 집으로 돌아왔는지 더욱 더 그러한 사정을 이해할 수 없어서 얼마간 그저 망연히 세 사람의 얼굴만 바라보고 있었습니다. 하지만 그러는 가운데 어머니는 상냥하게 신조의 얼굴을 들여다보며 "이제 모든 일이 무사히 끝났으니까, 이젠 너도 요양을 잘해서 하루라도 빨리 건강해져야 한다."하고 위로하듯이 말을 걸었습니다. 그러자 다이도 그 뒤에서 "안심하게나. 자네들 두 사람의 사랑이 신에게 통했어. 오시마노파는 가기소와 이야기하고 있다가 벼락 맞아 죽어 버렸다네." 하고 평소보다도 쾌활하게 덧붙여 말했습니다. 신조는 이 뜻밖의 낭보를 듣는 것과 동시에 기쁨이랄까 슬픔이랄까 말로 표현할 수 없는 묘한 감동에 동요되어 자기도 모르게 눈물이 주르르 뺨에 흐르며 그대로 눈을 감아 버렸습니다. 그런 모습이 간호를 하고 있던 세 사람한테는 다시 실신했다고 생각되었던 것일까요? 갑자기 모두들 안절부절 떠들어대는 낌새에 신조가 다시 눈을 뜨자, 몸을 엉거주춤하게 세운 다이가 일부러 과장되게 혀를 차며 "뭐야. 놀라게 한 거야? 안심하세요. 지금 울고 있나 했더니 어느새 웃고 있네요. (울다가 웃으면…)"하고 두 여자 쪽을 뒤돌아보았습니다. 실제로 신조는 이제 이 세상에 그 괴상한 노파의 모습이 나타나지 않게 되었다고 생각하니까, 저절로 미소가 입술에 떠오르는 것을 느꼈습니다. 그리고 나서 또 잠시 동안 이 행복한 미소를 즐긴 후 신조는 다이의 얼굴에 시선을 주며, "가기소는?"하고 물었습니다. 그러자 다이는 웃으면서 "가기소 말인가? 가기소는 당황해서 쩔쩔 매기만 했어."라고 말하고는 왜 그런지 조금 주저하는 듯싶더니 이윽고 생각을 바꾼 듯 "내가 어제 문병 가서 그 남자 입으로 직접 들었는데. 오토시는 신이 내렸을 때에 자네들 두 사람의 사랑을 방해하면 그 노파의 생명이 위험하다고 몇 번이고 반복해서 말했다고 하네. 하지만 그 노파는 연극이라고 생각해서 다음 날 가기소가 갔을 때에 또 다시 살생을 해서라도 자네들 두 사람 사이를 갈라놓겠다는 둥 엄청 난리를 친 모양이야. 그러고 보니까 내 계획은 실패로 끝난 게 틀림없지만, 계획했던 일이 실제로 일어났지 않았는가? 하지만 오시마노파가 그것을 연극이라고 생각한 나머지 끝내 자멸한 것은 아무리 생각해도 예상 밖이야. 이래가지고서야 바사라 대신도 선인지 악인지 모르겠어."하고 의아스러운 듯이 이야기해 들려주었습니다. 이렇게 말하는 소리를 듣고서도 신조는 더욱더 요전부터 자신을 희롱했던 저승의 불가사의한 힘에 놀라지 않을 수 없었는데 금방 다시 자신이 그 천둥치고 비 오던 날 이후 무엇을 하고 있었는지 떠올리다가 "그러면 나는?"하고 묻자, 이번에는 오토시가 다이를 대신하여 "그 이시카와 기슭에서 곧장 인력거로 근처 의사 선생님한테 모시고 갔더니 비를 맞은 탓인지 열이 매우 높아서 저녁 무렵에 집에 돌아와서도 전혀 제정신이 아니셨어요."하고 차분하게 말을 거들었습니다. 이것을 듣자 다이도 만족스러운 듯 무릎을 앞으로 내밀며 "그 열이 겨우 내린 것은 완전히 자네 어머님과 오토시 덕분이야. 오늘로 꼬박 사

흘간 헛소리만 하고 있는 자네를 간병하느라 오토시는 물론이고 어머님도 뜬눈으로 밤을 새우셨어. 무엇보다 오시마노파 쪽은 명복을 빌어주고 불공을 드리는 장례식 일체를 내가 처리하고 왔지. 모든 것이 어머니가 애쓰신 덕분이야."하고 장래를 격려하듯이 말하는 것입니다. "어머니. 고맙습니다." "무슨 말이냐, 나보다 다이한테 고맙다는 말을 해야지." 이렇게 말하는 가운데 부모와 자식, 아니, 오토시도, 다이도 모두 눈물을 짓고 있었습니다. 하지만 다이는 남자답게 곧 쾌활한 목소리로 "이제 그럭저럭 3시가 되었네요. 그러면 저는 이만 가보겠습니다."하고 반쯤 몸을 일으키려는데 신조는 의심하듯 인상을 쓰며 "3시? 지금 아직 아침이 아닌가?"하고 묘한 질문을 합니다. 다이는 어안이 벙벙하여 "농담하지 말게."하고 말하면서 허리띠 사이의 시계를 꺼내 뚜껑을 열어 보이는가 싶더니, 문득 신조의 눈이 베갯머리 나팔꽃에 드리워진 것을 보자, 갑자기 상쾌한 미소를 떠올리며 이런 이야기를 들려주었습니다. "이 나팔꽃은 말야, 그 노파 집에 있었을 때부터 오토시가 정성을 들여 키운 화분이야. 그런데 그 비오는 날에 핀 짙은 푸른 빛깔의 꽃만은 기이하게 오늘까지 시들지 않았어. 오토시는 어떻게든 이 꽃이 피어 있는 한 반드시 자네는 완쾌될 게 틀림없다고 하며 스스로도 확신하고 우리들에게도 종종 말해왔었어. 그런 보람이 있어서 자네가 제정신으로 돌아왔으니까 같은 불가사의한 현상이라고 해도 이것만큼은 그야말로 아름답지 않은가?"

(1919년 9월 22일)

마술(魔術)

김정숙

어느 가을비 오는 밤의 일입니다. 나를 태운 인력거는 몇 번이나 오모리[1] 일대의 험한 언덕을 오르락 내리락 하면서 겨우 대나무 숲으로 둘러싸인 작은 서양식 저택 앞에서 인력거의 채를 내렸습니다. 이미 회색 페인트가 벗겨지기 시작한 비좁은 현관을 인력거꾼이 내민 등불로 비춰보니, 인도인 마티람·미쓰라[2] 라고 일본 글씨로 쓴 것만은 새 도자기 문패가 걸려 있습니다.

마티람· 미쓰라군이라 하면, 이미 여러분 중에서도 아시는 분이 적지 않을 지도 모릅니다. 미쓰라군은 오랫동안 인도의 독립을 도모하고 있는 캘커타 출신의 애국자이며, 또한 동시에 핫산 · 칸이라는 유명한 바라몬의 비법을 배운 나이가 젊은 마술의 대가입니다. 나는 마

1) 현 도쿄도(東京都) 오타(大田)구에 해당됨.

2) Martiram Misra 다니자키 준이치로 [핫산칸의 요술(중앙공론 1917년11월)]의 등장 인물. 부친으로부터 인도 독립의 의지를 받들어 핫산·칸의 신앙을 전수받고 마법의 비술(秘術)을 배웠다.

침 한 달 정도 전부터 어느 친구의 소개로 미쓰라군과 교제해왔습니다만, 정치경제에 관한 문제 등을 다양하게 토론한 적은 있어도 중요한 마술을 부릴 때에는 아직 한 번도 그 자리에 있었던 적이 없습니다. 그래서 오늘 밤은 미리 마술 부리는 것을 보여달라고 편지로 부탁해 두었기 때문에, 당시 미쓰라군이 살고 있던 한적한 오모리(大森)의 변두리까지 인력거를 서둘러 온 것입니다.

나는 비에 젖은 채로, 어렴풋한 인력거꾼의 등불에 의지해서 그 문패 아래에 있는 초인종벨을 눌렀습니다. 그러자 이윽고 문이 열리고 현관으로 얼굴을 내민 사람은 미쓰라군의 시중을 들고 있는 키가 작은 일본인 할머니였습니다.

「미쓰라군은 계십니까?」

「어서 오세요. 아까부터 당신을 몹시 기다리고 계십니다.」할머니는 붙임성 좋게 이렇게 말하면서 바로 그 현관의 막다른 곳에 있는 미쓰라군의 방으로 나를 안내했습니다.

「안녕하세요. 비도 오는데 잘 오셨습니다.」

새까맣고 커다란 눈, 부드러운 콧수염이 있는 미쓰라군은 테이블 위에 있는 석유램프의 심을 꼬면서 기분좋게 나에게 인사를 했습니다.

「아뇨, 당신의 마술만 볼 수 있다면야 비 정도는 아무 것도 아닙니다.」

나는 의자에 앉고 나서야 어두컴컴한 석유램프 빛에 비쳐진 음침한 방안을 둘러보았습니다.

미쓰라군의 방은 수수한 서양식 방으로, 한 가운데 테이블이 한 개, 벽 쪽에 알맞은 크기의 책장이 한 개, 그리고 창문 앞에 책상이 한 개 — 밖에는 오로지 우리들이 앉은 의자가 나란히 놓여 있을 뿐입니다. 더구나 그 의자나 책상은 모두 낡은 것뿐으로 가장자리에 빨갛게 꽃무늬를 누빈 화려한 테이블보조차 당장이라도 갈기갈기 찢어질 것처럼 실가닥이 드러나 있었습니다.

우리들은 인사를 마치고 나서, 잠시 동안은 밖의 대나무 숲에 내리는 빗소리를 무심결에 듣고 있었습니다만, 이윽고 또 하녀인 할멈이 홍차도구를 갖고 들어오자 미쓰라군은 엽궐련통의 덮개를 열어,

「어떻습니까? 한 대.」

라며 권해주었습니다.

「고맙습니다.」

나는 사양하지 않고 엽궐련 한 개피를 받아 성냥불에 붙이면서,

「확실히 당신이 부리는 정령(精靈)은 진(djin)인가 하는 이름이었지요. 그러면 지금부터 제가 볼 마술이라는 것도 그 진의 힘을 빌려 하시는 것입니까?」

미쓰라군은 자기도 엽궐련에 불을 붙이고 능글맞게 웃으면서, 냄새 좋은 연기를 뿜으며,

「진과 같은 정령이 있다고 생각한 것은 벌써 몇 백년이나 되는 옛날 일입니다. 아라비안 나이트 시대의 일이라나 할까요. 제가 핫산·칸으로부터 배운 마술은 당신이라도 마술을 부리려고 생각하면 부릴 수 있어요. 고작 진보한 최면술에 지나지 않기 때문이죠. — 잘 보세요. 이 손을 단지 이렇게만 하면 됩니다.」

미쓰라군은 손을 들어 두세 번 내 눈앞에 삼각형과 같은 것을 그렸습니다만, 이윽고 그 손을 테이블 위로 하자, 가장자리에 빨갛게 짜낸 모양의 꽃을 집어 올렸습니다. 나는 깜짝 놀라 엉겁결에 의자를 끌어 당기며 주의 깊게 그 꽃을 바라보았습니다만, 확실히 그것은 지금까지 테이블보 안에 있었던 꽃무늬임에 틀림없습니다. 하지만, 미쓰라군이

그 꽃을 내 코 끝에 갖다 대니 마치 사향인지 뭔지 냄새까지 나는 것입니다. 나는 너무나도 신기해서 몇 번이나 감탄의 말을 하자, 미쓰라군은 역시 미소 지은 채로 또 대수롭지 않게 그 꽃을 테이블보 위에 떨어뜨렸습니다. 물론 떨어뜨리자 원래대로 꽃은 누빈 모양으로 되어, 집어 올린 것은커녕 꽃잎 한 장 자유로이 움직일 수 없게 되어버린 것입니다.

「어떻습니까? 간단하지요? 이번에는 이 램프를 봐 주세요. 」

미쓰라군은 이렇게 말하면서 잠시 테이블 위의 램프를 고쳐놓습니다만, 그 찰라에 무슨 까닭인지 램프는 마치 팽이처럼 빙글빙글 돌기 시작했습니다. 그것도 확실히 한 곳에 멈춘 채 등피를 축으로 해서 기세좋게 돌기 시작한 것입니다. 처음에는 나도 간이 콩알만해져서 혹시 불이라도 나면 큰일이라고 여러 번 마음이 조마조마 했습니다만, 미쓰라군은 조용히 홍차를 마시며 전혀 동요하는 기색이 없습니다. 그래서 나도 결국에는 마음이 안정되어 점점 빨라지는 램프를 눈도 떼지 않고 바라보고 있었습니다.

또 실제 램프의 덮개가 바람을 일으키며 도는 와중에 노란 불꽃이 오로지 한 개, 깜박이지도 않고 켜져 있는 것은 뭐라 형용할 수 없는 아름다운 불가사의한 구경거리였습니다. 그 사이에 램프가 도는 것이 더욱더 빨라져서 마침내는 돌고 있다고 보이지 않을 만큼 아주 투명해졌다고 생각하자, 어느 샌가, 전처럼 등피 한 개 뒤틀린 기색도 없이 테이블 위에 앉아 있었습니다.

「놀라셨습니까? 이런 것은 그저 뻔한 속임수에요. 아니, 당신이 원한다면 또 다른 하나 뭔가를 보여드리죠.」

미쓰라군은 뒤를 돌아보고 벽 쪽의 책장을 바라보았습니다만, 이윽고 그쪽으로 손을 뻗어 부르는 것처럼 손가락을 움직이자 이번에는 책장에 세워져 있던 책이 한 권 씩 움직이기 시작하여 저절로 테이블 위까지 날아왔습니다. 또한 나는 볍이 양쪽으로 표지를 열고 여름날 저녁 무렵 서로 섞여서 나는 박쥐처럼 펄럭펄럭 허공을 날아오르는 것입니다. 나는 궐련을 입에 문채로 어안이 벙벙해서 보고 있었습니다만, 책은 어두컴컴한 램프의 빛 속에서 몇 권이나 자유롭게 날아다닙니다. 하나하나 예절바르게 테이블 위에 피라미드 형태로 쌓아올려졌습니다. 게다가 모조리 이쪽으로 옮겨졌다고 생각하자, 바로 처음 온 곳으로부터 움직이기 시작해서 원래의 책장으로 차례차례 날아 돌아가지 않겠습니까?

하지만 그중에서 가장 재미있었던 것은 얇게 가제본한 책이 한 권, 역시 날개처럼 표지를 열고 두둥실 공중으로 날아올랐습니다만 잠시 테이블 위에서 원을 그리고 나서, 갑자기 페이지를 술렁거리게 하자 거꾸로 내 무릎에 휙하고 내려온 일입니다. 어찌된 일인가 생각하고 손에 잡아보니 이것은 내가 일주일전에 미쓰라군에게 빌려준 기억이 있는 프랑스의 새로운 소설이었습니다.

「오랫동안 책 고마웠어요.」

미쓰라군은 아직 미소를 머금은 목소리로 이렇게 나에게 인사를 했습니다. 물론 그 때는 이미 많은 책이 모두 테이블 위에서 책장 안으로 날아 돌아가 버렸습니다. 나는 꿈에서 깬 듯이 잠시 동안은 인사조차 할 수 없었습니다. 그런 사이에 아까 미쓰라군이 말한 「내 마술과 같은 것은 당신이라도 부리려고 마음먹으면 부릴 수 있는 것입니다.」은 말을 생각해 냈기 때문에.

「아니, 일찍부터 평판은 들었습니다만 당신이 부리시는 마술이 이 정도로 불가사의한 것 일거라고는 실제로 상상조차 못했습니다. 그런데 나와 같은 사람도, 마술을 부리면 못부릴게 없다고 하는 말은 농담이 아닙니까?」

「부릴 수 있고 말구요. 누구라도 손쉽게 부릴 수 있습니다. 단지-」라는 말을 하고 미쓰라군은 물끄러미 내 얼굴을 마라보면서 평소와 달리 진지한 어조로,

「단 욕심이 있는 인간은 부릴 수 없습니다. 핫산·칸의 마술을 배우고자 한다면 먼저 욕심을 버리는 것입니다. 당신은 그것이 가능합니까?」

「가능할 것입니다.」

나는 이렇게 대답은 했습니다만, 왠지 불안한 기분이 들어 바로 또 계속 말을 덧붙였습니다.

「마술만 가르쳐 주신다면.」

그런데도 미쓰라군은 의심스러운 눈빛을 보였습니다만, 역시 이 이상 확인하는 것은 무례하다고 생각했던 것이겠지요. 이윽고 크게 고개를 끄덕이면서,

「그럼 가르쳐드리지요. 하지만, 아무리 손쉽게 부릴 수 있다고 해도, 배우는 데는 시간이 걸리니까 오늘 밤은 내 집에서 머무르세요.」

「정말 여러 모로 황송합니다.」

나는 마술을 배우는 기쁨으로 몇 번이나 미쓰라군에게 감사의 인사를 했습니다. 하지만 미쓰라군은 그런 것에 집착하는 기색도 없이 조용히 의자에서 일어나서,

「할멈! 할멈! 오늘 밤은 손님이 머무르시니까 잠자리 준비를 해 줘요.」

나는 가슴을 설레면서 궐련의 재를 터는 것도 잊어버리고, 정면으로 석유램프의 빛을 받은 친절한 미쓰라군의 얼굴을 무심코 가만히 쳐다보았다.

❖ ❖

내가 미쓰라군에게 마술을 배우고 나서 1개월 정도 지난 후의 일입니다. 이날도 또한 주룩주룩 비가 내리는 밤이었습니다만, 나는 긴자의 어떤 구락부의 방에서 대여섯 명의 친구와 난로 앞에 두 패로 나뉘어져 가벼운 잡담에 빠져 있었습니다.

어쨌든 여기는 동경의 중심이라서 창밖으로 내리는 빗줄기도, 끊임없이 왕래하는 자동차와 마차의 지붕을 적시기 때문인지, 저 오모리의 대나무 숲으로 몰아치는 쓸쓸한 소리는 들리지 않습니다.

물론 창안이 밝고 명랑한 것도, 밝은 전등의 빛, 커다란 모로코가죽의 의자하며, 혹은 또 미끄러질 듯 빛나고 있는 기목세공(寄木細工)의 마루하며, 보기에도 정령이 나올듯한 미쓰라군의 방 따위와는 전혀 비교가 안되는 곳입니다.

우리들은 엽궐련의 연기 속에 잠시 동안은 사냥얘기와 경마얘기 등을 하고 있었습니다만, 그 사이 한명의 친구가 피우다만 엽궐련을 난로 속으로 집어던지고 내 쪽을 돌아보면서,

「자네는 요즘 마술을 부린다는 소문이던데 어떤가? 오늘밤 하나 우리들 앞에서 부려보지 않겠는가?」

「좋고말고!」

나는 의자 뒤로 머리를 기댄 채, 마치 마술의 명인이나 된 것처럼, 이렇게 대답했습니다.

「자, 뭐든지 자네에게 일임할 테니까 세상의 마술사들에게서는 볼 수 없는 불가사의한 마술을 부려주게나.」

친구들은 모두 찬성한 듯이 각자 의자를 가까이 갖다 대면서 재촉

하는 것처럼 내 쪽을 바라보았습니다. 그래서 나는 서서히 일어나,

「잘 보세요. 내가 부리는 마술에는 속임수나 장치가 없으니까.」

나는 이렇게 말하면서 양손의 커프스를 걷어 올리고, 난로 속으로 활활 타고 있는 석탄을 손쉽게 손바닥위에 건져 올렸습니다. 나를 둘러싼 친구들은 이것만으로도 벌써 간담이 서늘해졌던 것이지요. 모두 얼굴을 마주보면서 실수로 옆에 다가섰다 화상이라도 입으면 큰일이라고 기분 나쁜 듯이 뒷걸음질 치기 시작한 것입니다.

하여 내 쪽은 더욱더 차분하게 그 손바닥 위의 석탄불을 잠시 모두의 눈앞에 들이대고 이번에는 그것을 기세좋게 기목세공의 마루에 흩뿌렸습니다. 그 찰라입니다. 창밖으로 내리던 빗소리를 압도하고 또 다른 빗소리가 갑자기 마루 위에서 생긴 것은. 라는 것은 새빨간 석탄불이 내 손바닥을 떠남과 동시에 무수히 아름다운 금화가 되어 비처럼 마루 위로 흘러넘쳤기 때문입니다.

「우선 대충 이런 것 일세.」

나는 흐뭇한 미소를 띠면서 조용히 또 원래의 의자에 앉았습니다.

「이것 모두 진짜 금화인가?」

어안이 벙벙한 친구 한명이 잠시 이렇게 나에게 물은 것은 그로부터 5분정도가 지난 후의 일입니다.

「그럼, 진짜 금화지. 거짓말이라고 생각되면 손으로 만져보게나.」

「설마 화상을 입을 일은 없겠지?」

친구 한명은 조심조심 마루 위의 금화를 손으로 집어 보았습니다만,

「과연! 이건 정말 금화다. 여보게, 급사! 빗자루와 쓰레받기를 가져와서 이것을 모두 쓸어담게나.」

급사는 바로 지시받은 대로 마루 위의 금화를 쓸어 모아 높이 쌓인

옆 테이블에 쌓아올렸습니다. 친구들은 모두 그 테이블의 주위를 에워싸면서,

「대략 20만엔 정도는 될 것 같군.」

「아냐, 더 될 것 같은데. 약한 테이블인 경우에는 찌부러져버릴 정도가 아닌가.」

「어찌됐건 대단한 마술을 배웠군. 석탄불이 바로 금화가 되는 걸 보니.」

「이렇게 되면 일주일도 지나지 않아 아와자키(岩崎)와 미쓰이(三井)[3] 에게도 지지 않을 만큼의 부자가 되겠군.」이라며 저마다 나의 마술을 극구 칭찬하였습니다. 하지만 나는 역시 의자에 기댄 채 여유있게 궐련의 연기를 내뿜으면서,

「아니, 내 마술은 일단 욕심을 부리면 두 번 다시 부릴 수가 없는 것이야. 때문에 이 금화도 역시 자네들이 본 이상은 바로 또 원래대로 난로 속으로 내던져 버릴 걸세.」

친구들은 내 말을 듣자 약속이라도 한 것처럼 반대하기 시작했습니다. 이 정도 큰 돈을 원래의 석탄으로 만들어 버리는 것은 아까운 이야기라고 말하는 것입니다. 하지만 나는 미쓰라군에게 약속한 체면도 있어서 기어코 난로에 내던지고 고집스럽게 친구들과 다투었습니다. 그러자 그 친구들 중에서 가장 교활하다고 평판이 난 자가 코끝으로 조롱하듯이,

「자네는 이 금화를 원래의 석탄으로 하고자 하네. 우리들은 또 하고 싶지 않다고 하네. 이렇게 되면 언제까지나 시간이 지나 봤자, 논쟁이

---

3) 이와자키와 미쓰이: 이와자키 야타로(岩崎弥太郎)가 미츠비시(三菱)재벌을 창설. 미쓰이는 일본최대, 미쓰비시는 미쓰이에 이어 제2위의 대재벌이었으나 모두 제2차대전 후 해체되었다.

끝나지 않는 것은 당연한 일 일세. 그래서 내가 생각했는데, 이 금화를 밑천으로 해서 자네가 우리들과 카드놀이를 하는 거야. 그렇게 해서 자네가 이긴다면 석탄으로 하든 무엇으로 하든 자네 맘대로 처리해도 좋네. 하지만 만약 우리들이 이긴다면 금화 그대로를 우리에게 넘기게. 그렇게 하면 서로 명분도 서고 더없이 만족하지 않겠는가.」

그래도 나는 아직도 고개를 내저으며 쉽게 그 제안에 찬성하고자 하지 않았습니다. 그런데 그 친구는 더욱더 조롱하는 듯한 미소를 띠면서, 나와 테이블 위의 금화를 교활하게 빤히 비교하면서,

「자네가 우리들과 카드를 하지 않는 것은 결국 그 금화를 우리에게 빼앗기고 싶지 않다고 생각하기 때문이지. 그렇다면 마술을 부리기 위해서 욕심을 버렸다느니 뭐라느니 하는 모처럼의 자네의 결심도 이상해져버리는게 아닌가.」

「아니, 조금도 나는 이 금화가 아까워서 석탄으로 하는 것이 아닐세.」

「그렇다면 카드를 하세나.」

몇 번이고 이런 입씨름을 반복한 후에, 결국 나는 그 친구의 말대로 테이블 위의 금화를 밑천으로 아무래도 카드를 겨루지 않으면 안 되는 처지에 이르게 되었습니다. 물론 친구들은 모두 정말 기뻐했고, 바로 트럼프를 한 세트 가져오자 방구석에 있는 카드 테이블에 둘러앉아 아직 주저하는 나를 빨리 빨리하며 재촉하는 것입니다.

그래서 나도 하는 수 없이. 잠시 동안은 친구들을 상대로 마지못해 카드를 하고 있었습니다. 하지만 어찌된 영문인지 그날 밤 따라 평소에는 특별히 카드를 잘하지도 못하는 내가 거짓말처럼 척척 이기는 것입니다. 그러자 또 묘한 것은 처음에는 마음이 내키지도 않았던 것이 점점 재미있어지기 시작하고, 기껏 10분도 지나지 않는 사이에 어

느새 나는 모든 것을 잊고 열심히 카드를 하기 시작했습니다.

친구들은 물론 내게서 저 금화를 모조리 빼앗을 요량으로 일부러 카드를 시작한 것이기 때문에 이렇게 되면 모두 조바심이 나서 거의 안색마저 변할 정도로 몰두해서 승부를 다투기 시작했습니다. 그러나 아무리 친구들이 애가타서 안달을 하여도 나는 한 번도 지지 않을뿐더러 드디어 결국에는 저 금화와 거의 같을 정도의 금액만큼 내 쪽이 이겨버린 것이 아니겠습니까? 그러자 아까 성질이 나쁜 친구가 마치 미치광이처럼 내 앞에 패를 들이대면서 「자, 받게나. 나는 내 재산을 모두 걸겠네. 땅도 집도 말도 자동차도 하나도 남김없이 걸테야. 그 대신 자네는 저 금화 외에 지금까지 자네가 이긴 돈을 전부 거는 거야. 자, 받게나.」

나는 이 순간 욕심이 생겼습니다. 테이블 위에 쌓여있는 산과 같은 금화뿐인가, 모처럼 내가 이긴 돈마저도 이번에 운이 나빠 지면 모두 끝장으로 상대인 친구에게 전부 빼앗기지 않으면 안 됩니다. 뿐만 아니라, 이 승부에서 이기기만 한다면 나는 저쪽의 전 재산을 한 번에 손에 넣을 수가 있는 것입니다. 이런 때에 마술을 부리지 않으면 어디에 마술 따위를 배우고 애쓴 보람이 있겠습니까. 이렇게 생각하니 나는 애간장이 타서 살짝 마술을 부리면서 결투라도 하는 기세로,

「좋아, 먼저 자네부터 받게나.」

「9.」

「킹.」

나는 의기양양한 목소리로 파랗게 질린 상대의 눈앞에 갖고 있던 패를 내보였습니다. 그러자 이상하게도 그 패의 킹이 마치 혼이라도 들어있는 것처럼 왕관을 쓴 머리를 쳐들고 불쑥 패 바깥으로 몸을 드

러내, 예의바르게 검을 쥔 채 히죽 기분 나쁜 미소를 지으며,

「할멈! 할멈! 손님들이 돌아가신다고 하니까 잠자리는 준비하지 않아도 괜찮아요.」라고 귀에 익은 목소리로 말하는 것입니다. 라는 생각이 들자, 무슨 영문인지 창밖으로 내리는 빗줄기까지 갑자기 또 저 오모리 대숲에 부딪치는 듯한 쓸쓸한 비가 쫙쫙 내리는 소리가 나기 시작했습니다.

문득 정신이 들어 주위를 둘러보니, 나는 아직 어두컴컴한 석유램프의 빛을 받으면서 마치 저 카드의 왕과 같은 미소를 짓고 있는 미쓰라군과 마주 보고 앉아 있었던 것입니다.

나는 손가락 사이에 낀 엽궐련의 재마저 역시 떨어지지 않고 남아 있는 것을 보아도, 내가 한 달 정도 지났다고 생각한 것은 불과 이 삼분 사이에 본 꿈이었던 것임에 틀림없습니다. 그렇지만 그 이 삼분의 짧은 시간에 내가 핫산·칸 의 마술의 비법을 배울 자격이 없는 인간이라는 것을 나 자신은 물론 미쓰라군에게도 명백해져버린 것입니다. 나는 부끄러운 듯이 머리를 숙인 채로 점시동안은 말도 제대로 못했습니다.

「나의 마술을 부리고자 한다면 먼저 욕심을 버리지 않으면 안 됩니다. 당신은 그만큼의 수업이 되어있지 않습니다.」

미쓰라군은 안되었다는 눈빛을 하면서 마루에 빨간 꽃무늬를 누빈 테이블보 위에 팔꿈치를 짚고 조용히 이렇게 나를 타일렀습니다.

(1919년 11월)

파(葱)

최정아

원고 마감일이 내일로 닥친 오늘밤 나는 한달음에 이 소설을 쓸 생각이다. 아니 쓸 생각이라기보다 쓰지 않으면 안 되게 된 것이다. 그래서 무엇을 쓸 것인가 하면 — 그건 다음 본문을 읽어 주십사 말씀드릴 수밖에 없다.

❖ ❖

간다 짐보초[1] 근변의 한 카페에 오키미상이라고 하는 여종업원이 있다. 나이는 열다섯이라든가 열여섯이라든가 하는데 보기에는 더 어른스럽다. 무엇보다 살결이 희고 눈매가 서늘해서 코가 좀 위로 들려 있어도 그만하면 웬만한 미인이다. 그런 오키미상이 머리를 가운데서

---

1) 神田神保町. 대학들이 많이 모여 있고 서점이 많기로 유명한 대학가.

갈라 묶고 물망초가 그려진 비녀를 꼽고서 하얀 에이프런을 두르고 자동피아노[2] 앞에 서 있는 모습은 흡사 다케히사 유메지[3]의 그림 속 인물이 튀어 나와 있는 듯하다. — 라나 뭐라나 하는 이유로, 이 카페 단골들 사이에서는 일찍부터 통속소설이라는 별명으로 통하고 있다 한다. 하지만 별명이라면 그 외에도 여러 가지가 있다. 머리에 꽂은 비녀의 꽃이 꽃인지라 물망초. 활동사진에 나오는 미국 여배우를 닮아서 미스 매리 픽포드[4]. 이 카페에는 빠져서는 안 될 존재이므로 각설탕. ETC[5]. ETC.

이 가게에는 오키미상 외에도 또 한 명, 오키미상보다 나이가 위인 여종업원이 있다. 오마쓰상이라고 하는데 예쁘기로 치면 도저히 오키미상의 상대가 아니다. 척 보기에도 흰 빵과 검은 빵 만큼 차이가 난다. 그래서 같은 카페에서 일하지만 오키미상과 오마쓰상은 팁으로 버는 수입이 전혀 다르다. 오마쓰상은 물론 이 수입의 격차에 무심할 수 없다. 그 불평이 쌓인 결과 요즘은 오키미상에 대해 안 좋은 의심도 하게 되었다.

어느 여름 날 오후, 오마쓰상이 담당하는 테이블에 있던 외국어학교 학생으로 보이는 자가 권련을 한 개비 빼어 물면서 성냥불을 붙이려 했다. 그런데 공교롭게도 그 옆 테이블에서는 선풍기가 기세 좋게

---

2) 공기 압력을 이용하여 자동적으로 연주하도록 장치된 피아노. 다이쇼(大正)기에 유행했다.

3) 竹久夢路(1884~1934). 화가, 시인. 메이지(明治)에서 다이쇼(大正) 시대에 걸쳐 서정 시풍의 삽화를 많이 그렸다.

4) Miss Mary Pickford(1983~1979). 초기 미국 영화사에서 최고의 인기 여배우. 청초한 생머리를 길게 늘어뜨린 청순가련한 소녀를 연기하여 '미국의 연인'이라고 불렸다. 인기 배우 더글러스 페어뱅크스와 결혼. 1929년 12월 부부가 내일, 대환영을 받았다.

5) et cetera(라틴어). 등등의 뜻.

돌아가고 있었기 때문에 성냥불은 계속 궐련에 닿기 전에 꺼져버린다. 마침 그때 그 테이블 쪽을 지나가던 오키미상은 잠시 바람을 막기 위해 손님과 선풍기 사이에서 발을 멈췄다. 그 동안에 궐련에 불을 붙인 학생이 햇볕에 그을린 볼에 미소를 띠며 "고마워"라고 말한 것을 보면 오키미상의 이 친절이 상대에게도 통했음은 물론이다. 그러자 계산대 앞에 서 있던 오마쓰상이 마침 그 테이블로 가져가려던 아이스크림 접시를 들어 올리더니 오키미상의 얼굴을 힐끗 흘겨보고 "네가 가져가렴,"이라며 교태어린 목소리로 역정을 냈다.

이런 갈등이 일주일에 몇 번이나 있다. 따라서 오키미상은 웬만해선 오마쓰상과는 말을 하지 않는다. 언제나 자동피아노 앞에 서서는 장소의 특성상 많을 수밖에 없는 학생 손님들에게 무언의 애교를 팔고 있다. 혹은 심술이 나 있는 것 같은 오마쓰에게 무언의 자랑을 하고 있다.

하지만 오키미상과 오마쓰상의 사이가 나쁜 것은 꼭 오마쓰상이 질투를 하기 때문만은 아니다. 오키미상은 내심 오마쓰상의 취미가 저급한 것을 경멸하고 있다. 저 애는 심상소학교를 나온 후로 늘 나니와부시[6]를 듣거나 미쓰마메[7]를 먹거나 남자를 쫓아다니고만 있었기 때문이 틀림없어. 이렇게 오키미상은 확신하고 있다. 그럼 그런 오키미상의 취미는 어떤 것인지 궁금하다면, 잠시 이 번잡한 카페를 떠나 근처 골목 깊은 곳에 있는 한 머리방의 2층을 들여다보는 게 좋다. 왜냐면 오키미상은 그 머리방 2층에 방을 빌리고 있어 카페에서 일하는 동안 외에는 시종 그곳에 기거하고 있기 때문이다.

6) 浪花節. 샤미센을 반주로 하여 주로 의리・인정 따위의 서민적인 주제를 엮어 부르는 창.
7) 삶은 완두콩에 과일과 한천을 네모지게 썰어 넣고 당밀을 뿌린 음식.

2층은 천정이 낮은 6장[8]짜리 방으로, 석양이 드는 창문에서 밖을 내다보아도 기와지붕 외에는 아무것도 보이지 않는다. 그 창가의 벽 쪽으로 사라사 천을 씌운 책상이 놓여 있다. 하긴 이것은 편의상 임시로 책상이라 불러 두지만 실은 고색창연한 밥상에 지나지 않는다. 그 밥 — 책상 위에는, 이 역시 그다지 새것이 아닌, 서양식으로 제본된 서책이 나란히 있다. "호토토기스[9]", "도손 시집[10]", "마쓰이 스마코[11]의 일생", "신초가오 일기[12]", "카르멘[13]", "높은 산에서 계곡을 보면[14]" — 그 다음엔 부인잡지가 일고여덟 권 있을 뿐으로, 유감스럽게도 내 소설집 따윈 단 한권도 보이지 않는다. 그리고 그 책상 쪽으로 있는, 이미 오래 전에 니스가 벗겨진 찻장 위에는 목이 가는 유리 화병이 있어, 꽃잎이 하나 떨어진 조화(造花) 백합이 보기 좋게 꽂혀 있다. 추찰컨대 이 백합은 꽃잎만 아직 무사했다면 틀림없이 지금도 그 카페의 테이블에 장식되어 있었을 것이다. 마지막으로 그 찻장 위의 벽에는 모두 잡지의 표지사진인 듯한 것이 서너 장 핀으로 고정되어 있다. 가장 가운데 것은 가부라기 기요카타[15]군의 겐로쿠온

8) 다타미 6장.

9) 不如帰. 도쿠토미 로카(德富蘆花) 작. 1899년~1900년 고쿠민(国民)신문에 게재. 청일전쟁을 배경으로 가타오카 중장의 딸 나미코와 해군 소위 가와시마 다케오의 비극을 그려, 당시 호평을 받은 소설.

10) 시마자키 도손(島崎藤村)의 시집. 1903년 간행.

11) 松井須磨子(1886~1919). 다이쇼 초기에 가장 인기가 있었던 신극 여배우의 선구자. "햄릿"의 오필리아, "인형의 집"의 노라, "부활"의 카추샤 등으로 출연. 1919년 1월, 시마무라 호게쓰(島村抱月)의 뒤를 좇아 자살했다. "마쓰이 스마코의 일생"은 미상.

12) 新朝顔日記. 오카모토 기도(岡本綺堂)의 희곡. 1막물. 1912년 작.

13) Carmen. 프랑스작가 메리메의 소설. 1845년 간행. 스페인을 배경으로 집시 여인 카르멘을 여자주인공으로 하는 열광적인 사랑 이야기.

14) 미상.

15) 鏑木清方(1878~1972). 일본화가. 이즈미 교카(泉鏡花) 소설의 삽화 등을 그렸고 후에 문인전 등에 출품. 다이쇼(大正), 쇼와(昭和)에 걸쳐 대표적인 미인화가로 군림.

나[16]이고, 그 아래의 작은 것이 라파엘[17]의 마돈나인가 뭔가 하는 것인 듯하다. 라고 생각한 순간, 그 겐로쿠온나 위에는 기타무라 시카이[18]군의 조각 여인상이 바로 옆에 자리한 베토벤에게 뚝뚝 떨어지는 추파를 보내고 있다. 단, 이 베토벤은 그냥 오키미상이 베토벤이라 생각하고 있을 뿐으로 실은 미국대통령 우드로 윌슨[19]인 것이니, 기타무라 시카이군에게도 참으로 미안하기 짝이 없는 일이다.

이렇게 말하면 오키미상의 취미생활이 얼마나 풍부한 예술적 색채를 띠는 것인지 묻지 않아도 이미 자명하리라 생각한다. 또 실제 오키미상은 매일 밤늦게 카페에서 돌아오면 반드시 이 베토벤 ailas[20] 윌슨의 초상 아래에 호토토기스를 읽거나 조화 백합꽃을 바라보거나 하면서 신파 비극 활동사진의 달밤 장면보다도 센티멘털한 예술적 감격에 잠기는 것이다.

벚꽃 필 무렵 어느 날 밤, 오키미상은 혼자 책상 앞에 앉아 거의 첫 닭이 울 때까지 분홍빛 레터 페이퍼에 계속해서 열심히 펜을 움직이고 있었다. 그런데 다 쓴 그 편지 중 한 장이 책상 아래에 떨어져 있었던 일은 아침이 되어 카페에 출근한 후에도 결국 오키미상은 알지 못했던 듯하다. 그러자 창문을 타고 흘러들어온 봄바람이 그 한 장의 레터 페이퍼를 팔랑이며 노랗게 물들인 무명천으로 덮어 놓은 거울 두 개가 나란히 있는 계단 아래로 실어가 떨어뜨려 버렸다. 아래에 있던 머리방 주인은 빈번히 오키미상의 손에 염서가 쥐어지고 있다는

16) 元禄女. 에도시대 겐로쿠 시기의 미녀를 그린 걸작.
17) S. Raffaello(1483~1520). 이태리의 화가. 성모화 '마돈나'는 특히 유명.
18) 北村四海(1871~1927). 메이지(明治), 다이쇼(大正), 쇼와(昭和)의 대리석 조각가.
19) Woodrow Wilson(1856~1924). 미국 20대 대통령. 제1차대전 후 파리강화회의에서 국제연맹 설립을 제창했다.
20) (라틴어). 일명. 별칭. 또 다른 이름.

사실을 알고 있다. 그래서 이 분홍빛 종이도 아마도 그 중 한 장이리라 생각하여 호기심에 일부러 읽어보았다. 그런데 뜻밖에도 이것은 오키미상의 필적인 듯하다. 그렇다면 오키미상이 누군가의 염서에 답장을 쓴 것인가라고 생각했는데, '다케오[21]씨에게 이별을 고했을 때의 일을 생각하면 나는 눈물로 가슴이 찢어질 듯합니다.' 라고 쓰여 있다. 그렇다. 오키미상은 거의 철야를 해가며 나미코부인[22]에게 줄 위문편지를 만들었던 것이다.

나는 이 삽화를 쓰면서 오키미상의 센티먼털리즘에 미소를 금치 못하는 것이 사실이다. 하지만 내 미소 중에는 터럭만큼의 악의도 포함되어 있지 않다. 오키미상이 있는 2층에는 조화 백합이나 도손시집이나 라파엘의 마돈나 사진 외에도 자취생활에 필요한 부엌도구가 놓여 있다. 그 부엌도구가 상징하는 각박한 도쿄의 실생활은 오늘까지 몇 번 오키미상에게 박해를 가했는지 모른다. 그러나 낙막한 인생도 눈물의 안개를 투과시켜 볼 때는 아름다운 세계를 전개한다. 오키미상은 그 실생활의 박해를 벗어나기 위해 이 예술적 감격의 눈물 속으로 몸을 숨겼다. 거기에는 한 달 6엔의 방세도 없거니와, 한 되 70전의 쌀값도 없다. 카르멘은 전등 요금 걱정도 없이 마음 편하게 캐스트네트를 울리고 있다. 나미코부인도 고생은 하지만 약값 조달을 못하는 형편은 아니다. 한 마디로 말해 이 눈물은 인간고(人間苦)의 황혼 속에 인간애의 등화를 소박하게 밝혀 준다. 아아, 동경 거리의 소음도 완전히 어딘가로 사라져버리는 심야, 어슴푸레한 10촉짜리 전등 아래 홀로 앉아 눈물에 젖은 눈을 들어 즈시[23]의 해풍과 코르도바[24]의 협죽

21) "호토토기스(不如帰)"의 남자 주인공.
22) "호토토기스(不如帰)"의 여자 주인공. 다케오(武男)의 아내.
23) 가나가와(神奈川)현 즈시(厨子)시. 별장지로서 유명. 소설 "호토토기스(不如帰)"의

도를 꿈꾸고 있는 오키미상의 모습을 상상…… 제길, 악의가 없는 게 아니라 이러다간 자칫 나까지도 센티멘털해질 판이다. 원래 세간의 비평가에게는 인정미가 없다는 평을 듣는 지극히 이지적인 나이건만 말이다.

그 오키미상이 어느 겨울 밤, 늦은 시간이 되어 카페에서 돌아오자 처음에는 여느 때처럼 책상에 앉아 마쓰이 스마코의 일생인가 뭔가를 읽고 있었는데, 아직 한 페이지도 다 읽기 전에 어찌된 일인지 그 책에 바로 실증이라도 난듯 매정하게 다타미 위로 집어 던져 버렸다. 그런가했더니 이번에는 비스듬히 옆으로 다리를 풀고 앉아 책상 위에 턱을 괴고 벽 위의 윌슨 — 베토벤의 초상을 냉담하게 멍하니 쳐다보기 시작했다. 이건 물론 보통 일이 아니다. 오키미상은 그 카페에서 해고당하게 된 것일까. 아니면 오마쓰상의 심술이 한층 더 악랄해진 것일까. 또 그렇지 않다면 혹시 충치라도 아프기 시작한 것일까. 아니, 오키미상을 지배하고 있는 것은 그러한 세속적인 일이 아니다. 오키미상은 나미코부인처럼 혹은 또 마쓰이 스마코처럼 연애로 괴로워하고 있는 것이다. 그럼 오키미상은 누구에게 마음을 주고 있는 것인가 하면 — 다행히 오키미상은 벽 위의 베토벤을 쳐다보며 한동안은 움직이지 않을 양이므로 그 사이에 나는 급히 서둘러 잠시 이 영광스런 연애의 상대를 소개하련다.

오키미상의 상대는 다나카군이라 하여 무명의 — 말하자면 뭐 예술가다. 왜냐하면 다나카군은 시도 짓고, 바이올린도 켜고, 유화도 그리고, 연극에서 연기도 하며, 우타가르타[25]도 잘하고, 사쓰마 비파[26]도

배경.

24) Cordoba. 스페인 남부의 도시. 칼리프왕조의 소재지로서 번영한 곳. 협죽도가 많다. 소설 "카르멘"의 배경.

켤 수 있다고 하는 재주꾼으로, 어느 것이 본업이고 어느 것이 도락인지 구별할 수 있는 자는 아무도 없다. 따라서 또 인물도, 얼굴은 배우처럼 미끈하고 머리는 유화 물감처럼 번질번질하며 목소리는 바이올린처럼 나긋나긋하고 말은 시처럼 감각이 살아 있고 여자를 꾀는 일은 우타가르타를 낚아채는 것처럼 민첩하며 돈을 빌리는 일은 사쓰마 비파를 타며 노래하듯 지극히 용장, 활발하다. 그것이 챙 넓은 검은 모자를 쓰고 싸구려 티 나는 사파리 복장에 포도색 보헤미안 넥타이를 매고 — 라고 하면 대충 짐작이 갈 것이다. 생각건대 이 다나카군과 같은 자는 이미 일종의 타입이기 때문에 간다, 혼고[27] 근방의 술집이나 카페, 청년회관[28]이나 음악학교[29]의 음악회(단 가장 싼 티켓 좌석에 한하지만), 혹은 가부토야[30]나 산카이도[31]의 전람회 등에 가면 반드시 2,3명은 이런 무리가 오만하게 속세의 군중을 깔보고 있다. 그러니까 이 이상 명료한 다나카군의 초상을 원한다면, 그런 장소에 직접 가보는 게 좋다. 더 이상 내가 쓰는 것은 절대 사절이다. 무엇보다 내가 다나카군을 소개하는 노고를 취하는 사이에 오키미상은 어느새 일어서서 창호 창문을 열고 창밖의 추운 달밤을 바라보고 있으므로.

기와지붕 위의 달빛은 목이 가는 유리 화병에 꽂은 조화 백합꽃을

---

25) 歌加留多 100사람의 와카(和歌) 100수를 모은 하쿠닝잇슈(百人一首)의 와카를 적은 놀이딱지. 혹은 와카를 듣고 그에 해당하는 딱지를 빨리 쳐내서 승부를 겨루는 놀이.

26) 무로마치(室町)시대 말기에 사쓰마(薩摩)에서 발생한 비파 및 그 가곡. 대개 충렬, 비장하다.

27) 간다(神田)에는 니혼(日本)대학, 메이지(明治)대학 등이 있고, 혼고(本鄕)에는 도쿄(東京)대학이 있으며, 두 곳 다 고서점이 많은 학생 거리.

28) 간다(神田)에 있는 기독교청년회관. YMCA.

29) 우에노(上野)에 있었던 도쿄(東京)음악학교. 예술대학의 전신. 매주 토요일에 정기 연주회를 개최했다.

30) 兜屋. 긴자(銀座) 8초메(丁目)에 지금도 있는 화랑.

31) 三会堂. 아카사카(赤坂)에 있었던 화랑.

비추고 있다. 벽에 붙인 라파엘의 작은 마돈나를 비추고 있다. 그리고 또 오키미상의 하늘 향한 코를 비추고 있다. 하지만 오키미상의 서늘한 눈에는 달빛도 비치지 않는다. 서리가 내린 기와지붕도 존재하지 않는 것과 다를 바 없다. 다나카군은 오늘밤 카페에서 오키미상을 여기까지 바래다주었다. 그리고 내일 밤은 둘이서 즐겁게 보내자는 약속까지 했다. 내일은 마침 한 달에 한 번 있는 오키미상의 휴일이니까 오후 6시에 오가와초[32] 전차 정류장에서 만나서 시바우라[33]에서 열리고 있는 이태리 서커스를 보러가자는 것이다. 오키미상은 오늘까지 아직 한 번도 남자와 둘이서 놀러간 기억이 없다. 그렇기 때문에 내일 밤 다나카군과 세상의 연인들처럼 둘이서 만나 야간 곡마를 보러갈 것을 생각하면 새삼스레 심장 고동 소리가 높아져 온다. 오키미상에게 있어 다나카군은 보물 굴의 문을 열 비밀 주문을 알고 있는 알리바바[34]와 별반 다르지 않다. 그 주문이 외쳐졌을 때 어떠한 미지의 환락경이 오키미상 앞에 출현할지. — 아까부터 달을 쳐다보고 있으면서 달을 보고 있지 않는 오키미상이 바람에 일렁이는 바다처럼 혹은 지금 막 출발하려는 승합자동차의 모터처럼 요란스레 쿵쾅대는 가슴속에 그리고 있는 것은 실로 이 다가올 불가사의한 세계의 환영이었다. 그 곳에는 장미꽃이 흐드러지게 핀 길가에 양식진주 반지나 가짜 비취 브로치 같은 것이 수없이 산란해 있다. 나이팅게일의 상냥한 노래 소리도 벌써 미쓰코시[35]의 깃발 위로부터 꿀이 뚝뚝 흘러 떨어지

---

32) 小川町. 짐보초(神保町)에서 동쪽으로 2번째 정류소. 그 다음이 아와지초(淡路町), 그 다음이 스다초(須田町). 간다바시(神田橋)는 오가와초의 남쪽.

33) 芝浦. 도쿄(東京) 미나토(港)구에 있는 매립지. 이 당시 실제로는 이태리 서커스단의 쇼는 개최되지 않았다.

34) '열려라 참깨'로 유명한 중세의 동방전설 "알리바바와 40인의 도적"의 주인공.

35) 도쿄(東京) 주오(中央)구 니혼바시(日本橋)에 있는 미쓰코시(三越)백화점 본점.

는 것처럼 들려오기 시작했다. 올리브꽃 향기가 풍겨나는 대리석 깔린 궁전에서는 지금은 어느새 미스터 더글러스 페어뱅크스[36]와 모리 리쓰코[37]양의 무도가 드디어 가경에 들려하는 모양이다. ……

하지만 나는 오키미상의 명예를 위해 덧붙인다. 그 때 오키미상이 그리던 환영 속에는 가끔 어두운 구름의 그림자가 일체의 행복을 위협하는 듯 불길하게 오가고 있었다. 과연 오키미상은 다나카군을 사랑하고 있는 것임에 틀림없다. 그러나 그 다나카군은 실은 오키미상의 예술적 감격이 원광을 씌운 다나카군이다. 시도 짓고, 바리올린도 키고, 유화 물감도 사용하고, 연극에서 연기도 하고, 우타가루타도 잘하고, 사쓰마비파도 할 수 있는 서 랜슬롯[38]이다. 그러니까 오키미상 안에 있는 처녀의 신선한 직관은 어쩌다 이 랜슬롯의 지극히 수상스러운 정체를 느끼는 경우가 없지 않다. 어두운 불안의 구름이 드리우는 그림자는 이러한 때에 오키미상의 환영 속을 스쳐지나간다. 그러나 유감스럽게도 그 구름의 그림자는 나타나기가 무섭게 이내 사라져 버린다. 오키미상은 아무리 어른스럽다고는 해도 열여섯 살인가 열일곱 살인가 하는 소녀다. 게다가 예술적 감격에 차있는 소녀다. 옷이 비에 젖을 걱정이 있거나, 해 저무는 라인 강의 그림엽서에 감탄하며 신음할 때 외에는 좀처럼 구름의 그림자 따위에 마음을 두지 않는 것도 무리가 아니다. 하물며 지금은 장미꽃이 흐드러지게 핀 길과에 양식진주 반지니 가짜 비취 브로치니 하는 것이 — 이하는 앞에 쓴 것과 같으므로 그곳을 다시 읽어 주길 바란다.

---

36) Mr.Douglas Fairbanks(1883~1939). 미국 영화 초기 최고의 인기배우. "삼총사", "로빈 후드", "바그다드의 도적" 등의 낭만적인 검극에 출연. 1929년 내일.

37) 森律子. 당시 일본 제국극장 여배우.

38) Sir. Lanslott. 영국 스몰렛(1721~1771)의 소설 "서 랜슬롯 글리브즈의 모험"의 주인공.

오키미상은 한참 동안 샤방느[39]의 성 주느비에브[40]처럼 달빛에 비치는 기와지붕을 바라보며 서 있었는데 이윽고 재채기를 한 번 하더니 창문을 탁 닫고 다시 원래대로 책상 앞에 비스듬히 앉아버렸다. 그리고 이튿날 오후 6시까지 오키미상이 무엇을 하고 있었는지 그간의 자세한 소식은 유감스럽게도 나도 모른다. 왜 작가인 내가 알지 못하는가 하면 — 정직하게 말해라. 나는 오늘밤 중으로 이 소설을 다 쓰지 않으면 안 되기 때문이다.

다음날 오후 6시, 오키미상은 남에게 빌린 야릇한 보랏빛 감색 코트 위에 크림색 숄을 두르고 여느 때보다 들뜬 모습으로 벌써 저녁 어스름이 내린 오가와초 전차정류장에 갔다. 도착하자 이미 다나카군은 여느 때처럼 챙이 넓은 검정색 모자를 눌러 쓰고 양은 손잡이가 달린 가느다란 지팡이를 겨드랑이에 끼고서 굵은 줄무늬 반코트의 옷깃을 세우고 빨간 전등 아래에 서서 기다리고 있다. 피부가 하얀 얼굴이 여느 때보다 한층 윤이 나고 희미하게 향수 냄새까지 풍기고 있는 모습으로 보아 오늘밤은 각별히 외양에 신경을 쓴 모양이다.

"많이 기다렸어?"

오키미상은 다나카군의 얼굴을 올려다보며 아직 숨이 가쁜 목소리로 물었다.

"아니."

다나카군은 느긋하게 대답하며 의미를 알 수 없는 모호한 미소를

39) P. P. Chavanes(1824~1898). 프랑스의 장식화가. 다수의 벽화를 그렸는데 성(聖) 주느비에브전(伝)이 가장 유명.

40) Geneviève(423경~512). 양치기의 딸이었지만 훈족의 습격을 받았을 때 파리 시민을 구하여 파리의 수호성인으로서 숭앙받는다. 파리의 판테온 성당 안에 있는 주느비에브의 벽화는 달밤에 기와지붕을 내다보고 있는 그림으로 차가운 색조로 그려져 있다.

머금은 눈으로 지긋이 오키미의 얼굴을 쳐다보았다. 그리고서 갑자기 크게 한 번 몸을 떨어 보이고,

"걷자. 조금."

하고 덧붙였다. 아니 덧붙였을 뿐이 아니다. 다나카군은 말과 동시에 아크 등불이 비치는 사람 많은 거리를 수다초 방면을 향해 걷기 시작했다. 서커스가 개최되는 곳은 시바우라다. 걷는다면 여기서는 간다바시 방면으로 가지 않으면 안 된다. 오키미상은 아직 제자리에 선 채로 먼지바람에 펄럭이는 크림색 숄을 손으로 누르며,

"그쪽?"

하고 이상하다는 듯이 물었다. 하지만 다나카군은 어깨너머로,

"아아."

하고 가볍게 대답했을 뿐 여전히 스다초 방면으로 걸어간다. 그래서 오키미상도 달리 어쩔 도리 없이 바로 다나카군을 뒤좇아 가서 잎이 떨어진 버드나무 가로수 아래를 함께 서둘러 걷기 시작했다. 그러자 또 다나카군은 눈 속에 예의 모호한 미소를 띠고 오키미상의 옆얼굴을 들여다보며,

"오키미상에게는 미안하지만 시바우라 서커스는 어제 이미 끝났다네. 그러니까 오늘 밤은 내가 아는 집에 가서 함께 밥이라도 먹자."

"그래. 난 어느 쪽이든 상관없어."

오키미상은 다나카군의 손이 가만히 자신의 손을 잡는 것을 느끼면서 희망과 두려움에 떠는 가느다란 목소리로 이렇게 말했다. 그와 동시에 또 오키미상의 눈에는 호토토기스를 읽었을 때와 같은 감동의 눈물이 일렁였다. 이 감격의 눈물을 투과시켜 본 오가와초, 아와지초, 스다초의 거리가 얼마나 아름다웠는지는 물어볼 필요도 없다. 연말

바겐세일을 알리는 악대의 소리, 핑글핑글 눈이 돌 것 같은 인단 광고 전등, 크리스마스를 축하하는 잣나무 잎의 장식, 팔방으로 뻗은 만국기, 장식창 안의 산타 크로스, 노점에 진열된 그림엽서와 달력 — 모든 것이 오키미상의 눈에는 장대한 연애의 환희를 노래하며 세계의 끝까지 찬란하게 이어지고 있는 듯 생각된다. 오늘밤만큼은 천상의 별빛도 차갑지 않다. 이따금 불어 닥쳐 코트자락을 펄럭이는 먼지바람도 곧바로 봄이 돌아온 듯한 따뜻한 공기로 바뀌어 버린다. 행복, 행복, 행복……

그러다가 문득 오키미상이 정신이 들고 보니 두 사람은 어느새 요코초를 돌아온 듯 좁다란 거리를 걷고 있다. 그리고 그 거리 오른쪽에 작은 채소가게 한 채가 있어, 밝은 가스등이 비치는 아래에 무, 당근, 야채절임, 파, 순무, 쇠귀나물, 우엉, 야쓰가시라[41], 평지, 땅두릅, 연근, 토란, 사과, 귤 종류가 높다랗게 쌓여 있다. 그 채소가게를 지날 때 오키미상의 시선은 우연찮게 파 무더기 속에 서 있는 나무 표지 위에 멈췄다. 표지에는 시커먼 먹 글씨로 비뚤비뚤 '한 다발 4전' 이라고 쓰여 있다. 온갖 물가가 폭등한 오늘날, 1다발에 4전 하는 파는 좀처럼 없다. 이 지극히 싼 가격의 표지를 목격함과 동시에 지금까지 연애와 예술로 취해 있던 오키미상의 행복한 마음속에는 거기에 숨어 있던 실생활이 돌연히 그 나태한 수면으로부터 깨어났다. '간발을 두지 않고'라고 하는 것은 실로 이런 것을 말한다. 장미와 반지와 나이팅게일과 미쓰코시의 깃발은 찰나에 시야에서 사라져버렸다. 그 대신 방세, 전등요금, 숯 값, 반찬값, 간장 값, 신문 대금, 화장품값, 전차비 — 그 외 온갖 생활비가 과거의 쓰라린 경험과 함께 흡사 불나방이 불

41) 토란의 한 품종. 줄기도 즈이키(ずいき)라 하여 식용.

에 뛰어들듯 오키미상의 작은 가슴 속으로 사방팔방에서 모여들어 온다. 오키미상은 자기도 모르게 그 채소가게 앞에 걸음을 멈췄다. 그리고 어이없어 하는 다나카군을 혼자 남겨놓고 선명하게 가스등 불빛을 받고 있는 청과물 속으로 걸음을 내딛었다. 그러더니 마침내 그 가느다란 손가락을 뻗어 한 다발 4전의 표지가 붙어 있는 파 더미를 가리키며 '방황'의 노래42)라도 부르는 듯한 목소리로,

"저거 두 다발 주세요."

라고 말했다.

먼지바람이 이는 거리에는 챙 넓은 검은 모자를 눌러쓰고 굵은 줄무늬 반코트 깃을 세운 다나카군이 양은 손잡이가 달린 가느다란 지팡이를 옆구리에 끼고 고독한 그림자를 드리우며 초연히 서있다. 다나카군의 상상 속에는 아까부터 이 거리 끄트머리에 있는 격자문 집이 어른대고 있다. 처마 밑에 미쓰노야(三の屋)라는 상호가 쓰인 전등이 걸린, 신발 벗는 돌이 젖어 있는, 날림으로 지은 2층짜리 집이다. 하지만 이런 거리에 서 있으려니 그 자그마한 2층 집의 그림자가 묘하게 점점 희미해져간다. 그리고 그 다음에는 서서히 한 다발 4전의 푯말이 선 파 더미가 떠오른다. 그러자 곧바로 상상이 깨지고 한줄기 먼지바람이 불고 지나감과 동시에 실생활인 듯 신랄하게 눈에 배어드는 파 냄새가 실제 다나카군의 코를 찔렀다.

"많이 기다렸지?"

가여운 다나카군은 세상에 다시없이 한심한 눈으로 마치 딴사람을 보듯 오키미상의 얼굴을 훑어 보았다. 머리를 단정하게 양쪽으로 나누어 묶고 물망초 비녀를 꽂은, 코가 약간 하늘을 향해 있는 오키미상

---

42) 1918년경의 유행가. 기타하라 하쿠슈(北原白秋) 작사. 야마나카심페(山中晋平) 작곡. "살아있는 시체(生ける屍)"(1917년 10월 메이지(明治)좌 초연)의 무대에서 불려졌다.

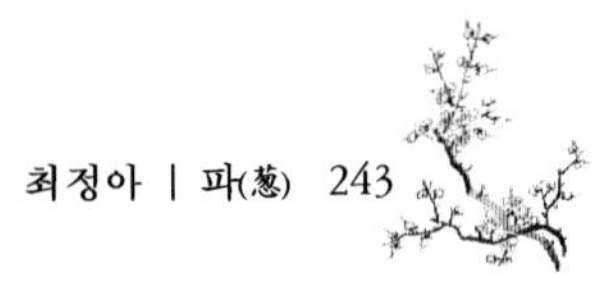

은 크림색 숄을 가볍게 턱으로 누른 채 한쪽 손에 두 다발 8전의 파를 들고 서 있다. 그 서늘한 눈 속에 춤추는 기쁨의 미소를 담고서.

❖ ❖

드디어 간신히 다 썼다. 이제 얼마지 않아 날이 샐 것이다. 밖에서는 추운 닭 울음이 들리고 이렇게 겨우 완성을 했건만 심히 기분이 침울해지는 것은 왜일까. 오키미상은 그날 밤은 아무 일 없이 또 그 머리방 2층으로 돌아갔지만 카페의 여종업원을 그만두지 않는 한 그 후에도 다나카군과 둘이서 놀러가지 않으리라고는 말할 수 없을 것이다. 그 때의 일을 생각하면 — 아니, 그 때는 또 그 때의 일이다. 내가 지금 아무리 걱정한다 한들 어떻게 될 수 있는 일이 아니다. 이쯤에서 펜을 내려놓기로 하자. 안녕, 오키미상. 그럼 오늘밤도 그날 밤처럼 여기서 어서 나가 씩씩하게 — 비평가들에게 퇴치되고 오게나.

네즈미코조지로키치(鼠小僧次郎吉)

임훈식

❖ 1 ❖

어느 초가을 날 해질 무렵이었다.

시오도메[汐留]에 있는 어부숙소 겸 어구(漁具)가게 이즈야[伊豆屋]의 입구 쪽 이층에서는 노름꾼 같은 사내 두 사람이 아까부터 마주 앉아서 끊임없이 술잔을 주고받고 있었다.

한 사람은 거무스름한 얼굴에 약간 살이 찐 사내로, 정해진 형식 그대로 유키[結城]산 면직물의 홑옷에 핫탄[八反] 견직물로 만든 폭 좁은 띠를 맨 모습이, 위에 걸친 외산(外産) 무명 직물의 겉옷과 함께 야무진 사내다움을 한층 더 협기 있게 보여주는 느낌이었다. 또 다른 한 사람은 흰 얼굴에 뭐랄까 어딘가 몸집이 작은 사내이지만, 손목에까지 새겨놓은 문신이 두드러진 탓인지 풀이 죽은 가는 격자 무늬의 겉옷에다 주판알 무늬의 석 자 띠를 친친 감아 놓은 것도 기개라기 보다는 오히려 무서움과 방탕한 느낌만 들게 했다. 뿐만 아니라 이 사내는 여러 면에서 두 세 수 떨어지는 인물인지 상대편 사내를 부를 때에도 언제나 형님이라는 호칭을 쓰고 있었다. 그렇지만 나이는 거의 같은 정도로 보였고 그런 만큼 또한 세상에서 말하는 형님 부하라기 보다, 허물없는 교분이 오가는 것은 서로 권커니 막거니 하는 술잔 사이에서도 분명히 알 수 있었다.

초가을 해질 무렵이라고는 하지만, 맞은 편에 보이는 카라츠[唐津] 영주님 저택의 담장에는 아직 붉은 석양이 비치고 그 햇살을 받은 버드나무 한 그루가 울창한 나뭇잎 그늘을 무덥게 하는 것도 물러 간지 얼마 안되는 늦더위에 대한 생각을 새롭게 하기에 충분했다. 그렇기 때문에 이 어구 가게의 이층에도 갈대 발 문은 이미 당지(唐紙)로 바뀌어 있었지만, 에도[江戸]에 미련이 남아 있는 여름은 난간에 드리워 있는 이요[伊予]산 발이나 언제부터인지 토코노마[床の間]에 걸려 있는 폭포 수묵화의 족자나 혹은 두 사람 사이에 놓여 있는 상 위의 전복요리와 생선 냉회 등에서 끝나지 않은 자취를 또렷이 보여주고 있었다. 실제로 큰길을 하나 사이에 두고 있는 수로(水路)의 물 위로부터 가끔 이리로 불어오는 산들바람도 얼근히 취한 두 사람에게는 상투 끝을 왼쪽으로 조금 구부린 살쩍이 흔들릴 때마다 시원하다고 느끼게 된다고는 하지만 그래 보았자 가을다운 으스스함을 느끼게 하는 것과 같은 일은 전혀 없는 것이다. 특히 얼굴이 흰 사내 쪽은 이것만은 차가울 것 같은 은(銀) 줄 부적도 반짝일 정도로 한껏 격자무늬 옷의 가슴을 벌리고 있었다.

두 사람은 여자 종업원까지 물리치고 한동안 무언가 밀담에 열중하고 있다가 이윽고 그것도 일단락되었는지 얼굴이 거무스름하고 약간

살이 찐 사내는 술잔을 아무렇게나 상대에게 건네고는 무릎 밑의 담배갑을 들어올리며,

「그래서 말이지, 나도 겨우 3년 만에 또다시 에도에 돌아 온 거야.」

「어쩐지 돌아오시는 것이 너무 늦어진다고 생각하고 있었지요. 그러나 이렇게 돌아 오신다면 부하들 만이 아니라 에도 사람 모두가 기뻐하지요.」

「그렇게 말해 주는 것은 자네뿐이지.」

「헤헤, 지당하신 말씀입죠.」

얼굴이 희고 몸집이 작은 사내는 특히 상대를 빤히 쳐다보고는 고약하게 히쭉 웃고서,

「코하나[小花]누님에게도 물어 보세요.」

「그건 안돼.」

형님이라고 불린 사내는 담뱃대를 입에 문 채로 살짝 쓴 웃음을 떠올렸지만 곧 또다시 진지한 자세가 되어,

「그러나 말이지 내가 3년 동안 못 본 사이에 에도도 상당히 변한 것 같아.」

「아니, 변했느니 변하지 않았느니 할 정도가 아니요. 오카바쇼[岡場所] 따위는 그 쇠퇴함으로 말할 것 같으면 마치 거짓말 같습죠.」

「이렇게 되면 늙은이의 말투는 아니지만 역시 옛날이 그리워.」

「변하지 않은 것은 저 뿐이죠. 헤헤 언제나 가난뱅이죠.」

격자 무늬 유카타를 입은 사내는 받은 술잔을 벌컥 마시고는 그 손으로 재빨리 입가에 묻은 술을 털고서 스스로 비웃듯이 눈썹을 씰룩거리고서는,

「지금에서 보면 3년전은 마치 이 세상의 극락이지요. 보세요, 형님,

당신이 에도에 널리 알려졌을 때에는 도둑이라고 해도 그 네즈미코조[鼠小僧]와 같은 이시카와고에몬[石川五右衛門]에는 미치지 못했을망정 조금은 위엄이 있는 놈이 있었지 않습니까.」

「당치도 않는 말을 하는군. 어느 곳에 나와 도둑을 하나로 취급하는 놈이 있단 말인가.」

외산 직물로 된 겉옷을 걸친 사내는 담배 연기에 매워하면서 엉겁결에 또다시 쓴웃음을 지었지만, 과격한 상대편 사내는 그런 것에 신경 쓰는 기색도 없이 자작으로 또 한 잔 마시고는,

「그런데 그게 요즘 보세요. 째째한 벌이를 하는 놈은 비로 쓸 만큼 많이 있습니다만, 그런 정도의 큰 도둑은 지금까지 들어보지 못했지 않습니까.」

「듣지 못해도 좋지 않는가. 나라에는 도적이 있고 집안에는 쥐가 있는거야. 큰 도둑 따위는 없는 편이 좋지.」

「그건 없는 편이 좋지. 없는 편이 좋은 것은 틀림이 없지만 말입죠.」

얼굴이 희고 몸집이 작은 사내는 문신이 있는 팔을 뻗쳐서 두목에게 술잔을 권하며,

「그 시절의 일을 생각하면, 헤헤, 묘한 것이 도둑조차도 그리워진단 말이오. 이미 잘 아시고 계심에 틀림 없지만, 그 네즈미코조라는 놈은 마음가짐이 첫째 기쁘지요. 그렇지요? 두목.」

「거짓말은 아니지. 도둑의 후원자로는 이 노름꾼이 딱이지.」

「헤헤, 이 놈은 가장 두려워해야 할 것이죠.」

라고 말하고서 기운이 빠져 격자무늬 옷 입은 어깨를 좀 내렸지만, 곧 바로 다시 기운 찬 목소리로,

「저 역시 뭐 그다지 도둑의 편을 들기에는 당치도 않지만, 그 녀석

은 가진 돈이 많은 영주님 저택에 몰래 들어가서 수중의 돈을 낚아채서는 하루하루 생활에 쫓기는 가난한 자들에게 베푼다고 합니다요. 정말이지 선악(善惡)은 둘이 아니지만, 어차피 도둑질을 하는 이상, 악인(惡人)으로서의 고마움도 있으므로 저 따위도 이 정도의 음덕(陰德)은 쌓아놓고 싶다고 생각하고 있읍죠.」

「그런가? 그렇게 들리는 것도 무리는 아니지. 아니, 네즈미코조라는 녀석도 카이타이마치[改代町]의 하다까마츠[裸松]가 편들어 준다고는 꿈에도 생각지 못하고 있을 거야. 생각해 보면 복 많은 도둑이야.」

거무스름한 얼굴에 약간 살이 찐 사내는 상대에게 술잔을 돌려주면서 의외로 차분하게 이렇게 말했지만, 이윽고 뭔가 생각난 듯이 점잖게 다가와서는 갑자기 밝은 미소를 짓고서,

「그럼 들어보게. 나도 그 네즈미코조라면 굉장히 우스운 것을 본 적이 있는데 말이지, 지금도 생각 날 때마다 아주 배꼽이 빠질 정도야.」

두목이라고 불린 사내는 이렇게 말머리를 들려주고 나서 또다시 유유히 담뱃대를 물고서 석양 속으로 사라져가는 동그란 담배 연기와 함께 다음과 같은 이야기를 시작했다.

❖ 2 ❖

지금부터 꼭 3년 전에, 내가 노름자리에서 서로 고집을 부려 경쟁하면서 에도에 널리 알려져 있었을 때의 일이다.

동해도(東海道)에는 난처한 일이 생겨서, 길은 나쁘지만 코슈[甲州]가도(街道)를 미노부[身延]까지 나가지 않으면 안되었기 때문에, 잊지도

않지, 12월 11일에 요츠야[四谷]의 아라키쵸[荒木町]를 출발하여 여행을 계속하며 걸어 다니느라 몸이 말이 아니었는데, 차림은 자네도 알다시피, 유키[結城]산 명주의 겹옷에 여행용 칼을 찬 굵은 무늬가 있는 하카타[博多] 띠, 갈색의 짧은 비옷에다 초립을 썼다고 생각하네. 원래부터 어깨 앞뒤로 나누어 메는 고리짝 외에는 일행도 없는 혼자 여행이지. 단단히 한 짚신 감발은 겉모습은 가벼운 것 같지만, 당분간은 쇼군[将軍]의 거성이 있는 에도의 햇빛조차 뵈올 수 없는 것을 생각하니 사실은 우울해져서, 고풍(古風)스럽기는 하지만, 한 발씩 걸음을 걸을 때마다 미련을 떨치기 어려운 마음이었어. 그 날이 또한 짓궂게도 눈구름이 낀 매우 추운 날씨로, 하물며 코슈가도는 어디 산인지 모르겠는데 온통 구름으로 덮인 것이 마른 잎 하나 바삭거리지 않는 뽕나무 밭 위에 병풍을 세우고 그 뽕나무 가지를 잡고 앉아 있는 방울새도 추위에 목구멍을 상한 것인지 목소리도 내지 못하는듯이 얼어붙게 하는 추위였지.

게다가 이따금 몸을 에는듯한 겨울철의 세찬 북서풍이 휙하고 마구 휘몰아치며 옆으로 비옷을 흔들어댔어. 이래 가지고서는 아무리 으스대도 여행에 익숙지 않은 에도 토박이는 면목이 없단 말이야. 나는 초립 테두리를 손으로 잡고서는 오늘 아침 요츠야에서부터 신쥬쿠[新宿]를 거쳐서 걸어 온 에도 쪽을 몇 번이나 되돌아 보았는지 몰라.

그러자 내가 여행에 익숙지 않은 것이 지나가는 사람 눈에도 가엾게 보였는게 틀림없어. 후츄[府中]의 여관을 벗어나자 건실하게 보이는 한 젊은이가 뒤에서 나를 따라와서 수다스럽게 말을 거는 거야. 보건대 감색 비옷에 초립은 이건 판에 박은 나그네 차림이지만, 색 바랜 외산 직물로 된 보자기 꾸러미를 목에 걸고, 많이 빨아서 바랜 줄무늬

무명에 군데군데 닳아 있는 코쿠라[小倉]산 띠, 오른 쪽 옆 머리카락이 좀 빠지고 주걱턱 조차 비록 바람이 불지 않아도 돈이 없을 듯한 차림이었어. 그렇지만 말이야, 겉보기보다 사람은 좋은지, 친절한 듯이 길 가는 도중의 명소 고적 같은 것을 가르쳐 주는 거야. 나야 본래 상대를 원한 건데 뭐.

「댁은 어디까지 가시는가? 」

「저는 코후[甲府]까지 갑죠. 나리는 또 어디로?」

「나는 뭐 미노부에 참배하러 가지.」

「그런데 나리는 에도시겠지요? 에도 어디쯤에 사시는지요?」

「카야바쵸[茅場町]의 이웃인 우에키다나[植木店]지. 댁도 에도인가?」

「예, 저는 후카가와[深川]의 롯켄보리[六間堀]로, 이래도 에치고야쥬키치[越後屋重吉]라는 잡화상입니다.」

라는 식이었어.

똑같이 에도를 그리워하는 이야기를 하면서 서로가 좋은 길동무를 찾은 기분으로 말이지 함께 길을 서두르니, 이제 곧 히노[日野] 역참에 도착하려고 할 즈음에 조금씩 하얀 것이 내리기 시작했어. 혼자 하는 여행이었어 봐. 시각도 이럭저럭 오후 4시가 지났고 이런 눈 내리는 하늘을 올려다 보니 물새 소리도 몸에 스며들 것 같아 오늘 밤은 아무래도 히노에서 숙박하지 않으면 안되게 되었지만 아무리 돈이 없다고 해도 그 점은 에치고야쥬키치라는 일행이 있는 덕택이었다.

「나리, 이런 눈이라면 내일 길은 도저히 걸을 수 없으니까, 오늘 중에 하치오지[八王子]까지 가지 않으시렵니까?」

라는 말을 듣고 보니 그럴 마음이 들어 눈 속을 하치오지까지 겨우 다다랐어. 이미 하늘은 캄캄하고 벌써 하얗게 된 양쪽의 지붕이 밤눈

에도 자취가 보이는 가도에 뒤덮일 듯이 겹쳐 있는, — 그 밑에 여기저기 초롱불이 빨갛게 불을 밝히고 귀가가 늦은 말 방울 소리가 점점 가까워지는 모습 같은 것은 그야말로 우키요에[浮世絵]의 눈 풍경이었어. 그러자 그 에치고야쥬키치라는 녀석이 앞장서서 눈을 밟으며,

「나리, 오늘은 부디 함께 있고 싶습니다요.」

라고 몇 번이나 귀찮게 부탁을 하므로 나도 반대할 까닭이 없지 뭐,

「그건 뭐 그렇게 원한다면 나도 쓸쓸하지 않아서 좋아. 그러나 나는 공교롭게도 처음 온 하치오지야. 아무데도 여관을 모르는데.」

「아니 뭐, 저기 있는 야마진[山甚]이라는 것이 저가 정해 놓고 있는 여관입죠.」

라고 말하며 나를 데리고 들어 간 곳은 역시 초롱불이 켜져 있는, 새로 문을 열었다든가 하는 여관으로 입구의 현관을 넓게 하고 그 안쪽은 곧바로 부엌으로 이어지는 구조였던 것 같아.

우리들 두 사람이 안으로 들어가자, 계산대 앞에 있는 화로에 바싹 달라붙어 있던 지배인이, 아직 「발 씻을 물을」이라고 말도 하지 않은 사이에 걸신들린 얘기지만 밥 냄새와 국물 냄새가 김이나 불기운과 하나가 되어 훅하고 코에 와 닿았다. 그리고 나서 재빨리 짚신을 벗고 등을 든 여자 종업원과 함께 이층 객실로 올라 왔는데, 우선 한 탕 목욕을 하여 몸을 훈훈하게 하고서는 여하튼 추위를 견디기 위해 따뜻하게 데운 술 두 석잔을 하기로 하자, 그 에치고야쥬키치라는 녀석은 술이 들어가니 처치 곤란한 떠벌이로 보통 때조차도 말이 많은 놈이 정말로 잘도 지껄이는 거야.

「나리, 이 술이라면 입맛에 맞지요? 이제부터 코슈 길로 접어들어 보세요. 도저히 이러한 술은 마실 수 없습죠. 헤헤, 낡은 신소리이지

만 괴담 전설에 나오는 말투처럼 저만 자꾸 자꾸 마셔서 ―」

라며 말하고 있는 동안은 그런대로 괜찮았지만, 술병이 두 세 개나 나란히 놓이게 되자 눈꼬리는 처지고 코 언저리는 개기름으로 번들거리며 주걱턱을 묘하게 흔들면서,

「술에 원한이 많다고들 하지만 말이죠, 나 같은 자도 나리 앞이라 뭐하지만, 유곽을 돌며 술을 좀 지나치게 많이 마신 것이 돌이킬 수 없는 일신의 원수가 되었읍죠. 아아, 덧없는 이타코[潮来]에서 혹하게 하네에.」

라며 떨리는 목소리로 노래를 부르기 시작하는 것이다. 나는 정말이지 주체할 수가 없어서 아무래도 이 놈을 잠자게 할 수 밖에 별 도리가 없다고 생각했기 때문에 때를 보아 밥을 먹고서는,

「자, 내일은 서둘러야 하니까, 잠이나 자게, 잠이나 자.」

라고 재촉하고는 말이지, 아직 술병에 미련이 있는 놈을 겨우 눕혔지만, 적절한 수단이었지, 그토록 떠들던 녀석이 베개에 머리를 붙이자마자 술 냄새나는 하품을 한번 하고서,

「아아아, 덧없는 이타코에서 혹하게 하네에.」

라고 다시 한번 기분 나쁜 노래 소리를 질렀지만, 그 후는 코를 골며 잠에 빠져 아무리 쥐가 시끄럽게 하여도 자던 몸 한번 움직이지 않는 거야.

그렇지만 나는 재난이었지. 여하튼 에도를 떠나서 오늘 밤이 첫 숙박인데 그놈의 코 고는 소리가 귀에 계속 들려서 주위가 조용해 질수록 도리어 이상하게도 잠들지 못하는 거야. 바깥은 아직 눈이 그치지 않았는지 이따금 덧문에 보슬보슬 흩날려 불어오는 소리가 나는 것 같았지. 옆에서 자고 있는 이 망할 놈은 꿈속에서도 콧노래를 부르고

있을지도 모르지만, 에도에서는 내가 없는 탓으로 한 두 사람은 밤에도 자지 않고 걱정해 주는 사람이 있을 거라고, — 이건 말이지 아내와의 잠자리 얘기가 아니지만, — 쓸데없는 것을 생각하니 더더욱 나는 눈이 말똥말똥해져서 빨리 날이 밝아졌으면 좋겠다고 그것만 생각하고 있었단다.

이럭저럭 하다가 밤 12시 소리를 듣고 2시를 치는 것도 알고 있었는데, 그러는 사이에 잠이 들었는지 어느새 꾸벅꾸벅 졸고 있었던 것 같았어. 그런데 이윽고 문득 눈을 뜨니 쥐가 등불의 심지라도 뽑아버렸는지 머리맡에 있는 등불이 꺼져 있어. 게다가 옆에서 자고 있던 녀석이 아까까지는 코를 골고 있던 주제에 지금은 마치 죽은 듯이 숨소리 하나 없는 거야. 어째 무언가 이상한 모양인데 하고 이렇게 생각하는둥 마는둥 하는 사이에 이번에는 내 침구 안으로 사람의 손이 들어왔어. 그것도 덜덜 떨면서 전대의 매듭을 찾는 거야. 정말이지 사람은 겉으로는 알 수 없는 법이야. 그 칠칠치 못한 놈이 도둑일 줄은, 이건 좀 너무 잘 돼 가는데. — 라고 생각하고 하마터면 나는 웃음을 터뜨릴 뻔 했는데, 그 도둑과 바로 지금까지 함께 술을 마시고 있었다고 생각하니 정말이지 분해진 거야, 그 녀석의 손이 전대의 매듭을 풀기 시작하자 갑자기 거꾸로 움켜쥐고 비틀었어. 도둑놈이 놀랐는지 당황해서 뿌리칠려고 하는 것을 침구를 머리에서 뒤집어 씌어서 깜쪽같이 내가 그 위에 말타기 하듯이 깔고 앉아버린 거야. 그러자 그 패기도 없는 놈이 억지로 침구 밑에서 낯짝만 밖으로 내밀고서는 「살, 살, 살인자」하고 오골계가 울기라도 하는 듯이 기괴한 소리를 질러대는 거야. 너가 도적질을 해 놓고서 너가 사람을 부르다니 배짱도 좋지, 벽창호일 줄은 처음부터 알고 있었지만, 그러고 보니 사내다운 데도 없

는 녀석이군, 나는 갑자기 화가 났기 때문에 그 자리에 있던 배게를 집어들어 그 면상을 팍팍 때려 눕혔지 뭐야.

그런데 그런 소동이 들려서 말이지 근처에 있던 손님도 잠이 깨고 여관의 주인이나 고용인도 무슨 일이 일어 났는가 하는 얼굴로 촛불을 앞세워서 연달아 이층으로 올라 온 거야. 와서 보니 내 다리 가랑이 사이에서 그 놈이 숨을 할딱거리며 기묘한 면상을 내밀고 있는 형편이었지. 이건 말이지 누가 보더라도 크게 웃을 일이야.

「이봐, 주인장, 당치도 않게 벼룩에게 물려서 말이지, 시끄럽게 해서 미안하이. 다른 손님에게는 너가 잘 사과를 하거라.」

그 뿐이야. 이제 그 후는 이야기 할 것도 뭐고 없어. 고용인이 즉시 그 놈을 둘둘 말아서 마치 생포한 캇파[河童]처럼 여러 사람이 달라 붙어서 이층에서 끌고 내려 가버렸지.

그런데 그 후에 야마진 여관의 주인이 내 앞에 손을 짚고서,

「아니, 정말로 뜻하지 않은 재난 때문에 필시 놀라셨겠지요. 하지만 여비 외에 별로 분실물도 없었던 것은 그런대로 다행입니다. 이제 곧 저 놈도 날이 밝는 대로 속히 관가에 넘기기로 할 테니까 부디 저희들의 주의가 미치지 못한 바는 거듭 용서해 주시기를.」

하고 몇 번이나 머리를 숙이기 때문에,

「아니 뭐, 도둑이라고도 알지 못하고 동행이 된 것은 내 실수다. 그것을 특별히 뭐 자네가 사과할 일은 없는 거야. 이건 아주 약소하지만, 신세 진 젊은이들에게 따뜻한 메밀국수 한 그릇이라도 대접해 두게나.」

하며 약간의 돈을 주어 돌려 보냈는데, 나중에 혼자서 곰곰이 생각하니 여관의 매춘부에게라도 차인 것도 아니고 언제까지나 잠자리에

기대서 팔짱을 끼고 있는 것도 바보같아. 그렇다고 해서 이제부터 잠도 잘 수 없고 이럭저럭 하는 사이에 새벽 6시가 될 것이니까 이거 차라리 지금 조금은 길이 어두워도 빨리 떠나는 것이 상책이라고 이렇게 생각이 정해졌기 때문에, 즉시 떠날 차림을 하고 계산은 계산대에서 지불하고 가야지 하고 다른 손님의 방해가 되지 않도록 살짝 계단 끝까지 와서 보니, 밑에서는 아직 고용인들이 모두 일어나 있는지 뭔가 이야기 소리가 들리는 거야. 그런데 그 이야기 가운데 어떤 영문인지 이따금 조금 전에 자네가 얘기한 네즈미코조[鼠小僧]라는 이름이 나오는 게 아닌가.

나는 이상한 생각이 들어서 말이지 양쪽에 띠가 달린 고리짝을 든 채로 계단 끝에서 밑을 살피고 있자니, 넓은 현관 한가운데에는 그 에치고야쥬키치라는 벽창호가 포승의 끝은 기둥에 매어져 있으면서 크게 책상다리를 하고 있는 거야. 그 둘레에는 또한 지배인과 함께 젊은이가 세 사람 정도 등불의 빛을 받으며 팔을 걷어붙이고 있지 않은가. 그 중에서도 지배인이 한쪽 손에 주판을 쥐고 대머리에서는 김을 내면서 분한 듯이 무언가 말하는 것을 들으니,

「정말이지 이런 도둑도 앞으로 경험을 쌓아 보게, 네즈미코조 따위는 무색할 큰 도둑이 될지도 모르지. 정말로 그렇게 되는 날에는 이 놈 덕택에 가도 연변의 여관이 모두 전통에 흠집이 날 거야. 그런 것을 생각하니 지금 때려 죽이는 편이 남을 살리는 것이지.」

라고 말하는 옆에서 추레하게 수염을 기르고, 겉옷을 입은 마부가 도둑의 면상을 빤히 들여다 보며,

「명색이 지배인이란 자가, 거 참 당치도 않는 말을 하는군. 어째서 이런 얼빠진 놈이 네즈미코조의 역할을 하나. 대체로 도둑도 기가 세

다고 했는데 면상을 본 것만으로는 알 수 있어.」

「틀림없어, 기껏해야 이타치코조[鼬小僧] 정도겠지.」

이것은 불 붙이는 대통을 가진 여관의 젊은이가 말했다.

「정말이야. 그러고 보니 이 원숭이 같은 놈은 다른 사람의 전대도 아직 훔치지 못한 사이에 자신의 들보를 먼저 도둑 맞을 것 같은 낯짝이야.」

「어설프게 여행 중에 돈 벌려고 하기보다 막대기 끝에 끈끈이를 발라서 애들과 함께 새전함에 있는 푼돈이라도 훔치는 게 낫지.」

「아니, 그 보다는 허수아비 대신에 우리 뒤에 있는 기장 밭에 우두커니 서 있는 편이 좋은 거야.」

이렇게 모두가 놀림감으로 삼자, 그 에치고야쥬키치 놈은 잠시 동안은 분한 듯이 눈만 깜박거리고 있었는데, 이윽고 여관의 젊은이가 불붙이는 대통을 턱밑에 넣고서 면상을 쑥 들어 올리자 갑자기 매우 거친 말투가 되어,

「야, 야, 야, 이 놈들은 대단한 놈이군. 누구라고 생각하고 허튼 소리를 하는 거야. 이래 보여도 이 형님은 일본 전국을 두루 돌아다닌, 조금은 얼굴이 널리 알려져 있는 도둑이야. 면목이 없는 것도 정도가 있어야지. 네놈이 농사꾼 신분인 것이 잘난 채하고 건방지게 큰소리 치고 있어.」

이것에는 모두가 놀랐음에 틀림없다. 사실은 계단을 막 내려가려던 나도 너무나 그 녀석의 사나운 태도가 심했기 때문에 계단 중간에서 발을 멈추고 좀더 아래의 추이를 바라 볼 마음이 들었지. 하물며 사람 좋은듯한 지배인 같은 이는 주판까지 가진 것도 잊은 듯이 어이가 없어서 그 녀석을 응시하고 있었어. 그러나 기가 센 자는 마부인데, 이

놈만은 아직도 수염을 만지면서 왠 바람이 부느냐는 식의 얼굴로,

「뭐가 도둑놈이 잘 난채 하는 거야. 삼년 전 큰 소나기가 내렸을 때 괴물을 손으로 잡은 요코야마[横山] 역참의 칸타가 바로 나였어. 내가 몸부림을 한번 치면 너 같은 도둑은 밟혀 죽는다는 것을 모르는가.」

라며 고압적 태도로 위협했지만, 도둑놈은 비웃으면서,

「훙, 바보가 전국의 66개소의 영지를 순례하며 타테야마[立山]에서 수행했다는 이야기를 들은 듯한 엄포이고, 처음부터 위협을 한다고 될까보냐. 이봐, 졸음을 쫓는 것으로는 과분하지만, 나의 본성을 밝힐 테니까 귓구멍을 파고서 듣거라.」

하며 목청은 좋지 않고 날카로운 어조로 말하는 점은 굉장하지만, 얼굴을 보니 추운지 콧물이 코 밑에서 반짝이고 있는 거야. 게다가 내가 때린 데가 옆 머리카락이 좀 빠진 곳에서부터 턱에 걸쳐서 마치 얼굴이 비뚤어진 것처럼 부어올라 있는 거야. 그러나 그래도 시골뜨기에게는 그 녀석의 거침없이 내뱉는 말이 조금은 효과가 있었겠지. 그 놈이 묘하게 몸을 뒤로 젖히고 개구쟁이 때부터 나쁜 일을 배운 과정을 지껄이고 있는 동안에는 괴물을 손으로 잡았다든가 하는 추레한 수염의 마부도 차츰 그 도둑을 괴롭히지 않게 되지 않는가. 그것을 보니 그 녀석은 점점 더 주걱턱을 흔들며 세 놈을 노려보고서는,

「훙, 이 천벌 받을 놈들아, 네 놈들을 겁낼 듯한 중풍병자라도 된 줄 생각했냐. 당치도 않지. 평범한 도둑이라고 생각한다면 사람을 잘못 본 거지. 너희들도 알고 있을 것이지만, 작년 가을 세찬 바람이 불던 밤에 이 역참의 촌장 집에 숨어들어서 가진 돈을 남김없이 쓸어 간 자는 다름아닌 이 몸이야.」

「이 놈이 그 촌장님에, — 」

이렇게 말한 것은 지배인 만이 아니었어. 대통을 들고 있던 젊은이도 역시 깜짝 놀랐는지 자기도 모르게 큰 소리를 내면서 두 세 발 뒤로 물러섰어.

「그래. 그런 일로 놀라다니 너희들도 아직 어리광쟁이군. 자 잘 들어라. 아주 최근에 코보토케[小仏] 고개에서 현금 배달부 두 사람이 죽음을 당한 것이 누구의 짓이라고 생각하나.」

그 녀석은 콧물을 훌쩍 거리고서는 후츄[府中]에서 창고를 부수었다느니 히노 역참에서 불을 질렀다느니 아츠키[厚木]가도의 산속에서 순례하던 여자를 욕보였다느니, 점점 터무니없는 나쁜 짓을 지껄여 댔는데, 묘하게도 그것에 따라서 지배인을 비롯한 두 녀석이 어느새 그 벽창호에게 친근감을 가지게 된 거야. 그 중에서도 덩치가 큰 마부가 뚝심이 있을 법한 팔짱을 끼고 뚫어지게 그 녀석의 면상을 바라보면서,

「너라는 인간은 참으로 악당이군.」

라며 감탄하는 듯한 소리를 냈을 때는 나는 우스워서 하마터면 웃음을 터뜨릴 뻔 했어. 하물며 그 도둑이 이미 술도 깨었겠지만, 너무나 추운 듯한 안색에 추워서 이도 서로 맞지 않을 정도로 떨면서 입만 기세 좋게,

「어때 조금은 끈기가 났는가. 그러나 나의 관록은 아직도 그런 것이 아니야. 이번에 에도를 도망친 것은 어머니 비상금이 탐이 났기 때문에 둘도 없는 어머니를 내 손으로 목 졸라 죽인 그 정체가 탄로났기 때문이야.」

라며 크게 과시하는 듯한 태도를 취했을 때는 세 사람 모두 앗 하고 숨을 들이쉬고, 유명배우라도 나왔다는 듯이 옆머리가 부어오른 그 놈의 면상을 진기한 듯이 뚫어지게 보았지. 나는 너무나 어처구니

없어서 이제는 볼 필요는 없다고 여기고 두 세단 계단을 내려가기 시작했는데, 그 순간 대머리 지배인 놈이 뭔가 생각했는지 손뼉을 치며,

「야, 알았다. 알았어. 그 네즈미코조라는 것은 그러고 보니 너의 별명이군.」

라며 괴상한 소리를 질렀기 때문에 나는 문득 또다시 마음이 바뀌어 저놈이 뭐라고 지껄이는지 그것이 듣고싶어서 다시 한번 어두컴컴한 계단의 중간에서 발을 멈추었을 거야. 그러자 그 도둑놈이 힐끗 지배인을 쏘아보면서,

「딱 알아맞혔으니 어쩔 수 없지. 과연 에도에서 소문이 높은 네즈미코조란 나를 말하는 거야.」

라며 건방지게 비웃는 거야. 그러나 그런 말을 하는둥 마는둥 하는 사이에 온몸을 한번 떠는가 하더니 두 세 번 계속해서 정나미 떨어지게 재채기를 했기 때문에 모처럼의 위압도 망가졌지뭐. 그래도 세 녀석들은 이긴 씨름꾼이 이름이라도 듣는 듯이 그 쥬키치의 멍청이를 마구 부추기라도 할 듯이,

「나도 그럴 거라고 생각하고 있었지. 3년전에 큰 소나기가 내렸을 때 괴물을 맨손으로 잡았던 요코야마 역참의 칸타[勘太]라고 하면 우는 아이도 뚝 그치게 하는 나야. 그런데 내 앞에 나와서 꿈쩍도 못하는 모습이었어.」

「틀림없어. 그러고 보니 눈 속에 날카로운 데가 있는 것 같군.」

「정말이야, 그러니까 나는 처음부터 아무래도 이 사람은 남 못지않은 큰 도둑이 될 거라고 말했었지. 정말이야. 오늘밤은 원숭이도 나무에서 떨어질 때가 있는 법이군. 떨어졌지만 이것이 떨어지지 않았다면. 이층의 손님 모두는 벌거숭이가 된 거야.」

라며 밧줄을 풀려고는 하지 않았지만, 저마다 추어올려 주고 있는 거야. 그러자 또 그 도둑놈이 크게 으스대지 않는가.

「저어, 지배인, 네즈미코조가 여관에 든 것은 자네 집의 주인이 운이 좋은 거야. 그러한 내 입을 마르게 해서는 여관의 복이 끝날 것이야. 되로도 좋으니까 다섯 홉정도 술을 알맞게 데워 주지 않겠나.」

이렇게 말하는 녀석도 뻔뻔스럽지만 그것을 곧이 듣고 해 주는 지배인도 멍청이가 아닌가. 나는 등불 밑에서 대머리 지배인이 그 술주정뱅이 도둑에게 되술을 마시게 하는 것을 보니, 특별히 이 야마진의 고용인뿐이라고는 할 수 없지만 세상 놈들의 어리석음이 우습고 우스워서 견딜 수가 없었어. 왜냐고? 똑같은 악당이라고는 하지만 강도보다는 날치기가, 방화범보다는 소매치기가 그런대로 죄가 가볍지 않은가. 그렇다면 이 세상도 그처럼 큰 도둑보다는 좀도둑에게 동정을 배풀어 주는 것 같은 거야. 그러나 사람은 그렇지 않아. 가장 낮은 노름꾼에는 무자비해도 이름 높은 악당에게는 상대방이 머리를 숙이는 거야. 네즈미코조라고 해서 술도 마시게 하는데 보통의 도둑이면 때려눕히지. 생각건대 나도 도둑이라면 좀도둑은 되고 싶지 않아. — 라고 나는 좀 생각했지만, 그런데 언제까지나 빈둥빈둥하며 속 보이는 짓을 할 수 없었기 때문에 일부러 소리를 내며 계단을 내려가서 계단 입구에 짐을 내던지고서는,

「이봐, 지배인, 나는 아침 일찍 떠날 테니까 계산 좀 해 주게나.」

라고 말을 걸자, 아니, 대머리 지배인 놈, 거북했는지 당황해 하며 되를 마부에게 건네면서 몇 번이나 옆머리를 손으로 만지며,

「아니 이런 빠른 출발이구려, — 저, 부디 화 내지마시기를 — 또 아까는 저, 저희들에게도 돈을 주셔서 — 그렇지만 딱 알맞게 눈도 갠

것 같습니다만 ─ 」

등으로 의미를 잘 모르는 말을 늘어놓기 때문에 나는 매우 우스워서,

「지금 막 내려 올 때에 언뜻 들었는데, 이 도둑은 그 유명한 네즈미코조라든가 뭔가 하는 녀석이라든데.」

「예, 그렇다고 합니다요, ─ 이봐, 빨리 짚신을 가져 와라. 삿갓과 비옷은 여기에 있고 ─ 정말이지 대단한 도둑이라고 합니다. 예, 지금 바로 계산을 하지요.」

지배인 놈은 거북함을 감추려고 젊은이를 야단치며 총총히 계산대의 격자문 안으로 들어가자, 무언가 심각한 듯이 붓을 입에 물고 주판을 딱딱 튀기고 있었어. 나는 그 사이에 짚신을 신고 그리고 담배를 한 모금 피웠는데, 보니까 그 도둑은 벌써 술기운이 돌았는지, 빠진 옆머리가 빨갛게 되어 과연 조금은 부끄러운지 될 수 있는 대로 내 쪽은 보지 않으려고 곁눈질만 하고 있는 거야. 그 초라한 모습을 보니 나는 새삼스럽게 그 녀석이 가여워져서,

「이봐, 에치고야씨. 아니 쥬키치씨. 쓸데없는 농담은 말하지 않는 거야. 자네가 네즈미코조라느니 하고 말하면 어리숙한 시골뜨기는 진짜라고 믿는다 말이야. 그래서는 득이 안될 거야.」

하고 친절하게 말하니 그 바보같은 놈은 아직 연극이 모자랐는지,

「뭐라고. 내가 네즈미코조가 아니라고? 대단한 자네는 박식하군. 이렇게 나리 나리하고 체면을 세워주니 ─ 」

「이봐. 그렇게 큰소리 치고 싶으면 여기 있는 마부나 젊은이가 마침 너에게 좋은 상대지. 그러나 그것도 아까부터 했으니 이미 대체로 싫증났겠지. 우선 자네가 틀림없이 일본 제일의 큰도둑이라면 자기가 좋아서 마구 술술 도움도 안되는 구악(旧悪)을 그렇게 내세워서 늘어놓

을 리가 없지. 이봐, 좀 잠자코 듣고 있으라고 말했는데. 그건 자네가 기어이 네즈미코조라고 어거지를 쓰면 관리를 비롯해 진실로 자네가 네즈미코조라고 생각할지도 몰라. 그러나 그때는 가벼워도 감옥이고 무거우면 책형은 피할 수 없지. 그래도 자네는 네즈미코조인가, — 라는 말을 들으면 어쩔 셈인가.」

라고 한번 핵심을 찌르자, 그 칠칠치 못한 놈 금방 입술 색까지 변해가지고,

「아이구 예, 무어라 드릴 말씀이 없습니다. 사실은 네즈미코조도 뭐도 아닌 그냥 도둑입니다.」

「그렇지. 그렇지 않으면 안될 거야. 그렇지만 방화나 강도질까지 여지없이 했다고 말한 이상 너도 어지간한 악당이군. 어차피 목은 잘릴 거야.」

라며 마루귀틀 나무에 담뱃대를 털면서 아주 진지한 표정으로 내가 놀리자 그 놈은 술도 깨었는지 또다시 콧물을 훌쩍 들이고는 울기라도 할 듯한 목소리로,

「아니, 그것도 모두 거짓말입니다. 저는 나리에게 말씀 드린대로 에치고야쥬키치라는 방물장수로 1년에 꼭 한 두 번은 이 길을 오르내리기 때문에 좋은 것이든 나쁜 것이든 여러 가지 소문을 알고 있기 때문에 그만 나도 모르게 입에서 나오는 대로 무엇이든 서슴없이 툭툭 —」

「이봐, 이봐, 자네는 지금 도둑이라고 말했지 않은가. 도둑이 방물을 판다는 것은 바쿠후[幕府]가 개시된 이래로 들은 적이 없는 걸.」

「아니, 다른 사람의 물건에 손을 댄 것은 오늘밤이 처음입니다. 올가을 마누라가 도망을 가고 그리고 잇따라 장사가 잘 안되는 일만 많았기 때문에, 가난해지면 아둔해진다는 듯이 어쩌다 한 때의 잘못된

생각으로 엄청나게 실례되는 짓을 했습니다.」

나는 아무리 멍텅구리라도 어쨌든 도둑이라고는 생각하고 있었기 때문에 이러한 애기를 들었을 때는 담뱃대에 담배를 막 채우려다가 어이가 없어 말도 할 수 없었다. 그러나 나는 어이가 없었을 뿐이지만, 마부와 젊은이는 이만저만 화가 난 것이 아니었어. 내가 말리려고 하는 사이에 갑자기 그 녀석을 끌어내어 넘어뜨리고는,

「이놈, 사람을 잘도 바보로 만들었구나.」

「그 광대뼈를 후려갈겨 줘야지.」

라며 소리치는 밑에서 대통이 날고 되가 떨어지는 거야. 가엾게도 에치고야쥬키치는 그렇게 옆 얼굴이 부어오른 데다가 머리까지 혹 투성이가 되었지.………

❖ 3 ❖

「이야기라는 것은 이것 뿐이야.」

약간 검은 얼굴에 좀 살이 찐 사내는 이렇게 자초지종을 모두 말하고는 지금까지 방치했던 상위의 술잔을 집어들었다.

맞은 편에 보이는 카라츠 영주님의 담장에는 어느새 석양이 비치지 않게 되고 수로에 면한 버드나무 한 그루에도 이제 차츰 저녁 빛이 짙어졌다. 그 순간 산엔산조죠지[三縁山増上寺] 절간의 종소리가 조용히 갯내음이 나는 바깥 공기를 흔들며 새삼스럽게 가을 계절을 손님 두 사람의 가슴에 스며들게 했다. 바람에 흔들리는 이요 발과 오하마고텐[御浜御殿] 공원 숲의 까마귀 소리, 그리고 두 사람 사이에 있는 잔 씻는 그릇 물의 차가운 빛 — 여종업원이 나르는 촛불의 빨간 불끝이

옆으로 휘어지며 계단 밑에서 나타나는 것도 이제 멀지 않았음에 틀림없다.

격자무늬 겉옷을 입은 사내는 상대가 술잔을 드는 것을 보자, 재빨리 술병 밑을 누르면서,

「어허, 거참 당치도 않게 까불고 있는 거야. 일본의 도둑을 지켜주는 본존, 내가 좋아하는 네즈미코조를 무엇이라고 생각하는 거야. 형님이라면 모르지만, 나 같으면 그 녀석을 꼭 때려 눕혔을 거야.」

「뭐 그토록 속을 끓을 건 없어. 그런 얼간이 녀석이라도 네즈미코조라고 이름을 대었기 때문에 잘 난체할 수 있음을 생각하면 네즈미코조도 필시 흡족하겠지.」

「하지만 자네 그런 신출내기 도둑이 네즈미코조의 이름을 쓰게 되어서야 — 」

문신이 있는 몸집 작은 사내는 아직도 논쟁하고 싶은 기색을 보였지만, 검은 얼굴에 줄무늬 무명직물의 짧은 겉옷을 걸친 사내는 느긋하게 미소를 지으며,

「글쎄, 이 내가 말하는 것이므로, 그 동안 바랐던 것임에 틀림없지 않을까. 자네에게는 아직 밝히지 않았지만, 3년 전에 네즈미코조라고 에도에서 소문이 널리 퍼졌던 것은 — 」

라고 말하자 술잔을 잠시 멈춘 체 날카롭게 주위에 눈길을 주고는,

「이 이즈미야의 지로키치란 말이야.」

(1919년; 大正8년 12월)

무도회(舞踏会)

신영언

메이지 19년 (서기 1886년) 11월 3일 밤이었다. 당시 열 일곱 살이던 ___가문의 영양(令孃)인 아키코는 머리가 벗어진 아버지와 함께, 오늘밤 무도회가 열리기로 되어 있는 로쿠메이캉(鹿鳴館)의 계단을 올라갔다. 밝은 가스등 불빛에 비춰진 폭넓은 계단의 양편에는 거의 인공에 가까운, 송이가 큰 국화꽃이 3중으로 울타리를 이루고 있었다. 국화는 가장 안쪽 것이 옅은 홍색, 가운데 것이 진한 노랑, 가장 앞쪽 것이 새하얀 색으로 커다란 자루모양의 다발을 드리우고 있었다. 그리고 그 국화 울타리가 끝나는 계단위의 무도실에서는 벌써 경쾌한 관현악 소리가 억제하기 힘든 행복의 탄식처럼 계속 흘러나오는 것이었다.

아키코는 어려서부터 프랑스어와 무도(舞蹈)교육을 받았다. 하지만 정식 무도회에 가는 것은 오늘밤이 난생 처음이다. 홍분한 그녀는 마차 속에서도 이따금 말을 걸어 오는 아버지에게 건성으로 헛대답을 했다. 그 정도로 그녀의 가슴 속에는 유쾌한 불안이라고나 형용해야

할 일종의 들뜬 기분이 뿌리를 내리고 있었던 것이다.

그녀는 마차가 로쿠메이캉 앞에서 멈출 때까지 몇 번이나 초조한 눈을 들어 창밖에 흘러가는 도쿄(東京)거리의 희미한 불빛을 바라보았는지 모른다.

그러나 로쿠메이캉 안으로 들어서자 얼마 안 되어 그녀의 그런 불안을 해소시킬만한 사건에 부딪쳤다. 계단의 한 가운데 쯤까지 왔을 때 두 사람은 한발 앞서 올라가는 중국인 고관(高官)을 따라붙었다. 그러자 고관은 뚱뚱한 몸을 옆으로 비켜, 두 사람으로 하여금 먼저 가도록 하면서 놀란 듯한 시선을 아키코에게 던졌다. 순진하게 보이는 장미빛 무도복, 품위있게 목에 단 물빛 리본, 그리고 짙은 머리에 향기를 풍기는 한 송이의 장미꽃 — 사실 그날 밤 아키코의 모습은 머리를 길게 늘어뜨린 그 중국 고관의 눈을 놀라게 하기에 충분할 만큼 개화기의 일본 소녀의 아름다움을 유감없이 갖추고 있었던 것이다. 그런가 하면 또 계단을 빠른 걸음으로 내려오던 젊은 연미복 차림의 일본인도 도중에서 두 사람과 엇갈리면서 반사적으로 돌아보더니 역시 놀라운 듯 아키코의 뒷모습에 힐끔 시선을 보냈다. 그리고나서 뭔가 생각 난 듯이 흰 넥타이에 손을 대보고, 다시 국화꽃 가운데를 서둘러서 현관 쪽으로 내려갔다.

두 사람이 계단을 다 올라가자 2층 무도실 입구에는 반백의 구레나루 수염을 기른, 오늘 파티의 호스테스인 백작이 가슴에 여러 개의 훈장을 달고 루이 15세식 귀족차림을 한 연상(年上)의 부인과 함께 여유 있는 모습으로 손님을 맞이하고 있었다.

아키코는 이 백작조차도 그녀의 모습을 보았을 때 그의 교활한 얼굴 어딘가에 한 순간 순수한 경탄의 빛이 스치는 것을 놓치지 않았다.

사람 좋은 아키코의 아버지는 기쁜 미소를 띄면서 백작과 그 부인에게 짤막하게 딸을 소개했다. 그녀는 부끄러움과 자랑스러움을 번갈아 맛보았다. 그러나 그 틈에도 거만한 백작부인의 표정에, 한 점 천박스런 구석이 있는 것을 느낄만한 여유는 있었다.

무도실 안에도 군데군데 국화꽃이 아름답고 화려하게 피어 있었다. 그리고 도처에 파트너를 기다리고 있는 숙녀들의 레이스며 꽃이며 상아로 만든 부채가 상쾌한 향수 냄새 속에 소리 없는 물결처럼 움직이고 있었다. 아키코는 곧 아버지와 헤어져서 그 눈부시게 아름다운 숙녀들의 한 무리에 섞였다. 그들은 모두 한결같이 푸른색 혹은 장밋빛 무도복을 입은 같은 또래의 소녀들이었다. 그들은 아키코를 맞이하자 참새처럼 재잘거리며 모두가 오늘밤 아키코의 모습이 아름답다고 추켜세우곤 했다.

그런데 아키코가 그 무리에 들어가자마자 낯선 프랑스 해군 장교가 어디로부턴가 조용히 다가왔다. 그리고 양팔을 늘어뜨린 채 정중하게 일본식 인사를 했다. 아키코는 약간 얼굴이 달아오르는 것을 의식했다. 하지만 그 인사가 무엇을 의미하는지는 물을 것도 없이 분명했다. 그래서 그녀는 손에 들고 있던 부채를 맡아달라고 곁에 서있는 푸른빛 무도복을 입은 아가씨를 뒤돌아보았다. 그와 동시에 뜻밖에도 프랑스 해군장교는 살짝 뺨에 엷은 미소를 떠올리면서 약간 이상한 억양의 일본어로 또렷하게 그녀에게 이렇게 말하는 것이었다.

"같이 추실까요?"

잠시 후 아키코는 그 프랑스 해군장교와 「아름답고 푸른 다뉴브강」에 맞춰 왈츠를 추고 있었다. 상대방 장교는 얼굴이 햇볕에 그을리고,

눈,코의 윤곽이 뚜렷한, 콧수염을 기른 남자였다. 그녀는 상대방의 군복 왼쪽 어깨에 긴 장갑을 낀 손을 얹기에는 너무나도 키가 작았다. 그러나 그러한 분위기에 익숙한 해군장교는 재치있게 그녀를 리드해서 사뿐히 사람들 속을 춤추며 돌았다. 그리고 때때로 그녀의 귀에 대고, 친밀감 있는 프랑스어로 형식적인 인사말까지 속삭였다.

그녀는 그 상냥한 말에 부끄러운듯 미소로 답하면서 가끔 그들이 춤추고 있는 무도실 주위로 시선을 보냈다. 황실을 상징하는 문장(紋章)을 발염한 보라색 지리멩으로 된 커텐이나, 발톱을 기른 청룡이 몸을 뒤틀고 있는 중국 기(旗) 아래에는 화병마다 국화꽃이, 어느 것은 경쾌한 은색(銀色)을, 어느 것은 어두운 금색(金色)을 인파 사이로 드러내 보이고 있었다.

더구나 그 인파는, 샴페인처럼 솟구쳐 오르는 화려한 독일 관현악의 선율에 홍겨워져서 잠시도 어지러울 지경의 스텝을 멈추지 않았다. 아키코는 역시 춤추고 있는 친구중의 한 사람과 눈이 마주치면, 바쁜 중에도 서로 즐거운 듯 머리를 끄덕여 보였다. 그러나 머리를 끄덕인 순간 이미 다른 사람이 마치 커다란 나비가 춤추 듯, 어디로부턴가 그들 사이에 나타나 있었다.

그러나 아키코는 그 순간에도 파트너인 프랑스 해군장교의 눈이, 그녀의 일거일동을 주의 깊게 살피고 있는 것을 알고 있었다. 그것은 전혀 일본에 익숙하지 않은 이 외국인이, 얼마나 그녀의 유쾌하게 춤추는 모습에 흥미를 가지고 있었는지를 말해주는 것이었다. 이렇게 아름다운 아가씨도 역시 종이와 대나무로 만든 집 속에서 인형처럼 살고 있는 것일까. 그리고 가느다란 금속 젓가락으로 푸른 꽃이 그려진 손바닥만한 공기에서 밥알을 집어먹고 사는 것일까 — 그 장교의

눈 속에는 이 러한 의문이 몇 번이고 상냥한 미소와 함께 나타나는 것이었다. 아키코에게는 그 것이 우습기도 하고 동시에 또 자랑스럽기도 했다. 그래서 그녀의 가녀린 장밋빛 무용화는 신기해 하는 상대방의 시선이 가끔 발쪽으로 떨어질 때마다 한 층 더 가볍게 매끄러운 바닥위를 미끄러져 가는 것이었다.

그러나 상대방 장교는 이 작은 고양이 같이 귀여운 아가씨의 지친 듯한 모습을 알아챈 모양으로 위로하듯 얼굴을 들여다 보며,

"계속 더 추시겠어요?"

"농, 메르씨 (아뇨, 고맙습니다만 좀 쉬겠어요)"

아키코는 숨을 할딱이며 이번에는 분명하게 이렇게 대답을 했다.

그러자 그 프랑스 해군장교는 왈츠스텝을 계속 밟으면서 전후좌우로 움직이고 있는 레이스와 꽃의 물결을 누비며 벽 쪽에 있는 국화꽃 화병쪽으로 유유히 그녀를 리드해 갔다. 그리고 마지막 한 바퀴를 돈 후 그곳에 있던 의자위에 사뿐히 그녀를 앉히고 자신은 일단 군복을 입은 가슴을 편 다음 다시 아까처럼 공손하게 일본식 인사를 했다.

그 후 다시 폴카와 마주르카를 추고 나서 아키코는 이 프랑스 해군장교의 팔짱을 끼고 흰색, 노랑색, 엷은 빨강색의 세 겹 국화 울타리 사이를 빠져나가 아래층 넓은 홀로 내려갔다.

그곳에는 연미복과 흰 어깨가 끊임없이 오가는 속에 은과 유리로 된 그릇이 가득 놓여 있는 여러개의 테이블이 있었다. 어느 접시에는 고기와 버섯을 수북히 담아놓기도 하고 어느 것에는 샌드위치와 아이스크림으로 된 탑을 세우기도 하고 또 어느 것에는 석류와 무화과로 삼각탑을 뾰족하게 쌓아놓기도 했다. 홀의 한쪽 벽은 온통 국화꽃으로 덮여 있었고 다른 한쪽 벽에는 기교있게 만든 푸른 색 인공포도넝

쿨이 엉켜있는 아름다운 금색 격자(格子)가 있었다. 그리고 그 포도 잎사귀들 사이에는 벌집 같은 보라색 포도송이가 주렁주렁 달려 있었다. 아키코는 그 금색 격자 앞에, 대머리가 벗어진 그녀의 아버지가 같은 연배의 신사와 나란히 서서 궐련(卷煙)담배를 물고 있는 것을 보았다.

아버지는 아키코의 모습을 보자 만족스러운 듯이 약간 끄덕이다가, 이내 동료쪽을 향하고 다시 담배를 피우기 시작했다.

프랑스 해군장교는 아키코와 함께 그중의 한 테이블로 가서 아이스크림 스푼을 들었다. 그녀는 그 사이에도 상대방의 시선이 때때로 그녀의 손이며 머리며 푸른색 리본을 단 목에 집중되는 것을 느끼고 있었다. 그것은 물론 그녀에게 있어서 전혀 불쾌한 일이 아니었다. 그러나 어느 순간에는 여성으로서의 의혹이 스치고 지나가는 것을 어쩔 수가 없었다. 그래서 검은 빌로드 옷을 입고 가슴에 빨간 동백꽃을 단, 독일 사람으로 보이는 젊은 여자가 두 사람 곁을 지날 때 아키코는 이 의혹을 풀기 위해 넌지시 이렇게 감탄의 소리를 발했다.

"서양 여자분은 정말 아름다우셔요."

해군장교는 이 말을 듣자 뜻밖에도 정색을 하고 머리를 흔들었다.

"일본 여자분도 아름답습니다. 특히 당신은 — ."

"그렇지 않아요."

"아아뇨, 겉치레로 하는 말이 아닙니다. 그대로 곧장 파리의 무도회에도 나갈 수 있어요. 그러면 모두 놀랄겁니다. 왓트의 그림 속에 나오는 아가씨 같으니까요."

아키코는 왓트를 알지 못했다. 따라서 해군장교의 말이 불러일으킨 아름다운 과거의 환상 — 어둠침침한 숲속의 분수와, 시들어가는 장미의 환상도 잠시 뒤에는 말짱히 사라져 버리고말 수밖에 없었다. 그러나 남다르게 감정이 예민한 그녀는 아이스크림 스푼을 놀리면서 한 가지 더 남아 있는 화제에 매달리는 것 을 잊지 않았다.

"저도 파리의 무도회에 가보고싶어요."

"아, 파리의 무도회도 이것과 똑같아요."

해군장교는 이렇게 말하면서 두 사람의 테이블을 둘러싸고 있는 인파와 국화꽃을 둘러보았는데 곧 조소하는 듯한 미소의 그림자가 그의 눈동자 속에 스치는 듯 하더니, 아이스크림 스푼을 놓고는,

"파리뿐이 아니지요. 무도회는 어디서나 똑같은 겁니다." 하고 혼잣말처럼 덧붙였다.

한 시간 후 아키코와 프랑스 해군장교는 역시 팔짱을 낀 채, 많은 일본인, 외국인들과 어울려 무도실 밖의, 별빛이 달빛처럼 밝게 비추는 발코니에 서 있었다.

난간을 하나 사이에 둔 발코니 저편에는 넓은 정원을 덮은 침엽수가 죽은 듯 고요하게 서로 가지를 엇갈리며 자라있었는데 그 나뭇가지 사이로 호오즈키 죠칭(빨간 꽈리 모양의 호롱불)의 불빛이 새어나오고 있었다. 그리고 차가운 밤공기에는 밑에서 올라오는 이끼 냄새랑 낙엽 냄새가 나서 어렴풋이 쓸쓸한 가을정취를 느끼게 하는 듯 했다. 그러나 바로 뒤의 무도실에서는 아직 레이스와 꽃의 물결이 국화 열 여섯 송이를 염색한 보라색 지리멩(실크의 일종) 커튼 아래서 멈추지않는 율동을 계속하고 있었다. 그리고 다시금 고조된 관현악의 선율은 춤추는 사람들의 물결위에서 여전히 분위기를 북돋우고 있었다.

물론 이 발코니 위에서도 끊임없이 떠들썩한 얘기 소리와 웃음소리

가 밤공기를 흔들고 있었다. 더구나 어두운 침엽수 위로 펼쳐진 하늘에 아름다운 불꽃이 올라갈 때는 거의 외침에 가까운 탄성이 사람들 모두의 입에서 일제히 터져 나온 적도 있었다. 그 속에 섞여 서 있던 아키코도 곁에 있는 같은 또래의 친한 친구들과 아까부터 가벼운 잡담을 나누고 있었다. 그러다가 문득 생각이 나서 프랑스 해군 장교를 보니까 그는 아키코에게 팔을 빌려준 채 정원위의 별빛이 빛나는 하늘을 묵묵히 바라보고 있었다. 그녀에게는 그 모습이 어쩐지 향수라도 느끼고 있는 듯이 보였다. 그래서 아키코는 그의 얼굴을 가만히 올려다 보며,

"고향 생각을 하고 계시는거죠?" 하고 어리광 부리듯 물어봤다.

그러자 해군장교는 여전히 미소를 머금은 눈으로 아키코 쪽을 돌아다보았다. 그리고 "농(No)"이라고 대답하는 대신 어린애처럼 머리를 흔들어보였다.

"하지만 뭔가 생각하고 계신 것같아요."

"뭔가 맞춰 보세요."

그 때 발코니에 모여 있던 사람들 사이에서 또 한바탕 바람처럼 술렁대는 소리가 일기 시작했다. 아키코와 해군장교는 약속이나 한 것처럼 얘기를 멈추고, 정원의 침엽수를 누르고 있는 밤하늘 쪽으로 눈을 돌렸다. 그 곳에는 때마침 빨갛고 파란 불꽃이 거미발처럼 사면팔방으로 어둠을 할퀴면서 막 꺼지려고 하는 순간이었다.

아키코에게는 왠지 그 불꽃이 거의 슬픈 생각을 불러일으킬 정도로, 그 정도로 아름답다고 생각되었다.

"난 불꽃에 관한 생각을 하고 있었습니다. 우리들의 인생과 같은 불꽃에 관한 생각을."

잠시 후 프랑스 해군 장교는 상냥하게 아키코의 얼굴을 내려다보면서 타이르는 듯한 어조로 이렇게 말했다.

다이쇼 7년(서기 1918년) 가을이었다. 당시 아키코는 가마쿠라에 있는 별장으로 가는 도중, 안면이 있는 청년 소설가와 우연히 기차 안에서 자리를 함께 하게 되었다.

청년은 그물로 된 선반 위에 가마쿠라의 친지에게 선물할 국화꽃다발을 얹어놓았다. 그러자 그 당시의 아키코 — 지금의 H 노(老)부인은, 국화꽃을 볼 때마다 생각나는 얘기가 있다고 하면서 그 청년에게 자세하게 로쿠메이캉에서 있었던 무도회의 추억을 들려주었다. 청년은 그 노부인 자신의 입에서 이러한 추억담을 듣는다는 것에 대단한 흥미를 느끼지 않을 수 없었다.

얘기가 끝났을 때 청년은 H노부인에게 지나가는 말처럼 이렇게 물었다.

"부인께서는 그 프랑스 해군장교의 이름을 알고 계신가요?"

그러자 H노(老)부인은 뜻밖의 대답을 했다.

"알고말고요. 쥴리앙 비오 (Julien Viaud) 라는 분이었어요."

"그럼 로띠 (Lotti) 였군요. 그, 「국화부인」을 쓴 피에르 로띠였어요."

청년은 유쾌한 흥분을 느꼈다. 그러나 H 노부인은 이상하다는 듯이 청년의 얼굴을 보면서 몇 번이고 이렇게 중얼거리는 것이었다.

"아네요. 로띠라는 분이 아니었어요. 쥴리앙 비오라는 분이었어요."

(2010.7.18 再送)

비세이의 믿음(尾生の信)

윤 일

비세이는 다리 밑에 멈춰서 아까부터 여자가 오는 것을 기다리고 있다.

올려다보니 높은 돌난간에는 만초[1]가 반쯤 뻗어져 있어 이따금 그 사이를 지나쳐 왕래하는 사람들의 하얀 옷자락이 산뜻한 석양에 비쳐지면서 느긋이 바람에 나불거린다. 그런데 아직껏 여자는 오지 않는다.

비세이는 살짝 휘파람을 불면서 가볍게 다리 밑 모래섬을 바라봤다.

다리 밑 누런 진흙 모래섬은 두 평 정도의 넓이를 남기고 곧장 물과 접해있다. 물가의 갈대 사이는 대부분 게의 집일 것이다. 수없이 둥근 구멍이 있어 거기에 물결이 닿을 때마다 꿀꺽하는 희미한 소리가 들렸다. 그런데 아직껏 여자는 오지 않는다.

비세이는 이제나 저제나 하는 기다림으로 물가까지 걸음을 옮겨,

1) 만초(蔓草): 덩굴 식물의 총칭.

배 한척 지나지 않는 조용한 강줄기를 물끄러미 쳐다보았다.

강줄기에는 푸른 갈대가 틈도 없이 비좁게 나있다. 뿐만 아니라 그 갈대 사이에는 군데군데 버들이 둥그렇게 빽빽이 들어차 있다. 때문에 그 사이를 흐르는 수면도 강폭에 비해서는 넓게 보이지 않는다. 단지 띠처럼 맑은 물이 돌비늘 같은 구름의 그림자만을 도금하면서 조용히 갈대 사이로 물결치고 있다. 그런데 아직껏 여자는 오지 않는다.

비세이는 물가에서 발길을 돌려, 이번에는 넓지 않은 모래섬 위를 여기저기 걸으면서 서서히 모색2)을 더해가는 주위의 조용함에 귀를 기울였다.

다리 위는 얼마 동안 행인의 흔적이 끊어졌나보다. 신발 소리도, 발굽 소리도, 혹은 또 차 소리도, 거기에서는 이미 들려오지 않는다. 바람 소리, 갈대 소리, 물소리, 그리고 어디선가 소란스럽게 왜가리 우는 소리가 들렸다. 멈춰 서자 어느새 밀물이 들어왔는지 누런 진흙을 씻는 물색이 전보다 가까이서 빛나고 있다. 그런데 아직껏 여자는 오지 않는다.

비세이는 험상궂게 눈살을 찌푸리며 다리 밑의 어둑어둑한 모래섬을 드디어 빠른 걸음으로 걷기 시작했다. 그 사이에 강물은 한 치씩, 한 자씩, 점차로 모래섬 위로 올라온다. 동시에 또 강에서 피어 올라오는 수초 냄새나 물의 냄새도 차갑게 피부에 휘감겨 왔다. 올려다보니 이미 다리 위에는 선명한 석양의 빛도 사라지고, 단지 돌난간만이 어렴풋이 푸르스름해진 해질녘의 하늘을 새까맣게 정확히 오려내고 있다. 그런데 아직껏 여자는 오지 않는다.

비세이는 마침내 선 채 꼼짝하지 않는다.

---

2) 모색(暮色): 날이 저물어 가는 석양의 어스레한 빛.

강물은 이미 신발을 적시면서 강철보다도 차가운 빛을 가득 채우며, 끝없이 다리 밑에 퍼져 가고 있다. 그렇다면 무릎도, 배도, 가슴도 아마 얼마 지나지 않아서는 이 박정하기 짝이 없는 만조의 물속에 가려져 버릴 것이다. 아니 그렇게 말하는 사이에도 수량이 점점 높아져, 지금은 결국 양 정강이조차 물결 밑으로 가라앉아 버렸다. 그런데 아직껏 여자는 오지 않는다.

비세이는 물속에 선채로 아직 일말의 희망을 품고서 몇 번이나 다리 위 하늘에 눈을 주었다.

배까지 차오른 물 위에는 벌써 창망한 모색이 자욱이 끼고, 여기저기 우거진 갈대나 버들도 쓸쓸이 스치는 나뭇잎 소리만을 어렴풋한 안개 속에서 보내오고 있다. 그때 비세이의 코를 스쳐가는 농어 같은 물고기가 한 마리, 훌쩍 하얀 배를 뒤집었다. 물고기가 뛰어오른 하늘에도 벌써 드문드문 별 빛이 보이고, 만초가 얽힌 난간의 형태조차 재빠르게 어둠을 타고 있다. 그런데 아직껏 여자는 오지 않는다.

한밤중, 한줄기 달빛이 강의 갈대와 버들에 넘쳤을 때, 강물과 가벼운 바람이 조용히 속삭여가며, 다리 밑 비세이의 시체를 상냥하게 바다 쪽으로 옮겨갔다. 그런데 비세이의 영혼은 쓸쓸한 중천의 달빛을 몹시도 그리워했는지 모른다. 살그머니 시체를 빠져나와서는 은은하게 빛나는 하늘 저편으로, 마치 물 냄새나 수초 냄새가 소리도 없이 강에서 피어오르듯이 화창하게 높이 올라가 버렸다.

그리고 몇 천 년이 지난 후, 이 영혼은 무수히 윤회를 거듭하여 또 다시 인간의 몸에 맡기지 않으면 안 되었다. 그것이 이러한 나에게 깃든 영혼인 것이다. 때문에 나는 현대에 태어나기는 했지만, 무엇하나

뜻있는 일을 할 수가 없다. 낮이나 밤이나 망연히 꿈같은 생활을 보내면서, 단지 뭔가 다음에 올 불가사의한 것만을 기다리고 있다. 마치 저 비세이가 황혼녘 다리 밑에서 영구히 오지 않는 연인을 언제까지나 기다리며 산 것처럼.

가을(秋)

신기동

❖ 1 ❖

노부코는 여자대학에 다닐 때부터 재원 소리를 듣고 있었다. 그녀가 빠르든 늦든 작가로 문단에 데뷔하는 것은 누구도 의심하지 않았다. 게 중에는 그녀가 재학 중에 이미 3백 몇 매인가의 자전적 소설을 썼다고 떠들고 다니는 사람도 있었다. 하지만, 학교를 졸업하고 보니 아직 여학교도 나오지 않은 여동생 데루코와 그녀를 데리고 과부로 살아온 어머니 앞에서도 그렇게 세월 좋은 소리를 할 수는 없는 노릇이었다. 그래서 그녀는 창작을 시작하기 전에 세상의 관습대로 어쩔 도리 없이 혼담이 우선순위가 되어버렸다.

그녀에게는 슌기치라고 하는 사촌오빠가 있었다. 그는 당시 아직 대학 문과에 적을 두고 있었지만, 장래에는 역시 작가가 될 생각이 있는 것 같았다. 노부코는 이 대학생 사촌오빠와 옛날부터 친하게 지내

고 있었다. 그러다가 서로 공통의 화제가 생기고 나서는 더 친해지게 된 것 같았다. 다만, 그는 노부코와 달리 당시 유행했던 톨스토이즘1) 등에는 전혀 경의를 표하지 않았다. 그리고 시종 프랑스식 비꼼이나 경구만 늘어놓고 있었다. 이런 슌기치의 냉소적인 태도는 때때로 매사에 진지한 노부코를 화나게 할 때가 있었다. 하지만, 그녀는 화내면서도 슌키치의 비꼼이나 경구 속에 뭔가 경멸할 수 없는 것을 느끼지 않을 수 없었다.

때문에 그녀는 재학 중에도 그와 함께 전람회나 음악회에 가는 경우가 드물지 않았다. 하긴 대개 그럴 때는 여동생 데루코도 함께였다. 그들 세 사람은 갈 때도 돌아올 때도 거리낌 없이 웃거나 이야기했다. 하지만, 여동생 데루코 만은 때때로 이야기 밖으로 밀려나 있을 때도 있었다. 그래도 데루코는 아이같이 진열장 속의 파라솔이나 비단 목도리를 보거나 걷거나 하면서 소외된 것을 특별히 불평스럽게 생각하고 있는 것 같지도 않았다. 그러나 노부코는 그런 것을 눈치 채면 반드시 말머리를 돌려서 바로 원래대로 여동생도 끼어들게 했다. 그러면서도 데루코의 존재를 잊어버리는 것은 항상 노부코 자신이었다. 슌기치는 모든 것에 둔감한 건지 변함없이 멋있어 보이는 농담만 던지면서 복잡한 거리의 사람들 속을 큰 걸음으로 천천히 걷고 있었다.

노부코와 사촌오빠 사이는 물론 누가 봐도 다가올 그들의 결혼을 충분히 예상할 수 있었다. 동창들은 그녀의 미래를 몹시 부러워하거나 질투하거나 하였다. 특히 슌기치를 모르는 사람은 (우습다고 말할 수

1) 러시아 작가 톨스토이(1828-1910)의 예술관·인생관 · 세계관의 영향에 의해 19세기 말에서 20세기 초에 걸쳐 세계적인 유행을 한 인도주의적 사상. 일본에서는 명치 말에서 대정 초에 걸쳐서 시라카바(白樺)파를 중심으로 이상주의 문학이 융성했다.

밖에 없지만) 한층 이것이 심했다. 노부코도 또 한편으로는 그들의 추측을 부정하면서도 다른 한편으로는 그 명백한 사실을 넌지시 고의로 흘렸다. 따라서 동창들의 머리 속에는 그들이 학교를 마칠 때까지 언젠가 그녀와 슌기치와의 모습이 마치 신랑신부 사진같이 함께 선명하게 각인되어 있었다.

하지만, 학교를 졸업하자 노부코는 그들의 예상과는 달리 최근 오사카의 어떤 무역회사에 근무하게 된 실업전문학교 출신의 청년과 돌연 결혼해버렸다. 그리고 결혼식 후 2,3일 지나고 나서 남편과 같이 근무지인 오사카로 떠나버렸다. 그 때, 도쿄역으로 배웅하러 간 사람의 이야기에 의하면 노부코는 여느 때와 마찬가지로 환한 미소를 띠우면서 자칫하면 눈물을 흘릴 것만 같은 여동생 데루코를 여러모로 위로하고 있었다고 하였다.

동창들은 모두 이상하게 여겼다. 이상하게 생각하는 마음 속에는 묘하게 기쁜 감정과 이전과는 전혀 다른 의미에서 시기어린 감정이 섞여 있었다. 어떤 사람은 그녀를 믿고 모든 것을 어머니 뜻으로 돌렸다. 또 어떤 사람은 그녀를 의심해서 변심했다 라고도 했다. 하지만, 그들의 해석이 결국 상상에 지나지 않는 것은 그들 자신도 모르는 바는 아니었다. 그녀는 왜 슌기치와 결혼하지 않았을까? 그들은 그 후 한동안 모이기만 하면 중대한 일인양 반드시 이 의문을 화제로 삼았다. 그리고 이럭저럭 두 달 정도 지나자 노부코를 완전히 잊어버렸다. 물론 그녀가 쓸 터였던 장편소설에 관한 소문 따위도.

노부코는 그 사이에 오사카의 교외에 행복해야 할 새 가정을 꾸렸다. 그들의 집은 그 일대에서도 가장 한적하고 조용한 송림에 있었다. 송진 냄새와 햇빛과, — 그것이 언제나 남편의 부재시에는 2층 건물의 새 세집 안에 활기찬 침묵을 영유하고 있었다. 노부코는 그런 쓸쓸한 오후, 때때로 이유없이 울적해지면 반드시 반짇고리의 서랍을 열고서는 그 안에 접어 둔 복숭아색 편지지를 펼쳐 봤다. 편지지 위에는 이런 것이 자세하게 펜으로 적혀 있었다.

" — 이제 오늘부로 언니와 같이 있을 수가 없다고 생각하니 이것을 쓰고 있는 동안에도 한없이 눈물이 납니다. 언니, 모쪼록 나를 용서해 주세요. 데루코는 아까운 언니의 희생 앞에서 뭐라 말을 해야 좋을지 모르겠습니다.

언니는 저 때문에 이번의 혼담을 받아들였습니다. 그렇지 않다고 말씀하셔도 전 잘 알고 있습니다. 언젠가 같이 제국극장을 구경한 날 밤에 언니는 나에게 슌상을 좋아하는가 하고 물으셨습니다. 그리고 또 좋아한다면 언니가 반드시 힘쓸 테니까 슌상에게 가라고 말씀하셨습니다. 그 때, 이미 언니는 내가 슌상에게 드릴 편지를 읽으셨겠지요. 그 편지가 없어졌을 때, 저는 정말로 언니를 원망스럽게 생각했습니다. (미안합니다. 이 것 만이라도 저는 얼마나 면목이 없는지 모르겠습니다.) 그렇기 때문에 그날 밤에도 저는 언니의 친절한 말씀도 빈정거림같이 여겨졌습니다. 제가 화나서 답장 같은 답장도 제대로 보내지 않은 것은 물론 잊어버리지 않으셨을 겁니다. 하지만, 그로부터 2,3일 지나서 언니의 결혼이 급하게 정해졌을 때, 저는 죽어서라도 용서를 구할까 하고 생각했습니다. 언니도 슌상을 좋아하는데요 뭘. (감추시면 싫어요, 저는 잘 알고 있어요.) 저 같은 것만 괜찮으시면 언니 자신이 슌상께로 가셨을 것이 틀림없습니다. 그래도 언니는 저에게 슌상 따위는 생각하고 있지 않다고 몇 번이나 거듭 말씀하셨습니다. 그래서 결국 마음에도 없는 결혼을 해 버렸습니다. 저의 소중한 언니. 제가 오늘 닭을 안고 와서 오사카에 가시는 언니에게 인사하라고 말한 것을 아직 기억하고 계실는지. 저는 키우고 있는 닭에게도 저와 함께 언니에게 용서를 빌기를 바랬어요. 그랬더니 아무것도 모르시는 어머니께서도 우셨습니다.

언니. 이제 내일이면 오사카로 가 버리시겠네요. 하지만, 모쪼록 언제까지라도 언니의 데루코를 버리지 말아주세요. 데루코는 매일 아침 닭에게 모이를 주면서 언니를 생각하고 남몰래 울고 있습니다.…"

노부코는 이 소녀같은 편지를 읽을 때 마다 항상 눈물이 났다. 특히 중앙역에서 기차를 타려고 할 때, 슬며시 이 편지를 그녀에게 건네 준 데루코의 모습을 생각하면 뭐라 말할 수 없이 애처러웠다. 그러나, 그녀의 결혼은 과연 동생의 상상대로 완전히 희생적인 것일까? 그런 의문은 눈물을 흘린 뒤 그녀의 마음을 무겁게 하곤 했다. 노부코는 이 중압감을 피하기 위해서 대개 가만히 기분 좋은 감상 속에 잠겨 있었다. 그러는 사이에 밖의 송림으로 한면 가득히 비친 햇빛이 점점 노란 빛을 띤 저녁 색으로 바뀌어 가는 것을 바라보면서.

❖ 2 ❖

결혼 후, 이럭저럭 3개월 정도는 여느 신혼부부와 마찬가지로 그들도 또 행복한 날을 보냈다.

남편은 어딘가 여성적이고 말수가 많은 인물이었다. 그는 매일 회사에서 돌아오면 반드시 저녁식사 후의 몇 시간인가는 노부코와 같이 지내기로 하고 있었다. 노부코는 뜨개질 바늘을 움직이면서 근래 세상을 떠들썩하게 하고 있는 소설이나 희곡에 관한 이야기도 했다. 그

이야기 중에는 때에 따라서는 기독교 냄새가 나는 여자대학 취미의 인생관이 섞여 있을 때도 있었다. 남편은 반주로 뺨을 붉힌 채 읽다만 석간을 무릎위에 놓고 신기한 듯이 귀를 기울이고 있었다. 하지만, 그 자신의 의견 같은 것은 한마디도 말한 적이 없었다.

그들은 또 거의 일요일마다 오사카나 그 근교의 유원지로 바람을 쐬러 갔다. 노부코는 기차나 전차를 탈 때 마다 어디에서든 먹고 마시는 것을 꺼리지 않는 관서인이 모두 천박하게 보였다. 그 만큼 점잖은 남편의 태도가 훨씬 더 품위가 있는 것을 기쁘게 생각했다. 실제로 깔끔한 남편의 모습은 그런 사람들 속에 섞여 있으면 모자에서도 양복에서도 또는 붉은 가죽 구두에서도 화장비누 냄새와 비슷한 일종의 청신한 분위기를 발산하고 있는 듯했다. 특히 여름 휴가 중에 마이코(舞子)[2]까지 갔을 때에는 같은 요리집에 합석한 남편의 동료와 비교해 보고 한층 자랑스러운 기분이 들지 않을 수 없었다. 하지만, 남편은 그 품위 없는 동료들에게 의외로 친근함을 가지고 있는 것 같았다.

그러는 사이에 노부코는 오랫동안 내던져 두었던 창작을 생각했다. 그래서 남편이 부재중일 때만 한, 두 시간씩 책상머리에 앉아 있기로 했다. 남편은 그 이야기를 듣자 “드디어 여류작가가 되려는가” 하고 입언저리에 부드러운 미소를 보였다. 그러나 책상을 마주해도 생각과는 달리 펜은 나아가지 않았다. 그녀는 멍하니 턱을 괴고 염천의 송림에서 나는 매미소리에 넋을 잃고 귀를 기울이고 있는 그녀 자신을 깨닫기 일쑤였다.

그런데 잔서가 초가을로 바뀌려고 할 무렵, 남편은 어느날 출근할 때, 땀이 밴 셔츠깃을 바꾸려고 했다. 하지만, 공교롭게도 깃은 하나

2) 고베(神戸)시 서부 해안의 해수욕장.

남김없이 세탁소에 맡기고 없었다. 남편은 평소 깔끔한 만큼 불쾌한 듯이 얼굴을 찌푸렸다. 그리고 바지걸이를 걸면서 "소설만 쓰고 있어서는 곤란해" 하고 여느 때와 달리 까칠하게 말했다. 노부코는 잠자코 눈을 내리 깔고 상의 먼지를 털고 있었다.

그리고 나서 이, 삼일 지난 어느날 밤, 남편은 석간에 나와 있던 식량문제에 자극받아서인지 매달의 경비를 좀 줄일 수 없는가 하고 말했다. "당신도 언제까지 여학생이 아닐 테고" 그런 말도 했다. 노부코는 마음에 없는 대답을 하면서 남편의 와이셔츠 깃의 장식 자수를 하고 있었다. 그러자 남편은 의외로 집요하게 "그 깃 장식도 말이야 사는 쪽이 오히려 싸게 먹히지 않아?" 하고 역시 끈질긴 어조로 말했다, 그녀는 더욱 더 말을 할 수 없게 되었다. 남편도 마침내는 어색한 듯한 얼굴을 하고 성에 차지 않는 듯이 장사에 관한 잡지인지 뭔지를 읽고 있었다. 하지만, 침실의 전등을 끄고 나서 노부코는 남편에게 등을 돌린 채 "이제 소설 따위 안 쓸 거에요."하고 속삭이는 듯한 목소리로 말했다. 남편은 그래도 잠자코 있었다. 조금 뒤에 그녀는 같은 말을 아까보다도 더 약하게 되풀이했다. 그리고 나서 이내 우는 소리가 새어나왔다. 남편은 두, 세 마디 그녀를 나무랐다. 그 후에도 훌쩍거리는 소리는 아직 간간히 들리고 있었다. 그러나 노부코는 어느 샌가 남편에게 꼭 붙어 있었다.

다음날 그들은 원래대로 사이좋은 부부로 되돌아와 있었다.

그런데 다음부터는 밤 12시가 지나도 남편이 회사에서 돌아오지 않을 때가 있었다. 더구나 겨우 돌아와서는 비옷도 혼자서 벗을 수 없을 만큼 술냄새를 풍기고 있었다. 노부코는 눈살을 찌푸리면서 힘겹게 남편에게 옷을 갈아입혔다. 남편은 그럼에도 불구하고 돌아가지 않는 혀로 빈정거리기까지 했다. "오늘밤에는 내가 돌아오지 않아서 소설이 아주 잘 써졌겠구나." — 그런 말이 몇 번씩이나 여자같은 입에서 나왔다. 그녀는 그날 밤, 잠자리에 들자 자기도 모르게 눈물이 뚝뚝 떨어졌다. 이런 것을 데루코가 봤더라면 얼마든지 같이 울어줄 텐데. 데루코. 데루코. 내가 의지할 수 있는 것은 오직 너 혼자뿐이야. — 노부코는 몇 번씩이나 마음속으로 이렇게 동생에게 이야기하면서 남편의 술냄새 섞인 숨소리에 시달려서 제대로 잠도 자지 못하고 뒤척이기만 했다.

그러나, 그것도 또 다음날에는 자연스럽게 사이좋게 되어있었다.

그런 일이 몇 번인가 되풀이되는 사이에 가을이 점점 깊어 갔다. 노부코는 언젠가부터 책상머리에 앉아 펜을 잡는 일이 드물어졌다. 그때에는 이제 남편도 이전만큼 그녀의 문학담을 별스럽게 여기지 않게 되었다. 그들은 매일 밤 긴 화로를 사이에 두고 자질구레한 가계에 관한 이야기로 시간을 보내는 것에 익숙해져 갔다. 게다가 또 이런 화제는 적어도 반주 후의 남편에게 있어서 가장 흥미있는 것 같았다. 그래도 노부코는 안됐다는 듯이 때때로 남편 안색을 살필 때가 있었다. 그러나 그는 아무것도 모르고 요즘 길어진 콧수염을 씹으면서 여느때보다 쾌활하게 "이러다 애라도 생기면 — " 하고 진지하게 이야기했다.

그런데 그 무렵부터 다달이 나오는 잡지에 사촌 오빠의 이름이 보이게 되었다. 노부코는 결혼 후에 잊었다는 듯이 슌기치와의 편지왕래를 끊고 있었다. 다만, 그의 근황은 — 대학 문과를 졸업했다든가 동인잡지를 시작했다 라든가 하는 것은 동생한테서 온 편지로 알 뿐이었다. 또 그 이상 그에 관한 것을 알고 싶다고 하는 생각도 들지 않았다. 그러나, 그의 소설이 잡지에 실려 있는 것을 보니 그리움은 옛날과 같았다. 그녀는 그 페이지를 넘기면서 몇 번이나 혼자 미소를 머금었다. 슌기치는 역시 소설 중에서도 냉소와 해학의 두 가지 무기를 미야모토무사시(宮本武蔵)3) 같이 쓰고 있었다. 그녀에게는 그러나 생각 탓인지 그 경쾌한 빈정거림 뒤에 뭔가 지금까지의 사촌오빠에게는 없는 쓸쓸한 자포자기의 심정이 숨어있는 듯이 생각되었다. 동시에 그렇게 생각하는 것이 뒤가 켕기는 듯한 느낌이 들지 않는 것도 아니었다.

노부코는 그 이후 남편에 대해서 한층 상냥하게 대하게 되었다. 남편은 추운 밤에 긴 화로 맞은편에 항상 환하게 미소 짓고 있는 그녀 얼굴을 볼 수 있었다.그 얼굴은 이전보다 젊고 항상 화장이 되어 있었다. 그녀는 바느질 감을 펼치면서 그들이 도쿄에서 식을 올릴 당시의 기억 등을 이야기하거나 했다. 남편에게는 그 기억이 세세한 것이 의외이기도 하고 기쁘기도 했다. "당신은 잘도 그런 것까지 기억하고 있네." ― 남편에게 이렇게 놀림을 받으면 노부코는 꼭 잠자코 눈으로만 교태어린 대답을 했다. 그러나 왜 그렇게 잊지 않고 있을까? 그녀자신도 마음 속으로는 이상하게 생각할 때가 종종 있었다.

그리고 얼마 되지 않아서 어머니 편지가 노부코에게 여동생의 결혼 납폐가 끝났다고 하는 소식을 전했다. 그 편지 속에는 또 슌기치가 데루코를 맞이하기 위하여 야마노태(山の手)4)의 어떤 교외에 신혼살림을 차렸다는 것도 덧붙였다. 그녀는 바로 어머니와 동생에게 긴 축하 편지를 썼다. "모쪼록 당분간은 일손이 부족해서 식에는 본의 아니게 참석하기 어렵지마는…" ― 그런 글을 쓰고 있는 사이에, (그녀에게는 왠지 모르겠지만) 붓이 잘 나아가지 않을 때가 종종 있었다. 그러면, 그녀는 고개를 들어 반드시 밖의 송림을 바라봤다. 소나무는 초겨울 하늘 아

---

3) (1584-1645)。일본 에도초기의 명검객. 쌍검법의 시조로 일컬어지고 있음.
4) 東京都 내의 중서부 지역으로 부유층이 사는 곳.

래 검푸르고 울창했다.

그 날밤, 노부코와 남편은 데루코의 결혼이야기를 했다. 남편은 여느때와 같이 옅은 웃음을 띠면서 그녀가 여동생 말을 흉내 내는 것을 재미있다는 듯이 듣고 있었다. 그러나, 그녀에게는 왠지 그녀 자신에게 데루코의 이야기를 하고 있는 듯한 기분이 들었다. "자 그만 잘까." — 두, 세시간 뒤에 남편은 부드러운 콧수염을 만지면서 귀찮은 듯이 긴 화로 앞을 떠났다. 노부코는 아직 여동생에게 축하해 줄 물건을 정하기 어려워서 부젓가락으로 재에다 글자를 쓰고 있었지만, 이 때, 갑자기 고개를 들고, "그런데 묘하네, 내게도 남동생이 한 명 생긴다고 생각하니." 라고 했다. "당연하잖아, 여동생도 있으니까." — 그녀는 남편에게 이런 말을 들어도 뭔가를 깊이 생각하는 눈으로 뭐라고도 대답을 하지 않았다.

데루코와 슌기치는 12월 중순에 식을 올렸다. 당일은 오후 조금 전부터 나풀나풀하고 흰 것이 떨어지기 시작했다. 노부코는 혼자 점심을 먹은 후, 계속 그 때의 생선 냄새가 입에 붙어서 떨어지지 않았다. "도쿄도 눈이 내리고 있을까?" — 이런 생각을 하면서 노부코는 물끄러미 어두운 거실의 긴 화로에 기대어 있었다. 눈발이 점점 세어졌다. 그러나, 입안의 생선비린내는 역시 끈질기게 없어지지 않았다.

❖ 3 ❖

노부코는 그 다음 해 가을, 사령을 받은 남편과 같이 오랜만에 도쿄 땅을 밟았다. 그러나, 짧은 체재기간 동안에 해야 할 일이 많았던 남편은 오기 바쁘게 그녀의 어머니에게 얼굴을 내민 것 외는 거의 하루도 그녀를 데리고 외출할 기회를 가질 수 없었다. 그래서 그녀는 여동생 부부의 교외 신혼집에 갈 때에도 신개발지같은 전차 종점에서 홀로 인력거에 흔들리면서 갔다.

그들의 집은 인가가 파밭으로 바뀌는 근처에 있었다. 그러나 이웃에는 어디도 셋집 같이 보이는 새집이 빼곡하게 늘어서 있었다. 기와지붕문, 붉은순나무 담장, 그리고 장대에 걸린 빨래, — 모든 것이 어느 집이나 다 같았다. 이 평범한 집 모양은 다소 노부코를 실망시켰다.

그러나, 그녀가 "누구 계세요" 라고 했을 때 목소리를 듣고 나 온 것은 의외로 사촌 오빠였다. 슌기치는 이전과 마찬가지로 이 귀한 손님의 얼굴을 보자, "야아." 하고 쾌활하게 소리 질렀다. 그녀는 그가 어느 샌가 밤송이머리가 아니게 된 것을 알았다. "오랜만이네" "자, 올라와. 마침 나 혼자지만" "데루코는? 없어?" "볼일 보러 갔어. 가정부도." — 노부코는 묘하게 부끄러움을 느끼면서 화려한 안감이 들어있는 코트를 현관 구석에 벗어 놓았다.

슌기치는 그녀를 서재 겸 객실의 8조짜리 방으로 안내했다. 방 안에는 어디를 봐도 책만 난잡하게 쌓여 있었다. 특히 오후의 햇살이 비치는 장지문의 자그마한 자단 책상 주위에는 신문 잡지나 원고용지가 손을 댈 수 없을 만큼 흩어져있었다. 그 중에 젊은 아내의 존재를 말하고 있는 것은 오직 도코노마 (床の間)[5]벽에 기대어 둔 새 칠현금뿐이었다. 노부코는 이런 주변으로부터 한동안 호기어린 눈을 떼지 못했다.

"온다는 것은 편지로 알고 있었지만, 오늘 올 줄은 생각 못 했어." — 슌기치는 권련에 불을 붙이자 자못 회상어린 눈빛을 띠었다. "어때

5) 일본 전통가옥에서 객실인 다다미방의 정면에 바닥을 한 층 높여 만들어 놓은 곳으로, 화병을 두거나 액자를 걸어 놓기도 하는 성스러운 공간.

요, 오사카 생활은?" "슌기치 씨야말로 어때요? 행복해요?" — 노부코도 또 두,세마디 말하는 사이에 역시 옛날의 정겨움 같은 것이 되살아나는 것을 의식했다. 편지조차 제대로 하지 않았던, 이럭저럭 2년 넘은 어색한 기억은 생각보다 그녀를 심란하게 하지 않았다.

그들은 같은 화로에 손을 쬐면서 이런저런 이야기를 했다. 슌기치의 소설이나 공통의 지인 이야기나, 도쿄와 오사카의 비교라든가, 화제는 아무리 이야기해도 끊이지 않을 만큼 많이 있었다. 그러나, 두 사람 다 말을 맞춘 듯이 전혀 서로의 생활에 대해서는 이야기하지 않았다. 그것이 노부코에게는 한층 사촌오빠와 이야기하고 있다고 하는 느낌을 강하게 주었다.

때로는 침묵이 둘 사이에 흐를 때도 있었다. 그 때마다 그녀는 미소를 띤 채, 눈을 화로재에 떨구었다. 거기에는 기다린다고는 말할 수 없을 만큼, 희미하게 뭔가를 기다리는 마음이 있었다. 그러자 고의인지 우연인지 슌기치는 바로 화제를 찾아내서 언제나 그런 마음을 깼다. 그녀는 점차 사촌오빠의 얼굴을 쳐다보지 않고는 있을 수 없게 되었다. 그러나, 그는 아무렇지도 않게 권련 연기를 빨아 당겼다 뿜었다 하면서 특별히 부자연스러운 표정을 짓고 있는 낌새도 보이지 않았다.

그러는 사이에 데루코가 돌아왔다. 그녀는 언니 얼굴을 보자 서로 손을 맞잡을 듯이 기뻐했다. 노부코도 입술은 웃으면서 눈에는 어느 샌가 벌써 눈물이 고여 있었다. 두 사람은 잠시 슌기치도 잊고 작년 이후의 생활을 서로 묻고 있었다. 특히 데루코는 활발하게 홍조 띤 볼을 하고 지금도 기르고 있는 닭에 관한 것까지 들려주는 것을 잊지 않았다. 슌기치는 권련을 문 채 만족스러운 듯이 두 사람을 바라보고 변함없이 싱글벙글 웃고 있었다.

그 때, 가정부도 돌아 왔다. 슌기치는 그 가정부 손에서 몇 장인가의 엽서를 받아 쥐자 바로 책상에서 쓱쓱 하고 펜을 움직이기 시작했다. 데루코는 가정부도 부재중이었다는 사실이 의외인 것 같은 기색을 보였다. "그러면 언니가 오셨을 때 아무도 집에 없었어?" "응, 응 슌상만." — 노부코는 이렇게 대답하는 것이 애써 태연함을 가장하는 듯한 기분이 들었다. 그러자, 슌기치가 등을 보인 채 "남편에게 감사하게 생각해. 그 차도 내가 끓여 내었어." 라고 했다. 데루코는 언니와 눈을 마주하고 장난스럽게 쿡하고 웃었다. 그러나 남편에게는 일부러 아무런 대답도 하지 않았다.

조금 후에 노부코는 여동생부부와 함께 저녁식사를 하게 되었다. 데루코가 설명하는 바에 의하면 밥상에 올린 달걀은 모두 집의 닭이 낳은 것이었다. 슌기치는 노부코에게 포도주를 권하면서, 인간의 생활은 약탈로 유지하고 있지. 작게는 이 계란부터 — "라고 사회주의 냄새가 나는 말을 늘어놓기도 했다. 그런 주제에 여기에 있는 세 사람 중에서, 계란에 제일 애착이 있는 사람은 슌기치 자신이었다. 데루코는 그것이 재미있다고 하면서 어린애 같은 웃음소리를 내었다. 노부코는 이런 식탁의 분위기에도 먼 송림 속에 있는 쓸쓸한 거실의 저녁을 생각하지 않을 수 없었다.

이야기는 식후 과일을 다 먹은 후에도 끊이지 않았다. 약간 취기가 오른 슌기치는 긴 밤을 비추는 전등 아래에 양반다리를 하고 앉아서 열심히 그 특유의 궤변을 늘어놓고 있었다. 그 담론풍발이 다시 한번 노부코를 젊게 만들었다. 그녀는 열띤 눈빛을 하고, "나도 소설을 쓸까봐."라고 했다. 그러자 사촌오빠는 대답을 하는 대신에 구르몽6)의

6) R. Gourmont(1858~1915),프랑스의 평론가. 상징주의 이론가.

경구를 읊었다. 그것은 "뮤즈들은 여자니까, 그녀들을 자유롭게 할 수 있는 것은 남자뿐이야."라고 하는 말이었다. 노부코와 데루코는 동맹해서 구르몽의 권위를 인정하지 않았다. "그러면 여자가 아니면 음악가가 될 수 없다는 거에요? 아폴로는 남자가 아닙니까?" — 데루코는 진지하게 이런 말까지 했다.

자기 전에 슌기치는 툇마루의 비막이 문을 하나 열고 잠옷바람으로 좁은 마당으로 내려갔다. 그리고 누구에게랄 것도 없이 "잠깐 나와서 봐. 달이 좋으니까" 라고 했다. 노부코는 혼자 그의 뒤에서 맨발로 마당용 게다에 내려 섰다. 버선을 벗은 그녀 발에는 차가운 이슬의 느낌이 있었다.

달은 마당 구석에 있는, 가는 노송나무 가지에 걸려 있었다. 사촌오빠는 그 노송나무 아래에 서서 흐릿하게 밝은 밤하늘을 쳐다보고 있었다. "풀이 많이 자라 있네." — 노부코는 정리가 안 된 정원을 꺼림직한 듯이 주뼛주뼛 그가 있는 쪽으로 걸어갔다. 그러나, 그는 역시 하늘을 바라보면서 "음력 13일인가?" 하고 중얼거렸을 뿐이었다.

한동안 침묵이 이어진 후, 슌기치는 조용하게 눈을 돌려서, "닭장에 가 볼까?"하고 말했다. 노부코는 잠자코 고개를 끄덕였다. 닭장은 노송나무와는 정반대 쪽 마당 구석에 있었다.

두 사람은 어깨를 나란히 하고 천천히 거기까지 걸어갔다. 그러나 멍석을 둘러쳐 놓은 닭장 속에는 다만 닭 냄새가 나는, 희끄무레한 빛과 그림자가 있었다. 슌기치는 그 닭장을 들여다 보고 거의 혼자말과 같이 "자고 있네."라고 그녀에게 속삭였다. "계란을 사람에게 뺏긴 닭이." — 노부코는 풀 속에 우두커니 선 채 그렇게 생각하지 않을 수 없었다. …

두 사람이 마당에서 되돌아 오자 데루코는 남편의 책상 앞에서 멍하니 전등을 바라보고 있었다. 푸른 멸구 한 마리가, 갓에 기고 있는 전등을.

❖ 4 ❖

다음날 아침 슌기치는 단벌 양복을 입고 식후에 급하게 현관으로 갔다. 죽은 친구의 일주기 참배를 꼭 해야 한다는 것이었다. "꼭 기다리고 있어야 해. 점심 때까지는 꼭 돌아올 테니까." — 그는 외투를 걸치면서 이렇게 노부코에게 다짐을 했다. 그러나 그녀는 조그마한 손에 중절모를 쥔 채 잠자코 미소를 지을 뿐이었다.

데루코는 남편을 배웅하자 언니를 긴 화로 맞은 편에 앉게 하고 조금씩 차를 훌쩍거렸다. 이웃에 사는 부인 이야기, 방문기자 이야기, 그리고 슌기치와 보러 간 적이 있는 외국의 가극단 이야기, — 그 외, 유쾌한 화제가 그녀에게는 아직 여러 가지 있는 것 같았다. 그러나, 노부코의 마음은 가라앉아 있었다. 그녀는 문득 정신이 들자 계속 건성으로 대답하고 있는 그녀 자신이 거기에 있었다. 결국에는 데루코도 눈치를 채고야 말았다. 여동생은 걱정스러운 듯이 그녀의 얼굴을 살피고 "무슨 일 있어?"하고 묻거나 했다. 그러나 노부코도 어찌된 셈인지 확실한 것은 몰랐다.

벽시계가 10시를 쳤을 때 노부코는 나른한듯한 눈을 들고 ,"슌상은 좀처럼 돌아올 것 같지 않네."라고 말했다. 데루코도 언니 말에 따라 힐끗 시계를 쳐다봤지만 의외로 냉담하게 "아직 — "이라고 밖에 대답하지 않았다. 노부코에게는 그 말 속에 남편 사랑에 만족해하고 있는

새색씨의 마음이 들어 있는 듯한 느낌이 들었다. 그렇게 생각하자 드디어 그녀의 기분은 우울해지지 않을 수 없었다.

"데루상은 행복하네." — 노부코는 턱을 옷깃에 묻으면서 농담같이 말했다. 그러나, 자연히 그곳에 숨어있는 솔직한 선망의 어조만큼은 어떻게 할 수 없었다. 데루코는 그러나 스스럼없는 듯이 밝게 미소지으면서, "두고 볼거에요!" 라고 눈 홀기는 시늉을 했다. 그리고 바로 또 "언니도 행복하면서"하고 어리광부리듯 덧붙였다. 그 말이 노부코를 아프게 때렸다.

그녀는 약간 눈꺼풀을 들고 "그렇게 생각해?" 하고 되묻고는 이내 후회했다. 데루코는 일순간 묘한 얼굴을 하고 언니와 눈을 서로 쳐다봤다. 그 얼굴에도 또 감추기 어려운 후회의 마음이 움직이고 있었다. 노부코는 억지로 미소를 지었다. — "그렇게 생각되는 것 만으로도 행복해."

두 사람 사이에는 침묵이 왔다. 그들은 벽시계가 시간을 새겨가는 아래에서 긴 화로 쇠주전자의 물 끓는 소리를 듣는 둥 마는 둥 하고 듣고 있었다.

"그런데 형부는 상냥하지 않으셔?" — 이윽고 데루코는 자그마한 목소리로 주저주저하면서 이렇게 물었다. 그 목소리 속에는 분명히 안됐다는 듯한 울림이 있었다. 그러나 이런 경우 노부코의 마음은 무엇보다도 연민에 반발했다. 그녀는 신문을 무릎위에 놓고 거기에 눈을 떨어트린 채 일부러 뭐라고도 대답하지 않았다. 신문에는 오사카와 마찬가지로 쌀문제가 올라와 있었다.

그러는 사이에 조용한 거실 안에는 어렴풋이 우는 소리가 들리기 시작했다. 노부코는 신문에서 눈을 떼고 긴 화로 맞은편에 소맷자락에 얼굴을 묻고 있는 여동생을 봤다. "울지 않아도 돼." −데루코는 언니에게 그렇게 위로를 받아도 쉽게 울음을 멈추려고 하지 않았다. 노부코는 잔혹한 기쁨을 느끼면서 한동안은 여동생의 떨리는 어깨로 무언의 시선을 보내고 있었다. 그리고나서 가정부의 귀를 신경 쓰는 듯이 데루코 쪽을 보면서, "잘못했어 내가 사과할게. 나는 데루상만 행복하면 무엇보다 고맙다고 행각하고 있어. 정말이야. 순상이 데루상을 사랑해 준다면 — " 하고, 낮은 목소리로 계속 말했다. 말을 이어가고 있는 사이에 그녀의 목소리도 그녀 자신의 말에 동요되어서 점점 감상적이 되기 시작했다. 그러자 갑자기 데루코는 소맷자락을 떼고 눈물에 젖어 있는 얼굴을 들었다. 그녀의 눈 속에는 의외로 슬픔도 노여움도 보이지 않았다. 그러나, 다만 억누를 수 없는 질투의 감정이 불타오르듯이 눈동자를 이글거리게 하고 있었다. "그러면 언니는 — 언니는 어째서 어제 밤에도 — " 데루코는 다 말하기 전에 또 얼굴을 소매자락에 묻고 발작적으로 격하게 울기 시작했다. …

두, 세시간 후, 노부코는 전차 종점으로 서둘러서 달리는 차양을 친 인력거에 흔들리고 있었다. 그녀의 눈에 들어오는 바깥세계는 앞부분의 차양을 잘라낸 네모진 샐룰도이드창 뿐이었다. 거기에는 변두리다운 집들과 물이 든 잡목 가지가 서서히이지만 끊임없이 뒤로 뒤로 흘러 갔다. 그 중에 하나라도 움직이지 않는 것이 있다면 그것은 엷은 구름이 떠도는 차가운 가을하늘 뿐이었다.

그녀의 마음은 조용했다. 그러나, 그 조용함을 지배하는 것은 쓸쓸한 체념이었다. 데루코의 발작이 끝난 후, 화해는 새로운 눈물과 함께 쉽게 두 사람을 원래대로 사이좋은 자매로 돌려놓았다. 그러나 사실은 사실로서 지금도 노부코의 마음을 떠나지 않았다. 그녀는 사촌오

빠의 귀가를 기다리지 않고 이 인력거 위에 몸을 맡겼을 때, 이미 여동생과는 영원히 타인이 된 듯한 마음이 심술궂게 그녀의 가슴 속에 얼음을 얼게 하고 있었던 것이다.

노부코는 문득 눈을 들었다. 그 때, 셀룰로이드 창 안에는 너저분한 거리를 걸어 오는, 지팡이를 쥐고 있는 사촌오빠의 모습이 보였다. 그녀의 마음은 동요되었다. 인력거를 세울까? 그렇지 않으면 이대로 지나갈까? 그녀는 가슴이 두근거리는 것을 억누르면서 잠시 차양 아래에 공허한 망설임을 계속하고 있었다. 그러나, 슌기치와 그녀의 거리는 점점 가까워졌다. 그는 옅은 햇빛을 받으며 물구덩이가 많은 거리를 천천히 발걸음을 옮기고 있었다.

"슌상." — 그런 목소리가 일순간 노부코의 입술에서 새어 나오려 했다. 실제 슌기치는 그 때 벌써 그녀의 인력거 바로 옆에 눈에 익은 모습을 나타내고 있었다. 그러나, 그녀는 또 주저했다. 그 사이에 아무 것도 모르는 그는 마침내 이 차양 인력거와 스쳐 지나갔다. 흐릿한 하늘, 듬성듬성한 건물, 높은 나무들의 옆으로 뻗은 가지, — 뒤에는 변함없이 사람 왕래가 적은 변두리 동네가 있을 뿐이었다.

"가을" 노부코는 으스스 추운 차양 아래에서 온몸으로 쓸쓸함을 느끼면서 절실히 이렇게 생각하지 않을 수 없었다.

(1920. 2)

검은 옷의 성모(黑衣聖母)

김정희

— 이 눈물의 골짜기에서 신음하고 울면서 거룩한 몸에 소망을 거옵니다. …… 거룩한 몸의 연민의 눈을 저희에게 돌려주옵소서. …… 온유함이 깊으시며 자비로움이 깊으시고 매우 아름다우신 '성모마리아'님 —

—일본역 '게렌도'[1]—

"어떻습니까, 이것은"

다시로군은 이렇게 말하면서 마리아 관음상 하나를 테이블 위에 올려 놓았다. 마리아 관음이라는 것은 기리시탄 종문을 금지하던 시대[2] 대부분의 천주교신자들이 자주 성모마리아 대신에 예배했던 백자로 만들어진 관음상을 말한다. 그러나 지금 다시로군이 보여 준 것은 그

---

1) cyedo(라틴어)

2) 천주교는 16세기에 일본에 전해 졌지만, 1587년 도요토미 히데요시(豊臣秀吉)가 금교령을 내려, 이후 1873(명치 6년)까지 금지 되었다.

마리아 관음 중에서도 박물관의 진열실이나 보통의 수집가의 캐비넷에 있는 것과는 다르다. 우선 이것은 얼굴을 제외한 다른 부분은 모조리 흑단(黑檀)[3])을 깎은 한 자 정도의 입상이다. 뿐만 아니라 목 주위에 걸어놓은 십자가 형태의 장신구도 금과 자개를 박아 넣은 매우 정교한 세공인 듯하다. 게다가 얼굴은 아름다운 상아조각으로 더욱이 입술에는 산호 같은 한 점 붉은 색까지 더하고 있다. ……

나는 입을 다물고 팔짱을 낀 채, 한동안 검은 옷을 입은 성모의 아름다운 얼굴을 바라 보고 있었다. 그러나 보고 있는 사이에 무언가 이상한 표정이 상아 얼굴 어딘가에서 풍기는 듯한 느낌이 들었다. 아니 이상하다고 말하기는 부족하다. 나에게는 그 얼굴 전체가 어떤 악의를 띈 조소가 흘러 넘치는 듯한 기분마저 들었다.

"어떻습니까, 이것은"

다시로군은 모든 수집가에게 공통되는 자신에 찬 미소를 띄우면서, 테이블 위의 마리아 관음과 내 얼굴을 번갈아 보고서는 한번 더 이렇게 반복했다.

"이것은 진품이지요. 하지만 무언가 이 얼굴에는 으스스한 곳이 있지 않습니까."

"온화하고 반듯한 상이라고는 할 수 없잖아요. 그러고 보니 이 마리아 관음에게는 이상한 전설이 있답니다."

"이상한 전설?"

나는 무의식 중에 마리아 관음에서 다시로군 얼굴로 눈길을 돌렸다. 다시로군은 의외로 진지한 표정을 지으면서 잠깐 그 마리아 관음을 테이블위로 들어 올렸다가 바로 원위치로 갖다 놓고는,

3) 감나무과에 속하는 교목목재. 말레이시아 등이 원산. 흑색으로 단단하고 아름답다.

“네 이것은 화를 바꾸어 복이 되게 하는 대신에 복을 바꾸어 화가 되게 하는 불길한 성모라는 사실이지요.”

“설마”

“그런데 실제로 그런 사실이 소유주에게 있었다고 합니다.

다시로군은 의자에 앉자 깊은 생각에 잠긴듯한 모습에 음울한 눈빛이 되면서 나에게 테이블 맞은편 의자에 앉으라고 손짓을 했다.

“정말입니까”

나는 의자에 앉자마자 나도 모르게 괴상한 소리를 내었다. 다시로군은 나보다 일 이년 전에 대학을 졸업한 평판이 좋은 수재 법학사이다. 또한 내가 알고 있는 한 소위 초자연적인 현상은 추호도 믿지 않는 교양이 풍부한 신사상가다. 그런 다시로군이 이런 사실을 말한 이상 설마 이 묘한 전설도 황당무계한 괴담은 아닐 것이다.

“정말입니까”

내가 다시 이렇게 묻자 다시로군은 성냥불을 천천히 파이프에 옮기면서

“자. 그것은 당신 자신의 판단에 맡기는 수 밖에 없습니다만 어찌되었든 간에 이 마리야 관음에는 기분 나쁜 내력이 있다고 합니다. 지루하지 않으시다면 이야기 하겠습니다만 — ”

이 마리야 관음은 내 손에 들어오기 전 니이가타현 어떤 마을의 이나미라고 하는 재산가가 가지고 있었던 것입니다. 물론 골동품으로 있었던 것은 아니고 일가의 번영을 기원하는 종문신으로 있었던 것입니다만.

이 이나미라고 하는 당주는 마침 나와 법학사 동기로 회사에도 관

계하고 은행에도 손을 대고 있는 그런대로 상당한 사업가입니다. 그런 관계로 나도 이나미를 위해 한 두 번 어떤 편의를 도모한 적이 있습니다. 그 보답이겠지요. 이나미는 어느 해 상경하는 길에 집안 대대로 내려오는 마리아 관음을 저에게 주고 갔습니다.

내가 소위 이상한 전설이라고 하는 것도, 그 당시 이나미의 입에서 들은 것이지만 그 자신도 물론 그런 괴이한 것을 믿지는 않을 것입니다. 다만 어머니에게서 들은 그대로 이 성모와의 유래를 대충 설명했을 뿐입니다.

듣건대 이나미의 모친이 열 살인가 열 한 살이 되던 가을이었다고 합니다. 연대로 하자면 흑선이 우라가항을 시끄럽게 했던 가영(嘉永 1848~54)[4]말년정도가 될까요. — 그 모친의 동생이 되는 모사쿠라는 여덟 살 남짓의 남자아이가 심한 홍역에 걸렸습니다. 이나미의 모친은 오에이라고 하는데 이 삼 년 전 역병으로 부모가 모두 세상을 뜬 이래 모사쿠와 남매 둘은 이미 칠십이 넘은 할머니 손에서 키워졌다고 합니다. 그러니 모사쿠가 중병에 걸리자 이나미에게 증조모가 되는 이 노인네의 걱정이 보통이 아니었습니다. 그러나 아무리 의사가 손을 써도 모사쿠의 병은 중해질 뿐이고 거의 일주일도 지나지 않는 사이에 이제는 오늘일까 내일일까 하는 병세가 되어버렸습니다.

그런 어느 날 밤 오에이의 침실에 갑자기 할머니가 들어와서 자고 있는 아이를 억지로 안아 일으킨 후 손수 부지런히 단정하게 옷을 갈아 입혔다고 합니다. 오에이는 아직 꿈이라도 꾸듯이 멍한 마음으로 있었다고 합니다. 할머니는 곧바로 그 손을 끌고 침침한 등불로 인기척이 없는 복도를 비추면서 낮에도 좀처럼 들어간 적이 없는 흙벽으

---

4) 嘉永(1848-54) : 미국의 해군 제독 페리가 네척의 흑선을 이끌고 처음으로 우라가(浦賀)로 내항한 것은 가영 6년(1853).

로 된 광에 오에이를 데리고 들어갔습니다.

토광 안에는 옛날부터 화재 예방에 신통력이 있는 신불(神仏)인 이나리(稲荷)가 모셔져 있는 흰 나무로 만든 신사가 있었습니다. 할머니는 허리띠에서 열쇠를 꺼내 그 신사의 문을 열었는데 지금 불 빛에 비쳐보니 낡은 비단 커튼 뒤에 단정히 서 있는 신체(神体)는 바로 이 마리아관음이었습니다. 오에이는 그것을 보자마자 갑자기 벌레 소리조차 나지 않는 한밤중의 토광이 무서워 엉겁결에 할머니 무릎에 매달린 채 훌쩍훌쩍 울기 시작했습니다. 그러나 할머니는 보통 때와는 달리 오에이가 우는 데도 개의치 않고 마리아관음 신사 앞에 앉아서 공손히 이마에 성호를 긋고 무언가 오에이가 알 수 없는 기도를 드리기 시작했다고 합니다.

그것이 거의 십분 정도 계속되고 나서 할머니는 조용히 손녀를 안아 일으키고 겁내는 것을 자꾸 달래면서 자기 옆에 앉혔습니다. 그리고 나서 이번에는 오에이도 알 수 있도록 흑단 마리아관음에게 이런 소원을 빌기 시작했습니다.

"성모 마리아님 제가 하늘에도 땅에도 기둥으로 삼고 의지하는 것은 금년 여덟살인 손자 모사쿠와 여기 데리고 온 누이 오에이 뿐입니다. 오에이도 아직 보시는 바와 같이 사위를 얻을 나이는 아닙니다. 만약 지금 모사쿠의 몸에 뜻밖의 일이라도 생긴다면 이나미집안은 바로 내일이라도 대가 끊겨 버립니다. 이 같은 불상사가 없도록 제발 모사쿠의 목숨을 지켜 주시기 바랍니다. 그것도 저 따위의 신심으로는 이룰 수 없는 일이라고 한다면 최소한 제 목숨이 있는 한 모사쿠의 생명을 구해 주십시오. 저도 나이가 나이이니만큼 영혼을 천주님께 드릴 날도 머지 않았습니다. 그러나 그때까지는 손녀 오에이도 불의의 재난이 없다면 아마 적령기가 되겠지요. 어쨌든 제가 눈을 감을 때까지 죽음의 천사의 칼이 모사쿠의 몸에 닿지 않도록 자비를 베풀어 주십시오"

할머니는 머리를 숙이고 열심히 이같이 기도했습니다. 그러자 그 말이 끝났을 때 조심조심 얼굴을 들은 오에이의 눈에는 기분 탓인가 마리아관음이 미소 짓는 것 같이 보였다고 합니다. 오에이는 작은 목소리를 내며 다시 할머니의 무릎에 매달렸습니다. 하지만 할머니는 오히려 만족스러운 듯이 손녀의 등을 쓰다듬으면서,

"자 이제 저쪽으로 가자. 마리아님은 고맙게도 이 늙은이의 기도를 들어주셨으니까"하고 몇 번이고 반복해서 말했다고 합니다.

그런데 다음날이 되어보니 할머니의 소원이 이루어졌는지 모사쿠는 어제보다 열이 내리고 지금까지는 마치 혼수 상태였던 것이 차츰 제정신으로 돌아왔습니다. 이 모습을 본 할머니의 기쁨은 말로 다 할 수 없었습니다. 무엇보다도 이나미의 어머니는 그 때 할머니가 웃으면서 눈물을 흘리고 있던 얼굴을 지금도 잊을 수 없다고 합니다. 그 사이에 할머니는 병든 손자가 새근새근 자는 것을 보고 자신도 매일 밤 간호의 피로를 잠시 풀 심산 이였겠지요. 병상 옆에 자리를 깔고 전에 없이 거기에 누웠습니다.

그때 오에이는 구슬 놀이를 하면서 할머니의 베갯머리에 앉아 있었습니다만, 노인은 기진 맥진 할 정도로 피곤해서 마치 죽은 사람처럼 곧바로 잠들어 버렸다고 합니다. 그런데 그럭저럭 한 시간 정도 지나자 모사쿠의 간호를 하고 있던 나이 먹은 하녀가 살짝 다음 칸의 문을 열고 "아가씨 얼른 할머니를 깨워 주세요"라고 허둥대는 듯한 목소리로 말했습니다. 그래서 오에이는 동생 일이라 빨리 할머니 곁에 가서

"할머니, 할머니"하고 두 세 번 옷 소매를 잡아 당겼다고 합니다. 하지만 어찌된 일인지 보통 때는 잠귀가 밝은 할머니가 오늘은 아무리 불러도 대답할 기색조차 보이지 않았습니다. 그 동안에 하녀가 이상하게 여겨 병상에서 이쪽으로 들어왔습니다만, 할머니의 얼굴을 보자 미친듯이 갑자기 노인의 소매에 매달려 "할머니, 할머니"하고 죽을 힘을 다해 눈물 섞인 목소리로 울기 시작했습니다. 그러나 할머니는 눈 주위에 희미한 자색을 머금은 채 예상대로 몸도 움직이지 않고 주무시고 있었습니다. 이윽고 또 다른 하녀가 황급히 문을 열자, 이 애도 놀라서 얼굴 빛이 달라지면서 "할머니, 도련님이 — 할머니"라고, 떨리는 목소리로 소리쳐 불렀습니다. 물론 하녀의 "도련님 — "은 오에이의 귀에도 분명하게 모사쿠의 용태가 변했다는 것을 알리는 힘이 있었습니다. 그러나 할머니는 여전히 머리맡에서 엎드려 우는 하녀의 소리도 들리지 않는 듯 가만히 눈을 감고 있었습니다……

그리고 나서 모사쿠도 십분도 지나지 않아 드디어 숨을 거두었습니다. 마리아 관음은 약속대로 할머니의 목숨이 있는 동안은 모사쿠를 죽이지 않고 그대로 놓아 두었던 것입니다.

다시로군이 이같이 이야기를 끝내자 또 침울한 눈을 들어 가만히 나의 얼굴을 바라 보았다.

"어떻습니까. 당신은 이 전설이 정말로 있었다고 생각 되지 않습니까"

나는 주저했다.

"글쎄 — 그러나 — 어떨까"

다시로군은 한동안 잠자코 있었다. 드디어 연기가 꺼진 파이프에 한번 더 불을 붙이면서,

“나는 정말로 있었다고 생각합니다. 단지 이것이 이나미가의 성모 때문이었는지 어떤지는 의문입니다만, — 그렇다면 아직 당신은 마리아관음 받침에 있는 글을 읽지 않으셨지요. 보십시오 여기에 새겨져 있는 서양 문자를. — ‘당신의 기도가, 신들이 정해 놓은 바를 바꿀 수 있다고 바라지 말라’의 뜻”

「DESINE FATA DEUM LECTI SPERARE ……」

나는 운명 그 자체와도 같은 마리아관음을 향해 무심결에 섬뜩한 눈길을 돌렸다. 성모는 흑단의 옷을 입은 채 역시 아름다운 상아 얼굴에 어떤 악의를 품은 조소를 영원히 냉랭하게 띄우고 있다. —

(1910년 4월)

어떤 복수담(或敵討の話)

김명주

❖ 발단 ❖

히고(肥後)지방 호소카와(細川)성의 가신 중에 다오카 진다유(田岡甚太夫)라는 무사가 있었다. 이 자는 이전에는 휴가(日向)의 이토(伊藤)성에서 실직한 무사였지만 당시 호소카와성의 수장자리에 있던 나이토 산자에몬(内藤三左衛門)의 추천으로 녹봉 150 석에 불리어 온 것이다.

그런데 관문(寛文) 7년(1667) 봄 그 성의 무사들끼리 무예 시합을 벌였을 때 그는 자신의 주특기인 창검술로 상대방 무사를 여섯 명이나 찔러 보기 좋게 무너뜨렸다. 그 시합에는 엣츄(越中)지방관 쓰나토시(綱利)도 장로들과 함께 내빈으로 와있었는데 너무도 진다유의 창검술이 대단했기 때문에 겸사하여 검술 시합까지 보고자 청했다. 진다유는 죽도를 들고 또 무사 셋을 찔러 이겼다. 네 번 째는 그 성의 젊은 무사에게 부전류(不伝流)의 검술을 가르치고 있는 세누마 효에(瀬沼兵衛)가

그 상대가 되었다. 진다유는 무술사범으로서의 체면을 고려하여 효에에게 져 주리라 생각했다. 그러나 승리를 양보한다는 것은 알 만한 사람들은 알듯이 멋있게 지고 싶다는 계산이 없는 것도 아니었다. 효에는 진다유와 대면하면서 그런 마음을 읽게 되자 불현듯 상대방이 미워졌다. 그래서 진다유가 일부러 수세에 몰린 척할 때, 분연히 한칼 날렸다. 진다유는 세게 목이 찔려 그 자리서 위를 보고 뻗고 말았다. 그 모습이 무척 보기 흉했다. 쓰나토시는 그의 창검술은 칭찬하면서, 그 승부 후에는 심히 심기가 불편한 얼굴로 한마디도 그의 노고를 치하하지 않았다.

진다유가 쓰러진 그 광경은 바로 입방아에 올랐다. '진다유는 싸움터에 나가 창 자루가 부러져버린다면 어쩔 셈이지? 이제 죽도마저도 써먹지 못할 것 같군 — 이런 소문이 어디선가 나기 시작하여 순식간에 성내에 파다하게 퍼졌다. 거기에는 물론 동료들의 질투나 선망도 섞여 있었다. 그러나 그를 추천한 나이토 입장에서 본다면 쓰나토시의 얼굴을 봐서라도 그냥 입 다물고 있을 수는 없었다. 그래서 그는 진다유를 불러 '그런 볼 성 사나운 꼴로 참패해버리면 내가 그저 사람 잘 못 봤다는 것으로 끝나진 않아. 새로 삼판 승부를 할까? 아니면 내가 영주님 앞에서 사죄의 뜻으로 할복이라도 할까?'라는 격한 말까지 했다. 그는 바로 산자에몬의 뜻을 받들어 다시 사범 세누마와 승부를 가리고 싶다는 청을 넣었다.

곧 두 사람은 쓰나토시 앞에서 공식적인 시합을 하게 되었다. 처음에는 진다유가 팔뚝을 내리쳤다. 두 번째는 효에가 진다유의 얼굴을 쳤다. 그러나 세 번째는 또 진다유가 세게 효에의 팔뚝을 쳤다. 쓰나토시는 진다유를 칭찬하여 녹봉 50석의 인상을 명했다. 효에는 부어

오른 팔을 비비며 맥없이 쓰나토시 앞을 물러났다.

그로부터 사흘이 지난 어느 비오는 밤, 가노 헤타로(加納平太郎)라는 같은 성에서 일하는 무사 하나가 사이간지(西岸寺) 절 담벼락 밖에서 기습을 당했다. 헤타로는 녹봉 2백석을 받는 고위 무사로 셈과 쓰기에 능한 노인이었는데, 평소 모습으로 본다면 원한을 살 만한 인물은 결코 아니었다. 그러나 다음날 세누마 효에가 쫓겨난 일이 알려지면서 비로소 그 적의 정체가 드러났다. 진다유와 헤타로는 연배는 비록 달랐지만 체격이 너무 비슷했다. 게다가 옷에 새겨진 가문(家紋)은 두 사람 다 같은 둥근 묘가(茗荷, 양하) 모양이었다. 효에는 먼저 일행의 무사가 비추는 빗길속의 등불 문양에 속았고, 다음에는 비옷에 우산을 바쳐 든 헤타로의 모습에 속아 경솔하게도 그 노인을 진다유로 오인하여 죽인 것이었다.

헤타로에게는 당시 열 일곱된 모토메(求馬)라는 아들이 있었다. 모토메는 재빨리 관아의 허락을 얻어 에고시 기자부로(江越喜三郎)라는 젊은 무사와 함께 당시 무사들의 관행대로 복수의 행로에 오르게 되었다. 진다유도 헤타로의 죽음에 대해 스스로 책임을 면키 어려웠던지 역시 후원자로 자처하여 돕고자 길을 떠나고 싶다는 청을 넣었다. 그와 동시에 모토메와 정인(情人)의 약조를 맺고 있던 쓰자키 사콘(津崎左近)이라는 무사도 같이 복수의 칼을 빼들었다. 쓰나토시는 기특하게 여겨 진다유의 청은 받아들였지만 사콘의 청은 받아들이지 않았다.

모토메는 진다유, 기자부로 두 사람과 부친 헤타로의 첫 7일 기제를 지내자마자 벌써 벚꽃 철이 지난 남쪽지방 구마모토(熊本)성읍을 뒤로 했다.

❖ 1 ❖

쓰자키 사콘은 청이 수락되지 않자 이삼일 집에 틀어박혀 있었다. 일찍이 모토메와 나눈 정분의 서약서가 파기되는 것이 너무나 그에게는 힘들었다. 뿐만 아니라 친구들에게 손가락질이나 받지 않을까라는 걱정도 없었다고는 할 수 없었다. 그러나 그 보다 더욱 참기 어려웠던 것은 정인인 모토메를 오직 한 사람 진다유에게 맡기는 일이었다. 그래서 그는 일행이 구마모토 성읍을 떠나는 밤 이윽고 편지 한통을 남긴 채 부모에게도 한마디 말도 없이 집을 나와 뒤를 따랐다.

그는 성읍을 벗어나자 곧 일행을 따라잡았다. 일행은 그 때 어느 산중에 있는 역참의 찻집에서 걸음을 쉬고 있었다. 사콘은 우선 진다유 앞에 엎드려 몇 번이고 동참의 허락을 애원했다. 진다유는 처음에는 몹시 불쾌하다는 듯 '자네의 무예솜씨로 봐서는 미덥지가 않아…'라며 쉽게 허락할 기색을 보이지 않았다. 그러나 결국에는 고집을 꺾고 모토메 얼굴을 은근히 살피며, 기사부로의 중재를 빌미로 사콘의 동행을 승낙했다. 아직 앞머리가 남아 있어 계집애 같고 나약해 보이는 모토메는 사콘을 일행에 넣어주었으면 하는 눈치가 완연했던 것이다. 사콘은 기쁜 나머지 눈물까지 흘리며 기자부로에게 몇 번이고 감사의 말을 반복했다.

네 명은 효에의 처남이 아사노(浅野)장군의 시종으로 있는 것을 알게 되자 우선 모지가세키(文字が関)의 세토(瀬戸)를 건너 츄고쿠(中国) 가도를 따라 멀리 히로시마(広島) 성읍까지 올라갔다. 그러나 거기에 머물며 적의 거취를 살피는 중에 시종인 무사 집에 출입하는 여침술사의 세상이야기 속에서 효에가 한번 히로시마에 온 후 처남의 지인이

있는 요슈 마쓰야마(予州松山)로 은밀히 떠났다는 것을 알았다. 그래서 복수의 일행은 곧 이요선(伊予船) 편으로 그해 한여름 별탈없이 마쓰야마 성읍으로 들어갔다.

마쓰야마로 건너간 일행은 매일 삿갓으로 얼굴을 깊숙이 가리고 적의 행방을 찾아 다녔다. 그러나 효에도 신중을 기하고 있는 듯 쉽사리 은신처를 드러내지 않았다. 한번은 사콘이 효에 같은 걸인의 모습을 발견하고는 여러 방면으로 정탐을 해보았지만 결국 전혀 다른 사람이라는 것을 알게 되었다. 그런 와중에 이미 가을바람이 불기 시작하고 성안 무사들의 저택가 외벽 창살 밖에는 개천을 뒤덮고 있던 수초 사이로 차츰 물빛이 보이기 시작했다. 그와 함께 일행들은 점점 마음이 초조해지기 시작했다. 특히 사콘은 대결을 안달하여 밤낮을 가리지 않고 마쓰야마 안팎을 살피고 다녔다. 복수의 첫 칼날은 자신이 날리고 싶었다. 만약 진다유에게 선수를 뺏기고 만다면 주군까지 버리고 가담한 무사로서의 체면이 서지 않는다. — 그는 이렇게 마음속으로 굳게 다짐하고 있던 것이다.

마쓰야마에 와서 2개월 남짓 지났을 무렵, 사콘은 기다린 보람이 있었는지 어느 날 성안 가까운 해안을 지날 때, 어떤 가마를 호위하는 두 젊은 무사가 어부들을 재촉하며 배를 준비시키고 있는 것을 보았다. 이윽고 채비가 된 듯 가마 속의 무사가 밖으로 나왔다. 무사는 곧 삿갓을 썼지만 얼핏 본 얼굴생김새는 세누마 효에가 틀림없었다. 사콘은 일순 멈칫했다. 이 자리에 모토메가 없는 것이 아무리 생각해도 유감스러웠다. 하지만 지금 효에를 치지 않는다면 또 어디론가 사라질 것이다. 게다가 바닷길로 가버린다면 행방을 알아낼 수 없을지도 모른다. 그렇다면 나 혼자서라도 이유를 밝히고 칠 수 밖에 도리가 없지 않은가? — 사콘은 이렇게 불현듯 결심하자 옷을 만질 시간도 아까운 듯 삿갓을 휙 벗어던지고는, "세누마 효에! 가노 모토메의 형 쓰자키 사콘의 지원 복수 알고 있겠지?"라고 소리치며 칼을 빼어 덤벼들었다. 그러나 상대는 삿갓을 쓴 채 난동을 부릴 기색도 없이 사콘을 보고 "얼빠진 놈. 사람이나 잘 보고 해!"라고 꾸짖었다. 사콘은 엉겁결에 멈칫했다. 그 순간 무사의 손이 칼자루 쪽으로 움직이고 그 순간 칼날은 비스듬히 사콘을 베었다. 사콘은 엉덩방아를 찧으며 얼굴 깊숙이 눌러쓴 삿갓 아래로 비로소 세누마 효에의 얼굴을 분명히 볼 수 있었던 것이다.…

❖ 2 ❖

사콘을 잃고 만 세 무사는 그로부터 또 어언 2년 동안 원수 효에의 행방을 더듬어 5대 성읍에서 도카이도(東海道) 길을 거의 빠짐없이 편력했다. 그러나 효에의 소식은 묘연하여 두 번 다시 들을 수가 없었다.

관문 9(1669)년 가을날 저녁 무렵, 낮게 날고 있는 기러기들과 함께 일행은 처음으로 에도 땅을 밟았다. 에도는 남녀노소 상하귀천을 막론하고 온 나라 사람들이 모두 모여 있는 곳인 만큼 적의 거취를 찾는 데에도 뭔가 단서가 많을 것 같았다. 그래서 그들은 우선 간다(神田)의 뒷골목에 은신처를 마련하고는, 진다유는 괴상한 노래를 부르며 구걸하는 낭객이 되고, 모토메는 생활용품을 넣은 상자를 짊어지고 집집마다 도는 방물장수로 변장하였으며, 기자부로는 하타모토 노세소에몬(旗本能勢惣衛門)에게 1년 계약으로 신발담당 하인으로 들어갔다. 모토메와 진다유는 따로 매일 에도 안을 헤매고 다녔다. 수완 좋은 진다

유는 너덜너덜 헤진 부채에 엽전을 구걸하며 끈기 있게 사람들 모이는 곳이면 곳마다 기웃거렸지만 도리어 지친 기색은 없었다. 그러나 젊은 모토메는 삿갓으로 초췌한 얼굴을 감추고 맑은 가을날의 니혼바시(日本橋) 다리를 건널 때에도 결국 자신들의 복수가 도로에 지나지 않을 것 같은 휑한 기분으로 자주 가라앉곤 했다.

그러는 동안 쓰쿠바(筑波)계절풍이 점점 매서워져가고 모토메는 감기를 시초로 때때로 열이 심하게 오르게 되었다. 그러나 그는 오한에 떨면서도 여전히 매일 매일의 행상을 그만두지 않았다. 진다유는 기자부로를 보면 꼭 모토메의 다부짐을 이르고 또 일러, 충정으로 주인 섬기는 그 젊은 무사의 눈을 젖게 하는 것이 예사였다. 그러나 두 사람 다, 병마마저 말없이 키워나가지 않을 밖에 없는 모토메의 외로움까지는 알 리가 없었다.

이윽고 관문 10(1670)년 봄이 왔다. 모토메는 그 무렵부터 몰래 요시하라(吉原) 유곽에 다니기 시작했다. 상대는 이즈미야(和泉屋)라는 술집의 가에데(楓)라고 하는 이를테면 기생이었다. 그녀는 본분을 잊고 성심으로 모토메을 위하여 진력을 쏟았다. 그도 가에데를 만날 때만큼은 조금이나마 허전한 기분에서 벗어나 자유로울 수가 있었던 것이다.

시부야(渋谷)의 곤노자쿠라(金王桜) 벚꽃 소식으로 공중목욕탕 2층이 떠들썩할 즈음 그는 가에데의 진심에 감동하여 드디어 복수의 계획을 털어놓았다. 그러자 예기치 못하게 그녀의 입에서 효에같은 무사가 마쓰에(松江)성의 무사들과 함께 한달포 쯤 전에 이즈미야에 놀러 왔다는 말을 듣게 되었다. 다행히 그 무사의 짝이 된 가에데는 그 생김새에서 지니고 있던 물건까지 제법 확실하게 기억하고 있었다. 뿐만 아니라 그가 이삼일 안에 에도를 떠나 운슈(雲州) 마쓰에(松江)로 가려고

한다는 것도 얼핏 귀동냥으로 듣고 있었다. 모토메는 물론 기뻤다. 그러나 다시 복수의 길에 오르기 위해 가에데와 당분간 — 아니면 행여 영영 헤어지지 않으면 안 될 것이라는 생각을 하자 절로 침울해졌다. 그는 그날 그녀를 상대로 여느 때와는 달리 한껏 만취했다. 그리고는 숙소로 돌아오자마자 엄청나게 피를 토했다.

모토메는 이튿날부터 드러누웠다. 그러나 왠지 적의 행방을 거의 캐냈다는 말은 한마디도 진다유에게 하지 않았다. 진다유는 동냥하러 가는 틈틈이 모토메의 간병에도 최선을 다했다. 그러나 어느 날 후키야초(葺屋町)의 극장 주변을 배회하다가 해질 무렵 숙소에 돌아오니 모토메는 유서를 입에 문 채 벌써 불을 켜진 등롱 앞에서 배에 칼을 꽂고 무참하게 최후를 맞고 있었다. 진다유는 기겁하여 급히 그 유서를 펼쳐보았다. 유서에는 원수의 소식과 함께 자진하는 이유가 적혀 있었다. "나는 나약하고 병도 들어 복수의 본 뜻을 이루지 못할 것 같은 생각이 들어…" 라는 것이 전말이었다. 그러나 피로 물든 유서 속에는 또 한통의 서면이 동봉되어 있었다. 진다유는 그 글을 읽은 후 천천히 등불을 끌어당겨 불을 붙였다. 불은 활활 종이를 태우며 진다유의 씁쓸한 얼굴을 비추었다.

서면은 모토메가 올 봄 가에데와 2세를 출산하기로 한 서약서였다.

❖ 3 ❖

관문 10(1670)년 여름 진다유는 기자부로와 함께 운슈 마쓰에 성안으로 들어갔다. 처음으로 오하시(大橋) 다리 위에 서서 신지코(宍道湖) 호수 위로 떠있는 그 여름철 구름기둥을 바라보았을 때 두 사람은 약

속이라도 한 듯 비장한 감격에 사로잡혔다. 돌이켜보면 그들은 고향 구마모토를 뒤로 하고 꼭 이것으로 객지에서 네 번 째 여름을 맞은 것이다.

그들은 우선 교바시(京橋) 일대의 다비카고(旅籠)에 숙소를 정하고는 이튿날부터 곧 예전처럼 원수의 거처를 찾아다니기 시작했다. 그리하여 곧 가을이 시작될 무렵 역시 마쓰다이라(松平) 장군의 무사들에게 부전류를 가르치고 있는 온치 고자에몬(恩地小左衛門)이라는 무사의 저택에 효에처럼 보이는 무사가 은신하고 있는 것을 알게 되었다. 두 사람은 이번이야말로 숙원을 이룰 수 있을 것이라고 생각했다. 아니 이루지 않으면 안 될 것이라 생각했다. 특히 진다유는 그것을 알게 된 날부터 때때로 내심 가누기 힘든 분노와 기쁨을 느끼지 않을 수 없었다. 효에는 이미 헤타로 한 사람의 원수가 아니라 사콘의 원수이자 모토메의 원수이기도 하였다. 그러나 그보다도 먼저 이 3년간 그에게 수없이 고뇌를 맛보게 한 그 자신의 원한 맺힌 원수였다. — 진다유는 이렇게 생각하자 평소 침착한 그에게 어울리지 않게 당장에라도 온치의 저택으로 뛰어 들어 승부를 가리고 싶은 심정이었다.

그러나 온치 고자에몬은 산인(山陰) 지방에서 이름 높은 검객이었다. 그것만으로 또 그의 수하가 되어 있는 문하생 수가 많았다. 그래서 진다유는 안달하면서도 효에 혼자 외출하는 기회를 기다리지 않으면 안 되었다.

기회는 쉽사리 오지 않았다. 효에는 거의 밤낮을 저택 어딘가에 틀어박혀 있는 것 같았다. 그러는 사이 그들의 다비가고 숙소의 정원에는 벌써 백일홍꽃도 지고 디딤돌에 떨어지는 햇살도 차츰 약해지기 시작하였다. 두 사람은 견디기 힘든 초조함 속에 삼년 전 원수를 갚으려다 도리어 당하고 만 사콘의 기일을 맞았다. 기자부로는 그날 밤 인근에 있는 쇼코인(祥光院) 절문을 두드려 스님에게 공양을 부탁했다. 그러나 만약에 대비하여 사콘의 속명은 말하지 않고 있었다. 그러나 절 본당에는 의외로 사콘과 헤타로의 속명을 쓴 위패가 놓여있었다. 기자부로는 공양을 마치고나서 아무렇지 않다는 듯 수행승에게 그 연유를 물었다. 그러나 더욱이 의외였던 것은 쇼코인의 단가(檀家, 소속)인 온치 고자에몬의 계원이 한 달에 2번 기일이면 반드시 들린다는 대답이었다. "오늘도 일찍 다녀갔습니다." 스님은 무심코 이런 말까지 해 주었다. 기자부로는 절 문을 나서며 가노 부자나 사콘의 혼령이 그들에게 가호를 내리고 있는 것 같은 마음 든든함을 느끼지 않을 수 없었다.

진다유는 기자부로의 이야기를 들으며 천운이 찾아온 것을 자축함과 동시에 여태껏 효에의 공양을 눈치채지 못했던 것을 또 분하게 여겼다. "이제 8일 지나면 영감님의 기일입니다. 기일에 적이 보복을 당하는 것도 뭔가 정해진 인연의 이치겠지요." — 기자부로는 이런 말로 이 기쁜 소식을 맺었다. 그런 심정은 진다유에게도 있었다. 그런 다음 두 사람은 등불을 사이에 두고 밤새도록 사콘과 가노 부자의 여러 추억담을 서로 이야기했다. 그러나 그들의 극락왕생을 기원하는 효에의 마음을 헤아리는 것은 두 사람 다 전혀 간과하고 있었다.

헤타로의 기일이 하루하루 다가왔다. 두 사람은 칼을 갈며 차분히 그날을 기다렸다. 지금은 이미 성공이냐 실패냐의 문제가 아니었다. 모든 관심은 그저 그날, 거저 그 시각뿐이었다. 진다유는 숙원을 이룬 뒤 도망갈 곳마저 마음속으로 정해 두었다.

이윽고 그날 아침이 왔다. 두 사람은 아직 동도 트지 않아 등불 아

래 채비를 하였다. 진다유는 창포가죽으로 된 하의에 검은 명주 겉옷을 겹쳐 입고 같은 명주로 된 문양이 들어간 겉저고리 아래에 가는 가죽으로 된 줄로 소매를 걷어부쳤다. 칼은 하세베노리나가(長谷部則長)검에 라이쿠니토시(来国俊)단도였다. 기자부로도 겉저고리는 입지 않았지만 속으로 호신용 옷을 입고 있었다. 두 사람은 찬 술잔을 나누고는 그때까지의 방값을 계산한 후 기세 좋게 숙소 문을 나섰다.

바깥은 아직 인적이 없었다. 두 사람은 그래도 삿갓을 눌러쓰고 진작부터 복수의 장소로 정한 쇼쿄인으로 향했다. 하지만 숙소를 떠나 1, 2백 미터쯤 갔을 때 진다유는 급히 걸음을 멈추며 “좀 기다리게. 오늘 아침 계산은 5푼 거스름돈이 모자랐어. 나는 돌아가 거스름돈을 받아 와야겠네.”라고 했다. 기자부로는 속이 타다는 듯이 “겨우 5푼밖에 안 되는 돈이 아닙니까. 가실만한 일은 아닙니다.”라며 한시바삐 바로 엎어지면 코닿을 데 있는 쇼코인으로 가고자 했다. 하지만 진다유는 말을 듣지 않았다. “엽전은 당초 아깝지 않네. 하지만 이 진다유 정도의 무사도 복수 앞에서는 정신이 없어 여관비 계산을 잘못했다면 두고두고 후세에 치욕이 될 걸세. 자네는 한걸음 먼저 가고 있게나. 나는 가서 받아오겠네.” — 그는 이리 단언하고 홀로 숙소로 되돌아갔다. 기자부로는 진다유의 각오에 감동하여 시키는 대로 혼자 복수의 장소로 바삐 걸음을 옮겼다.

그러나 이윽고 진다유도 쇼코인 문 앞에 기다리고 있던 기자부로와 함께 할 수 있었다. 그날은 엷은 구름이 드문드문 떠있어 엷은 햇살 사이로 때때로 비가 흩날리는 날씨였다. 둘이는 양쪽으로 나뉘어 대추나무 이파리가 누렇게 물든 절 담 밖을 어슬렁거리면서 군건히 효에의 참배를 기다렸다.

그러나 이럭저럭 정오가 되었는데도 아직 효에는 보이지 않았다. 기자부로는 초조하여 별 내색 없이 넌지시 그가 다녀갔는지 절 문지기에게 물어보았다. 그러나 문지기의 답도 역시 오늘은 어찌된 영문인지 아직 오지 않았다는 것이었다.

두 사람은 뛰는 가슴을 진정시키며 가만히 절 밖에 서 있었다. 그 동안 시간은 하염없이 흘러 이윽고 저녁노을과 함께 대추열매를 쪼아 먹는 까마귀 소리가 덧없이 공중에 울리는 것이었다. 기자부로는 마음을 졸이며, 진다유 쪽에 다가가 "차라리 온치 집에나 가볼까요."라고 소근거렸다. 그러나 진다유는 머리를 흔들며 허락할 기색을 보이지 않았다.

이윽고 절 문 위 하늘에는 뒤덮은 구름 속으로 드문드문 별이 빤짝거리기 시작했다. 하지만 진다유는 담에 몸을 기대고 끈질기게 효에를 기다렸다. 실제로 적을 둔 효에 입장에서 본다면 야밤중에 은밀히 공양을 하지 말라는 법도 없었다.

마침내 초야의 종소리가 울렸다. 그리고 심야의 종소리가 울렸다. 둘이는 이슬을 맞으며 아직도 절 주위를 떠나지 않고 있었다. 그러나 효에는 아무리 시간이 지나도 결국 모습을 나타내지는 않았다.

❖ 대단원 ❖

진다유 일행은 숙소를 바꾸어 바짝 효에를 뒤쫓고 있었다. 그러나 그 후 사오일 지났을 때 진다유는 갑자기 한밤중부터 심한 구토증을 느꼈다. 기자부로는 걱정한 나머지 곧 의사를 부르려 했지만 중대사를 그르칠까 우려해 도통 허락하려 하지 않았다.

진다유는 자리에 드러누워 약방의 처방으로 연명하였으나 구토는 멈추지를 않았다. 기자부로는 급기야 참지 못하여 우선 의사의 진찰을 받아보도록 간신히 환자를 설득시켰다. 그리고 우선 여관 주인에게 단골의사를 불러주도록 부탁했다. 주인은 곧 사람을 보내 근처에서 의술을 팔고 있는 마쓰키 란타이(松木蘭袋)라는 의사를 불러주었다.

란타이는 무카이 레이란(向井霊蘭)에게 배운, 영험하다고 소문이 자자한 사람이었다. 한편 또 호방한 데도 있어 밤낮 술을 즐기고 더욱이 금전에 마음에 두지 않았다. "구름 위를 나는 것도 계곡물을 건너는 것도 다 학의 일" — 이렇게 스스로 노래할 만큼, 그의 처방을 구하는 사람은 위로는 성의 장로로부터 아래로는 그날그날 목숨조차 연명하기 힘든 거지나 천민에까지 이르렀다.

란타이는 진다유의 맥을 짚어보기도 전에 이질이라 진단했다. 그러나 이 명의의 약으로도 역시 진다유는 치유되지 않았다. 기자부로는 간병하는 틈틈이 오로지 여러 신불에게 진다유의 회복을 빌었다. 환자도 밤새 베개 머리서 탕약 연기를 맡으며 다년간의 숙원을 이루기까지만 어떻게든 살아있게 해달라고 빌었다.

가을은 깊어갔다. 기자부로는 란타이 집 현관에서 역시 약을 타러 온 한 하인과 마주쳤다. 그 자가 온치 집에 있는 자라는 것은 란타이의 제자와 나누는 이야기내용으로 봐서도 분명했다. 그는 그 하인이 돌아가고 나서 면식이 있는 그 제자를 향해 "온치님과 같이 무예가 출중하신 분도 병 앞에는 어쩔 수 없는 것 같습니다그려."라고 했다. "아니오. 환자는 온치님이 아닙니다. 거기에 묵으시는 손님입니다." — 사람 좋아 보이는 제자는 건성으로 그렇게 대답했다.

그일 이래로 기자부로는 약을 타러 갈 때마다 아무렇지 않은 듯 효

에의 상태를 살폈다. 하지만 차츰 캐물어보니 효에가 마침 헤타로의 기일부터 진다유와 같이 이질 때문에 고생하고 있다는 것을 알았다. 그러고 보니 효에가 쇼코인에 그날만 공양을 오지 않았던 것도 병 때문이었던 것이다. 진다유는 그 말을 듣자 한층 병고를 견딜 수가 없었다. 혹시 효에가 병사라도 한다면 제 아무리 원수를 갚고 싶더라도 어쩔 도리가 없는 것이다. 그렇다고 효에가 살아난다 해도 그 자신이 목숨을 거둔다면 역시 오랜 고통은 수포로 돌아갈 것이나 마찬가지였다. 그는 이윽고 베개에 얼굴을 묻고 그 자신의 회복을 비는 동시에 함께 족 효에의 쾌유도 빌지 않을 수 없었다.

그러나 운명은 어디까지나 진다유에게 지극히 냉정했다. 그의 병은 깊어질 대로 깊어져 란타이의 약을 타고나서 아직 십일도 지나지 않았는데, 오늘 내일 하는 상태가 되었다. 그는 이러한 고통 속에서 집요하게 복수의 숙원을 잊지 않았다. 기자부로는 그의 신음 속에서 가끔 하치만(八幡)대보살이라는 말이 희미하게 흘러나오고 있는 것을 들었다. 특히 어떤 밤은 기자부로가 여느 때처럼 약을 권하자 진다유는 물끄러미 바라보며 그로부터 또 잠시 후에 "나는 죽고 싶지 않네."라고 했다. 기자부로는 방바닥에 엎드린 채 얼굴을 들 수조차 없었다.

그 다음날 진다유는 급히 결심하고 기자부로에게 란타이를 불러오도록 했다. 란타이는 그날도 역시 술냄새를 풍기며 급히 그의 병상을 방문했다. "선생님, 긴 보살핌 이 진다유 면목없기 그지없습니다." — 그는 란타이의 얼굴을 보자 병상에서 일어나 앉아 힘들게 이렇게 말했다. "그러나 저는 목숨이 붙어있는 한 선생님을 뵙고 청할 일이 한 가지 있습니다. 부디 들어주시길 바랍니다." 란타이는 쾌히 승낙했다. 그러자 진다유는 띄엄띄엄 그가 세누마 효에를 노리고 복수하려는 경

위를 설명하기 시작했다. 그의 목소리는 매우 힘이 없었지만 말투는 긴 이야기 동안에도 더욱이 흐트러짐은 없었다. 란타이는 미간을 찌푸리고는 열심히 귀를 기울였다. 그러나 이윽고 이야기가 끝나자 진다유는 이미 숨이 차서 "나는 이생의 추억으로 효에의 상황을 알고 싶습니다. 효에는 아직 살아있습니까?"라고 물었다. 기자부로는 이미 울고 있었다. 란타이도 이 말을 들을 때는 눈물을 참기 어려운 것 같았다. 그러나 그는 무릎으로 병자에게 다가가 귀에 입을 대고는 "안심하십시오. 효에님의 임종은 오늘 새벽 세 시쯤 이 늙은이가 확인하고 왔습니다."라고 했다. 진다유는 얼굴에는 미소가 번졌다. 그와 함께 수척한 볼에 차가운 눈물자욱이 보였다. "효에 — 효에는 운 좋은 놈이야." — 진다유는 분한 듯 중얼거리며 란타이에게 절이라도 하려는 듯한 모습으로 바닥에 흩트러진 머리를 떨구었다. 그리고는 마침내 죽고 말았다.…

관문 10(1670)년 음력 10월 말 기자부로는 란타이에게 작별을 고하고 고향 구마모토로 가는 길에 올랐다. 그의 나누어 짊어진 행장 – 고리짝 속에는 모토메, 사콘, 진다유 세 사람의 유발이 들어있었다.

❖ 후일담 ❖

관문 11(1671)년 설날 운슈 마쓰에 쇼코인 묘소에는 네 기의 석탑이 세워졌다. 누가 시주했는지는 비밀로 부쳐져 있어서 누구 하나 아는 자는 없었다. 그러나 그 석탑이 완성되었을 때 두 명의 수행승이 홍매 가지를 들고는 이른 아침 쇼코인 문을 들어섰다.

그 한 사람은 성안에서 이름 높은 란타이가 틀림없었다. 또 다른 행자승은 차마 볼 수 없을 정도로 병색이 짙어 멍한 표정이었지만 그럼에도 늠름한 태도에는 어딘가 무사다운 모습이 엿보였다. 두 사람은 무덤 앞에 홍매 가지를 바쳤다. 그리고 새로운 네 기의 석탑에 차례로 정화수를 뿌렸다.…

후년 오바쿠에린(黃檗慧林)의 수행승 중에 당시의 병든 행자승과 닮은 노선승이 있었다. 이 자도 준즈루(順鶴)라는 법명 외에는 무엇 하나 신분에 대해서는 알려진 바가 없는 인물이었다.

여자(女)

임명수

암거미는 한여름 날 내리쬐는 태양 빛을 받으며 붉은 장미 꽃 밑에서 조용히 무언가에 몰두하고 있었다.

그러자 허공에서 붕하는 날개 소리가 나더니 꿀벌 한 마리가 비스듬히 장미꽃 위에 내려 앉았다. 거미는 순간적으로 올려다보았다. 적막한 한낮의 공기 속에는 아직 벌의 날갯짓 소리 여운이 잔잔한 파동을 남기고 있었다.

암거미는 언제부터인지 소리도 없이 장미꽃 밑에서 움직이기 시작했다. 벌은 그때 이미 꽃가루에 파묻혀 꽃술 밑에 담겨있는 꿀에 주둥이를 대고 있었다.

몇 초도 안 되는 잔혹한 침묵의 시간이 흘렀다.

붉은 장미 꽃잎은 마침내 꿀에 취한 벌 뒤로 서서히 암거미를 토해냈다. 그러자 거미는 맹렬히 벌 머리 쪽으로 덮쳐갔다. 벌은 필사적으로 퍼덕퍼덕 날개 소리를 내면서 닥치는 대로 적을 찌르려 했다. 꽃가

루는 퍼덕거리는 날개 짓에 햇빛 속으로 날아올랐다. 하지만 거미는 꽉 물은 입을 절대로 놓지 않았다.

투쟁은 짧았다.

벌은 잠시 후 날개 짓을 더 이상 할 수 없게 되었다. 그리고 다리에는 마비현상이 일어났다. 끝내 긴 주둥이가 두세 번 허공을 향해 경련을 했다. 그것이 비극의 끝이었다. 인간의 죽음과 다름없는, 냉혹하고 박정한 비극의 종국(終局)이었다. — 한순간 벌은 붉은 장미꽃 밑으로 주둥이를 늘어뜨린 채 누워있었다. 날개도 다리도 죄다 향기 가득한 꽃가루에 묻힌 채····

암거미는 미동도 하지 않고 벌의 피를 빨기 시작했다.

수치를 모르는 태양빛은, 다시금 장미꽃으로 되돌아온 한 낮의 적막을 깨고, 이 살육과 약탈의 승리감에 도취해 있는 거미의 모습을 내리쬐고 있었다. 잿빛 공단과 흡사한 배, 검은 빈대를 떠오르게 하는 눈, 그리고 나병을 앓는 듯하고 마디마디가 딱딱하게 단련된 추한 다리, — 거미는 거의 모두가 <악(悪)> 그 자체와 같은 모습으로 언제까지나 죽어있는 벌 사체 위에 혐오스럽게 올라 타 있었다.

이러한 잔혹의 극을 보여주는 비극은 그 후에도 몇 번이고 반복되었다. 그러나 붉은 장미꽃은 숨쉬기에도 벅찬 빛과 열기 속에 아름답게 미친 듯이 피어 있었다.

그러던 중 암거미는 어느 한낮에 문득 뭔가 생각이 난 듯이 장미잎과 꽃 사이를 빠져나와 가지 위로 기어 올라갔다. 그 끝에는 지열에 시든 꽃봉오리가, 꽃잎을 여름 열기에 쥐어짜면서, 어렴풋이 달콤한 향내를 풍기고 있었다. 암거미는 그곳까지 다 올라가자, 이번에는 그 봉오리와 가지 사이를 쉬지 않고 계속 왔다 갔다 했다. 그리고는 새하

얇고 번들거리는 수많은 실이, 이미 절반은 시든 봉오리를 점점 가지 끝으로 뒤엉키게 감아가기 시작했다.

한참 후, 거기에는 비단을 펼친 듯한 원추형 둥지가 하나가 한여름 날의 태양빛에 눈부실 정도로 아주 하얗게 반짝거리고 있었다.

거미는 집이 완성되자, 그 화사한 둥지 바닥에 무수히 많은 알을 깠다. 그리고 그 둥지 입구에 굵은 실로 깔개를 짜고는 자신은 그 위에 자리 잡고 앉아, 계속해서 천정 — 얇은 견직물 같은 막 — 을 쳤다. 막은 마치 돔 같은, 단 한 개의 창을 남기고, 이 모진 잿빛의 거미를 한낮의 창공으로부터 차단해 버렸다. 그러나 거미는 — 산후(産後)의 거미는 새하얀 방 한가운데에서 야위고 쇠약해진 몸을 눕힌 채, 장미꽃도 태양도 벌의 날갯짓 소리도 잊은 듯이 혼자서 한결같이 생각에 잠겨 있을 뿐이었다.

그러는 동안 거미둥지 안에서는 셀 수 없이 많은 알에서 잠자고 있던 새로운 생명들이 눈을 떴다. 그것을 누구보다 먼저 알아차린 것은, 그 하얀 방 가운데에서 아무것도 먹지도 않고 누워있던, 지금은 늙어버린 어미 거미였다. 거미는 실로 짠 깔개 밑에서 어느새 꿈틀거리기 시작했다. 새로운 생명을 느끼자 서서히 약해진 다리를 움직여, 어미와 새끼가 격리되어 있는 둥지 천정을 물어뜯었다. 그러자 수많은 새끼거미들은 속속들이 그곳에서 어미 방으로 밀고들어왔다. 라기보다는 오히려 그 깔개 자신이 백 십 개의 미립분자가 되어 움직이기 시작했다고 할 정도였다.

새끼 거미들는 바로 돔의 창을 지나 태양빛과 바람이 스치는 장미가지에 매달리기 시작했다. 이들 중 한 무리는, 여름의 무더움을 무겁게 지탱하고 있는 장미 잎 위에서 뒤엉켜 바글거리고 있었다. 또 한 무리는, 드물게도 겹겹이 꿀 향기를 품은 장미꽃 속으로 저도 모르게 들어갔다. 그리고 또 한 무리는 종횡무진 창공에 뻗어있는 장미 가지 사이로, 이미, 눈에는 보이지 않을 정도로 가는 실(줄)을 치기 시작했다. 만약 그것이 소리를 낼 수 있었다면, 이 한낮의 장미는, 가지 끝에 걸린 바이올린이 저절로 바람에 연주하듯이 울려 퍼졌을 것이다.

그러나 그 돔 창 앞에는 그림자처럼 여윈 어미 거미가 쓸쓸히 혼자서 웅크리고 있었다. 뿐만 아니라 그 모습은 아무리 시간이 지나도 다리 하나 움직이는 기색조차 없었다. 새하얀 방의 적막과 시들어버린 꽃봉오리의 향기 — 무수히 많은 새끼거미를 낳은 암거미는 그 산실과 무덤을 겸한, 얇은 견직물 같은 막이 쳐진 천정 밑에서 천명을 다한 어미의 한없는 환희를 느끼면서, 어느새 죽음에 임하고 있었던 것이다. — 그 벌을 물어 죽인, 거의 모두가 <악>그 자체인 듯한, 한여름의 자연에 살고 있던 여자는.

스사노오노미고토(素戔嗚尊*)

조경숙

❖ 1 ❖

다카마가하라(高川原)[1]에도 봄이 왔다.

주변의 산을 이리저리 둘러보아도 잔설이 쌓여있는 봉우리는 하나도 없었다. 말과 소가 있는 초원은 온통 엷은 연두색을 띄고 있고 그곳을 따라 흐르는 하늘나라의 야스강(安河)[2]에 비치는 물빛도 어느 샌가 사람 그리운 따뜻함을 띄우고 있었다. 강 아래에 있는 부락엔 벌써 제비가 돌아왔고 아낙네들이 항아리를 머리에 이고 물을 길러 다니는 우물에 있는 동백도 어느덧 여기 저기 젖은 돌 위에 흰 꽃을 떨어뜨리고 있었다.

* 素戔嗚尊: 일본신화 속의 신으로 이자나기와 이자나미의 아들이며 여신 아마테라스의 남동생
1) 일본신화의 신들이 사는 세상
2) 천상에 있다는 강으로 신들이 회합했다는 곳

그들은 맨 먼저 손에 활과 화살을 쥐고 머리 위의 커다란 하늘로 화살을 쏘아 날렸다. 그들이 쏜 활은 숲을 이루었고 거친 활 소리는 바람처럼 날쌔기도 하고 때로는 들리지 않기도 했다. 그런 소리가 날 때마다 창공에는 활들이 수많은 메뚜기처럼 햇살을 받아 날개를 빛내며 하늘에 퍼져 있는 안개 속으로 날아가는 모습이 보였다. 그런데 그 속에서 흰 매의 날개깃을 단 화살이 다른 화살보다도 높이 — 거의 그림자도 보이지 않을 정도로 높이 올라갔다. 그것은 흑백 문양의 옷을 입은 추한 용모의 한 젊은이가 태고의 백단목 활을 잡고 높이 쏘아올린 날카로운 화살이었다.

흰 날개깃을 단 화살이 올라갈 때마다 다른 젊은이들은 하늘을 올려다보며 그의 기량을 칭찬했다. 그렇지만 그 화살이 매번 자신들의 화살보다 높이 올라가자 그들은 점차 그의 화살에 냉담한 태도를 보이기 시작했다. 그리고 자기들의 무리 중 누군가가 그 화살에 미치지는 못하지만 꽤 높은 곳까지 쏘아 올리자 오히려 그 쪽에 찬사를 보내기도 했다.

추한 용모의 젊은이는 그래도 즐거워하며 계속 화살을 쏘아댔다. 다른 젊은이들은 더 이상 화살을 쏘지 않았다. 그때까지 분분하게 어지럽게 날린 화살 비도 점점 줄어들었다. 마침내는 그가 쏘아 올린 흰 날개깃을 단 화살만이 마치 낮에 보이는 유성처럼 그저 한 가닥 하늘로 올라가게 되었다.

그러자 활을 멈추고는 자랑스러운 듯이 그는 다른 젊은이들이 있는 쪽을 돌아보았다. 그렇지만 그 근처에는 그와 함께 기쁨을 나눌 젊은이는 아무도 보이지 않았다. 모두 강변의 물가로 몰려가서 아름다운 하늘의 야스강 냇물을 뛰어 넘는 놀이에 정신이 팔려 있었다.

서로 경합하면서 좀 더 폭이 넓은 곳을 뛰어 넘으려 했다. 때때로 불운한 젊은이는 불에 달구어지고 있는 칼 같은 태양이 비취고 있는 강 속으로 떨어져 눈부신 물보라를 만들기도 했다. 그들 대부분은 건너편 물가로 거의 계곡을 건너는 사슴처럼 폴짝 폴짝 뛰어 넘었다. 그때까지 서 있던 반대편 물가를 돌아보고는 큰 소리로 웃기도 하고 뭐라고 하기도 했다.

추한 용모의 젊은이는 새로운 유희를 보자 곧바로 활과 화살을 모래 위에 던져버리고 가볍게 냇물을 뛰어 넘었다. 그곳은 젊은이들이 뛰어 넘은 곳 중에서도 가장 폭이 넓었다. 하지만 다른 젊은이들은 그에게는 전혀 관심을 보이지 않았다. 오히려 그 뒤를 따라 뛴 — 그보다도 폭이 좁은 곳을 그 보다도 쉽게 뛰어 넘은 키가 크고 잘생긴 젊은이 쪽에 관심을 가졌다. 그 젊은이는 못생긴 젊은이와 똑 같은 겉옷을 입고 있었는데 목에 걸린 곡옥이나 팔에 낀 팔찌는 무척 정교한 것이었다. 그들은 팔짱을 낀 채로 잠시 부러운 듯 눈을 들어 그 젊은이를 바라보았다. 못생긴 젊은이는 그들 무리를 떠나 혼자서 아지랑이가 낀 강 아래로 걸어가기 시작했다.

❖ 2 ❖

강 아래로 걷기 시작한 그는 지금까지 그 누구도 뛰어 건너 본 적이 없는 폭이 넓은 물가에 발걸음을 멈추었다. 거기는 용솟음치고 흐르던 물이 잠시 세력을 잃으면서 양쪽 언덕 돌과 모래 사이에 물웅덩이를 푸르게 만들고 있는 곳이었다. 그는 잠시 그 수면을 눈으로 측량해보았다. 그리고는 갑자기 두 세 걸음 뒷걸음질 치더니 마치 돌팔매

질한 돌멩이처럼 기세 좋게 그곳을 뛰어 넘으려 했다. 그렇지만 제대로 건너지 못하고 엄청난 물보라를 일으키면서 깊은 웅덩이에 거꾸로 빠져 버렸다.

그가 빠진 곳은 다른 젊은이들이 있는 곳에서 그다지 먼 곳이 아니었다. 그의 실패는 곧바로 그들의 눈에도 들어왔다. 어떤 젊은이는 '꼴좋다'고 하듯 배를 움켜쥐고 웃기 시작했다. 또 어떤 젊은이는 역시 깔깔거렸지만 좀 전 보다는 훨씬 동정의 눈길을 보내기도 했다. 그 호의의 눈길을 보낸 무리 중에는 정교한 곡옥과 아름다운 팔찌를 자랑하고 있던 젊은이도 섞여 있었다. 그들은 그가 실패하자 그제야 세상 일반의 약자처럼 그에게서 친숙함을 느꼈다. 하지만 또 이내 좀 전에 품었던 적의의 침묵으로 돌아가야 하는 일이 생겼다.

강에 빠졌던 그가 비에 젖은 생쥐 꼴을 하곤 반대편 물가로 기어올라가 다시 한 번 그 넓은 폭의 웅덩이를 뛰어 넘으려 했기 때문이다. 아니 뛰어 넘으려고 한 것만이 아니었다. 그는 무릎을 조금 굽히면서 백반색의 물 위를 손쉽게 훌쩍 뛰어 넘었다. 반대쪽의 물가에 구름 같은 모래 먼지를 일으키면서 쿵하고 커다란 엉덩방아를 찧었다. 그 모습은 젊은이들의 웃음을 살 장엄한 골계에 지나지 않았다. 당연히 그 젊은이들은 갈채도 환호도 보내지 않았다.

그는 손발의 모래를 털자 흠뻑 젖은 몸을 간신히 일으키곤 젊은이들을 바라보았다. 젊은이들은 냇물을 뛰어넘는 것에도 질렸는지, 또 무언가 새로운 힘겨루기를 시도하는 듯 즐겁게 웃으면서 강 상류로 가고 있었다. 못생긴 젊은이는 그래도 쾌활한 마음을 잃지 않았다. 잃지 않았다고 하기보다는 그럴 수가 없었다. 젊은이들의 불쾌함이 아직까지 그가 느끼지 못하고 있기 때문이다. 어리숙한 인간이다. 어리

숙함은 모든 강자에게 있는 특유한 날인이다. 한 무리의 젊은이들이 강 상류로 가는 것을 보자 그는 물방울을 뚝뚝 떨어뜨리면서 화창한 봄볕을 손으로 가리고 모래 위를 어슬렁거리며 걷기 시작했다.

젊은이들은 강변에 즐비한 암석을 들어 올리는 놀이를 시작했다. 소만한 크기의 바위도 양만한 작은 것도 있었다. 많은 암석들이 아지랑이 속에서 굴러다니고 있었다. 젊은이들은 모두 팔을 걷어 부치고 가능하면 좀 더 큰 바위를 들어 올리려고 했다. 하지만 완력이 좋아 보이는 5,6명의 젊은이들만 제대로 들어 올릴 수 있었다. 힘겨루기는 저절로 5,6명의 놀이로 변해 버렸다. 그들은 모두 커다란 바위를 가볍게 들어 올리곤 던졌다. 온 얼굴에 수염투성이에 빨강과 흰색의 삼각 모양이 있는 윗옷 소매를 걷어 올린 키 작은 땅달목의 젊은이는 아무도 들어 올리지 못한 암석을 맘대로 움직였다. 주위에 서있던 젊은이들은 그의 비범한 힘에 격찬의 소리를 아끼지 않았다. 격찬의 소리에 응답하는 것처럼 땅달목의 젊은이는 점차 커다란 암석을 들어 보였다.

추한 용모의 젊은이는 5,6명이 한창 힘겨루기를 할 때 찾아왔다.

❖ 3 ❖

추한 용모의 젊은이는 양팔을 꼰 채로 한동안 힘겨루기를 지켜보았다. 그러나 끓어오르는 힘을 주체하기 어려웠던지 자신도 물로 흠뻑 젖은 소매를 걷어 올리고 폭이 넓은 어깨를 으쓱거리며 마치 동굴을 기어 나온 곰처럼 어슬렁거리며 무리 속으로 들어갔다. 아무도 들어 올린 적이 없는 암석 하나를 잡자마자 가볍게 어깨 위로 들어 올렸다.

많은 젊은이들은 여전히 그에게 냉담했다. 단지 좀 전부터 격찬의

소리를 듣고 있었던 키 작은 땅달목을 한 젊은이만은 만만치 않은 경쟁자가 나타났다는 것을 안 것인지 시샘하듯이 힐끔 힐끔 쳐다보았다. 추한 용모의 젊은이는 메고 있던 바위를 어깨 위에서 한 번 흔들고 나서 사람이 없는 건너편 모래 위로 기세 좋게 쿵하고 내어 던졌다. 땅달목의 젊은이는 마치 먹이에 굶주리던 호랑이처럼 용맹하게 몸을 훌쩍 날려 뛰어 들더니 암석을 가뿐하게 어깨보다 높이 들어 올렸다.

2사람의 완력이 힘자랑하는 다른 무리들보다 훨씬 위라고 하는 것을 멋지게 이야기 했다. 지금까지 넉살좋게 힘겨루기를 하고 있던 젊은이들은 얼빠진 얼굴을 서로 마주하며 우두커니 서서 구경하던 사람들 속으로 들어가서 섰다.

뒤에 남은 2사람은 원래 적의 있는 사이가 아니었는데 기호지세로 어쩔 수 없이 한 쪽이 먼저 항복할 때까지 자웅을 다투지 않을 수 없었다. 형세를 본 많은 젊은이들은 땅달목의 젊은이가 들어 올린 바위가 던져지자 그때까지 보다 더 한층 큰 술렁거림을 만들며 그 다음에는 흠뻑 젖은 추한 젊은이에게 일제히 시선을 퍼부었다. 그들이 그저 승부에만 흥미를 가졌지 추한 용모의 젊은이에게 호의를 갖고 있지 않다는 것은 그들의 심술궂은 눈 속에서도 분명히 읽을 수 있었다.

그는 여전히 여유를 가지고 손에 침을 뱉으면서 이전보다 훨씬 더 큰 바위 쪽으로 걸어갔다. 양손으로 바위를 누르고 잠시 호흡을 가다듬었다. 한 번에 힘을 가득 주고 단 숨에 배까지 들어올렸다. 손을 바꾸더니 이내 멋지게 어깨에 올렸다. 바로 던지지 않고 눈으로 땅달목의 젊은이를 부르곤 사람 좋은 듯한 미소를 보였다.

"자아, 받게."

땅달목의 젊은이는 몇 발자국 떨어진 곳에 있었다. 가끔 수염을 씹으면서 깔보듯이 그를 쳐다보고 있었다. "좋아."라고 말하곤 성큼성큼 그 쪽으로 나아가서 작은 산 같은 어깨로 받아 들었다. 두 세 걸음 후에 단숨에 눈 위로 들어 올렸다. 건너편으로 힘껏 내어던졌다. 바위는 커다란 울림을 내며 구경꾼인 젊은이들 부근에 떨어지자 은가루 모래 연기가 날아올랐다.

많은 젊은이들은 또 술렁였다. 그 소리가 사라지기도 전에 벌써 땅달목의 젊은이는 승패를 빨리 보려는 듯 물가 모래 속에서 한층 더 큰 바위를 들어올렸다.

❖ 4 ❖

2사람은 힘겨루기를 몇 번인가 반복했다. 점점 두 사람의 피로가 역력히 보였다. 얼굴과 손발에는 구슬 같은 땀이 떨어지고 있었다. 그들이 입고 있던 옷은 붉은색인지 검은색인지 구분 가지 않을 정도로 온통 모래투성이였다. 숨을 헐떡거리면서 필사적으로 암석을 들어올리기를 반복하며 승패가 날 때까지 그만두려하지 않았다.

그들을 둘러싼 젊은이들의 흥미는 두 사람의 피로가 더해감에 따라 점점 더 강하게 되어 가는 것 같았다. 이 점에서 보자면 구경하는 젊은이들은 닭싸움이나 투견을 구경하는 것처럼 잔인하기도 냉혹하기도 하다. 그들은 더 이상 땅달목의 젊은이에게 특별한 호의를 가지지 않았다. 승패가 어떻게 될지에 대한 흥미가 너무나도 강하게 그들의 마음을 흥분의 도가니로 집어넣고 있었다. 그들은 둘에게 차례로 성원을 보냈다. 숙명적으로 모든 것을 미치게 만드는 성원은 무수한 닭,

무수한 개, 무수한 인간이 허무하게 귀중한 피를 흘리게 만들어 왔다.

이 성원을 받은 두 젊은이도 마찬가지였다. 핏발 선 서로의 눈 속에서 무서울 정도로 증오를 느꼈다. 특히 키 작은 땅달목의 젊은이는 노골적으로 그 증오를 나타내었다. 그가 던진 암석은 때때로 우연이라고 하기는 어려울 정도로 추한 용모의 젊은이 발 가까운 곳에 떨어졌다. 그러나 그는 그러한 위험에는 무관심한 것 같았다. 아니면 무관심하게 보일 정도로 시시각각 다가오는 승패에 마음을 빼앗겼는지도 모른다.

그는 상대가 던진 암석을 겨우 받았다. 그래도 용기를 내어 물가에 가로 놓여있는 소처럼 큰 바위를 들어올렸다. 바위는 경사를 그리며 냇물을 가르고 유유히 흐르는 봄 강물에 낀 천년의 이끼를 씻어주고 있었다. 이 큰 바위는 다카마가하라에서 제일로 힘이 센 다지카라오노미코토(手力雄命)도 쉽사리 들어 올릴 수 없을 것 같았다. 양손으로 껴안자 한 무릎을 모래에 짚은 채로 혼신의 힘을 다하여 바위 끝을 메운 모래 속에서 끌어 올렸다.

그의 초인적인 힘은 주위에 우두커니 서 있던 젊은이들이 성원을 줄 여유조차 빼앗아 버렸다. 모두 숨을 죽이고 큰 바위를 안으면서 모래에 한쪽 무릎을 꿇은 그의 모습을 숨죽이고 바라보고 있었다. 한 동안 움직이지 않았다. 온 힘을 다하고 있다는 것만은 그의 손발에서 끊임없이 떨어지고 있는 땀을 보면 분명히 알 수 있었다. 숨죽이고 있던 젊은이들에게서 알 수 없는 술렁임이 일었다. 그건 좀 전의 성원이 아니라 경탄의 신음이었다. 바로 그때 큰 바위 아래 어깨를 넣어서 지금까지 짚고 있었던 한 무릎을 조금씩 들어 올렸다. 바위는 그가 몸을 일으키자 서서히 모래를 빠져나왔다. 다시 한 번 젊은이들 사이에서

일종의 술렁거림이 있었을 때에는 우뚝 솟아 있는 암석을 어깨로 지지하면서 묶은 머리를 이마에 떨어뜨리고 있었다. 흡사 대지를 찢고 나온 땅울림 신같이 강 주변에 널려져 있는 바위 속에서 웅장하게 일어서고 있었다.

❖ 5 ❖

천근만근이나 되는 큰 바위를 짊어진 그는 2,3걸음 비틀거리며 물가에서 걸음을 옮겼다. 필사적으로 깨문 이빨 사이에서는 거의 신음하는 것 같은 목소리가 새어져 나왔다.

"자아, 던진다."

땅달목의 젊은이는 주저했다. 그 순간만은 그의 모습에 일종의 위압을 느꼈던 것 같았다. 곧바로 절망적인 용기를 내며 "좋아."라고 달려들 듯 대답했다. 큰 손을 펼쳐 그 큰 바위를 안아 들려고 했다.

바위는 그의 어깨에서 땅달목의 젊은이 어깨로 옮겨졌다. 마치 구름울타리가 밀려오는 것 같이 완만했다. 또 구름 봉우리가 막기 어려울 정도로 각박하기도 했다. 땅달목의 젊은이는 시뻘겋게 된 이리처럼 어금니를 꽉 깨물면서 밀려오는 바위의 무게를 늠름한 어깨로 지지하려고 했다. 그러나 바위가 상대의 어깨에서 완전히 그의 어깨로 옮겨졌을 때 그의 몸은 순간적으로 거대한 바람 속의 깃발장대처럼 흔들렸다. 수염으로 덮은 얼굴의 반을 제외하고는 점차적으로 얼굴빛을 잃어가기 시작했다. 구슬 같은 땀이 창백한 이마에서 발주변의 눈부신 모래 위로 끊임없이 떨어졌다. 어깨위의 바위가 이전과는 반대로 서서히 그를 제압해 갔다. 사력을 다해 양손으로 바위를 지지하면서 마지막까지 고투하려했지만 바위는 운명처럼 점점 아래로 내려왔다. 그의 몸은 비틀어지기 시작했다. 머리도 점점 아래로 쳐졌다. 그는 바윗돌 아래서 허덕이고 있는 게와 별다를 바 없었다.

주위에 있던 젊은이들은 너무나 갑작스럽게 생긴 일에 정신을 빼앗기고 망연자실하며 이 비극을 지켜보고 있었다. 사실 그들의 손으로 큰 바위 아래에 있는 그를 구제하는 것은 도저히 불가능했다. 아니, 그 추한 용모의 젊은이조차 당장 상대의 등에서 좀 전에 들어 올린 큰 바위를 제거할 수 있을지 의심스러웠다. 그의 추한 얼굴에 한동안은 공포와 경악이 번갈아 드러나 보였다. 그저 상대를 망연자실하며 쳐다볼 수밖에 아무런 방법이 없었다.

땅달목의 젊은이는 큰 바위에 등이 눌려 무너지듯 모래 위에 무릎을 꿇었다. 그의 입에서는 형용할 수 없는 이상한 소리가 한 번 흘러나왔다. 추한 용모의 젊은이는 그 소리가 귀에 들리자 갑자기 악몽에서 깨어난 것처럼 날쌔게 몸을 날리더니 상대를 덮치고 있던 큰 바위를 치우려고 했다. 그러나 그가 손도 대기 전에 땅달목의 젊은이는 허무하게 모래 위에 비틀거리면서 바위에 깔려 부러지는 뼈 소리와 함께 눈과 입에 엄청난 선혈을 내뿜었다. 불쌍한 젊은 역사의 최후였다.

추한 용모의 젊은이는 멍하니 손을 놓은 채 아지랑이 속에 쓰러져 있던 상대의 시체를 내려다보았다. 괴로운 듯 시선을 들어 무언의 답을 구하듯이 주위의 젊은이들을 둘러보았다. 많은 젊은이들은 화사한 햇살을 받으며 묵념하고 있었다. 눈을 내리깔고 있어서 한사람도 그 추한 얼굴을 올려다보려고 하는 자가 없었다.

❖ 6 ❖

다카마가하라의 젊은이들은 그 사건이 있은 후 추한 용모의 젊은이에게 냉담할 수 없게 되었다. 그들은 그의 비범한 완력에 노골적으로 질투를 보이기 시작했다. 한 무리는 개처럼 맹목적으로 그를 숭배했다. 다른 한 무리는 그의 야성과 어리숙함에 잔혹한 조소를 퍼부었다. 또 여러 명의 젊은이들은 진심으로 그를 신복했다. 적아군할 것 없이 그들이 모두 그에 게 일종의 위압을 느끼기 시작한 것은 틀림없는 사실이었다.

그들의 감정 변화는 추한 용모의 젊은이도 알아차렸다. 그 때문에 비참한 죽음을 맞은 땅달목의 젊은이에 대한 기억은 아직 그의 마음 깊숙한 곳에 아픈 흔적을 남기고 있었다. 이 기억을 품고 있는 그는 젊은이들의 호의와 반감 앞에 당혹함을 느끼지 않을 수 없었다. 특히 그를 존경하는 한 무리의 젊은이를 접할 때는 거의 처녀와 같은 수치감마저 느꼈다. 이것이 오히려 그들에게 그를 더 한층 호의로 대하게 만들었고 또 동시에 그의 적에게는 그만큼 더 큰 반감을 샀다.

그는 가능한 한 사람을 피했다. 대부분 혼자서 부락을 둘러싼 산간의 자연 속에서 시간을 보냈다. 자연은 그에게 상냥했다. 숲은 나무의 싹을 피우면서 고독에 괴로워하고 있는 그의 귀에 사람 그리운 산비둘기의 소리를 보내는 것도 잊지 않았다. 싹틔운 갈대와 따뜻한 봄 구름을 조용히 흐르는 물에 비추어 주며 그의 적막을 위로했다. 덤불나무가 섞여 있는 침엽나무, 억새풀 속에서 날아오르는 꿩, 그리고 깊은 계곡 물빛을 흔드는 은어 무리들, 모든 곳에서 젊은 무리들 속에서 느낄 수 없었던 안식과 평화를 찾았다. 거기에는 애증의 차별이 없었

고 모두가 평등하게 햇살과 미풍의 행복을 누리고 있었다. 그러나… 그러나 그는 인간이었다.

계곡 돌 위에서 물을 스치며 왕래하는 제비를 바라보고 산골짜기의 목련아래서 꿀에 취해 날수 없는 등에의 날개 짓 소리를 듣지만 때때로 뭐라고 형용할 수 없는 외로움이 갑자기 그를 덮쳐오는 것은 어쩔 수 없었다. 그 외로움이 어디서 온 것인지 알 수 없었다. 몇 년 전 어머니를 여의었을 때의 슬픔과 비슷한 것 같은 느낌은 있었다. 어디를 가더라도 당연히 거기에 있어야 할 어머니가 없는 걸 실감하면 늘 낙막한 공허한 느낌에 압도되곤 했었다. 지금의 외로움이 그 슬픔보다 강하지는 않았다. 또 어머니만을 그리워하며 탄식하지는 않았다. 산간에서 맞은 봄 속에서 새나 짐승과 같이 헤매어 다니며 행복을 느끼고 또 불가해한 불행도 맛보았다.

외로움이 깊어지면 가끔 가지가 뻗쳐있는 산중턱의 높은 떡갈나무에 앉아 눈앞에 펼쳐진 먼 곳의 계곡을 멍하니 바라보기도 했다. 계곡 사이에는 그의 부락이 바둑돌처럼 아메노야스강(天安河)의 강변에 이엉으로 이어진 지붕을 나란히 하고 있었다. 지붕 위에는 밥을 짓는 연기가 몇 가닥 희미하게 피어오르고 있는 모습도 보였다. 그는 두꺼운 떡갈나무가지에 말을 타듯 걸터앉아 부락의 하늘을 가로질러 오고 있는 바람을 한동안 맞고 있었다. 바람은 떡갈나무 잔가지를 흔들고 때때로 햇살 아래서 가지 끝의 푸른 잎 냄새를 피웠다. 그 바람이 그의 귓전을 스칠 때 마다 뭔가 속삭이고 있는 것 같았다.

"스사노오노미고토(素戔鳴尊)여. 그대는 무엇을 찾아 헤매고 있는가. 그대가 찾고 있는 것은 이 산위에도 없고 저 부락에도 없는 것이 아닌가. 나와 함께 가자. 나와 함께 가자. 그대는 무엇을 주저하고 있는 것

인가. 스사노여!"

❖ 7 ❖

스사노는 바람처럼 떠돌아다닐 생각은 없었다. 무엇이 고독한 그를 다카마가하라에 묶어두고 있는 것인가. 스스로 그것을 물을 때마다 부끄러움에 얼굴을 붉혔다. 추한 용모의 젊은이에게도 남몰래 사랑하고 있는 부락의 아가씨가 있었던 것이다. 자신과 같은 야인이 그 아가씨를 사랑한다고 생각하니 왠지 어울리지 않는 느낌이 들었던 것이다.

처음으로 그 아가씨를 만난 것은 산중턱의 떡갈나무 가지에 혼자 올라앉아 있었던 때였다. 그 날도 멍하니 눈 아래에서 희뿌옇게 구불거리고 있는 아메노야스강을 바라보고 있는데 떡갈나무 아래에서 명랑한 여자들의 웃음소리가 들렸다. 마치 얼음위에 팔랑팔랑 돌팔매를 던진 것처럼 그의 외로운 한낮의 꿈을 순식간에 부셔버리고 말았다. 그의 잠을 깨운 웃음소리에 화가 나서 떡갈나무 아래의 빈터로 눈을 돌렸다. 거기에는 3명의 여자가 화사한 햇살을 받고 있었다. 나무 위에 있던 그를 발견하지 못했는지 무언가 재잘거리며 웃고 있었다.

옆구리에 끼고 대나무 소쿠리를 보니 꽃과 나무를 캐러왔거나 아니면 땅 두릅을 따러 온 아가씨들이었다. 아는 얼굴이 아무도 없었다. 그렇지만 그들이 부락의 미천한 자의 딸들이 아니라는 것은 그들의 어깨위에 날리고 있는 아름다운 두건을 보아도 분명했다. 그들은 두건을 미풍에 날리면서 어린 풀 위에서 날려고 하는 산비둘기 한 마리를 따라다니고 있었다. 비둘기는 그녀들의 손 사이를 빠져나가 때때로 필사적으로 상처 입은 날개를 퍼덕여 보았지만 아무리해도 땅에서

그다지 높이 날아오를 수 없는 것 같았다.

스사노는 높은 떡갈나무 위에서 잠시 그 모습을 내려다보았다. 한 아가씨는 어깨에 걸고 있던 대나무 바구니를 아무데나 버려두고 비둘기를 잡으려고 쫓아다녔다. 비둘기는 한 번 더 날아오르면서 부드러운 날개를 눈을 흩뿌리듯 여기저기 날렸다. 그는 그 모습을 보자마자 그때까지 걸터앉아 있던 두꺼운 나뭇가지를 잡고 공중에 매달렸다. 그 기세로 한 번 돌자 떡갈나무 뿌리에 쿵하고 떨어졌다. 발이 미끄러지는 바람에 놀란 아가씨들 속에 벌렁 나자빠져 버렸다.

아가씨들은 그 순간 벙어리가 되어 서로 얼굴을 마주보았지만 누가 먼저랄 것도 없이 유쾌하게 웃기 시작했다. 풀 위에서 재빨리 일어선 그는 부끄러운 얼굴을 하면서도 일부러 오만하게 아가씨들의 얼굴을 노려보았다. 비둘기는 어느 샌가 날개를 끌면서 나무 싹이 조금씩 올라오고 있는 수풀 속으로 도망가 버렸다.

"어머, 어디에 계셨던 거예요?"

겨우 웃음을 멈춘 아가씨들 중의 한 명이 놀리듯 말하면서 빤히 그의 모습을 살펴보았다. 그 목소리에는 무언가 형용하기 어려운 이상함이 남아 있는 것 같았다.

"저기에 있었지. 저 떡갈나무 가지 위에."

스사노는 팔짱을 끼고 역시 오만하게 대답을 했다.

❖ 8 ❖

아가씨들은 그의 대답을 듣자 다시 한 번 얼굴을 마주보더니 웃기 시작했다. 스사노오노미고토는 화가 났지만 왠지 기쁘기도 했다. 추한

얼굴을 찡그리면서 다시 한 번 그들을 위협하듯이 기분 나쁜 듯한 눈짓을 했다.

"무엇이 이상해?"

하지만 그들에게는 그의 위협이 전혀 효과가 없는 것 같았다. 실컷 웃고 나더니 그를 보더니 한 명이 조금 부끄러운 것처럼 아름다운 두건을 만지작거리면서

"그러면 왜 우리한테 오셨어요?"라고 했다.

"비둘기를 도와주려고 했지."

"우리도 도와주려고 했어요."

3번째 아가씨는 웃으면서 유쾌하게 옆에서 끼어들었다. 그녀는 다른 아가씨들과 그다지 차이가 나지 않는 것 같았다. 두 아가씨들에 비하면 얼굴도 아름답지만 그 모습이 뛰어나고 발랄했다. 대나무 바구니를 던져버리고 비둘기를 잡으려 한 것이 이 영리한 아가씨임에 틀림이 없었다. 그녀와 눈이 마주치자 왠지 낭패한 듯 했다. 또 한편으로는 그녀 앞에서 당황스러운 모습을 보이고 싶지 않다는 마음도 들었다.

"거짓말이지?"

일부러 난폭하게 말했다. 그러나 그 거짓말이 거짓말 같지 않다는 것은 누구보다도 그 자신이 잘 알고 있었다.

"어머, 거짓말 아니에요. 정말로 도와줄 생각이었어요."

그녀가 그를 나무라듯이 말하자 재미있다는 듯이 그의 당혹한 모습을 지켜보고 있던 아가씨들도 동시에 작은 새처럼 지저귀기 시작했다.

"정말이에요."

"어째서 거짓말이라고 생각하세요?"

"당신만 비둘기를 예뻐한다고 생각지 마세요."

대답할 생각도 하지 못하고 마치 둥지가 파괴된 꿀벌처럼 사방에서 그의 귀를 덮쳐 오는 여자들의 재잘거리는 소리에 질려버렸다. 용기를 내어 끼고 있던 팔짱을 풀어 당장이라도 그들을 한쪽으로 밀어버릴 듯한 흉내를 내면서 번개처럼 큰 소리 쳤다.

"왜 이리 말이 많아! 거짓말이 아니라면 얼른 저쪽으로 가. 빨리 안 가면 — "

여자들은 정말 놀란 것처럼 당황해하며 그의 옆을 비켜섰다. 그러나 곧바로 또 소리를 내어 웃으면서 때마침 발언저리에 피어있던 유채꽃을 따서 일제히 그에게 던졌다. 연한 보랏빛 유채꽃은 여기저기 스사노의 몸에 맞고 떨어졌다. 그는 냄새 좋은 비를 맞은 채로 멍하니 서있었다. 갑자기 좀 전에 큰소리 친 것을 떠올렸다. 양팔을 크게 펼쳐 장난스러운 아가씨들 쪽으로 2,3걸음 돌진했다.

그들은 그 순간에 재빨리 숲 밖으로 도망쳐 버렸다. 그는 망연히 멈추어 서서 점점 멀어져가는 두건을 송별하지 않는 듯이 바라보고 있었다. 주변 풀 위에 여기저기 아름답게 흩어져있는 유채꽃에 시선을 돌렸다. 희미한 웃음이 입술위에 저절로 떠올랐다. 털썩 그대로 누워 싹을 품은 가지 건너편에 있는 화사한 봄 하늘을 바라보았다. 숲 밖에는 희미하지만 아직 여자들의 웃음소리가 들렸다. 그것도 서서히 사라졌다. 초목의 무성함을 품은 밝은 침묵만이 남았다.……

잠시후에 상처 입은 날개를 한 산비둘기가 조심조심 그곳으로 되돌아 왔다. 풀 위에 있던 그는 이미 잠에 빠져 있었다. 누워있는 그의 얼굴에는 가지에서 비춰지는 햇살과 함께 아직 미소의 그림자가 남아있었다. 비둘기는 유채꽃을 밟으며 조용히 그 근처로 왔다. 그의 자는

얼굴을 보더니 이상하다는 듯 고개를 갸우뚱거렸다. 마치 그 미소의 의미를 생각하고 있다는 듯이 —

❖ 9 ❖

그 날 이후 그의 마음속에는 쾌활한 아가씨의 모습이 때때로 선명히 떠오르게 되었다. 자신이 그러한 사실을 인정해야 한다는 자체가 부끄러웠다. 그래서 다른 젊은 무리들에게 그러한 사정을 한마디도 털어놓을 수가 없었다. 실제로 그 젊은이들도 그의 비밀을 알아채기에는 스사노가 연애와는 전혀 동떨어진 야만스러운 생활을 너무나도 평온하게 보내고 있었다.

그는 여전히 사람을 피해서 산간의 자연에 친숙함을 느꼈다. 밤을 새워 삼림 속을 걸어 다니며 모험을 한 적도 있었다. 커다란 곰이나 사자의 숨통을 끊어놓은 적도 있었다. 때로는 봄을 알지 못하는 봉우리를 넘어 암석 사이에 살고 있는 큰 메를 잡으러 가기도 했다. 하지만 그의 비범한 힘을 다 쏟을만한 적당한 상대를 찾아내지 못했다. 산 건너편의 동굴에 사납다고 정평이 난 난장이조차도 그를 만날 때는 꼭 한 명은 시체가 되었다. 때때로 그는 그 시체에서 빼앗은 무기나 화살촉에 걸린 새와 짐승들을 부락으로 가지고 돌아왔다.

그의 용맹은 점점 더 많은 적과 아군을 만들어 갔다. 그들은 기회만 있으면 서로 으르렁 거렸다. 그는 물론 가능한 한 이런 싸움에 말려들려고 하지 않았다. 하지만 그들은 그들 자신을 위해서 그의 의향 따위는 안중에도 없이 무슨 일이 생기면 알력으로 대했다. 뭔가 숙명적이고 필연적인 힘이 움직이고 있었다. 그는 적과 아군의 반목에 불쾌감을 품으며 점차적으로 끌려갔다. —

이런 일이 있었다.

어느 화창한 봄날 저녁에 그는 화살과 활을 허리에 차고 부락 뒤에 펼쳐진 초목이 무성한 산을 혼자 내려가고 있었다. 그의 마음속에는 방금 잘못 쏘아 맞추지 못한 수놈사자에 미련이 남아 있었다. 산의 평평한 부분에 이르니 한 두릅 새싹 아래서 석양을 받고 있는 부락의 지붕이 한눈에 들어왔다. 거기서 4,5명의 젊은이들이 한 젊은이를 상대로 무언가로 언쟁하고 있었다. 그들이 모두 이 산에서 말과 소를 키우러 온 자들이라고 하는 것은 그들 주변에 서 풀을 뜯어먹고 있는 가축을 보면 분명히 알 수 있었다. 특히 그 중의 한 젊은이는 그를 숭배하는 젊은이들 중에서도 거의 노예와 같이 그를 숭배해서 오히려 그의 반감을 산 적이 있는 남자가 틀림없었다.

그들의 모습을 보자 왠지 무슨 일이 일어날 것만 같은 좋지 않은 예감이 들었다. 그러나 그들을 본 이상 그 언쟁을 보고 그냥 지나칠 수만은 없었다. 그래서 우선 면식이 있는 한 젊은이에게 "무슨 일이야?"라고 물어 보았다.

그 남자는 그의 얼굴을 보자 마치 백만의 아군이라도 얻은 것처럼 기뻐하며 눈을 반짝이며 눈으로 상대 젊은이들의 억지를 담담하게 빠른 어투로 말하기 시작했다. 그의 말에 의하면 상대편 남자들이 자기를 너무 미워해서 자기가 기르는 말과 소에 상처를 내기도 하고 괴롭혔다고 했다. 그런 말을 하는 동안에도 가끔 상대를 노려보면서,

"도망 가지마! 내가 되갚아 줄 거니까!"라고 마치 스사노의 힘을 믿고 있다는 듯 방자한 말을 했다.

❖ 10 ❖

스사노는 그의 불평을 건성으로 들으면서 야만적인 그에게 어울리지 않게 상대편 젊은이들을 조정하려고 했다. 바로 그때 그의 숭배자는 분함을 참지 못하고 가까이 있던 젊은이에게 달려들어 얼굴을 쳤다. 젊은이는 비틀거렸지만 이내 달려들었다.

"그만 둬! 이것 참. 그만두라니까!"

스사노는 강제로 두 사람을 떼어놓으려고 했다. 그러나 맞은 젊은이는 스사노에게 팔을 잡히자 핏발 선 눈으로 스사노에게 달려들었다. 그의 숭배자는 허리에 꽂은 채찍을 휘두르며 미친 듯이 젊은이들 속을 헤집고 들어갔다. 젊은이들도 이 남자에게 순순히 당하고만 있지 않았다. 순식간에 두 그룹으로 나뉘어져 졌다. 한쪽은 숭배자를 둘러싸고 또 한쪽은 엉겁결에 생긴 일로 멍하니 서 있던 스사노를 보고 주먹을 날리려고 했다. 일이 그렇게 되었다면 스사노노도 더 이상 가만히 보고 있을 수만은 없었다. 상대의 주먹이 그의 머리를 치려고 했을 때 분노가 치밀어 올랐다.

순식간에 아수라장이 되었다. 서로 치고받고 했다. 주변에 풀을 뜯어먹고 있던 소와 말은 이 소동에 놀라서 사방으로 도망치기 시작했다. 주인들은 주먹을 휘두르는데 정신이 팔려 한참동안 아무도 가축의 행방에 신경 쓰지 않았다.

스사노와 싸운 자는 손과 발이 부러지고 점점 헛발질을 하게 되었다. 그리고 이내 누구라고 할 것 없이 이리저리 도망가 버렸다.

다들 도망가는데 스사노의 숭배자는 그들을 따라 가려고 했다.

"더 이상 소란 피우지마! 도망가는 놈은 그대로 둬!"

젊은이는 스사노의 손을 치우곤 털썩 풀 위에 주저앉았다. 그가 심하게 맞았다는 것은 한 쪽 얼굴이 퉁퉁 부어 오른 그의 얼굴이 명백하게 말해 주고 있었다. 스사노는 그의 얼굴을 보니 화가 다시 치밀어 올랐다.

"무슨 일이야? 많이 다쳤어?"

"상처 따윈 상관없습니다. 저놈들을 멋지게 한 방 먹였으니까. 다치진 않으셨습니까?"

"응. 혹이 하나 생겼을 뿐이야."

스사노는 한마디를 툭 뱉으면서 거기에 있던 두릅나무 뿌리둥지에 앉았다. 그의 눈앞에는 부락의 지붕이 산중턱에 내리쬐는 석양 빛 속에 붉게 떠있었다. 그 경치가 신기하게 느껴질 정도로 평화롭게 보였다. 좀 전의 격투가 꿈같았다.

두 사람은 풀 위에 앉아서 한 동안 잠자코 부락의 해질녘을 내려다 보고 있었다.

"혹은 어떻습니까?"

"아프지 않아."

"쌀을 씹어서 붙이면 좋아진답니다."

"그래? 그것도 도움이 되긴 하겠군."

❖ 11 ❖

그 싸움 때문에 스사노는 한 집단의 젊은이들과 어쩔 수 없이 적수가 되어 버렸다. 숫자상으로 보면 부락 젊은이들의 3분의 2이상으로 다수였다. 이 무리는 연장자인 오모이카네노미고토(思兼尊)[3]와 다지카

라오노미고토(手力雄尊)[4]를 경의했다. 연장자들은 스사노에게 그다지 적의를 품고 있지는 않았다.

오모이카네노미고토는 그의 야만적인 기질에 호의를 갖고 있었다. 싸움을 하고 나서 2,3일이 지났다. 그날 오후 스사노는 여느 때처럼 혼자서 산속의 연못으로 낚시를 하러 갔는데 거기에 오모이카네노미고토가 서 있는 것을 보았다. 격의 없이 그와 함께 나무줄기에 앉아세상 돌아가는 이야기를 하기 시작했다. 오모이노카네노미고토는 머리와 수염이 백발인 노인이기는 하지만 부락 최고의 학자면서 부락 제일의 시인이라는 명예를 얻고 있었다. 부락의 여자들 중에는 그를 비범한 주물사로 생각했다. 그건 여유만 생기면 산과 계곡 사이를 돌아다니면서 약초를 캐러 다니기 때문이었다.

스사노는 오모이카네노미고토에게 반감을 갖고 있지 않았다. 낚시줄을 드리운 채로 기꺼이 그의 말동무를 해 주었다. 두 사람은 한참동안 꽃을 피운 버드나무 가지아래서 이런 저런 이야기를 주고받았다.

"요즘 당신의 평판이 자자합니다."

오모이카네노미고토는 그렇게 말하고 한쪽 뺨에 미소를 지었다.

"평판뿐입니다."

"그것만으로도 대단하지요. 평판이 있은 다음에 여러일을 도모할 수 있으니까."

스사노는 그 말의 의미를 알 수 없었다.

"그런가요? 평판이 없었다면 아무리 제가 힘이 있다고 해도…"

"힘은 없어지는 것이 아니니까."

"사람들이 채취하지 않더라도 사금은 원래 사금이지요."

---

3) 많은 사람들의 생각과 지혜를 모두 가지고 있는 신

4) 신령에게 빌어 화를 불러일으킬 수 있는 법력을 이용하는 사람

"글쎄요. 사금이라고 밝혀진 건 그걸 채취한 후에 알 수 있으니까."

"만약 사람들이 모래를 사금이라고 여기고 주웠다면…"

"모래가 사금이 되는 거겠죠?"

스사노는 왠지 오모이카네노미고토에게 조롱당하는 기분이 들었다. 오모이카네노미고토의 주름투성이인 눈가를 보면 그저 미소가 있을 뿐이고 사람 나쁜듯한 기색은 조금도 없었다.

"어쩐지 사금이 되어도 시시할 것만 같은데요."

"물론 시시하지요. 그 이상으로 여기는 것은 생각하는 방법이 틀린 겁니다."

오모이카네노미고토는 그렇게 말하면서 정말로 시시한 것 같은 얼굴을 하면서 어딘가에서 따온 머위 대 냄새를 맡기 시작했다.

❖ 12 ❖

스사노는 잠시 잠자코 있었다. 오모이카네노미고토는 다시 다른 이야기를 꺼냈다.

"얼마 전 힘겨루기를 했을 때 죽은 남자가 있었지요?"

"유감스러운 일이었습니다."

스사노는 왠지 비난을 듣는 것 같아 시선을 희미한 빛이 비치고 있는 연못 위로 돌렸다. 연못물은 바닥이 깊어 보였는데 싹튼 봄 나무를 조용히 희미하게 비춰주고 있었다. 오모이카네노미고토는 가끔씩 머위 대에 코를 가져다 대며,

"유감스럽고 어리석은 일이었습니다. 경쟁한다는 자체가 바람직한 일이 아니었지요. 그리고 도저히 이길 것 같지 않은 상대와 경쟁을 한

다는 것도요. 게다가 목숨까지 버릴 정도의 경쟁이라니, 정말 어리석은 일이 아닙니까?"

"양심에 가책이 되어서…"

"아니, 당신이 살해한 게 아닙니다. 힘겨루기를 부축인 다른 젊은이들이 죽인 것입니다."

"그런데도 저는 그 무리들에게 미움을 받고 있지 않습니까?"

"물론 미움을 받는 건 당연하지요. 만약 당신이 죽었더라도, 당신의 상대가 승부에 이겼다면 그 무리들은 틀림없이 그를 미워했을 것이요?"

"세상이치가 그런 것입니까?"

오모이카네노미고토는 대답 대신에 "고기가 물렸어요."라고 주의를 주었다.

스사노는 곧바로 낚시 줄을 끌어올렸다. 낚시 끝에는 송어가 한 마리 파닥거리고 있었다.

"물고기는 인간보다 행복하군요."

오모이카네노미고토는 스사노가 대나무 가지를 송어 턱에 꿰는 것을 보자 또 싱글벙글 웃으면서 스사노에게는 거의 통하지 않을 말을 했다.

"인간이 갈고리를 두려워하고 있는 동안에 물고기는 사정없이 그 갈고리를 물어 바로 죽어버리지요. 물고기가 부럽습니다."

스사노는 잠자코 다시 연못으로 낚시 줄을 던졌다. 당혹스러운 눈으로 오모이카네노미고토를 보더니,

"말씀하시는 의미를 잘 모르겠습니다."라고 했다.

미고토는 그의 말을 듣더니 갑자기 진지한 모습을 했다. 흰 턱수염을 비틀면서

"잘 몰라서 오히려 다행입니다. 아니면 저처럼 아무것도 할 수 없게 됩니다."

"어째서입니까?"

스사노는 곧바로 묻지 않을 수 없었다. 사실 오모이카네노미고토의 말이 꿀인지 독약인지 이상할 정도로 그의 마음을 끌었다.

"갈고리를 물 수 있는 것은 물고기뿐입니다. 나도 젊었을 때에는…"

오모이카네노 미고토의 주름투성이 얼굴에는 순간 좀 전과는 다르게 쓸쓸한 빛이 비쳤다.

"나도 젊었을 땐 많은 꿈을 꾼 적이 있었지요."

둘은 서로 다른 걸 생각하면서 한동안 봄 나무를 비추고 있는 연못 위를 물끄러미 바라보았다. 연못 위에는 물총새가 물을 스치며 날아다니고 있었다.

❖ 13 ❖

유쾌한 아가씨의 모습이 끊임없이 스사노의 마음을 지배했다. 가끔 부락여기 저기서 그녀와 얼굴을 마주칠 때면 떡갈나무 아래서 그녀를 처음 보았을 때처럼 얼굴이 붉어지고 가슴이 두근거렸다. 그녀는 늘 시치미를 떼고는 스사노를 처음 보는 사람처럼 머리를 끄덕이며 인사도 하지 않았다.

어느 날 아침 스사노가 산으로 가는 길이었다. 때마침 부락에서 조금 떨어진 우물 앞을 지나가는데 3,4명의 여자들과 같이 그 아가씨가 물을 기르러 가고 있었다. 우물위에는 흰 동백이 여기저기 떨어져 있고 끊임없이 솟아오르는 물거품은 그 꽃과 잎을 비추는 햇살로 희미

하게 무지개를 그리고 있었다. 아가씨는 몸을 구부리면서 이끼 낀 우물주변에 흘러넘치는 물을 물동이에 받고 있었다. 다른 여자들은 벌써 물을 다 받았는지 물동이를 머리에 이고 그 위에서 날고 있는 제비들을 헤치고 집으로 돌아가려고 했다. 스사노가 우물에 오자 그 아가씨는 기품 있게 몸을 일으키더니 가득 담긴 물동이를 무겁게 한 손으로 들었다. 흘깃 스사노의 얼굴을 한 번 보고 좀 전과는 달리 입 주변에 미소를 지었다.

스사노는 당혹스러웠지만 고개를 끄덕여 인사했다. 아가씨는 물동이를 머리에 이고 눈으로 그 인사에 답하고는 기다리고 있던 여자들의 뒤를 따라서 걸어가기 시작했다. 그는 아가씨와 반대편의 분수로 걸어와서 커다란 손바닥으로 2,3모금의 물을 떠서 목을 축였다. 그녀의 눈빛과 미소를 지은 입술을 생각하면 기뻐하면서 부끄러워 얼굴을 붉혔다. 그러면서 혹시 자신을 조롱하고 있는 건 아닌가하는 생각도 들었다.

여자들은 이고 있던 물동이에 신선한 아침 햇살을 받으며 산들바람에 두건을 날리며 서서히 멀어져 갔다. 그들 뒤로는 한 번 유쾌한 웃음소리가 들렸다. 그와 동시에 그들 중의 어떤 여자가 웃음을 지으면서 뒤로 돌아 보았다. 발걸음을 멈추지도 않고 스사노를 조롱하듯 바라보았다.

우물물을 마시고 있던 그는 다행히 그 여자의 시선을 보지 못했다. 그들의 웃음소리를 듣자 스사노는 어색한 기분이 들어 마시고 싶지 않은 물을 다시 한 번 손으로 떠서 마셨다.

그때 우물물 위에 사람 그림자가 드리워졌다. 스사노는 눈을 들어 우물 건너편의 흰 동백나무 아래로 채찍을 든 젊은이가 어슬렁 걸어

오고 있는 걸 발견했다. 일전에 산에서 싸움을 하면서 자신을 끌어들였던 자신의 숭배자였다.

"안녕히 주무셨습니까?"

젊은이는 살가운 웃음을 지으며 공손하게 인사했다.

"그래, 잘 잤는가?"

스사노는 이 젊은이가 자신의 쑥스러워하던 모습을 보았을지도 모른다는 생각에 갑자기 얼굴이 찡그려졌다.

❖ 14 ❖

젊은이는 아무렇지도 않다는 표정을 지으며 우물 위에 늘어져있는 흰 백합꽃을 따면서

"혹은 다 나았습니까?"

"응. 나은 것 같아."

진지하게 대답했다.

"생쌀을 붙이셨습니까?"

"붙였지. 생각보다 잘 듣던데."

젊은이는 뜯은 동백꽃을 우물 속으로 던지고는 갑자기 또 싱글거리면서,

"좋은 소식 하나 알려드릴까요?"

"좋은 소식이라니?"

젊은이는 의미심장한 미소를 볼에 지으면서,

"목에 걸려있는 곡옥을 하나 주십시오."라고 했다.

"곡옥을 달라고? 그걸 어떻게 하려고?"

"그저 시키는 대로 하십시오. 나쁜 곳에는 쓰지 않을 거니까."

"싫어. 뭣 땜에 그런지 말하지 않으면 곡옥을 줄 수 없지."

스사노는 안절부절 하면서 무뚝뚝하게 젊은이의 청을 거절했다. 상대는 교활한 눈으로 힐긋 스사노의 얼굴을 한 번 보고는,

"지금 여기서 물을 길러간 15,6세 되는 그 아가씨를 좋아하시지요?" 스사노는 씁쓸한 얼굴을 하며 상대의 미간을 노려보았다. 내심 적잖이 낭패감을 느꼈다.

"맘에 두고 있지 않습니까? 오모이카네노미고토의 질녀를요."

"아, 그래? 오모이카네노미고토의 질녀였군!"

스사노는 큰 목소리로 말했다. 젊은이는 그 모습을 보자 개선가를 부르듯이 웃어댔다.

"그 보세요. 숨겨봤자 금방 드러납니다."

스사노는 또 입을 다물고 가만히 발아래의 돌을 응시했다. 물보라를 맞은 돌 사이에는 풀고사리 잎이 싹을 품고 있었다.

"그래서 저에게 곡옥을 하나 주시라고 한 겁니다. 좋아하시면 어떻게 해 보려고요?"

젊은이는 채찍을 가지고 놀면서 스사노를 추궁했다. 스사오노의 기억에는 2,3일 전에 오모이카네노미고토와 이야기 했던 연못 주변의 버드나무 꽃이 갑자기 선명하게 떠올랐다. 만약 그 아가씨가 미고토의 질녀라면… 그는 눈을 발 언저리의 돌에서 들어 역시 얼굴을 찡그리면서,

"그래서 곡옥을 어떻게 하겠다는 건가?"라고 했다.

그의 눈 속에는 지금까지 본 적이 없던 희망의 빛이 분명이 움직였다.

❖ 15 ❖

젊은이는 아무렇게나 대답했다.

"곡옥을 아가씨에게 주면서 당신의 생각을 전하는 거죠."

스사노는 잠시 주저했다. 이 남자의 언변에 놀아나는 것이 왠지 불쾌했다.

그렇다고 해서 자신이 그의 마음을 아가씨에게 호소할 만큼의 용기는 없었다. 젊은이는 그의 추한 얼굴에서 주저하는 빛이 움직이자 일부러 쌀쌀하게 말했다.

"싫으시다면 어쩔 수 없지요."

두 사람은 잠시 침묵했다. 스사노는 목에 건 곡옥 중에 가장 아름다운 호박옥을 빼어서 말없이 젊은이의 손에 넘겼다. 무엇보다도 소중하게 지니고 있던 돌아가신 어머니의 유품이었다.

젊은이는 호박옥을 탐난다는 눈을 하면서,

"멋진 곡옥이군요. 이런 질 좋은 호박옥은 그렇게 많지 않습니다."

"이 나라의 것이 아니야. 바다 건너에서 구슬 만드는 자가 7일간 밤낮을 갈고 닦은 것이야."

스사노는 화가 난 것처럼 내뱉곤 홱 젊은이에게서 등을 돌렸다. 큰 걸음으로 걷기 시작했다. 젊은이는 곡옥을 손바닥 위에 놓은 채로 그 뒤를 따라 왔다.

"잠시만 기다리세요. 2,3일 안에 반드시 좋은 소식이 있을 겁니다."

"응. 서두르지 않아도 돼."

그들은 어깨를 나란히 하고 계속 날고 있는 제비 속을 지나 산으로 걷기 시작했다. 젊은이가 던진 동백꽃이 우물 속에서 빙글빙글 돌며 떠 있었다.

그날 저녁 무렵 젊은이는 산중턱의 두릅나무 부근에 앉아서 스사노에게 받은 곡옥을 손바닥 위에 올려놓고 그걸 어떻게 아가씨에게 전해줄지 궁리를 하고 있었다. 그 때 한 젊은이가 대나무 피리를 띠에 메고 산을 내려 왔다. 부락 젊은이들 중에서도 가장 정교한 곡옥과 팔찌를 가진 키 크고 잘생긴 젊은이였다. 그곳을 지나면서 무슨 생각을 했는지 발걸음을 멈추고 두릅나무 아래의 젊은이에게 "이봐, 자네"라고 말을 걸었다. 젊은이는 당황해서 얼굴을 들었다. 이 풍모의 젊은이가 그가 숭배하는 스사노의 적군 중 한 명이라는 것을 알고 있었다. 그래서 무뚝뚝하게,

"무슨 용건이십니까."라고 했다.

"잠시 그 곡옥을 좀 보여주게나."

젊은이는 씁쓸한 얼굴을 하면서 호박옥을 건넸다.

"자네 것인가?"

"아닙니다. 스사노오노미고토의 것입니다."

이번에는 상대방 젊은이가 씁쓸한 얼굴을 했다.

"이건 그 남자가 늘 자랑스럽게 걸고 다닌 옥이군. 이 옥 말고는 다 돌이거든."

젊은이는 독설을 하면서 그 곡옥을 가지고 놀았다. 그리고는 앉더니, "어때. 물건은 홍정하라고 했는데 이 옥을 나한테 팔지 않겠나?" 라고 제안했다.

❖ 16 ❖

소몰이 젊은이는 싫다고 대답을 하지 않고 볼을 불룩하게 하더니 한동안 잠자코 있었다. 키 크고 잘생긴 젊은이는 소몰이 젊은이를 흘깃 보며 그의 안색을 살폈다.

"그 대신 자네에게 보답을 하지. 칼이 갖고 싶으면 칼을 옥이 갖고 싶으면 옥을 진상하지."

"안됩니다. 그 곡옥은 스사노오노미고토가 어떤 사람에게 건네주라고 저한테 맡긴 것입니다."

"어떤 사람에게 건네 달라? 그 사람이 여자인가?"

상대는 호기심이 발동한 것처럼 갑자기 의기양양한 어투로 말했다.

"여자든 남자든 상관없지 않습니까?"

젊은이는 쓸데없는 말을 했다고 후회하면서 피했다. 그러나 상대는 화를 내지 않고 오히려 기분 나쁠 정도로 상냥한 미소를 지었다.

"그거야 어느 쪽이든 상관없지만 그 사람에게 건네는 것이라면 그건 자네가 다른 곡옥을 가지고 가도 크게 지장이 없지 않나."

젊은이는 다시 입을 다물고 풀 위에 눈을 돌렸다.

"물론 다소 성가신 일이 일어날지도 모르지. 그래도 칼이든 옥이든 갑옷이든 아니면 말 한 필이 자네 손에 들어오는 쪽이…"

"만약 그 사람이 안 받겠다고 하면 저는 이 구슬을 스사노오노미고토에게 돌려줘야 됩니다."

"안 받는다니?"

상대는 잠시 얼굴을 찡그리더니 이내 상냥한 어조가 되었다.

"만약 상대편이 여자라면 그건 스사노의 옥은 안 받을 거야. 게다가

이런 호박옥은 젊은 여성들한테는 어울리지 않지. 오히려 좀 더 멋진 옥을 가지고 가면 의외로 얼른 받을지도 모르지."

젊은이는 상대가 말하는 것이 일리가 있다는 생각이 들기 시작했다. 아무리 고귀한 물건이라도 부락의 젊은 여자들이 이러한 색의 옥을 좋아할 지 어떨지 의심스러웠다.

"그리고 말이지…"

상대는 입술을 핥으면서 그럴듯하게 말했다.

"혹시 다른 옥이라고 해도 받아주면 스사노도 기뻐할 것이 아닌가. 그리고 자네는 칼과 말을 손에 넣는 거고…"

젊은이의 마음속에는 양쪽 날이 서있는 칼과 수정을 깎은 곡옥과 늠름한 털의 말이 선명하게 떠올랐다. 하지만 눈을 뜨자 그의 앞에는 여전히 미소를 머금고 있는 아름다운 상대의 얼굴이 있었다.

"어때? 그래도 아직 불복할건가? 말로 하지 말고 우리 집에 가서 칼과 갑옷을 보는 게 어때? 자네에게 딱 맞는 것이 있을 것 같은데. 마구간에는 5,6마리 정도의 말도 있지."

상대는 끝까지 부드러운 혀를 놀리면서 느릅나무 둥지에서 일어섰다. 젊은이는 침묵하며 어찌해야 할지 몰라 생각에 잠겨있었다. 그러나 상대가 걷기 시작하자 그도 역시 그 뒤에서 무거운 발걸음을 옮기기 시작했다.

그들의 모습이 산 아래로 완전히 사라졌을 때 거기에 한 젊은이가 어슬렁거리며 내려오고 있었다. 석양은 서서히 희미해지고 주변은 안개가 깔려있는데 그 젊은이가 스사노라고 하는 것은 한 눈에 알 수 있었다. 오늘 놓친 산새 2,3마리를 어깨에 걸치고 유유히 느릅나무 아래까지 오자 피로한 발걸음을 잠시 멈추고 어두움에 가로놓여 있는 부락의 지붕을 내려 보았다. 입술에 행복한 미소를 지으며…

아무것도 모르는 스사노는 쾌활한 아가씨의 모습을 마음에 떠올리고 있었던 것이다.

❖ 17 ❖

스사노는 매일 젊은이의 대답을 기다렸다. 그러나 젊은이는 아무리 시간이 지나도 소식을 가지고 오지 않았다. 게다가 고의인지 우연인지 그 이후 스사노와 얼굴을 마주치지도 않았다. 혹시 젊은이의 계획이 실패한 것이 아닌가하며 걱정했다. 그 때문에 그와 만나는 것을 부끄러워하고 있는지 모른다고 생각했다.

그 사이에 아가씨와 아침 일찍 우물 앞에서 한 번 마주친 적이 있었다. 아가씨는 물동이를 머리위에 이고 4,5명의 부락 여자들과 함께 흰 동백나무 밑을 막 떠나려 하고 있었다. 그런데 그의 얼굴을 보자마자 갑자기 입술을 일그러뜨리더니 경멸스러운 표정을 시원한 눈에 지으며 혼자 앞장서서 그의 곁을 지나 걷기 시작했다. 그는 얼굴을 붉혔지만 그날은 왠지 말할 수 없는 불쾌감을 느꼈다. '이 바보. 저 아가씨가 다시 태어난다고 해도 내 아내는 안 될 거야.' 절망에 가까운 마음이 한동안 그를 떠나지 않았다. 그래도 소치기 젊은이가 싫다는 대답을 들고 오지 않는 한 작지만 희망을 품게 하는 힘이 되었다. 그는 그 이후 모든 것을 미지의 대답에 걸고 두 번 다시 괴로운 생각을 하지 않기 위해 당분간은 우물 근처에 얼씬 하지 않으리라 다짐했다.

어느 날 저녁 아마노야스강 강변을 걷고 있는데 때마침 소치기 젊은이가 말을 씻고 있는 모습을 보았다. 젊은이는 스사노를 발견하자 심기가 불편했다. 스사노도 왠지 어색한 기분이 들어 햇빛에 피어나고 있는 강변의 쑥 사이에 우두커니 서서 시원한 물로 씻고 있는 흑마의 털을 바라보고 있었다. 가끔 침묵이 괴로워서 화제를 만들어 보려고 눈앞의 말을 가리키면서,

"좋은 말이군. 주인은 누군가?" 라고 했다. 젊은이는 자랑스러운 눈을 들어서,

"접니다."했다.

"그래? 이야. 멋진데…"

감탄의 말을 삼키자 다시 입을 다물었다. 젊은이는 더 이상 모르는 척 할 수 없었는지,

"지난번 그 곡옥이…"라고 주저하며 말을 꺼냈다.

"전해주었나?"

그의 눈에는 어린아이와 같이 순수함이 묻어났다. 젊은이는 그와 눈을 마주치자 당황하며 시선을 피하면서 일부러 말이 다리를 긁자 야단을 치며,

"예. 전해드렸습니다."

"그래. 그렇다면 안심이군."

"그런데…"

"그런데?…"

"대답을 할 수 없다고 했습니다."

"그래? 너무 서두르지 않아도 돼."

씩씩하게 대답하곤 이제 더 이상 젊은이에게 볼일이 없다고 하듯이 저녁안개가 뻗쳐있는 봄 강변을 원래 왔던 방향으로 다시 걷기 시작했다. 그의 마음속에는 지금까지 맛본 적이 없는 행복한 의식이 파도

치고 있었다. 강변 쑥과 하늘, 그 하늘에 지저귀고 있는 한 마리의 종달새도 모두 그에게는 기뻤다. 머리를 들고 걸으면서 안개 속에서 보이지 않는 종달새와 이야기를 하기도 했다.

"어이, 종달새! 넌 내가 부럽지? 부럽지 않다고? 거짓말. 그러면 왜 그렇게 울고 있는 것이야. 종달새. 어이, 종달새. 대답해 봐."

❖ 18 ❖

스사노는 행복에 쌓여 5,6일간을 보냈다. 그 즈음에 부락에는 작자가 누군지도 모르는 새로운 노래가 유행하기 시작했다. 추한 산 까마귀가 아름다운 백조를 사랑해서 공중에 나는 모든 새들에게 비웃음을 샀다라고 하는 노래였다. 그 노래를 들으니 갑자기 행복한 꿈에서 깨어나지 않을 수 없었다. 아름다운 백조는 추한 산 까마귀의 사랑을 용서해 주었다. 공중에 나는 모든 새들은 어리석은 그를 비웃는 것이 아니라 오히려 행복한 그를 부러워하며 시샘하는 것이라고 적어도 그는 그렇게 믿었다. 아니 그렇게 믿지 않고는 견딜 수 없을 것 같았다.

그는 그 후에 소치기 젊은이를 다시 만났을 때도 그저 같은 답을 듣고 싶었을 뿐이었다. "곡옥은 틀림없이 전해주었습니다. 그런데 답은…"애매하게 말을 흐렸다. 그래도 그는 전해주었다는 말에 만족하고 그 외의 것은 물으려고도 하지 않았다.

3,4일이 지난 어느 밤에 둥지에 자고 있는 새라도 잡으려고 달빛을 의지해 부락의 거리를 혼자서 어슬렁거리며 걸어갔다. 누군가 피리를 불면서 희미한 안개 속을 유유히 지나가고 있었다. 야만인인 그는 어릴 적부터 노래와 음악에는 거의 흥미를 느끼지 못했다. 덤불숲에 핀

꽃향기가 나는 봄 달빛 속에서 점점 가까워지는 피리 소리가 왠지 미웠다.

스사노는 피리 부는 남자의 얼굴을 마주대할 정도로 가까운 곳에 왔다. 상대는 바로 코 앞에서도 계속 피리를 불었다. 스사노는 길을 비켜 주면서 천심에 가까운 달을 의지해 상대의 얼굴을 비추어 보았다. 아름다운 얼굴에 빛나는 곡옥 그리고 입에 대고 있는 대나무 피리. 상대는 키가 큰 풍류를 아는 젊은이임에 틀림이 없었다. 스사노는 이 젊은이가 그의 야만을 경멸하는 적들 중의 한 사람이라는 것을 알았다. 처음에는 일부러 인사도 하지 않고 지나가려 했다. 그런데 상대의 가슴에 그의 어머니가 유품으로 남겨준 호박옥이 흐린 달빛에 젖어 생생하게 빛나고 있는 것이 아닌가!

"잠깐만!"

어깨를 들고 젊은이의 목을 꽉 잡았다.

"무슨 짓이야!"

젊은이는 엉겁결에 비틀거렸다. 있는 힘을 다해 잡힌 목을 뿌리치려고 했다. 그러나 그의 손은 빠져나갈 수 없는 힘에 걸린 것처럼 아무리 발버둥 쳐도 벗어날 수 없었다.

❖ 19 ❖

"이 곡옥, 어디서 난거야?"

스사노는 상대의 목을 조이며 달려들듯이 물었다.

"이손 치워! 무슨 짓이야. 얼른 치우란 말이야!"

"말할 때까지 못 치워!"

"안치우면…"

젊은이는 목이 잡힌 채로 대나무 피리를 휘두르며 스사노를 치려고 했다. 스사노는 잡고 있던 손을 꽉 쥐고 비어있던 한쪽 손을 움직여 가볍게 피리를 빼앗아 버렸다.

"자아, 빨리 말해! 그렇지 않으면 너를 죽이겠어!"

스사노 마음속에는 광폭한 분노가 끓어오르고 있었다.

"이 곡옥은, 내가… 말과 바꾼 거야!"

"거짓말 하지 마! 이것은 내가…"

'그 아가씨'라고 하는 말이 왠지 스사노의 혀를 굳혀버렸다. 상대의 창백한 얼굴에 뜨거운 숨을 불면서 다시 한 번 신음하는 듯이 소리를 내었다.

"거짓말 하지 마!"

"치워. 너야말로… 어이, 숨을 쉴 수가 없잖아! 치워준다고 해놓고 거짓말이잖아!"

"증거 있어? 증거를 대 봐."

젊은이는 필사적으로 바둥거렸다.

"그 녀석에게 물어보면 되잖아!"

"좋아. 그러면 그 녀석에게 물어보자!"

스사노는 그렇게 결정하자 상대를 끌면서 그다지 멀리 떨어져 있지 않는 소치기 젊은이의 집으로 걸어갔다. 젊은이는 그의 목을 쥐고 있는 스사노의 손을 온 힘을 다해 떨치려고 했다. 그러나 그의 손은 여전히 쇠처럼 상대를 꽉 잡고 때려도 두드려도 떨어지지 않았다.

하늘에는 여전히 봄 달빛이 어려 있었다. 거리에는 덤불 나무 꽃 냄새가 향기롭게 떠다니고 있었다. 스사노의 마음속에는 큰 폭풍으로

비가 내린 하늘처럼, 소용돌이 이는 의혹의 구름을 찢고 분노와 질투의 번개가 번뜩이며 날아다니고 있었다. 그를 속인 것은 그 아가씨일까. 아니면 소치기 젊은이일까. 아니면 교활한 수단으로 자신을 우롱하고 있는 이 젊은이가 아가씨한테 곡옥을 후려낸 것일까……

질질 젊은이를 끌면서 마침내 소치기 젊은이의 집 앞에 당도했다. 집 주인은 아직 잠들지 않고 있었는데 희미한 전등불 불빛이 문 입구에 늘어뜨린 발 틈새로 처마의 달빛과 경쟁하고 있었다. 목을 잡힌 젊은이는 거의 문 입구까지 왔을 때야 그의 손에서 자유롭게 되려는 마지막 노력에 성공했다. 그런데 생각지도 않던 바람이 갑자기 젊은이의 얼굴을 때리며 발이 공중에 뜨는 것 같더니 주변이 갑자기 어두워지며 한 줄기 불똥이 사방으로 번지는 것 같았다. 집 앞에 이르자마자 새끼 개처럼 달빛을 막은 발안에 거꾸로 아무렇게나 던져졌던 것이다.

❖ 20 ❖

집 안에서는 소치기 젊은이가 토기에 피운 등유 아래서 짚신을 만들고 있었다. 문 입구에서 생각지도 않던 인기척이 들렸을 때 정신없이 바쁘게 놀리던 손을 잠깐 멈추고 주의 깊게 귀를 기울였다. 그 순간 갑자기 한 젊은이가 어질러 져 있는 짚 속에 벌렁 나자빠졌다.

너무 놀라서 멍하니 양반다리를 한 채 반은 찢어진 발에 낭패한 듯 눈을 돌렸다. 거기에는 스사노가 등유 빛을 전신으로 받으며 얼굴에 분노를 흘리면서 작은 산 같은 문 입구를 막고 서 있었다. 젊은이는 그 모습을 보자 마치 죽은 사람처럼 잠시 좁은 집 안을 두리번 둘러보았다. 스사노는 젊은이 쪽으로 걸어가서 그의 얼굴을 가만히 노려보고,

"어이, 자네가 틀림없이 그 아가씨에게 내 곡옥을 전해줬다고 했지?"라고 분한 목소리로 말했다. 젊은이는 대답하지 않았다.

"이 남자 목에 걸려있는 저건, 도대체 뭐란 말이야?"

스사노는 잘생긴 젊은이를 불타는 눈동자로 보았다. 젊은이는 짚 속에서 정신을 잃은 것인지 실신한 것인지 눈을 감은 채로 여전히 쓰러져 있었다.

"전해줬다고 하는 것은 거짓말이었나?"

"아니요. 거짓말이 아닙니다! 정말입니다. 정말이라고요"

소치기 젊은이는 필사적으로 말했다.

"정말로 전해줬지만… 실은 저 호박옥 대신에, 산호의 옥을, 관옥을…"

"어째서 그런 짓을 한 거야?"

스사노의 목소리는 우레 같이 제정신이 아닌 젊은이의 말을 한 마디 한 마디 되짚었다. 소치기 젊은이는 어쩔 수 없이 잘생긴 젊은이가 하자는 대로 호박과 산호를 바꾼 후에 그 대가로 흑마를 받았다는 것까지 남김없이 털어놓았다. 이야기를 들으면서 스사노의 마음속에는 시시각각 울고 싶기도 하고 소리치고 싶기도 한 숨 쉬기조차 어려운 수치와 분노가 태풍처럼 끓어 올라왔다.

"그리고 그 옥을 전해줬다는 거군."

"전해주었습니다. 그랬는데…"

젊은이는 주저했다.

"전해주었는데… 그 아가씨가… 그 아가씨는… 백조는 산 까마귀 등이라는 노래처럼– 받지 않겠다고 하셔서…"

젊은이는 일의 전말을 다 말하기도 전에 덜렁 나자빠졌다. 발에 차

이고 커다란 주먹이 계속 그의 머리를 쳤다. 그 순간 등불이 넘어지고 주변마루에 어질러져 있던 짚에 순식간에 옮겨 붙었다. 소치기 젊은이는 정강이를 불에 데여 비명을 지르고 벌떡 일어섰다. 정신없이 기어서 뒷문으로 나가려고 했다.

분노로 제정신을 잃은 스사노는 마치 상처 입은 멧돼지처럼 그에게 달려들었다. 막 달려들려는데 이번에는 발 주변에 넘어져 있던 잘생긴 젊은이가 일어서더니 그도 미친 듯이 검을 빼어 불 속에서 한쪽 무릎을 짚은 채로 스사노의 발을 치려고 했다.

❖ 21 ❖

검이 번뜩이는 것을 보자 갑자기 스사노의 마음속에는 오랫동안 잠들어 있던 유혈을 동경하던 야수가 눈을 떴다. 재빨리 발을 피하더니 상대의 칼을 뛰어 넘어서 허리에 찬 칼을 빼고는 울부짖었다. 그리고 2,3번 상대를 베었다. 그들의 검은 굉장한 소리를 내며 소용돌이치는 연기 속에서 2,3번 눈에 따가운 불똥을 튀기었다.

그러나 잘생긴 젊은이는 물론 스사노의 적이 되지 못했다. 스사노가 휘두르는 검의 폭은 한 번 내리칠 때마다 잘생긴 젊은이를 사정없이 사지로 내몰았다. 수합의 싸움으로 한 번에 상대의 머리를 칠 수 있을 때가 왔다. 그런데 그 순간에 항아리 하나가 어디선가 그의 머리를 겨냥해 왔다. 다행히 겨냥을 빗나가서 그의 발에 떨어지며 산산조각이 났다. 스사노는 계속 칼을 휘두르면서 분노에 찬 눈을 들어 정신없이 집 안을 둘러보았다. 뒷문의 거적문 앞에는 좀 전에 그에게 뒤를 보였던 소치기 젊은이가 핏발이 서린 눈으로 위급한 상황을 피하려는

것처럼 이번에는 커다란 통을 하나 들려고 했다.

스사노는 다시 한 번 울부짖고는 소치기 젊은이가 통을 던지기 전에 혼신의 힘을 칼에 넣어 상대의 뇌수를 치려고 했다. 그러나 커다란 통은 불꽃이 이는 바람을 가르고 쾅하고 그의 머리를 맞췄다. 스사노는 큰 바람이 불어 깃발을 꽂아둔 장대처럼 비틀거렸는데 하마터면 넘어질 뻔 했다. 그러는 동안에 소치기 젊은이는 몸을 날려서, 이미 불이 붙은 발로 한 손으로는 칼을 잡고 조용한 밖에서 비치는 봄 달밤을 의지해 재빨리 도망쳤다.

스사노는 이빨을 꽉 깨문 채로 겨우 발을 지탱했다. 눈을 떠보니 연기로 넘쳐난 집에는 아무도 없었다.

"도망간다고? 그렇게는 못하지!"

머리와 옷이 불에 탔다. 문 앞의 발을 치우며 집 밖으로 나왔다. 달빛에 비춰진 거리는 지붕을 태운 불빛을 받아 대낮처럼 환했다. 그 밝은 거리에는 부락에서 나온 몇 명의 사람들이 까맣게 보였다. 그 까맣 그림자가 검을 든 스사노를 보자, "스사노오노미고토다! 스사노오노미고토다!"라고 외치는 소리가 여기저기서 들렸다. 스사노는 그러한 목소리에 잠시 움찔했다. 더 이상 분별할 수 없는 그의 마음속에는 살기가 가득해 점 점 더 혼란스러워졌다.

거리에 더 많은 사람들이 몰려들었다. 떠들썩한 외침도 증오를 품은 험악한 어투로 바뀌기 시작했다.

"불낸 자를 죽이자!"

"도둑을 죽여!"

"스사노를 죽여!"

❖ 22 ❖

이 때 부락 뒷산의 느릅나무 아래에 긴 수염의 한 노인이 천심의 달을 바라보며 유유히 앉아 있었다. 조용한 봄밤은 덤불나무 꽃의 은은한 냄새를 부드러운 안개로 감싼 채 뻐꾸기 소리가 산 그 자체의 숨소리처럼 하늘 가득하게 들리고 듬성한 별 빛을 흐리게 했다.

눈 아래의 부락에서 갑자기 화재 연기가 바람이 사라진 하늘에 한 가닥 직선으로 올라가는 것이 보였다. 노인은 연기 속에 피어오르는 불꽃을 보았지만 여전히 무릎을 안고 편안한 작은 소리로 노래를 부르고 있었다. 놀란 기색은 전혀 없었다. 부락에서는 벌집을 쑤셔놓은 것 같은 사람들의 술렁거림이 들렸다. 그 소리는 점점 더 높이 술렁거리며 거의 전쟁이라도 난 것처럼 험악한 함성으로 이어졌다. 그제야 노인도 조금은 의외라는 생각이 들었는지 흰 눈썹을 찡그리면서 서서히 일어나서 양손을 귀에 대고 부락의 소동을 가만히 들으려고 했다.

“칼 소리 같은 것도 들리는군.”

노인은 그렇게 속삭이면서 한참 동안 금분을 날리고 있는 화재 연기를 바라보았다.

잠시 후에 부락에서 도망친 것 같은 7,8명의 남녀가 헐떡거리며 산으로 올라왔다. 그들 중 에는 머리를 내린 10살도 채 안 되는 어린아이도 있었다. 살갗이 보일 정도로 목과 띠가 풀려있는 아가씨도 있었다. 화살보다도 허리가 굽어 서있기도 힘든 노파도 있었다. 그들은 산 위에 오르자 서로 약속이나 한 것처럼 발길을 멈추고 달밤의 하늘을 태우고 있는 부락의 화재에 눈을 돌렸다. 그 중의 한 사람이 두릅나무 둥지에서 우두커니 서있던 노인의 모습을 발견하곤 그 쪽으로 다가갔다. "오모이카네미고토! 오모이카네미고토시다"라는 말이 한숨과 함께 흘러나왔다. 가슴을 드러낸 밤눈에도 아름다워 보이는 아가씨가 "숙부님"이라고 말을 하면서 노인에게 작은 새처럼 가볍게 달려왔다.

"이 소동은 뭔가?"

오모이카네미고토는 눈썹을 찡그리면서 다가온 아가씨를 한손으로 안고 누구를 지목하지 않고 물었다.

"스사노오노미고토가 어찌 된 일인지 갑자기 난폭해 졌습니다."

대답한 것은 그 쾌활한 아가씨가 아니라 그들 중에 섞여 있던 눈코도 보이지 않을 것 같은 노파였다.

"뭐? 스사노오노미고토가 난동을 부린다고?"

"예. 젊은이들이 미고토를 잡으려 했지만 평소에 미고토의 편을 들던 젊은이들이 가로막아서 근래에 없던 대 소동이 시작되었다고 합니다."

오모이카네는 깊은 생각에 잠기며 부락에서 피어오르는 화재 연기와 미고토의 가슴에 매달려 있던 아가씨의 얼굴을 번갈아 보았다. 아가씨는 달빛에 비춰진 탓인지 헝클어진 머리 사이로 보이는 볼이 투명할 정도로 창백했다.

"불을 다룰 때는 주의해야지. 스사노오노미고토만의 문제가 아니야. 불을 다루는 자는 늘 주의해야지."

미고토는 주름투성이 얼굴에 쓴 웃음을 지으며 계속 번져가고 있는 불길을 멀리서 바라보며 아무 말도 못하고 떨고 있는 질녀의 머리를 쓰다듬어 주었다.

❖ 23 ❖

부락의 전쟁은 다음날 아침까지 이어졌다. 소수는 언제나 대중의 적이 아니었다. 스사노는 아군인 젊은이들과 함께 적의 손에 생포되었다. 평소에 그에게 악의를 품고 있던 젊은이들은 공처럼 그를 둘둘 묶은 후에 난폭한 짓을 더했다. 때리기도 하고 차기도 했다. 그때마다 스사노는 데굴데굴 땅을 구르며 울부짖는 소의 울음소리를 내었다.

부락의 노인과 젊은이들은 모두 부락의 규칙대로 스사노를 죽이고 소동의 죄를 보상하도록 했다. 오모이카네노 미고토와 다지카라오노미고토는 쉽사리 찬성하지 않았다. 다지카라오노미고토는 스사노의 죄는 미웠지만 그의 비범한 힘은 아꼈다. 오모이카네노미고토도 스사노와 같은 젊은이를 죽이고 싶지 않았다. 미고토는 스사노만이 아니라 인간을 죽인다는 것에 극심한 혐오를 품었다.

부락의 노인과 젊은이는 그의 죄 값을 정하기 위해 3일간 더 논의를 했다. 두 미고토는 아무래도 그들의 의견을 바꾸지 않았다. 사형대신에 스사노를 추방하기로 했다. 그러나 스사노의 밧줄을 그대로 풀고 자유의 땅인 넓은 국외로 쫓아내기는 젊은이들이 참기 어려운 너무나 관대한 처사였다. 그래서 그들은 먼저 스사노의 머리카락을 하나도 남기지 않고 뽑았다. 손톱과 발톱은 조개를 벗기듯 미련 없이 뽑아 버렸다. 밧줄을 풀고 손발도 거의 쓸수 없는 스사노에게 돌을 던지고 사나운 사냥개를 풀었다. 스사노는 피투성이가 되어 거의 기다시피해서 부락에서 도망쳤다.

다카마가하라를 둘러싼 산봉우리를 넘은 것은 거의 이틀이 걸린 날씨가 수상한 오후였다. 산 정상에서 거친 바위에 올라서 정들었던 부

락이 있는 분지를 바라보았다. 그의 눈 아래에는 그저 운해가 동틀 녘의 하늘을 업고 있었다. 계곡에서 불어오는 바람이 그의 귀에 익숙한 속삭임을 들려주었다. "스사노여!. 그대는 무엇을 찾고 있는 것인가. 나와 함께 가자. 나와 함께 가자. 스사노여! ……"

스사노는 겨우 일어섰다. 미지의 나라를 향해 산을 내려가기 시작했다. 아무것도 입지 않았다. 곡옥과 칼은 말할 것도 없다. 생포되었을 때 모두 빼앗겨 버렸다. 비는 이 추방자의 머리 위에도 맹렬하게 퍼붓기 시작했다. 바람이 휘몰아치며 흠뻑 젖은 빗물을 그의 맨다리에 계속 내려때려 부었다. 스사노는 이를 깨물며 다리만을 바라보고 걸었다.

눈에 보이는 것은 바위뿐이었다. 한 쪽에는 어두운 안개가 산과 계곡을 막고 있었다. 안개 속에서 비바람 소리인지 계곡의 물소리인지 여기저기서 콸콸 소리를 내었다. 그의 마음속에는 그것보다도 더 큰 외로운 분노가 들끓었다.

❖ 24 ❖

발아래의 바위는 젖은 이끼로 변했다. 조금 더 가니 낙엽이 가득 깔려있는 곳이 나왔다. 키가 큰 억새풀이 있는, 어느 샌가 스사노는 산 중턱을 메우고 있는 삼림 속으로 들어와 있었다.

비바람은 아직 멈추지 않았다. 하늘에는 전나무와 솔송나무 가지가 짙은 안개 속을 헤치면서 괴로운 비명을 지르고 있었다. 그는 억새를 가르면서 나아갔다. 그의 머리는 억새와 젖은 잎사귀에 파묻혔다. 흡사 숲 전체가 그의 가는 길을 막듯이 살아서 움직이고 있는 것 같았다.

쉬지 않고 걸었다. 마음속에는 여전히 울분과 분노가 들끓고 있었다. 그런데 이 황량한 삼림에는 무언가 기쁨을 알게 하는 힘이 있는 것 같았다. 초목과 넝쿨을 팔로 헤치면서 커다란 목소리로 포효하는 비바람에게 말을 하기도 했다.

오후가 조금 지났을 무렵 그는 더 이상 나아갈 수 없는 계곡에 부딪쳤다. 계곡 물이 흐르고 있는 건너편에는 깎은 듯 가파른 절벽이 있었다. 그 절벽을 따라 억새풀을 헤치며 또 걸어갔다. 그러자 건너편 언덕에 물보라와 비를 맞으며 있는 넝쿨로 묶은 밧줄다리가 보였다.

밧줄다리를 사이에 둔 절벽에는 밥 짓는 연기가 날고 있었다. 커다란 동굴이 몇 개 보였다. 스사노는 주저하지 않고 밧줄다리를 건너서 동굴 하나를 살펴보았다. 동굴 속에는 두 여자가 화로 불을 앞에 두고 앉아있었다. 두 사람 모두 불 빛을 받아서 그런지 빨갛게 보였다. 한 사람은 원숭이처럼 생긴 노파였는데 한 명은 아직 어린 젊은이인 것 같았다. 둘은 스사노를 보자 동시에 소리를 지르며 동굴 안으로 도망치려고 했다. 스사노는 둘 외에 아무도 없는 것을 확인하고 동굴 속으로 돌진했다. 이내 노파를 그 자리에서 비틀어 복종시켰다.

젊은 여자는 벽에 걸려 있던 칼을 손으로 잡자마자 스사노의 가슴을 찌르려고 했다. 스사노는 한손을 휘둘러 단번에 칼을 떨어뜨렸다. 여자는 다시 검을 들어 끈질기게 그를 덮치려고 했다. 검은 역시 힘없이 바닥에 떨어졌다. 스사노는 그 검을 주워들고 검 끝을 이빨로 깨물어 간단히 두 개로 끊어 버렸다. 그리고 냉소를 띄면서 전쟁을 거부하듯 여자를 바라보았다.

여자는 도끼를 손에 들고 3번이나 그를 내리치려고 했다. 그러나 스사노가 검을 2개로 부순 것을 보더니 도끼를 던져 버리고 바닥 위

에 엎드렸다.

"배가 고플 뿐이야. 먹을 것이나 좀 줘."

원숭이 같은 노파를 잡았던 손을 느슨하게 했다. 화로 불 앞에서 편안하게 양반다리를 하고 앉았다. 두 여자는 그의 명령대로 묵묵히 식사 준비를 하기 시작했다.

❖ 25 ❖

동굴 속은 넓었다. 벽에는 무기가 여러 개 걸려 있었다. 화로 불빛을 받아 모두 아름답게 빛나고 있었다. 바닥에는 사슴과 곰의 가죽이 여러 장 깔려 있었다. 어디서 날아온 것인지 달콤한 냄새가 따뜻한 공기에 섞여 기분 좋게 만들어 주었다.

식사 준비가 다 되었다. 야생에서 잡은 고기, 계곡에서 잡은 물고기, 숲속에서 딴 나무 열매, 말린 조개가 접시에 담겨져 있었다. 젊은 여자는 술병을 들고 그에게 술을 권하면서 화로 앞에 앉았다. 자세히 보니 피부색이 희고 머리가 검은 애교 있는 여자였다.

짐승처럼 우악스럽게 먹고 술을 마셨다. 접시와 그릇에 담긴 음식은 순식간에 사라졌다. 여자는 미친 듯이 먹는 스사노를 바라보면서 어린아이와 같은 미소를 지었다. 칼을 던지려고 했던 사나운 기색은 어디서도 찾아볼 수 없었다.

"이걸로 배는 충분히 채웠고… 이젠 입을 걸 좀 줘."

스사노는 배불리 먹자 큰 하품이 나왔다. 여자는 동굴 안으로 들어가더니 비단 옷을 가지고 왔다. 지금까지 본적이 없는 정교한 직물로 짠 옷이었다. 스사노는 몸단장을 하고 벽에 걸려있던 검을 하나 빼어

왼쪽 허리에 찼다.

다시 화로 불 앞에 가서 양반다리를 했다.

"아직 볼일이 남았어요?"

잠시 후 여자는 옆으로 와서 주저하며 말했다.

"주인이 오길 기다리고 있어."

"기다려서 뭘 하시려고요?"

"싸움을 하려는 게 아니야. 여자를 위협해서 도둑질 했다는 소리는 듣고 싶지 않거든."

여자는 얼굴에 내려온 머리를 쓸어 올리면서 미소를 지었다.

"그렇다면 기다리실 필요가 없습니다. 제가 이 동굴의 주인이니까요."

스사노는 의외의 답을 듣고 깜짝 놀라 눈을 크게 떴다.

"남자는 한 사람도 없는가?"

"없습니다."

"이 근처의 동굴은?"

"모두 제 여동생들이 2,3명씩 모여 살고 있습니다."

스사노는 얼굴을 찡그린 채로 2,3번 머리를 강하게 흔들었다. 불빛, 마루에 깔린 털가죽, 그리고 벽에 걸린 칼, 그에게는 어쩐지 환상 같았다. 특히 이 젊은 여자는 반짝이는 곡옥과 검을 장식하고 있어 왠지 인간세계를 떠난 요정이라는 생각이 들었다. 비바람을 맞으며 오랫동안 삼림을 헤매었던 스사노는 두려울 것이 없는 이 따뜻한 동굴에 앉아있는 것을 유쾌하게 생각했다.

"여동생들은 많은가?"

"16명입니다. 지금 노파가 알리러 갔으니 모두 이리로 올 겁니다."

그 말을 듣고 나서야 원숭이 같은 노파의 모습이 보이지 않는 것을

알아차렸다.

❖ 26 ❖

스사노는 무릎을 감싸 안은 채로 동굴 밖에서 나는 비바람 소리를 듣고 있었다. 여자는 화로 속에 새로운 땔감을 집어넣으면서,

"혹시 뭐라 하시는 분인지… 저는 오게쓰히메(大気都姫)라고 합니다."

라고 했다.

"스사노!"

스사노가 그의 이름을 말하자 오게쓰히메는 눈을 들어 새삼 다시 몰골 흉한 젊은이를 바라보았다. 스사노라는 이름은 그녀도 알고 있는 것 같았다.

"지금까지 저 건너편의 다카마가하라에 계셨습니까?"

스사노는 조용히 고개를 끄덕였다.

"다카마가하라는 좋은 곳이지요?"

그 말을 듣자 잠시 가라앉았던 마음속의 분노가 다시 끓어올랐다.

"다카마가하라! 다카마가하라는 쥐가 멧돼지보다 셀 수 있는 나라야!"

오게쓰히메는 미소를 지었다. 아름다운 이가 선명하게 불빛에 비춰졌다.

"여긴 뭣하는 곳이요?"

그는 일부러 대화를 다른 곳으로 돌렸다. 오게쓰히메는 미소를 머금고 스사노의 늠름한 어깨 주변을 가만히 바라보면서 아무런 말도 하지 않았다. 스사노는 불안한 듯 눈썹을 움직이며 같은 말을 반복했다. 오게쓰히메는 그제야 정신을 차렸다. 애교 띤 목소리로,

“여기요? 여기는, 여기는 멧돼지가 쥐보다 강한 곳입니다.”라고 했다.

그 때 인기척이 났다. 노파를 선두로 15명의 젊은 여자들이 비바람에도 아랑곳 하지 않고 줄줄이 동굴 안으로 들어왔다. 모두 볼에 홍조를 띄우고 검은 머리를 높게 묶었다. 오게쓰히메와 살갑게 인사를 나누었다. 그리고는 멍하니 그 모습을 바라보고 있는 스사노의 주변에 나란히 앉았다. 목 구슬과 귀걸이에서 비치는 빛, 비단옷이 스치는 소리, 동굴 안은 갑자기 좁아졌다.

16명의 여자들은 스사노를 둘러싸고 산 속에서는 어울릴 것 같지 않는 유쾌한 술잔치를 열었다. 처음에는 스사노가 벙어리처럼 그저 권하는 술잔을 단 번에 꿀꺽 꿀꺽 다 마셔버렸다. 그러나 취기가 돌자 큰 소리로 말하기도 하고 웃기도 했다. 어떤 여자는 구슬로 장식하고 가야금을 탔다. 또 어떤 여자는 술잔을 비우고 농염한 사랑노래를 불렀다. 동굴은 그들의 소리로 가득 찼다.

밤이 되었다. 노파는 화로에 땔감을 더 넣고 몇 개의 등유를 밝혔다. 낮부터 홍청망청 취한 그는 이젠 여자들의 노리개가 되었다. 16명의 여자들은 그를 빼앗기도 하고 서로 교태를 부리며 놀기도 했다. 대부분 오게쓰히메가 술 취한 그를 차지했다. 여동생들은 불만스러워했다. 스사노는 비바람과 산, 그리고 다카하마라는 잊은 채 동굴을 가득 메운 화장기운속에 완전히 빠져있었다. 소동 중에도 원숭이 같은 노파만은 조용히 한쪽 구석에 웅크리고 앉아 다른 사람은 안중에도 없는 16명의 여자들의 추태를 비꼬듯 보고 있었다.

❖ 27 ❖

밤은 점차로 깊어져 갔다. 텅 빈 접시와 술독은 때때로 요란스러운 소리를 내며 바닥 위로 굴러 떨어졌다. 바닥 위에 깔아놓은 모피도 어느 샌가 흠뻑 적었다. 16명의 여자들 입에서 새어나오는 것은 의미 없는 웃음소리와 괴로운 듯한 숨소리였다.

노파는 일어서서 밝은 등불을 하나씩 껐다. 화로에서 꺼져가고 있던 숯 냄새의 불씨만이 남았다. 불빛은 16명의 여자에게 학대받은 작은 산 같은 스사노의 모습을 계속 비추고 있었다.……

다음날 스사노는 눈을 떴다. 비단과 모피 침상 속에 혼자 누워있었다. 침상에는 다다미 대신에 복숭아꽃이 깔려있었다. 어제부터 동굴 속에 흘러넘치고 있던 달콤하면서 신기한 냄새가 이 복숭아 꽃 냄새였다. 코를 킁킁거리면서 잠시 멍하니 천장을 바라보았다. 미치광이 같았던 지난밤의 기억이 생생히 눈에 떠올랐다. 갑자기 화가 났다..

"제기랄!"

스사노는 신음하면서 침상을 풀쩍 뛰어나갔다. 복숭아꽃이 공중에 날렸다.

동굴 속에는 노파가 아침밥을 준비 하고 있었다. 오게쓰히메는 어디로 갔는지 보이지 않았다. 얼른 신발을 신고 허리에 칼을 차고 노파의 인사는 신경도 쓰지 않고 터벅거리며 동굴 밖으로 발걸음을 옮겼다.

미풍은 그의 숙취를 날려 주었다. 양손을 가슴에 꼬고 건너편에서 흔들리고 있는 상쾌한 나무 가지를 바라보았다. 나무 위의 하늘에는 높은 산들이 산중턱에 걸려있던 안개 위에 뾰족한 몸체를 드러내고 있었다. 거대한 산봉우리는 아침 햇살을 받고 마치 그를 내려다보면

서 아무 말 없이 전날 밤의 광태를 비웃고 있었다.

산들과 나무숲을 바라보자 갑자기 동굴의 공기를 토해내고 싶어졌다. 화롯불과 술, 그리고 침상의 복숭아꽃이 부패한 냄새처럼 기분 나빴다. 16명 여자들은 모두 홍색가루를 뒤집어 쓴 해골 같았다. 스사노는 산 앞에서 깊은 한 숨을 쉬었다. 고개를 떨어뜨리고 동굴 앞에 걸려있는 넝쿨 다리를 건너려고 했다.

그때 떠들썩한 웃음소리가 조용한 계곡사이에서 울려 퍼졌다. 스사노는 발걸음을 멈추고 소리 나는 쪽을 돌아보았다. 동굴 앞의 길에는 15명의 여동생을 데리고 어제보다도 아름다운 오게쓰히메가 그를 보며 눈부신 비단 옷을 팔랑거리며 오고 있었다.

"스사노오노미고토님! 스사노오노미고토님!"

그들은 새끼 새가 지저귀듯이 그를 불러댔다. 그 소리는 숙명적으로 다리를 건너려던 스사노노의 마음을 혼란시켰다. 스사노는 자신의 한심스러움에 놀라면서 얼굴에 미소를 짓고 그들이 다가오는 것을 기다렸다.

❖ 28 ❖

스사노는 봄과 같은 동굴 속에서 16명의 여자들과 방종한 생활을 했다. 한 달은 순식간에 지났다.

매일 술을 마시고 계곡의 물고기를 낚기도 했다. 계곡 상류에는 폭포가 있고 폭포 주변에는 일 년 내내 복숭아꽃이 피어있었다. 16명의 여자들은 매일 아침 폭포에서 복숭아 냄새가 떠다니는 물에 몸을 씻었다. 스사노는 아직 아침 햇살이 비치기도 전에 여자들과 함께 물속

에 들어가기도 하고 먼 상류까지 억새풀 속을 헤엄쳐 올라갈 때도 있었다.

위대한 산과 계곡을 사이에 둔 나무숲도 그와 교섭이 없이 점차 죽어갔다. 그는 밤낮으로 정적한 계곡 사이의 공기를 마셔도 더 이상 감동받지 않았다. 그런 마음의 변화에도 전혀 신경 쓰이지 않았다. 그래서 편안하게 술에 취해 꿈같은 매일을 보내며 행복했다.

그러던 어느 날 밤이었다. 꿈속에서 산 위에 있는 바위 틈 속에서 다카마가하라를 바라보았다. 다카마가하라에는 해가 비치고 아마노야스강의 커다란 물이 칼처럼 빛나고 있었다. 그는 강한 바람을 맞으면서 눈 아래에 펼쳐진 경치를 바라보고 있었는데 갑자기 형용할 수 없는 외로움이 그를 덮쳐왔다. 그 자신도 모르게 소리를 내며 울고 있었다. 그 소리에 놀라 눈을 떴다. 눈물은 실제 그의 볼에 차가운 흔적을 남기고 있었다. 스사노는 몸을 일으켜서 희미한 빛을 비추고 있는 동굴 속을 둘러보았다. 복숭아꽃 침상에서 술 냄새를 풍기며 오게쓰히메가 숨소리를 내며 자고 있었다. 일상적인 모습이다. 그녀의 얼굴은 변한 것이 없는데 이상하게도 죽음에 임박한 노파처럼 보였다.

그는 공포와 혐오에 이를 깨물면서 가만히 침상을 빠져나왔다. 나갈 채비를 하고 원숭이 같은 노파가 알아차리지 못하게 동굴 밖으로 발소리를 죽이며 나왔다.

밖에는 어두운 밤 속에서 계곡의 물소리만이 들렸다. 그는 등줄기 다리를 건너자마자 산짐승처럼 억새풀로 기어들었다. 잎 새 하나 움직임이 없는 나무숲을 헤치며 계속 안으로 걸어갔다. 별빛, 차가운 이슬, 이끼 냄새, 올빼미의 눈, 그 모든 것이 지금까지 느껴보지 못한 상쾌한 힘으로 그의 마음속에서 흘러 넘쳤다.

뒤도 돌아보지 않고 날이 밝을 때까지 계속 걸어 다녔다. 나무숲에서 맞은 새벽은 아름다웠다. 빽빽한 소나무와 전나무위에서 하늘이 붉게 물들었을 때 그는 몇 번이나 큰 소리로 동굴을 도망쳐 나온 그 자신의 행복을 축복했다.

태양이 나무숲 바로 위까지 떠올랐다. 가지에 앉아있는 산비둘기를 바라보면서 활과 화살을 가지고 오지 않은 것을 후회했다. 공복을 매울 나무 열매는 많이 있었다.

날이 저물었다. 그는 험악한 절벽 위에 쓸쓸히 서 있었다. 숲은 절벽 아래에서 침엽수 끝을 나란히 하고 있었다. 바위모서리에 앉아서 계곡으로 가라앉고 있는 태양을 바라보았다. 어두컴컴해 져가는 동굴벽에 걸려있는 칼과 도끼를 생각했다. 산에서 16명의 여자들이 웃는 웃음소리가 희미하게 전해져 오는 것 같았다. 상상할 수 없을 정도로 이상한 유혹으로 가득 찬 환상이었다. 저물어가는 바위와 숲을 뚫어지게 응시하면서 그 유혹을 뿌리쳤다. 그러나 동굴 속에서 피어나는 장작불의 추억은 눈에 보이지 않는 그물처럼 서서히 그의 마음을 덮쳤다.

❖ 29 ❖

스사노는 하루 만에 동굴로 돌아왔다. 16명의 여자들은 그가 도망갔다고 생각하지 않았다. 무관심을 가장한 것은 아니었다. 처음부터 감수성을 갖고 있지 않았다.

스사노는 그 때문에 괴로웠다. 그러나 한 달 쯤 지나자 오히려 이전보다 더 편안하게 깰 것 같지 않은 행복에 빠졌다.

1년이라는 세월이 꿈처럼 지나갔다.

어느 날 여자들이 개를 한 마리 데리고 왔다. 전신이 새까만 숯 놈이었다. 오게쓰히메는 사람처럼 귀여워했다. 스사노도 처음에는 물고기와 산짐승 고기를 던져주었다. 어떤 때는 술김에 씨름을 한 적도 있었다. 개는 앞발을 날려서 취한 그를 던졌다. 그 때마다 손바닥을 치면서 여자들은 떠들썩하게 웃었다. 기개 없는 그를 놀렸다.

개는 나날이 그들의 사랑을 독차지했다. 오게쓰히메는 식사 때마다 스사노와 같은 접시와 술병을 개 앞에도 두었다. 그는 언짢은 얼굴로 한 번은 개를 쫓아내었다. 오게쓰히메는 아름다운 눈을 바꾸어 그의 행동을 질책했다. 그런 수모를 당하면서도 개를 죽이려는 용기는 그에게 없었다. 개와 함께 고기를 먹고 술도 마셨다. 개는 그의 불쾌함을 알고 있는지 접시를 핥으면서 늘 그에게 이빨을 드러냈다.

그래도 그 정도는 괜찮았다. 어느 날 아침 그는 여자들보다 늦게 폭포로 갔다. 계절은 여름으로 접어들었다. 폭포 주변의 복숭아꽃은 여전히 계곡 사이의 안개 속에 피어있었다. 그는 억새풀을 헤치면서 떨어진 복숭아꽃을 띄우고 있는 폭포로 내려갔다. 그 때 그의 눈에는 생각지도 못한 걸 보았다. 물을 맞으면서 XXXXXX 검은 짐승이 움직이고 있었다. XXXXXXXXXXXXXXXXXXXXXXXXXXXXXX. 바로 허리에 찬 칼을 뽑아서 단칼에 개를 치려고 했다. 그러나 여자들이 개를 둘러싸고 있어서 맘대로 검을 휘두를 수 없었다. 그 사이에 개가 물을 떨어뜨리면서 폭포 밖으로 뛰어 나가서 동굴 쪽으로 도망가 버렸다.

그 이후 매일 밤 주연에서 16명의 여자들이 필사적이 되어 빼앗으려고 하는 것은 스사노노가 아니라 검은 개였다. 그는 술에 취해 동굴 속에 웅크리고 앉아 밤새 울었다. 타오르는 질투로 가득했다. 질투로

인한 비참함은 없었다.

어느 날 밤 동굴 안에서 양손으로 얼굴을 묻고 울고 있는데 누군가가 다가왔다. 양손으로 그를 감싸 안으며 농염한 말로 속삭였다. 놀라서 눈을 들어 멀리서 비치는 등불 빛으로 상대의 얼굴을 살펴보았다. 화가 나서 상대를 세차게 밀어제쳤다. 힘없이 바닥에 쓰러진 상대는 신음하며 괴로워했다. 허리도 제대로 펼 수 없는 원숭이 같은 노파의 목소리였다.

❖ 30 ❖

노파를 밀쳐낸 스사노는 눈물에 젖은 얼굴을 찡그리며 호랑이처럼 몸을 벌떡 일으켰다. 질투와 분노로 그의 마음이 들끓었다. 개와 희롱하고 있는 16명의 여자들을 향해 칼을 뽑아서 돌진했다.

개는 재빨리 몸을 날려 그의 칼을 간신히 피했다. 여자들은 소리 지르며 그를 말리려고 좌우에서 달려들었다. 그들의 팔을 뿌리치며 다시 한 번 미친 듯이 돌고 있는 개를 찔렀다. 그러나 그 칼은 그의 무기를 빼앗으려고 한 오게쓰히메의 가슴을 정통했다. 그녀는 고통스런 신음소리를 내며 턱없이 바닥에 쓰러졌다. 여자들은 일제히 비명을 지르면서 사방으로 도망쳤다. 등불이 넘어지는 소리, 험악한 개가 짓는 소리, 그리고 쟁반과 술병이 산산조각 나는 소리, 지금까지 웃음으로 충만했던 동굴 안이 마치 태풍처럼 혼란 속으로 내던져졌다.

그는 그 자신의 눈을 의심하며 망연히 서있었다. 이내 칼을 버리고 양손으로 머리를 누르면서 괴로운 듯 신음소리를 내었다. 활을 떠난 화살보다도 더 빨리 동굴 밖으로 달렸다.

밖에는 솔방울에 걸려있던 달이 기분 나쁠 정도로 창백해 있었다. 숲 속의 나무들도 그 하늘에 나뭇가지를 교차시키며 조용히 계곡을 막은 채로 뭔가 흉사가 일어날 것을 기다리고 있었다. 앞뒤 가리지 않고 무조건 달렸다. 억새풀은 이슬을 물리치면서 흡사 스사노를 파묻기라도 하듯이 파도를 짓고 있었다. 때때로 새가 날개에 희미한 빛을 띠면서 바람도 일지 않는 나무 가지에 앉고 했다.

새벽녘이었다. 그는 커다란 호수 언덕에 있었다. 호수는 흐린 하늘 아래서 물결 하나 만들지 않았다. 주위에 우뚝 선 산들과 답답한 여름 숲속은 사람의 마음으로 돌아온 스사노에게 영원히 치유 받을 수 없는 우울한 색으로 보였다. 언덕의 억새풀을 가르며 건조한 모래 위로 빠져나왔다. 가만히 앉아서 쓸쓸한 수면 위를 바라보았다. 호수에는 1,2 마리의 물새 가 저 멀리 떠 있었다.

갑자기 슬픔이 밀려 왔다. 다카마가하라에 있었을 때는 많은 젊은 이들이 적이었다. 그런데 지금은 고작 개 한 마리가 그의 적이었다. 그는 양손으로 얼굴을 감싸고 한참동안 큰 소리로 울었다.

날씨가 변해갔다. 건너편의 벼랑을 막은 산에 번개가 내리쳤다. 쾅 하며 천둥이 울렸다. 그래도 그는 모래위에서 울고 있었다. 비를 품은 바람이 커다란 굴곡을 그리며 벼랑의 억새풀을 지나갔다. 갑자기 호수가 어두워지더니 파도가 거칠어졌다.

천둥이 계속 울렸다. 건너편의 벼랑에서 한 줄기 연기가 피어오르자 나무들이 한꺼번에 울었다. 잠시 후 어둠이 내렸던 호수가 다시 희뿌옇게 보였다. 그제야 얼굴을 들었다. 그 때 폭포같은 비가 사정없이 그를 덮쳤다.

❖ 31 ❖

건너편의 산이 더 이상 보이지 않았다. 호수도 자욱한 구름 연기 속에 사라졌다. 번개가 번뜩일 때 마다 거꾸로 파도치는 수면이 멀리서 보였다. 천둥소리가 하늘을 마구 할퀴듯 계속해서 폭발음을 냈다.

스사노는 비를 맞았지만 그곳을 떠나려고 하지 않았다. 그의 마음은 머리위의 하늘보다 더 짙은 어둠 속에 가라앉아 있었다. 타락한 자기 자신에 대한 분노였다. 그 분노를 맘껏 내뱉을 힘조차 없었다. 큰 나무 기둥에 머리를 내치든가, 호수에 몸을 던지던가, 단 번에 자기 자신을 망하게 할 마지막 힘조차 남아 있지 않았다. 심신모두 부서진 배처럼 쓸쓸하게 소용돌이치는 파도에 맡겨진 채 새하얗게 떨어지는 비를 맞으며 묵묵히 앉아있는 것 외에는 할 것이 아무것도 없었다.

하늘이 검어졌다. 비바람도 더 강해졌다. 그의 눈앞이 번쩍거리며 옅은 보라색이 되었다. 산과 구름과 호수가 모두 공중에 떠 있는 것처럼 보였다. 지축도 부서진 듯 번개소리가 귀를 찢었다. 벌떡 일어섰다. 그러나 다시 앞으로 쓰러졌다. 비는 쓰러진 그에게 아무 미련도 없이 계속 퍼부었다. 반은 모래 속에 얼굴을 파묻은 채 미동조차 하지 않았다.……

몇 시간이 지났을까. 쓰러졌던 그는 모래 위에서 서서히 일어났다. 그의 앞에는 조용한 호수가 펼쳐져 있었다. 하늘에는 아직 구름이 방황하며 한 폭의 햇살만 건너편의 산꼭대기에 길게 늘어 뜨려주고 있었다. 빛이 비친 그곳만이 다른 곳보다 황색을 띤 녹색으로 희미하게 비치고 있었다.

가만히 눈을 들어 평화스런 자연을 바라보았다. 하늘과 나무와 비

온 후의 공기는 모두 옛날에 그가 보았던 그리운 적막함으로 덮여 있었다.

'잊고 있던 것이 저 산속에 있겠지.' 그렇게 생각하며 탐하듯이 호수를 바라보았다. 그러나 그것이 무엇인지는 아무리 기억을 더듬어 보아도 떠오르지 않았다.

구름 그림자가 자리를 옮기고 그를 둘러싼 한여름의 산에 햇살이 두루 비쳤다. 산을 메운 녹음은 호수 바로 위의 하늘에서 붉게 물들었다. 그 때 그의 마음에는 이상한 전율이 전해졌다. 숨을 마시면서 열심히 귀를 기울였다. 중첩된 산 속에서 지금까지 잊고 있었던 자연의 말이 소리 없는 천둥처럼 울려 퍼졌다.

그는 기쁨에 전율했다. 자연의 말에 압도 되었다. 모래에 엎드려 필사적으로 귀를 막았다. 자연은 계속 말했다. 그는 어쩔 수 없이 그 말에 귀를 기울여야 했다.

호수는 햇살에 빛나면서 발랄하게 그 말에 응답했다. 물가에 엎드려 있는 작은 한 인간은 울기도 하고 웃기도 했다. 그러나 산 속에서 솟아오르는 소리는 그의 희비에는 관심 없다는 듯 눈에 보이지 않는 파도처럼 끊임없이 그의 위에 흘러넘쳤다.

❖ 32 ❖

스사노는 호수 물로 더러워진 몸을 씻어 내었다. 벼랑의 커다란 전나무 그늘아래서 오랜만에 편안한 잠에 골아 떨어졌다. 꿈은 깊어가는 한여름의 하늘에서 새의 날개가 하나 떨어지듯이 조용히 그에게 날아 내려왔다.

꿈속은 어두컴컴했다. 커다란 한 고목이 그의 앞에 가지를 펼치고 있었다.

거기에 한 큰 남자가 걸어왔다. 얼굴은 분명하게 보이진 않았다. 칼집에 용 장식이 있는 고려검을 차고 있었다. 용머리가 희뿌연 금색으로 빛나고 있어서 금방 큰 남자를 알아차릴 수 있었다.

큰 남자는 허리에 찬 검을 뽑아 날밑까지 큰 나무 뿌리에 찔러 넣었다.

스사노는 비범한 힘에 경탄했다. 그러자 누가 "저 사람은 호노이가즈치노미고토(火雷命)다."라고 속삭여주었다.

큰 남자는 가만히 손을 들고 그에게 신호를 보냈다. 그 고려검을 뽑으라는 신호 같았다. 갑자기 꿈에서 깼다.

그는 조용히 몸을 일으켰다. 미풍에 움직이고 있는 전나무 가지에는 어느새 별이 걸려있었다. 주위에는 희미한 호수뿐이었다. 억새풀의 움직임과 이끼 냄새가 희미하게 움직이고 있었다. 그는 지금 꾼 꿈을 생각하며 주변을 천천히 살폈다.

10걸음쯤 되는 곳에 꿈속의 그것과 다름이 없는 한 고목이 있었다. 얼른 그 고목으로 발길을 옮겼다.

고목은 좀 전의 낙뢰로 갈라져 있었다. 그래서 뿌리에는 침엽이 가지채로 한 곳에 흩어져 있었다. 가지를 밟으면서 꿈이 진짜 꿈이 아니었던 것을 깨달았다. 고목의 뿌리에는 고려검 하나가 용 장식이 있는 칼집을 위로 칼날이 보이지 않을 정도로 깊이 박혀져 있었다.

양손으로 칼집을 잡고 혼신의 힘을 다해 단 번에 칼을 뽑았다. 칼은 잘 닦아 놓았는지 칼끝에서 차가운 빛을 발하고 있었다. '신은 나를 지켜 주고 있다!'라는 생각이 들자 그의 마음에는 새로운 용기가 솟아

났다. 고목 아래에 무릎을 꿇고 천상의 신들에게 기도를 올렸다.

그 후 그는 또 전나무로 돌아가서 검을 꽉 고 다시 한 번 깊은 잠에 빠졌다. 3일 낮밤을 죽은 사람처럼 그렇게.

잠에서 깬 스사노는 다시 한 번 몸을 씻고 호수가로 갔다. 바람이 멎은 호수는 작은 물결도 일지 않았다. 물가에 서 있던 그의 얼굴을 거울처럼 선명하게 비춰 주었다. 다카마가하라에 있을 때와 같은 마음과 몸이 늠름한 추한 신의 얼굴이었다. 그의 눈 밑에는 주름 하나가 한 해 동안의 슬픔의 흔적을 조각하고 있었다.

❖ 33 ❖

그 이후 그는 혼자서 바다를 건너고 산을 건너며 여러 나라를 헤매고 다녔다. 어떤 나라나 어떤 부락도 그의 발걸음을 멈추게 하지 못했다. 그들은 모두 각기 다른 이름의 사람이었지만 그들의 마음은 다카마가하라의 사람들과 다르지 않았다. 다카마가하라에도 미련이 없던 그는 다른 나라의 백성을 도와준 적이 있어도 그 나라의 백성이 되고자 했던 적은 한 번도 없었다. "스사노여! 그대는 무엇을 찾고 있는가! 나와 함께 가자. 나와 함께 가자……"

바람이 속삭였다. 속삭이는 호수를 뒤로 하고 7년 간 끝없는 표랑을 계속했다. 7년째 되는 여름이었다. 스사노는 이즈모의 히(簸)강을 거슬러 올라가 한 돛단배 아래 갈대가 많은 언덕을 바라보았다.

갈대 건너편에는 키 큰 소나무로 가득했다. 소나무 가지는 서로 경쟁했다. 산 정상에는 여름안개로 자욱해 음울했다. 산 위의 하늘에는 해오라기 3마리가 눈부신 날개를 번뜩이며 가로질러 날아가는 그림자

가 보였다. 강변에는 해오라기 그림자와 사람을 위협하는 밝은 적막만이 지배하고 있었다.

뱃전에 몸을 기대고 햇볕에 탄 송진 냄새를 가슴으로 가득 들이마시면서 돛단배를 부는 바람에 맡겼다. 쓸쓸한 강변의 경치도 모험에 익숙한 스사노에게는 마치 다카마가하라의 갈래 길처럼 이젠 전혀 자극이 되지 않는 평범한 길에 지나지 않았다.

해질녘이 가까워 졌다. 강폭이 좁아지면서 벼랑에 갈대도 거의 보이지 않았다. 마디가 생긴 소나무 뿌리만이 진흙탕 속에 황량하게 얽혀있었다. 오늘밤 잘 곳을 생각하면서 주의 깊게 벼랑을 둘러보았다. 소나무는 물 위에 늘어뜨린 가지를 그물처럼 얽어매어 숲 속의 신비한 세계를 만들고 있었다. 사슴이 물을 마시러 오는지 듬성하게 비어있는 곳에는 붉은 큰 버섯이 여기저기 무리지어 있었다.

날이 점점 어두워졌다. 그때 물이 있는 어떤 바위 위에서 앉아있는 한 사람의 그림자를 발견했다. 이 강변에 사람 그림자라곤 보이지 않았었다. 그래서 스사노는 사람그림자를 보았을 때도 처음에는 그의 눈을 의심했다. 고려검에 손을 대고 몸은 돛단배 뱃머리에 기대두었다.

배는 물의 흐름을 타고 그곳으로 가까이 다가갔다. 바위의 그림자는 확실히 사람이었다. 백의의 소매를 길게 늘어뜨린 여자였다. 그는 호기심으로 눈을 반짝이면서 뱃머리에 벌떡 일어섰다. 배는 돛에 미풍을 담고 어두컴컴한 하늘에 걸려있는 소나무 아래의 바위로 점점 다가갔다.

❖ 34 ❖

마침내 바위 앞에 왔다. 바위 위에는 소나무 가지가 길게 늘어져 있었다. 스사노는 얼른 돛을 내리고 소나무 가지를 한 손으로 붙잡고 양발에 힘을 꽉 주었다. 배가 크게 흔들리면서 뱃머리가 바위모서리의 이끼를 스쳤다.

여자는 그가 온 것도 모르고 혼자 울고 있었다. 인기척에 놀란 것인지 갑자기 얼굴을 들었다. 배 안에 있던 그를 보더니 비명을 지르면서 반쯤은 바위를 감고 있는 굵은 소나무 그림자 속으로 숨었다. 그는 한 손으로 바위 모서리를 붙잡고 "잠시, 기다리시오!"라고 말하고 여자의 옷을 한 손으로 꽉 잡았다. 여자는 뒤로 넘어지면서 다시 한 번 짧은 비명을 질렀다. 더 이상 몸을 일으키지도 않고 울고 있었다.

그는 밧줄을 소나무 가지에 매고 가뿐하게 바위 위로 올라왔다. 여자 어깨에 손을 얹고, "안심하시오. 난 당신에게 해를 입히려고 온 것이 아니라오. 당신이 이런 곳에서 울고 있는 것이 이상해서 무슨 일인가 하고 배를 멈추었을 뿐이오."라고 했다.

여자는 가만히 얼굴을 들더니 물 위에 내려앉은 어둠 속에서 쭈뼛하며 그의 모습을 올려다 보았다. 그는 그 순간에 이 여자를 꿈속에서 본 적이 있는, 여름 석양 같은 어딘지 모르게 슬픈 아름다움이 흘러넘치고 있다는 것을 알았다.

"무슨 일이오? 혹여 길이라도 잃어버린 것이오? 아니면 못된 놈들이 욕을 보인 것이오?"

여자는 잠자코 머리를 흔들었다. 목에 있던 구슬 호박이 희미하게 스치는 소리를 내었다. 그는 아이와 같은 여자가 아니라는 대답의 몸

놀림을 보자 자신도 모르게 미소가 나왔다. 여자는 부끄러운 듯 빰을 붉히고 다시 눈물에 젖은 눈을 무릎에 떨어뜨렸다.

"그러면, 그러면 무슨 일이오? 뭔가 어려운 일이라도 있다면 사양 말고 이야기 하시오. 내가 할 수 있는 일이라면 어떤 일이든 도와드리겠소."

상냥하게 위로의 말을 하자 여자는 비로소 용기를 얻은 듯 일의 전말을 들려주었다. 여자의 아버지는 강 상류 부락의 족장인 아시나쓰치(足名椎)였다. 근년 부락의 남녀가 계속 역병으로 쓰러졌다. 아시나쓰치는 무녀에게 신들의 마음을 알아보도록 했다. 무녀는 구시나다히메(櫛名田姬)[5]를 고시(高志)의 오로치(大蛇)[6]에게 산 제물로 바치지 않으면 부락 전체가 한 달 내로 모두 죽어 사라질 것이라고 했다. 아시나쓰치는 어쩔 수 없이 부락의 젊은이들과 함께 부락에서 멀리 떨어진 이 바위까지 구시나다히메를 데려다 놓고 돌아갔다.

❖ 35 ❖

구시나다히메의 이야기를 듣고 스사노는 고개를 뒤로 젖히고 유쾌하게 황혼이 깃든 강을 돌아보았다.

"고시의 오로치는 도대체 어떤 괴물이오?"

"사람들이 말하기를 머리와 꼬리가 8개가 있는, 8개의 계곡에 걸쳐 있을 정도로 커다란 뱀이라고 합니다."

"그렇소? 그것 참 재미있는 이야기군요. 그런 괴물은 몇 년 동안 만난 적이 없어서 이야기만으로 근육이 움직이는 것 같소."

---

5) 오로치에게 잡아먹히려 하는 것을 스사노가 구해주어 나중에 둘은 결혼한다
6) 머리가 여덟 개 꼬리가 여덟 개인 큰 뱀

구시나다히메는 걱정스러운 눈을 들어 무신경한 그를 쳐다보았다.

"언제 이무기가 올지 모르니까 당신은…"

"오로치를 퇴치할 생각이오."

그는 단호하게 대답하고 양팔을 낀 채로 조용히 바위 위를 걷기 시작했다.

"물리친다고 하시지만 오로치는 말씀 드린 대로 무서운 신이니까…"

"그렇소."

"어쩌면 당신이 상처를 입을 수도 있고…"

"그렇소."

"어차피 저는 산 제물이 되고자 각오한 몸입니다. 비록 이대로…"

"그만 두시오!"

걸으면서 뭔가 눈에 보이지 않는 것을 떨쳐 내는 듯이 손사래를 쳤다.

"난 그대를 이대로 오로치의 산 제물로 만들고 싶지 않소."

"그래도 오로치가 강하다면…"

"어쩔 수 없다고 하는 것이오? 그렇게 될지라도 싸울 것이오."

구시나다히메는 또 얼굴을 붉히고 띠 속에 있는 거울을 찾으면서 그의 말을 막았다.

"제가 오로치의 산 제물이 되는 것은 신들의 생각입니다."

"그럴지도 모르오. 그러나 당신이 산 제물이 안 되었다면 당신이 여기 있을 이유가 없을 것이오. 그건 신들이 나보고 오로치를 처치하라는 신들의 뜻이오."

구시나다히메 앞에서 발걸음을 멈추었다. 엄숙한 권위의 섬광이 그의 추한 미간 사이에 퍼졌다.

“무녀는 신들의 말을 전하는 자들입니다. 신들의 수수께끼를 푸는 자들이 아닙니다.”

그 때 갑자기 두 마리의 사슴이 어두워 진 건너편 소나무 아래서 희미해진 강 속으로 물보라를 치면서 건너갔다. 뿔을 나란히 한 채로 필사적으로 헤엄치기 시작했다.

“사슴이 날뛰는 걸 보니… 지금 오고 있나 봐요… 그 무섭다는 신이…”

구시나다히메는 마치 미친 사람처럼 스사노의 허리에 매달렸다.

“그렀소. 드디어 올 것이 온 것 같소. 신들의 수수께끼를 풀 때가.”

건너편의 벼랑을 보면서 고려검의 손잡이에 손을 갖다 대었다. 말이 채 끝나기도 전에 폭우 덮치는 소리가 건너편 벼랑의 소나무 숲을 흔들면서 그 위에 듬성하게 별을 뿌린 산 위의 하늘로 올라가기 시작했다.

백발노장 스사노오노 미코토(老いたる素戔嗚尊)

이민희

❖ 1 ❖

고시의 오로치를 퇴치한 스사노오는 구시나다히메를 아내로 맞이하면서 그녀의 아버지인 아시나즈치가 다스리고 있던 부락의 수장이 되었다.

아시나즈치는 이들 부부를 위하여 이즈모(出雲)의 스가(須賀)에 야히로도노(八広殿)를 세워주었다. 궁은 지붕위의 치기(千木)[1]가 산에 걸린 구름에 가릴 정도로 큰 건축물이었다. 스사노오는 새로 맞이한 아내와 함께 평온한 나날을 보내기 시작하였다. 바람 소리도 파도의 물보라도 혹은 밤하늘의 별빛도 더 이상은 그를 꾀어내어 광막한 태고의 천지를 헤매게 하지는 못하였다. 이제 곧 아버지가 될 그는 이 궁의 마룻대 밑에서 — 사방에 희불그레 사냥하는 모습을 그려 넣은 그의 방 안에서 다카마가하라노쿠니가 안겨주지 못한 화롯가의 따뜻한 행복을 발견한 것이다.

이들 부부는 함께 식사를 하거나 미래에 대하여 이야기 나누기도 하

1) 일본의 신사(神社) 건축에서 지붕 위의 양끝에 X자형으로 짜서 돌출시킨 목재를 일컫는다.

였다. 때로는 궁 근처에 있는 떡갈나무 숲으로 걸음을 옮겨서 땅에 떨어진 작은 꽃송이를 밟으면서 꿈속 같은 새소리에 귀를 기울이기도 하였다. 그는 아내에게 다정하였다. 목소리, 몸짓, 그리고 눈빛 그 어디에서도 예전 같은 사나움은 두 번 다시 그림자조차 내비치지 않았다.

그러나 간혹 어둠 속에서 꿈틀거리는 괴물이나 실체 없이 휘둘리는 검(劍)의 빛을 꿈속에서 만나기도 하였다. 그렇지만 스사노오는 항시 눈을 뜨면 제일 먼저 아내와 부락을 떠올렸으며, 그의 마음을 재차 살벌한 전장으로 끌고 간 그 꿈은 말끔히 잊었다.

그로부터 얼마 지나지 않아 이들 부부는 부모가 되었다. 스사노오는 태어난 사내아이에게 야시마지누미(八島士奴美)라는 이름을 붙여주었다. 야시마지누미는 그 자신보다는 어머니인 구시나다히메를 닮은 심성이 고운 아이였다.

세월은 강물처럼 흘러갔다.

그러는 사이에 스사노오는 몇 명의 아내를 더 맞아들여 여럿의 아버지가 되었다. 자식들은 모두 어른이 되자 그의 명령에 따라 병사를 이끌고 각지의 부락을 정복하러 나갔다.

자손이 번성함과 더불어 그의 명성은 점차 멀리까지 전해져갔다. 각지의 부락에서는 그가 있는 곳으로 끊임없이 공물을 바치러 왔다. 공물을 운반하는 배는 비단이나 모피, 보석과 함께 스가의 궁을 우러르러 오는 여러 지방의 백성들도 태우고 있었다.

어느 날 스사노오는 백성들 중에서 다카마가하라노쿠니에서 온 세 명의 젊은이들을 발견하였다. 그들은 모두 왕년의 그처럼 건장한 체격의 남자들이었다. 스사노오는 그들을 궁으로 초대하여 손수 술을 따라주었다. 이 용맹한 부락의 수장으로부터 이런 대우를 받는다는 것은

그리 흔한 일이 아니었다. 젊은이들도 처음에는 그의 심중을 헤아릴 수 없어서 다소 두려워했던 것 같다. 그러나 술잔이 돌기시작하자 그의 바람대로 술독을 비우며 다카마가하라노쿠니의 노래를 불렀다.

그들이 궁에서 떠날 즈음, 스사노오는 한 자루의 칼을 쥐고선

"이것은 내가 고시의 오로치를 베었을 때 꼬리 속에 있던 칼이다. 이것을 줄 테니 고향에 있는 너희들의 여신에게 갖다 주어라." 라고 명하였다.

젊은이들은 그 칼을 받들어 스사노오 앞에 무릎을 꿇으면서 목숨 바쳐 그의 명령을 받들겠다고 맹서하였다. 그런 후 스사노오는 혼자서 바닷가에 가서 그들을 태운 배의 닻이 거친 파도 저편으로 서서히 사라지는 것을 바라보았다. 닻은 안개를 헤치는 햇빛을 받아서 곧바로 중천을 향하는 듯이 홀로 빛나고 있었다.

❖ 2 ❖

그러나 죽음은 스사노오 부부에게도 어김없이 찾아왔다.

야시마지누미가 어엿한 젊은이가 되었을 때, 구시나다히메는 돌연 병에 걸려서 한 달 만에 유명을 달리하였다. 스사노오에게는 그녀 이외에도 아내가 여럿 있었으나, 그 자신처럼 사랑한 것은 역시 구시나다뿐이었다. 때문에 그는 그녀의 빈소가 마련되자 사후에도 여전히 아름다운 아내의 주검 앞에 앉아서 꼬박 일주일 밤낮을 말없이 눈물만 흘리고 있었다.

그러는 사이 궁 안은 온통 통곡소리로 가득 찼다. 그 중에서도 나이 어린 스세리히메(須世理姬)의 끊임없이 슬피 우는 소리는 궁 밖을 지나

가는 사람들조차 눈물을 아니 흘릴 수 없게 만들었다. 그녀는 — 야시마지누미의 유일한 여동생은 오빠가 어머니를 닮은 것처럼 정열적인 아버지를 닮은 여장부 같은 딸이었다.

이윽고 구시나다히메의 시신은 생전에 그녀가 사용했던 보석과 거울, 그리고 의복과 함께 스가의 궁에서 그리 멀지 않은 낮은 산허리에 묻혔다. 여기서 스사노오는 황천길을 떠나는 그녀의 혼을 달래기 위하여 지금까지 아내를 시중들었던 열한명의 시녀들을 산채로 매장하는 것도 잊지 않았다. 그녀들은 모두 정성들여 치장을 한 다음 서둘러서 죽음을 맞이하러 갔다. 그러나 그것을 본 부락의 연장자들은 모두가 하나같이 눈살을 찌푸리며 뒤에서 스사노오의 무정함을 비난했다.

"고작 열한명이라니! 수장님은 부락의 오랜 관습은 전혀 개의치 않는군. 후궁도 아니고 정궁이 돌아가셨는데, 저승길에 겨우 열한명만 따르게 하는 법이 어디 있나? 고작 열한명이라니!"

매장이 완전히 끝난 후, 스사노오는 돌연 결심한 듯 야시마지누미로 하여금 대를 잇게 하였다. 그리고 그 자신은 스세리히메와 함께 멀리 바다 저편에 있는 네노가타스쿠니(根堅洲国)로 이주하였다.

그곳은 사면이 바다로 둘러싸인 무인도였는데, 떠돌아다니던 시절 스사노오는 이곳이 가장 풍토가 아름답다고 생각했었다. 그는 이 섬 남쪽에 있는 작은 산에 새로이 궁을 마련하여 평온한 여생을 보내기로 하였다.

그의 머리카락은 이미 모시처럼 빛깔이 하얗게 변해있었다. 그러나 때때로 사나운 기운이 그의 눈에 비치는 것으로 보아 늙음이 아직 그의 힘을 완전히 빼앗아가지 못했음은 확실하다. 아니, 그의 얼굴만 본다면 오히려 스가의 궁에 있던 때보다 더욱 난폭한 기운이 더해진 감

이 없지도 않다. 아직 그 자신이 알아차리지 못하고 있을 뿐, 이 섬으로 이주한 이래 그 안에 잠자고 있던 야성이 어느새 다시금 눈을 뜨기 시작했던 것이다.

그는 딸인 스세리히메와 함께 벌이나 뱀을 사육하였다. 물론 벌은 꿀을 따기 위해서, 뱀은 화살촉에 바를 강력한 독을 얻기 위해서다. 그리고 사냥이나 물고기 잡이를 하지 않는 날에는 그가 일찍이 익혀온 무예나 마술을 하나하나 스세리히메에게 가르쳐주었다. 그녀는 이러한 나날을 보내는 가운데 점점 여느 남자에게도 뒤지지 않는 굳센 여장부로 성장하고 있었다. 그러나 겉모습만큼은 여전히 아름다워 구시나다히메를 닮은 고상함은 잃지 않았다.

그러는 사이 궁 주위의 푸조나무 숲은 싹이 트고 잎이 지기를 몇 번이고 반복하였다. 그때마다 스사노오의 수염투성이 얼굴에는 하나 둘씩 주름이 늘고, 스세리히메의 시종 웃음 띤 눈동자에는 총기가 더해갔다.

❖ 3 ❖

그러던 어느 날 스사노오가 궁 앞에 있는 푸조나무 아래에 앉아서 큰 수사슴의 가죽을 벗기고 있는데, 바다로 헤엄치러 나간 스세리히메가 어떤 낯선 젊은이와 함께 돌아왔다.

"아버님, 방금 전 만난 이분을 이리로 모셔왔습니다."

스세리히메는 힘겹게 일어선 스사노오에게 먼 나라의 젊은이를 대면시켰다. 젊은이는 용모가 수려하고 어깨가 떡 벌어진 대장부였다. 붉고 푸른 구슬목걸이 장식에다 커다란 고려검(高麗劍)을 찬 그의 모습

은 마치 소싯적 스사노오가 눈앞에 나타난 듯하였다.

스사노오는 젊은이의 정중한 인사를 받으면서

"네 이름이 무엇이냐?" 라며 대뜸 물었다.

"아시하라시코오(葦原醜男)라고 합니다."

"이 섬에는 어찌 왔느냐?"

"먹을 것과 물이 필요했기 때문에 배를 댄 것입니다."

젊은이는 기가 죽는 기색도 없이 또박또박 대답하였다.

"그래? 그럼, 저쪽에 가서 마음껏 음식을 먹어도 좋다. 스세리히메야, 안내는 네가 해주어라."

두 사람이 궁 안으로 사라졌을 때, 스사노오는 다시 푸조나무 그늘에서 능숙한 손놀림으로 칼을 움직이면서 수사슴의 가죽을 벗기기 시작하였다. 그러나 그는 어느새 묘한 동요를 느끼고 있었다. 그것은 마치 잠잠한 하늘에 폭풍우를 몰고 오는 구름의 그림자가 드리우려는 듯한, 지금까지의 조용한 그의 생활이 뒤흔들리려는 듯한 느낌이었다.

사슴의 가죽을 다 벗긴 스사노오가 궁 안으로 돌아온 것은 이미 해가 저문 뒤였다. 그는 넓은 층층대를 오르자 늘 그래왔듯이 별생각 없이 대청의 입구에 걸려있는 흰 장막을 걷었다. 그러자 스세리히메와 아시하라시코오가 마치 둥지를 침범당한 두 마리의 정다운 새처럼 허둥지둥 사초깔개로부터 몸을 일으켰다. 스사노오는 언짢으면서도 마지못해 느릿느릿 안으로 들어섰으나, 이윽고 아시하라시코오의 얼굴에 힐끗 못마땅한 시선을 던지며,

"너는 오늘 밤 여기 머물면서 피로를 푸는 게 좋겠다." 라고 거지반 명령조로 말하였다.

아시하라시코오는 그의 말에 기쁜 듯이 머리를 숙였지만, 어딘지

모르게 꺼림칙한 기분이 드는 것은 떨쳐버릴 수가 없었다.

"그럼, 어서 저쪽으로 가서 편하게 푹 쉬어라. 스세리히메야…"

스사노오는 딸을 돌아보자 돌연 비웃는 듯 한 목소리로 말하였다.

"빨리 이 자를 벌의 방으로 데려가거라."

스세리히메의 얼굴에는 일순 핏기가 가시는 것 같았다.

"어서 가지 않고 뭘 꾸물대고 있느냐!"

그는 그녀가 주저하는 것을 보자 성난 곰처럼 으르렁거렸다.

"알겠습니다. 그럼, 아시하라님 이쪽으로 오시지요."

아시하라시코오는 다시 한 번 정중하게 스사노오에게 인사를 하고는 스세리히메의 뒤를 따라 서둘러 대청에서 나갔다.

❖ 4 ❖

대청 밖으로 나오자 스세리히메는 어깨에 걸치고 있던 히레(領巾)[2]를 아시하라시코오의 손에 건네면서 속삭이듯 이렇게 말하였다.

"벌의 방으로 들어가시면 이것을 세 번 흔드세요. 그러면 벌에 쏘이지 않을 테니까요."

아시하라시코오는 그녀의 말이 무슨 뜻인지 전혀 알아들을 수가 없었다. 그러나 되물을 겨를도 없이 스세리히메는 작은 문을 열고 그를 벌의 방으로 밀어 넣었다.

방안은 이미 어두워져 있었다. 아시하라시코오는 그곳으로 들어서자 손으로 더듬어서 그녀를 잡으려하였으나 손끝에 살짝 그녀의 머리카락이 닿았을 뿐, 바로 황급히 문 닫히는 소리가 들려왔다.

2) 일본 고대에 해충이나 독사 등을 쫓는 주력(呪力)을 가지는 것으로 믿어졌던 가늘고 길고 얇은 천으로, 귀부인이 정장할 때 장식으로 어깨에 걸치기도 하였다.

그는 스세리히메가 건네준 히레를 손으로 더듬으면서 망연히 방안에 웅크리고 앉아 있었다. 잠시 그러고 있는데 어둠에 눈이 익숙해진 걸까, 침침하나마 조금씩 주위가 보이기 시작하였다.

엷은 빛 사이로 자세히 쳐다보니 방 천장에는 큰 나무통만한 벌집이 여럿 매달려 있었다. 게다가 벌집 주위에는 그가 차고 있는 고려검의 손잡이보다 한배나 더 큰 벌들이 유유히 날아다니고 있었다. 아시하라시코오는 엉겁결에 몸을 돌려 문 쪽으로 뛰어갔지만, 아무리 열려고 노력해보아도 문은 꼼짝도 하지 않았다. 그때 설상가상으로 한 마리의 벌이 비스듬히 바닥 위로 내려앉더니, 둔탁한 날개 소리를 내면서 점차 그가 있는 쪽으로 다가왔다.

너무나도 뜻밖의 일을 당하여 당황한 그는 벌이 발치까지 오지도 않았는데, 허둥지둥 그것을 밟아 죽이려고 하였다. 그러자 벌은 한층 더 소리를 높이면서 그의 머리 위로 날아들었다. 그와 동시에 다른 벌들도 인기척에 화가 났는지 마치 바람을 등진 불화살처럼 후드득후드득 그의 몸을 향하여 떨어지기 시작하였다.……

스세리히메는 대청으로 돌아오자 벽에 꽂힌 횃불에 불을 붙였다. 불빛은 새빨갛게 사초깔개 위에서 아무렇게나 누워있는 스사노오의 모습을 비추었다.

"틀림없이 벌의 방으로 안내했겠지?"

스사노오는 딸의 얼굴을 주시하면서 재차 몹시 못마땅한 어투로 말하였다.

"저는 단 한 번도 아버님의 말씀을 거역한 적이 없습니다."

스세리히메는 아버지의 시선을 피하며 구석에 앉았다.

"그래? 그렇다면 앞으로도 내 말을 잘 듣겠구나."

스사노오의 말에는 야유가 섞여 있었다. 스세리히메는 조금 전 아시하라시코오가 떨어뜨린 구슬목걸이에 신경을 쓰면서 긍정도 부정도 아닌 어정쩡한 태도를 보였다.

"대답을 안 하는 것은 내 말을 거역하겠다는 뜻이냐?"

"아닙니다. 아버님은 어째서 저에게 그런 말씀을 하시는지요."

"그렇다면 미리 일러둘 말이 있다. 나는 네가 그 녀석의 아내가 되는 것을 허락할 수 없다. 너는 내가 골라준 사람과 결혼해야 한다. 알겠느냐? 이것만은 명심하거라."

이럭저럭하는 사이에 밤이 깊어지자 스사노오는 코를 골고 잠이 들었지만, 스세리히메는 홀로 외로이 창가에 기대어 앉아서 바다를 향하여 소리 없이 지는 붉은 달을 바라보고 있었다.

❖ 5 ❖

다음날 아침 스사노오는 언제나처럼 바위투성이의 바닷가로 헤엄을 치러 갔다. 그러자 어찌된 영문인지 궁으로부터 스사노오의 뒤를 쫓아 아시하라시코오가 기세 좋게 다가왔다.

그는 스사노오의 모습을 보자 유쾌한 듯이 미소를 띠면서

"안녕히 주무셨습니까?" 라며 인사를 한다.

"그래, 밤새 잘 잤느냐?"

스사노오는 바위 모서리에 멈추어 선 채로 수상한 듯이 상대의 얼굴을 살폈다. 이 기운찬 젊은이가 어떻게 해서 벌의 방에서 살아나올 수 있었는지 스사노오로서는 전혀 추측할 수 없었기 때문이다.

"예. 덕분에 잘 잤습니다."

아시하라시코오는 이렇게 대답하면서 발밑에 떨어져있는 바위조각을 주어서는 힘껏 해수면 위로 내던졌다. 바위조각은 긴 포물선을 그리며 붉은 구름이 떠 있는 공중을 향하여 날아갔다. 그리고는 스사노오로서는 도저히 미치지 못할 정도로 먼 바다 속으로 떨어졌다.

스사노오는 입술을 지그시 깨물면서 바위로 향하는 아시하라시코오를 가만히 응시하였다. 두 사람이 바다에서 돌아와 아침 밥상 앞에 앉았을 때, 스사노오는 언짢은 얼굴로 사슴의 다리 한쪽을 베어 먹으면서 건너편에 앉아있는 아시하라시코오에게

"이 궁이 맘에 들면 며칠 더 머물러도 좋다." 라고 말하였다.

옆에 앉아있던 스세리히메는 아시하라시코오에게 이 미심쩍은 친절을 받아들이지 않도록 의미심장한 눈짓을 하였다. 그러나 바로 그 순간 접시에 담긴 생선에 젓가락을 대고 있었던 탓일까 그녀가 보낸 신호를 알아채지 못한 그는

"감사합니다. 그럼 앞으로 이삼일 더 신세를 져도 되겠습니까?" 라고 기쁜 듯이 대답하고 말았다.

그러나 다행히도 오후가 되자 스사노오는 낮잠이 들었다. 이 틈에 사랑하는 두 사람은 궁을 빠져나가 통나무배가 매어 있는 한적한 바닷가의 바위틈에서 잠시나마 행복한 시간을 누릴 수 있었다. 스세리히메는 향기가 좋은 해초 위에 누워서 얼마동안 아시하라시코오의 얼굴을 올려다보며 꿈같은 시간을 보냈으나 이윽고 그의 팔에서 풀려나자

"오늘밤도 여기서 머무시면 당신의 생명이 위험합니다. 저는 개의치 마시고 한시라도 빨리 도망치십시오." 라며 걱정스레 재촉하였다.

그러나 아시하라시코오는 어린아이처럼 웃으면서 고개를 저었다.

"당신이 이곳에 있는 한 나는 죽어도 여기를 떠나지 않겠습니다."

“그러다 만약 당신에게 무슨 일이라도 생긴다면…”

“그럼, 지금 당장 나와 함께 이 섬을 빠져나갑시다.”

스세리히메는 주저하였다.

“함께 가지 않겠다면 나는 언제까지나 여기에 있을 겁니다.”

아시하라시코오는 다시 한 번 힘주어 그녀를 끌어안으려 하였다. 그러나 그녀는 그를 밀치고는 갑자기 해초 위로부터 몸을 일으키며

“아버지가 저를 부르고 있습니다.” 라며 불안한 듯 말하였다. 그리고는 즉시 어린 사슴보다도 가뿐히 바위틈을 빠져나와 궁으로 달려갔다.

혼자 남은 아시하라시코오는 여전히 미소를 띠면서 스세리히메의 달려가는 뒷모습을 바라보고 있었다. 그런데 그녀가 누워있던 자리에는 어젯밤에 그녀가 그에게 건넸던 히레가 또 한 장 떨어져 있었다.

❖ 6 ❖

그날 밤 스사노오는 손수 벌의 방 맞은편에 있는 방 안으로 아시하라시코오를 밀어 넣었다.

방 안은 어제와 마찬가지로 이미 어둠이 깔려있었는데, 다른 점이 있다면 마치 땅속에 묻힌 수많은 보석이 빛나는 듯이 그 어둠 속에서도 여기저기서 반짝이는 물체가 있다는 사실이다.

아시하라시코오는 속으로 이 빛나는 것의 정체를 수상히 여기면서 어둠에 눈이 익숙해지기를 기다렸다. 그러자 얼마 지나지 않아 점차 주위가 보이기 시작하였는데, 아니, 별처럼 빛나는 발광체는 거의 말이라도 삼킬 것 같이 무시무시한 왕뱀의 눈이 아닌가. 게다가 이 왕뱀은 한두 마리가 아니었다. 들보를 휘감은 놈이 있는가 하면, 서까래를

건너가는 놈이 있고, 심지어는 바닥에 똬리를 튼 놈도 있어서 그것들이 으스스하게 방안 온통 우글거리고 있는 것이었다.

그의 손은 엉겁결에 차고 있던 검의 손잡이로 갔지만, 설령 그가 검을 빼들었다고 하더라도 한 마리를 해치우는 사이에 다른 놈이 어렵잖게 그를 죽일 것은 뻔하다. 아니, 실제로 한 마리의 왕뱀이 그의 얼굴을 아래에서 노려보는 와중에 그 보다 더 큰 놈이 들보에 꼬리를 휘감은 채로 공중에 매달려서 그의 어깨 바로 위에서 쭉 대가리를 들이밀고 있었다.

물론 방문은 굳게 닫혀있었다. 뿐만 아니라 문 뒤에서는 백발의 스사노오가 비아냥거리면서 딱 막아서서는 이쪽의 동정에 귀를 곤두세우고 있는 것 같았다. 아시하라시코오는 필사적으로 검의 손잡이를 움켜쥐면서 얼마간은 눈동자만 굴리고 있었다. 그러는 사이에 그의 발밑에 있던 왕뱀은 서서히 산같이 큰 똬리를 풀고는 한층 더 대가리를 쳐들면서 당장이라도 그의 목을 물어버릴 듯이 맹렬한 기세로 그를 노려보고 있었다.

순간 그의 마음속에서 한 가닥 희망의 빛이 비치는 것 같았다. 그는 어젯밤 그의 주위로 벌이 몰려왔을 때, 스세리히메가 건네준 히레를 흔들어서 위태로운 목숨을 구할 수 있었다. 그렇다면 잠시 전에 스세리히메가 바닷가 바위 위에 남기고 간 히레에도 그런 영묘한 힘이 있을지도 모른다. — 생각이 여기에 미치자 그는 품안에 넣어둔 히레를 꺼내어 펄럭 펄럭 세 번 휘둘러보았다.……

다음날 아침 스사노오는 바위투성이의 바닷가에서 더욱더 활기차진 아시하라시코오와 또 다시 마주쳤다.

"그래, 간밤에는 잘 잤느냐?"

"예, 덕분에 잘 잤습니다."

스사노오는 불쾌한 기색을 역력히 드러내며 무서운 눈초리로 상대방을 노려보았지만, 무슨 속셈인지 이내 차분한 평소의 스사노오로 돌아와서는

"그래? 거 다행이군. 그럼 지금부터 나와 함께 가볍게 헤엄이나 치세나." 라면서 격의 없이 말을 건넨다.

두 사람은 곧 알몸이 되어 파도가 거센 새벽녘의 바다 저편으로 헤엄쳐갔다. 스사노오는 다카마가하라노쿠니에 있을 때부터 그와 비견할 자가 없을 정도로 수영실력이 뛰어났다. 그러나 아시하라시코오 또한 그에 못지않게 돌고래보다도 능란하게 헤엄을 잘 쳤다. 사정이 이러하니 두 사람의 머리는 검고 흰 두 마리의 갈매기처럼 바위낭떠러지로부터 점점 멀어져갔다.

❖ 7 ❖

바다는 쉴 새 없이 출렁거리며 두 사람 주위로 눈같이 하얀 물보라를 일으켰다. 스사노오는 그 물보라 속에서 때때로 아시하라시코오에게 짓궂은 시선을 던졌다. 그러나 상대는 아랑곳하지 않고 아무리 높은 파도가 밀려와도 유유히 나아갔다.

그러는 사이에 아시하라시코오는 조금씩 스사노오를 앞서기 시작하였다. 스사노오는 한 치라도 아시하라에게 뒤지지 않으려고 지그시 이를 악물었다. 그러나 상대는 커다란 파도가 두세 번 물보라를 일으키는 사이에 힘들이지 않고 스사노오를 앞질러버렸다. 그리고는 어느새 겹겹의 파도 저편으로 모습을 감추고 말았다.

'이번엔 꼭 저 녀석을 바다에 처넣어서 없애려고 했는데—'

생각이 여기까지 미치자 스사노오는 그를 죽이지 않고서는 분이 풀리지 않을 것 같았다.

'젠장! 저런 교활한 부랑자는 악어의 먹잇감으로 딱 좋은데.'

그러나 곧 아시하라시코오는 그 자신이 마치 악어라도 된 양 유유히 스사노오가 있는 쪽으로 돌아왔다.

"좀 더 헤엄치지 않겠습니까?"

그는 파도에 몸을 맡기면서 언제나처럼 변함없는 미소를 띠며 저 멀리서 스사노오에게 말을 걸었다. 제아무리 스사노오라도 더 이상은 헤엄칠 기분이 나질 안았다.……

그날 오후 스사노오는 아시하라시코오를 데리고 여우와 토끼를 잡으러 또 다시 섬 서쪽으로 난 거친 들판으로 향하였다. 두 사람은 들판 끝자락에 있는 높직한 큰 바위 위에 올라섰다. 들판은 그들 뒤에서 내리 부는 바람 탓에 마른 풀들이 요동치고 있었다. 스사노오는 잠시 그 광경을 잠자코 바라보더니, 활시위를 당기면서 아시하라시코오를 돌아보았다.

"바람 때문에 잘 될지 모르지만, 기왕 여기까지 왔으니 누가 활을 더 잘 쏘는지 겨루어볼까?"

"예, 그러지요."

아시하라시코오는 활겨루기에도 자신이 있는 듯하였다.

"준비됐나? 동시에 쏘는 거야."

두 사람은 어깨를 나란히 하고 힘껏 활시위를 잡아당겨서 그와 동시에 쏘았다. 화살은 물결치는 황야 위를 일자로 가로지르며 멀리 날아갔다. 그러나 어느 쪽이 더 멀리 날아갔는지 판가름하기도 전에 화

살 것은 단 한 번 번쩍 빛나고는 그뿐, 순식간에 바람 부는 하늘과 뒤섞여서 두 대 모두 사라져버렸다.

"누가 멀리 날아갔나?"

"모르겠는데요. 다시 한 번 해볼까요?"

스사노오는 눈살을 찌푸리며 짜증스러운 듯이 고개를 가로저었다.

"다시 해봤자 결과는 마찬가지야. 그보다는 귀찮겠지만 어서 내 화살을 좀 찾아주게. 그건 다카마가하라노쿠니에서 보내온 소중한 적화살이란 말이야."

아시하라시코오는 분부를 따르기 위해 바람에 떠는 들판으로 뛰어들어갔다. 그러자 스사노오는 그의 뒷모습이 키 높은 마른 풀 사이로 사라지기가 무섭게 허리에 찬 주머니 속에서 재빨리 부싯돌을 꺼내어 바위 밑에 있는 마른 가시나무에 불을 놓았다.

❖ 8 ❖

처음에는 아무런 빛깔도 없던 불꽃은 순식간에 자욱하게 검은 연기를 피우기 시작하였다. 그와 동시에 연기 밑에서는 가시나무랑 참억새 타는 소리가 요란스레 귀를 때렸다.

'이번에야말로 해치웠겠지.'

스사노오는 높은 바위 위에서 지긋이 활을 짚으면서 음험한 미소를 짓고 있었다.

불길은 점점 더 퍼져나갔다. 날짐승은 괴로운 듯이 울면서 검붉은 하늘 위로 수없이 날갯짓을 했지만, 이내 연기에 휩싸이며 어지러이 불속으로 떨어졌다. 멀리서보면 이는 마치 휘몰아치는 폭풍우 속에서

무수한 나무열매가 쉴 새 없이 떨어지는 것처럼 보였다.

'이번에는 정말 해치웠군.'

이렇게 만족스레 한숨 돌리고 있는데, 그때 스사노오의 마음속에서는 어찌된 영문인지 말로는 형용할 수 없는 쓸쓸함이 아련히 밀려드는 것이 아닌가.……

그날 땅거미가 질 무렵, 우쭐해진 그는 궁문에 멈춰 서서 팔짱을 끼고는 연기 탓에 아직도 어지러운 황야의 하늘을 올려다보고 있었다. 그러자 그곳으로 스세리히메가 찾아왔는데, 저녁식사를 알리는 그녀의 목소리에는 기운이 없어보였다. 그러고 보니 그녀는 가까운 친족의 상(喪)이라도 당한 듯이 어스름 속에 새하얀 치맛자락을 끌고 있다.

스사노오는 그런 그녀의 모습을 보자 그녀의 슬픔을 짓밟고 싶은 마음이 불쑥 치솟았다.

"저 하늘을 봐라. 지금쯤 아시하라시코오는 — "

"말씀하지 않으셔도 잘 알고 있사옵니다."

스세리히메의 시선은 아래를 향하고 있었지만 의외로 거침없이 아버지의 말을 가로막았다.

"그래? 그렇다면 필시 슬프겠구나."

"슬프옵니다. 설사 아버님께서 돌아가셨다 해도 이토록 슬프지는 않을 것이옵니다."

스사노오는 낯빛이 확 변해서 스세리히메를 노려보았다. 그러나 왠지 더 이상 그녀를 닦아세울 수는 없었다.

"그렇게 슬프면 곡(哭)을 하면 되겠구나."

그는 스세리히메를 뒤로 하고 난폭하게 궁문 안으로 들어갔다. 그리고는 층층대를 오르면서 괘씸한 듯이 혀를 찼다.

'평상시의 나 같았으면 가만두지 않았을 텐데……'

스세리히메는 스사노오가 사라진 뒤에도 잠시 눈물을 머금은 채 검게 달아오른 하늘을 올려다보았지만 이윽고 어깨가 축 쳐져서는 초연히 궁으로 돌아갔다.

그날 밤 스사노오는 언제까지나 잠을 이룰 수가 없었다. 어찌된 영문인지 아시하라시코오를 죽인 사실이 그의 심장에 독침이라도 꽂은 듯이 느껴졌기 때문이다.

'내가 지금껏 그 녀석을 죽일 생각을 한 게 몇 번인지 모른다. 그런데 오늘밤처럼 묘한 기분이 든 적은 없었는데……'

그런 생각을 하면서 그는 풀냄새 나는 사초깔개 위에서 몇 번이고 몸을 뒤척였다. 그러나 잠은 좀처럼 쉽사리 밀려와주질 않았다.

그러는 사이 적막한 새벽은 어느 새 검은 바다 저편으로 으스스 추운 기색을 띠며 퍼지기 시작하였다.

❖ 9 ❖

다음날 아침 햇살이 온통 바다를 비추고 있을 때였다. 아직도 잠에서 덜 깬 스사노오는 눈이 부신 듯 눈썹을 찌푸리며 느릿느릿 궁문으로 나왔다. 그러자 놀랍게도 층층대 위에서는 아시하라시코오가 스세리히메와 함께 앉아서 무언가 기쁜 듯이 이야기를 나누고 있었다.

두 사람 모두 스사노오가 나타나자 깜짝 놀란 모양이다. 그러나 곧 아시하라시코오는 평소와 다름없이 쾌활하게 몸을 일으키어 한 대의 적화살을 내밀면서

"다행히 화살도 찾았습니다." 라고 말하였다.

스사노오는 놀란 가슴이 진정이 되질 않았다. 그러나 그런 와중에도 어찌 된 일인지 무사한 젊은이의 얼굴을 보는 것이 기쁘기도 하였다.

"다행히 다치지 않았군."

"예. 정말로 운 좋게 살아남을 수 있었습니다. 불이 났을 때는 제가 마침 적화살을 손에 넣었을 때였습니다. 저는 연기 속을 뚫고나오면서 아무튼 불이 없는 쪽으로 필사적으로 도망쳤습니다만, 아무리 발버둥을 쳐봤자 도저히 서풍을 타고 일어나는 불보다 빨리 달릴 수 없었습니다.……"

아시하라시코오는 잠시 말을 멈추고는 그의 이야기에 귀 기울이고 있는 아버지와 딸의 얼굴에 미소를 보냈다.

"여기서 타죽겠구나 하고 죽을 각오를 하고 있을 때였습니다. 그런데 한창 달리고 있는데 어찌된 영문인지 갑자기 발밑의 땅이 무너지더니 커다란 구멍 속으로 떨어지는 게 아니겠습니까. 처음에는 칠흑 같았지만 바깥의 마른 풀이 불타오르자 순식간에 그곳까지 밝아졌습니다. 제 주위를 살펴보자 그곳에는 몇 백 마리나 되는 들쥐들이 흙빛도 보이지 않을 만큼 서로 밀치락달치락하며 북적대고 있는 겁니다.……"

"그것이 들쥐였기에 망정이지 만약 살모사였더라면……"

순간, 스세리히메의 눈에는 눈물과 미소가 동시에 비치는 듯 하였다.

"아니, 들쥐라고 해서 얕잡아보아선 안 됩니다. 이 적화살에 깃이 없는 것도 다 그 녀석들한테 뜯겼기 때문입니다. 그러나 다행히도 불은 구멍 밖을 그냥 지나쳐버렸습니다."

스사노오는 이 이야기를 듣는 사이에 다시금 이 행운의 사나이를 향한 증오심이 끓어오르기 시작하였다. 뿐만 아니라 한번 죽이려고

마음먹은 이상, 실패를 모르는 그의 자긍심이 목적한 바를 못 이루는 것을 허락하지 않았다.

"그래. 그거 운이 좋았군. 그러나 운이라는 것은 언제 그 운이 다할지 모르는 법이네. ……허나, 그런 건 아무래도 좋아. 어쨌든 살았으니 이쪽으로 와서 내 머리의 이나 잡아주게."

아시하라시코오와 스세리히메는 하는 수 없이 그의 뒤를 따라 아침 햇살이 비치는 대청의 흰 장막을 빠져나갔다.

스사노오는 대청 중앙에 언짢은 듯이 떡하니 책상다리를 틀고 앉아 미즈라(角髮)[3]로 묶은 머리카락을 마루 위에 아무렇게나 풀어헤쳤다. 시든 갈대 빛을 띤 머리카락은 마치 강물처럼 길게 흘러내렸다.

"내 머리 속의 이는 상대하기에 만만치 않을걸."

아시하라시코오는 스사노오의 말은 귀담아 듣지도 않은 채 백발이 다된 머리카락 속의 이를 발견하는 족족 잡으려하였다. 그러나 조그만 이라고 생각했던 꿈틀거리고 있는 것은 다름 아닌 독을 품은 커다란 구릿빛 지네였다.

❖ 10 ❖

아시하라시코오는 멈칫하였다. 그러자 옆에 있던 스세리히메가 어느 틈에 가져왔는지 한 움큼의 푸조나무 열매와 붉은 흙을 그의 손에 살짝 건넸다. 이에 아시하라시코오는 그 푸조나무 열매를 우적우적 씹어 으깨면서 붉은 흙도 함께 입속에 넣었다. 그리고는 자못 지네라도 잡은 듯이 마루 위에 후욱 불어냈다.

---

3) 고대의 남자 머리 모양의 하나로, 머리털을 가운데서 좌우로 갈라 양쪽 귀 언저리에서 끝을 고리 모양으로 하여 묶음.

그러는 사이 스사노오는 어젯밤 잠들지 못한 피로가 밀려와서 그만 꾸벅꾸벅 졸기 시작하였다.

……다카마가하라노쿠니에서 쫓겨난 스사노오는 발톱이 벗겨진 채로 바위를 밟으며 험준한 산길을 오르고 있었다. 바위 무더기를 휘감은 고사리 덩굴, 까마귀 소리, 그리고 스산한 검푸른 하늘, — 그의 시선이 닿는 곳은 온통 황량함 그 자체였다.

'나에게 무슨 죄가 있는가? 나는 그들보다 강했다. 허나 강한 것은 죄가 아니다. 오히려 죄는 그들에게 있다. 질투심 많고, 음험하고, 사내답지도 못한 그들에게 있다.'

그는 이렇게 분개하면서 얼마 동안 괴로운 발걸음을 이어나갔다. 그렇게 가다보니 거북이 등처럼 생긴 큰 바위가 길을 가로막고 나섰는데, 그 한중간에 방울이 여섯 달린 백동(白銅) 거울이 놓여있었다. 그는 그 바위 앞에서 발길을 멈추고는 물끄러미 거울을 내려다보았다. 속까지 환히 보이도록 맑은 거울 표면에는 젊은이의 얼굴이 뚜렷이 비쳤다. 그러나 그것은 그의 얼굴이 아니라 그가 몇 번이고 죽이려했던 아시하라시코오의 얼굴이었다. 아뿔싸, 하는 순간 퍼뜩 잠에서 깨어났다.

그는 커다란 눈으로 대청 중앙을 둘러보았다. 그러나 그곳에는 아침 햇살이 눈부시게 비추고 있을 뿐, 아시하라시코오도 스세리히메의 모습도 보이지 않았다. 게다가 정신을 차리고 보니 그의 긴 머리카락은 세 갈래로 나뉘어서 천장의 서까래에 붙들어 매여 있는 것이 아닌가.

'속았구나!'

순간 모든 것을 알아차린 그는 맹렬한 기세로 있는 힘을 다해 머리를 흔들었다. 그러자 갑자기 지붕으로부터 지진보다도 섬뜩한 울림이

들려왔다. 그것은 머리카락을 묶은 세 개의 서까래가 일시에 꺾이면서 내는 소리였다. 그러나 스사노오는 전혀 개의치 않고 오른손으로는 커다란 천상의 가고활(鹿児弓)을, 외손으로는 천상의 하바화살(羽羽矢)이 담긴 화살통을 붙잡았다. 그러고 나서 양다리에 힘을 주어 끙 하고 단숨에 일어서더니 여봐란 듯이 세 개의 서까래를 뭉게구름 허물듯이 궁 밖으로 끌고나갔다.

궁 주위에 있는 푸조나무 숲은 그의 발소리로 온통 요동치고 있었다. 그 기세는 나뭇가지에 둥지를 튼 다람쥐도 후드득하고 떨어질 정도였다. 그는 그 푸조나무 사이를 폭풍처럼 빠져나갔다.

숲을 나오자 절벽 끝, 낭떠러지 아래는 바로 바다였다. 그는 거기에 떡 버티고 서서 이마에 손을 올리면서 넓은 바다를 둘러보았다. 바다는 높은 파도 저편에 있는 태양마저 희푸르게 물들이고 있었다. 그리고 파도가 겹치는 한 지점에서 눈에 익은 통나무배 한 척이 먼 바다를 향하여 막 떠나려는 참이다.

스사노오는 활을 짚은 채로 가만히 그 배를 주시하였다. 배는 그를 비웃기나 하는 듯 거적으로 만든 작은 돛을 반짝거리면서 세차게 물살을 헤쳐 나갔다. 뿐만 아니라 뱃머리에는 아시하라시코오가, 배꼬리에는 스세리히메가 타고 있는 모습도 손을 뻗으면 잡힐 듯이 가까이 보였다.

스사노오는 침착하게 천상의 가고활에 천상의 하바화살을 메겼다. 활은 순식간에 팽팽해지고 화살촉은 아래에 있는 통나무배로 향하였다. 그러나 활은 한일자로 메겨진 채로 쉽사리 활시위를 벗어나지 못하였다. 그러는 중에 어느 틈엔가 그의 눈에는 미소를 닮은 그 무엇인가가 비쳤다. 미소를 닮은, — 그러나 동시에 거기에는 눈물 같은 것이 없지도 않았다. 그는 어깨를 한번 으쓱거리더니 아무렇게나 활과 화살을 내던졌다. 그러고 나서, — 짐짓 참기 어려웠다는 듯이 폭포수보다도 더 큰 웃음을 터트렸다.

'나는 너희들을 축복한다!'

스사노오는 아득히 먼 높은 절벽 위에서 두 사람을 향하여 손짓하며 불렀다.

"나보다 더 힘을 길러라. 나보다 더 지혜를 연마하라. 나보다 더, ……"

스사노오는 잠시 머뭇거리더니 저력 있는 목소리로 축복의 말을 이어나갔다.

"나보다 더 행복하여라!"

그의 말은 바람과 함께 망망대해로 퍼져나갔다. 이때 우리들의 스사노오에게는 오히루메무치(大日孁貴)와 싸울 때보다도, 다카마가하라노쿠니에서 추방에 대항할 때보다도, 고시의 오로치를 퇴치할 때보다도, 훨씬 천상의 신들에 가까운 대범한 위엄이 충만해 있었다.

(1920(다이쇼[大正]9)년)

남경의 그리스도(南京の基督)

조사옥

❖ 1 ❖

어느 가을 날 한밤중이었다. 남경 기망가의 어느 집 방 안에는 얼굴색이 창백해진 지나(支那)의 한 소녀가 낡은 테이블 위에 턱을 괴고, 쟁반에 담긴 수박 씨를 지루한 듯이 씹어 깨물고 있었다.

테이블 위에는 램프가 희미한 빛을 발하고 있었다. 그 빛은 방안을 밝게 비춘다기보다는 오히려 한층 음울한 효과를 내는 힘이 있었다. 벽지가 벗겨진 방구석에는 모포가 불거져 나온 등나무 침대가 먼지 냄새나는 방장을 드리우고 있었다. 테이블 저 쪽에는 낡은 의자가 하나, 마치 잊혀진 듯 버려져 있었다. 하지만 그 외에는 어디를 둘러 보아도 장식 다운 가구 종류는 무엇 하나 보이지 않았다.

그럼에도 불구하고 소녀는 수박 씨를 씹다 말고는, 때때로 맑고 시원한 눈을 들어 테이블 한 쪽에 접하고 있는 벽을 가만히 바라보곤 했다. 과연 그 벽에는 바로 코 끝이 꼬부라진 못에 작은 놋쇠 십자가가 얌전하게 걸려 있었다. 그런데 그 십자가 위에는 치졸한 모습으로 수난 받는 그리스도가 양팔을 높이 벌리고, 손으로 만져서 닳은 부조의 윤곽을 그림자처럼 희미하게 띄우고 있었다. 소녀의 눈은 이 예수를 볼 때마다 긴 속눈썹 뒤의 외로운 기색이 일순간 어디론가 사라져 보이지 않고, 그 대신 천진난만한 희망의 빛이 생생하게 되살아나고 있는 것 같았다. 그러나 곧 시선이 옮겨지자 그녀는 한숨을 내쉬며, 광택 없는 검은 공단 상의를 입은 어깨를 힘없이 떨구면서 다시 한번 접시에 담긴 수박 씨를 톡톡 씹어 뱉기 시작하는 것이었다.

소녀의 이름은 송금화라고 하며 가난한 가계를 돕기 위해서 매일 밤 그녀의 방으로 손님을 받는 당시 나이 열 다섯인 창녀였다. 진회(秦淮)의 많은 창녀들 중에는 금화 정도 용모의 소유자라면 얼마든지 있음에 틀림없었다. 그러나 금화만큼 마음씨가 아름다운 소녀가 다시 이 땅에 있을지 그것은 적어도 의문이었다. 그녀는 동료 매춘부와 달리 거짓말도 하지 않을 뿐 아니라, 버릇없이 굴지도 않고 밤마다 유쾌한 미소를 띄우며, 이 음울한 방을 찾는 여러 손님들과 노닥거리고 있었다. 그리고 그들이 쓰고 간 돈이 가끔 약속한 액수보다 많을 때에는 한 분뿐인 아버지에게 좋아하는 술 한잔이라도 더 사드리는 일을 오로지 즐거움으로 삼고 있었다.

이 같은 금화의 태도는 물론 타고 난 것임에 틀림없다. 그러나 그 외에 또 무언가 이유가 있다고 한다면, 벽 위 십자가가 가리키듯이, 금화가 어릴 때부터 돌아가신 어머니에게서 가르침을 받았던 로마 가톨릭교의 신앙을 쭉 지니고 있었기 때문이다.

그러고 보니 금년 봄 상해(上海)의 경마구경을 겸해 남부 지나의 풍광을 보러 왔던 젊은 일본 여행가가 금화의 방에서 색다른 하룻밤을

밝힌 적이 있었다. 그때 그는 여연송을 입에 물고 양복 무릎 위에 가볍고 자그마한 금화를 안고 있었는데, 문득 벽에 걸린 십자가를 보자 의심스러운 얼굴로, "너, 예수교도야?" 하고 서툰 지나어로 말을 걸었다.

"네, 다섯 살에 세례를 받았어요."

"그러고도 이런 장사를 하고 있는 거야?"

그의 목소리에는 그 순간 빈정거리는 말투가 섞여 있는 것 같았다. 하지만 금화는 그의 팔에 새까만 머리를 기대면서 여느 때처럼 밝게 송곳니를 드러내며 웃었다.

"이 장사를 하지 않으면 아버지도 나도 굶어 죽으니까요."

"너의 아버지는 노인이니?"

"네, 이미 허리도 펼 수 없는 걸요."

"그런데 말이다 — 그런데 이런 장사를 하고 있어서야 천국에 갈 수 없을 거라고 생각하지는 않니?"

"아니오"

금화는 잠시 십자가를 바라보면서 깊이 생각하는 듯한 눈빛을 보였다.

"천국에 계시는 그리스도님은 틀림없이 저의 마음을 이해해 주실 것으로 생각하니까요. 그렇지 않으면 그리스도님은 요가항(姚家巷) 경찰서의 순사나 마찬가지잖아요."

젊은 일본인 여행가는 미소를 지었다. 그리고는 상의 포켓을 더듬어 비취 귀걸이 한 쌍을 꺼내서 손수 그녀의 귀에 달아주었다.

"이건 아까 일본에 가져갈 선물로 샀던 귀걸이인데, 오늘 밤의 기념으로 너에게 주는 거야."

금화는 처음 손님을 받은 밤부터 실제로 이런 확신을 가지고 스스로 안심하고 있었다.

그런데 그럭저럭 한 달쯤 전부터 이 경건한 창녀는 불행하게도 악성 매독을 앓는 몸이 되었다. 이야기를 들은 그녀의 친구 진산차(陳山茶)는 통증을 멈추게 하는데 좋다고 하면서 아편 술 마시는 걸 가르쳐 주었다. 그 후 또 금화의 친구인 모영춘(毛迎春)은 그녀 자신이 복용하고 남은 홍람환(汞藍丸)이나 가로미(迦路米)를 친절하게도 일부러 갖다 주었다. 하지만 금화의 병은 어찌된 일인지 손님을 받지 않고 틀어 박혀 있어도 전혀 좋아질 기미가 없었다.

그러던 어느 날 진산차가 금화의 방에 놀러왔을 때, 이런 미신같은 요법을 그럴듯하게 이야기했다.

"네 병은 손님한테서 옮은 것이니까 빨리 누군가에게 옮겨 버려. 그러면 틀림없이 이 삼일 안에 좋아져."

금화는 턱을 괸 채 우울한 얼굴 빛을 고치지 않았다. 하지만 산차의 말에는 다소의 호기심이 발동한 것처럼 "정말?" 하고 가볍게 대답했다.

"응 정말이야. 우리 언니도 너 같이 아무리 해도 병이 낫지 않았어. 그런데 손님에게 옮겨버리니까 바로 좋아졌어."

"그 손님은 어떻게 됐어?"

"그거야 그 손님은 불쌍하지 뭐. 덕분에 눈까지 찌부러졌대잖아."

산차가 방을 나간 후 금화는 혼자서 벽에 걸린 십자가 앞에 무릎을 꿇고 수난 받는 그리스도를 바라보면서 열심히 이런 기도를 드렸다.

"천국에 계시는 그리스도님, 저는 아버지를 봉양하기 위해 천한 장사를 하고 있습니다. 그러나 이 일로 저 한 사람을 더럽히는 것 외에는 누구에게도 폐를 끼치지 않았습니다. 그러니까 저는 이대로 죽어도 반드시 천국에 갈 수 있을 거라고 믿습니다. 하지만 저는 지금 손님에게 이 병을 옮기지 않는 한 이 일을 할 수는 없습니다. 그렇다면 설령 굶어 죽는 한이 있더라도 — 그렇게 하면 이 병도 낫는다고 합니다만 — 손님과 한 침대에서 자지 않도록 주의하지 않으면 안 됩니다. 그렇게 하지 않으면 저는 제 행복을 위해 원한도 없는 타인을 불행하게 만들기 때문입니다. 그러나 뭐니뭐니 해도 저는 여자입니다. 언제 어떤 유혹에 빠질지도 모릅니다. 천국에 계시는 그리스도님, 아무튼 저를 지켜주십시오. 저는 당신 한 분 외에는 의지할 곳도 없는 여자이니까요."

이렇게 결심한 송금화는 그후 산차나 영춘이가 아무리 매춘을 권해도 절대로 손님을 받지 않았다. 때때로 그녀의 방에 단골 손님이 놀러와도 같이 담배를 피우는 것 외에 결코 손님의 뜻에 따르지 않았다.

"저는 무서운 병을 가지고 있습니다. 옆에 오시면 당신에게도 옮아요."

그래도 손님이 취하기라도 해서 무리하게 그녀를 마음대로 하려고 하면 금화는 언제나 이같이 이야기하고, 실제로 그녀가 아픈 증거를 보여주는 것조차 서슴지 않았다. 그래서 손님들은 그녀의 방에 점차 놀러오지 않게 되었다. 동시에 그녀의 가계도 매일 어려워져 갔다.……

오늘밤도 그녀는 이 테이블에 기대어 오랫동안 멍하니 앉아 있었다. 하지만 변함없이 그녀의 방에는 손님이 올 기미가 보이지 않았다. 그러는 동안에 밤은 거침없이 깊어갔고 그녀의 귀에 들어오는 소리라고는 단지 어디에선가 울고 있는 여치 소리 뿐이었다. 그 뿐만 아니라 불기도 없는 방의 추위는 침상에 깔린 돌 위에서 점차로 그녀의 쥐공단 신발에, 그 신발 속의 가냘픈 발에, 물밀 듯이 엄습해 오는 것이었다.

금화는 어두운 램프 불을 아까부터 넋을 잃고 바라보고 있다가, 드디어 한번 몸부림을 치고 비취 귀걸이를 늘어뜨린 귀를 긁으며 조금

하품이 나려는 것을 참았다. 그러자 바로 그 순간에 페인트 칠한 문이 힘차게 열리며 얼굴이 익지 않은 한 외국인이 쓰러질 듯 밖에서 들어왔다. 그 기세가 거세었기 때문일 것이다. 테이블 위의 램프 불이 한 차례 확 타오르자 묘하게도 빨갛게 물든 빛이 좁은 방 안을 가득하게 채웠다. 손님은 그 빛을 정면으로 받자 한번은 테이블 쪽으로 넘어졌지만, 금세 다시 일어서서 이번에는 뒤쪽으로 비틀거리며 페인트를 방금 칠한 문에 털썩 등을 기대버렸다.

금화는 엉겁결에 일어서서 이 낯선 외국인의 모습에 어안이 벙벙해 하며 시선을 던졌다. 손님의 나이는 삼십 오륙 세 정도일까. 줄무늬가 있는 갈색 양복에 같은 천으로 된 사냥 모자를 쓰고, 눈이 크고 턱수염을 기른 뺨이 햇빛에 그을린 남자였다. 하지만 단지 하나 수긍이 가지 않는 점은, 외국인임에는 틀림없다고 하더라도 서양인인지 동양인인지 그의 기이한 모습때문에 분간이 가지 않았다. 검은 머리카락이 모자 밑으로 비어져 나와있고, 불이 꺼진 파이프를 물고는 문 앞에 서서 가로막고 있는 모습은 아무리 보아도 지나가던 만취한 사람이 길을 잘못 든 것 같이 보였다.

"무슨 일이세요?"

금화는 어쩐지 조금 불안한 기분에 휩싸이면서, 역시 테이블 앞에 서서 꼼짝하지 않은 채, 따지듯이 이렇게 물어보았다. 그러자 상대는 고개를 저으며 지나어는 모른다는 듯한 표정을 지었다. 그리고나서 옆으로 물고 있던 파이프를 떼고는 무언가 의미도 모르는 거침없는 외국어를 한마디 내뱉었다. 하지만 이번에는 금화 쪽이 테이블 위 램프 빛에 비춰 귀걸이를 반짝거리면서 고개를 저어 보이는 것 외에는 도리가 없었다.

손님은 그녀가 당혹한 듯이 아름다운 눈썹을 찌푸리는 것을 보자 갑자기 큰 소리로 웃으면서 아무렇게나 사냥 모자를 벗어버리고는 비틀 비틀 이쪽으로 걸어왔다. 그리고 테이블 저쪽 의자에 기겁을 한 듯이 주저 앉았다. 금화는 이때 이 외국인의 얼굴을 언제 어디서라고 할 수는 없지만 확실히 본 기억이 있는 듯한 일종의 친근감을 느꼈다. 손님은 스스럼없이 쟁반 위의 수박 씨를 집으면서, 그렇다고 해서 그것을 씹는 것도 아니고 유심히 금화를 쳐다보고 있다가, 이윽고 묘한 손짓을 섞어가며 무언가 외국어로 말하기 시작했다. 그 의미도 그녀에게는 이해가 되지 않았지만, 단지 이 외국인이 그녀가 하는 일에 대해 다소 알고 있다는 것은 희미하게나마 추측할 수 있었다.

지나어를 모르는 외국인과 긴 하룻밤을 지새우는 일도 금화에게 드문 일은 아니었다. 그래서 그녀는 의자에 앉자 거의 습관이 되어 버린 애교 있는 미소를 지으면서 상대방에게 전혀 통하지 않는 농담을 하기 시작했다. 하지만 손님은 그 농담을 아는것이 아닌가 의심이 갈 정도로 한두 마디 하고는 기분좋게 웃으면서, 조금 전보다도 더 어지럽게 여러 가지 손짓을 하기 시작했다.

손님이 뿜어내는 입김은 심한 술 냄새를 풍겼다. 그러나 그 거나하게 취해 벌겋게 된 얼굴은 이 삭막한 방의 공기가 밝아질 정도로 남자다운 활력에 넘쳐있었다. 적어도 그것은 금화에게 평소 익숙한 남경의 중국인은 말할 것도 없고 지금까지 그녀가 본 어떤 동양이나 서양의 외국인 보다도 멋있어 보였다. 하지만 그럼에도 불구하고 이전에도 한 번 이 얼굴을 본 기억이 있다는 잠시전에 받은 느낌만은 아무래도 지울 수가 없었다. 금화는 손님의 이마에 나있는 검은 곱슬머리를 바라보면서 가볍게 애교를 부리는 동안에도 이 얼굴과 처음 만났을

때의 기억을 열심히 되찾으려고 했다.

'얼마전에 살찐 아내와 함께 유람선을 탔던 사람일까. 아니, 아니, 그 사람은 머리카락 색깔이 훨씬 붉었지. 그러면 진회(秦淮)의 공자님 묘에 사진기를 들이대고 있던 사람인지도 몰라. 그러나 그 사람은 이 손님보다는 나이를 더 먹은 듯한 기분이 들어. 그래 그래, 언젠가 이섭교(利涉橋) 옆 호텔 앞에 사람들이 많이 모여 있었는데, 꼭 이 손님과 매우 닮은 사람이 굵은 등나무 지팡이를 쳐들어 인력거 끄는 사람의 등을 쳤지. 어쩌면, — 하지만 아무래도 그 사람의 눈동자가 더 파랬던 것 같아…….'

금화가 이런 것을 생각하고 있는 동안에 변함없이 유쾌한 듯이 보이는 외국인은 어느샌가 파이프에 담배를 채우고 향이 좋은 연기를 내뿜고 있었다. 그러더니 갑자기 또 뭐라고 말을 하다가, 이번에는 조용하게 생글생글 웃으면서 한쪽 손가락을 두개 금화의 눈 앞에 내밀면서, 어때? 라는 의미의 몸짓을 했다. 손가락 두 개가 이 달러라는 금액을 나타내는 것은 물론 누가 보아도 명확했다. 하지만 손님을 받을 수 없는 금화는 요령 있게 수박 씨로 소리를 내어 아니라고 하는 표시를 두 번 정도하고, 웃는 얼굴을 지어 보였다. 그러자 손님은 책상 위에 거만하게 양팔꿈치를 짚은 채 희미한 램프 빛 아래로 취한 얼굴을 바싹 갖다 대고 가만히 그녀를 쳐다보더니 드디어 손가락 세 개를 내밀며 답을 기다리는 듯한 눈빛을 지었다.

금화는 약간 의자를 비켜놓고 수박 씨를 머금은 채로 당혹해 하는 표정을 지었다. 손님은 확실히 이 달러로는 그녀가 몸을 맡기지 않을 거라고 말한 것으로 여긴 것 같았다. 하지만 말이 통하지 않는 그에게 자세한 사정을 이해시키는 것은 도저히 불가능한 것 같았다. 그래서

금화는 새삼스럽게 그녀의 경솔함을 후회하면서 맑고 시원한 시선을 다른데로 돌리고 딱 잘라서 다시 한 번 머리를 저어 보였다.

그런데 상대방 외국인은 잠시 엷은 미소를 띠며 주저하는 것 같은 기색을 보인 후, 네 손가락을 내밀며 무언가 또 외국어로 말했다. 어찌할 바를 모른 채 금화는 양볼을 감싸고 미소를 지을 기력도 없어졌지만, 눈 깜짝할 사이에 이렇게 된 이상에는 고개를 계속 저으며 언제까지라도 상대방이 단념할 때를 기다리는 수밖에는 없다고 마음을 먹었다. 그러나 그렇게 생각하고 있는 동안에도 손님의 손은 무언가 눈에 보이지 않는 것이라도 붙잡는 것처럼 마침내 다섯 손가락을 다 펴고 말았다.

그 후 두 사람은 한참동안 몸짓과 손짓을 섞은 승강이를 계속하고 있었다. 그러는 동안에 손님은 끈질기게 하나씩 손가락 수를 늘리더니 결국에는 십 달러를 내어도 아깝지 않다는 기세를 보였다. 그러나 창녀에게는 큰 돈인 십 달러도 금화의 결심을 움직일 수는 없었다. 그녀는 아까부터 의자에서 일어나 비스듬히 테이블 앞에 서 있었는데, 상대방이 양손 손가락을 펴보이자 초조한 듯이 발을 구르며 몇 번이고 계속 머리를 저었다. 그 순간에 어찌된 영문인지 못에 걸려 있던 십자가가 빠져서 희미한 금속음을 내면서 발 밑 돌 위에 떨어졌다.

그녀는 황급하게 손을 뻗어 소중한 십자가를 주웠다. 그때 무심히 십자가에 새겨진 수난 받는 그리스도의 얼굴을 보자, 이상하게도 그것이 테이블 저쪽에 있는 외국인 얼굴과 꼭 닮은 것이었다.

'어쩐지 어디선가 본 것 같다고 생각했던 건 바로 이 그리스도님의 얼굴이었던 게다.'

금화는 검은 공단 상의의 가슴에 걸린 놋쇠 십자가를 꽉 누른 채,

무심코 테이블에 있는 건너편 손님의 얼굴을 깜짝 놀라서 바라보았다. 손님은 역시 램프 빛에 취기를 띤 얼굴이 달아오른 채, 가끔 파이프에서 연기를 품어내고는 의미 있는 미소를 띄우고 있었다. 더욱이 그의 눈은 그녀의 모습을 — 아마 흰 목덜미에 비취 귀걸이를 늘어뜨린 귀 주변을 끊임없이 맴돌고 있는 것 같았다. 그러나 이런 손님의 모습도 금화에게는 부드러운 일종의 위엄으로 가득차 있는 듯한 느낌이 들었다.

이윽고 손님은 파이프를 끄고 일부러 고개를 갸우뚱하며 웃는 목소리로 무언가 말을 걸었다. 그것이 금화의 마음에는 거의 교묘한 최면술사가 사람의 귀에 속삭이는 암시 같은 작용을 일으켰다. 그녀는 그 다부진 결심도 모두 잊어버렸는지 살짝 미소지은 눈을 내리깔고 놋쇠 십자가를 만지작거리며 이 이상한 외국인 옆으로 부끄러운 듯이 걸어 다가갔다.

손님은 바지 호주머니를 뒤져 짤랑짤랑 은전 소리를 내며 여전히 엷은 웃음을 띤 눈으로 한참 금화가 서 있는 모습이 마음에 든다는 듯이 바라보고 있었다. 그러나 그 눈 속의 엷은 웃음이 열기가 나는 듯한 빛으로 바뀌더니, 갑자기 의자에서 일어나 술 냄새 나는 양복을 입은 팔로 힘껏 금화를 확 껴안았다. 금화는 마치 정신이 나간 듯 비취 귀걸이를 단 머리를 힘없이 뒤로 젖힌 채, 그러나 창백한 뺨에는 선명한 핏기를 띠며, 코 끝에 다가온 그의 얼굴에 가늘게 뜬 눈으로 황홀한 시선을 쏟아 붓고 있었다. 이 이상한 외국인에게 그녀의 몸을 자유로이 맡길 것인가, 그렇지 않으면 병을 옮기지 않기 위해 그의 키스를 거절할 것인가, 이런 생각을 할 여유는 물론 어디에도 보이지 않았다. 금화는 수염투성이인 손님의 입에 그녀의 입술을 맡기면서 오로지 타

오르는 듯한 사랑의 환희가, 처음으로 알게 된 연애의 환희가 격렬하게 그녀의 가슴속에서 솟아오르는 것을 느낄 뿐이었다.

❖ 2 ❖

몇 시간 후, 램프가 꺼진 방 안에는 단지 희미한 귀뚜라미 소리가 침대에서 새어 나오는 두 사람의 숨결에 외로운 가을의 애수를 더하고 있었다. 그러나 그러는 사이에 금화의 꿈은 먼지 낀 침대에 처진 방장을 뚫고 지붕 위에 있는 별과 달이 아름답게 보이는 밤 속으로 연기처럼 높이 높이 올라갔다.

❖ ❖

금화는 자단 의자에 앉아서 테이블 위에 줄지어 있는 여러 가지 요리에 젓가락을 대고 있었다. 제비 집, 상어 지느러미, 찐 달걀, 훈제 잉어, 삶은 돼지, 해삼 국물 — 요리는 아무리 세어보아도 도저히 다 셀 수 없었다. 더욱이 이들 식기 전면에는 푸른 연꽃이나 금봉황이 그려져 있고, 모두 멋있는 도자기로 된 식기 뿐이었다.

그녀의 의자 뒤에는 붉은 실로 짠 방장을 늘어뜨린 창문이 있고, 또 그 창밖에는 강이 있는지 조용한 물소리와 노젓는 소리가 끊임없이 거기까지 들려왔다. 그것이 아무래도 그녀에게는 어릴 때부터 익숙한 진회(秦淮) 같은 느낌이 들었다. 그러나 그녀가 지금 있는 곳은 분명 천국시가지에 있는 그리스도의 집임에 틀림없다.

금화는 때때로 젓가락질을 멈추고 테이블 주위를 바라보았다. 하지

만 넓은 방 안에는 용의 조각이 있는 기둥이라든지 송이가 큰 국화 화분 같은 것이 요리에서 올라온 김에 서려 희미하게 보이는 것 외에 사람의 모습은 전혀 보이지 않았다.

그럼에도 불구하고 테이블 위에 있는 식기가 하나 비자 금세 어디에선가 새로운 요리가 따뜻한 향기를 가득 피우면서 그녀의 눈 앞에 배달되었다. 그런가 하면 젓가락을 대기도 전에 통째로 구운 꿩이 날개를 치며 소흥주(紹興酒) 병을 넘어뜨리고 방 천장으로 푸드덕 거리며 날아올라가 버린 적도 있었다.

그러는 동안에 금화는 누군가 한 사람 소리도 없이 그녀의 의자 뒤로 다가온 것을 느꼈다. 그녀는 젓가락을 쥔 채로 가만히 뒤를 돌아보았다. 그러자 거기에는 어찌 된 영문인지 있다고 생각했던 창이 없고, 단지 이불을 깐 자단 의자에 낯선 외국인 한 사람이 놋쇠로 된 물 담뱃대를 물고 유유하게 앉아 있었다.

금화는 그 남자를 한 번 보자마자 그가 오늘밤 그녀의 방에 자러 왔던 남자라는 것을 알았다. 하지만 단지 하나 그와 다른 점은 마치 초승달 같은 후광이 이 외국인의 머리 위에 한 척 정도 허공에 걸려 있는 것이었다.

그때 또 금화의 눈 앞에는 무언가 김이 피어 오르는 큰 접시 하나가 마치 테이블에서 솟아오른 것처럼 갑자기 맛있는 요리를 날라왔다. 그녀는 바로 젓가락을 들어서 접시 안의 진미를 집으려고 하다가 문득 그녀 뒤에 있는 외국인을 떠올리고 어깨 너머로 그를 뒤돌아보면서, "당신도 여기 오시지 않겠습니까?" 하고 공손하게 일부러 말을 걸었다.

"그래, 자네나 들게. 그것을 먹으면 자네 병이 오늘 안으로 나을 테

니까."

머리에 후광을 발하고 있는 외국인은 역시 물담뱃대를 문 채, 무한한 사랑을 머금은 미소를 지었다.

"그럼 당신은 안드시겠어요?"

"나 말인가. 나는 중국 요리는 싫어하네. 자네는 아직 나를 모르는가. 예수 그리스도는 아직 한 번도 중국 요리를 먹은 적이 없어."

남경의 그리스도는 이렇게 말하자 서서히 자단 의자를 떠나서 어안이 벙벙한 금화의 뺨에 뒤에서부터 부드럽게 키스해 주었다.

❖ ❖

천국의 꿈에서 깬 것은 이미 가을 새벽빛이 좁은 방안에 싸늘하게 퍼지기 시작했을 무렵이었다. 하지만 먼지 냄새나는 방장을 늘어뜨린 작은 배 같은 침대 속에는 아직 미지근하고 어렴풋한 어두움이 남아 있었다. 이 엷은 어두움 속에 떠오른, 반쯤 고개를 젖힌 금화의 얼굴은 색깔도 알 수 없는 낡은 모포에 둥근 이중 턱을 숨긴 채, 아직 졸리는 눈을 뜨지 않았다. 그러나 혈색이 나쁜 뺨에는 어젯밤에 흘린 땀이 달라붙었는지 끈적끈적하게 기름이 낀 머리카락이 흐트러지고, 조금 열린 입술 틈으로 찹쌀 같이 조그마한 이가 어렴풋이 하얗게 드러나 있다.

금화는 잠이 깬 지금도 국화꽃이랑 물소리랑 꿩 통구이랑 예수 그리스도랑, 그 외 여러 가지 꿈을 꾼 기억으로 왔다갔다 마음이 헤매고 있었다. 하지만 그러는 동안에 침대 속이 점점 밝아오자 그녀의 기분좋게 꿈꾸고 있는 마음에도 방약무인한 현실이, 어젯밤 이상한 외국인과 함께 이 등나무 침대 위에 오른 것이 확실히 의식 속으로 파고들어 왔다.

"만약 그 사람에게 병이라도 옮긴다면 — "

금화는 이렇게 생각하자 갑자기 마음이 어두워져서 오늘 아침에는 다시 그의 얼굴을 볼 수 없을 것 같은 생각이 들었다. 하지만 한번 눈이 떠진 이상, 햇볕에 그을린 그리운 그의 얼굴을 언제까지나 보지 않고 있는 것은 더욱더 그녀에게는 참을 수 없었다. 그래서 잠시 주저하다가 그녀는 조심조심 눈을 뜨고 지금은 이미 밝아진 침대 속을 둘러보았다. 그러나 거기에는 의외로 모포에 둘러싸인 그녀 외에는 십자가의 예수를 닮은 그는 물론 사람의 그림자조차도 볼 수 없었다.

"그럼 그것도 꿈이었나"

때가 낀 모포를 뿌리치기가 무섭게 금화는 침대 위에서 벌떡 일어났다. 그리고는 양 손으로 눈을 비비고 나서 무겁게 내리쳐진 방장을 걷으며 아직 미심쩍은 시선을 방 안으로 던졌다.

방은 차가운 아침 공기에 잔혹할 정도로 역력하게 모든 물건의 윤곽을 그려 내고 있었다, 낡은 테이블, 불이 꺼진 램프, 그리고 다리 하나는 마루 위에 넘어져 있고 나머지 하나는 벽으로 향해 있는 의자, — 모든 것이 어젯밤 그대로였다. 그 뿐인가 실제로 테이블 위에는 수박 씨가 흩어져 있는 가운데 작은 놋쇠 십자가조차 희미한 빛을 발하고 있었다. 금화는 부신 눈을 깜빡거리며 망연히 주위를 둘러보면서, 한참을 흐트러진 침대 위에서 추운 듯이 양 다리를 옆으로 가지런히 뻗은 자세를 고치지 않았다.

'역시 꿈은 아니었다.'

금화는 이렇게 중얼거리며 여러 가지로 그 외국인의 알 수 없는 행

방에 생각이 미쳤다. 물론 말할 것도 없이 그는 그녀가 자고 있는 틈에 몰래 방을 빠져나가 돌아갔을지도 모른다는 생각이 들었다. 그러나 그 정도로 그녀를 애무했던 그가 한 마디도 작별을 아쉬워하는 말을 남기지 않고 가버렸다는 것은 믿을 수가 없다기보다도 오히려 믿기가 어려웠다. 게다가 그녀는 그 이상한 외국인이 약속한 십 달러를 받는 것조차 잊고 있었다.

'어쩌면 정말로 가버린 것일까.'

그녀는 무거운 가슴을 안고 모포 위에 벗어 던졌던 검은 공단 상의를 아무렇게나 입으려고 했다. 그러다 갑자기 그 손을 멈추자, 그녀의 얼굴에는 순식간에 생생한 혈색이 번지기 시작했다. 이는 페인트 칠한 문 저쪽에서 그 이상한 외국인의 발자국 소리라도 들렸기 때문인가. 혹은 베개나 모포에 배어든 술 냄새나는 그의 잔향이 우연히 부끄러운 어젯밤의 기억을 불러일으켰던 까닭인가. 아니, 금화는 이 순간 그녀의 몸에 기적이 일어나, 하룻밤 사이에 흔적도 없이 지독한 악성 양매창이 나았다는 사실을 알아차렸기 때문이었다.

'그럼 그 분은 그리스도님이셨던 거야.'

그녀는 엉겁결에 속옷차림으로 구르듯이 침대를 기어 내려와서 차가운 돌 위에 무릎을 꿇고, 부활의 주님과 대화를 나누었던 아름다운 막달라 마리아와 같이 열심히 기도를 드리기 시작했다…….

❖ 3 ❖

이듬 해 봄 어느날 밤, 송금화를 찾았던 젊은 일본 여행가는 다시 어두운 램프 밑에서 그녀와 테이블을 사이에 두고 마주 앉았다.

“아직 십자가가 걸려 있잖아.”

그날 밤 그가 문득 놀리 듯이 이렇게 말하자 금화는 갑자기 진지해져서, 어느날 밤 남경에 내려 온 그리스도가 그녀의 병을 낫게 해 주었다는 이상한 이야기를 들려주기 시작했다.

그 이야기를 들으면서 젊은 일본인 여행가는 이런 것을 혼자 생각하고 있었다.

‘나는 그 외국인을 알고 있다. 그 녀석은 일본인과 미국인 사이의 혼혈아다. 이름은 아마도 George Murry 라고 했지. 그 녀석은 내가 잘 아는 로이터 전보국의 통신원으로, 기독교를 믿고 있는 남경의 창녀를 하룻밤 사서, 그 여자가 새근새근 잠자고 있는 동안에 몰래 도망쳐 왔다고 하는 이야기를 자랑스러운 듯이 했다고 한다. 내가 일전에 왔을 때는 마침 그 녀석도 나와 같이 상해의 호텔에 머물고 있었으니까 얼굴만은 지금도 기억하고 있다. 듣기에는 역시 영자 신문의 통신원이라고 했는데 남자다움과는 걸맞지 않게 못 돼 보이는 인간이었다. 그 녀석이 그 후 악성 매독으로 결국 발광해 버린 것은 어쩌면 이 여자의 병이 전염된 것인지도 모른다. 그러나 이 여자는 지금도 그 무뢰한인 혼혈아를 예수 그리스도라고 생각하고 있다. 나는 도대체 이 여자를 위해 꿈을 깨도록 해 줄 것인가, 그렇지 않으면 입을 다물고 영원히 옛날 서양의 전설과 같은 꿈을 꾸게 내버려 둘 것인가……’

금화의 말이 끝났을 때, 그는 무엇인가 생각난 듯이 성냥을 그어 향이 강한 궐련을 피우기 시작했다. 그리고는 일부러 열심히, 이런 궁색한 질문을 했다.

“그래, 그것 이상하군. 하지만 — 하지만 너는 그 후 한번도 앓지 않았니.”

"예. 한번도."

금화는 수박 씨를 씹으면서 명랑하게 얼굴을 반짝이며 조금도 주저하지 않고 대답을 했다.

본 편을 초고 하는데는 다니자키 준이치로씨의 '진회의 일야(秦淮の一夜)' 에 힘입은 바 적지 않다. 부기(附記)하여 감사의 뜻을 표한다.

(1920. 6. 22)

역자일람

· 하태후(河泰厚)

바이코가쿠인대학 대학원 / 문학박사 / 경일대학교 외국어학부 교수

· 손순옥(孫順玉)

한국외국어대학교 대학원 / 문학박사 / 중앙대학교 일어학과 교수

· 김난희(金鸞姬)

중앙대학교 대학원 / 문학박사 / 제주대학교 일어일문학과 교수

· 윤상현(尹相鉉)

한국외국어대학교 대학원 / 문학박사 / 가천대학교 학술연구 교수

· 김효순(金孝順)

쓰쿠바대학 대학원 / 문학박사/ 고려대학교 일본연구센터 HK연구교수

· 송현순(宋鉉順)

나라여자대학 대학원 박사과정 수료 / 단국대학교 대학원 / 문학박사 / 우석대학교 일본어과 교수

· 조성미(趙成美)

한양대학교 대학원 / 문학박사 / 성신여대 일문과 강사

· 김정숙(金貞淑)

중앙대학교 대학원 / 문학박사 / 중앙대학교 일본어과 강사

· 최정아(崔貞娥)

奈良女子大学 大学院 / 문학박사 / 광운대학교 일본학과 교수

· 임훈식(林薰植)

九州大学 大学院 / 문학박사 / 경남대학교 일어교육과 교수

· 신영언(申英彦)

오차노미즈대학 대학원 / 성신여자대학교 인문과학대학 명예교수

· 윤 일(尹 一)

규슈대학 대학원 / 문학박사 / 부경대학교 일어일문학부 교수

· 신기동(申基東)

도호쿠대학 대학원 / 문학박사 / 강원대학교 일본어학과 교수

· 김정희(金靜姬)

니가타대학 대학원 / 박사과정수료 / 숭실대학교 일어일본학과 겸임교수

· 김명주(金明珠)

고베여자대학 대학원 / 문학박사 / 경상대학교 일어교육과 교수

· 임명수(林明秀)

도호쿠대학 대학원 / 박사과정수료 / 대진대학교 일본학과 교수

· 조경숙(曺慶淑)

페리스여자대학교 대학원 / 문학박사 / 경북대학교 동서사상연구소 학술연구교수

· 이민희(李敏姬)

고려대학교 대학원 / 문학박사 / 고려대학교 BK21중일언어문화교육연구단 연구교수

· 조사옥(曺紗玉)

二松学舎大学 大学院 / 문학박사 / 인천대학교 일어일문학과 교수

아쿠타가와 류노스케 전집 III
芥川龍之介 全集

초판인쇄 2011년 12월 20일
초판발행 2012년 01월 02일

저　　자 아쿠타가와 류노스케
편　　자 조사옥
본권번역 김명주 김정숙 신기동 최정아 외
발 행 인 윤석현
발 행 처 제이앤씨
등　　록 제7-220호

우편주소 서울시 도봉구 창동 624-1 북한산 현대홈시티 102-1206
대표전화 (02)992-3253
전　　송 (02)991-1285
전자우편 jncbook@hanmail.net
홈페이지 http://www.jncbook.co.kr
책임편집 이신

ISBN 978-89-5668-894-7 93830 정가 30,000원